Best Time

白马时光

# 寒剑栖桃花

HANJIAN QI TAOHUA

西子绪 —— 著

百花洲文艺出版社

图书在版编目（CIP）数据

寒剑栖桃花 / 西子绪著 . -- 南昌 : 百花洲文艺出版社 , 2020.9
ISBN 978-7-5500-3801-1

Ⅰ . ①寒… Ⅱ . ①西… Ⅲ . ①侠义小说－中国－当代
Ⅳ . ① I247.5

中国版本图书馆 CIP 数据核字（2020）第 139487 号

# 寒剑栖桃花

HANJIAN QI TAOHUA

西子绪　著

出 品 人　李国靖
特约监制　何亚娟　夏　童
责任编辑　李　瑶
特约策划　夏　童　柚小皮
特约编辑　柚小皮
封面设计　80零 · 小贾
版式设计　彭　娟
封面绘图　呼葱觅蒜
内文绘图　临　墨　风一伊
出版发行　百花洲文艺出版社
社　　址　南昌市红谷滩世贸路 898 号博能中心 I 期 A 座 20 楼
邮　　编　330038
经　　销　全国新华书店
印　　刷　三河市兴博印务有限公司
开　　本　710mm × 980mm　1/16
印　　张　23
字　　数　408 千字
版　　次　2020 年 9 月第 1 版第 1 次印刷
书　　号　ISBN 978-7-5500-3801-1
定　　价　49.80 元

赣版权登字：05-2020-122

发行电话　0791-86895108
网　址　http://www.bhzwy.com

爱晚亭

目录

他年仙人种桃树，
未言一朵换人间。

# 第一章 桃花眼

初八，大雪。

侍女浮花手里提着一个大大的竹篮，她个子不高，穿着一袭朴素的棉布长裙，步履轻盈地行走在陡峭的山路上。

此时雪势渐大，天地之间茫茫一片白，树梢地面，均是厚厚的积雪。山路陡峭，浮花的步子并不快，似乎被大雪阻碍了速度，但若是有心人仔细看去，便能发现她落在雪地上的每一个脚印间的距离都一模一样，不多一分，不少一毫。

山中鸟兽皆无，只闻雪花飘落的簌簌声。不知走了多久，一直面无表情的浮花吐出一口洁白的雾气，嘴角浮起一丝笑意，脚下的步子不由得快了几步，她绕过了一棵高大的歪脖松，一座高大的凉亭映入了眼帘。

那凉亭建在断崖之上，和旁侧的歪脖松树倒是相得益彰。凉亭共有两层，四周用竹帘遮得严严实实。那竹帘乍看平淡无奇，实则暗藏玄机，无论多大的风雪，都吹不动它分毫。

浮花走到了凉亭前，脸上的笑意更浓，伸手掀起了竹帘，语调甜甜地唤了声："少爷……"

只是那声"少爷"刚喊出口，她却发现凉亭里空空如也，脸上的笑容顿时也僵住了，变成了气恼和担忧，将手里的竹篮重重地往地上一放，便转身朝着身后的山中走去。

浮花憋着股劲儿，顺着山道一路往上，终于在半山腰的一块大石头上，看见了自己要找的人。

那是一个披着雪白狐裘的青年，青年背对着浮花，似乎正专心致志地看着什么，连身后来人了也不知道。他一头黑发用一根黄花木浮云图案的簪子简单地束在脑后，几缕发丝垂在耳畔，随着寒风飘荡。

他也不知道在这里待了多久，头上肩上已经积了厚厚的一层雪，好像下一刻就要彻底地融入眼前这寒山似的。

浮花蹙起眉头，柔柔地叫了声："少爷。"

青年转过头来，露出一张清俊的脸庞，薄唇挺鼻，眉清目秀，只是那双本该是黑色的眸子，颜色却比常人淡了一些，乍看上去，会让人有种目中无物的错觉。大约是冻了太久，他的嘴唇泛起了淡淡的紫色，看着倒是不让人讨厌，反而有种水墨般的淡雅，只是这份淡雅，却让人感觉他好似要消失了一般。

"少爷！"见到男子的模样，浮花恼了，也顾不得什么，连忙上前一步埋怨道，"你出来多久了，这么冷的天，冻坏了怎么办！"

男子本是坐在石头上，听见自己侍女的斥责，露出几分心虚的神情，连忙从石头上站起来，拍了拍自己身上的雪花，温声道："我在亭子里待了太久，乏了，便想出来走走。"

"少爷！"侍女想说的话很多，可话到了嘴边，又硬生生地咽了回去，看着男子的样子，只能小声抱怨了两句，催促着自家少爷快些回到凉亭里。

少爷嘴上应声，脚下却没动，眨着那双淡色的眼睛，状似无辜道："浮花，我发现了好玩的东西。"

浮花问道："什么呀？"

少爷道："你过来看。"

浮花抿了抿唇，还是走到了少爷身边，朝着他所指的方向看了过去，却看见那一整块被白雪覆盖的石头上竟有一朵米黄色的小花，正在寒风中颤颤巍巍，脆弱得仿佛下一刻就会被凛冽的风连根拔起。

"怎么会有朵花，"浮花说，"都隆冬了……"

"我也觉得好奇呢。"少爷眯着眼睛笑了，"所以多看了一会儿，走吧，回去了。"他说着，轻轻地用手抚摸了一下小花柔嫩的花瓣，动作还是一派的温柔。

浮花瞧见少爷的动作，不着痕迹地皱了皱眉，但她并未说什么，而是静静地跟在少爷身后，轻声催促少爷快些回去。

那黄色的小花依旧在寒风中摇摆身姿，直到一道不知从哪里冒出来的剑气忽地挥过，将黄色小花连根斩断，在风中碎成了尘埃。

少爷慢慢地走回了凉亭，掀开竹帘，感到一股热气扑面而来，凉亭的中央烧着几盆旺盛的炭火，让整个亭子内部都保持着干燥和温暖，只是里面炭火的气息，让青年不由得弯下腰咳嗽了几声，本来苍白如纸的脸颊上浮起一抹不正常的红晕，看得侍女浮花又蹙起了眉头。

“少爷。”浮花忙道，“我给你准备了润肺的梨子水，梨子是我让玉蕊昨天去买的，新鲜着呢，你快趁热喝了吧。”

少爷摆摆手：“待会儿喝。”

他在躺椅上坐定，随手将白色的狐裘搭在了旁边，手撑着下巴，漫不经心地透过竹帘的缝隙，看着外面的雪景。这竹帘虽然有缝，却并不透风，像是有什么看不见的东西将外面和里面隔开了。

“少爷，”浮花小声道，“你该用膳了。”她咬了咬下唇，漂亮面容上露出女子独有的娇柔哀怨，“你都一天没吃东西了。”

少爷不答反问：“剑会开始了吗？”

“开始了。”浮花低低应声，“二少爷说了，你要是想去看……”

“不去。”少爷道，“用膳吧。”

浮花高兴地“哎”了声，连忙将自己带着的食物一件件地从竹篮里取出来，摆在少爷面前，她碎碎念着：“山下的桃花都开了，卖糖葫芦的张老头一直没有开工，我还想着让玉蕊给少爷买两串，少爷不是最喜欢吃他家的糖葫芦了嘛，还有陈家铺子的白米糕……少爷，少爷……”她说着说着，却发现眼前的男人不再动弹，头微微地偏着，呼吸渐渐均匀，连眼睛也闭上了。

浮花微微张口，又闭了唇，也不叫醒男人，而是在旁边静静地坐着。面前的食物依旧散发着浓郁的香气，屋中的炭盆偶尔发出清脆的噼啪声。她凝视着面前的人，胸膛处好似逸出了一声沉闷的喟叹，她将那声喟叹硬生生地咽了下去，最终换作满目几近溢出的疼惜。

昆仑有玉，天下闻名。然而比昆仑玉石更有名的，却是昆仑山上林姓的剑师。

求仙途者，如过江之鲫，佼佼者不过尔尔，然昆仑山上的大姓林氏，却能出那一剑惊天地的大剑修，代代如此，延续千年。

浮花的少爷，就是林家掌门的小儿子，名唤林如翡。林如翡出生时，天降异象，万鸟朝凤，傍晚的霞光，化作了飞腾的火鸟，在昆仑山上绕行许久，直到夜幕降临，才恋恋不舍地散去。

因而林家人也对这个小儿子寄予厚望，取名如翡。

翡，玉之王者，他们希望这个孩子，能像昆仑山上最美丽的玉石一样出彩。

然事与愿违。

三岁那年，林如翡被林家祖宗确定了无法练剑。他身体孱弱甚至还不如常人，直到两岁了才勉强下地走路，三岁时才叫出了第一声爹娘。如此资质，只有用“愚钝”二字来形容。

林如翡睡得不算太沉，他头一偏，重重地往下垂了垂，从浅浅的梦境中猛地惊醒。蒙眬的睡眼里，他看到了自己的侍女浮花半跪在桌前的软垫上，呆呆地看着还在冒热气的吃食，林如翡摇了摇脑袋，让自己从恍惚中清醒过来，懒懒地拿起筷子，继续吃了起来。

浮花也回过神来，面露喜色。

食物都很精致，每样菜都是林如翡爱吃的，只是他吃得漫不经心，似乎一直在走神。

浮花问道：“少爷在想什么呢？”

林如翡说：“山下的桃花开了，猴子还在吗？”

浮花温声道：“自然是在的，少爷是想去看桃花吗？”

林如翡有些丧气：“那就不去看了。”

浮花道：“少爷若是不开心，我去山下把那群泼猴赶走便是。”

林如翡摇摇头，并不言语。

山上山下的气候不同，此时山下正值盛春，万物复苏，临近昆仑的地方，有一片繁茂的桃花林，这会儿桃花开得正艳，许多人都会前来观赏。只是这桃花林里有群讨厌的猴子，数量颇多，经常叨扰行人。不过这群猴子也十分有眼力，见到不好对付的，从来不下手，倒是经常欺负手无缚鸡之力的书生和姑娘。

“你去吧。”浮花还欲说些什么，林如翡已挥挥手，示意自己的侍女离开，“我有些倦了。”

“少爷，咱们下山去吧。”浮花哀求道，“这山上这么冷，你身体又弱，要是真冻出什么毛病来，二少爷不得把我的脑袋拧下来。”

林如翡笑道：“没事，我会拦着的。”

浮花又劝：“你要是不乐意在山里待着，咱们就四处去转转，散散心也行呀。”

林如翡不为所动，只是闭了眼，示意自己就要睡了。浮花见状气得眼眶含泪，半晌后才委屈地道了声：“那浮花真走啦。”

“去吧去吧，小心着点。”林如翡道，“下次给我带点书上来，这里的快看完了。”

浮花“嗯”了声，只能不情愿地起身离开了凉亭。

林如翡闭着眼睛，好似睡着了，直到浮花的身影消失在了风雪里，他才重新睁开了双眸，那双眼睛里哪有一丝睡意，分明是满满的狡黠。

林如翡随手拿起旁边的狐裘披在身上，连鞋都没穿好，便一路快跑朝着山腰的位置去了，只是当他到了地方，却没见到自己想看的东西。

“哎，小花儿呢？”林如翡捂住嘴咳嗽了几声，“刚刚不是在这儿吗……”他的目光在大石头上逡巡许久，都没有找到自己刚才发现的那朵黄色小花儿，正奇怪呢，肩膀却被轻轻地拍了一下。

一扭头，竟看见一个身穿青衣、斜挎长剑的男人神情温柔地看着自己。

林如翡表情僵住，许久后，才声如蚊蚋地唤了声：“……哥。”这人便是自己的二哥，林辨玉。

林辨玉问道：“看什么呢？”

林如翡说：“……就随便看看。”

“还要在山上待多久？”男人又问。

林如翡感到自己喉咙一阵发痒，他知道形势不妙，想要用手捂住嘴压下去，身体却猛烈地抖动了起来。

林辨玉见状一声轻叹：“想咳就咳，我还能责怪你不成。”

林如翡苦笑，手一松，便咳得上气不接下气，险些背过气去。

“山下风景好，桃花也开了。”等林如翡平静下来了，林辨玉才说，“下去看看吧，山上冷，不宜久留。”

林如翡心里也清楚他是为自己好，只能点头称是。

男人却不是个容易糊弄的角色，他下巴微微扬了扬，示意林如翡去收拾东西，这便要把他带下山去。

林如翡无奈，缓缓地朝着凉亭走去，男人也不催促，就慢慢地跟在他身后。

凉亭里也没什么要收拾的东西，林如翡左看右看，最后只拿了一卷昨夜刚读了一半的《山河志》。

林辨玉看着他手里的书，问他看了多少。

“看了大半了。”林如翡笑着问，“二哥当年去山下游历，可都去过书里写的地方？”

“大多去了。”林辨玉平淡道，“没什么意思。”

林如翡只是笑并不说话。

见林如翡收拾好东西，林辨玉伸出手，便将林如翡揽入怀中抱了起来，林如翡正想抗议，林辨玉瞅了他一眼：“你想让浮花抱你下去？”

林如翡登时语塞，好像被一个姑娘抱着下山，也没有好到哪里去。

“我是你哥哥。”林辨玉声冷如冰，“有谁敢说闲话，我割了他舌头。”

林如翡闻言只好不再言语，由着林辨玉去了——他知道林辨玉不是在说狠话。

当年因为他的资质问题，昆仑山上也起了些风言风语，巡游归来的林辨玉便将那些嚼舌根的人全都找了出来，一个个挑战，一个个打败，用名为“天宵”的本命剑挨个儿割了他们的舌头。从此昆仑山中再无一人敢说林如翡一句不是，即便他是个连剑都提不起来的废物。

林辨玉抱着林如翡出了凉亭，脚尖一点，腾空而起，一路往山下去了。

空中的风雪，全被锋利的剑气隔开，林如翡半闭着眼睛，长长的睫毛在苍白的肌肤下投出淡淡的阴影，他鼻间冰雪的气息渐渐消融，等到再次睁开眼时，周遭已是一片花繁草绿的春景。

林如翡的院子很大，周围用木制的栅栏围住，院中种着繁茂且整齐的草木。此时正是盛春，黑色的泥土上，铺着一层翠绿的小草，踏在上面，好似踩在一块柔软的地毯上。在院子中央，立着各样绽放花蕊的树木，有梨有樱，皆是花团锦簇，好一派热闹的景象。唯有角落里一棵瘦小的桃树，和周遭格格不入。那桃花比人高不了多少，树枝纤细干枯，整棵树上就挂着那么一朵还未盛开的桃花花苞，显得格外萧瑟。

林辨玉刚把林如翡放到地上，林如翡便迈开步子朝着那棵桃树去了，到了树前，看着瘦小的桃树，唉声叹气道：“这怎么就长不大呢……”说着伸出手，在粗糙的树干上重重地抚摸了几下，用哄小孩子的语气叹道，“罢了罢了，长不大就长不大，好歹是开了花骨朵，比去年强了不少。”

这桃树的树种是好多年前林如翡从山下捡来的，那时他还是少年人，只是时光荏苒，他已及弱冠，桃树还是一副瘦瘦小小、一阵风都能吹得摇摇晃晃的可怜模样。说完这话，林如翡却是想起了什么，连忙看向一旁侧站着的林辨玉，道：“二哥，你可别把我的桃树给换了。”

林辨玉一眼就被自己弟弟看出了心思，倒也不惊讶：“这桃树种不大，换一棵不是挺好？”

林如翡道：“又不是样样都能换的。”

林辨玉笑道：“我只知道，让你不高兴的，都不是好东西。”

林如翡面露无奈，知道有些道理在自己这个二哥这儿是说不通的，林辨玉性格看似温和，其实反而是他们四个里最执拗的那个。林如翡只好反复重申，说自己很喜欢这棵桃树，让自己二哥千万不要动它。

林辨玉微微颔首，算是应了林如翡的话，林如翡见状这才放心。

这里的院子和阁楼都长期有人打扫，即便林如翡已许久不曾入住，也依旧保持着离开时的整洁。

林如翡进了阁楼，让二哥去忙自己的，林辨玉临走前说外面来了些外人，如果林如翡不喜欢，他就让人把那些人赶下山去。

林如翡忙道“不用”。

林辨玉见他神情不似作伪，便也不再多说，转身去了，只是那眉宇间多了几分阴悒，看起来颇为不豫。

他刚从院子出来，仿佛自言自语地说了句：“你就是这么宠的？”

他话语刚落，一阵清风从他脸颊旁拂过，周围的景色好像被火焰灼烤那般扭曲了片刻，一个身穿玄色常服的男子突兀地出现在了道路旁，从眉目上看，他和林辨玉有几分相似，只是线条更加冷硬，黑色的眸中一片寒霜。

“小韭性子就是如此。”男子说，“家里谁不希望他是性子乖戾、嚣张跋扈的小祖宗？”林如翡小名便是小韭，取自长生韭之意。

林辨玉冷冷道：“那为何他不是？”

他们林家最为护短，身为林家幺子的林如翡，更是林家最宠的一个，即便他是连剑都提不起来的废人，他用的、见的，也都该是最好的，明明养成的该是那小霸王不管不顾的性子，如今居然这般不温不火，让他看了实在心疼，由此却又生出了些莫名的怒气。

男人挑眉：“龙生九子，各有不同，你性子霸道，总不能想着小韭也同你一样。”

林辨玉冷哼一声，不再说话，转身便走。

男人也没有叫住他，只是朝着林如翡院子的方向看了一眼，又是一声叹息。

林如翡并不知道自己的两个哥哥因为自己发生了争吵，他是林家最小的那一个，上面有两个哥哥、一个姐姐，只是和悠闲的自己不同，他们全是万里挑一的天之骄子。

剑修之路，比寻常仙途险恶百倍，他们经历的事，自是难上千万倍。

阁楼上的玉蕊听闻林如翡回来了，连忙拎着长裙迈着碎步跑到了前厅。

“少爷，少爷！”十三四岁的姑娘正是最活泼的时候，声音如黄鹂般清脆婉转，听得人心情也跟着好了起来。她叫着笑着，朝着林如翡扑了过来，“少爷，你总算是回来啦！”

“嗯，回来了。”林如翡道，他接住了扑向自己的侍女，“都这么大了，快接不住你了。”

“少爷！”玉蕊撒娇。

林如翡道：“快去给我泡壶热茶，少爷渴了。”

“好嘞！”玉蕊是孩子心性，听见林如翡的话，又蹦蹦跳跳地泡茶去了。林如翡贴身的仆人，就只有这两个侍女，取名浮花、玉蕊。浮花来得早，年纪大些，行事更加稳重；玉蕊今年还不满十四，从性子来说，只是个半大的孩子罢了。林如翡性子本就温和，加上他们有单独的别院，所以两个侍女的性子，相比其他仆人而言，都更加跳脱。

没一会儿，玉蕊便提着一壶泡好的热茶过来了。她小心翼翼地为林如翡斟了茶，又抬眸仔仔细细地打量了眼前的少爷一番，噘起小嘴：“少爷，你清减了。”

“有吗？”林如翡倒没有感觉。

“自然有了！”玉蕊不开心道，“好不容易把你养胖了那么一点点，去山上住了一个月，又瘦了回来。”

林如翡只是笑，也不应声。

玉蕊在旁边叽叽喳喳，倒也让院子里显得不那么落寞，林如翡抿了一口杯里的茶水，眸子落在院中的草木上，目光却好像穿过草木，看到了别的景象。

“玉蕊。”林如翡忽地开口，他鼻子微微翕动，“你有没有闻到什么味道？”

玉蕊抽抽小巧的鼻子，满目茫然：“什么味道？”

“好像是桃花……”林如翡仔细地分辨着。

“桃花？”玉蕊道，“怎么会有桃花的香气，院子里的那棵桃树就生了一朵花苞，唉，太不争气了，亏得少爷你天天给它浇水呢。”侍女气得跺脚，好似自家公子受了多大欺负似的，“就算浇到我头上，我也好歹能开出两朵来吧？”

林如翡哑然失笑：“你拿什么开？”

玉蕊摇头晃脑：“不行就去找找二公子，总有法子的。”

这话倒是有点道理，以林辨玉的性子，如果林如翡真想看人脑袋上开桃花，恐怕他也能找出法子来。

“你去忙吧。”春日的阳光洒在人的身上，总有种暖洋洋的味道，林如翡被晒出了些睡意，他眯了眯眼，慵懒道，“我小憩片刻。”

“哎！”玉蕊见自家公子累了，便息了声，悄悄地退了下去。

于是阁楼静了下来。

林如翡半闭着眼睛，恍惚间，桃花的香气越发浓郁，蒙眬的视野里，他好似影影绰绰地看见了一望无际的桃林，桃林深处，站着一个身着红衣的男人。这错觉一闪而过，待到林如翡再次睁眼时，眼帘中只剩下立在院中的那棵可怜兮兮、也不知道能不能活到下个春天的桃树了。

林如翡做了决定，他明天便去山下桃林看那半坡桃花。

次日清晨，林如翡着狐裘，牵白马，顶着细雨出了门。侍女浮花站在他身后，举着一把山水图案的油纸伞，她家少爷非说沾衣不湿杏花雨，不肯躲入她的伞下，于是那细如尘埃的春雨，在少爷的黑色发丝上，洒上一层细碎的光。

昆仑剑会将至，昆仑山附近来了好些陌生人，很是热闹。

山道上，一位谦谦公子牵马而行。他被厚厚的狐裘裹着，略微消瘦，容貌俊美，肤色苍白，看起来比寻常人更加孱弱。但最引人注目的，却是他那双淡色的眸子，本该是黑色的瞳孔，竟好似晕染了的水墨画，颜色虽淡，却清亮有神，长如鸦羽的睫毛上落了点点细雨，乍一看仿佛泛着淡色的光。男子身后走着一名美貌的侍女，她手里举着油纸伞，神情幽怨，看来是想给公子打伞，却被拒绝了。下过雨的山道泥土，略微有些湿了，可山道上，却只留下了公子一人的脚印，仔细看去，才发现那侍女的脚竟是浮在半空中，离地面大约还有半寸。

越往山下，人就越多，等出了昆仑山的山门，周遭一下子就热闹了起来。虽是在下雨，可是周围的集市却丝毫没有受到影响，来参观剑会却进不去内场的修行者们趁此机会贩卖各式各样的东西，有法宝，有武器，甚至还有各式各样的道符。

林如翡从小身体弱，向来很少去人多的地方，此时更是看得津津有味。

“哟，这位少爷，要不要看看我这厉害的符纸啊，又便宜又好用，保证你买不了吃亏，买不了上当啊。”那小贩上下打量了林如翡一番，就对着他热情地吆喝起来。林如翡这穿着一看就是个富家公子，但身上并未佩带佩剑，想来也是过来看热闹的。

“有多厉害？”林如翡笑着问。

“就这张符吧，用了可以立马潜行到其他地方！帮你躲过一劫！”那小贩滔滔不绝，“而且不需要法力，随便什么人都能用！”

“这么好？”林如翡问，“那怎么卖？”

小贩道：“便宜，便宜得很。”他眼睛一转，笑道，“五块灵石就够了！”

“五块灵石？你怎么不抢啊？”浮花可不像她家公子那么客气，听见这小贩乱喊价，眼睛一瞪，“这符纸画都没画全，谁敢用啊，用了把你脑袋传走了，身子留在原地，你担得起责任吗？”

小贩本想反驳，可余光却注意到了浮花挎在腰间的佩剑，到嘴边的话立马咽了回去，表情也老实了不少，讪笑着：“哎……这买卖嘛，总讲究个过程，姑娘要是觉得不合适，就还个价，咱们可以商量嘛。”

“半块。”浮花不客气道，“不能再多了。”

小贩“哎哎”叫了两声，随后做出一脸肉痛的表情，说：“好吧好吧，今天还没开张呢，我就亏一点，半块灵石就半块灵石。”他说完后补充了一句，“如果存在什么后遗症，我可不负责啊。”

浮花瞪了他一眼，从荷包里掏出了灵石付账，然后把符纸从小贩手里接过来，小心地检查了一番，确认没有问题，才递给了自家少爷。

林如翡也就买着玩玩，接过来后，随手往自己的袖口里一塞，便朝着其他地方去了。

从昆仑山的山门外开始，直到山脚，到处都是游人和商贩，今天天气不算太好，所以人不太多，但于林如翡而言，也足够热闹了。

林如翡边看边朝着山下走，心情倒是不受阴郁的天气影响，反倒好了不少。

等到了镇子，就离桃花林不远了，林如翡停住脚步，指了指镇子另一头：“浮花，我想吃白米糕。”

浮花道：“那公子就在原地等我，我立马过去买。”

林如翡道：“你去吧，我往前头走，你买到了就过来找我。”

浮花把手里的油纸伞递给林如翡，蹙眉：“公子，把伞打上吧，小心染上风寒。”

林如翡没有说话，只是接过伞来，微微扬了扬下巴，示意浮花快去。浮花转身，脚尖轻点，如同一只迅捷的燕子，片刻后，消失在了这条街的尽头。

林如翡没有撑伞，而是将伞收放到了马背上，朝着桃花林的方向缓步走去。

虽然下着雨，但镇上依旧热闹，行人们打着伞穿行在青石制成的街道上。这镇子依托昆仑剑派而生，已繁荣百年。

镇上的人们，最大的愿望便是经过昆仑剑派的考查，即便是当个最下等的外门弟子，也是值得羡慕的事。如果自己不行，又盼着儿子、孙子，一代又一代，总归有着希望。

林如翡远远地看见了桃花林。

山色空蒙处，桃花漫山，微风拂过，桃花瓣被清风卷起，落在人的发梢、肩头。

林如翡见到此景，嘴角浮起笑容，迈着轻快的步子朝着桃林深处去了。

大约是因为在下雨，桃花林中，并不如往日热闹。花瓣落了地，便和污黑的泥土一起化作了春泥。地面湿滑，林如翡顺着小道，渐入桃林深处。

周遭是安静的，唯有细雨落下的沙沙声，林如翡正沉迷于这静谧的美景，却听到远处传来了一阵叫声，那叫声叽叽喳喳十分刺耳，一听就是独属于猴子的叫声。林如翡听见这声音，脸色瞬间大变，转身就跑。

可他一个人，哪里有猴子跑得快，不到片刻就被猴群给围了起来。这些猴子也不知是什么品种，和普通的猴子不同，不但身材高大，毛发也是漂亮的金色，十分茂密柔顺，看不到一点野生动物身上该有的脏污。

猴子们动作迅速地将林如翡团团围住，面前身后，堵住了每一个出口。林如翡见状苦笑，连忙摊开手，示意自己身上什么东西都没带，无奈叹息："你们是认识我了吗，每次我来都要被堵上一次——"

领头的那只猴子长得十分漂亮，个头比其他猴子都大了一圈，眼睛还是漂亮的金色，这会儿正蹲在离林如翡最近的一棵桃树上，眨着眼睛盯着眼前的娇弱公子。林如翡也瞧见了它，一人一猴便这样大眼瞪着小眼。也不知是不是林如翡的错觉，他总觉得自己说完这话后，那猴子眼里竟浮起一丝笑意。

"我真没带东西。"林如翡和猴王讲道理，"你们喜欢的零嘴也没来得及买，对了，这次我可不是一个人来的，浮花买米糕去了——"

猴王听到"浮花"这名字，却是有了反应，那双金灿灿的漂亮眼睛机灵地转了转，最后却又停在了林如翡身上。就在此时，桃林外面传来了浮花遥遥的叫声："少爷——"

林如翡笑道："看吧，我没骗你呢。"

猴王手一挥，猴子们便开始往桃林深处退去，但它却没动，一直蹲在枝头，等着猴群散尽。直到最后一只猴子也消失在了密林深处，那猴王却忽地从蹲立的枝头站起，朝着林如翡腾空扑了过来。

林如翡被这猴子的动作吓了一跳，条件反射地后退几步，那猴子却从他的头顶上掠过，飞速消失在了桃林中。林如翡感觉它似乎用手拍了一下自己的鬓角，登时有些哭笑不得，觉得这群猴子真是欺负人，要不到零嘴也就罢了，还非得拍人两下泄愤。

"少爷。"浮花不知何时到了林如翡的身后，手里捧着几块用纸包起来的白米糕。那米糕还热气腾腾，散发着诱人的香味。

"浮花。"林如翡回头，"这么快。"

浮花看见林如翡的脸微微一愣，只见林如翡的鬓角插着一朵艳丽的桃花，正笑意盈盈地看着自己，烟雨朦胧中，林如翡好似画中走出来的美人，浑身上下都是淡色的黑白，唯有耳畔的桃花，如同点睛之笔般，当真是人面桃花相映红。

“浮花？”看见浮花失神的模样，林如翡又唤了一声。

浮花这才回过神来，有些不自然地移开了目光，上前几步，小心地将手里的白米糕递到林如翡手上，低低道：“少爷总是不打伞，衣服都快湿透了……”

林如翡只是笑，并不言语，他打开纸，咬了一口热腾腾、香喷喷的白米糕，眼睛愉快地弯出弧线：“好吃。”

浮花温柔地看着自家少爷，从马背上取下了油纸伞，撑在了林如翡头顶。

白米糕很香，吃在嘴里又糯又软，是儿时的味道。林如翡从小身体不好，十岁之前，连昆仑山都不曾下过，直到某年姐姐生日，她背着爹娘，悄悄将小小的林如翡塞进了一个竹筐，偷偷摸摸地背在背上，将他带下了昆仑山。

那一日，林如翡尝遍了镇子上的零嘴，张家的糖葫芦，陈家的白米糕，都是小孩最喜欢的东西。林如翡吃得开心极了，然而开心完的当天晚上，就发起了高烧，这件事也惨遭败露。

因为这事，姐姐林葳蕤被罚到山顶思过三个月，林如翡怎么哀求也没有用。

自从那次之后，林如翡便知道自己与兄弟姐妹们的不同：若说他们的命是熊熊燃烧的火焰，那自己就是摇摇欲坠的烛台。一阵风吹过，火焰会燃得更旺；可烛台，却容易熄灭。

雨有些大了，地面越发地泥泞。浮花委婉地问林如翡刚才是否一个人在这里，林如翡对她的问题十分茫然，问浮花为何发此问。

浮花笑着指了指林如翡的鬓角。

林如翡抬手摸去，竟摸到了一束湿漉漉的桃花，他立马想起了什么，又好气又好笑：“这群猴子，有这么欺负人的吗！”

“那群猴子又来了？”浮花闻言蹙眉，浑身上下杀气腾腾。

林如翡喜欢赏花，每年春季都会来这片桃林，只是不知道从什么时候起，却被桃林里的猴子盯上了。有次林如翡偷偷下山，浮花没跟着来，那群猴子不但抢了林如翡的吃食，还将他身上拉扯得十分凌乱，回来的时候林家人还以为他被抢劫了。浮花暗暗咬牙，心想着也亏得二少爷不知道这事，不然这群猴子恐怕早就没了性命。

林如翡哪会不知道自家侍女在想什么，笑着叹气：“只是一群顽皮猴子而已，何必那么认真？”

“可是它们欺负少爷。”浮花不开心，“亏得少爷手里没有白米糕，不然又便宜了那群畜生。”

林如翡闻言只是笑，把手里的桃花顺手扔到了一旁。

滴滴答答的雨滴在油纸伞上砸出噼里啪啦的响声，林如翡走在前面，浮花在身后撑着伞。也不知走了多久，林如翡看着暗沉的天色，知道今日是不会放晴了，于是便有些遗憾地说："先回去吧。"

浮花乐得听见这话，毕竟此时林如翡身上头上都是湿的，她一边怕自家少爷染上风寒，一边又担心自己话说得太多，惹林如翡厌烦。

现在林如翡自己提出要回去，那自然是最好不过的。

"少爷，上马吧。"浮花温声道。

林如翡倒也没有固执，踏着马镫坐上了温驯的白马。浮花便将油纸伞给了林如翡，自己在前面牵着马，朝着昆仑山上去了。

路过小镇时，林如翡听见镇子里传来了悠扬的笛声。他循着笛声看去，却是看到了一座小桥和小桥边戴着斗笠的剑客。那剑客斜斜地靠在桥边的青石上，笛声正是从他口中传出。然而奇异的是，只闻笛声不见乐器。林如翡正巧从他身旁路过，剑客伸手扶了扶斗笠，从缝隙里，露出一只狭长的碧色眼睛。

浮花看向剑客的眼神里含了些警惕，倒是林如翡眼含笑意地冲着他微微颔首，算是打了个招呼。

剑客并不回礼，又把斗笠放下了，好似没看见林如翡这个人。浮花见状正欲发难，林如翡却轻轻唤了声她的名字，又摇摇头。

浮花冷哼一声，却是暗暗记住了这人的模样。

从这人的眸色上来看，应该不是他们这块大陆上的人种，或许是其他大陆上过来凑热闹的，但无论是哪儿来的人，只要到了昆仑山脚下，有哪个敢不给他们林家面子?

林如翡听着笛声，却是心情很好地吟了一首古人的诗词："春悄悄，夜迢迢。碧云天共楚宫遥。梦魂惯得无拘检，又踏杨花过谢桥……"

浮花问道："少爷，这首诗什么意思？"

林如翡笑着说："一个痴人，做了个春梦。"浮花似懂非懂。

笛声渐渐远去，林如翡又回到了昆仑山上。

到院子里时，天色已经暗下来，林如翡也有些倦了。浮花怕林如翡染上风寒，急急忙忙去烧了热水，催促着林如翡去泡个澡除去寒意。林如翡磨磨蹭蹭，好一会儿才进了浴桶。

浴桶很大，林如翡坐下，水刚好没过他的下巴。浮花临走时特意关上了浴室的窗户，林如翡泡了一会儿，却觉得有些头晕，又站起来，支着身子把窗户给拉开。

窗外便是他花团锦簇的院子，被周围的景色衬托着，那瘦弱的桃树更显得孤孤单单。林如翡泡在热水里，却发现不知何时，桃树上那朵唯一的花苞竟绽开了一朵柔软的小花。

小花只有五瓣，颜色淡粉，一点也不如山下桃花开得热闹，被雨水一打，看起来更是楚楚可怜。林如翡见到花开，心中有些急了，这雨越下越大，他家桃树好不容易开了这么朵独花，万一被雨水一打又谢了怎么办。

还真是怕什么来什么，林如翡刚想到这里，一阵大风刮过，小花的花瓣竟然脱落了一片，摇摇晃晃的，眼见便要落在泥泞的地面上。

林如翡瞪圆了眸子，正欲叫喊侍女的名字，却又来了一阵风，那花瓣打着旋儿被风卷起，竟朝着林如翡这边来了。林如翡见状也顾不得自己没穿衣服，急忙站起来伸出手想要接住那飘落的花瓣。

花瓣摇摇晃晃，飘飘忽忽，眼见就要落在林如翡的手心，可又是一阵无名风起，那花瓣竟被直接吹上林如翡的脸颊。林如翡来不及反应，便感到一个粉色的阴影，随着清风闯进了自己的眼眸。

林如翡条件反射般用手捂住了眼睛，他感觉有什么东西附着在了自己的右眼上，先是一凉，随后传来灼烧般的温度。

“啊……”叫声被压在了喉咙里，林如翡被突如其来的剧痛带走了意识，他软倒在了灌满热水的浴桶里，旋即，被拉扯着进入了一个怪诞的梦境。

梦境里。

林如翡第一次看见火红色的桃花林，不同于普通的粉色，眼前的桃林颜色浓郁得好像由烈火融成的一般。桃林内，一个影影绰绰的身影，站在桃林的深处。林如翡只能看见他的背影，那人一袭红衣，一头乌发，长剑斜斜地挎在腰间。

天地开始震动，桃花漫天，林如翡抬头，看见了血色的天空，还听到了一个声音，只是那个声音并不如眼前的景色这般动人心弦，反而带着些气急败坏的味道，那声音说：“我哪里比不上山脚下那些庸脂俗粉了，你居然还特意去看他们——”

下一刻，林如翡猛地从梦中惊醒，听见自己的侍女正在外面咚咚地敲门，似乎马上要破门而入。

“少爷——少爷——你再不应声，我真的进来啦。”浮花许久没听见林如翡的声音，第一个反应便是自家少爷泡晕过去了，急着想要进来看看情况。

林如翡连忙道：“我没事，你别进来。”

“少爷！你怎么不应声呀，都吓坏我了。”浮花听见林如翡的声音，这才松了口气，埋怨道，“可是要再泡上一会儿？”

“不用了。”林如翡觉得自己有点晕，“我就起来。”

浮花“嗯”了声，还是有些不放心，依旧在门口守着，时不时和林如翡搭上几句话。林如翡知道自家侍女的心思，倒也没有厌烦。他拿起毛巾擦净了身上的水，却感觉自己的右眼有些不舒服，他抬手摸了摸自己的右眼，想到了什么，起身朝着旁边的琉璃镜走去。

这面琉璃镜子是他姐姐送他的礼物，和一般的铜镜不同，可以将人形照得十分清楚。林如翡借着烛光贴近了镜子，当看清楚自己镜中的脸庞时，整个人都呆住了。只见他那比寻常人瞳孔颜色淡了许多的右眼里，竟多了一片浮着的桃花，那桃花颜色淡淡，好似真的只是一瓣落花被风无意间吹进了他的眼眸。

林如翡重重地揉了揉右眼，确定不是自己出现了错觉。他匆忙转身，换好了衣物，随后对着门外等待的浮花道：“浮花，我二哥在哪儿？”

浮花疑惑道：“今天郁南顾家刚到昆仑，二少爷好像是接人去了。少爷，怎么了？”

林如翡深吸一口气：“没事，你先下去吧。”他停顿片刻，“你去通知二哥，让他得空了，马上过来一趟。”

浮花虽然不明所以，但还是听从了林如翡的吩咐，离开院子找林辨玉去了。林如翡则苦笑着捂住自己的右眼，只希望事情不像自己想象中的那么糟糕。

林如翡虽然没有练过剑，但却读过很多书。

他知道如今神州之上，共分四块大陆，分别是北玄都、南怖厄、西穹隆、东瑶光，其间以海相隔，相距万里之遥。其中三块大陆被人类占据，唯有最南边的怖厄大陆，其上生活的，是一群强大的妖族。

这群妖族实力强横，性情残暴，若不是数量太少，恐怕会是人类的大麻烦。而妖族们最为恐怖的是，他们极为强大的元神即便脱离了肉体，也能保存大部分的实力。正因为如此，妖族有着人族很难学会的一个招数——夺舍。

若是肉体损坏，便换一个新的，即便是飘过海千万里，元神也依旧能轻而易举地附着在普通的人类身体上，直到将人类的元神吸食殆尽，才会另寻他主。

林如翡看过不少关于妖族的记载，无一不是强调妖族十分凶残狡诈，喜欢以外貌迷惑人类，其中还有些既香艳又恐怖的段子，看得出人们对于这种异族既好奇又畏惧。

刚才屋内发生的一切太过诡谲，林如翡第一个反应，便是自己被妖族夺了舍，所以急忙让浮花去叫林辨玉过来。

可是现在当林如翡再次站到镜子前，他却发现自己右眼中的桃花痕迹在渐渐地变淡，最后彻底消失在了他淡色的眸子里……这到底是什么？林如翡有些茫然地想。

浮花去叫林辨玉了，林如翡便趁着这个机会，回了自己的寝室，坐在桌边，拿起一本书，随手翻开了扉页，撑着下巴心不在焉地看了起来。

浮花回来得有些慢了，林如翡本来以为她是没找到林辨玉，谁知她却是和林辨玉一起回来的。

“少爷，少爷。”浮花在外轻轻敲着门，带着些喘息声，想来是回来得很急，“二少爷来了。”

“如翡。”林辨玉的声音也从外面传来。

“哥，进来吧。”林如翡道。

林辨玉推门而入，看见林如翡的模样后，眉头微微皱了皱，转身出去了。再进来的时候，手里多了一块厚厚的毛巾，叹着气走到林如翡身后，把他湿漉漉搭在肩膀上的黑发裹了起来，缓慢地揉擦着：“你呀，底子本来就弱，春寒入骨，也不知道照顾自己。”

林如翡闻言只是笑：“我哪有那么柔弱。”

林辨玉挑眉，最后还是给自己这个体弱的弟弟留了些面子，没有继续说下去，而是道：“这么急着叫我过来，可是出了什么事？”

林如翡迟疑片刻，道：“我刚刚沐浴时，做了个梦。”

林辨玉道：“梦？”

“嗯。”林如翡斟酌着用词，“我梦到了一片桃花林，桃花林里还有一个红衣背影，看不清楚模样，但……十分漂亮。”

林如翡本以为二哥听了自己的话，也会跟着紧张，谁知林辨玉的表情却变得有些奇怪，双眼中藏着些隐忍的笑意，那些笑意最终在他的眸中化开，化作了唇边的浅笑：“嗯……弟弟是长大了。”

林如翡道：“啊？”

林辨玉道：“可是有心仪的女子？”

林如翡表情僵住，这才明白为什么林辨玉的神情如此奇怪，原来他竟是将这当作了一个春梦。林如翡哭笑不得：“二哥，我不是说这个——”他忙指了指自己的右眼，“然后我在自己的右眼里，看见了一朵桃花。”

林辨玉神情一凝：“什么？”

林辨玉闻言，靠近林如翡，仔细地观察了一番他的眼睛。林辨玉越看眉头皱得越紧，林如翡见了心中也跟着紧张起来，连呼吸都屏住了。

“你把整件事细细地说给我听。”林辨玉道。

林如翡便将自己沐浴时瞧见院子里桃树落花，伸手去接最后被桃花入眼的事一一说给了林辨玉，林辨玉听完，沉思许久。

林如翡小声道：“二哥，这可是和妖族有关系？”

林辨玉抬头，冲他做了个噤声的手势：“你同我说也就罢了，绝不可在外人面前提起妖族。那桃花是我看着种下的，一丝妖气也没有，应该和妖族无关，只是……”

林如翡道：“只是什么？”

林辨玉说：“我明日再叫大哥重新为你仔细看看。”

林如翡觉得林辨玉表情不太对：“二哥，你看出了什么？很严重吗？”

“我什么都没有看出来。”林辨玉叹息，看着自己弟弟的眼神里有些忧愁，“可连我都看不出来，想来这东西肯定不一般。你今夜好好休息，切莫多想。罢了，我今天也不回去了，让浮花准备厢房，我就在这里歇息一晚。”

林如翡张了张嘴，却不知道该说些什么。他对于修仙之事一窍不通，遇到这样的奇异之事，更多的是茫然无措。

林辨玉并未多说什么，用剑气将林如翡的头发烘干后，便催着他休息去了。可躺在床上，林如翡却一点睡意都没有，他侧头看着镜中的自己，面上不见一缕桃花的痕迹。难道白日所经历的一切，都只是一个怪诞的梦境吗？可梦境怎会如此真实？林如翡翻来覆去，彻夜未眠。

第二日，早起的玉蕊正打算像往常那般准备早饭，谁知路过自家公子厢房时，却听到里面传来了断断续续的咳嗽声，咳嗽的主人想要刻意压制住喉咙间的痒意，却失败了。

玉蕊一听这声音就知道糟糕，连忙去厨房里叫了浮花：“浮花姐姐，浮花姐姐，公子在屋里咳嗽呢。”

浮花一听表情微变：“咳嗽？”

玉蕊道：“是啊，我从外面听，咳得可厉害了。”

浮花放下手中做的事，带着玉蕊便去了林如翡的厢房。敲了好一会儿门，里面才传来一声微弱的“进来”。

“公子——”侍女担忧的声音好似隔着一层浓浓的雾，听不太清晰。林如翡半睁着眼睛，苍白的脸上，浮着因为高烧出现的病态嫣红，他艰难地动了动唇，吐出了一个“水”字。

浮花连忙扶住了他，将温水递到他的唇边。

“我怎么又病了。”林如翡嘟囔着，带着些孩子似的气恼，“不就是淋了一会儿雨，咳咳咳，可别告诉我二哥，咳咳咳……”

浮花面色忧愁，道：“二少爷一大早就出去了，定然不会知道的。”就算知道，也肯定不会怪罪林如翡，而会怪罪身为侍女的她们侍奉不周。

昨日春寒，林如翡为了赏花淋了一路的雨，回来后本打算泡澡消去寒气，可谁知澡泡到一半，突然遇到了意外，平白受了一场惊吓。昨夜林如翡翻来覆去无法入眠，黎明时分，便感觉到身体不适，不但额头滚烫，喉咙里的痒意也是怎么都压不下去，最后还是被路过的玉蕊听见了。

都说生惯了病的人都该习惯了苦药，可无论多少次，林如翡嗅到那苦涩的药香，都是皱着一张脸，唉声叹气地在侍女的瞪视下咽下那一口口黑色的药。

林如翡喝的药，从来都是最好的，奈何他的底子差，于寻常人而言，已是灵丹妙药的好东西，入了他的口却是一点效果都没有。

今日也不例外，林如翡喝完了药，嘴里便被生闷气的玉蕊塞了一块酸甜的梅子，口中的苦意这才渐渐散去。

“这药也太苦了。”林如翡道，若是他没有咳嗽着说这话，或许会更有说服力，“反正吃不吃也都一样，不吃也能好的……”

浮花幽怨的一声“少爷”，让林如翡露出讪讪之色，他叹了口气，妥协道：“好，好，我这不是有乖乖喝药嘛。”

玉蕊哼了声：“那还不是我们盯着，少爷，你再用药浇门口的花花草草，我看它们都要成精了。”

浮花拍了拍玉蕊的脑袋：“好了，少爷病着呢，有时间在这儿说俏皮话，还不快炖梨子去。”

玉蕊噘着嘴，一溜烟地跑了。浮花则拿来了温热的毛巾细细地为林如翡擦去脸颊上的汗渍，又换了一块干净的，盖在他的额头上。

林如翡无精打采地躺在床上，这会儿也没有什么心情去想什么桃花不桃花的，只求着自己这病能快些好，不然等到山下桃花谢了，恐怕都看不了第二次。

浮花瞅着自家少爷愁眉苦脸的模样，忍不住露出笑意，温声道：“少爷，你就先养病吧，桃花什么的年年都有呢。”

林如翡无情地指出了侍女的欺骗：“你去年也是这么说的。”

浮花语塞。

林如翡道："前年也是！"

浮花干咳一声，也有些无奈："谁叫少爷每到春天的时候，就总爱生病呢。"

林如翡登时蔫得好像霜打的茄子，说不出反驳的话来了。

因为林如翡的体质孱弱，所以外面虽然知道昆仑剑派掌门一共四子，但大部分人并不知道"林如翡"这个名字。他就像玉石堆里的一块黑色石子，没有任何人的目光会落到他的身上。

林如翡起初还担心，万一自己咳嗽的样子被哥哥们看见了，恐怕侍女们又得被怪罪，但很快，他就发现自己没有那么多力气担心这些事了。高烧和咳嗽迅速带走了他的体力，他只能躺在床上，艰难地起伏着胸口，意识也渐渐模糊。

浮花一直在旁边守着，看着林如翡的模样，神情十分担忧，但她能做的事都做了，只能在心中祈愿。

林辨玉很快便带着林珉之回来了，见到林如翡的样子，两人的脸色都不太好看，但好在也没有怪罪浮花，只是让她退了下去。

林珉之坐到床边，按住林如翡的脉搏，仔仔细细地检查了一番。林辨玉在旁神情凝重，直到林珉之的动作慢了下来，他才沉声问道："如何？"

"小韭当真是那么说的？"林珉之问。

"自然当真。"林辨玉回答。

林珉之摇摇头："我没有查出什么异样来，就算是大妖夺舍，这么短的时间也定然会留下些破绽。他白日是不是去了一趟桃林，会不会是遇到什么东西，惊了心神？"

林辨玉沉思不语。

林如翡又发出一连串剧烈的咳嗽声，他的意识有些迷糊，好一会儿才意识到大哥和二哥就在自己身边，很艰难地开了口，叫出了一声"哥"。

林珉之见状一声叹息，道："先让小韭休息吧，万爻过几日便出关了，到时候我去让他来给小韭诊断一番。这几日让浮花盯紧些，有什么异样，立马来报。"

万爻是昆仑派内医术最为精湛的药师，之前林如翡的病都是他给看的，不过他为了冲境已闭关半年，算算日子，近来应该就要出关。

林辨玉叹息，知道如今只能如此，林如翡现在的身体状况，经不起任何折腾。林如翡本就先天不足，虚不受补。若说常人的身体是个水桶，只要往里面加水，就会慢慢好起来，那林如翡的身体，就是千疮百孔的筛子，再怎么往里面倒水也会漏得一干二净。

不过在林珉之确认林如翡身上的异样和妖族无关后，林辨玉还是略微松了口气，毕竟能在昆仑山上隐匿行踪的妖物，恐怕不是一般的大妖。

两人害怕影响林如翡休息，确定他无事后，便离开了，走时叮嘱浮花和玉蕊，这几日要特别关注林如翡的衣食住行，不可怠慢半分。

浮花、玉蕊一一称“是”。

林如翡这一病就是三天，直到第三日的下午，高烧才渐渐退了，勉强能靠坐在床边。

这几日他几乎没有进食，全是靠着汤药吊命，听着浮花温声问他“可想吃点什么”，也只是恹恹地摇头，毫无胃口。

浮花知晓林如翡定然不舒服得厉害，便也没有多问，轻手轻脚地离了屋子。林如翡则靠坐在床边，瞅着窗户那头烂漫的春色。

此时天色已经放晴，经过一场春雨，树梢上的花蕊凋落不少，被雨水一冲，都化作了春泥。林如翡的烧虽然退了，但依旧有些咳嗽，因为咳得太厉害，胸口的位置也隐隐作痛起来。

浮花回来的时候，手里多了一碗汤，汤已经去掉了油沫子，撒上了一层翠绿的葱花，光闻起来就十分鲜美。只是林如翡喝了太多的药，口中寡淡无味，看了眼汤也觉得毫无胃口。

浮花也不劝，把汤放下，就坐在旁边剥着从山上滇池摘下来的新鲜莲子。

林如翡觉得屋子里有些过分地安静，忽地想起了什么，问道：“玉蕊呢？”

浮花慢慢道：“玉蕊啊，笨手笨脚的，让她熬个汤，把手给烫着了，这会儿正哭着鼻子去找陆郎中拿烫伤的药去了。”

浮花和玉蕊都是练过的，一般的火哪里奈何得了她们，想来是为了给林如翡熬这特制的汤，用了灵火，掌控不善，才被烧伤。林如翡嗅着汤的气味，叹了口气：“拿来吧。”

浮花嘴角勾起一抹暗笑，她看着林如翡虽然满脸厌恶，但还是一口口将汤咽了下去，神情越发地温柔。浮花知道，她家的公子，和其他人是不一样的，他本可以骄纵，可以暴戾，可以毫无顾忌地发泄心中的愤懑，但他并没有。

汤的味道倒也没有想象中的那么糟糕，林如翡喝完后，感觉体内涌起了一股暖意，冲淡了喉咙的不适，咳嗽的欲望淡了不少。

“外面天气好着呢，公子可想出去走走？”浮花见外面天色不错，试探着问道。

林如翡的确躺得有些烦了，但身体没什么力气，怕是走不动几步，便摇了摇头。

浮花哪会看不出林如翡在想什么，她起身离开了屋子，片刻后，从屋外推进来了一架精致的轮椅。

“少爷，浮花推着你出去吧。”浮花温声道，“屋子里闷得厉害，咱们就在周围转一转也好呀。”

这轮椅是林辨玉亲手做的，材质十分特殊，轮子里还刻了特殊的符篆，就算没有人推着，略施巧力也能轻松爬越山道。

“也好。”林如翡在床上躺了三天，能出去呼吸些新鲜空气，自然也是好的。

浮花见到林如翡同意了，便喜笑颜开，扶着林如翡坐上了轮椅，又取了白色狐裘，将林如翡裹了个严严实实，两人才慢慢往外走去。

平日里林如翡的脸色就不大好看，这会儿更是苍白如纸，连唇色都淡得好像变透明了。寻常人病成这样，自然不会好看，但偏偏林如翡生了一副好相貌，如此病着，倒是有种憔悴的美，让人看了不由得心生怜意。

林如翡住的地方，一般昆仑剑派的弟子是不能过来的，所以十分清幽，只闻鸟鸣花香，不见一丝人气。

林如翡喝了汤药，精神比刚才好了许多，坐在轮椅上由着浮花慢慢地推着，心情倒也舒展不少。

“那日我发烧后，大哥和二哥可曾有同你说些什么？”林如翡忽地想起了三日前自己的那场梦，还有那朵桃花，这几天他病得意识模糊，都快忘了这件事，看见院子里的草木，才想起来。

“只是让浮花好好照顾少爷，没说什么别的。”浮花并不明白林如翡想问什么。

林如翡见她不明所以，目光便在园子里转了一圈，落在了角落里的桃树上。那桃树被其他树木繁茂的花蕊和枝叶遮掩，只能看到一个小角，并不十分清晰。浮花见状推着林如翡朝那里走去，最后停在了枯瘦的小桃树下。

或许是因为前几日的春雨，桃树上仅剩的那一朵花蕊也不见了，此时桃树还未抽叶，光秃秃的模样，像极了一个被欺负的瘦弱孩子，透着十足可怜的味道。

林如翡看着它的模样，一时间竟有些分不清楚，几日前那场落花，到底是不是自己的梦境。

浮花见林如翡神色怔怔，还以为他是在为那一朵花蕊难过，连忙转移话题道：“少爷，我听闻今日二少爷要和人比剑，您可想去看看？”

林如翡听到这消息，奇道：“哪一家的人？”

“就是前几日来的郁南顾家。”浮花道。

“顾家？”林如翡思量道，“没听说过他家在这一辈有什么厉害的人物啊。”

浮花笑道：“是啊，前些年不行，但是近些年听说顾家不知从哪儿认回了一个天资卓越的私生子，只是短短几年，就比他那些正经八百的兄弟姐妹强多了。”浮花到底是个女孩子，喜欢听些有趣的八卦，对于这些事倒是十分清楚。

接着浮花又津津有味地和林如翡说了些顾家的事，什么顾家的家主娶了一对关系特别好的女人，本来是指望享受齐人之福，结果某日回家看见二人合谋算计自己。这还不是最精彩的，最精彩的是大怒之下的顾家家主还没来得及对自己的女人动家法，那一妻一妾竟然联合母族，将顾家家主软禁了起来，褫夺了他手里的所有权力。

“那妻子对他说，你要是乖乖的，我就留着你，好吃好喝伺候你，你要是不乖，我就把你毒傻了，当个废物傀儡，等咱们儿子长大——”浮花绘声绘色地描述着大族秘密，兴奋得神采飞扬，“那家主没法子，只能捏着鼻子认了！那妻子真不是个简单的人物，听说今天和二少爷比剑的那个私生子，就是她坚持要认回顾家的。”

林如翡听着浮花讲述，也露出笑容，不过相比八卦秘闻，他倒是对比剑这事更感兴趣。

如今林辨玉的修为已登八境，能看到他剑术的机会是越来越少了。虽然林如翡要是想看，林辨玉肯定会展示给他看，但有对手的剑和没有对手的剑，却是全然不同的景色。

“我们去看看吧。”林如翡紧了紧身上的狐裘，低低地咳嗽两声，“自从二哥游历归来，我都好久没有见到他同人比剑了。”

“好呀好呀。”浮花自然也乐得于此，但转念一想，又有些担忧起来，她道，“可是剑场的人有些多，少爷你病才刚好……去人多的地方，万一又渡了病气……”她刚才只顾着转移话题，倒是忘了这茬了。

林如翡闻言，淡色的眸子垂了一半，露出略微有些哀伤的神情，低落道：“也是……你还是送我回去躺着吧，免得又病了，还得让你们辛苦照顾我。”

浮花最看不得这个模样的林如翡，心尖子顿时都揪了起来，忙道：“好像也没有那么严重，没事，咱们提前去给那边打个招呼，让他们空个阁楼上的看台出来，咱们在里面待着，不出来就行了。”

“真的可以？”林如翡睫毛轻颤，问得小心翼翼。

“可以，自然可以的，没什么不可以的。”浮花连声安慰，“咱们家少爷就算是想要天上的星星，浮花也给您摘下来！”

林如翡这才展眉一笑，看得浮花心花怒放，可她却没有注意到，自家少爷在低头的瞬间，眼角流露出了几丝狡黠，只是一闪而过，很快便淡去了痕迹。

# 第二章 昆仑山

昆仑山上，每隔四年就会举行一场大型的剑会，供百家弟子切磋剑术。胜者，则能获得昆仑山上最好的铸剑师打造出的一柄剑刃。无数剑修的梦想，就是能获得昆仑剑派的一柄本命剑，只可惜获得这柄本命剑最大的阻碍，便是昆仑派的嫡传弟子。林如翡清楚地记得，往前推数二十年，夺得头筹的分别是他的大哥、二哥和三姐，这几年大哥忙着处理门派事宜，三姐离开昆仑游历，于是二哥便又参加了剑会。这就是明明白白地告诉外人，昆仑派的剑，不是那么好拿的。

林如翡小时候最喜欢剑会了，因为举办剑会时的昆仑不同于往常的冷清，格外地热闹，他能看到好多平日里没见过的稀奇玩意儿，尝到好多有趣的零嘴儿。只是后来长大了，心里明白了些道理，林如翡便不再去了。今日若不是听浮花说能见到二哥的剑术，恐怕他也没有太大的兴趣。

浮花担心林如翡在人群里染了病气，便先飞信传书，让剑台的弟子将剑台最好的看景阁楼收拾一间出来。这些阁楼的位置是用符箓悬在半空中的，既不用担心他人叨扰，也能在最好的角度将整个剑台一览无余。

今日的剑台，人格外地多。

大约是听闻了林辨玉要同顾家比剑，所有闲下来的弟子和剑客都早早地去了剑台，想寻个合适的位置一睹林辨玉那把天宵剑的风采。

“田老弟，还好你得了消息，早早地来了，不然这么多人，咱们怎么挤得进来啊。”左元白看着身后的人山人海，冲着自己的同伴感叹着。

同伴田韫得意地点头：“这不多亏了我认识几个昆仑派的弟子嘛，他们早就知道今天林辨玉要同顾家的弟子比剑，就和我提前说了声。”

左元白环顾四周，看到了悬在剑台旁侧的阁楼，不由得感叹道：“哎，要是咱们能坐在头顶上那阁楼里看着比试该多好啊。”

“你就别想啦。”田韫摇头晃脑，卖弄着自己的消息，“这阁楼啊，不是花钱就能上去的，必须得是昆仑派的贵客才行。这昆仑剑派向来傲气得很，能坐上去看剑的人，简直是屈指可数。”

他正说着，人群后方却发出了嘈杂的惊呼声，紧接着，半空中竟出现了一个身着鹅黄长裙的女子。女子面容姣好，神情却冷若冰霜，脚下踏着一把细长的飞剑，吸引了所有人的目光。而更加引人注目的，却是她手里推着的轮椅，那轮椅上，坐着个身着雪白狐裘的青年，那狐裘将他裹得严严实实，只露出一张俊美但格外苍白的脸颊。青年身上的装饰物，就只有用来束发的一根黑色木簪，可浑身上下却透出一股让人不敢逼视的贵气，好似多看一眼，都是亵渎。

女子推着青年坐的轮椅直接飞进了阁楼，随后便放下阁楼上的纱帘，遮住了一干探寻的目光。

左元白还是没有回过神来，怔怔地看着阁楼的方向：“那人是谁啊？”

“没见过啊。”田韫同样愣怔。

“这姑娘已经能御剑飞行，想来已是到六境了吧。”左元白艳羡道，“真好啊……”

五境到六境对于剑修而言，是最难跨过的门槛，一旦到达六境，便可御剑飞行，寿元也会增长到三百岁之久。

田韫赞同地点点头：“也不知道她和那位公子是什么关系。”

左元白叹道：“无论什么关系，都不是我们能觊觎的。”

田韫也是一声叹息。

他们两人都出生在小门派，此时也不过刚及四境，能来昆仑山看剑，已是天大的福报，所以内心虽起了些波澜，却深知有些事情，不是自己的命格能触碰的。

这个插曲，让左元白和田韫的心中都生出了些莫名的失落。

好在很快，两个登上剑台的主角，便将这种失落驱逐开来。先到场的是林辨玉，他是走着上剑台的。他穿着一身青衣，神情温和，一双漂亮的桃花眼里，盈满了让人心醉的温柔笑意，好似拂面春风，徐徐吹来。众人的目光，带着狂热，看着他，也看着他腰间那把闻名天下的天宵剑。

林辨玉到了台上，做的第一个动作，却是朝着悬空阁楼的方向看了一眼，随后嘴唇微动，似乎和阁楼里的人说了什么，脸上露出些既宠溺又无奈的表情。

“他和阁楼上的人认识？”左元白道，“难道阁楼上的，也是昆仑派的弟子？”

“不可能啊。”田韫说，“你别看这林辨玉一副谦谦君子的样子，听说性子却是昆仑派里最霸道的那个，就算是林珉之，也不敢随意招惹他，他能看得上的人，在这昆仑派里，屈指可数啊。”

显然不光是他们两人奇怪，周围人也都开始好奇阁楼里那人的身份，有人猜是白裕城那边的贵人，有人猜是万乐谷里的仙人。

总而言之，这些众说纷纭，林如翡是听不到的。帘子一放下来，屋内便安静下来，浮花弯下腰为他倒了一壶早就备好的热茶，又拿出毛巾细细地擦净了林如翡的手指，温声道：“少爷，我让他们备了些新鲜的糕点，您要是饿了，就吃两口吧。”

林如翡点点头，但并没什么胃口，隔着薄薄的纱帘看向了站在剑台中央的自家二哥。

林辨玉见他来了，并未说什么，只是叮嘱浮花别让林如翡冻着，毕竟春寒料峭，林如翡又大病初愈，万一再次病倒，那可就不是小事了。浮花一一应“好”，又不知从哪里摸出了一条厚厚的绒毯，搭在了林如翡的膝盖上。林如翡面露无奈，怀疑浮花的虚纳戒里是不是尽放的这些乱七八糟的杂物。

偏偏浮花这小妮子还振振有词，说：“能给公子用上的东西，怎么能叫乱七八糟的！”

林如翡登时语塞。

“哎，顾家的那小子来了！”浮花见有人飞上剑台，忙说，“公子快看！”

林如翡便抬眸看去，却看见了一抹身影，灵巧地跳到了剑台上，因为隔得有点远，林如翡看不太清楚那人的面容，但能清楚地看到顾家四子那一头漆黑且凌乱的长发，还有他身后用黑布裹着的一把巨剑。他的个头不算太高，背着的巨剑几乎快垂到地面上，看得人颇为担忧。

“我叫顾非鱼！”顾家四子的声音还带着些少年人的清脆，他对着林辨玉道，“听说你的剑法很厉害！”

林辨玉展颜一笑，谦虚道：“还算凑合。”

顾非鱼眼珠子转了转：“赢了你，是不是就能从昆仑山上拿一把自己最喜欢的剑走？”

“自是可以。”林辨玉回答。

“那我就要你的天宵吧。”顾非鱼就这么大大咧咧地说出了惊人之语。

这话一出，原本嘈杂的看台瞬间安静下来，所有人的目光都投向了剑台上的林辨玉，想要看看他面对新人的挑衅会做出怎样的反应。

然而所有人都失望了，林辨玉既不恼怒，也不反驳，脸上温和的笑容依旧，他的手抚上了天宵的剑柄，如同抚摸自己最深爱的情人："想带走它？那就得看你够不够强了。"

顾非鱼大笑着拔剑，只是他拔出的，却不是身后的巨剑，而是斜挎在腰间的一柄平淡无奇的剑。此剑一出，剑台上便涌起了翻腾的剑气，两人脸上的笑意都渐渐收敛。

平地风起，顾非鱼出了第一剑。

林如翡看不见顾非鱼的这一剑是何时拔出的，他只看到一道火光以极快的速度掠过剑台，瞬息之间，便到了林辨玉面前。林辨玉并不躲闪，右手拔剑，天宵出鞘，剑刃发出阵阵嗡鸣，他看似随性地抬手一挥，剑刃便同火光相接，发出锵金鸣玉之声。

顾非鱼的身形这才显露，他脸上带着张狂无状的笑容，漆黑的发丝凌乱地散在身后，随后脚下猛蹬，刹那间腾空而起，对着林辨玉做出了一个劈砍的动作。四周的空气竟随着他的动作燃起了爆裂的火焰，伴随着噼里啪啦刺耳的响声，站在面前的林辨玉，面容也随之模糊。

林辨玉剑刃微横，竟是打算就这样硬生生地接下顾非鱼这全力一击。

顾非鱼猛冲下来，手中之剑，化作一道刺目的白虹。

那柄剑，既不锋利，也不灵巧，可偏偏劈出了撼动山河的气势，狂躁且霸道的剑气席卷了整个剑台。

一声响彻云霄的巨响。

青石筑成的剑台上出现了一道三丈宽的裂缝，裂缝以排山倒海之势，崩裂分解，登时尘土满天，剑台之上，一片混沌。

林如翡看不见台上发生的事，浮花神色微动，轻声道了句："这顾家四子，好生厉害。"

剑台是特制的，上面的每块青石上都雕刻着特殊的符篆，这十几年来，能在青石上留下这样伤痕的剑修已是寥寥无几。

周遭的看客，早就被这一剑落下的剑气吹得七零八落，浮花倒是早有预料，上前一步挡在了林如翡面前，身上的鹅黄裙摆，被吹得猎猎作响。

尘土中却有一抹光芒亮起，好似暗沉夜色中腾然升起的皎洁明月，涌向滔滔大河。

"好剑。"是林辨玉的声音。

顾非鱼露出惊愕之色，他收手，后退一步，看见了站在尘土中的林辨玉。

依旧一袭青衣，一柄白剑，衣角一尘不染，恍若谪仙。

那条被顾非鱼劈出的巨大裂缝，止在了林辨玉的身前，他脚下的青石完好如初，不见分毫破损。

顾非鱼低低地咳嗽几声，唇边溢出血渍，却是抬手有些厌恶地狠狠擦去："你赢了。"

自然是林辨玉赢了。

顾非鱼手里的那把剑，已经碎成了几段，只余下手中孤孤单单的一把剑柄。

林辨玉将天宵入鞘，平静道："这剑配不上你。"

顾非鱼无所谓道："是不配。"他说着便将手里的残剑随手扔到了一旁。

林辨玉道："为何不用你身后的剑？"

顾非鱼沉默片刻，有些无奈道："我怕你把它抢了。"

林辨玉挑眉，似乎被顾非鱼逗笑了："抢了？我林辨玉见过的好剑没有一万也有八千，何至于来抢你个小孩子的剑？"

顾非鱼认真道："这不是我还没有完全降伏它嘛。这把剑有些特别，花心得不得了，看见喜欢的剑修就迈不动腿了——所以我得保证，在彻底降伏它之前，让它别见到更适合它的人。"

顾非鱼说着，自己忍不住先笑了起来，脸上倒是没了刚才的戾气，带着些少年人的天真和柔软："不过和你打了一次，我倒是确定它不会喜欢你了。"

"为何？"林辨玉好奇。

顾非鱼嘻嘻笑道："这是秘密，我不告诉你。"他一边说话，一边将身后的巨剑放了下来，温柔地隔着黑布摸了摸，又道，"可否再战一场，我还没有打够！"林辨玉微笑颔首："可。"

顾非鱼闻言，抬手便去解大剑上的黑布，一边解还一边问："林辨玉，我听说你是昆仑剑派里最有天赋的剑修，是吗？"

林辨玉不客气道："至少现在是。"

顾非鱼自言自语："那我就放心了，周围这群人都是废物，不用担心这花心剑会看上他们。拿上它，我实力能再涨上三成，再和你打上一场，痛快！！"

林辨玉但笑不语，衣角无风自动，战意再次燃起。

两人的目光都落到了那柄黑色的重剑上，开始期待起接下来的比试，可谁知顾非鱼刚解开重剑上那块看似平淡无奇的黑布，重剑就发出嗡嗡的鸣叫，顾非鱼听闻此声大惊失色，叫了声"不好"，然而一切都已太晚，那重剑竟无须人御剑，就这么直直地飞了起来，朝着剑台两旁悬浮着的阁楼就这么插了过去。

林辨玉看见重剑飞往的方向，也是脸色大变，那阁楼，正是林如翡坐的那一间！

几乎是同时，两人都朝着重剑的方向飞去，想要将那剑拦下，可两地之间的距离相隔实在太短，不过是眨眼的工夫，重剑便冲破了纱帘的阻隔，硬挺挺地插进了阁楼的地板里。而在大剑之后，顾非鱼看见了一个坐在轮椅上脸色苍白的俊美青年，手里还捏着一块绿豆糕，他满脸莫名，眼神里满满的疑惑，显然没明白这把本来该好好待在剑台上的大剑，为什么会突然出现在自己的面前，还发出嗡嗡声，简直如同一只……讨好主人的小狗。

浮花脸色铁青，护在林如翡身前，厉声呵斥顾非鱼："你做什么！万一伤到公子怎么办！"

顾非鱼委屈得要命，指着林如翡差点没哭出来："明明是他勾引了我的剑……"

林如翡茫然四顾："啊？"

时间倒退回方才，林如翡坐在阁楼里，瞧着他哥和顾非鱼站在一片狼藉的剑台上聊天，见顾非鱼似乎打算取下他背上背着的那把重剑，林如翡觉得有些无聊，便拈起了一块绿豆糕放到唇边，轻轻地含了一口。这绿豆糕的味道一尝便知道是浮花亲手做的，甜淡适中，还带着股淡淡的清香。

只是这一口绿豆糕还没完全咽下去，林如翡的耳边便传来了利器破空的尖锐长啸，随即一道残影直直冲到他的面前。"扑哧"一声闷响，林如翡脚下踩着的青石板被利器穿透，金色的阳光中，细微的灰尘盘旋腾空。林如翡定睛一看，竟看见了一把黑色的巨剑，就这么斜插在离他脚不过一寸的地方，剑身漆黑如墨，正发出嗡嗡的鸣叫。

接着原本站在剑台上的顾非鱼疾驰而至，被浮花伸手拦下。

"什么叫我家公子勾引了你的剑！"浮花怒斥，"你这人简直太没礼数了！"

顾非鱼嘟囔道："我哪儿知道这里还坐了个高手啊……况且你家公子这么厉害，怎么可能被剑伤到？"他说着，看向了坐在轮椅上一脸淡然的林如翡，拱了拱手，行了个礼，"我叫顾非鱼，不知这位前辈尊姓大名？"

顾非鱼虽然性子刚直，但也并非毫无眼色，这林家剑台上的阁楼可不是随便谁都能上来的。林如翡虽然面容年轻，脸上气色也不大好，但身上的那股子贵气，可不是随便哪户人家都能有的。顾非鱼虽然能看出浮花是六境的修为，却看不出林如翡的深浅，不过想来能用六境剑修当侍女的人……能不招惹，自然最好。

"这是舍弟林如翡。"林辨玉淡淡道，"他自幼身体不佳，甚少见人。顾公子，你还是快取了你的剑，早些离开这里吧。"

虽然顾非鱼是无辜的，但林辨玉脸上还是透出些许淡淡的不豫。林如翡的身体状况他如何会不知道，如今顾非鱼的剑出了意外，还对着林如翡一口一个前辈，倒是让人觉得他十分无礼。

“原来这便是传说中的林三公子。”顾非鱼露出了然之色。

他察觉了林辨玉似乎有些不高兴，便也不再多说，几步走到了自己的剑面前，呵斥道：“重锋，走了！”说罢伸手握住剑柄，想将剑拔出来，谁知顾非鱼手上用力，那黑色重剑却纹丝不动，还时不时嗡鸣几声，简直像是在讽刺他。

顾非鱼拔了一会儿，怎么都拔不出来，最后脸色越来越难看，直接破口大骂起来。他本来就是乡野出身，近年来才回到顾家，见惯了那些泼妇骂街的腌臜话，张口就是什么破烂货、贱蹄子之类的。

这话听得浮花眼珠子瞪得溜圆，大约这辈子都没听过这么接地气的骂街。

然而大剑丝毫不为所动，把顾非鱼气得直跺脚，最后林辨玉实在看不下去，几步上前便握住了那剑柄，想要结束这场闹剧。

顾非鱼也没有劝，就站在旁边干号，说：“没天理啊，我养了你那么多年，你才看了人家一眼，就看上人家了，你个杀千刀的——”

林如翡坐在轮椅上，手里的绿豆糕都快化了，只觉得放下也不是，吃了也不是。

林辨玉握上剑柄，用力之后，脸色却越来越沉，他已是八境的修为，有搬山之力，可这柄看似平淡无奇的重剑在他手中却纹丝不动，仿佛内藏万千山岳。

“拔不动的，拔不动的。”顾非鱼对于林辨玉的失利毫不意外，蹲在地上用力地扯着那一头杂乱无章的黑色长发，痛苦道，“‘人不如新，衣不如故’啊——”

随后又可怜兮兮地抬起头来瞅着林如翡，哀求道：“林三公子，都道‘君子不夺人所爱’，你就帮帮忙，让它死了这条心吧。”

林如翡叹气，还是把手里的绿豆糕放下了，温声道：“顾公子，不是我不想帮忙，是我本就体弱，也未曾修习过剑术，这剑连我二哥也拔不起来，我怕是帮不上什么忙了。”

“林三公子可别打趣我了。”顾非鱼惨叫道，“若是你连剑术都未曾修习过，它怎么可能看上你——”

林如翡闻言，又看了看还在和这把剑较劲的二哥，轻轻地咳嗽了一声，拍净了手上的碎屑，站起来道：“好，我便试试吧。”

林辨玉听见林如翡的声音，面色一沉，正欲说话，林如翡却先出声道：“二哥，既然顾公子这么说了，我便试试吧，让他死了心也好。”

林辨玉蹙眉，但见林如翡神情坦然，似乎并无不悦，这才松手，道：“那便试试吧。”

纱帘破了，阁楼又地处高处，带着春寒的风呼呼往里刮着，林如翡缓缓起身，原本整齐的一头乌发，被风吹得有些凌乱。重锋还在嗡嗡地鸣叫着，随着林如翡靠近，它的嗡鸣声越发兴奋，简直像是要从地上飞起来，蹭一蹭林如翡的衣角。

林如翡低低地咳嗽几声，抬手拢了拢狐裘，这才伸出修长但苍白的手，用力地握住了重锋的剑柄。

剑柄是凉的，触感十分光滑，林如翡在握上去的瞬间，却感觉自己好似握住了一块冻结的冰，然而下一刻，他的手心里，涌出了一股奇异的热流，这热流片刻间便流遍了他的全身，重锋的嗡鸣声更甚，坚硬的青石地面上，开始出现一条条明显的裂痕。

林如翡蹙眉，抬手拔剑。

站在一旁的顾非鱼倒吸一口凉气，眼睁睁地看着林如翡轻而易举地将纹丝不动的重锋从地板上拔起，那本该比山岳更加沉重的重剑，在林如翡的手里，却变成了一根飘落的羽毛，在半空中划出轻柔的弧度。

在场的几人都未料到这一幕，连林如翡自己都露出了略微惊讶的表情。

顾非鱼当即号啕大哭，就差在地上打滚了，说：“林二公子啊——你真的是坑惨我了！”

林辨玉神情复杂，想要对林如翡说些什么，却又将话咽了回去。

不得不说，重锋那黑重的剑身，看起来和瘦弱的林如翡格格不入。林如翡握着剑的模样，简直像是个文弱书生握住一根长长的烧火棍，偏偏那俊俏的脸蛋上，还带着一脸无辜。

这画面看得顾非鱼简直想要哭出声来。

“顾公子——”林如翡有些不知所措，便想将剑递给顾非鱼。

顾非鱼见状连忙伸手去接，谁知这剑一到他手上便直直地落到了地面上，又给地面插出了一个巨大的洞，顾非鱼怎么用力，它也不肯起来。

“我死了，我死了！重锋你这个没心没肺的王八蛋——”顾非鱼一屁股坐在地上，抱着重锋，像抱着自己家红杏出墙的婆娘，“你这个昧了良心的腌臜货——”

林如翡面露无奈，竟生出了自己抢了人家老婆的错觉来。

阁楼里，气氛安静得吓人，只能听见顾非鱼的哭嚷，林辨玉无奈地问道：“就没有别的法子了？”

顾非鱼擦着眼泪：“有倒是有的。”

“什么法子？”林辨玉问。

“就是得麻烦一下林三公子了。”顾非鱼说，“你得和它说清楚，你不爱它，和它是没有结果的——”

林如翡：“……”

林辨玉：“……”

浮花：“……”

主仆三人都被顾非鱼这不按常理出牌的话弄得语塞，还是浮花先反应过来，表情十分奇怪：“难道它能听懂人言？我家公子对它说这些话便有用了？”

“我也不知道，都是祖宗同我说的。”顾非鱼坐在地上，没有起来的打算了，“只是我祖宗给我这剑时已经快要老糊涂了，也不知道是不是在胡说八道。”他说着话，彻底躺在了地上，喃喃自语道，“不过这说起来，也是林三公子的缘分，”他侧过脸，眼巴巴地看着林如翡，“林三公子，能否用重锋挥出一剑，让我彻底死了心？”

林如翡看向林辨玉，寻求他的意见，林辨玉思量片刻，竟微微点了点头，道：“试试也无妨。”林如翡体内并无修为，举得起重锋可算作机缘，但若是真的能用重锋挥出一剑，就不是“机缘”二字能轻易解释的了。

林如翡伸手再次握住了重锋的剑柄。

和刚才一样，他手里的重剑，轻若无物，被他毫不费力地从青石上提了起来，众人的目光都落到了他的身上。林如翡喉咙里又浮起些许痒意，他没能憋住，沉沉地咳嗽了几声，苍白的脸颊上浮起病态的嫣红。

林辨玉见状，正欲说些什么，林如翡手里的重锋，却已经对着阁楼外面的一侧挥下。

顾非鱼屏息以待，然而重锋挥下，却寂静无声，他即便竖起耳朵，也只能听到外面细碎的风声。

什么也没有发生。

顾非鱼在庆幸之余，又有些失落。

老祖宗将重锋传予顾非鱼时，曾告诉他重锋内藏造化之力，可破山岳，可割阴阳。然而现在第一个能被重锋承认的人，一剑挥下，却什么也没有发生。

林如翡并不知道顾非鱼在想什么，他只是垂着眸子凝视着自己手中的重剑。

他最后一次握剑，还是在十几年前，十岁生日宴会的那天晚上。

他永远都记得，那是个晴朗的夜晚，他同二哥坐在昆仑山上最高的那棵松树上，撒着娇央求二哥，将天宵给他摸摸看。

林辨玉向来是最宠林如翡的那个，哪能经受得住弟弟的央求，便将手里的佩剑递给了林如翡。

林如翡欣喜地接了过来，可谁知天宵刚一入手，林如翡便发现这柄剑重如千斤，一个没拿稳，整个人从树上翻了下去。好在林辨玉及时救下了他，但也被吓得满头冷汗。

“越好的剑，便会越重。”后来，林如翡的母亲如是对他说道，“小韭，以后咱们不碰剑了好不好？”

“好。”林如翡听见幼年时自己如是回答。

林如翡只能拿得起最轻的剑，而在真正的剑修眼里，最轻的剑，在昆仑山上，连给小孩子当玩具都不配。

“我不是剑客。”脸色苍白的俊美青年，凝视着手中的黑色重剑，声音温柔得好似情人的低喃，他说，“我……不适合你的。”

重锋鸣声大作。

“你看，他等了你那么久了。”青年轻抚剑刃，安抚着躁动的重锋。他的手指白皙修长，在黑色的剑刃上一寸寸地拂过时，莫名地生出一种奇异的美感。顾非鱼看在眼里，竟是忽地红了脸颊，慌乱地移开了目光。

“你要是跟我走了，他会很伤心的。”林如翡温声道。他之前还觉得顾非鱼对他说的那些话有些不可理喻，但现在，他却清楚地意识到，重锋是能听懂自己的话的，“我身体这么弱，又没办法使用你，你跟着我，岂不是太委屈了。”他笑了起来，比常人更淡的眼眸，弯起柔软的弧度，“谢谢你心悦我，你还是第一把，心悦我的剑……”

林如翡说着，便张开手臂，轻轻将重锋拥在怀里：“我很开心。”

重锋重重地震了一下，似乎通晓了林如翡的心意，嗡鸣声渐渐沉寂。

顾非鱼站在旁边眼巴巴地瞅着，像个守着糖吃的小孩。

林如翡扭头看向他，眨眨眼：“可以了吗？”

“我不知道。”顾非鱼撸起袖子，深吸一口气，“宝贝儿，你跟我回去吧，我保证以后不骂你了——对你比对我媳妇还好！”他说完这话，嘴里又碎碎念了好一会儿，大都是些求平安的废话。

直到把林辨玉的眉毛都给念得拧起来，顾非鱼才战战兢兢地伸出手，虔诚地握住了林如翡递过来的剑柄。

林如翡松手。

这一次，重锋没有落到地上。

顾非鱼抱着重锋喜极而泣，在场三人，皆是松了口气。

林如翡又忍不住咳嗽起来，林辨玉冷着脸对着浮花扬扬下巴，浮花便赶紧将轮椅推了过来，扶着林如翡坐下。

“看来今天是打不成了，既然如此，来日再战吧。”林辨玉平静道，“舍弟身体有些不适，我便先送他回去了。”

顾非鱼有些不好意思地连声称“好”，他给人家平白添了这么些麻烦，虽然心中仍有疑惑，但也不好再开口询问。

林辨玉推着林如翡腾空而去，顾非鱼抱着重锋在阁楼上发着呆。

剑台下的看客们也渐渐散去，一切似乎都在归于平静。

然而就在这时，天边却忽地响起了巨大声响，好似滚滚雷鸣，又好似万潮突生，连绵不断，由远及近。

顾非鱼听着这白日惊雷，抬眸朝着来声处望去，眼神里流露出愕然之色——这昆仑山的北峰，竟然塌了一半。

他先是震惊，后来又忽地醒悟，心中不由得生出悚然的恐惧感……北峰所在之处，正是林如翡刚才挥剑的方向。

林如翡又开始咳嗽了。

这次喝了什么药也没有用，层层叠叠的痒意从他的喉咙里溢出，引得他不住地抖动着瘦弱的肩膀。

林辨玉坐在床边看着自己这个体弱多病的幺弟，吩咐侍女玉蕊去药房取些花露回来。

花露是治咳嗽的药，但会伤了胃气，除非是特别严重的时候，一般不会用在林如翡身上。

今天不用，却是不行了。林如翡喉头一片腥甜，他想要压下那股涌上来的铁锈味，却没有成功，只能用手里的丝巾按在唇边。肩膀一阵剧烈的抖动，林如翡好不容易喘过了气，便将丝巾一卷，想要藏起。然而林辨玉又哪里是那么好糊弄的，他手一伸，将丝巾夺了过来，看到了丝巾上一片暗红的痕迹。

林辨玉见到此景，重重抿唇，眸色暗沉。

林如翡想要说什么，林辨玉却做了个噤声的手势，示意他不必开口。林如翡知道二哥不高兴了，他不高兴的时候，都是这样的表情，他想要劝，出口的却是连绵不断的咳嗽，最后只能苦笑着作罢。

浮花站在床边，虽然一语不发，脸色却同样难看。

玉蕊回来得很快，手里捧着从药房取来的花露。

林如翡喝了花露，憋在胸膛的那口气总算是顺了不少，喉间的痒意也渐渐散去。

“出去吧，让他休息。”林辨玉起身。

浮花和玉蕊低声应“好”，垂头退下。

林辨玉帮林如翡掖好了被角，也退了出去。

林如翡靠在床头，神情恹恹，恍惚间，他好像听到了一声巨响，但又并不真切，好似只是他的幻觉罢了。

林如翡抬眸看向窗边，为了防风，窗户已经被浮花关上了，看不见院子，更看不见春景。

他好像一只被囿于涸辙里的鲋鱼，只能被困在此方天地。

不知睡了多久，林如翡听见屋内有人走动的声音。他半抬眼眸，蒙眬间看见浮花端着水盆进来，小心翼翼地为他擦去了额头上的虚汗，眉目间满是忧愁，见他醒来，勉强扯出一个笑容，柔柔地唤了声“公子”。

林如翡问：“几时了？”他一开口，才察觉自己嗓音沙哑至极，想来是刚才咳得太过厉害，连带着嗓子也咳破了。

“酉时了，公子可想吃些东西？”浮花温声问道。

林如翡摇摇头，说：“把窗户打开吧，屋内有些闷。”

“可是马上要入夜了，风有些大。”浮花道，“公子好不容易止住咳嗽，这风一吹，怕是又要犯。”

林如翡恹恹道：“不想吃东西。”

喝了花露，虽然咳嗽是止住了，但他现在毫无胃口，甚至一想到食物，就会觉得反胃。

浮花咬住下唇，到底是没有再说出劝解的话来。

林如翡虽然睡了许久，但依旧十分疲惫，便开口让浮花下去，说自己想单独休息。

浮花点头应声，悄无声息地退了出去，屋子里便又静了下来。

林如翡靠在枕头上，半垂着眼眸。他没什么困意，但身体也没力气，连抬手这个动作，都做得很勉强。

太阳快要落山了，夕阳透过窗户的缝隙，细碎地洒在地面上。

林如翡的眼睛慢慢合上，呼吸微弱地闭目养神，然而恍惚间，他却生出了一种奇怪的错觉，屋子里……好像来了什么人。

林如翡睁眼，看到了融在夕阳里的一片绯红。他屋子里的窗户，不知什么时候被打开了，暖色的光笼罩着大半个屋子。光芒里，有人侧对着他坐在窗边的桌子前面，红衣、黑发，腰间挎着一长一短两柄黑剑。

林如翡愣住，张嘴："你——"

他想问"你是谁"。

然而红衣人却先开了口，声音低沉，带着些慵懒的味道，他问林如翡："有酒吗？"

鬼使神差地，林如翡竟然应了男人的话，他说："什么酒？"

"什么酒都可以。"男人的手撑着下巴，"桃花酒最好。"

从这个角度看去，林如翡只能看见男人半边的侧颜，但这已经足够了。男人生得极美，眼角狭长，应该是一双漂亮至极的丹凤眼，长眉斜飞入鬓，鼻若悬胆，若只看面容，当真是有些雌雄莫辨。然而男人这样的相貌，又着一袭红衣，却丝毫不显得女气，反而棱角分明，气质高雅，让人不敢生出亵渎之心。

林如翡又想咳嗽了，他捂住嘴，低低道："你从哪里进来的……怎么……到我的屋子里来了？"

男人道："没有酒吗？没有酒，我便走了。"

林如翡哑然，被男子这理所当然的态度弄得有些哭笑不得，最奇异的是男子说的这些话，竟也不让人觉得唐突，反而生出了一种自己不能满足他便是失礼的内疚感来。

"浮花。"林如翡出声。

"公子。"浮花在屋外应道。

"有酒吗？"林如翡又问。

"酒？"浮花莫名，"公子想要喝酒吗？"

林如翡道："给我拿一壶进来，最好是桃花酒。"

浮花虽然一头雾水，但还是听从林如翡的吩咐，取了一壶还未开封的桃花酿过来。林如翡的身体孱弱，酒水之类的东西自然很少沾染，不过饮酒风雅，林如翡偶尔还是会在身体状况比较好的时候，喝上一杯。

不过这会儿林如翡还病着，怎么会突然想喝酒呢，浮花很奇怪。她取了酒，又用热水温好，这才轻手轻脚地敲开门，带着酒进了屋子，看见刚才还病恹恹的林如翡这会儿精神好了不少，坐在床头凝视着大开的窗户。

"公子。"浮花出声。

林如翡回头，让浮花将酒放在桌上，浮花照做，而林如翡却看出了异样。明明红衣男子就坐在窗边桌旁，可浮花却视男子如无物般走了过去，放下了手里的酒，低声道：“公子病着，不宜饮酒呢。”

“我知道。”林如翡眨眨眼睛，“我不喝，你把酒放着，出去吧。”

浮花觉得她家公子好生奇怪，但还未发问，林如翡便道：“你去熬些小米粥，再备些小菜，我有点饿了。”

一听林如翡说饿了，浮花便把疑惑抛到了脑后，欣喜地“嗯”了声，提着裙摆便飞快地往外跑。本来以为林如翡要吃东西最早也是明日的事了，现在却突然有了精神，自然是再好不过的事。

红衣男子也没有看浮花一眼，酒放到了他手边，他便举杯倒酒，一口饮下。

酒是浮花新酿的桃花酒，用的是山下桃林里的花，酒味甘醇，又带着些桃花独有的苦涩清冽，很适合春日独饮。

“你是谁？”林如翡想起了什么，他捂住自己的右眼，道，“你是我院子里的那棵桃树？”

男子不语，只顾饮酒。

林如翡见状便也不再问，就这么静静地看着男子一杯接一杯，直到酒壶见了底，他才恋恋不舍地放下了手中的杯。

“要再来一壶吗？”看出了男子眼中的不舍，林如翡体贴地发问。

“不必。”男子微笑，“微醺正好。”

他微微偏过头，那双狭长的凤眸里浮出些浅淡的笑意，他问：“你数过桃花吗？”

这话没头没尾，很是突兀。

但林如翡奇迹般地明白了男人的意思，他说：“没有。”一声轻叹，“院子里的桃花不肯开，只有梨花肯让我数。”

初春的夜又凉又慢，他睡不着，便坐在窗前，看着院子。云层很厚，既没有星星也没有月亮，院子里挂着几盏火光明灭的灯笼，不够亮，但足以让林如翡看清楚院子里的树们。春意已生，树梢上全是热闹的繁花，林如翡扬起脖子，一朵朵地数了过去。

这棵梨树上，有花蕊八百七十九朵，林如翡记在心里，像是记下了一个只有自己知道的秘密。

他喜欢桃花，但奈何家中的桃树不肯绽放，梨花便也凑合，聊以慰藉漫长的凉夜。

男子闻言笑了，色如春花，格外动人，他说：“你想数一数桃花吗？”

林如翡说：“想。”

男子说："那我们便一起去吧。"他忽地起身，宽大的红袖荡出弧度，像一朵艳丽的花，随后转身，朝着躺在床上的林如翡伸出手，"同我来。"

林如翡正欲说些什么，男子却根本不给他拒绝的机会，一把握住了林如翡放在身前的手，他的手一片冰凉，竟然比病中的林如翡还要冷上几分，冰得林如翡微微打了个寒战。

"走。"他说。

林如翡的身体便腾空而起，就这么从窗户飞了出去："等——等一下——"

男子根本不理。

林如翡瞪大了眼睛，淡色的眸中一片愕然，发丝在夜风中凌乱地舞动，另一只空着的手死死地抓住面前人的衣襟，害怕自己就这么从半空中掉下去。

男子却放声大笑，他说："莫怕，有我呢。"

说着竟然松了手。

林如翡呼吸一窒，本以为自己会就这么掉下去，可却发现自己的脚下好像踩着什么，低头一看，竟是男子腰间的一柄佩剑。

林如翡有点恍惚。

何为剑修？

是林珉之的长剑横九野，高冠拂玄穹[①]。

是林辨玉的满堂花醉三千客，一剑霜寒十四州。

林如翡认不得剑，提不起剑，学不会剑，他生在剑派，却不是剑修，但此时此刻，他的脚下，却踩着一把本以为永远也触碰不到的飞剑。

半空中风声很大，吹得林如翡衣角簌簌作响，和着男子的笑声，他好似看见了夜色深处，盛开了万千繁花，只是这花开得不同院中那般寂寞，热闹得让人鼻酸。

仗剑当空，长行千里，一更别去，二更便回。

林如翡觉得心中畅快，忍不住大笑出声，忽地也想饮上一杯温热的桃花酿。

---

① 出自贯休的《献钱尚父》。

# 第三章 琼花令

男子乘着云龙一路下了昆仑。

昆仑山下那片林如翡常来的桃林，在夜色里有些陌生。一场春雨，桃花落下了不少，枝头不似白日般茂密，偶见略显突兀的枝干。男子带着林如翡，停在了一束桃枝上。他的红衣随着凉夜里的清风飘荡，冰冷的手又覆上了林如翡的肩头，林如翡感到自己耳侧传来了微凉吐息，男子出声，他说："来。"

说完便是一推，林如翡瞪眸，便从树梢上坠落，他本以为自己会重重地摔在地上，但原本笨重的身体却在此时化作了一缕春风，脚尖一点，便稳稳地落在了地上。林如翡面色诧异，看了看自己的脚。

"去呀。"男子低笑，一双凤眸里含着微醺的笑，他顺势倒下，引起林如翡一声惊呼，而脚下的桃树却伸出枝干，像二八少女纤细的手，柔软地将男子搂在了怀中。

他就这么躺在了一片桃花里，红衣黑发，腰侧垂剑，艳色的衣角垂在林如翡的面前，一荡又一荡，好似一片看不见底的湖。

银色的细剑又开始围着林如翡转圈，它像个好奇的孩子，左闻闻，右嗅嗅，最后用剑柄轻轻地蹭了蹭林如翡的手背，示意他抓住自己。

林如翡伸出了手。

这一切都太像一场光怪陆离的梦境，他已经分不清楚自己到底是在梦里还是梦外。苍白的手握住剑柄的瞬间，林如翡感到自己的手心开始发热，接着，汹涌热流涌遍了全身。

下一刻，林如翡消失在了原地。

男子还倚靠在枝头，手撑着下巴，神色慵懒，好似长眠刚醒，他懒懒地打了个哈欠，自语道："会去哪儿呢？"停顿片刻，半垂着的眼眸睁大了些，笑道："倒也有趣。"

林如翡带着剑一路飞了出去，他还没来得及反应，便再次停了下来，眼前依旧是那片桃林，只是面前多了一群满脸惊恐的猴子。

林如翡站在原地与它们大眼瞪小眼。

"你带我来这儿做什么呢？"情形太过尴尬，林如翡只能回头看向那柄将他带来这里的剑，问道。

出鞘的小小银剑也歪了歪，硬是让林如翡读出了疑惑的味道。

猴群慢慢往两边退去，从后面走出了一只皮毛金黄的漂亮大猴，正是调戏林如翡的那只，它看见林如翡，很高兴地吱哇乱叫了几声。

林如翡立马想要后退，他可是被这群猴子给欺负怕了，猴群是他十二三岁的时候搬到桃林里的，那时的他不过是个矮矮小小的少年，手里的零嘴不知道被抢去了多少次。后来猴王来了，情况才稍好了些，零嘴虽然能留下，但总是会被一群猴子围观……

关于这群猴子，林如翡当真是有说不完的血泪史。

猴王眨着眼睛瞅着他，那双漂亮的金眸里是满满的好奇，大约是在奇怪林如翡怎么半夜出现在了桃林里。不过它左看右看，居然没有瞅见跟着林如翡的侍女们，猴王伸手挠了挠头，随后脚下一动，便跳到了旁侧的桃树上，居高临下地瞅着林如翡。

林如翡马上想起了前几日他被猴子调戏的情景，脑子里冒出了一个不可思议的想法，瞪大眼睛道："你要干吗——"

猴王"吱吱"叫了两声，便冲着林如翡直接扑了过去，林如翡见状面露惊恐之色。浮花曾经说过，这猴子自有福缘，修为可及五境剑修，若是顺利，再过几年，怕是就能口吐人言了。面对一只五境的猴子，林如翡当即觉得自己今天恐怕是要交待在这儿了。然而刚思及此，猴子已经扑到了林如翡的面前。林如翡虽知不敌，但依旧条件反射地伸出手胡乱一抓，接着便感到手里捏住了毛茸茸的一团。

"吱吱——"猴子发出凄惨的叫声。

林如翡满目惊恐，正想把手里的东西给扔出去，却察觉有些不对，定睛一看，才发现本该十分灵便的金色猴王，被自己捏住了后颈，正在不住地挣扎。林如翡并未太用力，可是那猴子却好似被握住命脉似的，怎么都无法从林如翡的手里挣脱，嘴里吱吱喳喳叫个不停，原本很是傲气的毛脸上只余下一脸说不出的委屈。

"哎？"林如翡凑近一看。

猴子和他四目相对，神情无辜。

“你不跑？”林如翡摸了它一把，感觉这猴子的毛当真十分舒服，又厚又软，还很干净，摸起来毛茸茸一片。

“吱吱。”猴子蔫答答地没动。

林如翡奇道：“你是想跑跑不掉？”

猴子居然点了点头，眼神越发可怜。

林如翡疑惑道：“怎么会跑不动，我又没用力——”他说着轻轻地甩了甩猴子，猴子却惨叫一声，伸手捂住了自己的后颈，浑身哆嗦个不停。林如翡见状急忙停手，仔细一看，才发现猴子的后颈毛居然被揪下来了好大一块，直接露出了粉色的皮肤。

林如翡登时心虚了。

“我真没用力。”林如翡尴尬地解释。

猴王哪里会信，眼神幽怨得像是被丈夫家暴的妻子，甚至眼角还泛起了薄薄的泪花，看得林如翡一阵牙疼。他当真是没有太过用力，然而手一松，那金黄色的毛发便顺着林如翡的手簌簌落了一地。猴王也跟着落在地上，悲伤地捂着自己秃了一半的后颈肉。

林如翡干咳一声，连忙解释：“我不是故意的，我未曾习武，力气能有多大啊。”他说着便想要证明，随手往身旁的桃树上轻轻一推。

“咔嚓”一声脆响，那足足有成人大腿粗的桃树就这么眼睁睁地裂开了一条缝隙，随后在让人牙酸的嘎吱声中，砰然倒地。

猴王瞪圆了黑眼睛，惊恐地看了眼桃树，又看了眼林如翡。

林如翡也愣住了，他沉默许久，勉强从嘴里挤出一句：“我真没用力。”

他要是没有偷偷地搓掉自己手上的猴毛，这话可能更有说服力。

猴王神情哀怨地瞅着林如翡，半晌没吭声，林如翡被它盯得十分不好意思，只能说：“我当真不是故意的，况且你平日里不也经常欺负我嘛。”他想了想，转身在旁侧的桃树上摘了朵桃花，半弯了腰将花插在了猴王耳侧，狡黠地眨眨眼，“喏，送你一朵花儿，可别生气了。”

猴王眼泪差点没落下来，吱吱喳喳说了好几声，也不知道说了些什么。

林如翡虽然不明白它的言语，但也从中品出了些委屈的味道，只好细声安慰起来：“别哭别哭，这毛掉了也没关系，早晚会长出来的……”

猴王见他不明白自己的意思，便再叫唤，垂头丧气地转了身，露出那一片被林如翡薅秃的后颈。它浑身上下金灿灿毛茸茸，偏偏连着后脑勺的颈项是稀稀拉拉的毛楂，还有隐约可见的粉色皮肤。

看起来竟是有些楚楚可怜。

林如翡抿唇，瘦弱的肩膀微微抖动，硬生生地将笑意憋了回去。

猴王戴着林如翡给它的小花儿，一步三回头，走得慢慢吞吞，林如翡忽地心有所感，温声对猴王道："去吧，以后还会来看你的。"

猴王叹了声气，回头看了林如翡最后一眼，夜色深沉，掩住了它眸中的眷恋，随后转身，几个腾跃，这才消失在了茂密的桃林里。

林如翡脸上笑意渐淡，莫名地生出些落寞，他总有种感觉，这似乎是自己和这只调皮的猴子最后一次见面了。

不过好歹算是报了之前的调戏之仇，林如翡如此想道。

送走了调皮的猴子，林如翡又看向身旁被自己一巴掌拍倒的桃树，愁眉苦脸地念叨着抱歉。

这里的桃树年份都有百年之久，被林如翡一巴掌拍断，当真是无妄之灾，也亏得他没有伸手往猴王的脑袋上来那么一下……

旁侧一直没有动静的银剑又开始嗡嗡作响，林如翡眼含笑意，再次伸手握住了剑柄。

长剑飞鸣，再次将林如翡带离了桃林。

这一切似梦似幻，但就算真的只是黄粱一场，也算是一场美梦了吧，倒也没有什么遗憾的。可若不是梦，那他身上定然是因为那个漂亮的红衣男人出现了某些异常的变化。

不过是愣神的片刻，林如翡再次回到了沉闷的院中，屋里萦绕着中药苦涩的气息，端了小食的浮花，已经叩响了厢房的门。

"公子，粥已经熬好了。"浮花温声提醒。

林如翡坐在床边，看着自己掌心里潦草的纹路，忽地想起了门派里的医师兼卦师万爻对他的批语——"昆仑山上，有中道而呼者，顾视车辙中，有鲋鱼焉。"

自那之后，林如翡便明白了。

他就是那条被困在车轮印迹里，随时可能渴死的鱼。

粥是小米粥，用的是年关前收获的新粟，里面放了细碎的小米，熬成浓稠的金黄。旁边的小菜，有腌制过的萝卜，也有清炒的时蔬，色泽翠绿，倒是勾起了林如翡几分食欲。

浮花见林如翡愿意吃东西，自是喜不自胜，小心地扶着林如翡下了床，坐在了桌边。

只是她的眸光一凝，却是注意到了什么，半蹲下来，看向林如翡的衣角：“公子衣服怎么脏了？”

一团漆黑的污渍在林如翡白色的衣衫上格外刺目，浮花疑道：“公子是去了屋外？”她说完话又觉得不应该，毕竟她做饭的时候，玉蕊就守在门口，林如翡若是出去过，定然是会知道的。

林如翡捏着筷子，轻描淡写道：“嗯，出去了一趟，这小菜做得不错。”

浮花服侍了林如翡这么多年，便知道林如翡不想再提，虽然她心中疑惑，但还是息了声，柔柔道：“那公子睡前可否想沐浴一番？正好换身干净的衣裳……”

林如翡点头：“也好。”

浮花浅笑。

林如翡被红衣男子带着出去在夜风中吹了一圈，食欲却奇迹般地强了不少，喝了一碗小米粥，还吃了不少小菜。

趁着林如翡吃饭的工夫，浮花便起身去给林如翡备好了热水。热水是用特有的炭火烧热的，这种炭火可以完美地控制温度，不至于让水太冷或者太热，不过这炭火必须用灵力抑或剑气催生，是常人用不得的物件。

浮花烧好了热水，正打算回屋叫林如翡出来沐浴，路过庭院时，却见林二公子静静地站在院中。

一袭青衣，一柄长剑，不笑不语，正半垂着眸，凝视着立在院中的桃树。

浮花懂剑，所以在看到林辨玉的时候，便从他身上察觉出了一丝冰冷的杀意。杀意？这瑶光大陆上，能激起林辨玉杀意的人一只手都能数得过来，林辨玉为何如此？

林辨玉却已察觉到了身后的浮花，眸中冰雪消融，薄唇带笑，又成了昆仑剑派里那个温婉如玉的二公子，他说：“小韭回来了？”

回来？为什么是回来？浮花微微愣住，茫然点头：“回来了……可是公子什么时候出去的？”

林辨玉并不答：“带我进去。”

浮花只能称“好”，她觉得林辨玉此时的状态有些奇怪，可她到底只是个侍女，知道有些不该问的话还是不问的好。

两人进屋，便看见了坐在烛光中的林如翡。他靠在椅子上，黑色的发丝并未束起，就这么凌乱地散在肩头，脸色被烛光映衬得有些苍白，长长的睫毛微微颤抖，如欲飞的黑蝶。

林如翡也听到脚步声，抬起头来，浅笑着叫了一声“二哥”。

林辨玉神情渐软，浮花清晰地感觉到，那一丝杀意从他的身上消散了。

“小韭可有好好吃饭？”林辨玉上前，坐在了林如翡对面。

“浮花煮了碗粥，我都吃了。”林如翡道，“这么晚了二哥还过来，是有什么事？”

林辨玉说：“无事，之前见你咳得厉害，便想着再过来看看。”

林如翡道：“喝了花露，倒是感觉好了不少。”他敏锐地察觉了林辨玉目光里的某些东西，轻轻地叫了声，“二哥？”

“小韭。”林辨玉忽地起身，走到窗边，把窗户推得大开，窗户外头，便是那棵碍眼的桃树，他笑着问，“这棵桃树生得又歪又瘦，实在丑陋，看着让人心烦，咱们把它一剑砍了可好？”

林如翡微怔，他正欲说话，林辨玉挥挥手，示意浮花下去。浮花见状，欠了欠身，退出屋子，轻手轻脚地带上了门。

林如翡和林辨玉四目相对，许久无声。

“那棵桃树是妖怪？”林如翡出声。

“不是。”林辨玉说。

“那是什么？”林如翡道，他本想说出刚才发生的事，但看着林辨玉的模样，到了唇边的话还是没能说出口。

“是你的机缘。”林辨玉道。

林如翡疑惑：“机缘？”

他注意到了林辨玉的用词，是机缘，不是福缘。

林辨玉说：“再多，万爻便算不出来了。”

万爻卜卦之术，整个昆仑山上，他若称第二，便没有人敢称第一，连他都算不出来的事，那必然涉及了天道法则。

窥天道者，短其寿，断其福，衰其身，五谷不食，轮回不入。即便是万爻这样厉害的卦者，也不敢轻易尝试。

林辨玉的手已经按在了天宵的剑柄上，他说：“小韭，这棵树或许会害死你，无论如何，我容不得它。”

话音落下，林如翡便看见一道如白虹般冰冷的剑光，他知道，林辨玉拔剑了。

天宵出鞘，凌厉的剑意喷涌而出，夹杂着浓烈的杀意，刺向了那棵瘦弱的桃树。桃树立在微凉的春风里，无叶无花，瘦弱的枝干垂垂欲坠，无辜得好像一个楚楚可怜的孩童。

林如翡竟是看清了林辨玉的动作，林辨玉抬手、拔剑、挥击，天宵锋利的刃化作流光，林如翡甚至看到了天宵刃上刻着的一方印记，印记上书“天珏”二字，正是林辨玉的字。

这一刻，林如翡想起了山下的桃林，桃林里毛发金灿的猴王，还有桃林里那个比狐仙还要美丽的男人。

他神未归，身体却已经动了。原本沉重的身体此时轻得好像一根羽毛，瞬息之间，便已伸出手挡在了林辨玉和桃树之间。

“二哥，不要……”林如翡出言，他急促地呼吸着，发丝散乱在肩头，苍白的脸颊上不见一丝血色，眼角却浮起一点不正常的潮红，他叫道，“二哥……”

林辨玉的天宵没有落下去，不是他及时止住了攻势，而是天宵被一双手抓住了。

鲜血一点点地从林如翡的手掌滴落，染红了天宵雪白的剑刃。

林辨玉目眦欲裂，胸口重重地起伏，硬生生地压下了翻滚的情绪，哑声道：“小韭，松手。”

林如翡茫然地松开了手，他不知道自己是怎么出现在林辨玉面前，更不知道自己是怎么接下天宵的，唯一知道的是，他不想看见那棵瘦弱的桃树被林辨玉一剑斩成几段。

于是便不由自主地动了。

林辨玉低头查看林如翡手中的伤口，虽然流了不少的血，但只是皮肉伤，他叹了口气，张张嘴，又叹了口气，最后还是什么都没说，出声让门外噤若寒蝉的王蕊取些伤药过来。

“二哥……”林如翡有些不安。

林辨玉示意林如翡坐下，伸手捏住了林如翡的手腕，帮他止住了鲜血。因为体弱，林如翡的愈合能力也很差，像个瓷娃娃似的，平日里轻轻地挨碰，也能在他的肌肤上留下青紫的痕迹，更不用说眼下这样的利器伤口了。

王蕊飞快地拿了伤药过来，推门进屋，看见一室狼藉，没敢吭声，放下东西，又悄无声息地退了出去。

林辨玉低着头，将林如翡的手撒上伤药，又用干净的白布包扎好，叮嘱他这几日伤口不可沾水。

林如翡道：“二哥……我……”他想要道歉。

林辨玉叹息，伸出手在林如翡的脑袋上轻轻拍了一下，神色里多了些无可奈何的味道：“小韭到底是长大了。”

“我也不知道自己为何会动，还接下了天宵……”林如翡喃喃。

“这大约就是万爻说的机缘吧。”林辨玉说，“我倒是有些魔怔了。”他低头许久，再抬起眸时，眼神里便又只剩下兄长的暖意，说道：“二哥只是有些担心，担心那机缘于小韭而言，并非好事。”

莫名其妙出现的桃树，被一剑劈开的昆山北峰，林如翡已经被卷进了旋涡的中心，可却浑然不觉。

林辨玉抬手挥了一剑，想要斩断此次因果，但剑落下的那一刻，他便忽地明白，有些事，天宵已不可破。这次挡下他剑的是林如翡的双手，若他依旧执迷不悔，或许下一剑，便会落在林如翡的颈项上。

这是林如翡的因果，他无力更改。

林如翡受了伤，流了不少血，眉宇间生出浓郁的倦意，他安抚了二哥几句，却见他只笑不语，便明白有些话语不过是徒劳无益罢了，便也乖乖地闭了嘴。

“你先休息吧。”林辨玉起身，“明日我再同大哥一齐过来看你。”

林如翡点点头，看着林辨玉转身离去。

林辨玉出了门，没有急着离去，站在院子里盯了那桃树好久，直到林如翡房里的灯暗了下来，他才冷冷地哂笑：“我倒要看看，你有多厉害。”说着抬起手，狠狠地折下了一段桃树的枝干。

桃树毫无反应，好似只是一棵可怜的无辜小树。

林辨玉嗤笑一声，随手将桃枝丢到了地上：“不过如此。”他大步朝着院子门口走去，然而在要跨过院子的那一刻，脚下却突然被什么东西绊了一跤，踉跄几步后硬是摔倒在了路旁的泥坑里。

“你——”林辨玉跌倒的那一刻，丹田处空空如也，竟然提不起一丝的剑气，显然就是那棵桃树捣的鬼。

“你给我等着。”林辨玉脸色铁青，怒道，“总有一天，我要把你剁碎了当柴烧！”

桃树的枝干微不可见地往上翘了翘，若是有表情，那定然是一脸挑衅。

虽然手上受了伤，但这一夜林如翡却是一夜无梦，第二日神清气爽地醒来时，那扰人的咳嗽已是好了不少。

趁着浮花服侍他洗漱的工夫，玉蕊也端来了早饭，虽然林如翡不太想吃，但在侍女幽怨的目光下，还是勉强喝了半碗粥。正被浮花劝着将剩下的也喝掉，林如翡却听到门被轻轻地叩响，随后，大哥林珉之的声音传了进来：“小韭。”

“大哥。”林如翡应声。

林珉之推门而入，看见了坐在桌边对着食物蹙眉的林如翡，笑了：“不想吃便不吃了吧。”

“可是大公子，这几日公子病着，几乎未曾进食，今日要是再不吃点，身体怕是撑不住了。”浮花幽幽道。

玉蕊也跟着附和，说：“咱们家公子不肯好好吃饭，这事儿可不能惯着。”

林珉之道：“无事，我吩咐万爻那边做了些爽口的药膳，这就带着小韭过去。”

浮花和玉蕊闻言，这才没有再劝，二人低头行了个礼，一齐退了出去。

“小韭，走吧。”林珉之温声道。

林如翡思量片刻：“大哥，你让浮花把轮椅推进来，我坐轮椅过去吧。”

万爻住在山顶上，若要过去免不得御剑飞行，林如翡不坐轮椅，就只能被林珉之抱着。他到底是个男子，被这么抱来抱去，终是有些不好意思。

林珉之似笑非笑地叹了声：“小韭长大了，哥哥倒是有些怀念起小时候和天珏一起抱着你到处玩耍的时光了。”

林如翡语塞，虽然知道大哥是在打趣自己，但依旧有些不好意思。幼时的他又小又瘦，虽然和两位哥哥没差上几岁，身形却小了一大圈。昆仑山上有些地界只有御剑才能去，两个哥哥便抱着他飞来飞去。那时倒也没觉得有什么，直到如今林如翡年纪渐长，才觉得似有不妥。

林珉之没有再逗林如翡，让浮花为林如翡备上厚厚的冬衣和轮椅。

山顶与山下不同，山下春意正浓，然而山顶上却是一片皑皑白雪，万里不见一人踪影，清静得很。

有林珉之的剑气护着，林如翡倒也没觉得太冷，两人从院中御剑而上，很快到了万爻所在的院中。

那院子是青石砌成，只有一间，隔得老远，便看到了皑皑白雪里，一股炊烟悠悠升腾而起，倒是让这冷清画面里多了几分烟火气。

林珉之推着林如翡进了院子。

万爻早已在屋内待着了，见林如翡和林珉之来了，笑着道了声：“小韭，好久不见。”

林如翡叫了句“万先生”。

万爻的年龄和他的父亲差不多大，但若是只看外表，倒像个比林如翡还要小些岁数的年轻人。他的长相与常人也颇为不同，眉发皆白，连眼睫都好似隆冬初雪的白。

“先吃些东西吧。”万爻做了个请的手势。

他面前的木桌上摆放着各类精致的吃食，色香俱全，看起来十分美味。

林如翡虽无胃口，但也不好拒绝前辈的好意，便捏起竹筷，一点点地吃了起来。万爻和林珉之也动了筷子，两人聊了些派内的事，大多都和这几日开的剑会有关系。林如翡的父亲林琼楼自五年前开始闭关，至今未出，林珉之作为长子，接手派中的一切事务已经有些年份了。

闭关这事，少则数月多则几年，什么时候出来，从来都是未知数。

他们聊天，林如翡在旁慢慢地咀嚼着食物，万爻的厨艺向来不错，寡淡无味的嫩豆腐用鸡汁清炖，再佐以微甜的灵药碎末，口感鲜香柔滑，倒也美味。只是林如翡胃口向来不好，吃了小半碗，便停了筷。

万爻正和林珉之说到前几日和林辨玉比剑的顾非鱼。

“这顾家四子还算有点意思。”万爻漫不经心，“他那重锋我也见了，是把好剑，不过天珏既然参加了剑会，那这头筹定然不会花落他家，倒有些无趣。”

林珉之点点头：“天珏既然去了，这剑会应不会生出太多波折。”

万爻道：“再过个几年，或许就不一定了。”

林珉之道：“哦？”

万爻笑道：“我才得到消息，说那何家的须臾树上，生出了整整六枚铁金核桃。”

林珉之挑眉：“当真？”

万爻点头：“自然当真。”他又看向了旁侧坐着的林如翡，道，“小韭，近来可有出门去转转？”

林如翡答：“这几日一直病着，未曾出门。”

万爻对林珉之道：“你该早些告诉小韭的。”

林珉之微叹：“是天珏不愿……”

万爻说：“他啊，把小韭当成了个琉璃娃娃来疼，捧在手里怕摔了，放进嘴里怕化了，在他那儿，小韭手指破了点皮都能闹上半天。”他用那少年人的长相，硬是说出了苦口婆心的味道，“你以后可不能这么由着他。”

林珉之无奈：“他嘴巴厉害，我哪里说得过他。”

万爻说：“行了吧，这昆仑山上，怕他的恐怕还没怕你的多呢。”

林珉之哑然。

和林辨玉那温柔的做派不同，身为掌门接班人的林珉之却是积威甚重，在外人面前，他的情绪很少外露，也就只有在亲人面前，才会表露些许。但林如翡却清楚得很，他这个铁面大哥其实比二哥心软得多，有些事，求林辨玉还不如求他来得容易。

不过这些事不足为外人道，众人便皆以为林珉之不好相处。

林如翡见林珉之被万爻堵得哑口无言，也跟着露出笑意。

万爻又道："小韭，你同我来。"他对着林如翡招招手，示意林如翡跟着自己去里屋。

林如翡起身，拢了拢狐裘，跟着万爻进去了。

林珉之坐在原地，端起热茶，轻抿一口，他抬眸朝着窗外望去，外面大雪纷飞，白茫茫一片，不见远山，不闻春意，就像林如翡淡色的双眸，不知何时，才会化雪。

万爻的里屋摆着一块巨大的沙盘，用作平日卜卦。他在沙盘旁停下，示意林如翡坐在他的对面。

万爻道："小韭，看着沙盘，告诉我，你看到了什么。"他说着长袖一挥，便将沙盘上的沙细细地铺开。

林如翡略微有些紧张起来，他道："万先生，是又要替我算卦吗？"

万爻浅笑："算是吧。"

林如翡"嗯"了声，便把目光放在了沙盘上。渐渐地，沙盘上的金沙开始缓慢地蠕动，好似有了生命一般，缓慢地形成了一些抽象的图案。林如翡起初看得有些茫然，好在随着时间的流逝，这些图案也逐渐明朗，林如翡在沙盘上看见了两条鱼。

两条挣扎着的、仿佛随时快要渴死的鱼，它们在一个小小的水洼里扭动身体，吐出一个个的泡泡，艰难地想要濡湿对方。

林如翡忽地有些头晕，伸手撑住了沙盘。画面随之一转，两条鱼中的一条从水洼里一跃而出，便好似游进了宽阔的大海，身形隐没，渐渐远去。

沙盘平静了下来。

林如翡脸色煞白，万爻连忙扶着他坐下。

"小韭？"他有些担忧地呼唤林如翡的名字。

林如翡勉强一笑，他道："万先生，我不是很明白。"

"可是看见了什么？"万爻问。

林如翡便断断续续地将他刚才看到的画面说给了万爻听，万爻越听越沉默，待林如翡说完后，眉宇之间已是浮起了哀愁之意，他说："濡以沫，忘江湖……小韭会选哪一个？"

这是《庄子》里的故事。

世人皆以相濡以沫夸赞共患难之人，被困于车辙里的鱼只能互相吐着泡泡濡湿对方的身体以求得生存，可却不知相濡以沫后面一句，是不如相忘于江湖。海阔凭鱼跃，若是放弃了执着，便可见到汪洋之海，倒是不必再被困于小小的车辙印记里。

林如翡读过《庄子》，也明白这些道理。

"我不知道。"林如翡笑得苍白，"可前些年，万先生不是曾经替我卜过一卦吗……"

万爻说："生息不绝，卦象万生，有些人的命，是卜不出来的。"

林如翡眼眸忽地亮了些。

万爻道："罢了，现在问你，你或许自己都不明白。"他一头白发，神情慈悲得像庙中端坐的佛，"回去慢慢想，也挺好。那棵桃树，的确是你的机缘，虽说福祸难料，但总比这一潭死水的生活强得多。"

林如翡拱手行礼。

两人正在说着话，屋外却传来了一声鸟鸣，林如翡抬眸看去，却是看到一只漂亮的青羽老鹰停在了窗沿上。

这老鹰他认识，是林辨玉的信使，不过这平日里有什么事林辨玉都是直接上门，很少有用到它的时候。

"哟，小青鸾，你怎么过来了？"万爻笑着伸手，那青鸾便飞进屋内，落在了他的手臂上。

万爻道："可是天珏有什么急事？"

青鸾嘴巴一张，发出了和林辨玉一模一样的声音，只是这声音有些阴沉，林辨玉说："马上让我大哥来前山，有人带着琼花令上山来了。"

万爻和林如翡闻听此言，脸色皆是微变。

琼花令，是只有昆仑派掌门人才能发出的令牌。持此令者，不论身份、不论来历，昆仑派必须满足其提出的任何一个要求。

昆仑山上，已百年不见琼花令此物，如今突然出现，隐隐似有山雨欲来之势。

琼花令出，必然有大事发生，万爻神情凝重，将此事告知了林珉之。

林珉之听后起身告辞，又看向林如翡："小韭，我先将你送回院中可好？"

"我同大哥一起去吧。"林如翡知道此事紧急，耽搁不得，便道，"别耽误了正事。"

林珉之稍做思量，便点了点头，此事的确紧急，出不得纰漏。

便推着林如翡直奔前山。

此时前山厅内已聚集了不少林家子弟，见到前来的林如翡和林珉之，均是行了一礼。只是礼毕后，不少人的目光都悄悄地落在了林如翡身上。

昆仑派内，虽然嫡系只有林琼楼这一支，但旁系数不胜数。这些弟子虽都知晓林家共有四子，但平日里林如翡很少露面，所以见过他的人并不多。所以此时见到林珉之推着一位身着狐裘脸色苍白的俊美青年，或多或少，都投去些好奇的目光。

林如翡倒也习惯了这样的注视，所以神色淡淡，仿若不见。

“如翡怎么也来了。”人前，林辨玉没有称呼林如翡的小名，他从人群里缓步走出，黑眸沉沉，似有不悦。

“是我想跟过来看看的。”林珉之还未答，林如翡便先说了话，他道，“有些担心二哥。”

林辨玉闻言一扫不悦之色，笑道：“二哥好得很，如翡不必担忧。”

林珉之无奈道：“先说正事吧，那琼花令是真的？”

“自然是真的。”林辨玉声音转冷，“敢拿着假的琼花令上昆仑来找死？”

“人在哪儿？”林珉之问。

“就在茶室。”林辨玉道，他一步上前，走到了林如翡轮椅后面，“我来。”

林珉之叹气，没和自己这个弟弟争。

茶室之内，淡香袅袅，推开珠帘，林如翡便看见了那个让昆仑派如临大敌的琼花令持有者，只是在他见到这人时，不由自主地流露出惊愕之色，这一幕被林珉之注意到了。

“如翡见过此人？”林珉之低声问。

“之前和浮花下山踏青，曾在桥边见过一次。”林如翡道。

当日潇潇细雨，笛声悠悠，戴着斗笠的剑客倚桥而坐，和雨而歌，微凉的斜风里，尽是残存的剑意。最让人印象深刻的，却是他那双从斗笠里露出的碧色的眼眸，好似浸了水的极品翡翠，带着丝丝入骨的凉意，真是美极了。

此时桥边的剑客坐在昆仑派的茶室里，依旧戴着那黑纱遮面的斗笠，扶着腰侧的剑柄。

他面前的桌子上，摆放着一块翡翠为底金线钩丝的小巧令牌，那便是林如翡也未曾见过的琼花令了。

林珉之走到了剑客面前，道：“不知阁下如何称呼？”

剑客开口，声音嘶哑：“王謄。”

林珉之道：“既然王先生携琼花令到了昆仑山上，便是我昆仑派的贵客。只是家父如今还在闭关，若是先生提的要求超出了我的能力范围，还得等着家父出关再履行诺言。”他现在只是接手了昆仑派的部分事务，有些事，不是他能做主的。

王朦说：“不用他，你们现在就能满足我的要求。”

此话一出，屋内气氛瞬间凝滞了。

林珉之和林辨玉的神情都颇为凝重，死死地盯着茶桌旁的王朦。他们隐约感觉到，王朦的要求，似乎并不像他说的那般容易。

“我要比剑。”王朦的语调平缓，听起来毫无感情，“同这昆仑山上最厉害的一名剑客。”

林珉之和林辨玉皆是松了一口气，这个要求，几乎算不得要求，昆仑派中本就以剑术著称，比剑已是稀松平常得如同喝水吃饭一般。

然而王朦继续道：“此次比剑，我会用尽全力，因而生死不论，其间不许任何人插手。”

林辨玉心有所感，脸上带起了笑容，他道：“不知王先生想找谁比剑，如今家父还在闭关，昆仑山上，我的剑术若称第二，便无人敢称第一。”

“林辨玉！”林珉之低声怒斥，“谁允许你插嘴的！”

林辨玉笑着：“哥，难道我的话有假？”

自然无假，眼前这王朦深浅不知，林辨玉说这话，不过是想将王朦的注意力拉到自己身上，他不放心让林珉之去，林珉之又何尝放心让自己弟弟上。能拿出琼花令，还提出这般要求的人，怎么可能是容易对付的角色。

王朦的目光，果然落到了林辨玉身上。

虽然隔着斗笠上的那层黑纱，但就连林如翡都能感觉到，空气里充斥着焦灼的气息。

“都道昆仑派剑术乃是一绝。”王朦说，“那我自然是要找此山上最厉害的剑客比剑。”他说话极慢，好似吐出每一个字都用尽了全力。

林辨玉闻言，心下微松，笑道：“这是自然。”

谁知王朦话锋一转，冷冷道：“可惜你并不是这昆仑山上最厉害的剑客。”

林辨玉脸上的笑容瞬间消失，斜挎在腰侧的天宵微微嗡鸣，他面无表情道：“难道王先生打算等到家父出关？”

王朦冷漠道：“愚蠢。”

林辨玉硬生生地压下了火气：“何出此言？”

王朦道：“林琼楼闭关五年，都未曾破境，他也配称得上第一剑客？”他抬起手来，语气里带着了一丝兴奋，“好在你们昆仑山上，还是有不让我失望的人——”他抬手，指向了林辨玉身侧的人，“我要同他比剑。”

林辨玉身侧的，并不是林珉之，而是坐在轮椅上脸色苍白如纸的林如翡。

霎时间，林辨玉和林珉之的脸色难看到了极点。

林珉之忙道：“王先生，舍弟林如翡自幼体弱，未曾习剑，你找他比剑，这恐怕不太合适吧。”

王朧冷冷道：“林大公子，难道我的琼花令有假？”

林珉之脸色铁青，林辨玉扶着天宵剑柄的手背暴起了淡色的青筋，显然已是用力到了极点，他几乎从牙缝里挤出了一句话：“王先生竟是想找一个没有修炼过的人比剑？”

王朧道：“对。”

若不是林珉之眼疾手快地按住了林辨玉的手，恐怕此时的天宵已经出鞘。

面对杀气腾腾的林辨玉，王朧嗤笑一声，他微微扶了扶斗笠，那双碧色的眼睛若隐若现：“林大公子，我便再问一次，这次比试，是可还是不可？”

“可。”坐在轮椅上的林如翡，轻飘飘地开了口，他的声音不大，但却如擂鼓一般重重地震在了林珉之和林辨玉的胸口上。

林如翡神情温和，好似答应的只是什么无关紧要的事，他慢声道：“依照昆仑派的规矩，琼花令在手，王先生的要求，昆仑派自是都会答应。只是我的确未曾习剑，若是真比起来，恐不能让先生你尽兴。”

王朧道：“那就算我看走了眼。”

“如翡！”林辨玉脸色难看至极，他一把抓住了林如翡的肩膀，“别说了，不准胡闹！”

“哥。”林如翡扭头看向林辨玉，在看清了林辨玉脸上的表情后，却是有些心疼起来。已有好多年，林辨玉没有露出过如此狼狈的神色了，那双向来含着笑意的眸中，甚至带上了些不太明显的祈求。

他在祈求，祈求心爱的弟弟退缩，只要林如翡不答应，就算破了昆仑派的规矩，他也无所谓。

然而林辨玉却注定要失望了。

林如翡那双淡色的眼睛里，不见一分退却，他看着他，一字一句地说：“二哥，你不要忘了，我也姓林啊。”

林辨玉浑身剧颤。

是啊，林如翡再弱，也姓林啊，昆仑山上的林姓之人，怎会畏惧生死、瑟瑟退缩呢？这才是林辨玉的弟弟，即便他从未习剑。

就算如此，难道自己就只能眼睁睁地看着林如翡死在王謄的剑下？

林辨玉后退一步，不再言语。

林珉之尽量控制着自己的声音，可微微颤抖的声线，还是暴露了他此时的心情："不知道王先生想什么时候同如翡比剑？"

"我还有很多地方要去，也很忙。"王謄道，"所以就明日吧，地点你们定好了。"

林珉之说"好"。

王謄起身便要离开茶室，只是在同林辨玉错身时，微微顿了顿，认真道："你的杀意不错，只可惜，剑法还差了三分。"

林辨玉面无表情："是吗？"

王謄道："再过几年，或许我会有兴趣同你一战，只可惜。"他扶了扶斗笠，冷冷道，"现在的你，还配不上我的剑。"

林如翡看得出，林辨玉是在用全身的力气控制住拔剑的冲动，直到王謄走远，他都不曾动弹分毫。

林珉之也站着没动，茶室里的气氛，僵得吓人。

林如翡只好滑着轮椅到了桌边，随手拿起了那一块琼花令，笑道："还是第一次瞧见这东西呢，没想到这么漂亮。"

"小翡——"林珉之唤道。

"哥，我知道你想说什么。"林如翡平静地说，"你们护了我二十几年，我也只是想像你们护着我那样，护你们一次。"

# 第四章 顾玄都

王縢同林如翡要比剑的消息，半日便传遍了整座昆仑山。

左元白听到这消息时，正在吃着昆仑山下最负盛名的米糕。那米糕清甜软糯，上面还放了蜜枣的碎屑，很是美味。

左元白吃了一块，便看到田韫匆匆赶来，一脸兴奋地在他身边坐下，拍着桌子说有个大消息要告诉左元白，让左元白拿出一块下等灵石请他喝上一杯新酿的杜康。

左元白嚼着米糕，笑着说让田韫先说消息，若是消息足够有趣，那这杯杜康他是请定了。

田韫道："就在今日上午，你可知道，有个戴斗笠的剑客，拿着琼花令去了昆仑……"

左元白闻言一惊："可是传说中的那个琼花令？"

"世上还能有几个琼花令？"田韫拿过左元白手里的一块米糕，大嚼一通道，"一百年前，一个九岁的孩童拿着一块琼花令，找了当时的昆仑掌门人，说自己是燕国的后裔，提出的要求，便是复国。当时谁不把这事儿当成个笑话，打败燕国的可是大楚，那时的大楚国力多么强盛，想要复国，简直就是做梦。"田韫说得唾沫飞扬，神情激动，"然而谁能想到，只用了二十年，燕国居然真的复国了……"

虽然从头到尾都没有提到"昆仑"二字，但若真要说和昆仑派一点关系都没有，恐怕谁也不会信的。

至此，琼花令闻名天下，谁都想得到一块。

然而百年过去了，再无第二块琼花令现世，直到今日——

左元白也跟着激动了起来，他道："当真有人拿着琼花令上了昆仑？！那他提出了什么要求？”

田韫道：“最精彩的地方就是这里，拿着琼花令上昆仑山的是个剑客，他一上山，就说要和昆仑山上最厉害的剑客比剑——”

左元白一愣：“这算什么要求？如今林琼楼还在闭关，最厉害的，不就是林家二公子林辨玉了吗？”

“若只是如此，我还激动个什么劲。”田韫唾沫横飞，“问题就出在这里，那剑客居然口出狂言说林辨玉不是昆仑山上最厉害的剑客。”

“那是谁？”左元白也愣了。

田韫说：“林家四公子，林如翡！”

林如翡？这名字倒是不错，可却从未听过呀，左元白思来想去，却怎么也想不出。左元白疑道：“怎的从未听过他的名字？”

田韫道：“没听过就对了！我也是打听了好久，才打听到些消息。据说这林四公子啊，天生身体弱，从小连剑都没拿过……不过若这是真的，就奇了怪了，那剑客怎么会说他才是昆仑山上最厉害的那一个？”

左元白道：“是很奇怪啊。”

田韫道：“不过只要等到明天，我们就知道是怎么回事了！或许……那剑客本来就不是个什么厉害的人物，只是抓了个软柿子捏？”

左元白摇摇头，觉得这话没什么道理，那琼花令可不是随随便便能拿到手的东西，怎会用它来开这种玩笑。

说到这儿，左元白忽地喃喃道：“要说厉害，我倒是觉得那日剑台阁楼上，一剑断了北峰的剑客才是真厉害……”

当日他们的位置离阁楼不算太远，清楚地见证了阁楼之中发生的一切。那座椅上一袭狐裘脸色苍白的剑客，抬手握起重剑，轻描淡写地一挥，便斩断了北峰。这事之后传播甚广，却无人知晓剑客的身份，甚至有谣言说他是九天仙上下来的谪仙。谣言虽然不可信，但真正的神仙，大约也就是这模样了吧，左元白失神地想着。

田韫也沉默下来，大约是和左元白一样，回忆起了同一个身姿。

再说昆仑山上，虽明日要比剑，但林如翡并无任何忐忑不安，好似在过着生命里最平凡的一日。

他绷得住，年龄小些的玉蕊就不行了，知道这事儿后，一直在哭，眼泪好似断了线的珠子，都把前襟浸湿了还停不下来。

林如翡无法，只能掏了两块玉米糖哄她。玉蕊气呼呼地说自己才不要吃糖，说让公子明日不要去比剑，说完又觉得这样的要求注定无法被满足，泪水再次夺眶而出。

林如翡劝不动，就只好愁着脸看着她哭，最后还是浮花进来把她给揪了出去，恨恨道："公子好好的你哭什么哭，要哭给我滚出去哭！看着真是碍眼！"

浮花很少有这么暴躁的时候，也是被林如翡要同人比剑的事闹得心烦。

玉蕊哭哭啼啼地出去了，临走时还不忘吃上一块玉米糖。大约是糖的味道太好，这小姑娘不由得扯出一抹笑容，随后又难过起来，呜咽着往外走。

林如翡看着她着实有些想笑。

浮花闷闷道："今日少爷可想吃些什么，我去镇子上给少爷买。"

林如翡扭头看向她："浮花，今日不准去镇上。"

浮花重重咬唇。

林如翡道："别以为我不知道你在想什么。"

浮花撒娇道："少爷……"

林如翡说："撒娇也不行。"

话一出口，浮花就开始抽泣，委屈的模样和玉蕊倒是有几分相似。平日里林如翡拿这样的她们当真没什么法子，但在这件事上，林如翡却不打算退让。他摸了摸比自己还矮一个头的浮花的脑袋，有些无奈："乖，不哭了，那人既然敢这么上昆仑，自然是有自己的门道，你修为不过才六境，哪里是他的对手。"

"那少爷怎么办呢？"浮花泪如雨下，"难道我们就只能看着少爷去送死吗？"

林如翡笑着："死亦何哀，不如鼓盆而歌。"

浮花恨恨道："谁要是敢鼓盆而歌，我定要打断他的手！"

林如翡大笑。

浮花哪里笑得出来，忧愁地垂着泪，林如翡无法，只能借口自己饿了，将她支出去做些吃食。

浮花一走，屋子里便静了下来。林如翡坐在窗前，撑着下巴，看着院子里的桃树。桃树并无变化，依旧瘦瘦小小，无枝无叶，树干也光秃秃的，看起来甚是可怜。

"我十六岁的那年，大病了一场，二哥找万爻来替我看病。"林如翡自言自语，"两人都以为我病糊涂了，有些话便没有背着我说。二哥问万爻，我还有多少时间，万爻说，不足而立之年。"

三十而立。

万爻此言，便是说林如翡活不到三十岁。

“我全都听见了。”林如翡很平淡地诉说着生死之事，“那时年纪小，难过了几日，后来也就想通了。”他弯起眉眼，淡色的眼眸中，一瓣桃花若隐若现，“生死之事，不必看得那般重。”

人终有一死，无惧，便也无畏。

林如翡道：“能遇到那样好的哥哥和姐姐，我很开心，能遇到你，我也很高兴。”那一夜，他永生不忘，他后来明白，剑将他带去的是执念所在之处。林如翡的欲望本就单薄，那几日，也不过只是想欺负回来一次抢自己米糕的猴子罢了。

只是想到猴王那委屈的模样，才发现自己欺负得有些太狠了。

林如翡想到这儿，忍不住露出浅笑。

院中忽地风声簌簌，仔细一看，那桃花树上竟是冒出了几片翠绿的嫩叶，林如翡瞪圆眼睛：“你……你怎么花还没开几朵，就长叶子啦？”

桃树自是不能说话，但看那抖动的模样，似乎有些像是在生气，林如翡忙道：“无碍无碍，桃叶我也喜欢！”

桃树这才不动了。

林如翡瞅着桃树，倒是生出了几分莫名的愁意，这桃树这么不讨二哥的喜欢，若是他真的不在了，可能二哥下一刻就会拔剑把它砍个七零八落。

“罢了，明日记得同二哥说说这事。”林如翡嘟囔道，“免得到时候你同我一起被牵连……”

时光流转，月明星稀，又是一日。

林如翡卧于榻上，嗅着凉风，伴着明月入眠，天穹无云，想必明日定然是个晴天。

真好，林如翡想，他就喜欢晴朗的春日，春风拂栏，草木葳蕤，桃生新叶，万事皆安。

第二日，天大晴。

浮花早早地为林如翡备了早食，她和玉蕊都一脸疲色，想是一夜未眠。

林如翡倒是睡得不错，被浮花和玉蕊这般幽怨地盯着，莫名地有些不好意思起来。

浮花道：“公子昨夜休息得可好？”

林如翡说：“还……不错。”

玉蕊闻言嘤嘤嘤地又哭了起来，说公子不要为了让他们不担心而逞强，他定然是一夜无眠，却不敢诉说。

林如翡神情无奈，只好又摸出一块玉米糖来，这才堵住了玉蕊那又要瘪的嘴。

用完早饭，便也差不多到了和王朧约定的时辰，林如翡唤来浮花，让她推着自己去昨日定好的地点。

这次比剑不是在前山，而是在一座森林里的剑台。

大约是考虑到某些事，林珉之定下这个地方时，便没打算将这场比试公之于众。

浮花走得极慢，玉蕊则垂头丧气地跟在旁边，可再慢的路也是有尽头的。

林如翡终于到达了他们约定的地方，他看到了站在一片空地中央和昨日一样戴着斗笠的王朧，还有王朧身侧不远处的林辨玉和林珉之。

只是林辨玉和林珉之的脸色都不大好看，特别是林辨玉，脸色苍白，偏着头不愿看林如翡。

林如翡叫了声“大哥”“二哥”。

“小韭。”林珉之道，“你来了。”

“来了。”林如翡问，“二哥脸色怎么那么难看？”

林辨玉还未答，王朧便笑了起来，只是这笑声冰冷，如蛇芯嘶嘶，他道：“那当然是因为你二哥为了你，夜会了我一番，只可惜……”

王朧又冷冷道：“只可惜，被我打了个半死。”

林如翡回头，敛起笑容，看向王朧的眼神里，再无一丝暖意。

被王朧这般说，但是林辨玉并不恼怒，他平静道：“是你昨日亲口说要同昆仑山上最厉害的剑客比剑，若是连我的剑都挡不下来，又有何资格对上如翡？”

若王朧只是个知道了林如翡体弱多病，未曾习剑，所以想利用他扬名的小人，死在林辨玉的剑下，也不算冤枉。

然而昨夜一会，王朧在林辨玉面前证明了自己的实力。

王朧的确厉害，且剑术风格诡谲，更适合做刺客偷袭，而不是这样光明正大地比剑。若说在宽阔剑台上，林辨玉还有七分胜算，可若是到了夜晚地形复杂之地，这胜算便只有三分。

昨夜便是如此。

林辨玉惨败。

王朧不想再浪费时间，扭头看向林如翡，抬手取剑。

那剑昨夜林辨玉已经见过，剑长三尺、宽两寸，通体碧色，上有乌黑蟒纹，握在他的手里，似一条柔软的青蛇，能轻易取了人的性命。

昨夜林辨玉便险些死在这柄剑下。和普通的名剑不同，这是一柄专门用来杀人的凶器，出鞘，便要见血。

王朧拔出了剑，剑刃雪白，有独特的腥气散出，闻起来，像新鲜的血液。

春风裹挟着腥气，扑打在了林如翡的脸颊上，王朧微笑，用温柔的如同对待情人般的声音道：“它名叫青棘，请吧，林公子。”

林珉之上前一步站在林如翡的身旁，他低声道：“如翡，再等等，我唤了顾非鱼带着重锋过来，他应该马上就到了。”

林珉之没有去夜会王朧，他想的是更委婉的法子。

当日剑台阁楼上，林如翡用重锋一剑断了昆仑北峰，想必重锋和林如翡有些缘分。

虽不知林如翡现在是否还能使用重锋，但也比空手上剑台来得好。

林如翡却知道重锋不是属于自己的剑。他正欲说什么，却感到自己的轮椅被一双手推动，偏头看去，身后竟空无一人。

“如翡——”林珉之愕然，他以为是林如翡自己滑动了轮椅。

“大哥，无事。”林如翡想起了什么，轻声安慰，“不用担心。”

“小韭——”林辨玉焦急得甚至叫出了林如翡的小名。

林如翡背对着林辨玉，摆摆手，没有说话，他怕自己说得太多，反而让那两人更加担心。

有人在陪着他，虽然那个人大家都看不见，心却安定下来。

连带着剑台上可能会要了他性命的王朧，都没那么可怕了。

林如翡淡笑。

王朧很喜欢林如翡脸上的表情。他同很多人比过剑，也取过很多项上头颅，这些人在面对他的时候，都会流露出藏在骨子里的恐惧。

野兽对这些情绪很是敏感，王朧一眼便能看穿他们的伪装。

可林如翡，似乎有些特别。他模样俊美，却十分清瘦，可以清楚地看到他颈项脆弱的弧度和上面若隐若现的淡青色的血管。白皙的颈项，是个诱人的部位，王朧很喜欢看着它被轻轻地划开，飞溅出鲜红的液体，这种想象令他兴奋，也会给敌人带来恐惧。

林如翡却好似感受不到王朧身上的负面情绪。他很平静，比常人更加淡的瞳孔冷漠地看着王朧，既不畏惧，也不兴奋，就像在看什么路边平淡无奇的杂草。

这种淡然让王朧来了兴趣，他抬手取下斗笠，露出了一张属于异族的脸。这张脸年轻得有些过分，不过十六七岁的年龄，然而最引人注目的，却是那双冰绿色的眼睛。

林如翡第一次见到这么冰冷的眼眸，像沉在湖底的冰，存不住一丝温度。

“二十三年前，昆仑山上出生一子，当日霞光化作火鸟，绕行昆仑，直至夜幕，才渐渐散去。”王朦嗓音嘶哑，盯着林如翡的眼神，像是在盯着一头期待已久的猎物，瞳孔中仅剩的理智开始渐渐散去，只余下野兽的兴奋，“我师父便告诉我，这世上能要我王朦性命的，多了一个！”

林如翡面无表情。

“万鸟朝凤，是当年天君出世才有的异象，既然你林如翡有，虽然比不过天君，但想来也不会差得太多。”王朦道，“那日在桥下一见，我便知道自己没有找错人——林如翡，你很强！”

林如翡看着王朦，他坐在轮椅上，脸色苍白得如同山巅上的雪。

他该要怕的，面前的人若能胜过林辨玉，那定然是他敌不过的对手。但林如翡却不怕，他不但不怕，还抬起手撑住了下巴，就这么冷漠地打量着对面站着的敌人。

浮花第一次看见这个模样的林如翡，和平日的他相比，显得格外陌生，然而此时此景，由不得浮花想太多，她嗅到了王朦身上那股子越来越浓烈的血腥味，简直好像刚斩杀了无数野物，剖开它们的喉咙，将它们的鲜血浸透土地的气味。

王蕊修为最为低微，已经忍不住呕吐起来。

浮花也脸色苍白。

可偏偏坐在王朦对面的林如翡，依旧无动于衷。他的确闻不到腥味，他的鼻腔里，全是桃花那股子浅淡的香气，那个一直陪着他的人出现在了他的身后，手轻轻地搭上了他的肩，声音微凉，他说：“小韭生气了？”

林如翡没有应声，他知道在场的所有人，都看不见他身后的人，也听不到他的问话。

“是该生气的，什么阿猫阿狗，也配在你面前口出狂言。”男人低了头，靠近了林如翡的耳畔，黑色的发丝垂落在林如翡的颈项，带来了几丝痒意，他轻声细语，“去吧，我在呢。”他说完话，便化作了一阵风，夹杂着簌簌的桃花瓣，铺满了整个剑台。

桃花瓣突兀地出现，就这么铺满了整个剑台，清新的香气，硬生生地压住了王朦身上那股子浓郁的血腥味。

王朦盯着林如翡，绿眸中似有火光乍现，火光在他的眼中汇集翻滚，终是酝酿成了滔天怒意，青棘出鞘，王朦出了第一剑。

须臾间，四道青色的剑光喷薄而出，裹挟风雷之势，朝着林如翡破空劈下。那汹涌的剑势，竟是引起了天穹的共鸣，雷鸣暴起，原本晴朗的天空瞬间覆上了厚厚的乌云，其间夹杂着金色的引线，仿若天地倒转。

原本铺满剑台的桃花，被狂风吹到了半空中，林如翡坐在漫天花雨里，无悲无喜好似一尊端坐的佛。

青色的剑气如捕食的猛虎，眼见便要扑到他的面上，这剑光比剧毒还要恐怖，只要沾上分毫，便会被撕个粉碎。

林如翡眼中的时间凝固了，王滕的动作在他的眼中缓慢无比，甚至包括那迅捷如虎般青色剑气，也好似蠕动一般。林如翡抬手，中指和食指轻轻地夹住了一瓣被吹起的桃花瓣，他微微偏头，便将手里的花瓣如刀刃般飞了出去。

花瓣瞬间化为血红的剑气，朝着青色剑气猛扑过去。

两道剑气相撞，先是一声震天撼地的巨响，随后万籁俱静。站在剑台旁侧的浮花耳朵嗡嗡作响，她茫然地扭头，看见玉蕊的嘴巴在一张一合，却没有任何的声音。随即，她感觉自己的耳朵里好像流出了什么湿润的东西，抬手一擦，看见是自己手指上沾了鲜红的血液。

身侧的玉蕊也是如此。

这个级别的比试，本就不是她们能看的。

不过是第一剑而已，她们的耳朵已经被震聋了。

台上的王滕瞳孔竖了起来，脸颊两旁开始隐隐浮现不明显的鳞片，他看着剑台那边的林如翡，声音嘶哑："我就想知道，师父为何会夸一个素未谋面的人那么些年。林如翡，只是一个名字而已，活生生的人，却比不上一个名字吗？"

林如翡说："我不认识你，也不认识你师父。"

"你自然是不认识。"王滕冷冷道，"可我却已经认识了你足足二十三年。"

林如翡却笑了，看着王滕，像看着一个闹别扭的小孩："那又如何？"

王滕却好像被林如翡的微笑刺激到了，他嘶吼道："如何？只要过了今日，过了今日，你们林家子弟，整个昆仑派，都会记得我王滕的名字！是我杀了你林如翡，我才是最厉害的剑仙！"

林如翡道："你已出了一剑，现在轮到我了。"

他没有故意放重语气，但王滕却莫名地心脏一缩，脚步不由得后退了一步，好像野兽在发现致命敌人时不由自主的反应，王滕绿色的瞳孔猛地收缩。

半空中凭空出现了一枝瘦小纤细的桃枝。

林如翡心领神会，抬手便握住了它。

站在剑台旁的林辨玉瞳孔微缩，受伤的脸颊更是白了几分，他认出了那束桃枝，就是他之前偷偷从桃树上撇下来的。

因为这，他还被桃树使坏绊了一跤。

而此时，那状似无奇的桃枝出现在林如翡手里，却化作令人畏惧的存在。

林如翡头顶上厚厚的乌云开始聚集成一个巨大的风暴，刮起的大风甚至开始将周遭的树木连根拔起。

然而林如翡端坐剑台，稳如山岳，他抬手，轻描淡写地挥出了一剑。

顾非鱼赶来得有些晚了。

他背着重锋，到达剑台时，正好看见林如翡手中飞出的桃花，破掉了王塍劈出的青芒剑气。

顾非鱼气喘吁吁飞到了林珉之身边，道："总算是找到了……昆仑山也太大了，林公子，是否需要我把重锋送到剑台上？"

林珉之说："不用了。"

顾非鱼蹙眉道："可是林四公子就这么赤手空拳……"他话只说了一半便卡在了喉咙里，因为台上的林如翡忽地抬手，竟是凭空抽出了一只纤细的桃枝，那桃枝无花无叶，看起来纤细脆弱，然而被林如翡那双苍白的手握着，竟是隐隐透出骇人的气息。

被顾非鱼背在背上的重锋突然开始嗡鸣，起初顾非鱼以为重锋是在兴奋，然而当林如翡平静地挥下手中的桃枝后，他才意识到重锋竟然是在害怕。

林如翡自幼不曾习剑，也因此并不懂任何剑术。

他抬手，挥剑，平凡得如稚儿。

可站在他对面的王塍，却露出了惊恐的表情。

王塍没有看出林如翡的招式如何，便感到了一股磅礴森然的剑意，这剑意仿若出于天地，在林如翡的桃枝上聚集沸腾，流转回旋，最后喷涌而出——如滔滔大河，以无可阻挡之势，涌向了剑台上的王塍。

没有招式，没有技巧，只是剑意罢了。

王塍不该会怕的。

然而当剑意真的笼罩了他，王塍发现自己竟是无法在这剑意中站直身体。这浩然剑意如高临的神明，冷漠地俯视着他，一寸寸地将他的身体压弯，他起初还能勉强弓腰，接着被迫单膝跪下，可脚下特制的剑台也开始跟着碎裂，马上就要支撑不住了。

王腾一口血呕出了口中，他恨恨抬头，看向林如翡，将口中再次涌出的鲜血硬生生地咽了回去，唤道："青棘——"

青棘嗡鸣。

"飞出剑台。"王腾艰难地开口，"只要离开了这些剑意……"

他话只说到一半，却露出不可置信之色，满目怔忡地看着自己握着的青棘。

遇到过无数强敌，也斩下过无数脑袋的青棘，此时居然缩在他怀中瑟瑟发抖，像个被吓坏了的小孩子。

青棘是王腾的本命剑，他可以清楚地感觉到青棘在恐惧，恐惧对面那个坐在轮椅上、看似脆弱得不堪一击的林如翡。

这一刻，王腾想起了师父曾经对他说过的一句话。

那位将他捡回家，待他如亲子般的师父说过，只要你用青棘一天，你便永远胜不了林如翡。

青棘由名匠铸成，已是天下万中无一的好剑，王腾便以为师父只是在说他的剑术不精，然而现在，他却隐约有些明白了。

为什么只要他用青棘一天，他就永远胜不了林如翡。

林如翡的手中不会出现任何一柄剑。

他，就是最利的那一柄。

只可惜此剑还未开刃，莽撞的自己，倒是成了他的第一柄磨剑石。

王腾突然大笑。

他的身体被剑意硬生生地压进了剑台的青石，身上的骨头一根根地被剑意碾碎，发出令人牙酸的咯吱声，口中溢出的鲜血，染红了青棘的白刃。

即便如此，王腾也没有认输，他的字典里，本来就没有"输"这一个字。

和仓廪实而知礼节的瑶光大陆不同，他生活的地方，认输便代表死亡。既然都是死，倒不如保留作为败者最后的尊严。

或许因为伤得太重，王腾的意识也渐渐模糊起来，眼前甚至闪过了一些过去的画面。他看见幼年时伤痕累累的自己，在和一条野狗抢夺食物，但因为身体太过瘦弱，被野狗扑倒在地，马上就要被咬断喉咙，却有一双白皙的手，捏住了野狗的后颈。

"可怜的孩子。"温柔的声音，有人将他抱起，揽入怀中，"同我走吧。"

那是王腾的世界里出现的第一抹柔软。

在那之前，所有人都叫他野种，只因为他有一双绿色的眼睛。

后来，那人带他踏入仙途，一手教他练剑，还将同他眼睛颜色一样翠绿的青棘送给了他作为礼物，他以为自己便是那人的全部。

直到某年，那人的口中出现了另一个名字。

“那孩子以后定然是个厉害的角色，王滕，你遇到他，可要躲远一些。”

“他是谁？”

“他叫林如翡。”

“……”

“昆仑派的四公子，林如翡。”

“林如翡？他很厉害？”

“你要记住这个名字，能离多远，就离多远。”

如师父所愿，王滕永远地记住了这个名字。

回忆到这里便断了，王滕感到自己的力气在不断流失，视野里也出现黑斑。他抚摸着青棘，感受着它冰凉的剑刃，低低地说了声“抱歉”。

抱歉啊，没有让你赢下这一局，他是个不合格的主人。原本嗡鸣声渐弱的青棘却仿佛感觉到了什么，突然鸣声大作，剑柄死死地贴在王滕的手心里，就是不肯滑落，想让他抓住自己，就像往常那样。

然而好似感应到了青棘的反抗，那森然剑意竟是再次袭来，青棘雪白的刃上，开始出现细微的裂纹。王滕猛地睁眼，翠绿的眼睛里充满了挣扎之色，他艰难道：“不，青棘，走开——”

青棘还是不肯。

王滕发绿的眼睛里含了泪，用最后的力气嘶吼道：“走开啊——”

青棘仿若不闻。

王滕第一次露出绝望之色，他死了也就罢了，可青棘不用跟着他陪葬，它是把名剑，自然可以遇到更厉害的主人。

王滕抱住了剑身，用头死死地抵着剑柄，他轻声喃喃：“青棘，只有你们，不嫌弃我……”

不嫌弃他是个绿眼睛的怪物。

森然剑意戛然而止。

强大的压迫瞬间消失，空气再次回到了王滕的肺部，他大口地喘息着，咳出团团污血，他抬头，看见了坐在远处的林如翡。

“你不杀我？”王滕哑声发问。

林如翡道：“你可认输？”

王滕自嘲一笑：“我自然是输了。”

林如翡道：“只是比剑而已，点到即止，你既认输，我又为何会要了你的性命？不过，你得答应我一个条件。”

王滕沉下脸色，以为林如翡是要提出什么非分之事，瞳孔如蛇般紧张地竖起，他道：“何事？”

林如翡指了指站在剑台旁的林辨玉，平静道：“向我二哥道歉。”

王滕哑然，瞳孔随即恢复正常，道：“是你二哥昨夜自己来找我比剑——该道歉的不是我吧？”

面对王滕的问题，林如翡面不改色，举起手里的桃枝：“道不道歉？”他也遗传了林家固有的护短，管他什么理由呢，打伤了他二哥，就该道歉。

王滕无言以对，最后只能艰难扭头，对着林辨玉说了句“抱歉”。他身体的恢复能力倒是十分强悍，全身骨头本来已经碎了七七八八，只是说话的这会儿工夫，居然就已经能从剑台上爬起来了。不过剑台上依旧留下了一个巨大的人形坑洞，看着十分碍眼。

“是林四公子赢了。”王滕认下了这场比试的结果。

“王滕。”林珉之出声，“你是龙先生的徒弟？”

王滕没想到竟还有人知道自己先生的名讳，略微有些惊讶，点了点头。

林珉之又道：“龙先生可还安好？”

王滕沉默片刻，低声道：“已经病故一年。”

林珉之面露遗憾，道了声“抱歉”。

王滕显然对此事不愿多谈，目光在地上搜寻片刻，便一瘸一拐地走到角落里，捡起了之前扔在一旁的斗笠，重新戴在头上。

接着扭头，看向林如翡：“你饶了我一命，我欠你一个人情。”

林如翡只是笑，并不言语。

王滕又道：“但几年后，我还会再来找你比剑，那时的我会更强，也希望那时的你……”也已开了刃。

他说完这话，便对着林如翡行了一礼，转身欲走。

一直安静的林如翡却忽地开口，叫住了他：“王滕。”

“嗯？”王滕扭头。

林如翡诚恳地说："若以后还能相见，我请你喝酒。"

王滕沉默片刻，并不应声，转身御剑而行，摇摇晃晃地朝着前山的方向去了。

只是走时，那双漂亮的翡翠眸子里带上了些浅淡的笑意。

林如翡身后原本消失的男人却再次出现，凑到他的耳边："怎么，那人那么好看？"

林如翡这才回头，看见了男人极美的侧颜，他微微一笑，想要说点什么，然而唇一张开，便有灼热的液体从口中涌出，一口接着一口，白色的狐裘瞬间被染成刺目的猩红。

"小韭——"林辨玉惊恐的叫声也是那样遥远，林如翡的身体摇摇欲坠，鼻间萦绕着那人的桃花香气，他眼睛半合，在彻底晕过去前，用几不可闻的声音回答了男人的问题，他说："自然是……比不上你。"

林如翡彻底失去了意识。

他不知道自己睡了多久，周遭的一切都变得模糊不清，眼前一片黑暗，五感陷入了无底的深渊之中。

再次睁眼，已经是几天后的事了。

守在床边的玉蕊见到他醒来，泪如雨下，扑到他床边叫着"公子"。

林如翡半睁着眼，缓了好一会儿，才有力气说话，只是吐出来的言语，依旧缥缈得如同风中极易消散的烟尘："我睡了多久了？"

"公子已经睡了三天了。"玉蕊揉着眼睛，抽泣着说。

"我伤得很重？"林如翡又问。

玉蕊道："万医师说，公子并未受伤，只是底子太差……"她忧愁地看着林如翡，欲言又止。

林如翡明白了她的意思，低低咳嗽两声："你和浮花的耳朵没有大碍吧？"

"没什么大碍，万爻医师开了些药，吃了便好了。"玉蕊擦干眼泪，碎碎念，"既然公子醒了，那我便去通知浮花姐姐和二位公子，先前都是他们守着你的。"

说着便提起裙摆，一溜烟地跑了出去。

林如翡睁着眼睛，看着自己头顶上隐匿在阴影中的悬梁，他现在的身体绵软无力，几乎是动弹不得。不过和玉蕊说上几句话，喉间便会浮起一层痒意，让他不由自主地低低咳嗽起来，身体也全然没了几日前和王滕对战时的轻便，沉重得好像一副石头铠甲，恨不得从里面钻出来才痛快。

"你在吗？"林如翡忽地开口。

无人应声，一室只余清风。

这倒也不奇怪，只是林如翡的心中平白生出些失望来，他轻轻抿起毫无血色的唇，压下了一阵低咳。

“醒了？”男人的声音忽地传来。

林如翡惊喜转头，看见了坐在窗边的男人。他似乎十分喜欢那一张木椅，神情慵懒地倚在上面，手撑着下巴，远远地看着林如翡。

“是你借给了我力量？”林如翡问道。

“借？不不不。”男人缓声道，“这本就是属于你的。”他忧愁地叹气，“只可惜剑刃太利，天下能封上你这柄剑的鞘恐怕也没几个。”

林如翡道：“这是何意？”

“神魂为刃，躯干为鞘。”男人说，“你怎么就生了个这么虚弱的身体呢？”

林如翡失笑：“身体发肤，受之父母，我哪有嫌弃的资格。”

“也是。”男人笑道，他忽地扭头看向屋外，道，“我先走了，你哥他们来了。”

“等等。”林如翡连忙出声，“不知……能否问问，前辈怎么称呼？”

“前辈？”男人咀嚼着这个尊称，脸上出现了一丝微妙的表情，他道，“嗯……倒也不错。”

林如翡茫然：“嗯？”

男人这才吐出三个字：“顾玄都。”他笑意盈盈，“记住了，我叫顾玄都。”

有人推门而入，林如翡再次回头时，男人的身影已经消散了。

来者正是林珉之和林辨玉，还有端着食物满脸泪痕的浮花。

“小韭。”林辨玉见他醒了，急忙上前。

“二哥。”林如翡轻声道，“你的伤势如何？”

林珉之没好气道：“你还有心情担心你二哥，他皮实得很，再挨两剑也死不了。”

林辨玉无奈地唤了声“大哥”。

“你还知道我是你哥？”林珉之冷冷道。

林辨玉没敢再辩驳，乖乖地站在一旁听训，好在林珉之顾忌林如翡的身体，没有再说什么，只是让林如翡不用担心林辨玉，他的伤虽然重，但未伤及脏腑，休养几个月就好了。

“算算日子，你姐姐也快回来了。”林珉之叹着气，“她要是回来看见你这虚弱的模样，不又得闹腾半天。”

林如翡道："我哪有……"他说完这话，又咳出一口血。

浮花带着哭腔叫了声"少爷"，赶紧用丝巾将林如翡唇边的血迹擦去。

林如翡立马心虚起来。

林辨玉道："看看，血都要咳光了，还不虚弱？"他碎碎念着，"我算是记住那个王滕了，下次可别让我再遇见他。"

林珉之冷笑："遇见又如何，你又打不过他。"

林辨玉："这次打不过，下次可就不一定了。"

林珉之叹气："你还是先想想何家的事吧，听万爻说，他家的须臾树，生了六颗铁金核桃……"

林辨玉道："那又如何？一颗铁金核桃，还比不上半个王滕。"

林珉之懒得再说话，只是让林辨玉趁着林如翡醒来的工夫，去万爻那里取正在熬的药，林辨玉理亏，也不敢反驳什么，乖乖取药去了。

林辨玉一走，林珉之将浮花和玉蕊也支了出去，林如翡看着大哥，便知道他定然是有些事要吩咐自己。

果不其然，林珉之伸手摸了摸林如翡的脑袋，声音低低的，他说："小韭可想离开昆仑看看？"

林如翡有些惊讶，甚至怀疑自己是不是想错了："大哥……"

林珉之道："就是你想的那个意思。"

林如翡在昆仑山上已经过了二十多年，去过最远的地方，也不过是山下的小镇。他看过许多游记，也曾经幻想御剑长空万里行呢，再在腰间挂上一壶上好的杜康酒，行至意兴之处，酣饮一杯，真是痛快。

可就像林珉之刚才说的那样，林如翡这身体如此虚弱，吹吹风便会病倒，哪有多余的力气离开昆仑。

"你也是知道林家规矩的。"林珉之沉声，"每个林家嫡系弟子，成年之后，都要出去游历一番，我去了，你二哥去了，现在你姐姐也马上要回来……剩下的，便是你了。"他伸手摸着林如翡的脑袋，忧愁道，"小韭呀，若是可以，哥哥姐姐们自是想护住你一世，可你甘心当笼中的金丝雀吗？"

林如翡淡色的眼眸里亮起一层光，他说："大哥，我真的能去？"

"只要你愿意。"林珉之说。

"我想去。"林如翡给出了并不让人意外的答案。

若这个问题放在半月前，林如翡大约是会拒绝的，因为他不但身体孱弱，且无自保之力。可经历了和王幐比剑一事后，他发现自己的身体里似乎暗藏着隐秘的力量，虽然并不知道该如何使用，但终究给了林如翡无限的希望。他不求自己有多厉害，只求自己有着自保之力，能看遍瑶光大陆上的河山便已足够。

都道长兄如父，林珉之和林如翡的关系的确更像长辈，考虑得更多，也没有林辨玉那般任性宠溺，他道："你想，就去，下一届剑会的请帖也该发出去了，这次游历，你便带着请帖去吧。"

林如翡高兴极了，只是情绪一波动，身体便又起了反应，发出一阵剧烈的咳嗽声，脸颊也浮起不正常的嫣红。

林珉之欲言又止。

林如翡断断续续道："没……咳咳，没事，我，咳咳咳咳，一会儿就好了，咳咳咳。"

林珉之看着林如翡这模样，神情又变得哀愁起来，也不知道是不是在后悔刚才说出的话。

林如翡咳了一会儿，才总算是把咳嗽压下去，没精打采地靠在床头，像被雨水打落的花。林珉之探了探他的额头，确定只是咳嗽没有发热，才放下心来。

林辨玉去得快，回来得也快，端着药急匆匆地进了屋，额头上还浮着汗珠，他道："小韭，快把药喝了。"

林如翡乖乖喝药。

林珉之见林如翡在喝药，便对林辨玉使了个眼色，示意他跟着自己出去说些事情。

林如翡大约猜出了林珉之要说的事，隐约感觉这事没那么容易。

果不其然，不到片刻，屋外便爆发了激烈的争吵声，声音最大最激烈的，便是那个平日里温润如玉的林辨玉。

"大哥，你在说什么？小韭的身体那么差，你让他去送请帖不是要了他的命嘛！"林辨玉厉声道，"况且他此时的模样你也见着了，使出一招便晕了三日，这若是在外头遇到什么心性不良之人——"

林珉之低声说了什么。

林辨玉咬牙道："不，我不会同意的，三妹也不会同意——"他的声音突然抖了起来，"她为何会同意？你们到底在想什么？万一小韭在外面遇上了什么意外，再也回不来了，你们当真不会后悔？！"

也不知林珉之到底是如何劝林辨玉的，他说完一句话后，林辨玉转身就走，气得一把便将院子的木门给摔了个粉碎。

这是意料之内的反应，林辨玉哪里舍得平日里捧在手心里宠着的弟弟，去见识那遥遥江湖的险恶之处。

林珉之推门而入，说的却是：“他同意了。”

“二哥同意了？”林如翡有些不可思议。

“嗯。”林珉之确定。

林如翡道：“可是……”

“没有可是。”林珉之抬眸看向窗外，看到了那一株瘦弱的桃树，他道，“小韭的机缘到了，非人力可阻，你若喜欢大好河山，去看看也是无妨。”说完后，又露出些许无奈的神情，“只是你二哥实在有些生气，到时你回来后，记得好好地哄哄他。”

# 第五章 墨玉城

林辨玉很少有生气的时候，特别是生气的对象还是他最心疼的弟弟林如翡。

林如翡病在床上，他竟是也硬下心肠没来看望，直到几日后林如翡病愈下床，都没瞧见二哥的影子。

林如翡顿时有些忧愁起来。

还是浮花点子多，说镇上的槐花刚开，二少爷最喜欢槐花味的饺子，不如趁着这几日天气不错，去镇上摘些新鲜的槐花回来。

林如翡想想觉得有几分道理，便应下了浮花的提议。

此时渐入盛春，万物齐生。树木褪去了花瓣，抽出翠绿的枝条，草长莺飞的春，总是这般美妙。

今日阳光正好，林如翡总算是换下了那一身厚重的狐裘，穿上了单薄的春装。那春装白底金纹，袖口绣着一圈绒白皮草，腰上的腰带，是大哥送来的特制碧色软玉，据说有安抚心神之效。至于垂在腰侧的香囊，则是姐姐亲手绣的，虽然图案着实有些奇形怪状，但从林葳蕤手里做出来的荷包，可是稀罕的物件。

临出门前，浮花见风有些大，硬是给林如翡加上了一件黑色的披风，林如翡也没有拒绝。他对自己的身体状况清楚得很，稍微着凉，便又会染上风寒。

走过漫长的山路，总算是到了小镇上。

只是今日的小镇似乎同往日有所不同，一群人围在桥边，似乎正在对着什么东西跪拜。

林如翡疑道：“这些人在做什么呢？”

浮花道："我也好些日子没来镇上了，公子且等等，我过去问问。"

林如翡颔首。

浮花转身进了人群打探消息，林如翡便独自一人四处转悠，只是没走两步，他便发现了异样之处，这小镇的位置，正好可以看到昆仑山北部群峰。然而抬眸望去，却见原本整齐巍峨的北峰，好似被什么东西齐刷刷地削平了山头，露出裸露的岩石，突兀中又带着几分可笑，简直像是正值壮年的俊美男人，平白无故地被人削了头发。

说到头发，林如翡莫名地想起了桃林里的金色猴王，莫名地生出些心虚来。但好在这被削掉的北峰定然和他没什么关系，如此一想，林如翡心安了不少。

浮花那边打听完了消息，又回到了林如翡的身边，只是神情显得有些奇怪，不知道听到了什么。

林如翡问道："可是打听到了什么？"

"嗯……前些日子，昆仑山的北峰突然被一剑削平，镇上不少居民都看见了那一剑的威力，认为只有神仙才能劈出这样一剑来。"浮花小声道，"结果，就这么拜上了。"

"哦？"林如翡倒是来了兴趣，"看来今年的剑会上，的确是来了些厉害的人物，劈出这一剑的人你可认识？"

浮花："……认识的。"

林如翡道："是谁？"他对此十分好奇，"不过倒是奇怪了，随随便便地削平了咱们昆仑的山头，二哥竟是也没生气呢。"

浮花面露难色。

林如翡疑道："怎么了？"

浮花见林如翡丝毫没有觉察哪里不对，一脸对真相的渴望，叹了口气，道："少爷，您可记得二少爷和顾非鱼比剑的那一次？"

林如翡笑道："自是记得。"

浮花说："当日少爷在阁楼之上，握住重锋挥下一剑……"

林如翡愣了片刻："的确如此，但这和我又有什么关系？"

浮花看着自家一脸无辜的少爷，半晌都没说出话来。她在思考，要是直白地将事实告诉林如翡，就是他亲手把自己的山削成了难看的平头，会不会刺激太大。好在林如翡也从这种微妙的沉默中品出了端倪，他狐疑地看了浮花一眼，更狐疑地瞅了瞅远处群山，抬手指了指自己："我？"

浮花点点头。

林如翡："我劈的？"

浮花"嗯"了声。

林如翡大惊失色。

浮花被林如翡这精彩的表情弄得忍不住有些想笑，她憋着笑意说："那天好些人看见公子飞到了阁楼之中，又有眼力好的人看到是公子挥下了那一剑……只是认识公子的人实在不多，便开始传言说有谪仙住在昆仑上。"

"还有前几日王塍同公子比剑，引来天雷，公子一剑挥出，将雷云劈了个粉碎。"浮花轻声细语，"虽无旁人在场观战，但那等异象，也都被镇子上的人看去了，所以……"她说到这里，忍不住笑了起来，"我刚才去问了，那些人拜的就是你。"

林如翡呆了片刻，便上前几步走到了人群后面，却见那些人果然拜着一尊泥塑的雕像。只是那雕像身姿威武，一脸凶悍，最最恐怖的，是那雕像拥有两个脑袋和四条手臂，四条手臂全都举着剑刃，仿若修罗。

林如翡心里冒出两个字：这谁?

浮花笑得前俯后仰，擦着眼泪道："昆仑山上甚少有人见过公子模样，乱七八糟的谣言传得又厉害，众人便言能劈出那样厉害的一剑，定然是天赋异禀、与众不同的！"

林如翡闷闷道："与众不同？"

浮花笑着说："手必须有四条才够，脑袋有两个才好！"

林如翡想了想，来了句："也行。"

浮花捂着嘴笑得花枝乱颤。

林如翡惆怅地看着那座和自己一点都不搭边的雕像，想了想，转过身也从荷包里掏出了几枚铜币，在旁边叫卖的老伯手里买了三根香烛。弯下腰来，虔诚地拜了一拜，嘴里念叨着："下次再也不对着山劈了。"家里山头虽然多，但特别漂亮的就那么几座，这一剑下来，大哥恐怕得心疼小半年。

拜完了传说中四只手两个脑袋的谪仙，林如翡坐在白马上跟着浮花摘槐花去了。

今年春天雨水少，槐花生得格外好，密密丛丛地簇在枝头上，很是热闹。

浮花取了布袋，几步便爬到了树上，摘了起来。林如翡站在下头，仰头瞅着她，招呼着这头的花多，那头的花茂。

两人正摘着花。青石铺成的街道上传来一阵急促的马蹄声，林如翡闻声回头，看见一个身着劲装的黑衣少女骑着一匹枣红大马从小镇街上疾驰而过。那少女相貌姣好，却面若冰霜，背在背上的一个血色大葫芦格外醒目。

众人见到骑马奔驰的少女，皆是朝着两边避去。

林如翡却眼前一亮，笑着叫了声："三姐！"

少女回头，看见林如翡后，脸上的寒霜瞬间褪去，嫣然笑道："小韭！！！"马蹄立停，转身狂奔而至，重重抱住了这个几年未曾相见的弟弟，"小韭！你怎么在这儿呢？难道是知道我要回来了？可我又没有提前告诉你们，你又是如何知道的？这是在摘槐花？你看你，是不是没有好好吃饭，怎么又瘦了……"从来不喜欢多说话的林葳蕤此时像个啰唆的老妈子似的，缠着林如翡不停地碎碎叨叨。

这问题一个接着一个，林如翡怎么都回答不过来，最后索性也不再插嘴，由着林葳蕤问，直到她问累了，垂泪道："小韭怎么不说话？姐姐这才出去三年，就和姐姐生分了吗？"

林如翡道："姐，你问的问题这么多，我哪里答得过来？慢慢问，慢慢问……"

林葳蕤这才不闹了。

浮花的槐花也摘得差不多了，三人便打算回去了。不过在路过小镇时，林葳蕤看着那些正在虔诚跪拜的人很是奇怪，说这是在拜什么呢，怎么那人还有四只手，难道是世间新出了什么厉害的神明……

林如翡神情无奈，实在是不想自己解释，于是便示意浮花来说。

浮花忍着笑意，便将此事细细地说给了林葳蕤。林葳蕤听得哈哈大笑，拍着林如翡的肩膀说咱们弟弟果然出息了，干脆以后就对外宣称林家四公子有四条胳膊，是个九天上下来的谪仙。

林如翡坐在白马上，听着林葳蕤打趣自己，倒是生出了一种回到少年时光的错觉来。

那时他身体弱，生得又小，连马镫都踩不到。姐姐林葳蕤便把他抱在怀里，一边走一边碎碎念，说的全是些练剑的琐事。林珉之牵着马走在前头，一言不发，林辨玉则护在身侧，眼角眉梢都是温柔的笑。

林如翡是不幸的，在以剑闻名的昆仑上，他没有一把属于自己的剑，可他又是幸运的，从出生的那一刻起，哥哥姐姐们便护他若珍宝。

如今他竟是一剑平了北峰，虽依旧不明白到底是如何做到的，但未来的日子，却好似被搅动的寒潭，多了几分生气。

一切都在好起来吧，林如翡想，这大约便是凡人的幸福了。

林葳蕤模样生得冷若冰霜，脾气却最为火暴。昆仑山上的弟子们遇到她，都恨不得低下头来离她远些。林葳蕤不似林珉之稳重，也没有林辨玉那般知书达理，可以说是林家这一辈里活得最为率性的那一个人。她不喜欢一个人，便会讨厌到骨子里；喜欢一个人，便恨不得把天上的星星摘到那人面前。

林葳蕤是喜欢林如翡的。

林如翡十二岁那年，母亲病故，那时瘦瘦小小的林如翡几乎快要哭晕在她的怀里。彼时林葳蕤已是少女，她抱着弟弟，心里想的却是，这一辈子，都不想见到林如翡再哭一次。

说到便做到，林葳蕤可以拍着胸膛保证，此时的昆仑山上，无一人敢欺辱林如翡，无一人敢对林如翡不敬。

他们能活多久，就能宠着林如翡多久。

可现在，长大了的幼弟却要离开昆仑，自己闯荡去了，林葳蕤看完了林珉之的来信后，内心生出一股空空荡荡的感觉来。她花了三日，日夜兼程，御剑而行，飞回昆仑，最后耗尽了体内的剑气，便花重金买了匹好马，快马加鞭地赶了回来。旅途本已十分劳累，然而那些倦意在看到林如翡时，全都化作了喜悦。

“小韭可有想姐姐？”她像个唠叨的母亲，“三年没见，怎么又瘦了？天珏没有好好地守着你吃饭吗？看我回去不揍他一顿。”

她家的老幺听着她的念叨也没有丝毫不耐，她说，他就听着，眼角眉梢，都是动人的温柔。

林葳蕤看着这样的林如翡，却心酸起来，她多想林如翡能活得更没心没肺一些，不要这样善解人意。

没心肝的人，反而过得比较舒服，林葳蕤早就明白了这个道理。

“姐姐回来之前，可有去一趟墨玉？见到谢之妖没有？”山道上，林如翡同林葳蕤闲聊。

“去了一趟，但没有见到他。”林葳蕤嘴里叼着嫩草，牵着马走在前头，“他家小厮好像闹出了什么大事，整个谢家都乱成一团，我急着赶回来，没有再等。”

“小厮？”浮花道，“就是那个嘴巴特别讨厌的绿耳？”

“嗯。”林葳蕤道，“就是他。”她扭头看向林如翡，说：“下届比剑谢家也要来的，过几日你就要替林家送请帖，可以先去墨玉一趟。”

林如翡想了想：“也可。”

谢之妖是他童年的玩伴，当年谢家出了些事，因为长辈们关系不错，便将他送到了昆仑山上来寄养。他和林如翡的年龄相差不大，性格又十分稳重，两人关系倒也很好。只是谢之妖身边有个叫绿耳的小厮，不光脾气差，嘴巴也很讨厌，说出十句话来有九句都很欠打，也不知道谢之妖的长辈为什么会把这样一个人留在他的身边。

当年绿耳见到林如翡的第一句话就是：这人怎么生得那般瘦小，跟个可怜的猴崽子似的。

林如翡还没反应过来，谢之妖抬手就给了绿耳一耳光，阴沉着脸让他跪下向林如翡道歉。绿耳哭哭啼啼，始终不肯，最后谢之妖一脚踹在了他膝盖上，逼着他给林如翡磕了几个响头，道了歉，得到了林如翡原谅后，才站起来。

本就是孩童戏语，林如翡也没放在心上，但事后发生的事，却证明了谢之妖多么有远见。因为听到了这句话的林辨玉，本打算提着剑直接去找谢之妖，想一剑剁了绿耳的脑袋，后来知道绿耳道了歉，林如翡也表示了谅解，这件事情才算了了。

只不过自那之后，林辨玉对绿耳没什么好脸色，连带着也不太待见谢之妖。

滇山谢家算是名门望族，其家剑法也是一绝，只是近年来没出过什么出彩的人物，渐渐衰落了。但到底底蕴在那儿，不然林辨玉绝对不会给谢之妖这个面子。

许是从小都没什么朋友，林如翡倒是挺喜欢谢之妖这个玩伴。他们两人少年时常常在山顶上顶着风雪下棋。谢之妖棋风凶悍，最喜大龙捉对厮杀，只是有时容易失了头尾。林如翡棋风温驯，却滴水不漏，常常不知不觉中，便将谢之妖的大龙绞杀。

绿耳是不懂棋的，所以他们下棋时，这孩子都会特别无聊，就眼巴巴地瞅着坐在旁边的浮花，想和她说说话。

然而浮花也不喜欢这个嘴巴没有把门的小厮，自顾自地坐在旁边看书。

“浮花姐姐，你在看什么呀？”绿耳眼巴巴地瞅着浮花手里的书。

“闲书。”浮花冷淡地应声。

绿耳小声道：“那可真好，我就不识字，也没人教我……”

浮花抬眸看了他一眼，内心生出了一两分怜悯。

谁知绿耳的下一句话便是：“不过识两个大字也不是什么了不起的事，不也在这里陪着我当小厮了嘛。”说完嘻嘻笑了起来，气得浮花脸色铁青。

都说可怜之人，必有可恨之处，绿耳这样的，大抵就是个例子了。

谢之妖的涵养也算是真的好，养着这么个小厮在身边，不知得罪了多少人。

林如翡问他为何会选绿耳。

他沉着脸说：“是母亲送我的人。”

林如翡这才知道，谢之妖的母亲也故去了，临死前，将绿耳托付给了谢之妖，叮嘱谢之妖好好待绿耳。谢之妖无法，只能接受母亲的遗嘱，将绿耳带在身边，做了小厮。

所有人都想不明白，谢之妖的母亲怎么会故意给儿子添堵。然而如今已经这样，谢之妖只能接受，后来他也打听过，据说绿耳似乎是母亲故人的后代，因此，谢之妖对绿耳的容忍便又多了几分。

大约是绿耳的讨人厌实在太深入人心，听到“谢之妖”这个名字时，连浮花都忍不住问了一句。

“那个绿耳啊，好像闯了大祸，人也不见了，谢之妖为了找他，一直在忙，不知道什么时候才有空。”林葳蕤道，“不说他了，你大哥、二哥都不知道我回来了，看我给他们个惊喜！”说着，她便手一伸，笑着从虚纳戒里掏出一个软乎乎圆滚滚的包袱，顺着裙摆，直接塞进了肚子的位置，把浮花和林如翡都给看呆了。

“傻愣着干吗呢？”林葳蕤娇笑，“傻弟弟，还不快扶着姐姐。”

林如翡哭笑不得：“你这要是被大哥看见，不得把你腿都打断了？”

林葳蕤挤眉弄眼：“他敢！现在我可是一尸两命。”

林如翡算是服了自己这个姐姐，叹了口气，笑得无奈：“好吧好吧，山路湿滑，你可小心点走，别扭了身子，伤到我外甥儿。”

林葳蕤咯咯直笑，笑完便用符箓折出一张纸鹤，附上声音，告知林珉之和林辨玉自己回来了，让他们在林如翡的院子里等着自己。

林葳蕤发完消息，兴奋得摩拳擦掌。

林如翡看着她这模样，脑海里回荡的是大哥常说的那句：你姐姐是三天不打，上房揭瓦！

半个时辰后，林如翡扶着挺着肚皮的林葳蕤到了院子里。院子的门开着，两人刚进去，就看到了坐在院中聊天的林珉之和林辨玉，两人本在和颜悦色地聊着天，结果看到肚皮隆起、颤颤巍巍的林葳蕤后，都是神情大变。林珉之脸色铁青，林辨玉微张着嘴，显然是在想自己这个妹妹到底吃错了什么药。

“哥——”林葳蕤娇柔地叫了一声，悲伤不已，“哥，你可要替我做主啊。”

林珉之咬牙切齿，几乎就要拔剑，道：“谁？谁敢这么对你！”

林葳蕤假哭：“还不是沈家那沈无摧，虽然长得相貌堂堂，可却不是个好东西，骗大了我的肚子，却，却娶了别家的姑娘！”

林如翡闻言，差点露馅儿笑出声。

沈无摧也是昆仑山上的常客，生得俊美无俦，性格温文尔雅，很讨人喜欢。林葳蕤似对他有意，但奈何沈无摧却有些怕自己这个性格跳脱的姐姐。

林珉之气道："这个沈无摧，人模狗样，竟是做出这等无耻之事！"他深吸一口气，道，"我马上去传书给沈家，此事绝不可罢休！"说完转身便要走。

眼见着玩大了，林葳蕤连忙捂着肚子"哎哟哎哟"叫唤起来，林珉之和林辨玉都是一惊，连忙围上，问她如何。林葳蕤哭道："肚子，我肚子好疼……啊……我的肚子……"正哭得起劲呢，那包袱却没捂紧，"噗"的一声滑落在了地面上。

林珉之："……"

林辨玉："……"

林葳蕤神情讪讪，小声道："怎么掉了……哥，我就想给你们一个小小的，惊喜。"

林辨玉微笑："还真是惊喜啊。"

林珉之面无表情，他说："林葳蕤，我三年没打你了。"

林葳蕤："……"

林珉之咬牙切齿："你走前把万爻的药炉砸了一半，我抽了你二十鞭子。这三年间我还在后悔在你走之前不该对你那么凶，现在——给我滚到祠堂里来！"

林葳蕤哭着看向林如翡。

林如翡咳嗽两声，做出虚弱不堪的模样，林辨玉见机行事，连忙扶住他，说："大哥，你先打着，我扶小韭进去休息了。"

林葳蕤大哭，被林珉之脸色铁青地揪着去了祠堂。

林葳蕤被林珉之揪到祠堂里，挨了整整十鞭子。

这家里，就属她挨打挨得最多，小时候她经常悄悄地背着林如翡到处溜达，这不生病还好，只要林如翡一生病，她就得挨上一顿打。后来林如翡不愿再牵连她，她便硬拖着林如翡出去，还挤眉弄眼地说大哥那鞭子压根儿没用力，甩在她背上一点都不疼，只是看着吓人罢了。

"况且你一个人在园子里待着多无聊啊。"林葳蕤说，"就算小韭不想见人，咱们去看看山头上别的景色也挺好。"

就这么从小闹腾到了大，直到几年前林葳蕤外出游历，林如翡院中才寂寥了不少。

林珉之很快又带着林葳蕤回来了，林葳蕤一瘸一拐的，嘴里"哎哟哎哟"直叫，泪眼婆娑地扑到林如翡的身边，抱着她心爱的弟弟，哭嚷道："大哥啊，你好狠的心，我这才回来，你就要把我给揍瘸了。”

林珉之冷冷道：“不然我再给你十鞭子，帮你满足了瘸了的这个愿望？”

林葳蕤立马站直身体，义正词严：“好像也没那么严重。”

林辨玉和林如翡低笑，林葳蕤一回来，院子里的确是热闹了不少。

“小韭准备什么时候走？”林葳蕤转过身，从身后抱住了坐在椅子上的林如翡，嗅到了他身上那股子独有的淡淡药香，口中碎碎念，“我这才回来，你可不能马上走，江湖险恶，总有些讨厌的人，走之前让他们给你多备些符箓法宝，咱们就算打不过他，也用法宝砸死他！”

林辨玉站在旁边听着，居然还赞同地点点头。

林如翡哭笑不得。

兄妹四人一起用了晚膳才各自散去，林如翡也有些倦了，沐浴之后，便坐在窗边瞅着院中抽叶的桃树。那桃树生得瘦小，枝干上顶着的几片稀稀拉拉的叶子，反而显得更加可怜，简直好像个衣衫破烂的孩童，可怜巴巴地随着夜风微颤。

林如翡已将浮花和玉蕊遣去休息，此时屋内仅剩他一人。他看着院中隐匿在夜色里的桃花，轻轻地开了口：“顾前辈在吗？”

无人应声。

林如翡略微有些失望，他知道似乎只有自己能看见顾玄都，这人来历成谜，但似乎和院中的桃树有着分不开的关系。他正如此想着，一扭头，却看见一袭红衣的顾玄都，竟然坐在他床头，正盯着他放在床头旁的木架，那木架上插着一束浮花不知从哪儿摘来的芍药，艳丽得很。

林如翡瞅了眼院中的桃树，莫名地生出些心虚来。

顾玄都说：“芍药虽美，但是太艳俗。”

林如翡只能应和：“也是。”

顾玄都凤眸一转，落到了他的身上，道：“还是桃花美。”

林如翡哪儿敢拂了美人之意：“也对。”

谁知顾玄都下一句话却是：“可惜我也开不来。”

林如翡差点被这句话呛到。

顾玄都叹气，蹙眉：“花了几年时间，就挤出这么一朵花儿来，还偏偏被风吹散了。好在总归是留下了一朵。”

“也足够了。”顾玄都笑着道。

林如翡说："前辈……"

顾玄都道："什么？"

林如翡又叫："前辈。"

顾玄都神色微妙："前什么……"

林如翡被顾玄都的眼神盯得有些毛骨悚然，好像"前辈"这个词儿激起了顾玄都某种不可言说的兴趣似的，嘴唇嗫嚅片刻，又低低道："玄都前辈，怎么了？"

顾玄都微笑道："没什么，你再叫我一声前辈听听。"

林如翡："……"

他为何会生出一种自己被人占了便宜的错觉。

林如翡犹豫片刻，小声道："可否问问，玄都前辈今年贵庚？"

顾玄都面不改色："还是比你大了不少的。"

林如翡道："那是多少？"

顾玄都道："一来就问人年龄，是否不太妥帖？"

林如翡想想觉得好像也有些道理，不过显然，顾玄都的那句"还是比你大了不少的"，可信度不是很高。

不过既然他愿意当前辈，林如翡便依了他的意："前几日我同王雘比剑，多谢前辈相助。"

顾玄都懒懒道："也没帮什么忙，就是随手捡了根被你二哥折断的桃枝给你送去了而已。"

这顾玄都语调风轻云淡，说的却是小孩子告状的话，林如翡哪里会听不出，哭笑不得地说明日一定好好问问二哥。

"这几日哥哥们同意了我去山下游历，不知玄都前辈是否愿意和我同去？"自知这样的要求有些过分，林如翡苍白的脸颊上浮起些许紧张的嫣红，他微微抿着唇，低声道，"当然，若是前辈不愿意，我也不会强求，临走时也会叮嘱二哥，不会让他动院子里的桃树。"

谁知顾玄都听了他的话，却似笑非笑："自然是要同你下山去了，我唯一的花瓣都落在了你的身上，不跟着你跟着谁？况且……"

林如翡道："况且？"

顾玄都语调微微严肃起来："况且我也有一事相求。"

林如翡道："不知何事？"

顾玄都道：“我现在神魂衰弱，不能经常现身，想取回失落在各地的旧物，还要麻烦小韭。”

林如翡讶道：“旧物？可知道落在了什么地方？”

“隐约可以感应到，可时间太长，有些模糊不清，还得靠近些才知道。”顾玄都道，“不过既然你要下山游历，也还算是顺路。”

林如翡笑道：“那玄都前辈便是应下了我同行的邀约了？只是不知道是否需要带着院中的桃树？”

顾玄都淡笑：“这倒不必，我自有别的法子。”

林如翡心中微喜。这次出游，他最担心的便是自己没有自保能力，平白惹了哥哥姐姐们担心，这顾玄都虽然出现得突兀，身份成谜，但到底是处处都在帮他。依照他现在的寿元，待在昆仑山上活不过三十，且身无长物，并无可利用之处。能离开昆仑山四处走走，已是他此生最大的愿望。

朝闻道，夕死可矣，便大抵如此。

夜色渐浓。

林如翡躺上了床，顾玄都坐在床边，靠着木椅不知道在瞧些什么。林如翡看了他一会儿，便迷迷糊糊地生出些睡意来，他半垂了眼眸，蒙眬间好似听见顾玄都小声地说了句：“这景色看了百年，的确有些腻了。”

百年吗？林如翡迷糊地想着，好像听母亲说过，山下那片桃林，正是百年前出现的。不知何人种下，也不知何时长大，待到人们发现时，已在盛春之际，开出了几十里的桃花，红了一片山崖。

第二日，大晴。

浮花把昨日摘的槐花洗干净，又取了白面，打算做顿槐花饺子。林葳蕤刚回来，整个昆仑山都知道了，她昨夜跑到前山去，找到林珉之门下的弟子，和他们大喝一通，直到天亮，才被林珉之揪回了屋，差点儿又挨上一顿鞭子。林珉之那沉稳的个性在林葳蕤面前全然无用，恨不得把祠堂里的鞭子捏在手里，时时刻刻地敲打。

然而林葳蕤也知道林珉之只是雷声大雨点小，鞭子挥得呼呼直响，落在身上好似挠痒痒。但她还是很聪明，即便丝毫不疼，也会嗷嗷直叫，连带着假瘸几日，算是给足了大哥面子。

槐花馅的饺子有些素净，玉蕊便又去厨房那边取了块五花肉，还择了两棵新鲜的白菜，打算再做些猪肉白菜馅的。

院中热闹得很，林如翡闲着没事儿，和闷闷不乐的二哥下起了棋来。

林辨玉棋艺和他的剑术一样精彩，只是今日显然心思没有放在棋盘上，连着输了三局。

林如翡道："二哥在想什么呢？"

林辨玉道："再过几日，就要下雨了。"

林如翡莫名："下雨又如何了？"

林辨玉道："雨后山路湿滑，不安全，你最好换个日子下山。"

林如翡笑道："二哥，我又不是糖做的，淋了雨难道就化了？这山下游历也花不了太多日子，待我送达了请帖，便回来了。"

林辨玉依旧闷闷不乐，有意无意地就朝着院子里的桃花树瞟。

林如翡赶紧叮嘱林辨玉，说自己走后这院子里的东西可一样都别动，特别是那棵桃树……

林辨玉沉声道："小韭，你可知道，那桃树不是什么好东西，那日甚至对我出了手！"

林如翡心中一惊："出手？"

昨日告状是顾玄都，今天告状的就变成了林辨玉，这原本沉稳的两人好像一碰上，就变成了幼稚的孩童。"它故意绊倒我，害得我摔了一跤。"大约是觉得这样说起来不太严重，林辨玉还夸张地补了一句，"现在腿还疼得厉害。"

林如翡哪里会信，不过摔一跤而已，只是有些丢脸罢了，想来也不会太严重，但还是耐着性子安抚了林辨玉一番。直到饺子煮好了，林辨玉的郁郁之色才消去了些许。

热腾腾的饺子端上了桌，宿醉的林葳蕤被林珉之拖到了桌边，四人坐下，先举起手中瓷杯。

林如翡以茶代酒，先敬一轮，众人皆笑，举杯同庆。

此时窗外春色正浓，桃枝顺风微颤，犹似应和。

林如翡下山的日子就这么定下了。

家里最疼爱的弟弟要出远门，哥哥姐姐们自然是恨不得把所有最好的东西都堆在他身上，光是用来传音的符箓就拿来了整整五百张。要知道这符箓价格昂贵，五百张能抵得上某些小门派里一年的花销了。林辨玉甚至还想为林如翡找一把应手的剑，然而林如翡在自家仓库里逛了一圈，却没看见一把合心意的。其实也不是不合心意，只是他发现这些剑自己压根儿提不起来。

原本普普通通的剑插在鞘里，却好似和剑鞘凝在了一起似的，林如翡伸手一拔，却纹丝不动。

林辨玉气得差点没把这些不给面子的剑全给打折了。

不过没有剑好像也没太大关系，林如翡觉得那桃枝就挺好用，于是开口安慰林辨玉，说有他给的那些法宝，便已足够。

林辨玉依旧闷闷不乐，说让林如翡下山一事其实是万爻起的头，万爻说，这昆仑山上于林如翡而言只是一摊死水，林如翡的生机在山下头。有了这话，又见到林如翡打败了王朣，哥哥姐姐们这才勉强接受了林如翡下山游历这件事。

然而林辨玉心中却有心结，江湖险恶，他害怕林如翡一去不归，自己同他再不能相见。

林如翡心知肚明，笑着说林辨玉无须担忧，再来几个王朣，他也能揍回去，况且这世间哪有那么多王朣。

林辨玉叹息不语。

就这两三天时间，林如翡手上的虚纳戒指已经被塞了个满满当当，身上穿的东西，也全都换成了法宝，乃至于内衣外头都裹着件金灿灿的软甲，搞得林如翡觉得自己好像个全副武装的大王八。

就凭他此时身上带着的东西，遇到一般的修仙之人，恐怕他们连林如翡最外层的防御都破不了，更不用说伤到他了。

但是哥哥姐姐们还是愁得厉害，又叮嘱了他好些江湖规矩，说什么外人给的酒不要轻易喝，路边遇到的旅人不可轻易信，如果遇到了什么打不过的人，立马就跑，虚纳戒里装着的东西，已经足够林如翡直奔回昆仑。

林如翡被三人轮番教训，头大如斗，还没出门便已蔫了不少，坐在椅子上打瞌睡。

结果又被林葳蕤揪住脸颊扯醒了，重新念叨了一遍。

林如翡不想带着浮花和玉蕊一起去，两个小姑娘就不再说话，守着他垂泪。玉蕊倒是好打发，往她嘴里塞了两块玉米糖她就哭不下去了。浮花可不是好糊弄的，哀愁地看着林如翡，边给林如翡准备行囊边哭。

林如翡被哭得脑仁儿疼，道：“哭什么呢？”

“浮花照顾公子十多年了，公子这一去，也不知道什么时候回来，还不许浮花流两滴眼泪吗？”浮花哽咽出声。

林如翡理亏，赶紧闭嘴。

浮花又道：“公子为何不想带我们去？我们一路上还能照顾公子的起居，虽是帮不上什么大忙，可若是真要遇到什么事，至少有个报信的吧。”

林如翡还欲说点什么，旁侧坐着的林珉之却是开了口，让林如翡把浮花和玉蕊带上。她们两人修为已过五境，自是不会拖林如翡后腿，若是林如翡病了，还能好生照料。

林如翡无法拒绝，被迫应下。

于是原本想象中竹杖芒鞋轻胜马的侠客之行，硬是变成了富贵公子的游春。

出发那天，下了些小雨，山道有些泥泞。

林珉之他们将林如翡送到了小镇上，看着他上了一驾漂亮的朱红色马车，浮花做了车夫，戴着斗笠，披着蓑衣，腰间跨剑，倒是比林如翡像个侠客。林如翡身着一袭白色春装，黑发用乌木发簪绾在脑后，他坐在马车里，掀起帘子，看着路边站着的林珉之等三人。

三人都未打伞，雨丝在他们发梢落下，泛起细碎的光，他们看着林如翡，神情温柔中带着不舍。

“小韭，早些回来呀。”林辨玉声音嘶哑。

“对，早些回来！”林葳蕤揉着红红的眼圈，“若是遇到人欺负你，便同我们传信！”

“早去早回。”林珉之也道。

“好，你们等我回来。”林如翡心底处也生出些酸涩的感觉，这是他二十多年来第一次离家。

浮花挥鞭，马车渐行渐远。

林如翡舍不得放下车帘，看着三人的身影渐渐变小、模糊，最终融入了碧绿的山林中。

雨渐渐地有些大，淅淅沥沥地落在马车顶上，噼啪作响。

玉蕊坐在林如翡的对面，没人管，便一个劲地吃着玉米糖，把腮帮子塞了个鼓鼓囊囊，像只贪食的小老鼠，她含糊道：“公子是要先去墨玉？”

林如翡道：“对，先去看看谢之妖。”

“墨玉离昆仑近呢，御剑半日就能到，走马车，要多花些日子，可能一两日吧。”玉蕊说，“不过没关系，咱们准备的东西多得很，就算在山林里走上半年也没什么怕的。”

林如翡道：“你的玉米糖可撑不了半年。”

玉蕊闻言，立马皱起小脸，这玉米糖可是昆仑山镇上的特产，软糯粘牙，又香又甜，她最喜欢了。这没了玉米糖，可是件大事啊，不过……若是能陪着公子，好像玉米糖也没那么重要了。

想到这儿，玉蕊又高兴了起来，大嚼一通嘴里软乎乎的糖果：“没事，没有就没有了，想吃的时候，多看公子几眼，就不馋了。”

林如翡大笑。

山路人烟稀少，道路颠簸，好在马车上放置了特制的符箓，坐在上面如履平地般平稳。林如翡初次下山，对周遭的一切都感到既陌生又好奇，坐在窗边移不开眼，直到夜幕渐深，玉蕊去换了外面驾车的浮花进来休息，在浮花的催促下，他才准备入睡。

今夜的风有些凉，浮花给林如翡加了被褥，烧了一盆炭火，又热了水供林如翡洗漱。

林如翡洗漱完毕，穿着单衣躺进了被褥，眨着眼睛说：“好像和山上也没什么两样。”

浮花看着林如翡那张裹在被褥里显得有几分可爱的脸，笑道：“这才走了第一天呢，公子莫急。”

林如翡打了个哈欠，沉沉地睡去。

半夜时分，雨渐渐下得有些大了，山风凌厉，吹得树林簌簌作响。

然而风雨声中，却似乎又夹杂了一些别的声响，这声响似人奏的乐声，倒也不算难听，只是在这沉沉夜色中，显得鬼气森森。

林如翡睡眠本来就浅，这声音一出现，立马醒了过来，看见玉蕊正趴在桌上睡得酣熟。他轻声地唤了声“浮花”，侍女应道：“公子怎么醒了？”

“你有没有听到什么声音？”林如翡问。

浮花沉默片刻，低声道：“似乎是住在山道周遭的村民在举办葬礼。”

林如翡抬手掀起车帘，果然在暗色的山道上，看见了一串明灭闪烁的火光和穿行在火光中的人影。这些人身着白衣，举着火把，走在暗色的山道上，为首几人，似乎抬着一口黑色的棺材。

“这群人丧衣上的花纹，怎么看着有些眼熟？”浮花喃喃道，“好似在哪里见过似的。”

林如翡疑道：“眼熟？”

“是啊。”浮花道，“谢家的花纹很特殊，这么多年了我也记得一清二楚……那些人的衣角上，的确绣着这样的花纹。”

谢家是大族，门第森严，规矩繁多，特别是本家人，吃穿用度，无一不是严格按照规制来的。这群人衣服上既然有谢家的图案，想来同谢家定然有些关系。

两人正说着话，山道上送葬的人却注意到了他们，火光顿住片刻，迅速地朝着他们聚拢过来。

浮花蹙眉，握住了腰侧的剑，说：“公子稍等，我去问问他们想要做什么。”

林如翡道："不急，让他们过来就是了。"

那些人果然很快到了山道之前，围住了林如翡的马车。

"什么人？"为首之人厉声发问，"怎么这时候还在山道上？"

浮花听见他质问的语调，重重地蹙了蹙眉，正欲发难，却见林如翡摇了摇头，示意她退下。林如翡掀开车帘，看见了拦下马车的人，他道："我是昆仑派林家四公子林如翡，受掌门之命，来为谢家送下一届剑会的请帖。"

那人听闻此话，神情微惊，又仔细地观察了一番，这才拱了拱手，道："抱歉，林公子，是我们唐突了，不过近来这一带都不太平，公子这一路上记得小心些。"

林如翡抬眸看向那口黑沉沉的棺材，问道："冒昧一问，你们这是……"

那人犹豫不决，似乎不知道该不该说。

林如翡也不强求道："不说就算了，你们去吧，我继续赶路了。"

那人咬咬牙，还是开了口，他道："我们在为家中大公子谢空城送葬。"

林如翡一愣："谢空城？"

"是。"那人肯定。

林如翡听见这话，便知道谢家这次定是惹上了大麻烦。

谢空城是谢之妖的大哥，可以说是谢家年轻一辈里最厉害的人物，像他们这种修为，病死是绝无可能的，只有可能被外力所伤。

再看看眼前谢家人在深夜中如此狼狈地送葬，想来这一桩血案，绝不是什么简单的江湖恩怨。

同谢家人告别后，马车再次上路，雨依旧下着，将这春日衬得有几分清冷。

马车又行了一日便到了墨玉地界。

若说昆仑山上做主的是林家，那么墨玉，就是谢家的地盘。

走了几日的山路，总算是出现了宽阔的大道，周围荒凉的山林退去，渐渐有了人烟。

进了城中，马车的速度慢了下来。林如翡掀开帘子，打量着道旁的商铺和行走的人群。

墨玉城商务繁忙，过往商人众多，是瑶光大陆上最西边的商业重镇。林如翡在街上看到了不少从未见过的稀奇玩意儿，两个侍女也都看得目不转睛，特别是年纪小些的玉蕊，已经开始不住地吞咽口水了。

谢府位于整条街道中间的位置，入口处蹲着两尊高大巍峨的石狮子。浮花前去叫门，林如翡便站在一旁静待，却发现这两头石狮子竟是微微偏了偏脑袋，朝着自己看了过来。

“呀，石头怎么动了？”玉蕊惊叫出声。

林如翡观察片刻，笑道：“这应该不是石头，是石兽。”

“石兽？”玉蕊不明。

“嗯，镇宅的吉兽。”林如翡说，“平日看着和石头差不多，但是能抵御一些邪魔之物。”

两人正说着话，谢宅的大门开了，浮花说明了来意，守门人却面露迟疑，对着三人打量了一番。

这三人中，林如翡显然是最显眼的那一位。他神情平淡，穿着一身白底金丝流云图案的春装，右手拇指上戴着枚碧色的玉石扳指，腰间还垂着个看不明白图案的香囊，模样俊美却脸色苍白，似乎身体不太好的样子。但是这张脸上，最引人注目的却是那双比常人颜色更淡的黑眸，守门人看见这双眼睛，似乎想起了什么，立马道：“请问是林四公子吗？”

“正是。”林如翡道。

“快请快请——”守门人忙道，说着又指使另一人帮着浮花把马车牵了进来。

原来那日林如翡同谢家人在山道上相遇后，便有人传了消息回来。有贵客降临，谢家自是做好了接待的准备。

只是林如翡刚入这谢府，便察觉府内气氛有些不对劲。偌大一个谢府里竟是看不见几个人影，即便有人走过，也是神色惶惶，看见林如翡他们几个陌生人，表情如同见了鬼似的。

守门人带着林如翡三人到了厢房，说谢家家主此时出去办事了，晚上才回来，让他们先稍做休息，到时再来请他们。

林如翡道了谢，迟疑片刻，询问谢三公子可在家中。

守门人听见林如翡的询问，表情僵了僵，叹道：“在的，只是……”

林如翡道：“只是什么？”

守门人道：“只是还在祠堂受罚。”

林如翡道：“受罚？他做错了什么事？”

守门人苦笑道：“抱歉啊，林公子，这事情不是我们下人能说的。您要是想问，便直接问老爷吧，或者再等等，再过几日，三公子应该也就出来了。”

林如翡没有多难为他，放他去了。

“总觉得谢府怪怪的。”放好了行李，浮花和玉蕊也来到林如翡的房间，两个侍女显然也觉得这府内气氛诡异，嘟囔着，“好生奇怪。”

“是不太对。”林如翡坐在椅子上，手边放着一杯热茶，他端起茶杯轻抿一口，低声道，“谢家大公子突然去世，整个谢府居然都没有摆丧事，连个白灯笼都没挂上。”

他若是没有记错，谢空城可是谢家最看重的一位小辈，突然去世后，竟然就这么匆匆忙忙地连夜下葬，整个谢府里还看不到一点痕迹。

“罢了，等晚上吧。”几日车马劳顿，林如翡也生出些倦意来，他道，“先休息，待将请帖交与谢家家主后再谈其他事。”

浮花和玉蕊称“好”，乖巧地退下。

林如翡随便吃了些食物，便随手翻起了放在屋内的书籍，看了起来。

窗外荡过一阵清风，男人如往常般突兀地出现在了林如翡身旁，开口便是：“都几百年了，谢家怎么还是这个老样子？”

林如翡都快习惯他的神出鬼没了，看着书头也没抬，随口道：“老样子？前辈来过谢家？”

“没来过。”顾玄都懒散地靠在窗边，瞅着院中萧瑟的景象，“但听说过一二。”

林如翡“噢”了一声：“那前辈可知道谢家发生了什么？”

顾玄都道：“能猜到一些。”

林如翡眨眨眼睛，这才有些好奇地抬了头：“可方便一说？”

顾玄都似笑非笑：“说倒是可以……只是……”

林如翡道：“只是什么？”

“只是这些事都是些龌龊事，听了也觉得脏耳朵。”顾玄都道。

林如翡笑道：“无妨。”

顾玄都道：“每个能传承几百年的家族，总有些属于自己的方法，你们林家是无双的剑法和铸剑之术，他们谢家，也有自己的路子。”

“什么方法？”林如翡问。

“你可知道蛊王是怎么炼出来的？”顾玄都问。

林如翡瞬间明白了顾玄都的意思，有些不可思议：“这样的法子未免也太伤天和了吧？”

“何为天和？”顾玄都说，“于某些人而言，家族延续昌荣才是天和。”他语调懒散，“高位之下多埋骨，这些龌龊事多得很，早些习惯比较好。”

林如翡沉默，他在书中也见过一些，但只是文字描述，哪有真实见到来得震撼，况且还是自己幼年玩伴身上发生的事。

他翻了几页书，觉得屋内有些烦闷，便随手拿起披风，披上后出了院子，想去墨玉街上转转。

守门人见他要出去，殷勤地为他开了门，还询问是否需要人陪同。林如翡拒绝了他的好意，说自己只是想单独走走。

顾玄都就跟在林如翡的身边，然而除了林如翡之外，没人能看得见。

墨玉街道平坦宽阔，倒是同昆仑有一番不同的景象。林如翡走在街上，很快便发现了些有趣的玩意儿，什么用糖水在石板上画出的小人画儿，什么在油锅里炸得酥脆的面团子，看起来都是些孩子喜欢的东西，林如翡却看得眼睛发亮，有些挪不动脚。

小贩们都机灵得很，瞧见一个贵气的公子停在自家摊子门口，便大声地吆喝起来，还有热情的小贩招呼林如翡先尝一口，不好吃不要钱。

林如翡没忍住诱惑，从袖口的荷包里掏出几枚银钱，买了好些零嘴儿和小玩意儿，到了卖糖画的摊子那儿，还让小贩画了一枝桃花。

“喏，送你的。”林如翡接了糖画的桃枝，找了个没人的地方，递给了自己身边的顾玄都，“能拿着吗？”他不知道顾玄都能否触碰实物。

顾玄都没说话，伸手便接了过来，嘎吱嘎吱几口嚼碎了，便吞进腹中，因为吃得太快，深色的糖渣在他唇边留下了些痕迹，林如翡便抬手点了点自己的嘴角，道：“这里……”

顾玄都抬头看着他。

“这里。”林如翡继续道，“有……”

他话还未说完，顾玄都的脸竟是凑了过来，把林如翡吓了一跳，不由得后退了两步，苍白的脸红了一片：“你，做什么——”

顾玄都满目无辜：“不然你什么意思？”

林如翡无奈：“我是说你的嘴角有糖渣——”

顾玄都“哦”了一声，伸出舌头舔了舔嘴角。

林如翡活了二十多年了，身边长期接触的，除了亲人，也就浮花、玉蕊两个侍女，此时被顾玄都如此戏弄，林如翡既觉得有些不好意思，又生出些羞恼，也不知道是顾玄都无意的，还是故意逗着自己玩。

顾玄都的态度却和之前毫无二致，指着小贩摊子上的龙须酥说这个好吃，记得买些回去。

林如翡便又买了两盒，等到两人逛完一条街，林如翡的手里已经拿满了大包小包的零食和各种奇形怪状的小玩意儿。就这样两人还意犹未尽，要不是拿不了了，还能买上不少东西。

天色也渐渐有些晚了，林如翡便慢慢悠悠地晃荡回了谢府。浮花和玉蕊见到满载而归的林如翡，都露出惊讶之色，急忙上前接过他手里的东西，说公子出门，怎么不叫上她们。

“我就想一个人四处转转。”林如翡道，“你们不用那么紧张。”

“刚才有谢家下人过来了，说谢家老爷已经布好了宴，若公子回来了便可直接过去。”浮花道，“公子现在就去吗？”

林如翡道：“去吧。”

这也是早晚的事。

此时时至黄昏，整个谢府都笼罩在傍晚昏黄的阳光里。除了领着林如翡往正厅走的那位仆人，偌大的谢府却不见一个人影，寂静得可怕。

房檐之上，停着几只黑色的鸟儿，看模样有些像乌鸦，也并不鸣叫，就这么居高临下地静静地凝视着谢府，好似在等待着什么。

去的路上，林如翡随口问了仆人几句话，仆人低眉顺眼，小声地答着。可任何关于谢之妖的问题，在他口中都无法得到答案，甚至在听到“谢之妖”这个名字后，他的脸上还出现了些许惶惶之色，仿佛“谢之妖”这个名字是什么不祥之物。

“林公子若是有什么想知道的，便去问家主大人吧。”那仆人瑟瑟道，“有些事，不是我们下人能置喙的。”

林如翡颔首说“好”。

谢府很大，走在里面简直好像入了一个没有尽头的迷宫，走了好一会儿都没有到达目的地，乃至于其间还穿过了一个漂亮的花园。

春日的花园本该是最美的，只可惜谢家的花园却没怎么打理，丛生的茂盛杂草，甚至盖过了种植的花木，荒芜一片，连小道都快被淹没了。

仆人小心地行走其上，提醒林如翡小心地滑。

“还有多久到？”林如翡问。

“快了快了，就在前头。”仆人道，“再走几步，便到了。”

他说完这话，又拐了两道弯，林如翡这才看见了坐在一片灯火中静静等待的谢家家主和一干家眷。

# 第六章 谢之妖

谢家的晚宴，布在了后花园里。

谢家家主见到林如翡的第一面，态度十分亲切，热情地邀请林如翡入座主位。

“林公子亲自赶来送请帖，着实是我谢家大幸啊。只是这几日我们家出了些意外，有些照顾不周，还请公子见谅。”谢家家主修为八境，已过两百岁，然而性情谦和，丝毫没有长辈的架子，笑得一团和气。

林如翡点点头，温声道：“家主客气了。”

谢家家主又笑眯眯地和林如翡聊了些昆仑山上的事，大约是有些奇怪林家怎么会叫他一个手无缚鸡之力的四公子下山来送请帖，所以略微询问了几句。林如翡只是说林家向来都有嫡系弟子下山游历这个规矩。谢家主闻言，露出果然如此的表情，笑着道：“无事无事，墨玉城内还是很安全的，林公子可以随意逛逛……”

林如翡笑着点点头，问起了府内为何没见着谢之妖。

谢家家主知道林如翡和谢之妖是幼年玩伴，听见林如翡问起自家三子，倒也不是很惊讶，只是微微蹙眉，叹了口气，说：“之妖这孩子啊，违反了谢家祖训，被罚跪在祠堂里几日，不过既然林公子来了，我明日便将他放出来，让他同林公子叙叙旧。”

林如翡道：“那就麻烦家主了。”

两人边吃边聊，气氛倒还不错，不过旁边坐着的谢家女眷显得有些拘谨，从头到尾都是低着头吃饭，不大说话。

酒足饭饱，林如翡取出了请帖递给谢家家主，说这便是下次剑会的邀请函。谁知谢家家主看了这邀请函，却露出迟疑之色。

“怎么了？”林如翡略微有些惊讶，“家主是不打算参加剑会了？”

“不不不，”谢家家主道，“只是想起了些旧事。”他顺手将请帖接过，放进怀中，又亲自送林如翡到了住所，说夜寒风大，林公子晚上尽量不要出门，小心染了风寒。

林如翡应声说“好”，众人这才离开。

回到了住所，林如翡却觉得这谢家着实奇怪，谢空城明明才死，可他的父亲居然没有表露出一点哀愁之意，甚至全府上下无一人服丧，好似谢空城是个透明人似的。今晚晚宴也不见谢家小辈，几乎全是女眷，那些女眷的脸上，都能看出几分惶惶之色。

浮花给林如翡沏了杯热茶，温声道：“公子在想什么呢？”

林如翡道：“在想这谢家真是奇怪。”

“是挺奇怪的，”浮花说，“整个府内气氛都怪得很。”

林如翡想起了白日顾玄都同自己说的一些隐秘的事，思量片刻，便让浮花和玉蕊先去休息，想着明日见了谢之妖再说。

浮花道：“看这天气，似乎又要下雨，公子晚上可记得盖好被子。”

“是呀是呀，冷飕飕的。”玉蕊接话，“要是太冷了，半夜我们来替公子烧盆炭？”

林如翡道：“不用了，也没那么冷，你们去休息吧，有事我会叫你们的。”

两人这才退下，走时依旧很是体贴地为他关上了门窗。

林如翡简单洗漱后却没什么睡意，便坐在床边就着蜡烛随手翻起了屋内的书。过了片刻，天空中果然如浮花说的那般，淅淅沥沥地下起了雨。

此时，院中便已空空荡荡，不见一人。

林如翡看了会儿书，又拿出了白日里在街上买的小玩意儿摆弄起来。昆仑山下的镇子太小，几乎没有卖这些手工艺品的，比如面前这个用竹子编成的螳螂，就活灵活现，好似真的一般。

“很有趣？”身后突然传来顾玄都的声音。

林如翡笑道：“以前未曾见过。”

“噢。”顾玄都道，“我记得江淮一处，有一鬼市极为出名，里面卖的物件都有趣得很，若是有空路过那儿，我带你去看看。”他说完这话，又想起了什么，停顿了片刻，“只是不知道时间过去那么久，那地方还在不在。”

林如翡笑道：“希望在吧。”

两人又聊了些别的趣事，夜色渐深，林如翡也生出了些许倦意，正打算放下手里的东西，去榻上休息，却见窗外出现了一个黑色的身影，正在缓慢地穿过潺潺雨幕。虽是隔得有些远，但林如翡还是认出了那人的身形，倏然起身，叫出了那人的名字："谢之妖——"

雨中的人顿住身影，缓缓扭头。

果然是谢之妖，只是此时站在夜色雨下的他，已经看不出少年时的稚气和迷茫。他身着黑衣，神情冷得好像一块坚硬的冰。只是这冰在看到林如翡后，略微有些融化。谢之妖开了口，带着些迟疑的意味："林……如翡？"

"是我！"林如翡笑道，"十几年未见，你倒是变了不少。"

谢之妖也扯出一抹笑容，他缓步朝着林如翡走去，抬手推开屋门，上下打量了一番自己这个许久未曾相见的幼时好友："你倒是没有什么变化。"说完笑意微敛，"怎么这时候跑到这儿来了？"

"这不是林家有嫡系弟子下山游历的惯例吗？"林如翡笑道，"我姐回去了，便轮到我了。"

谢之妖欲言又止。

他是知道林如翡的身体情况的，身体虚弱的他无法练剑，几乎和凡人无异，不，甚至在某些时候，比凡人更加脆弱。要是林如翡这样的身体生在别家，恐怕早就成了任人摆弄的棋子，可他在林家，却如掌上明珠，无人敢欺凌分毫。

"不必担心我。"林如翡温声道，"调养了这些年，我的身体好了些，况且还有两个侍女跟着，应当不会有什么大事。"

谢之妖点点头，神情缓了一些。

"我白日问了你父亲你的去向，你父亲说你在祠堂里受罚明日才能见到。"林如翡道，"可是……出了什么事？"

谢之妖微微抿唇，似乎在犹豫是否要回答。

外面在下雨，谢之妖也没有像一般剑修那般，用剑气挡着雨水，头发肩头，都是湿漉漉的痕迹。好在身上穿着黑衣，湿润的痕迹并不明显，但依稀可见水珠顺着他的脸颊缓缓从下巴滴落。他的脸色苍白，眼眸却黑得吓人，手轻轻地扶着腰侧那柄银白色的长剑。这长剑的模样不太寻常，剑鞘上带着些尖锐的凸起，剑身修长细窄，还未出鞘，便透着森森寒意，和谢之妖沉稳的气质，显得很是格格不入。

"若是不方便说，便不说了吧。"林如翡也不想为难自己的好友，他道，"我这次来，一是送请帖，二是想看看你。"

谢之妖叹气："倒也不是什么大事，只是我的小厮绿耳，闯了些祸。"

林如翡道："绿耳闯祸了？"

谢之妖点点头。

林如翡道："怎么没见他跟在你身边，是受了罚？"

谢之妖吐出一口气，平静道："他啊，闯了祸便跑了，大约是害怕受罚，这几日谢家乱得很，我想等着事情平息了，再寻他回来。"

林如翡敏感地察觉到了谢之妖在提到"绿耳"这个名字时，冰冷的神情中多了几分柔软。这倒也不奇怪，毕竟是跟在自己身边那么多年的小厮，感情深厚也是正常的。不过林如翡依稀记得，年少时的谢之妖并不太喜欢绿耳，毕竟那小厮说起话来，的确不大中听。

也不知道这十年间发生了什么，让他改变了想法。

谢之妖抬眸看向窗外："今日也有些晚了，不如明天我们再细聊？"

林如翡说："也可。"

谢之妖微微颔首，便打算离开，然而临走时却在门口顿了顿脚步，又回头道："今夜雨有些大，如翡还是早些休息的好。"

这话倒是和谢家家主说的别无二致，像是在暗示着某些事情。

林如翡向来是个知情识趣的人，闻言点点头，算是应下了谢之妖好意的提醒。

谢之妖转身便走，一袭黑衣渐渐融入了暗色的雨幕中，院中再次安静下来。

林如翡则关上窗户，灭了蜡烛，打算上床休息。谁知一扭头，却见顾玄都侧躺在床头，手撑着下巴，饶有兴趣地看着他。

他光明正大地听完了林如翡和谢之妖的叙旧，道："这个谢之妖，有点意思。"

林如翡说："有点意思？"

顾玄都道："他那柄剑，可不是普通的剑。"

林如翡说："谢家人用的剑，都不普通吧？"

顾玄都摇摇头："这柄剑，不是寻常的铁剑。"

林如翡好奇道："那是什么剑？"

顾玄都用手肘撑着床铺，说："若是我没有看错，谢之妖的那柄剑，应当是异兽的脊骨制成的。"

林如翡闻言，一时间竟是愣在了原处："异兽脊骨？可这世界上的异兽不是已经所剩无几，谢家如何找到的？况且以谢家的情况，就算能找到异兽的脊骨制成剑刃，也轮不到谢之妖吧……"

和他们家的情况完全不同，谢之妖家里等级森严，最被看重的，还是他的大哥谢空城，也正因如此，谢家的一切资源几乎都被谢空城纳入囊中。从当年谢之妖被送到昆仑，身边就带着一个不怎么好用的小厮绿耳，就能看出一二。

“这就不知道了。”顾玄都道，“但是他那把剑很不简单。”

林如翡陷入沉思。

好在顾玄都也就只是开开玩笑，道：“好了，不说了，你还是早些休息吧。这个谢家，都过了那么久，怎么还是那么麻烦。”他说完这话，身形渐渐淡去，只留下一屋桃花的淡香。

只是顾玄都的身形别人看不见，香气似乎也不会被嗅到，唯有林如翡，能见其形，闻其声。

这大约便是万爻口中，独属于他一人的机缘吧。

林如翡打了个哈欠，便听着窗外雨声沉沉睡去。

一夜无梦，第二日清晨，一缕阳光唤醒了熟睡中的林如翡。

和清静的昆仑不同，山下的烟火气很足，天色才亮，便开始有各式各样细碎的响声。

春雨下了一夜，到早晨总算是停了，院中的青石上积起了薄薄的水洼，下人们也开始走动。

浮花和玉蕊早早地为他备好了热水，谢家人也送来了热腾腾的早饭。

一切如常，似乎并无任何异样，可不知是不是昨日顾玄都的一番话，林如翡却觉得这谢宅之中，处处透着股怪异的味道。

用过早饭，谢之妖那边便派了用人过来，请林如翡去卧房一叙。林如翡没有带浮花和玉蕊，自己撑着伞跟着用人去了。

还没进屋子，林如翡便嗅到了一股子浓郁的药味。他推门而入，看见谢之妖窝在床头，上半身缠着厚厚的绷带，脸色比昨晚看见时还要苍白几分，那唇上丝毫不见血色，仿佛刚刚大病了一场。虽然脸色差，他的精神却还不错，靠在床头笑意盈盈地同林如翡打着招呼：“来了？”

“怎么受伤了？”林如翡惊讶道。他上前几步，走到了谢之妖身边，看见他连带着脸颊上也有几道血痕，像是剑气擦出来的。

“嗯，昨晚遇到几个小贼。”谢之妖微笑道，“只是受了些皮外伤，不碍事的。”

林如翡却不觉得如此，谢之妖内息微弱，显然伤得很重，但他似乎并不在意，神态之中，相比昨夜，甚至还轻松了些，像是放下了什么重要的事。

“是吗？”林如翡道，“那几个小贼可抓住了？”

谢之妖轻描淡写道：“已经杀了。”

“哦，那就好。”林如翡道。

谢之妖说：“你来得不太是时候，谢家这几日动荡不安，我也不能好好招待你。若你不急，再在这里住上几日，待事情处理好了，我再邀你同游墨玉可好？”

林如翡道：“我是不急，只是看你身上这伤，似乎不太方便吧。”

谢之妖笑道：“小伤而已。”

两人又聊了些旧事，说起了少年时在昆仑山上度过的那些时光。见谢之妖神情怀念，林如翡笑着问他可愿回到那些日子，谢之妖却摇了摇头，说：“不回去了，好不容易走到这一步，我可不愿再来一次。”

林如翡道：“也是。”

“谢府外头有家叫悦来的酒楼，里面的狮子头乃是一绝，你若是没有事，可以去吃吃看。”虽然精神不错，但到底是受了伤，谢之妖推荐了些谢家附近比较有名的店铺后便流露出倦意。

林如翡也不是不识趣的人，很快便起身告辞，让谢之妖好好休息。

从谢之妖那里出来，林如翡见天色已放晴，便打算出去转转。谁知走到门口的时候，却和一群人撞上了。

这群人好像突然出现似的，足足有二十人，全都身着白色丧服，最醒目的，却是人群之中那口巨大的棺材。

谢家其他人也瞧见了这群突兀的人，却无一人对他们投去目光，全都低着头，假装没看见似的。这群人抬着棺材，脚下悄无声息，如幽灵般从林如翡身边走了过去。

顾玄都狡黠的声音突然在林如翡耳边响起，他轻语道：“可想看看棺材里装的是谁？”

林如翡还未开口，身旁地上的一枚石子便弹射出去，直直地砸在最前面抬着棺材的人的腿弯上。那人遭此一击，惊叫出声，踉跄几步，狼狈地扑倒在地。木棺极重，此人一倒，棺材便失了重心，朝着前方滑去。

“不好——”在众人的惊呼声中，棺材落地，发出一声巨响。棺盖竟是并未封死，落地后便直接滑开，里面装着的人，也跟着掉了出来。

那是一个穿着寿衣的难看的死人，按理说，死人本该都很难看，但眼前这个，却难看得要命。他身形瘦小，只有八九岁小孩子那么大，身体紧紧地蜷缩着，裸露在外面的肌肤，全部充满了夸张的皱纹，多得甚至看不太清楚面容。而最骇人的，还要数那人的眼睛，就这么直直地睁着，好似两个不甘心的黑洞，盯得人毛骨悚然。

林如翡见过死人，却没见过这么丑的死人。

整个院子因为这突然出现的意外静得吓人，直到谢家家主的声音响起。

不知何时出现在林如翡身后的谢家家主呵斥道："愣着做什么，还不快把东西收拾了。"

抬棺的众人这才如梦初醒，赶紧将那尸体收回棺中，随后又抬着棺材，急急忙忙地从后门离开了。

林如翡抬眸看去，看见了谢家家主微笑的神情。只是这笑容和前几日相比，简直好像覆在脸上的面具似的。

"林公子。"谢家家主出声。

"谢家主。"林如翡应声。

"天要下雨了。"谢家家主说，"出门记得带伞啊。"

林如翡淡淡道："多谢关心。"

谢家家主点点头，转身离去。

林如翡凝视着他的背影，口中喃喃，似自言自语："那是什么？"

顾玄都道："那自然……是个人了。"

的确是人，可怎会有人死成这副难看的模样。

天一放晴，谢家周遭的商铺都热闹起来。林如翡踏着青石，缓行其上，那日天色晚了，逛得有些潦草，今日无事，可以慢慢地看。

如谢之妖所言，谢家旁边悦来酒楼里的狮子头的确美味，口感筋道绵软，味道浓郁鲜美。然而林如翡胃口向来不好，草草尝了些，便放下了手中的筷子。他一只手撑着下巴，另一只手缓缓地摩挲着桌上的茶杯，缓声道："是家主干的？"

"或许吧。"顾玄都就坐在林如翡的身侧，安抚着似乎被吓到的林如翡，"倒也不用太害怕，只是一个死人罢了。"

"我倒不怕那死人。"林如翡说。

"真不怕？"顾玄都似有怀疑，歪过头来，盯着林如翡，似乎想要从他脸上看出说谎的痕迹。

然而林如翡神情不变，淡色的黑眸，平静得像一汪深湖，他看向了顾玄都，道："我只是在担心谢之妖，他会是下一个吗？"

顾玄都说：“不知。”

谢之妖昨夜突然受了重伤，今日谢府内便出现了一具奇奇怪怪的尸体。可看谢家人的态度，这人显然在谢府内有些地位，不然也不会有那么多人为他送葬。

林如翡又道：“抑或……那人便是他杀的？”

顾玄都道：“并非全无可能。”

两人对视片刻，林如翡眨着眼睛：“前辈就不能给些意见吗？”

顾玄都微笑道：“你要是再叫我一声玄都前辈，我就给你意见。”

林如翡起身便走。

顾玄都在身后叹气，说：“前辈和玄都前辈，就差了两个字，怎么就生气了呢？”

林如翡道：“你恐怕不知。”

顾玄都道：“嗯？”

林如翡面无表情：“话倒是没错，只是你说这话时的表情，总像是在调戏未出阁的姑娘似的。”

顾玄都沉默片刻：“也是，你不是姑娘。”

林如翡的嘴角都还没来得及勾起来，顾玄都又来了句：“没出阁倒是真的……”林如翡气结，相处得越久，他越发觉得这个顾玄都嘴巴厉害得很，至少在吵嘴这件事上，他是占不到便宜了，嗯……不但占不到便宜，还得被人占便宜。

尝过了味道不错的狮子头，林如翡又去逛了几间近点的古玩店。只是这店里卖的都是常人喜欢的物件，大多都没什么灵气。

那掌柜眼神毒辣，上下打量了林如翡一番，便亲自笑脸相迎，热情地介绍着店铺里的玩意儿。

“公子不是墨玉人吧？之前都没见过你呢。”掌柜热情道，“公子这身龙云锦真是漂亮……我那年在京都远远地看见过一匹，没想到墨玉偏远的地界也能见到。”

林如翡的吃穿用度，向来都是侍女们在打理，衣料什么的他全然不认识，听见掌柜这么说，随意地点了点头。

这店铺虽然小，但东西却很齐全，林如翡花了些银钱，在里面给浮花和玉蕊一人选了一根发簪，掌柜笑容灿烂地帮林如翡将东西包了起来。

他包东西的时候，林如翡顺口问起了关于谢府的事，说这几日谢府怎么那般冷清。

“哟，您这就不知道了吧。”掌柜压低了声音，“前几日，谢府有人闯了大祸。”

“大祸？”林如翡问道，“什么大祸？”

“我也只是听说。”掌柜左看右看，确定周围没有其他人，才继续说了下去，“据说是谢家某位公子的小厮，带着谢家家传的宝物跑掉了。这事儿当时闹得可大了，整个墨玉城都封了好几日。”

林如翡道：“人找到了吗？”

“好像还没呢。”掌柜说，“但又有传言说找到了已经被抓了回去，嗐，我们也就当作趣闻随便听听，哪儿知道真假。”

结合消息，掌柜口中携宝物潜逃的小厮，显然就是绿耳，只是不知道他和谢家这几日发生的怪事有没有什么关系。

“公子难道是要去谢家做客？”掌柜又问。

“嗯。”林如翡道，“去谢家拜访些旧人。”

掌柜道：“哦……原来如此啊。”他欲言又止，最后还是什么都没说，只是将手里包好的簪子递给了林如翡。

林如翡拿起簪子，起身离开店铺。

眼前热闹的街巷和阴森的谢府形成了鲜明的对比，林如翡在外头逛了一整天，直到天色渐暗才回了谢府。

谢府里已备好了晚饭，然而无论是谢之妖还是谢家家主，都不见了踪影，整个院中空空荡荡，好像只有林如翡主仆三人似的。

林如翡在街上吃了不少零嘴儿，这会儿没什么胃口，取了筷子略微吃了点儿便放下了，扭头看向浮花：“可有什么事要说？”

浮花咬住下唇，低声道：“公子，你出去的工夫，我在谢家打听了一番，总算是知道谢府为什么那么奇怪了。”

林如翡道：“哦？你说说看。”

浮花道：“谢家家主似乎得了什么病，身体不太行了，所以想要趁着还能理事，选出下一任家主来。”

林如翡摆弄桌上的瓷杯，漫不经心道：“下一任家主本该是谢空城吧。”可是谢空城却死了。

“是。”浮花道，“这意外出得十分突然，谢家也因此大乱。不过，我听说……好像这事儿，和绿耳也有些关系。”

“绿耳？”听到这个名字，林如翡停下动作，“你说。”

“谢家家主的书房里放着一件特别厉害的宝贝，绿耳仗着他和谢之妖关系好，便偷偷地溜进了书房，将那件宝贝偷走了。”浮花说，“这事儿闹得很大，整个谢府都知道了。”

“没被抓回来？”林如翡疑惑。

浮花摇摇头：“没有。”

这倒是有些奇怪了，绿耳是不会剑的，他只是个小厮，在门规森严的谢家，又怎么可能会得到武艺方面的教导。这样一个手无缚鸡之力的凡人，竟是能溜进守备森严的书房，将宝贝偷走，简直是不可思议的事。

林如翡的手指轻轻地在桌面上画着圈。

浮花继续说：“不过和公子您疑惑的事情一样，谢家人也很奇怪，甚至开始怀疑起了谢三公子是否和绿耳有所牵连。”

不怀疑就奇怪了，林如翡想。

浮花道：“因为这件事，整个谢府都被清洗了一遍，驱逐了不少仆人，因此变得这么冷清。”

林如翡道：“你问到谢空城是怎么死的了吗？”

今天铺子里的掌柜，似乎根本不知道谢家大公子去世的消息。

浮花摇摇头：“这事儿他们都很警觉，没能问出一二来，下人们只要听到‘谢空城’这个名字，都会低头马上走开。”

“知道了。”林如翡说，“你们这几日小心些。”

浮花和玉蕊点头称“好”。

林如翡吃过饭，便将侍女们遣了下去，对着空屋笑道：“我还想着谢家家主为何不收我的请帖，原来是在这儿给我下绊子呢。”

顾玄都的声音从头顶上传来，林如翡抬头，看见他坐在悬梁之上，正朝着窗外看，说：“咦，怎么打起来了？”

林如翡朝着顾玄都看的方向望去，却什么都没有看到。

顾玄都俯身望向他，伸手：“来。”

林如翡感到身体一轻，直直地飘向了横梁，横梁上的顾玄都手一伸，便很自然地坐上横梁，顾玄都的手搭在他的肩上。

林如翡瞪圆了眸子，道：“你——”

顾玄都却“嘘”了一声，指向远方：“看。”

林如翡抬眸望去，竟是看到了一片刺目的火光。那火光冲天而起，随着山风漫成浩瀚的汪洋，其上云层也被映成了艳丽的火红色，云层之中似有人影疾行，剑光层层荡开，属材料、杂质，化学成分波动较大。废有色金属包括废铝、废铜、废铅、废锌等。

(2)废有色金属的来源和分类

1)废有色金属的来源

使用有色金属及其合金的工业部门在大型改造和日常维修时，被破坏了的机器或设备、金属构件和零部件等；在机械加工、冶金过程、保护层剥落以及其他情况下所产生的有色金属材料；交通和国防部门淘汰下来的旧运输转载工具和武器弹丸壳等含废有色金属的物料；人们日常生活用具、工具制品及其他金属制品的废旧有色金属物料。

2)废有色金属的分类

首先根据金属元素的种类对废有色金属进行分类，即以纯金属为基础，将以各种金属元素为基体的合金划分成各大类。如将废铜和以铜为基体的合金划为废旧铜类。然后，对于同一类废有色金属又可按其含量不同、外观形态、物化性能、回收习惯、使用单位要求、利用途径等进一步划分为若干规格等级。

(3)废有色金属的预处理

废有色金属的预处理主要有如下工序：废料的分类、解体、捆扎、打包、压块、破碎、脱油、电磁分选、重选以及浮选等。

(4)废有色金属的再生利用

在工业发达国家，再生有色金属的利用占原生有色金属的30%。用废铝生产铝合金，其生产工艺简单，与原生铝相比，节能效果显著，生产迅速，经济再生利用的节能减污效果好。铜废料的再生利用途径有生产再生精炼铜、直接熔炼成铜合金、生产铜和铜的化工产品。含铅废料主要是废铅蓄电池、废旧铅板、铅管和铅合金制品等。可用坩埚炉、反射炉、鼓风炉、锻回转窑和电炉进行火法熔炼生产再生铅和铅合金。对于含锌废料，由于钢铁结构的防护层的锌消耗量约占锌总消耗量的35%，20%的锌用于生产黄铜，10%的锌用于制锌板、屋顶盖及家庭用具等。其余的锌用于制造氧化锌、立德粉、锌粉等。含锌废料主要来自热镀锌和合金废料。锌的再生回收主要采用坩埚炉、反射炉等进行火法回收。

3. 冶金工业废渣的综合利用

(1)钢渣

1)用作冶金原料　钢渣可用作烧结溶剂，在烧结矿中适量配入钢渣，可显著改善烧结矿的质量；利用钢渣中的氧化钙代替石灰石，可直接返回高炉作溶剂；也可利用钢渣回收废钢铁。

2)用作建筑材料　钢渣中含有和水泥相类似的硅酸三钙、硅酸二钙及铁铝酸盐等活性矿物，具有水硬胶凝性，可用于生产钢渣水泥；以高炉渣为主要原料，添加36%的硅砂和少量外加剂，采用合适的工艺，可以制备出具有耐酸、耐碱腐蚀性能的钢渣玻璃陶瓷，可作为结构件用于化工领域，也可用于生产微晶玻璃大理石；在铁路、公路路基，工程回填，修筑堤坝等方面可代替碎石和细骨料。

(2)赤泥

赤泥是在用铝土矿提炼氧化铝过程中产生的固体废弃物，其排放量很大，每生产1 t氧化铝就要产生1～1.5 t赤泥。除英国、法国、日本采用排海法将赤泥排入深海，其他国家大多以采用露天堆放的方式处理。赤泥的堆放占用大量土地，并造成土地碱化、地下水受到污染，危害人们的健康。目前赤泥的综合利用主要有以下方式：

1)生产水泥　以赤泥为铁制原料配入水泥生料生产水泥，每吨水泥的生产可利用赤泥629～795 kg。适用于对烧结法赤泥的综合利用。

2)制备新型墙材　以赤泥、粉煤灰、煤矸石为原料，经硬塑成型、快速烘干、高温焙烧，可制备新型墙体材料。

3)制备轻质建筑骨料　以赤泥为主要原料，采用膨胀陶粒的传统制备技术，可以制备烧胀轻质陶粒，用作轻质混凝土骨料。

4)利用拜尔法赤泥的表面活性特征，经改性、造粒等工艺，可制备赤泥环境修复材料，对水体中的重金属离子和有机物质具有良好的吸附特性。

#### 12.4.2.2　与无机非金属材料相关的循环再生材料

无机非金属固体废弃物主要包括建筑废料(如废弃混凝土)、废玻璃、废陶瓷以及粉煤灰、各种工业废渣、尾矿等，数量特别巨大。这些废弃物占用耕地，污染环境，对其循环再生利用的研究迫在眉睫。

各类无机非金属固体废弃物化学成分种类相近，并与制备无机非金属材料的原料类似，以这些废弃物制备无机非金属材料是对其再生循环利用的重要途径。传统上对无机非金属固体废弃物的利用包括铺路、制砖瓦、混凝土集料等，附加值低，经济上不合算。开发高附加值的利用方法和再生循环技术，无论从节约资源、保护环境角度，还是从经济角度，都是很有必要的。

1. 废玻璃材料的再生循环利用

玻璃具有性脆、易耗、易损等特点，容易产生废玻璃，我国每年产生的废玻璃约占城市垃圾总量的2%。由于废玻璃易于通过重新熔融的方法回收利用，世界各国很早就把综合回收利用废玻璃作为一项重要的工作。成立废玻璃回收利用协会，负责回收社会上的各种废玻璃，送到碎玻璃厂加工后，再送到各种玻璃厂投入生产。关键是通过预处理得到回收利用的原料。废弃玻璃包括碎玻璃和废玻璃包装物两大类。

(1)碎玻璃的预处理

1)处理废弃碎玻璃的分拣技术　通过磁性分离机对铁质材料进行分拣；手工分拣大颗粒杂质；压缩空气分拣轻质材料；分色分拣等。

2)碎玻璃的原料预处理工艺　玻璃废料首先进入粉碎机进行粉碎，然后进入分类器，分类器装有压缩空气喷头，用来分离纸张、铝箔、瓶塞、塑料等杂物；接着进入磁性分离器，用大功率的电磁铁除去铁屑、铁盖及其他磁性物质；清洗干燥，进入色选器，将玻璃碎片按透明、白色、蓝色、绿色、棕色等颜色分开；经破碎、球磨得到玻璃粉。

(2)废玻璃包装物的预处理

1)包装复用　如啤酒玻璃瓶的回收利用再作啤酒包装利用。

2)回炉再造　将回收来的各种包装玻璃瓶用于同类或相近包装瓶的再制造。

3)原料回收　将不能复用的各种玻璃瓶包装废物用作各种玻璃产品制造中的添加原料。

2. 陶瓷材料再生循环利用

陶瓷废弃物无毒、无味、密度大，与天然成分相似。但陶瓷的粉碎较困难、要消耗能源，又不能熔融再回收。陶瓷生产过程产生的废弃物主要是烧成废品，废品率高意味着能源浪费、单位成品污染物排放量高，提高成品率是从源头开始降低环境负荷的主要措施。

(1)烧成废品的再利用　烧成废品可用于制造吸音材料、吸附材料、透水材料、过滤材料以及原料再利用。

(2)污泥、未烧成废料的再利用　污泥主要含陶瓷原料长石、硅石等，黏稠，难处理，废弃时对环境破坏大。可以经干燥处理再使用或分级、磁选做斑点材料或热处理做建材。也可用污泥原料制取人工砂、下水管、人造轻质材料、釉砖等。

3. 煤矸石、粉煤灰的利用

煤矸石是与煤体伴存的岩石，在煤的开采和选涤过程中都有煤矸石排出，我国煤矸石的积存量达到30亿t，每年递增1.5亿t。煤矸石经过燃烧后具有活性，主要用于代替黏土生产煤矸石水泥、煤矸石混凝土、煤矸石砌砖、煤矸石陶瓷、卫生瓷砖、釉面砖等；煤矸石还可用作路基和路堤的填充材料。

粉煤灰具有较好的活性，利用途径有100多项，可用于生产粉煤灰水泥、粉煤灰混凝土、粉煤灰烧结砖、粉煤灰陶瓷、轻制墙体、泡沫玻璃等；从粉煤灰回收的空心微珠具有高强、耐磨、耐高温、绝热等特性，是一代质优、价廉、用途广泛的高性能材料，用作塑料、涂料、油漆的填料，也可作保温、防水及耐热材料。

#### 12.4.2.3　与高分子材料相关的循环再生材料

1. 废塑料

(1)废塑料的来源

1)在合成高分子材料中产生的废料　在合成过程中的不合格产品，搬运、包装过程中产生的粒料，合成容器壁上的贴附料。

2)在加工过程中产生的废料　如加工过程中的废品、废料、注口溢料飞边、试模时的损失料、冲压的边角料和修剪的边缘等。

3)二次加工中产生的废料

4)应用过程中产生的废料

(2)废塑料的分选

废塑料的分选是再生利用的关键之一，主要的分选方法包括：手工分选、磁铁分选、风力分选和静电分选。

(3)废塑料的清洗和破碎

分选出来的废塑料还必须经过破碎和清洗才能被应用。对于污染不严重的废塑料应先清洗后破碎，如汽车保险杠、仪表盘、周转箱、板材等。对于污染严重的则应先粗洗、破碎，再精洗、干燥。

(4)塑炼、均化与造粒

废塑料的塑炼是将其重新塑化的工艺过程，塑化是得到成型制品的前提，只有塑化后才能实施成型工艺过程而得到再生塑料制品。塑化的目的有二：一是制备再生粒料，以供应塑料制品厂加工产品，如模压、层压、压延、挤压、注塑等；二是经塑化后直接成型，如经破碎的 PVC 硬质碎料经挤出机直接生产再生 PVC 管材。均化工艺是将废塑料及其助剂或改性剂实施混炼使其均匀混合的一种塑化过程。均化工艺也可采用混炼和塑化一步完成，直接成型加工产品；也可采用均化后造粒，得到半成品再生粒。造粒工艺可采用热切和冷切方法完成。

2. 废橡胶

(1)废橡胶的来源

废橡胶主要来源于废轮胎、胶管、胶带、胶鞋、垫板等工艺杂品，其次来自橡胶工厂生产过程中产生的边角废料及废品。目前废橡胶的回收量，美国居世界第一，中国位居世界第二。

(2)废橡胶的处理

1)脱硫　再生胶的脱硫实际上并不是除去硫化橡胶中的硫，而是利用热能、机械能和化学能破坏废橡胶中一定量的网状结构，使分子量变小，塑性增加，改善工艺性能和硫化性能。脱硫的主要工艺有：直接蒸汽法、蒸煮法、机械法、微波法等。

2)生产胶粉　胶粉是废橡胶经粉碎或打磨，制成的不同粒径的颗粒。生产胶粉的过程包括切胶、洗涤、粉碎。切胶的目的是使其长短、厚度有利于洗涤和不影响粉碎设备的安全。

### 12.4.3　低环境负荷材料

低环境负荷材料是指那些在生产、使用和废弃过程中对环境负荷比较低的材料。包括能延长材料的使用寿命、在生产过程中节约资源和能源、生产过程减少废弃物的排放、在生产过程中不使用对环境有毒有害的成分、在使用过程中能节约能源且不向环境排放有毒有害物质、其废弃物便于自然降解和回收利用的材料。

12.4.3.1　金属类低环境负荷材料

从生态环境材料的角度出发，金属材料的生态化改造主要强调在保持金属材料的加工性能和使用性能基本不变或有所提高的前提下，尽量使金属材料的加工过程消耗的资源和能源较低，排放较少的三废，并且在废弃之后易于分解、回收与再生。

1. 高性能长寿命金属材料

金属材料的高性能长寿命概念有别于普通材料。后者主要追求提高金属材料的性能和寿命，而前者是在降低材料环境负荷的前提下，追求高的性能和长的寿命。例如，用冷拔成型的 Fe－Mn－Si－C 钢(SCIFER)纤维作为增强纤维相，利用铁的超细粉在低温下的可烧结性，将其作为黏结材料，以羰铁粉作为基体材料。将上述材料混合均匀，在低温下复合形成 Fe－Fe 复合材料。该类材料的生产能耗低于铁基粉末烧结材料和铝材，并具有好的力学性能和低的环境影响(表 12－10)。

**表 12－10　SCIFER 纤维增强 Fe－Fe 复合材料与其他材料的比较**

| 项　目 | Fe－Fe 复合材料 | 烧结 Fe | 铝　材 |
|---|---|---|---|
| 拉伸强度/MPa | 300 | 396 | 116 |
| 生产总能耗/GJ | 1.517 | 1.632 | 3.862 |
| 强度/能耗 | 197.76 | 242.65 | 30.04 |

对于构成发电设备、化工设备和发动机的材料，由于在高温下使用，可能出现蠕变现象，如果材料的抗蠕变力较高，则在相同的温度和应力条件下，它将具有较长的蠕变断裂寿命。如果开发出能够长时间稳定维持高温强度特性的材料，就有可能建造效率高、寿命长的发电设备，减轻环境负荷，降低环境损伤。日本在 STX－21 计划中，专门开发了一种长寿命的耐热钢。它以在 650 ℃下承受 350 个大气压的超临界电站用耐热钢为背景，研究其组织的稳定性。通过控制组织的稳定性来达到性能的稳定和长寿命的目的，将使用寿命提高了一倍。

2. 合金元素的无害化

传统材料中广泛使用的铅、汞、镉、铬等对人体和环境具有严重的毒害性。以铅为例，世界上每年有 5 万吨铅通过电子废弃物进入人类生活环境。铅及其化合物被人体器官摄取后，将危害人体中枢神经，特别是直接损害儿童的脑中枢神经的正常发育。铅及其化合物被国际环境保护机构列入 17 种对人体和环境有毒有害元素之首。

Sn－Pb 是用量最大的钎料，焊料涉及的应用面很广，主要用于电子、汽车、航空、灯具等行业。含 Pb37% 的 Sn－Pb 合金是传统的钎焊合金，具有良好的金属润湿性、低熔点和可靠的焊接质量，广泛用于电子集成电路、印刷电路板装配元件的技术上。在材料的生产、焊接工艺过程、产品使用和废弃之后均产生铅渣、铅蒸气而污染环境。寻找能够替代传统的 Sn－Pb 共晶合金的新型无铅钎焊合金成为环境协调性合金设计的主要课题，关键技术是要具有良好的润湿性和合适的熔化温度。目前已取得的进展大多以 Sn－Ag 系合金和 Sn－Zn 系合金作为研究对象，为了调整合金的熔化温度，一般加入少量的 Bi 和 In。

3．金属材料的近终形加工

紧凑式带钢生产工艺 CSP（Compact Strip Production）由电炉—薄板坯连轧组成的交流电路、薄板连轧机、精轧机组成。将板坯的厚度由普通连轧的 200～250 mm 减小到 40～50 mm 是该技术的核心。与高炉—转炉的传统流程相比，传统流程吨钢基建投资为 800～1000 美元，而电炉薄板坯短流程为 220 美元，减少投资 1/4 并节约大量土地资源；传统流程的吨钢能耗为 23 GJ/t，而短流程为 10 GJ/t，能耗降低 60%；成材率提高 11%～13%。CSP 工艺流程实现了技术、经济、环保的统一，是金属材料生态化改造的又一范例。

#### 12.4.3.2　无机非金属类低环境负荷材料

传统无机非金属材料面临的生态环境问题包括使用性能与环境协调性的矛盾突出，即使用性能好的材料，环境协调性往往较差，反之亦然；制备过程能耗高；再生循环利用困难；固体废弃物难处理；部分添加剂和排放物有毒有害等。低环境负荷无机非金属材料及制备技术主要有：

（1）新型黏土质复相陶瓷　黏土的主要成分是含有大量 $SiO_2$ 和 $Al_2O_3$，但也含有大量玻璃相和低熔点化合物，影响材料的力学性能和高温性能。采用碳热还原法可将黏土制成新型的复相陶瓷，其性能获得质的飞跃，可以和许多先进陶瓷材料媲美。具体方法是将黏土与一定量的碳源混合，在高温下煅烧。在除去低熔点化合物的同时得到以 SiC 和 $Al_2O_3$ 为主晶相的复相陶瓷。如果煅烧在氮气保护下进行，则可得到 $Si_3N_4$ 和 $Al_2O_3$ 复相陶瓷或 Sialon 陶瓷。

（2）无机非金属材料长寿命化设计——陶瓷涂层　对工程构件使用寿命的追求，往往需要兼顾它的多种性能，如强度、韧性、耐热性、抗氧化性、耐腐蚀性等。由于性能的局限性，单一材料往往不能完全满足需要，此时，在一种材料表面形成另一种材料的涂层是一种有效的方法。例如，为了在提高飞机发动机燃烧温度的同时，提高其耐久性，在燃烧内衬喷涂一层绝热层。能显著提高其使用寿命、有效地利用燃烧能。而且，当发动机进行大修时，如发现燃烧器有部分剥层的现象，可以将涂层全部剥下再行喷涂，可以节约基体材料。

（3）新型生态建筑材料

1）生态水泥　生产 1 t 水泥熟料约需 1.1 t 石灰石和 105 kg 煤，与此同时，排放 0.89 t $CO_2$。可见水泥生产过程造成的环境负荷是很大的。生态水泥是指在生产过程中尽量减少对环境影响的水泥。如利用生活垃圾的焚烧灰和下水道污泥的脱水干粉作为原料生产水泥是一种典型的生态水泥。另外，用矿渣、火山灰等为原料烧制水泥熟料，或以粉煤灰、石灰石微粉、矿渣为混合料制混合水泥，并扩大使用量，可以减少普通水泥的用量，减少天然石灰石的开采，节省烧制水泥的能量，减少$CO_2$的排放量。

2）生态混凝土　生态混凝土可以通过下列途径降低环境负荷：降低制造时的环境负荷，通过水泥制造过程中固体废弃物的再生利用来实现；降低使用时的环境负荷，如通过提高混凝土的使用寿命耐久性来提高建筑物的使用寿命；通过加强设计，搞好管理来提高建筑物的寿命，混凝土寿命的延长相当于节省了资源、能源；利用混凝土本身特性降低环境负荷，如制备具有不同孔隙特征和孔隙量的混凝土，利用其良好的透水性、吸音性、蓄热性、吸附性，得到具有吸音、吸附有害气体、调节湿度、储存热量和能在混凝土上种植植物美化环境的混凝土。

（4）低能耗少污染制备技术

1）免烧和低温固结技术　无机非金属材料一般都有高温烧结过程，这一过程占制备中能源消耗的70%左右。如果降低烧结温度，甚至采用免烧技术，则能显著降低能耗和污染排放。例如，采用水热热压法，能够使材料在低温（$<300$ ℃）固结致密化，具有低能耗、无污染的特点；采用反应硬化技术，在较低温度下使粉末粒子间相互反应结合成“化学结核性”陶瓷－磷灰石水泥。

2）快速烧结技术　是通过缩短高温烧结过程来降低能耗的技术。如利用无机非金属材料在微波电磁场中的介电损耗，使其整体加热至烧结温度，从而实现致密化的微波烧结技术；利用炸药爆炸产生的高压冲击波直接作用于待烧结的陶瓷粉末，使之快速烧结的爆炸烧结技术。

3）反应烧结技术　陶瓷的粉体制备和烧结通常是两个独立分开的阶段。如果将两个阶段结合起来，使粉体合成与烧结一步完成，则能够充分利用合成反应时的放热，又能避免粉体的粉末过程，具有显著节能效果并降低污染物的排放。反应烧结的最大特点是原位反应。反应烧结时，材料的骨架一般是固体，当固体与气体、液体在原位反应时，反应所产生的体积填充了坯体中原来存在的空隙，外形尺寸几乎不变，可以减少产品后期加工带来的能源消耗和污染排放。

#### 12.4.3.3　低环境负荷高分子材料

高分子材料的环境负荷问题主要包括：在材料生产过程和材料加工过程中有毒化学物质的使用和排放；在材料使用过程中如高分子材料燃烧放出大量烟雾和有毒气体如$CO_2$、$CO$、$COCl_2$、$HF$、$HCl$、$HBr$、$HCN$、$NO_2$、$SO_2$、$H_2S$等以及高分子材料的废弃引起的环境问题等。低环境负荷高分子材料主要有：

（1）可降解高分子材料　高分子聚合物的降解主要由高分子化学键断裂所引起的反应。所谓降解，是指高分子聚合物材料在热、机械、光、辐射、生物及化学物质作用下，分子中化学键断裂，并由此引起的一系列材料老化、性能劣化的过程。高分子材料的降解有四种主要方式：微生物降解、大型生物降解、光降解、化学降解。目前已有的可降解高分子材料有光降解农用地膜、生物降解农用地膜、可控光降解与微生物降解农用地膜、可降解餐具等。

(2)长寿命高分子材料　对于可降解高分子材料的应用，有的学者认为应根据用途和是否对环境产生深远影响进行综合研究。因为：(1)可降解高分子在整个高分子材料中所占的比例小；(2)高分子的降解为部分化学键断裂成为短键和全部断裂成为单分子两种。前者只是分子量降低，进一步自然降解困难，在环境中停留时间长；后者可直接回归大自然。现有的光降解和生物降解技术都只能是形成碎片；(3)没有充分数据证明残留的高分子碎片对农作物生长和水资源无负面影响；(4)高分子材料的原料主要来源于石油和煤炭，降解在一定程度上也是对资源的浪费。因此，延长高分子材料的使用寿命，特别是用量大、影响深远的农用地膜和棚膜、建筑用下水道、浴盆、水槽、污水处理管、涂料等均应考虑长寿命问题。

#### 12.4.3.4　含有毒有害物质材料的替代

任何物质对环境的毒害作用都是相对的，当其毒害效应超过环境系统的抗毒害能力而造成严重伤害时才引起人们的足够重视。一方面，工业和技术的快速发展，创造了丰富的物质财富，社会繁荣发展。但与此同时又产生大量的有毒有害物质并排放到我们生活的环境之中；另一方面，在工业和材料科学技术发展的初期，人们为了获得材料的优异应用性能，在材料制备过程中添加了当时并没有认识到其毒害作用的有毒有害物质。今天，由于这些有毒有害物质在环境中的长期积累而显现其环境毒害作用。材料中有毒有害物质的减量化、替代、绿色化成为当前治理材料生产与应用过程对环境污染的主要方向。

1. 常见有机污染物的替代

在材料合成制备过程中，为了使反应物溶解成为均匀相和加热均匀，一般需要在一定的介质中进行。传统的合成反应中常使用许多低沸点易挥发的有机物如甲醇、苯等，在生产、运输、使用过程中对环境和生命体造成损害。常用的替代溶剂有水溶剂、离子液体、超临界流体等。另外，近来发展起来的无溶剂合成技术也成为绿色合成的重要途径和合成技术研究的热点。

2. 持久性有机污染物的替代

持久性有机污染物具有可生物积累、毒性持久、并通过食物链放大其生物毒性。如多卤联苯类有机污染物具有不易降解、脂溶性高、易沿食物链富集放大等特点，为最典型持久性有机污染物。主要来源于传统阻燃剂的应用，其替代方法是使用磷系、硅系、金属氧化物、层状粘土矿物等无卤阻燃剂。

3. 无机污染物的替代

铅是人类最早使用的金属之一，由于其综合物理化学性能优异而在材料制备中被广泛应用，也成为无机有毒有害物质的典型代表。发展无铅技术是最理想的铅污染防治方向。包括以锡、银、铜、铟、铋、锌的二元、多元系合金取代含铅焊料制备无铅焊料；以钙-锌复合稳定剂取代铅热稳定剂制备无铅热稳定剂、用 SnO-ZnO-$P_2O_5$体系取代铅玻璃制备无铅玻璃、用碳酸二甲酯等取代四乙基铅制备无铅汽油。其他还包括：以锌合金镀层取代镉镀层、以含氧基氮化物替代镉立德粉涂料、以镍氢电池取代镉电池、用碱锰电池取代汞电池、用发光二极管取代汞光源等。

### 12.4.4　环境污染控制材料

#### 12.4.4.1　活性炭纤维材料

活性炭纤维是由有机纤维经炭化、活化而得到炭纤维材料，根据载体的不同分为黏胶基、酚醛基、聚丙烯腈基、沥青基和木质基活性炭纤维。活性炭纤维的主要特点是吸附容量大，吸附和脱吸附速度快，对低浓度物质的吸附能力特别优良，具有气相催化氧化还原功能，能制成束、纸、布、毯等。在环境污染控制方面的主要应用包括：

(1)气体处理方面　在工业上用于处理含 $SO_2$、$H_2$、$NH_3$、$CS_2$、NO、$NO_2$、$H_2S$、CO、$CO_2$、HF 以及各种有机蒸汽的废气。用活性炭纤维制备的空气净化器用于室内空气净化或换气及脱除烟臭。

(2)水处理方面　主要用于除 BOD、COD、TOD、颜色、臭味、油、苯酚等，除去妨碍生物处理的物质，除去生物难于分解的物质，除去汞及其他金属，除去放射性核素，制备再循环水。

(3)其他方面　用于制造防毒面具、化学防护衣。利用其对痕量物质的良好的吸附性能制造环境监测仪。

#### 12.4.4.2　粉煤灰吸附材料

粉煤灰多为多孔体，比表面积大，其表面的原子力呈不饱和状态，存在一定的表面能。将粉煤灰制备成絮凝剂、高分子筛和过滤介质，可用于处理造纸、电镀、印染等行业产生的废水。有关研究表明，用粉煤灰处理电镀废水，对 $Cr^{3+}$、$Zn^{2+}$、$Cu^{2+}$的去除率可分别达到98.8%、98.3%、90%。处理印染废水对 COD 的去除率达到75%，对色度的去除率为71.4%。对含汞废水中汞的去除率达到99.99%，而且回收率达到99%。

#### 12.4.4.3　膨胀石墨吸附材料

(1)用于治理大气污染　经浓硫酸和浓硝酸处理后的石墨，水洗后在300~400 ℃膨化，使体积增大100~300倍。用膨化石墨可以对煤及石油燃烧产生的 $SO_x$和 $NO_x$有较好的吸附作用，可于净化含 $SO_x$和 $NO_x$的气体。

(2)用于水体环境修复　膨胀石墨对油类有很大的吸附量，且吸附油类物质后仍漂浮于水面，便于分离，可用通过挤压回收吸附物质，吸附剂易于再生。该方法比活性炭、棉花、氧化镁等油类吸附物质有更好的经济效益和环境效益。

(3)稀土汽车尾气净化剂　早期汽车尾气净化剂使用的是普通金属 Cu、Cr、Ni 等，原料丰富、成本低，但催化活性差；后来使用贵金属 Pt、Ph 和 Pb 等作催化剂，其活性高、寿命长，但价格昂贵。稀土汽车尾气催化剂由氧化铈、氧化铺、氧化镧的混合物与钴、锰、铅的复合氧化物组成，是一种三元催化剂。价格低、热稳定性好、活性高、使用寿命长，特别是具有抗铅中毒的特性，在汽车尾气净化领域备受青睐。

12.4.4.4　*天然矿物环境材料*

天然矿物环境材料是指由矿物及其改性产物组成的与生态环境具有良好协调性或直接具有防治污染和修复功能的一类矿物材料。表面吸附作用、离子交换作用、孔道过滤作用与分子筛作用、热效应作用及微溶性化学活性作用等优异的净化功能，在污染治理与环境修复领域中发挥着独特的作用。并在污染治理的规模、成本、工艺、设备、操作、效果及无二次污染等方面具有明显的特点和较大的优势，利用无机界天然矿物治理污染与修复环境的方法，便是建立在充分利用自然规律的基础上，体现了天然自净化作用的特色。

(1)矿物吸附剂材料　天然矿物颗粒细小、比表面积大、表面粗糙、台阶丰富，粉碎后在其端面产生大量悬空键，特别是以层状硅酸盐为代表的黏土类矿物，具有良好的表面吸附和离子交换吸附功能，可用作优良的表面吸附剂。天然矿物资源丰富、价格低廉、能源消耗最少、与环境协调性好，是理想的环境材料。沸石、硅藻土、海泡石、坡缕石、蒙脱石、高岭石、麦饭石、膨胀珍珠岩等已被广泛应用于对大气、水体、放射性、噪声污染的治理(表 12－11)。

**表 12－11　用于环境污染控制的天然矿物**

| 治理对象 | 功　能 | 天　然　矿　物　的　应　用 |
|---|---|---|
| 大气污染 | 中和 | 石灰石、菱镁矿、水镁石等用于中和可溶于水的含酸酐的气体。 |
| | 吸附 | 沸石、坡缕石、海泡石、蒙脱石、高岭石、白云石、硅藻土等多孔物质制备的吸附剂用于吸附 $NO_x$、$SO_x$、$H_2S$ 等有毒有害气体。 |
| | 过滤 | 石英、尖晶石、石榴石、海泡石、坡缕石、膨胀珍珠岩、硅藻土、多孔 $SiO_2$、膨胀蛭石、麦饭石等用于化工和生活用水规律。 |
| 水污染 | 控制 pH | 白云石、石灰石、方镁石、水镁石、蛇纹石、钾长石、石英等。 |
| | 净化 | 明矾石、三水铝石、高岭石、蒙脱石、沸石等用于清除水中的 $H_2PO_4$、$HPO_4^{2-}$、$PO^{3-}$ 和重金属离子 $Hg^{2+}$、$Cd^{2+}$、$Pb^{2+}$、$Cr^{3+}$、$As^{3+}$、$Ni^{2+}$ 等。 |

**续表 12-11**

| 治理对象 | 功　能 | 天　然　矿　物　的　应　用 |
|---|---|---|
| 放射性污染 | 过滤 | 石棉用于过滤清除放射性气体和尘埃。 |
| | 离子交换 | 沸石、坡缕石、海泡石、蒙脱石等用作阳离子交换剂净化被放射性污染的水体。 |
| | 吸附固化 | 沸石、坡缕石、海泡石、蒙脱石、硼砂、磷灰石可对放射性物质永久性吸附固化。 |
| 噪声 | 隔音 | 沸石、浮石、蛭石、珍珠岩可用于制备保温隔热、隔音材料。 |

(2)矿物节能降耗材料

许多非金属矿物材料具有疏松多孔、容重小、吸湿性差、导热率低等共性，可广泛用作保温材料，达到绝热、降低能耗和生产成本的目的。根据加工特点，可把用作保温材料的非金属矿物材料分为天然非金属矿物(岩石)保温材料、改型非金属矿物(岩石)保温材料及保温用矿岩制品三类。天然非金属矿物(岩石)保温材料主要有纤维蛇纹石石棉、海泡石、硅藻土、浮岩等。这些矿物材料本身就具有保温材料的一系列特性，经成型处理等即可用作保温材料。生产改型非金属矿物(岩石)保温材料所使用的矿物原料主要有蛭石、蛭石-金云母间层矿物、珍珠岩、石膏、页岩等。这类原料本身不具有保温隔热的性质，但经过一定的加工工艺处理后可成为具有导热率低、保温性能好的材料，如膨胀蛭石、膨胀珍珠岩、膨胀页岩、石膏保温制品等。

12.4.4.5　环境替代材料

(1)氟里昂替代材料　氟里昂是饱和碳氢化合物的氟、氯、溴的衍生物，即卤代烃的总称。包括二氟二氯甲烷、一氟三氯甲烷、四氟二氯甲烷等。作为制冷剂、发泡剂、清洁剂、灭火剂、喷雾剂被广泛用于制冷、空调、消防、电子、医药等行业。但氟里昂类物质不仅对大气臭氧层有破坏作用，而且对地球产生温室效应，严重影响了地球环境和人类的身心健康。寻找氟里昂替代材料已成为目前研究的热门话题。目前作为替代制冷剂并广泛应用的有四氟乙烷、异丁烷、而氟已烷与二氟一氯甲烷的混合物。

(2)石棉替代材料　石棉具有优良的耐高温、防腐蚀、隔热、绝热、机械强度高等特性，作为石棉纺织制品、石棉摩擦制品、石棉橡胶制品、石棉保温制品在机械制造、石油、化工、建筑、国防、交通、航天等部门被广泛应用。但石棉制品对人体有强烈的刺激作用和致癌作用，尤其是细小的石棉粉末，飘浮在大气中，易使人致癌。因此，石棉制品在许多国家受到限制和禁止。目前，主要的石棉替代品有：用膨胀石墨替代石棉制备密封材料、用石墨无机纤维材料和树皮陶瓷材料替代石棉制备汽车刹车片、用芳纶聚酰胺纤维替代石棉纤维制造高温防护纺织品等。

(3)含磷洗涤剂替代材料　自现代洗涤剂问世以来，作为助洗剂的三聚磷酸钠就一直在洗涤剂助洗剂市场居支配地位。但是，水体中的磷是造成水体富营养化的主要原因，大量洗衣废水流入不同水系，使水体中蓝藻大量繁殖，使城市地表水源地的一些湖泊、河流、水库发生富营养化，使水失去饮用功能。也是导致海水赤潮的原因之一。目前开发的无磷助洗剂主要由以改性沸石、碱性亚胺磺酸盐为代表的无机助洗剂，以氨基羧酸盐、羟基羧酸盐为代表的有机助洗剂和分子筛合成洗涤剂。

12.4.4.6　其他环境控制与修复材料

沙漠扩展和土地荒漠化是当前人类面临的重大环境问题之一。土地荒漠化由气候变化和人类活动等等因素造成，其结果是造成土地退化、水资源短缺、农作物投入产出比降低，全球性食物短缺和气候变化。控制沙漠化，减缓土地荒漠化，是防止生态环境不断恶化的主要任务。研制、开发新型固沙植被材料、保持水土、减缓土地荒漠化则是生态环境材料工作者义不容辞的责任。

目前的固沙植被材料主要有两大类，其一是高吸水性树脂，是由丙烯酸经淀粉接枝、天然纤维接枝改性技术制备而成。在去离子水中的吸水率可达 3000－5000 倍。不仅可用于保持水土、促进作物生长，还可用于聚水保墒、种子包衣、调解作物发芽时间等。其二是高分子乳液类固沙植被材料，是把增黏剂、养生剂等高分子乳液和草籽、肥料、水混合在一起而制成。可用于沙漠绿化、海滩绿化、沙漠公路路基表面保护层等。

## 参考文献

[1] 何宏平．黏土矿物与金属离子作用研究．北京：石油工业出版社，2001
[2] 洪紫萍、王贵公．生态材料导论．北京：化学工业出版社，2001
[3] 鲁安怀．环境矿物材料基本性能 矿物岩石学杂志，2001，20(4)
[4] 聂祚仁，王志宏．生态环境材料学．北京：机械工业出版社，2004
[5] 彭同江等．非金属矿物材料与生态环境保护 中国建材，2001，(4)
[6] 沈上越、李珍．矿物岩石材料工艺学．武汉：中国地质大学出版社，2005
[7] 孙胜龙．环境材料．北京：化学工业出版社，2002
[8] 孙开伟、李如燕．废弃物复合成材技术．北京：化学工业出版社，2006
[9] 孙锦宜、林西平．环保催化材料与应用．北京：化学工业出版社，2002
[10] 施周、张文辉．环境纳米技术．北京：化学工业出版社，2003
[11] 翁端．环境材料学．北京：清华大学出版社，2001
[12] 王天民．生态环境材料．天津：天津大学出版社，2000
[13] 吴大清等．矿物界面作用与环境工程材料 矿物岩石地球化学通报，1998，17(4)
[14] 吴人洁．复合材料．天津：天津大学出版社，2000
[15] 左铁镛、聂祚仁．环境材料基础．北京：科学出版社，2003
[16] http://www.samsco.com.cn/info/90030.htm

**图书在版编目(CIP)数据**

新材料概论 / 郑子樵主编. —长沙: 中南大学出版社,
2013.11(2023.12 重印)

ISBN 978-7-5487-1014-1

Ⅰ. ①新… Ⅱ. ①郑… Ⅲ. ①材料科学 Ⅳ. ①TB3

中国版本图书馆 CIP 数据核字(2013)第 281303 号

**新材料概论**

**(第二版)**

郑子樵　主编

□**策划编辑**　周兴武　谭　平
□**责任编辑**　周兴武
□**责任印制**　唐　曦
□**出版发行**　中南大学出版社
社址: 长沙市麓山南路　邮编: 410083
发行科电话: 0731-88876770　传真: 0731-88710482
□**印　　装**　长沙雅鑫印务有限公司

□**开　　本**　787 mm×960 mm　1/16　□**印张** 24　□**字数** 533 千字
□**版　　次**　2013 年 11 月第 2 版　□**印次** 2023 年 12 月第 5 次印刷
□**书　　号**　ISBN 978-7-5487-1014-1
□**定　　价**　68.00 元

着几分将死的癫狂。

谢之妖依旧面无表情，他道："我本想给你留个全尸，现在看来，倒是没这个必要了。"

下一刻，谢之妖手起刀落，几道剑光之后，血雨满天，谢独意的尸体就这么四分五裂地落入了湖中。

谢之妖居高临下地看着被血染红了一片的绿湖，缓缓扭头看向林如翡所在的位置，冷声道："看了那么久，也该出来了吧。"

顾玄都撤去了障眼法，林如翡身形渐显。

谢之妖看见了林如翡，露出惊异之色。他记得林如翡自幼体弱，无法习剑，可眼见的人一袭白衣，御剑而立，长袖荡荡，宛若谪仙。

"小韭？"谢之妖到了林如翡的面前，道，"你什么时候……可以用剑了？"

林如翡说："不久前遇一前辈指点，后来便能用剑了。"

谢之妖道："原来如此。你……来了多久了？"

林如翡道："有一会儿了。"

谢之妖笑道："实在不好意思，让你见了家丑。"

林如翡摇摇头，问："你的伤势如何？"他早上看见谢之妖时，他还脸色苍白地躺在床上，这会儿又同人大打出手，恐怕伤势会加深。

谢之妖却道："并无大碍，吃了药，我已经好了不少。"他随手抖了抖衣衫上的血渍，又啧了一声，道，"走吧，我回去换身衣裳，再和你慢慢地说。"

回程的路上，谢之妖神情十分复杂，心中反复思量，该如何同林如翡说亲手宰掉了自己哥哥的事。林如翡自幼生活在昆仑山上，又被哥哥姐姐们护得那样好，没见过这些险恶之事，也是正常的。谢之妖思及此，顿时更加忧虑，频频抬头看向林如翡，几次欲言又止。

再看林如翡依旧面不改色，抬眸四望，一副对周围很感兴趣的模样。谢之妖在心中暗叹，林如翡果然够给他这个朋友面子，为了不让他尴尬，还刻意装出一副对周围景色颇感兴趣的样子。

他却不知林如翡此时心情的确很好，刚才看见的血腥场景早就被他抛到了脑后。从未独自御剑而行的林如翡，此时就像个找到了有趣玩具的孩童，眼角眉梢都是新奇，连谢之妖脸上的异样之色，都未注意到。

一路御剑回了谢府，两人落在了谢之妖房外院中，谢之妖心事重重，林如翡却意犹未尽。

府内的仆人们，也早就习惯了自家三公子这满身鲜血的模样，从谢之妖身旁路过，连眼皮都不曾抬一下。

谢之妖去沐浴的时候，林如翡便坐在前厅等待，仆人为他端来了新沏的热茶，态度十分恭敬。

大约过了半炷香的工夫，换了干净衣裳的谢之妖出现在了林如翡的面前。他在林如翡身边坐定，端起茶碗一饮而尽，长舒一口气：“被你看见我家这些事，真是不好意思。”

林如翡体贴道：“方便说吗？”

谢之妖自嘲道：“也没什么不方便的，只是这种自家的龌龊事，让外人知道了总是觉得有些惭愧。”

林如翡之前已从顾玄都口中知晓了些关于谢家的旧事，早已有了心理准备：“你若是不想说也不必勉强。”他到底只是个外人。

谢之妖道：“说说也无妨。”

他挥挥手便将门合了起来，又给自己倒上了一杯热茶，这才说起了谢家的事。

谢之妖说得漫不经心，好像是什么鸡毛蒜皮的小事，然而林如翡却越听越觉得毛骨悚然。苗疆炼蛊，是将一众毒虫关于瓮中，由着它们互相厮杀，活到最后的便是万蛊之王。谢家也炼蛊，只是用的，却是想要得到谢家家主之位的子孙后代。

“也难为了谢家祖先能想出这样的法子。”谢之妖自嘲道，“人家家族都指望子孙满堂，开枝散叶，唯独我们谢家，却巴不得少生几个儿子出来——”

谢之妖的天赋虽然不错，但母亲走得早，失了母族的势力，又得不到父亲的青睐，在谢家自是很不受重视，吃穿用度，甚至还不如他大哥身边当红的管事。按理说这样他和家主之位没什么关系，可是，谢家家主却表示他的儿子只能活下来一个，活下来的那一个才是真正的谢家家主。

林如翡问道：“你父亲的意思是，你必须参加？”

“是。”谢之妖沉声道，“我们没有退出的权力。”他咬着牙，恨声道，“要么胜，要么死。”

林如翡登时哑然，他还是将谢家想得太美好了，以为只要不争夺，便是安全的。

谢之妖继续道：“好在马上一切都要结束了。”他冷漠地笑着，“如今就只剩下我和我最小的弟弟，要么我杀了他，要么他杀了我。”

谢之妖说完这些，长叹一声，状似脱力地靠在了椅子上，扭头看向林如翡："说完了我，也说说你吧，这么些年没见，你也变了不少。"

林如翡便含糊地说自己前些年在昆仑山上遇到了一位高人指点，之后便能御剑，但依旧算不得剑客。

谢之妖细细地听着，待林如翡说完，自嘲地笑了一声："小韭，我或许没有同你说过，你虽然不能练剑，但在昆仑之上，我却最羡慕你。"

林如翡笑道："你也说了，是在昆仑之上，若是处在江湖之中，你难道也羡慕连剑都提不起来的我？"

谢之妖道："也是。"

两人正言及此，谢之妖忽地脸色微变，道："有人来访，小韭还是先回去吧。"

话音未落，谢之妖房内的木门便被人用巴掌重重地呼开，化作一地齑粉。

"谢之妖。"来人身着和谢之妖模样相仿的一身黑衣，连模样也与谢之妖有那么几分相似，他不客气道，"父亲有请。"

谢之妖面色阴沉，叫出了来人的名字："谢戟，你来做什么？"

"这不是父亲有事吩咐，派我来叫你嘛。"谢戟应该就是谢之妖口中的幺弟了。他看到了谢之妖旁侧坐着的林如翡，目光放肆地上下打量起来，大约是察觉林如翡身上剑意全无，似若凡胎，一声嘲笑便出了口："哟，你这就新找了个仆从？这模样倒生得不错，比那绿耳强多了，不过可惜你马上就要死了，倒是可惜了这么个美人儿……"

谢之妖呵斥："谢戟，闭嘴！这是——"

他话还没说完，空中便有厉声划过，刚才神情傲慢的谢戟发出一声惨叫，捂着嘴倒在了地上，再抬起头时，已是满脸鲜血，嘴唇上被划出了一道狰狞的伤口。若不是他闭嘴闭得快，恐怕舌头都会被切下一块来。

这是顾玄都出的手，只是他人看不见林如翡身后脸色阴沉的男人，只以为是面无表情、端坐其位的林如翡动的手。

"你……"谢戟艰难抬头，惊恐地看向林如翡，含糊道，"你竟敢在谢家……"

"蠢货！"谢之妖脸色铁青，恨不得冲上去直接撕了自己这个口无遮拦的弟弟的嘴，"这是昆仑林家四公子林如翡！"

谢戟面色愕然，狼狈地从地上爬起来，脸色艰难地带上了几分讨好的笑，正打算向林如翡道歉，却见林如翡抬抬手，示意他不必开口。

"家主不是找你们有事嘛，先过去吧。"林如翡淡淡道，"别让你父亲等急了。"

这话说得轻描淡写，然而配上一地的鲜血，却让谢戟对眼前之人生出悚然之感。眼前这位看不出丝毫剑意脸色苍白的俊美青年，竟是好似谈笑间便可取人项上头颅的修罗。

“走。”谢之妖也察觉了林如翡的不悦，几步上前，伸手按住了自己的弟弟，又扭头对着林如翡道，“小韭，实在不好意思，你先回房休息吧。”

林如翡点点头。

刚才还嚣张跋扈的谢戟这会儿根本不敢抬头，被谢之妖拎在手里，跟只可怜的小鸡仔似的，直到离开，都没敢再看林如翡一眼。

两人走后，林如翡也准备回房。

顾玄都在他身后道：“小韭是在不高兴？我出手是重了些，但那谢戟敢说出这么一番话来，当真是在找死，我留他一命，已是给足了林家面子。”

林如翡莫名：“我为何要不高兴？”

顾玄都道：“小韭自幼生活在昆仑山上，不喜这些血腥的事，也是正常的。”

林如翡想了想，说：“大约在我十岁的时候，昆仑山上的人便知道林家有个拿不起剑的四公子了。”

林家子弟，无论是林珉之抑或是林葳蕤，十岁时剑法已是登峰造极，特别是林辨玉，整个昆仑山上，都难有人是其敌手。

十岁那年，林如翡大办生辰，参加生辰的众人，在林如翡身上，看不到一丝的剑意。也正因为如此，林如翡是个废人的言论在昆仑山中甚嚣尘上。

知道了这件事的林辨玉提着天宵便将那些嚼舌头的人找了出来，拎到林如翡面前，一个个地割了他们的舌头。

那是林如翡第一次见血，姐姐还担心他会被吓到。可事实上看着哀号的众人，嗅着空气中的血腥味，被林葳蕤抱在怀里的林如翡无动于衷，目光也不曾躲闪片刻。

后来细想此事，林如翡便觉得这大约是林家子弟血脉作祟，可他却不知道，二哥林辨玉第一次见血时，魔怔了好几日才缓过来。

顾玄都听完林如翡的描述，神情变得有些奇怪，道：“也对，你不该怕血的。”

林如翡眨眨眼，露出几分狡黠：“不过谢戟到底不是谢之妖的对手，你打伤了他，也算是帮了我朋友的忙。”

顾玄都说：“哦，早知道这样我就下手再重一点了。”

两人对视一眼，随即哈哈大笑。

林如翡慢悠悠地回了自己的屋子，却没见着浮花和玉蕊，一问下人，才得知侍女二人似乎是出府逛街去了。

两人出去竟没和他打招呼，这倒是有些奇怪。

林如翡坐在屋内有些无聊，他本也想出去逛逛，又有点担心谢之妖那边会不会有什么意外。虽然那个谢戟看起来不是谢之妖的对手，但能活到最后的人，总该有些自己的手段。

顾玄都见林如翡坐立不安，提议道："不然……我们偷偷去看看？"

林如翡道："还能偷看？"

"自然可以。"顾玄都道，"只要你不想，就没人能看见你，去吗？"

林如翡两眼放光："去。"

片刻后，林如翡和顾玄都便出现在了谢家家主书房的房梁之上，俯身望着下面正在说话的三人。

谢家家主名曰谢万鳞，修为已达八境，坐镇谢家百年之久。可惜八境也是个难以逾越的沟壑，百年已过，他闭关数次，修为却依旧毫无进展。如此一来，寿元将尽，难怪会在此时忙着挑选下一任家主。

谢家子嗣繁茂，光是嫡系这一支就有五人之多，可子嗣们却常常出现意外夭折，加加减减，如今嫡子庶子，也不过只有六人罢了。

谢之妖是三子，谢戟是幺儿，两人此时正站在谢万鳞的书桌前，低着头听训。

谢戟脸上被顾玄都划了个血肉模糊，谢万鳞却好似没看见，连问都不曾问一句。

"你不但不去找绿耳，还帮着他打掩护？"谢万鳞指着谢之妖骂道，"他就是个祸害，你竟然护着这样的妖孽，我真该弄死你！"

谢戟疼得咝咝直叫，却不忘火上浇油，他嘻嘻笑着："爹，三哥怎么舍得对他那仆人动手，那孩子虽然嘴巴讨嫌，但模样和身段，可是一顶一的好，三哥平日里又不近女色，玩玩小厮，也是正常的事嘛。"

谢万鳞怒道："玩玩？若只是玩玩，会让他进了谢家书房，带走那么贵重的东西？"

谢戟道："这就不知道了，不过三哥总不会看上那么个廉价的小玩意儿吧？"

谢之妖听着谢万鳞和谢戟一唱一和，脸上毫无波澜，只是头又低了些，做出一副温驯的模样。

谢万鳞冷冷道："你要是找不回绿耳，今晚就再在祠堂里住一夜吧。"

"可是父亲——"谢之妖蹙眉，"明日，我便要同六弟比剑了，祠堂……"

"那就把绿耳给我找回来！"谢万鳞咆哮一声，拳头重重砸下，将黄花梨木的桌子砸了个粉碎，他瞪着赤红的眼睛，像被激怒的野兽，“不然，便给我滚到祠堂里去反省。”

谢之妖喉头微动，最后从嘴里挤出一个“好”字。

谢戟在旁边幸灾乐祸。

“出去吧。”谢万鳞发完了火，又恢复成了平日和蔼的父亲，“明日的比试，可要尽全力。”他说得这般轻描淡写，好像只是无关紧要的一场比剑，而不是自己仅剩下的两个儿子的生死之战。

谢之妖和谢戟两人行了礼，双双退下，书房里，便又只剩谢万鳞一人。

谢万鳞独坐在椅子上，冷冷地看着面前碎掉的书桌，口中低声自语地念叨着些让人听不懂的句子，像是在恶毒地诅咒着谁，这画面让人看了着实不太舒服。

顾玄都见没戏看了，便带着林如翡离开了书房。

离开书房后，两人又去了谢之妖的院子，看见他沉默地坐在屋内，双目远眺，不知道在想些什么。

大约是感应到了林如翡的靠近，谢之妖喃喃：“其实我父亲，很不希望我能赢。”

林如翡自是看出来了，谢之妖和他的父亲关系不合，不，甚至不能只是用不合来形容。听谢戟的语气，那祠堂显然并不只是简单的祠堂，定然会影响到第二天同谢戟的比试，可看谢万鳞的态度，却丝毫不在乎谢之妖的死活。

面对这般不公，谢之妖却表现得十分平淡，他的手扣着腰侧的骨剑，冷漠得像一块冰，道：“如翡，你先回去吧，我还有些事。”

林如翡道：“你要去祠堂？”

谢之妖身形一顿：“你是如何知道的？”

林如翡道：“我猜的。”

谢之妖苦笑：“是，去祠堂受罚。”

林如翡道：“你到底做错了什么？是因为绿耳你才受罚？”

谢之妖漠然道：“就算没有绿耳，也有红耳白耳，欲加之罪何患无辞，绿耳不过是个借口而已。”

林如翡想不明白，不明白谢万鳞为何会这样不喜欢自己的儿子，诱着他们自相残杀也就罢了，还处处给谢之妖挖坑，看样子，简直恨不得谢之妖立刻死去。

而作为儿子的谢之妖，面对父亲的责难，却似乎毫无反抗之力，他抚着腰侧的雪白骨剑，好像溺水的人抓住了最后一根稻草。他本该早早地死在这场争斗中，唯有这柄母族赠予的剑，给了他活下去的希望。

“我走了，这几日你且小心一些。”谢之妖道，“我总觉得事情有些不对劲。”

林如翡点头，目送着谢之妖离开，他忽地想起了什么，脱口问道：“对了，今天早晨被送出谢府的那具棺材，是你哪个哥哥？”

“嗯？今天早晨？”谢之妖想了想，“可能是我四弟……他前日才被谢戟杀了，但也不一定。”

林如翡自然也不清楚，只是将自己早晨看见的景象同谢之妖描述了一番。谁知谢之妖听后也是满目茫然，不知发生了何事。

“奇怪。”谢之妖道，“你形容的死者模样，我从未见过，我大哥死在了我的剑下，已经下葬，自然不可能全身干枯……”

林如翡道：“那为何会这样？”

谢之妖摇头。

两人都察觉出了某些异样的气息，谢府之内暗流涌动，似平静无波的水面下潜伏着噬人的怪兽，一张口，便能将整个谢府囫囵吞下。

谢之妖人在山中，难识其面目，突然出现的林如翡，似乎给了他一些警醒。

“罢了，待明日杀了谢戟，事情便结束了。”谢之妖长叹，眉宇间浮出些疲色，伸手重重揉了揉眼角，硬是打起精神，“我先去了，小韭，你今晚小心些，最好不要离开屋子。”

林如翡道了声“好”，又问谢之妖那祠堂有何特别之处。

谢之妖苦笑着说谢家的祠堂向来都是用来罚人的，祠堂里面放着一块特殊的石头，人一进去，便会觉得经脉尽断，痛苦不堪。他在里面待上一夜，就算没有晕过去，第二天也会精疲力竭。

林如翡闻言欲言又止，谢之妖却已扭头离去，背影决绝中带着冷漠，看得林如翡又是一声叹息。

“这谢家这么折腾，还能延续下去真是不容易。”谢之妖走了，林如翡便不满意地念叨起来，“名门延续，子嗣最为重要，他选个家主，竟是先弄死了几个儿子。”

顾玄都说：“炼蛊哪有那么容易的，况且……”

林如翡回头：“况且？”

顾玄都道：“况且谢家这事，没那么简单。”

林如翡道：“这是何意？”

顾玄都却不答，只是让林如翡先回屋看看浮花和玉蕊是否回来了。林如翡不明所以，如今天色已暗，浮花和玉蕊两个出去逛街的小姑娘早该回来了，可听顾玄都的话语，此事似乎有变。

林如翡匆匆地赶回了屋子，敲了敲浮花和玉蕊的门，里面居然无人应和，强行推开门后，屋内空空荡荡，并不见浮花和玉蕊两人。

林如翡见状，连忙放出了虚纳戒里可以联系她们的纸鹤。谁知那纸鹤飞出后，却好似找不到目标似的在原地打着转儿，怎么都不肯飞出去。

林如翡面色微沉，知道浮花和玉蕊定然是出了事，而且看样子，早晨的时候便已没了动静，也不知道是在谢府里出的事，还是出门逛街时被人掳走了。

“你别急，动她们的人，定然不是冲着她们来的。”顾玄都见林如翡神情焦急，出言安抚道。

“那就是冲着我来的了？”林如翡道，“既然如此，为何不直接对我下手？动两个侍女做什么？”

顾玄都似笑非笑：“当然是因为众人皆知林四公子自幼不能练剑，手无缚鸡之力。”

林如翡微微蹙眉。

顾玄都继续道：“两个侍女都已达五境，非常人能制，有她们两个护着你，你随时都能离开。如今侍女失踪，无法练剑的你，便算是被困在了谢府。你看，这纸鹤也传不出去，想来那人是做好了一切准备。”

林如翡也想通了这事，返身进屋坐下，倒了杯热茶轻抿一口：“留下我是想做什么？”

“这就不知道了。”顾玄都笑道，“总归是有些想法。”

林如翡抚了抚袖口：“那我现在岂不是等着那人上门便好？”

顾玄都道：“守株待兔不失为良法，那人目的在你身上，想来也不会对那两个小姑娘做些什么。况且明日谢之妖一赢，谢府家主之争，便算是尘埃落定了。”

只要谢之妖赢了，成功杀掉谢戟，就算谢万鳞再怎么不乐意，也得承认这个事实。

林如翡也想通了这事，府内敢对他下手的人一只手都数得过来，稍微想一想，便能猜到动手的人。

只是动手的人猜到了，却不明白他为什么要这么做，毕竟林、谢两家也算是旧识，对他动了手，几乎等于对林家宣战。

“你说，谢之妖能赢吗？”林如翡忽地问道。

“赢？”顾玄都回味了一下这个字眼，颇有深意地回了一句，“只要他还用那柄剑，就定然会赢。”

“何以见得？”林如翡不明所以。

顾玄都不语，笑得意味深长。

林如翡被他笑得莫名其妙：“你笑什么？”

顾玄都道：“我只是想起了一首诗。”

林如翡道：“什么诗？”

顾玄都道：“只今恃骏凭毛色……”

林如翡接上了后一句：“绿耳骅骝赚杀人。”

顾玄都道：“若只用毛色辨识骏马，就算是绿耳骅骝这样的骏马也会被漏掉，你说，那绿耳会不会真是匹养在谢之妖身边的骏马呢？”

林如翡思量片刻，弯眸浅笑：“那他这匹马，嘴巴上一定得多上两个马嚼子。”

不然恐怕会把背上的主人硬生生地气得摔下马背来。

# 第七章 谢万鳞

天色渐渐暗下，鸟儿还未归巢，落在屋檐上，留下一个个黑色的剪影。街上的打更人恰好路过，更声悠长，在青石铺成的街道上回荡。

屋内的红色蜡烛已经燃了大半，林如翡却毫无睡意，靠在床头垂眸小憩。今日遇到了太多的事，他脆弱的身体似乎有些受不住了，入夜后又开始咳嗽，好在不算太严重，勉强能压住喉头的痒意，不至于咳得背过气去。

顾玄都靠坐在床边，看着林如翡苍白脸颊上因为咳嗽浮起不正常的嫣红，还有那不住抖动的瘦弱肩膀，体贴地问："可要喝些热水？"

林如翡点点头。

顾玄都取了热水，递到林如翡的唇边，看着他一口口咽下。

林如翡喝了水，略微缓解了喉中的痒意，然而身体依旧绵软无力，只能倚在床头休息，哑声道："唉，我这身体，真是麻烦。"不过是稍微吹了些风，便又病了。

顾玄都不语，伸出手探了探林如翡额头，确定他没有发热才放下心来。

下山时，林家人为林如翡备了不少的药，其中最多的便是治咳嗽的，林如翡兑着热水服下一剂，这才感觉身体舒适了些。

"这么晚了还没困？"顾玄都问。

"嗯……"林如翡低低道，"有些担心浮花她们，睡不太着。"

"不会有事的。"顾玄都安慰道，"那人是冲着你来的，浮花她们不过是辖制你的人质罢了。若是那人要取浮花和玉蕊的性命，又何必那么麻烦，将她们悄无声息地带走。"

两人正说着话，窗外却响起一声暴雷，继而大雨忽至，应和着雷声将整个谢府都笼罩在了瓢泼般的水幕之中。

雨声哗哗作响，却掩盖不住缓慢靠近的脚步声。林如翡扭头看向门口，看见屋内锁上的木门被推得吱嘎作响，不消片刻，门上的锁头便承受不住那巨大的力量，嘎吱一声碎掉了。

门刚被打开，暴戾的风雨便顺势涌入，吹得整个屋中一片狼藉。

林如翡抬眸望去，看见一个黑色的身影立在门口，逆着光线，看不清楚模样，但林如翡却已猜到了来人的身份，冷静地唤了声："谢家主。"

来人迈步，抬抬手，点燃了刚才被风雨吹灭了的蜡烛。烛光下那张面无表情的脸，正是白日里见到的谢家家主谢万鳞。

"谢家主这么晚来访，不知有何事？"林如翡虽然猜到了一二，但没想到谢万鳞会此时突然来访。

谢万鳞道："听闻林家四公子自幼体弱，无法练剑，本以为是谣传，没想到一见之下，竟是真的。"

林如翡低低咳嗽几声，哑着嗓子反问："是又如何？"

谢万鳞随意寻了张椅子坐下，目光放肆地打量着林如翡："江湖险恶，林家由着一个什么都不会的病弱公子下山游历，想来也是做好了可能会出现意外的准备吧。"

林如翡平静地回望，谢万鳞本该底气十足，可是被林如翡这双比常人淡些的眸子盯着，却生出了些许莫名的退缩。这退缩来得没头没脑，谢万鳞只当是自己多虑了，毕竟眼前坐在床上还在咳嗽的青年身上剑气全无，虚弱得像是一只轻而易举就能被捏死的蚂蚁。

"的确是有意外的。"林如翡说，"只是我从未想过，谢家主竟想要成为这个意外。"

"哈哈哈哈。"谢万鳞大笑，"林公子多虑了，其实只要公子配合，谢某自然不会对公子出手。"

林如翡道："若是我不配合呢？"

谢万鳞淡淡道："那两个漂亮的侍女，跟着公子已经很多年了吧，她们若是死了，林公子定然会很伤心的。"

林如翡目光转冷，沉默地盯着谢万鳞。

谢万鳞毫不在意，继续说道："其实这事，还得怪我那个不孝的儿子。"

窗外雷声依旧，大雨沥沥，屋中烛光微弱如草丛萤火，闪烁明灭。谢万鳞的模样本来生得慈祥，然而此时此刻，这种慈祥却带了股阴森的味道。

林如翡倚在床头，似笑非笑："哦？你对我侍女动手，还得怪到谢之妖身上？"

谢万鳞说："可不是嘛。"

他取下腰侧的剑，"啪"的一声砸在了身旁的桌上，冷声道："若不是谢之妖突然出现的母族族人，他早死在空城的剑下，哪里轮得到我来动手？"

这说法倒是十分有趣，若说让儿子们互相厮杀是谢家的惯例，可是谢万鳞又这般偏心自家长子，既然如此，那这样的争斗又有何意义。

谢万鳞显然猜出了林如翡在想些什么，面目渐渐狰狞："是啊，若是可以，我恨不得一剑杀了他——连同那个他最在乎的小厮一起。"

林如翡目光移到窗外，看到遮天蔽日的雨幕。在滚滚雷声里，他问道："绿耳？他到底偷走了什么？"

"哈，你猜猜看？"谢万鳞说完这话，又哈哈大笑起来，"偷走？那小厮不过是个凡人，能从书房里偷什么，只是听到了些不该听的话，才逃走了。"他语调阴森，"都早该死了，可恨，可恨！！"

谢万鳞说着说着，又愤怒起来，双目渐渐赤红："可怜了我的空城——"

"我知道你们在想什么，不就是觉得我偏心嘛。"谢万鳞冷笑着，重重地捶了捶自己的胸口，"可人心本来不就是偏的？！空城自幼跟在我的身边，是我手把手教大的，他本该是下一任的谢家家主，都怪谢之妖那个孽障！！"他说到动情之处，竟咆哮起来，继而泪如雨下，悲声大呼，"我的空城——连个像样的葬礼都不曾有，便被匆匆埋了，我可怜的空城——"

若说谢万鳞狠心，他倒是真的狠心，巴不得谢之妖马上暴死，可于谢空城而言，谢万鳞又是个合格的慈亲。只可惜人各有命，谢空城还是没能躲过该有的劫，被谢之妖用那骨剑取了性命。

为了不让他人知晓谢家这些龌龊事，在这场竞争中死去的谢家人，都是不能举办葬礼的，只能趁着夜色匆匆掩埋，乃至于所葬之处，也是无名无分的一块荒碑。这对于疼爱谢空城的谢万鳞而言，无异于巨大的打击。

谢万鳞苍老悲呼的模样，看起来倒是有几分可怜，然而到底印证了一句：可怜之人必有可恨之处。他心中只有谢空城一个儿子，可谢空城，却还是死在了谢之妖的剑下。

"你为何不杀了谢之妖呢？"林如翡见谢万鳞如此愤愤不平，奇道，"你的修为比谢之妖高了那么多，想要杀掉他，也是很容易的事。"

"我倒是想。"谢万鳞咬牙道，"只可惜，有些事，不是想，就能做的。"

看来他身上可能有些禁制，不能光明正大地对谢之妖出手，所以才会想方设法地折腾谢之妖，甚至在决战前一夜，将谢之妖赶去祠堂受罚，就希望他在第二日和谢戟的比试中落败。

窗外雷声更重，明亮的金线银线划过暗色的天空，一道又一道地落下，刺得人眼睛发疼。

屋内的对话还在继续。

林如翡道："你对我出手，就只是因为我是谢之妖的好友？"

"呵呵，自然不光是如此，你嘛，另有别用。"谢万鳞笑得诡秘，"我若是你，还是盼着赢的人是谢戟的好。"

林如翡微微挑眉。

谢万鳞道："若是赢的人是谢之妖，林公子，你便陪着我一起走吧。"他说着又大笑起来，精神状态显然已经濒临崩溃，时哭时笑的模样像个癫狂的疯子，丝毫没有了初见时的端庄肃穆。谁能想到，被外人称道的谢万鳞，竟会是这样一个人呢……林如翡心中并无畏惧，只余唏嘘。

谢万鳞说完了话，情绪渐渐平息下来，手中握剑，极目远眺。目光好似穿过了雨幕，看向了远方的夜色。

屋外狂风雷鸣一片混沌，谢万鳞忽地喃喃："谢戟，可真是个蠢货。"

他说完这话，林如翡便遥遥地听见了一声惨叫，然而这声惨叫却又好似他的错觉，很快便彻底被淹没在了狂乱的雨声里。

不过瞬息之间，谢万鳞却好似苍老了几十岁，他瞪着窗外，手重重地在自己的佩剑上摩挲，咬牙切齿道："我怎么会生出这么个蠢货来。"

看来似乎是谢戟输了。

谢之妖没有等到明日相约的决战时间，他对这个想要他死的父亲已然毫无敬意，因此并未听从他的命令在祠堂里待上一夜，而是趁着狂风骤雨，将谢戟一剑斩下，意料之中地夺取了最后的胜利。

这倒是在林如翡的预料之外，至少在白日时，谢之妖还对谢万鳞表现得恭敬有加。但显然能活到最后的他，并不像他表现出来的那般无害。

雨依旧在下，谢万鳞回头，将目光落在了林如翡的身上。

若说刚才他看林如翡，还像是在看一块砧板上的肉，那么此时此刻，谢万鳞就是在用看死人的眼神看着林如翡。

“唉，都是命呀，林家公子，你可别怪我。”谢万鳞喃喃，“要怪，就怪那谢之妖吧……”

林如翡捂住嘴，低低地咳嗽。

谢万鳞收敛了表情，着魔般看着自己手里的长剑，似乎是在思考这柄剑该从林如翡身体的哪个部位穿过，能让林如翡死得痛快一些。

整个谢府陷入无边的黑暗里，唯有林如翡的房间，有微弱的烛光闪动，好像吸引扑火之蛾的陷阱。

雨中的蛾，还是上钩了。

他一身黑衣，完全地融入了夜色，狂暴的大雨洗去了他衣衫上血腥的痕迹，却洗不掉他那一身浓郁的杀气。

谢之妖提着那把雪白的骨剑，在谢万鳞满怀恨意的目光中，出现在了林如翡的房间门口，他的脸被雨水淋得惨白，一双黑眸却亮得吓人。

看到了坐在林如翡床前的谢万鳞，谢之妖也并不惊讶，他抬手将一个圆滚滚的东西扔到了屋内。那东西骨碌骨碌地滚到了谢万鳞的脚边，又被谢万鳞面无表情地一脚踹开。

那东西便是谢戟被斩下的头颅，失去光泽的眼睛依旧不甘地睁着，里面带着惊恐和不安。这头颅就这么滚到角落，沾了一地的灰尘。

“父亲。”谢之妖唤出了这个称呼，他说，“我赢了。”

谢万鳞抬眸看向自己最后剩下的儿子，可是眼神里却无一丝欣喜，反而是快要溢出来的狠毒。

“你为何不高兴呢？”谢之妖微笑，“一切都结束了，谢家又将延续百年盛荣，你不该高兴吗？”

谢万鳞道：“高兴？我是该高兴，可是这样的谢家真是让人恶心，倒不如没有的好。”

谢之妖大笑，笑得似乎眼泪都快出来了。谢万鳞脸色铁青，道：“你笑什么？！”

谢之妖道：“父亲，你真是有趣，若是我哥哥赢下了比试，你恐怕会高兴得恨不能摆宴相庆，为何换了我赢，就变成了谢家太过恶心？”他低头看着手中的骨剑，温声道，“也是，毕竟，我是你最不喜欢的儿子呢，只是可惜……”

谢万鳞道：“可惜？”

谢之妖声音转冷，看着谢万鳞：“可惜，就凭现在的你，怕是毁不掉谢家了。”

“哈哈哈哈，不然你以为我为何会出现在这里？”谢万鳞闻言却哈哈大笑，“我是不能对你动手，可是总有其他人可以，比如……昆仑山上的林家。你说，他们家里最疼爱的幺子在谢府暴死，林珉之他们，会不会找你这个幼时好友的麻烦？”

谢之妖冷冷道：“你想杀了林如翡？”

“这法子不错吧？”谢万鳞笑意盈盈，“我可是想了好久才想出来的。”

谢万鳞当真是疯了，居然想让整个谢家同他一起陪葬，也不知他为何会恨谢之妖到这般地步。

谢之妖冷冷道：“我以前倒是不知道父亲竟然如此刚烈，事到如今，竟要和整个谢家玉石俱焚。”

谢万鳞又笑了，他一边笑，一边将手里的佩剑拔出了剑鞘。谢之妖呼吸微窒，嘴唇抿出一条紧绷的直线，他刚才和谢戟打了一场，也受了不轻的伤，想要拦下发疯的谢万鳞并非易事。谢万鳞只要不对他出手，谢家的祖训禁制便不会起作用，想要斩杀林如翡，简直轻而易举。

虽然林如翡说了他有奇遇已可用剑，然而想在八境修为的谢万鳞手上留下性命绝非易事。若是林如翡真的死在了谢万鳞的剑下，林家那几个护短的哥哥姐姐，恐怕第二天便会把谢府掀个底朝天。

谢万鳞察觉了谢之妖的紧张，放声大笑。

谢之妖咬牙道：“如翡，我拦住他，你往外跑，有多远跑多远——”

谢万鳞阴阳怪气：“跑？谁也别想跑，一个都跑不掉！”他话语落下，便抬手挥剑。

到底是八境的修为，这用尽全力的一剑，即便是谢之妖巅峰时期也无法保证能拦下，更何况他此时已身负重伤，想阻止谢万鳞几乎是不可能的事。剑气翻滚涌动，不过是瞬息之间，雪白的剑光便已朝着林如翡当头劈下。谢之妖大喝一声，猛冲过去想要拦下这一剑，可一切却似乎已来不及了。

“谢万鳞——”谢之妖嘶吼，“我杀了你——”

谢万鳞癫狂大笑。

剑刃落下，却没有利器刺入身体的钝响声，而是传来一声敲金击石的清脆响声。谢万鳞的笑容僵在了脸上，他不可思议地看向自己手里的剑刃——那剑刃竟然被林如翡握住了，白刃刺破了林如翡手心白皙的肌肤，鲜红的血液顺着他的手腕没入小臂，再隐匿进了宽大的袖口。

林如翡的手背上淡色的青筋微微绷起，随后松手，谢万鳞那柄可破金石的佩剑便断成了几截，叮叮当当地落在地上，成了几块废铁。

“你……你……”谢万鳞瞪大了眼睛，如同见了鬼一般盯着林如翡，疯狂道，“你是谁——”

林如翡还未答话，谢万鳞的身体便软了下去，跪坐在地上看着一地碎刃，呆呆道：“不可能，怎么可能，林如翡是个什么都不会的废人，他怎么可能拦下我的剑……怎么可能……”

谢之妖的声音从他身后传来，冷漠如冰，他道：“你说他是废物？你连他都杀不掉，岂不是连他都不如？谢万鳞，你连自己最心爱的儿子都保不住，你才是废物。”

谢万鳞道：“不……不是这样的……你……”他还想要说什么，却顿住了，僵硬地缓缓低头看向自己的胸口。

一截雪白的剑刃从他心脏的位置冒出，被心口的血染成了刺目的红。

谢之妖一剑要了谢万鳞的命。经过这些天，他对自己这个所谓的生父已经毫无留恋，神情冷漠如冰。而原本八境的谢万鳞，也没有要反抗的意思，他只是呆滞地盯着自己胸膛上的剑刃，生命开始迅速流逝。

然而这种流逝却似乎不是正常的死亡，在谢万鳞气息彻底断绝的那一刻，谢之妖实力暴涨，从五境直跃八境修为。

谢万鳞的身体则开始迅速地干枯，原本光洁的肌肤上起了一层层狰狞的皱纹，最后竟然变成了骷髅模样，谢之妖无情地拔剑，他便落在地上，化为一地齑粉。

这一幕出现得突然，结束得迅速，不过瞬间之间，谢之妖便已奠定胜局。可是他的脸上全无喜色，反而神情凝重。

“如翡，你的伤可还好？”谢之妖忙问。

“没什么大碍。”林如翡甩了甩手上的血迹，谢万鳞一剑刺来，他便条件反射地用手一抓，谁知那剑竟真的被他抓在了手里，还轻而易举地断成了几截。不过他的手心也被割破了，但好在没有伤到要害，只是皮外伤罢了。

谢之妖道：“真是吓坏我了，几年不见，没想到你竟然变得这样厉害。谢万鳞这一剑，就算是我也不一定能接得下来，没想到你手一伸，就将他的剑给弄断了……”

林如翡无奈道：“我也不知道会这样。”

谢之妖道：“你就别和我谦虚了。”他看着地上谢万鳞化为的粉末，叹了口气，“这下好了，还得善后一番……”

林如翡道：“你们相斗之事，府内的人不知？”

谢之妖道：“知是知道的，外围的仆人都被谢万鳞用借口清走了，大家心里其实都清楚得很。”

林如翡：“你打算怎么解释？”

谢之妖露出有些头疼的表情，道：“唉，总归有法子的，真麻烦。”

正常的情况下，他们会有一个比较正式的交接过程，等谢万鳞将谢府的事宜交与谢之妖后，谢之妖才会取他的性命。然而谢万鳞不走寻常路，突然要对林如翡不利，谢之妖迫于无奈，只能先下手为强。

好在他此时继承了谢万鳞的所有修为，整个谢府都无人再敢置喙。

谢之妖见林如翡的手还流着血，便说先帮他包扎起来。林如翡随便用袖口擦了擦，见不流血了便道：“小伤而已，不用担心，之前谢万鳞将浮花和玉蕊掳走了，你可知道他会将她们关在哪里？”

谢之妖皱眉：“可能会关在书房的暗室，我这就替你去看看。”

“好。”林如翡道，“有劳了。”

“你也太客气了。”谢之妖叹息，“将你卷进我们家的事，真是不好意思。”

林如翡道：“这也并非你所愿的。”

谢之妖转身离开，林如翡看着他的身影消失在了雨幕之中。

他还未回过神来，便感到自己的手被另一双冰冷的手握住了，再一回头，却是看见顾玄都面无表情地盯着他手上的伤口。

不知为何，林如翡生出些心虚的感觉，讷讷道：“小伤而已。”

顾玄都抬抬眼皮：“小伤？你知道自己伸手能拦下谢万鳞的剑，而不是被他一剑剁掉五根手指？”

林如翡讪笑：“这不是没有多想……”

顾玄都道：“下次可以多想想。”说着叹了口气，“以后遇到有人对你拔剑相向，记得要抽出腰侧的剑，而不是用手挡。”

林如翡莫名道：“可是我腰侧没有剑啊。”

顾玄都道：“没事，我的剑给你用。”

林如翡：“前辈……”他总觉得哪里不太对。

谁知顾玄都还振振有词：“这种要紧的时候，不要不好意思。”

林如翡被噎得无言以对，等反应过来时，看见顾玄都脸上促狭的笑，才察觉自己又被顾玄都打趣了。

谢之妖去了好一会儿才回来，回来时身后跟着玉蕊和浮花。

侍女二人的脸色都十分难看，浮花倒还撑得住，年纪小些的玉蕊已经开始抽泣起来。好在林如翡早有准备，掏出玉米糖把她嘴里塞了个鼓鼓囊囊，小姑娘这才破涕为笑。

浮花却对自己的失职十分内疚，一声不吭地跪在地上，请求林如翡责罚。林如翡好说歹说才把她劝起来，她却也湿了眼角，颤声道："都怪我们太不小心，让那谢万鳞轻易得手，若是公子真的出了什么事，我们该如何同昆仑山上交代。"

林如翡道："我没什么事，况且你也想得太多，若是我都没了，那谢万鳞会放你们回去？"

浮花咬唇不语。

林如翡让她将发生的事又说了一遍。

原来那谢万鳞一开始就是冲着林如翡来的，见林如翡不在房中，这才对两个侍女下了手。他知道林如翡从未练过剑法，就以为侍女两人扮演的便是护卫的角色。没了侍女，林如翡就成了那瓮中之鳖。

谢万鳞的计划本该天衣无缝，但奈何人算不如天算，他却没有想到林如翡另有一番奇遇，不过一抬手，便轻而易举地碎掉了他的剑刃，又被谢之妖一剑取了性命。

谢之妖将侍女带回后叮嘱林如翡好好休息，其他事宜明日再细说，林如翡也点头同意。

浮花和玉蕊则挽起袖子，想要帮林如翡将一片狼藉的屋子收拾一下。

玉蕊取了扫帚，刚扫几下，便发出一声惊叫，吓得花容失色，满目惊恐道："公子，公子，这里怎么有个脑袋——"

林如翡"噢"了一声，想起刚才谢之妖把他弟弟的脑袋扔了进来，这会儿倒是忘记带走了。

"给谢之妖送过去吧，那是他弟弟的脑袋。"林如翡想了想，吩咐道，"还有……地上的灰也扫好，是谢之妖他爹的尸骨，和脑袋一起……"

浮花："……"

玉蕊："……"

两人神情都是一阵扭曲，颇为复杂，也不知道脑补出了怎样一幅可怖的画面。

林如翡见状倒是笑了，温声道："你们两个要是怕，就先放着，明日我自己来收拾就好。先去休息吧，再不睡，天都要亮了。"

浮花咬咬牙，到底还是撸起袖子将那脑袋给提了起来。不过林如翡看到那脑袋的模样倒是略微一惊，谢戟那颗脑袋不知何时竟也干枯了，肌肤全都皱在一起，像个紧巴巴的核桃，模样十分难看，就和那日林如翡在棺材里见到的人一样。

浮花一边提着脑袋往外走，一边让玉蕊将地上的灰扫在一起，说待会儿全给谢之妖拿过去。

玉蕊抖着手把地上的灰扫进了撮箕，哭兮兮地跟着浮花一同出去了。

两人还不忘体贴地关上门，叮嘱林如翡早点休息。

林如翡叹息，想着真是难为了两个小姑娘，一直没吭声的顾玄都酸溜溜地来了句："林大公子，果真怜香惜玉呀。"

林如翡扭头看向他，认真道："是啊，不然怎么会把你带在身边呢。"

顾玄都："……"

少有能在顾玄都脸上看见吃瘪表情的时候，林如翡心情大好。

发生了这么多的事，林如翡翻来覆去怎么也睡不着，再加上咳嗽一直不断，直到天色大亮，他才迷迷糊糊地小憩了片刻，一直睡到了正午时分，被浮花唤醒起来吃了些东西。

本来就生了病，又被折腾了一夜，林如翡脸色憔悴，眼下一片青色，喝着粥时都不住地打哈欠。

"今日谢府可有什么不同？"林如翡问。

浮花应声道："没什么不同。"

林如翡道："谢之妖呢？"

浮花说："我这便去问问。"

过了一会儿，浮花回了屋子，告诉林如翡下人们看见谢之妖一个时辰前出去了，这会儿还没有回来。林如翡点点头，示意自己知道了。

谢之妖修为暴涨的事情肯定是瞒不住的，但好在仙途之上，向来是强者为尊，只要他八境修为还在，就没人敢质疑他，不过他这么匆匆忙忙地出去，也不知道是为了什么事。

林如翡又打了个哈欠，想着等他回来了，便把剑会的请帖给他吧。

可是直到下午，府内都不见谢之妖的影子。林如翡吃完饭后睡了个午觉，醒来时浑身都软绵绵的，提不起劲来。

顾玄都见他醒了，便坐在床边低着头帮他将右手伤口换了药。他见到那横贯林如翡右手的伤口，神情颇为不豫，林如翡自知理亏，乖乖地由着他折腾自己的手。

"你身体孱弱，这伤口也不知道什么时候才能好。"顾玄都抱怨，"那个谢之妖也是个不靠谱的，自己爹是个什么人都不清楚。"

林如翡笑道："知人知面不知心嘛。"

“对啊，”顾玄都抬起头看着林如翡，“知人知面不知心。”

林如翡瞬间明白了顾玄都的意思，他略微犹豫，道了句：“谢之妖不容易。”

顾玄都冷笑：“谁都不容易。”

能杀掉自己所有的兄弟、走到这一步的谢之妖真的像他表现的那般无辜吗？他若是真的将林如翡当作朋友，本该在他初入府时便让他赶紧离开。但谢之妖却什么都没有说，他故作无事，同林如翡叙着旧时的情谊，好似什么事都不曾发生。当然，也可能他未曾料到谢万鳞会对林如翡不利，但说到底，林如翡受伤，和这个谢之妖脱不开关系。

顾玄都向来都是个小气的人，此时已然给那谢之妖记上了一笔。

林如翡不太敢劝，他总觉得自己要是继续为谢之妖说话，顾玄都会更生气。于是便眨巴着眼睛说自己渴了，想喝杯热茶。

顾玄都闻言这才略过了这个话题，取了杯茶来，小心地喂着林如翡喝下。

喝了茶，林如翡又赖了一小会儿的床。

昨夜一晚的暴雨，将院中的草木狠狠地蹂躏了一番，抬目望去，到处都是残枝败柳，更有根浅的小树，被吹得直接倒转过来。此时的院子虽然已经收拾了，但和昨日相比，依旧显得狼狈。

好在暴雨之后都是晴天，今日阳光正好，微风轻拂，是个踏青的好日子。

林如翡若不是身体不适，定要四处转转去，但奈何此时手脚无力，只能坐在床边，撑着下巴懒散地看着屋外不算精彩的景色。

谢之妖出去了大半天，傍晚时才回来，直接御剑落在了林如翡门前，脸上难看得要命。这表情甚至比昨晚上被谢万鳞威胁时还要糟糕，用顾玄都的话来说，就是好像死了整整三个爹。

“如翡。”谢之妖叫道，“你好些了吗？”

“我倒也还好，就是老样子，你那边可是出了什么事了？”林如翡奇道，“怎么脸色这般难看？”

谢之妖欲言又止。

林如翡道：“有事便说。”

谢之妖呼出一口气：“我去取些酒来，再同你说。”说罢又飞走了。

林如翡眨着眼睛，想着还有心思喝酒，想来事情也没有太过糟糕。顾玄都却嗤笑一声，说：“该来的总会来。”

天气不错，在外面小酌一杯也别有风味，只可惜林如翡咳得厉害，不敢饮酒，便倒了些茶水，看着谢之妖又满上了一杯。闷酒醉人，谢之妖连喝了几杯，动作才慢了下来，然而眉头依旧蹙得死紧，试探性地开了口："如翡可有喜欢过什么人？"

林如翡道："喜欢的人？那就多了。"

谢之妖道："我是说男女之间的喜欢。"

"男女之间？"林如翡摇摇头，"这倒是没有。"

谢之妖苦笑："也是。"

林如翡家中把他当作眼珠子似的疼，哪里会舍得让怀着别的心思的女人靠近他。浮花和玉蕊两个侍女恐怕都是经过了千挑万选，他敢肯定，林家定然有控制她们的法子，能用两个修为五境的人充当侍女，恐怕也就只有林如翡能做到了。

"怎么，可是看上了哪家漂亮姑娘？"林如翡听出了谢之妖话中的含义，来了兴趣，"难不成是人家看不上你，你才这般苦恼？"

谢之妖摇摇头，不再言语，只是又说起了绿耳的事，说这小厮和他闹了别扭，却是怎么都不肯见他。

林如翡闻言只觉得有些奇怪，心中生出些猜测，但又不好明说，于是干咳了几声，神情有些不自在。

林如翡问道："那绿耳现在在何处？"

谢之妖说他被自己母族的人藏在苍岚山上的一条峡谷之中。

林如翡也想不明白这事儿，谢之妖便喝起了闷酒，林如翡品着茶水只觉得寡淡无味，斟酌片刻，还是端起了一杯酒，小心地抿了半口。

酒是好酒，入口辛辣，滑过喉咙后，却带起了醇香甘洌的回味，林如翡苍白的脸颊上浮起一片嫣红，低低地咳嗽两声，赞道："好酒。"

"是绿耳藏在树下的竹叶青。"谢之妖说，"说我当上了谢家家主，便为我庆喜，此时同你共饮一坛，待他回来了，再和他喝剩下的。"

谢之妖平日里其实话并不多，然而提起绿耳来，便似乎有着说不完的话题。绿耳并不讨人喜欢，特别是那张讨人厌的嘴，就算是谢之妖这样稳重的性子，有时也会被他惹急了。

但自从母亲死后，他便同绿耳相依为命数十年，经历无数风雨。

绿耳说少爷不用羡慕林如翡，林如翡是林家的眼珠子，那谢之妖就是他绿耳的眼珠子，他没什么用处，但只要有一口气在，就会拼尽全力，把最好的捧到谢之妖面前。

也正因如此，在知道绿耳的心思后，谢之妖还是无法决绝地拒绝。

“罢了，先让他在那边住上几天吧，待我把谢家的事理顺了，再接他回来。”酒壶见了底，谢之妖却还是想不出靠谱的法子，“反正谢万鳞也死了。”不会有人再威胁绿耳的安全。

林如翡觉得也可，感情这事儿如烹小鲜，急不得。

谁知坐在旁侧的顾玄都听了这话，凉凉地开了口，他说：“小韭，你还是劝劝这谢之妖，早点去看看那绿耳吧。”

林如翡疑惑地看向他。

“免得后悔终生。”顾玄都道。

林如翡虽然不明其意，但顾玄都说话向来不会空穴来风，定然是知道些什么，才会说出这么一番话来。思量片刻，他慎重道：“之妖，你还是再去看看绿耳吧，那孩子性子乖戾，你这么把他放着，别放出什么事儿来。”

谢之妖道：“那他又和我闹别扭如何是好？”

这倒是个难题，林如翡出了个馊主意：“不然你就先哄哄他，将人哄回来了，再论其他嘛。”

谢之妖蹙眉不语，沉默半晌后，居然道了声“好”，接着好似想通了什么，将手中的酒杯重重地往桌上一放，带着一身浓浓的酒气，便御剑飞了出去，把林如翡看呆了。他低头瞅了眼自己杯中的酒水，小心道：“你说……这么点酒，谢之妖不会喝醉了吧？”

“酒不醉人人自醉。”顾玄都脸上没什么表情，“有时候醉了是好事。”

“好事？”林如翡疑道。

“自然是好事。”顾玄都道，“至少敢说些平日里不敢说的话，做些平日里不敢做的事了。”

林如翡将杯中剩下的酒一饮而尽。

谢之妖修为已达八境，御剑行空不过转瞬便到了藏着绿耳的那条山谷。母族的人见到他去而复返都有些惊讶，正想同他打招呼，却见他面色严肃，不管不顾地朝着绿耳住的屋子去了。

绿耳住的屋子是这几日才搭好的木屋，简陋得很，好像一阵风就能刮倒似的。想来被谢家追杀的绿耳也因此吃了不少苦，谢之妖的心便又软了几分。

“绿耳——”谢之妖唤了小厮的名字。

“你怎么又来了？”绿耳惊讶道，“我不是说了，不想见你吗？”

谢之妖道："我就要进来！"

绿耳怒道："不准！不准进来！"

可这破烂的木门，怎么可能拦得住谢之妖。他手一推，便将木门推开了，看见了坐在屋内榻上的绿耳。绿耳见他进来，气得满脸绯红，浑身抖如筛糠："我讨厌你，我讨厌你！谢之妖，你给我出去，出去！"

谢之妖道："我不。"

绿耳号啕大哭，一边哭一边骂着谢之妖，说谢之妖和谢家人一样，都不是好东西，就知道欺负自己。

谢之妖苦恼地皱起眉，他走近了绿耳，低声道："绿耳，你对我很重要……"

绿耳哭声愈烈。

谢之妖停在了他的面前，用手指轻轻地擦着绿耳的泪水，道："跟我回去吧。"

绿耳却不住地摇头。

谢之妖道："为什么不肯？"

绿耳颤声道："我不跟你回去。"

谢之妖眉头蹙得更紧，瞅着绿耳哭得脏兮兮的脸，想了想："你不愿意好像也没什么关系，反正我已经八境修为，想要带走你，谁也拦不住。"他说着，就对绿耳伸出了手。

绿耳尖叫道："你不准碰我——"

可是已经太晚了，谢之妖抓住了绿耳的手，可是手一动，却察觉了一些不对劲，脱口而出："绿耳，你怎么那么轻……"

绿耳依旧在哭，哭声越发地绝望，他说："谢之妖，放开我——"

谢之妖缓缓低头，好像察觉了什么，整个人登时僵在了原地，好一会儿，才用抖如筛糠的手，轻轻地剥去了绿耳的上衣。

上衣宽松地落下，露出了绿耳的上半身。只见绿耳原本白皙的后背上，多了一条狰狞无比的伤口，那伤口从颈项贯穿到腰间，几乎可以隐约看到猩红的脏器。

谢之妖呆住了，他叫着小厮的名字："绿耳？"

绿耳在谢之妖耳边号啕大哭。他恨恨地一口咬在了谢之妖的手上，直到见了血才松开，道："我都说了，我不要见你，不要见你——"

谢之妖道："你的背……"

绿耳不语，见谢之妖的手出了血，又心疼，他的手脚已经无法动弹，全靠镶嵌在后背里的符箓续命，好在谢之妖在谢家的争斗中活了下来，余生只见通途。

“谁干的？谁伤了你？”谢之妖咬牙问道。

“是我不小心从山上跌了下来，受了重伤，正巧被你的母族遇到，便救下了我。”绿耳道，“谢空城那么厉害，我还以为你会死呢，还好你活着。”

谢之妖盯着绿耳的伤口，哑声道：“你骗人。”

绿耳缄默。

“你骗我。”谢之妖说，“你变坏了，你以前从不骗我的。”

绿耳又哭了。

谢之妖道：“走，我们回墨玉去，不行我便带你去昆仑。昆仑山上那万爻医术绝佳，这么点小伤，他定然能够治好。”

绿耳喃喃：“治不好了，治不好了。”

“能治好的。”谢之妖咬着牙，刚才微醺的醉意此时已经全然没了。他小心翼翼地抱着绿耳，像抱着一件易碎的瓷器。绿耳靠在谢之妖的怀中也不再聒噪。

他知道，自己的时间不多了。

谢之妖抱着绿耳御剑而行，风声猎猎，他抿着唇，僵硬得像一尊石头。

他怀中的绿耳还在说话。

绿耳说：“少爷，真好，以后再也没有人能欺负你了。”

绿耳又说：“少爷，绿耳真的好开心。”

谢之妖眼角终是泛起了水光，他说：“绿耳，你别走。”

“好，绿耳不走。”绿耳的声音从未这么温柔过，他道，“绿耳会一直一直陪着少爷，绿耳哪儿也不去……”

# 第八章 绿耳殇

谢之妖没有回谢府，抱着绿耳直接上了昆仑山。走时给林如翡发了信，在信中大致说了绿耳受了重伤、急需医治的情况。

林如翡接到纸鹤传来的信后，有些惊讶，转头看向顾玄都："你是如何知道绿耳出事了的？"

顾玄都道："古头异兽砺金，其形似人，其骨之坚，可碎万刃。"

林如翡愕然。

顾玄都又道："因此特性，砺金兽惨遭人族追杀，几乎灭族。好在他们的模样似人，学习了人类习惯，便藏于市井之间，勉强维持了种族血脉。"他叹息一声，"这只是几百年前的情形，如今过去了那么久，想来砺金兽也快灭绝了，没想到，在谢府里还能见着一只。"他见到谢之妖腰侧骨剑的那一刻，便猜到了一切。

林如翡也明白了顾玄都话语中的含义，小厮绿耳便是异兽砺金，谢之妖手里的那柄骨剑，就出于他的身体。

"砺金兽体内，最珍贵的，是那根贯通全身的脊柱，此骨无须淬炼，拔出便可做剑，剑刃锋芒无二，可碎星辰，破山岳。"顾玄都漫不经心地说着别人的故事，"谢之妖若是没有那柄剑，早死了。"

林如翡道："那绿耳没了脊柱，可还能活下来？"

顾玄都凝视着林如翡的双眸："自是不能。"

林如翡感到自己的喉咙哽了一下，他想起了谢之妖谈论绿耳时，眼神里偶然流露出的感情，或许连他自己都未曾察觉，可如今谢家的波折刚刚平定，绿耳却又……

“也不知道那边的人用了什么法子吊着绿耳的命，但那小厮活不了太久。”顾玄都道，“就算请来了天底下最好的医师，也救不了他的命。”没有人和活物能在没了脊柱之后还活着。

林如翡道：“谢之妖该怎么办？”

“什么怎么办？”顾玄都平淡道，“他得到了他最想要的家主之位，还有了八境修为，只是损失了一个嘴臭的小厮罢了，这难道不是一笔让人合意的买卖？”

林如翡听着顾玄都这毫无感情的话，微微拧眉。

“你难道不这么想？”顾玄都反问。

“自然不会这么想。”林如翡不赞同道，“绿耳跟了谢之妖这么些年，谢之妖定然对他有些情分，看着绿耳就这么没了，他心中怕也不好过。”

顾玄都的态度却显得异常冷漠，他没有像往常那般坐在林如翡的身边，而是倚靠着房梁，双手抱胸，微微仰着下巴俯视着林如翡，平静地发问：“那若你是绿耳，你会如何？”

林如翡思来想去，道：“我若是绿耳……”

“够了。”他话还未说完，便被顾玄都冷冷地打断，从顾玄都到林如翡身边开始，这个向来不太正经的前辈从未露出这般冷漠乃至于冰冷的神情，他说，“我知道你会怎么选。”

话语落下，身形便倏然散去，徒留一屋寂静。

林如翡茫然，不明白这话为何会触到了顾玄都的逆鳞。

没了顾玄都，屋子静得让人有些不适应。察觉了自己的念头后，林如翡却露出一抹苦笑，心道人当真都是贪婪的动物，这才几日，竟然就习惯了顾玄都的存在。

谢之妖日夜兼程赶到了昆仑。

万爻先前接了纸鹤，知道谢之妖要来，早早地待在山门前相迎。

“快将人放下。”见到绿耳后，万爻吩咐谢之妖将人放在备好的木床上，抬手便为绿耳把脉。

谢之妖站在一旁，大气也不敢出，眼睛死死地盯着绿耳，胸膛不住起伏。

万爻摸清了绿耳的身体状况，神色渐渐凝重，从怀中取出几枚银针，扎在了绿耳身上。绿耳这才稍有好转，但气息依旧十分微弱。

“去外面说？”万爻道。

谢之妖点点头，正欲迈步，却听到了绿耳微弱的叫声，他道：“少爷……别……走……”

谢之妖俯身，小声道："莫怕，万爻的医术你也是知道的，他定然有法子救你。"

绿耳却摇了摇头，艰难道："就在……这里说吧。"他人快不行了，心里却清楚得很，能多看看少爷，自然是最好的。

"好，你说吧。"谢之妖握住了绿耳的手，抬头看向万爻。

万爻略做犹豫，见谢之妖神情坚定，这才微叹一声，低声道："绿耳恐怕是……不行了。"

谢之妖瞬间变得狰狞起来，他道："你说什么？！"

万爻说："他的脊骨被人活生生地抽了出来，能活到现在，已经是个奇迹，若是对他施以针法，约莫能再续个一日，只是……"

谢之妖道："只是？"

万爻说："只是……他会极为痛苦。"

背上的伤口无法愈合，每时每刻都让绿耳处在极端的痛苦之中，甚至他此时虚弱得只能趴着，连翻身都做不到，否则便会触碰到伤口。

谢之妖听完万爻的话，喉结上下动了动，似乎在压抑着某种情绪。绿耳察觉了他的想法，被他握住的手微微回力，强笑道："没事……能再陪着少爷一日，已足够了。"

谢之妖没有说话，他彻底明白了一切，低头狠狠盯着自己腰侧垂着的那柄锐不可当的白色骨剑许久。黑眸之中，狂躁的风暴悄无声息地酝酿。

绿耳一声虚弱的呼唤，将谢之妖从这种情绪里扯了出来，他回应了他的呼唤："绿耳。"

绿耳神情温驯："绿耳在呢。"

谢之妖说："谁做的？"

绿耳不语。

"告诉我，谁做的。"谢之妖一字一顿地发问，"谁活生生地抽出了你的脊骨？是谁？"

绿耳平静地回望谢之妖，嘴唇艰难嚅动，给了谢之妖一个他最不想听到的答案："是绿耳做的。"

谢之妖浑身都抖了起来。

"是绿耳自己做的。"绿耳道，"怪不得谁……"

谢之妖发出了一声绝望的嘶吼，好似被逼至绝境的困兽。他跪在床边，握着绿耳越来越冰冷的手，不住地问："绿耳，为什么……为什么……"

绿耳道："绿耳只是不想，旁人再欺负少爷。"大约是万爻施的针术起了作用，他又有了说话的力气。绿耳看着谢之妖，眼睛亮得好像天上的星辰，他说：“少爷不要羡慕那林如翡，少爷也有人疼的，绿耳最疼少爷了。”

谢之妖说不出话来，直到有湿润的液体滴落在他的手背上，他才意识到自己流泪了。

绿耳哪里见过谢之妖这副模样，顿时有些慌乱，忙说少爷别哭。

谢之妖道：“是啊，你疼我，可是你走了，又有谁来疼我呢。”

绿耳道：“少爷成了谢家家主，便有好多人喜欢了。”他喃喃道，“到时少爷娶妻生子，也不再需要绿耳了……只是可惜……”

谢之妖露出绝望之色。

万爻说绿耳药石无医，他已没了别的法子。

绿耳有了些力气，便又开始说话，骂谢之妖的父亲，骂谢之妖的哥哥，骂所有的谢家人，除了谢之妖这位少爷。谢之妖木然地听着、看着，神情恍惚得好像灵魂已经从肉体里飘了出来。

直到绿耳似乎说累了，声音渐渐微弱。

谢之妖忽地开口，他道：“绿耳，你不想见我，是怕我看见你的伤口？”

绿耳轻声道：“嗯。”

“少爷肯定会可怜我。”绿耳说，“我不想让少爷可怜我。”他瞪着湿漉漉的黑眼睛，像一只无辜的鹿，“我……我不想让少爷难过。”他说完这话，有些不好意思地垂了眸。

谢之妖彻底地崩溃了。

他抖着肩膀，痛苦地捂着脸，呜咽失声。他第一次如此地恨自己，恨自己那般犹豫，恨自己强行进入了屋内，恨自己没有给出绿耳那个想要的答案。

绿耳看着谢之妖痛苦的样子手足无措，他想要安慰，却不知道说些什么能让他的少爷好受些，于是只能慌乱地抓住谢之妖的手，哄着他不哭。

谢之妖比绿耳大两岁，他们在谢之妖三岁时相识，共度二十余年。谢之妖的母亲死得早，在谢家不受宠的他，身边只跟着这么个讨人厌的小厮。

谢府里没有人喜欢谢之妖，也没人喜欢绿耳。

好在绿耳并不介意，他只要少爷过得开开心心便好，所以也不想让少爷看见他那狼狈的模样。

但可惜，他到底是没有如愿。

绿耳本该是有些遗憾的，但看见谢之妖这绝望的模样，那份遗憾便已化作了对少爷的担忧。他的死，是早就准备好的事，却没想到竟让向来波澜不惊的谢之妖如此痛苦。

“绿耳，绿耳……”谢之妖道，“你不要走。”

绿耳像哄孩子似的摸着谢之妖的脑袋，低声道：“没事呢，我这不是一直陪着少爷，陪着少爷呢。”

谢之妖再次大哭。

屋外的万爻听到了谢之妖号啕的哭声，深深地叹了口气。

人生七苦，生老病死，爱别离，怨憎会，求不得，只要还在人途，便难以逃脱折磨。

谢之妖和绿耳，也算是他看着长大的，此时见到两人生离死别，自是有些唏嘘。

医者仁心，然而能做到的事，却也太少太少。

“谢府定然是出了什么事。”林辨玉不知何时出现在了万爻身边，看着万爻身后传出谢之妖号啕哭声的木屋，低低道，“也不知道小韭现在如何了。”

万爻道：“谢之妖已达八境修为。”

林辨玉露出讶异之色。

万爻是老人，自然是知道谢府那些规矩的，但林辨玉他们这一辈还小，对这些事不甚明白。他解释道：“谢家内斗而已，应当不会对小韭不利。”说罢，便将谢家的规矩说给林辨玉听。林辨玉听完后面上浮起些怜悯之色，也不知道是在可怜谢家，还是可怜将死的绿耳。

谢府之内，顾玄都还在和林如翡生闷气，整整一日都不见他的身影。

林如翡也不知道该如何哄他，想了想，便披上披风，独自一人上了街，在街上溜达了几圈，找到了一位卖花的老伯。

那老伯卖的都是些芍药之类的艳丽花朵，林如翡便问这附近可有桃花卖。

老伯笑着说这桃林到处都有，何须买桃花，只要出了这墨玉城，往东不到两里地，便能看到一片桃花林。不过昨夜骤雨，桃花恐怕都被打得七零八落了。

林如翡得了消息，便慢慢悠悠地出了城，出城时还不忘记在小摊上买了一根红艳艳的糖葫芦，一边啃一边朝着桃林去了。

墨玉城外皆是山道，昨晚又下了雨，略微有些泥泞，好在今日天气不错，山风虽大，倒也不会太冷。

走过弯弯曲曲的小道，林如翡很快便看到了老伯口中的桃林。只是这儿的桃林只有小小一片，远没有昆仑山下的宽阔艳丽，桃色也偏淡一些。林如翡左看右看，见没人，便悄悄地靠近一棵，手脚并用，攀爬上去，伸着手想要摘下一束还算完整的桃花。

谁知踩在树上的脚下一滑，连人带花一同从树上滚了下来。林如翡“啊”了一声，便感到自己被一双手牢牢地接住了。

“你是准备把自己给摔死？”顾玄都咬牙切齿。

林如翡无辜地看着他，把手里的桃花递到了他的面前：“喏。”

顾玄都冷冷道：“不要。”

林如翡眨了眨眼，随后便伸手捂住嘴，用力地咳嗽起来。

顾玄都：“……”

林如翡一边咳一边瞟顾玄都。小心眼的前辈到底还是受不了他这没完没了的咳嗽，怒道：“好了好了，给我便是，别咳了，小心把你的肺给咳出来。”

林如翡立马不咳了，高高兴兴地拍了拍手上的泥，说这桃花没有昆仑山上的好。

顾玄都道：“是吗？”

林如翡道：“当然，最好的还得属我院子里的那一棵了。”

顾玄都闻言，神情倒是缓和不少。

林如翡虽然不明白顾玄都是为何生气，但见他将此事放下，便也宽了心，摸着桃树粗糙的树皮说不知道谢之妖那边如何了。

“他很快就会回来了。”顾玄都散漫道，“绿耳活不了太久。”

林如翡叹气。

一说起绿耳，气氛便不太好，林如翡只好转移了话题，说刚才吃的那根糖葫芦味道倒是不错。顾玄都则责怪他咳得这么厉害，竟然还敢吃糖。

“没事没事。”林如翡摆摆手，“都咳习惯了，死不了的。”说完又是一连串的咳嗽。

两人赏了会儿花，便下山去了。

夜色将至，墨玉城内的灯火也亮了起来。青石的街道上，有高声吆喝的小贩，有讨价还价的居民，还有四处张望一看便知是刚到此城的游客。世间百态，倒是十分热闹。

谢府争夺家主之位一事已是尘埃落定，便也没了前几日那让人窒息的气氛。

林如翡回去时看到谢府门前停了好几架马车，上前一问，才知道是几位离府半月的管事刚回来。他们显然也是知道谢家这规矩的，所以专门挑了这个时间出去避难，现在谢之妖夺得家主之位，他们便也归来，开始准备接受新家主的事宜。

这倒是十分有效率了，只是不知为何，林如翡心里头总归有些不太舒服。

倒是浮花的一句话，让他明白了到底为何不舒服，浮花说：“这谢府真是怪得很，好像死了那么多的人，都无足轻重似的。”

玉蕊道：“是啊，死掉就死掉了，随随便便便拖去埋了，连个坟茔都没有……对了，浮花姐，那个谢戟的脑袋……”

浮花面无表情地看了玉蕊一眼，看得玉蕊脖子一缩，才回答：“谢之妖接了过去。”

玉蕊道：“埋了？”

浮花说：“一把火烧了。”

玉蕊：“……”她都不敢问谢万鳞那堆骨灰咋样了。

两人神情悻悻，都不想再多提此事。

林如翡坐在院中，看着来来往往的仆人和仿佛复苏一般热闹起来的谢家，心中倒是感慨颇多。本应该庆祝胜利的那个人，此时却在昆仑山上，想来正悲痛欲绝吧。

这天晚上，林如翡收到了林辨玉传来的家书。家书里说，他见到了谢之妖，还有垂死的绿耳，谢之妖在得知绿耳药石无医后，几乎完全崩溃了，也不知道绿耳若是真的走了，他会不会做出什么过激的事来；又询问林如翡此时可好，是否有受到什么影响。

林如翡回了信，说谢家待自己彬彬有礼，并不曾有逾越之举，也未将谢万鳞的事告知林辨玉。

毕竟林辨玉要是真的知道了，说不好一气之下就冲去把谢之妖给剁了。自己这位哥哥护短的性子，林如翡可是清楚得很。

回了信，林如翡便又喝了一剂治咳嗽的药，打算早些休息。顾玄都看着桌上瓷瓶里插着的桃花，不知在想什么。

“顾前辈，我先睡了，你呢？”林如翡用被子盖住了半张脸，只露出一双淡色的眼睛，闷声发问。

顾玄都面无表情道：“出去捉鬼。”

林如翡道：“捉鬼？”

顾玄都点头。

林如翡的神情瞬间变得神采奕奕，“嗖”的一下坐了起来：“去哪儿捉呀，这世上真的有鬼吗？”

顾玄都道：“你觉得呢？”

林如翡道：“我是信的，却没见过。”他想了想，试探性地道，“别人都看不见玄都前辈，那前辈你……”

顾玄都面无表情地回望。

林如翡讪讪：“玩笑，玩笑而已，前辈不要当真。”

顾玄都道：“你倒是比在山上活泼了不少。”

林如翡无奈道："山上哥哥们看得紧，去雪地里看朵小花儿都要被说两句，为了不让我着凉，还把雪地里好不容易冒出来的小花儿都给我撕了……"

顾玄都听闻此话，不自然地干咳了一声，移开目光镇定道："你好好养病，等你病好了，带你一起去捉鬼。"

林如翡："当真？"

顾玄都："当真。"

林如翡便又缩进了被窝，把自己裹得严严实实，就露了双眼睛在外头，乖巧的模样，让顾玄都不自觉地勾了勾嘴角。

被窝里暖烘烘的，林如翡很快便生出了睡意，眼睛缓缓闭上，呼吸也平稳下来。顾玄都见他睡了，才一挥长袖，身形渐淡，消失在了屋内。

林如翡这一觉睡得不错，第二日醒来时，咳嗽已经好了不少，睁开眼便看见顾玄都坐在屋内，正吃着浮花送进来的早茶。

林如翡打了个哈欠，揉着眼睛从床上爬起，慢吞吞地开始换衣裳。

顾玄都在旁边看着，见他受伤的右手不太灵便，便起身拿过了放在床上的衣服，十分自然地替林如翡穿了起来。

林如翡睡得迷迷糊糊，感到腰上一紧时才意识到顾玄都在做什么。他条件反射地想要转身，顾玄都却道了句"别动"，帮他把腰上的腰带仔仔细细地理好才松手。

两人四目相对，一时无言。

"怎么？"顾玄都坐回了桌边，道，"这个表情？"

林如翡道："这……这，让前辈替我更衣，不太合适吧？"

顾玄都淡淡道："你要是觉得不合适……"

林如翡："嗯？"

顾玄都认真道："我可以脱了，让你重新帮我穿上，这样是不是就合适了？"

林如翡立马闭嘴，安安静静地洗漱去了。

顾玄都见他这模样，呵笑一声，抓起带着热气的绿豆糕放进了自己嘴里，随后不满地皱了皱眉。

"怎么，这绿豆糕不合前辈口味？"林如翡随口一问。

"太甜了。"顾玄都道，"味道还不如我爱……朋友做得好吃。"

林如翡正欲说话，顾玄都却抬头看向屋外，轻轻地道了声："你朋友回来了。"

谢之妖回来了，带着在他怀中痛苦挣扎着死去的绿耳，回到了喜气洋洋的谢家。

林如翡看见了谢之妖，也看到了在他怀中已经生息全无的绿耳。谢之妖腰间雪白的骨剑和他那一袭黑衣格格不入，他一手持剑，一手将绿耳抱在怀中，神情时而冰冷时而温情，状似疯癫。

林如翡远远地叫了他的名字："之妖。"

谢之妖却恍若未闻，依旧立于院中。谢府之中，无人敢上前，都是远远地对着这位新任家主跪了下来，口中唤道："家主大人。"

谢之妖没有反应，低下头来。

林如翡走到了他的面前，轻声道："之妖。"

谢之妖这才回神，见林如翡站在自己面前，恍惚问道："小韭怎么还没走呢？"

林如翡道："我……有些担心你。"

"担心我？"谢之妖道，"为何要担心我？我很好，不能……更好了。"他粲然一笑，神情间竟然带着些少年时才能见到的天真，说道，"你不是还要去其他地方送请帖吗？今日天气好，正好渡过那沧澜江峡，再过几日，恐怕就到了梅雨季节，渡江多有不便。"

从墨玉城到其他地方，必须走上一段险峻的水路，水路之中，偶有蛟出没，只要船只遇上，必定九死一生。

"把请帖给我吧。"谢之妖对着林如翡微笑，"谢府不是个好地方，你还是早些走了的好。"

林如翡欲言又止，看见谢之妖和他怀中已经没了气息的绿耳，他还是什么都没能说出来，沉默着从虚纳戒指里取出了剑会的请帖，递给了谢之妖。谢之妖接过请帖往自己的袖口里随便一塞，随手拉来一个战战兢兢的仆人，面无表情地吩咐他将林公子送走，再在沧澜江江边寻一艘靠谱的船送林公子过江。

那仆人颤声应"好"。

说完，谢之妖便走了，背影冷漠决绝，林如翡口中那一声"之妖"，到底是没能叫出口。他神情郁郁地回了房，顾玄都瞅着外面的天气，说今日天气倒是真的不错，想来傍晚的晚霞一定很美。

林如翡抬眸看去，却见天空乌云盖顶，风声猎猎，虽未下雨，但怎么看也是个阴天，他道："天气不错？"

顾玄都微笑："很好。"

林如翡哑然，觉得顾玄都或许和那谢之妖倒是有可能聊得来。

被谢之妖这般直白地逐客，林如翡本想再找他谈一谈，谁知他根本不肯见自己，而是派仆人催着自己走。

无奈，林如翡只能让侍女收拾了东西，去街上的酒楼住上一晚，想着明日再做打算。

离开谢府时，玉蕊忽地问了句：“咦，那两头石狮子怎么不见了？”

林如翡这才注意到，原本守在谢府外面的两头石兽没了，他心中咯噔一下，隐约生起些不妙的预感。

风越发地大了，吹得街道上挂着的灯笼簌簌作响，似乎有大雨将至，怎么看，也不会是个好天气。

谢家的仆人给林如翡在酒楼订下了最好的房间，那房间正好可以看见谢府。林如翡坐在床边，闷闷不乐，对侍女们端上来的食物，没有丝毫胃口。

他看着看着，便睡着了，直到窗外雨声噼啪，才被一场大雨从梦中唤醒。林如翡睡眼惺忪地睁开了眼，迷蒙中，竟然看见了一片艳丽的晚霞映红了半边天空。晚霞如血，被雨幕隔着竟也如此清晰，像是一条被撕裂的伤口，鲜艳得刺目。

林如翡瞬间醒了，从床头猛地站起，披在肩头的披风落在了地上也不在乎。

这哪里是什么晚霞，明明是谢府里冲天的火光。明亮的火焰笼罩了整个谢府，有人在尖叫，有人在怒吼，还有人立在高高的墙头。

林如翡看到了谢之妖。

谢之妖站在谢府最高的阁楼上，他左手抱着穿着绿色衣裳的小厮，右手提着一壶刚出土的竹叶青，凝视着天边艳色的晚霞。

似乎注意到了林如翡的注视，谢之妖扭了扭头，对着林如翡露出一个模糊的微笑。

雨渐渐大了，却压不住用剑气催生的烈火，那火焰像一头猛兽，被框在了整个谢府内，奔腾肆虐，将一切事物都吞噬殆尽。

“真美。”顾玄都倚在窗边，红衣如火，他抚摸着腰侧一柄谷雨、一柄霜降，柔声道，“果真是个好天气。”

他竟然猜到了谢之妖要做的事。

林如翡立在原地，脸颊被夹杂着雨水的冷风不住拍打，可他并不觉得寒冷，却感到腾腾热浪扑面而来。谢府的火光，燃尽一切，从此墨玉城内，再无谢家。

谢府燃了一夜，直到天明，火势也未见小。

谢之妖不见了，带着绿耳一起消失了，临走前，放了一把大火，烧掉了他和绿耳自幼长大的地方。

外人看来，是全然不明白他为什么会这么做。

谢之妖已有八境修为，已是谢家家主，只有疯了，才会干出这样自断前程的事来。

他疯了吗？林如翡实在说不好。他只记得，那天雨中的晚霞，的确是美得惊人。

火燃了三天，林如翡就看了三天。

直到火势尽无，谢府只留下一地残骸，林如翡才启程离开了墨玉城。

雨还在下，马蹄敲在青石板上，嗒嗒作响，这便是林如翡对谢之妖最后的记忆。直到多年后，林如翡依稀听到了些关于谢之妖的消息。

说江湖上突然多了个白发的疯子，背着一副枯骨，将谢家在各处地方设置的堂口全给灭了。不但杀人，还会放上一把大火，坐在墙头，看着火焰将所有一切付之一炬，才大笑离开。

有人见过那疯子的模样，说是个俊俏的少年人，特别是腰间挎着的一柄白色古剑，格外显眼，但无人知其名讳。

林如翡却知道那个疯子的名字。他叫谢之妖，曾经也是个棋艺不错的少年人，只是后来失去了一根最重要的骨头，便疯了。

山高路远，万里迢迢，有些相别，就是一生。

林如翡坐在马车里，喝着浮花煮的新茶。

雨自从三日前开始下，便一直没有停过。今年的梅雨来得格外早，雨势不大，却连绵不绝，一下就是半月。林如翡在马车里闷着，甚至有种自己快要长蘑菇的错觉。

但老天爷的事儿，他也没什么法子，倒是顾玄都笑眯眯地问他想不想看太阳。然而几日前顾玄都夸赞火光漫天的墨玉城天气不错的事让林如翡提前有了防备，警惕地问他想要做什么。

顾玄都却满目无辜，说自己只是想让林如翡晒晒太阳。

林如翡道："这事儿你还能为难老天爷不成？"

顾玄都道："不试试怎么知道？"

林如翡忙道："不必不必，我看这天气也挺好。"他可不想再看见一把大火。

顾玄都还想再劝，但见林如翡神情坚定只好遗憾作罢。

墨玉城位于瑶光大陆最西边，想要进入中原，需要经过一段非常险峻的水路，这便是谢之妖提到过的沧澜江。

沧澜江位于两条陡峭的峡谷之间，水势湍急，暗礁遍布，其下又有恶蛟藏身，当真险峻异常。

这几日阴雨连绵，浊浪滔滔，商旅行人皆不敢行。马车临于岸边，林如翡举伞四望，见混浊的江水浩浩汤汤，陡峭崖壁之上，甚至能看见无数白骨挂于其上。寻了船夫询问，才得知这几日水势太大，江底的恶蛟又出来害人，杀了一船的商客，吃了肉还不算，竟然将他们的骨头挂在了峭壁之上。

“这恶蛟这么霸道？”浮花蹙眉，“没人管得了？”

“哪儿管得了啊，它吃人都是全凭心情。心情好了，几年都不见影子；心情不好，只要敢上江的人，都得遭殃。”船夫说起这事儿，也是唉声叹气满目无奈，“最近天气古怪得很，一连下了好些天的雨，一点太阳也看不见，那恶蛟心情差得很，这几日都在江上翻滚……吃了好几十个人了也不见收手。”

林如翡奇道：“它在这儿待了多久了？”

“快有一百年了，传言这恶蛟百年前本该化龙，结果得罪了天君，被天君一剑削掉了一只龙角，又抓来此地作为守江之兽。”船夫叹着气，说着百年前的故事，“只可惜后来天君陨落，这恶蛟便没了人管束，在这江中兴风作浪……”

林如翡道：“那这几日，岂不是走不了了？”

“走不了，走不了。”船夫直摇头，“这谁敢走啊，就算给再多的钱财，没了命也是没处花的。就算是能御剑的神仙也被它吃了好几个——我们这肉体凡胎的凡人到那江上去，不是给它送菜嘛！”

林如翡听得微微蹙眉，正在苦恼也不知道这恶蛟何时能消停，站在他身后的顾玄都却悠然地来了句：“小韭想走，自然能走得了。”

林如翡看向他。

“小韭不信我？”顾玄都笑着道，“况且这恶蛟，也算是我的熟人，同他商量商量，或许有些法子呢。”

林如翡想了想，微微颔首，让浮花和玉蕊先去客栈打尖。

近日来都无法渡江，大批客商都滞留在江边两岸的客栈里，客栈大厅里热闹非凡，喝酒的、聊天的，嘈杂无比。

带着两个侍女的林如翡一进去，便吸引了不少目光。

这些目光有善意、有恶意，但更多的是好奇和打量，都道有人的地方就有江湖，那这客栈内，便是一个小小的江湖。

小二见贵客来，殷勤地上了茶水，又问打尖还是住店。浮花要了两间上房，吩咐玉蕊跟着小二去将房间收拾出来，晚上公子要用，自己则站在林如翡身后，面如冰霜地拦下了所有探究的目光。

一个咳嗽不断、身体虚弱的俊美贵公子，两个面容姣好的漂亮侍女，这样一对组合在外头，免不了会吸引各方人马的注意。

林如翡在桌前坐定，端起茶水微抿一口，又点了热的吃食。这客栈的茶水味道寡淡，自然比不上浮花他们带着的新茶，但吃食味道却还不错，特别是牛肉卤得酥烂入味，若是能再搭上些好酒，当真美味。

只可惜林如翡还咳嗽着。不敢饮酒，颇觉遗憾。

正在想着，鼻尖却传来一股酒香。林如翡循着香味看去，却是见到一个身着短衫的少年，手里拎着个装着酒的葫芦，笑眯眯地盯着自己。见林如翡望向自己，便晃晃悠悠走了过来，凑到林如翡面前，道："公子，可是想要过江？"

林如翡道："是。"

"我能送你过江。"那少年身上飘着浓浓的酒气，一双黑眸却亮晶晶的，"保证没事儿。"

林如翡道："哦？当真？"

少年道："自是当真——"

他话还没说完，周遭的人都大声地嘲笑起来。有人笑着说："江潮儿你可别说大话了，你以为你比得上你父亲吗？就算是你父亲那样厉害的船夫，也死在了蛟口中——"

人们的嘲讽越发尖酸刻薄："小娃娃，就凭你这三脚猫的功夫，还敢搭人过江？不怕那蛟一生气，便把你们全吞了？你这贱命不要紧，可别耽搁了人家公子哥。"

"是呀，一个毛都没长齐的兔崽子，竟敢口出狂言。我看这雨还得下半个月，这半月里，有哪个船夫敢过江！"

"江潮儿，还嫌你父亲死得不够惨是吗？连尸骨都没找到……"

种种话语排山倒海似的涌了过来，那个被叫作江潮儿的少年却并未恼怒，依旧笑嘻嘻地看着林如翡。他生得瘦小，看起来年纪也不大，倒是和少年时的林如翡有几分相似。他笑道："公子，您可别听他们这些泼皮的废话，他们胆子比那卵蛋还要小，一看见蛟，就吓破了胆，指望他们，怕是要等到明年去啰。"

林如翡有些好奇："你如何来的把握？"

江潮儿将那并不结实的胸口拍得砰砰作响，说他们家里世代都是船夫，祖宗是，爷爷是，爸爸也是，现在轮到他了，恶蛟发怒，无人敢横渡，唯独他们家敢。

旁人听到这话，又起哄起来，说："公子您可别听他吹牛，他们全家都是死在河上的，您要是信了他的鬼话，怕是也要死在沧澜江里！”

江潮儿啐了一口，道：“你们这群泼皮，自己怕不敢上，还不让别人招生意——”

有人笑道：“那还不是怕你们江家断了后！”

众人都哄笑起来，江潮儿也不恼怒，嘻嘻笑了两声，指着那人嘲笑道：“你成亲都三年了，还没个音信，我看草包就是说的你！你家那只不生蛋的鸡找了你这堆草，倒也合适！”

粗俗之人，骂起脏话来，自然是精彩万分。这江潮儿虽然体格不壮，但是一张嘴巴却厉害得很，说起话来百无禁忌，将那群嘲笑他的人堵得脸颊一阵红白，要不是看他是个半大的孩子，恐怕得撸起袖子来同他干上一架。

林如翡没见过这阵仗，听得津津有味。

江潮儿骂累了，又觍着脸到林如翡面前讨水喝，林如翡笑着道：“你壶里不是有酒吗？”

江潮儿晃了晃自己的葫芦，嘟囔道：“没剩多少了，这个月老天爷不赏饭吃……喝一口少一口呢。”

林如翡想了想，唤来小二让他将店里最好的酒来上几壶。江潮儿眼前一亮，又露出几分不好意思的神情，道：“公子为何突然请我喝酒？”

林如翡笑道：“我还病着不能喝，你如此喜欢，便替我多喝一些吧，你若是乐意，也能说说这沧澜江边的事。”

江潮儿连忙点点头，连喝几杯，又嚼了两块卤牛肉，指手画脚地和林如翡说起了沧澜江上的渡船和恶蛟。

这场人类和恶蛟的斗争已经延续了百年之久，当地人也不是没有想过请谪仙人来将那恶蛟杀掉，但恶蛟实力强横，又是在他熟悉的水域，恐怕只有修为八境的谪仙才能制伏他。

可八境的仙人，只生活在传说中，凡人活了一生，也未曾见过一二。

无奈，江边的人们便想出了各种法子来瞒过恶蛟，渡过这险峻的沧澜江。

他说完故事，酒也差不多喝完了，摸着鼓鼓的肚皮眨着大眼睛问公子可想乘他的船过江。

林如翡道：“我思量一晚再给你答复吧。”

“也好，也好。”江潮儿笑道，“公子，你别看我小，我真的可厉害了。”他打了个小小的嗝儿，“一定……能把你顺利送过江的。”

林如翡笑着点点头。

江潮儿这才恋恋不舍地走了。

顾玄都说："外面雨停了，我们出去走走？"

林如翡道："也好。"

他将浮花遣了回去，说自己想一人独自出去转转。

浮花有些担心林如翡的安危，但见他态度坚决，只好应下。

出了客栈，外面倒是清净不少。此时夜色渐暗，沧澜江边涛声阵阵，隔着岸边依旧能嗅到一股浓郁的腥味。

"那孩子倒是有些意思。"林如翡边走边道，"精神好得很。"

顾玄都道："是个不怕死的小家伙。"

林如翡只是笑，并不说话。

顾玄都问："你相信他真能带你过去？"林如翡摇摇头。

顾玄都道："那你为何不直接给他答复？"

林如翡说："给可爱的孩子留些念想，也不是什么坏事。"况且有酒有肉，又何必扫兴。

顾玄都笑道："也是。"

两人走到江边，居高远望，看见了渐渐和夜色融在一起的沧澜江。江水湍急，重重地拍打着河岸，陡峭的崖边，偶尔能听到一两声尖锐的猿啼叫。

林如翡很少能看见这么漂亮的活水，险峻之余，也颇为壮丽磅礴。顾玄都站在他的身侧，忽地开口"咦"了一声。

林如翡道："怎么？"

顾玄都道："有人渡江。"

林如翡道："渡江？"

他低头仔细看去，果然在漆黑的江面上看见了一艘单薄的渡船。船上，一名瘦小的船工身披斗笠，手中持着船桨，正在同激烈的湍流搏斗。林如翡惊讶道："这不是刚才客栈里的那个江潮儿……"

顾玄都似笑非笑："名字倒是取得不错。"

的确是江潮儿，在水流最为湍急的夜里，他悄无声息地上了船，船上只有他一个人。沧澜江险峻，不光水流湍急，水下的暗礁也数不胜数，即便是最有经验的船工，也不敢在夜晚横渡。江潮儿瘦瘦小小，立于一艘小船上，好似随时都会倾覆在一片急浪之中，看得人心都悬在了嗓子眼儿。

“不会出什么意外吧。”林如翡还挺喜欢那小孩，略微担忧起来。

顾玄都摇摇头，示意自己也不敢保证此事。

两人起初都有些担心江潮儿会不会在下一个浪头中被掀翻在江里，但多看了一会儿，便看出些门道来。

那江潮儿显然对沧澜江极为了解，绕开了每一个可能触礁的位置，瘦小的身影站在船板上，挥动着手中那柄沉重的船桨，抗住了一个又一个大浪。

浊浪滔滔，打不碎一艘小小的渔船，江潮儿窜行其上，乍看好似随时都会丧命，看得久了，却又从其中品出了一种特别的韵律，好似脚下磅礴的江水，却成了他信手拈来轻松驾驭的坐骑，虽是野性难驯，但到底逃不出他的手心。

江潮儿，幸不辱名，果真是个弄潮好手。

顾玄都也看得津津有味，道：“你说得对，这孩子的确有点意思。”

林如翡道：“这么暗的江，他也不用掌灯？”

“不能掌灯。”顾玄都道，“江里那小家伙，对灯火敏感得很，谁要是敢在晚上叨扰它睡觉……”他抬手指向岸边挂着的白森森的枯骨，示意这就是他们的下场。

“你认识这蛟？”林如翡记得顾玄都说过这蛟是他的旧识。

“认识倒认识，只是关系不大好。”顾玄都笑道。

林如翡道：“有多差？”

顾玄都想了想：“要是可以，我估计它连骨头都不会给我留。”

林如翡心道那还真够差的。

两人说话之际，江潮儿已经随着骤浪，消失在了江岸的拐角处，也不知道何时才能复返。

“不过，那江潮儿的船倒是能坐坐。”顾玄都说，“我不喜欢这个客栈。”

“为何不喜欢？”林如翡道。

顾玄都扭头看向他：“因为客栈里的人都喜欢盯着你瞧，搞得我总想把他们眼珠子全给挖下来。”

林如翡一愣，同顾玄都四目相对。

顾玄都淡淡道：“开个玩笑。”

林如翡：“真是玩笑？”

顾玄都：“真是。”

林如翡：“……”他为什么觉得后一句才是玩笑。

# 第九章 江潮儿

林如翡和顾玄都在江边夜聊许久。

直到天色彻底暗下，也不见江潮儿回来。顾玄都说按照他的推测，在江里一个来回就需要一晚，江潮儿至少明日清晨才能回得来。

林如翡道："明日清晨，那恶蛟岂不是醒了？"

顾玄都道："也不一定。"

但看江潮儿那熟练的模样，干这样的事显然也不是一次两次了，林如翡心下稍安，见天色不早，便回了客栈。

入夜后，客栈里安静了许多，大厅里面空空荡荡不见一人。

小二领着林如翡去了上房，里面浮花和玉蕊已经备好了刚烧的热水，服侍他洗漱了一番。

林如翡换了身衣服，又在顾玄都的催促下苦着脸喝了一剂药剂，苦得整张脸都皱在一起，嘟囔着说"没怎么咳了，不喝也没事"。

顾玄都就这么瞅着他，也不说话，直到林如翡唉声叹气地爬到了床上，被褥一掀将自己捂了个严严实实。

"熄灯了。"顾玄都道。

林如翡"嗯"了声，屋中便暗了下来，耳边涛声依旧，江风凛冽，也不知道明日是个什么天气。

第二天，小雨。

鱼龙混杂的客栈里，早早地便热闹起来。大厅里说话声、吆喝声响成一片，甚至还有酒友们划拳高呼，虽远远不如昆仑山上清静，但也别有一番俗世的烟火气。

林如翡的咳嗽比前几日好了些，但依旧没有睡得太好。他软绵绵地从床上坐起，看见顾玄都靠在床边看着清晨的江景，见他醒了，笑着同他道了声“早上好”。

“早上好。”林如翡揉揉眼睛，还未下床，顾玄都便帮他取了衣物，帮他一件件地换上。看这动作，倒是比浮花和玉蕊还要熟练几分。

林如翡睡眼惺忪，还没反应过来，衣服便已经穿好了。

“那小子回来了。”顾玄都帮林如翡系上最后一根软玉腰带，道，“卯时回来的，倒是比我估计的要早些。”这季节卯时天还未亮，潜伏江中的蛟也未醒来，自然是比白日安全许多。

“回来了？”林如翡迷糊地嘟囔着，“回来了就好……”

顾玄都看着他这模样着实想笑。林如翡每次睡觉醒来时，都要迷糊好一会儿才能彻底清醒，这期间无比乖巧，让他做什么就做什么。在昆仑山上有几次他耍小脾气不肯喝药，他那哥哥姐姐们便趁着他刚睡醒的时候，哄着他将药喝下去。当然，喝完药林如翡就清醒了，治咳嗽的药苦得厉害，谁喝完都是皱着一张脸。

洗漱完毕，林如翡的神志才渐渐清明，在屋中吃着侍女送来的早餐，和顾玄都商量：“那你说我们能坐那小家伙的船过江吗？”

顾玄都道：“自然可以，这老天爷咱们管不了，难道还要被一条小蛟欺负？”

林如翡道：“小蛟？”

顾玄都道：“蛟千年才有成，我算了算，它也就六百来岁，是个小家伙。”

林如翡心道六百岁和“小家伙”这个词好像不太搭。

“这雨约莫下午就停了，今晚就能走。”顾玄都嚼着客栈里的吃食，不大喜欢，“这客栈鱼龙混杂，讨厌得很。”

林如翡道：“好。”

他吃完早餐，顺着楼梯去了客栈大厅，还未到，便听到了那江潮儿中气十足的声音。那十几岁的小娃娃喝着手中葫芦里刚灌的好酒，手舞足蹈地和众人说他昨晚险些死在了江上，还隐隐约约地看见了那只脾气糟糕的恶蛟，好在恶蛟没瞅见他这只虾米，又沉进水里头睡觉去了。

众人听着他的话哈哈大笑，说江潮儿你可别喝了，都开始说醉话了，这一入夜有谁敢渡江，你这么吹也不怕吹破了牛皮！

江潮儿被人这般说，丝毫不恼，嘻嘻哈哈岔开了话题，只是在看见楼梯拐角处下来的林如翡时，一双黑眸亮了起来，声音甜甜地叫了声："林公子——"

林如翡笑道："这么早就喝酒？"

江潮儿道："晚上没睡好，白天喝点酒精神。"他打了个哈欠，"公子可想好了什么时候渡江？"

林如翡道："今晚吧。"

"什么？"江潮儿还以为自己听错了。

"我说今晚渡江，坐你的船。"林如翡温声道。

这话一出，整个客栈都静了下来，众人均是以不可思议的眼神看向林如翡，全都是一副"这公子哥到底吃错了什么药"的表情，甚至连江潮儿自己也是如此。

他结结巴巴道："公、公子您说什、什么？"他还以为自己听错了。

林如翡便将刚才的话又重复了一遍。

江潮儿听完，爆出大笑，跟只猴子似的蹿到了林如翡的面前，上蹿下跳，激动得连酒壶里的酒都差点洒了出来。他目光炯炯地盯着林如翡，大声道："公子，您没开玩笑？"

林如翡说："我从不开无趣的玩笑。"

江潮儿激动地号叫一声，要不是有浮花和玉蕊拦着，恐怕早就抱住林如翡开始转圈圈了。

客栈里的人全都像见了鬼的模样，有好心人劝道："公子，您可千万不能听这个小鬼忽悠啊，他平日里从来不下江，上了他的船，不等于进了鬼门关吗？"

林如翡听着这些话，只是淡笑并不应声。有人见状便生出些恼怒来，正欲开口对这位不知好歹的公子说些过激的话，便见自己眼前闪过一阵白光，回过神，面前的木桌已经被切成了两半。

"各位慎言。"林如翡身后一直悄无声息的浮花冷声威胁。

客栈瞬间一片寂静。

江潮儿倒是无所谓，笑得依旧灿烂，说他看了天气，今日傍晚就没雨了，到时便带着林如翡一起渡江，不过马车肯定是带不过去的，倒是可以把马车上值钱的玩意儿拆一拆，把马给卖了。

林如翡说不必，那两匹马都灵性得很，今天放归即可，过几日它们自己就回昆仑山了。

江潮儿听到"昆仑"二字，神情微变，大大咧咧的声音小了些，他道："公子……可是昆仑山上的谪仙？"

林如翡道："我不是。"他指了指立在自己身侧的浮花和玉蕊，"她们是。"

江潮儿眼睛都直了，虽然林如翡说自己不是谪仙，但能将谪仙当作侍女的公子该有多厉害啊。

“虽然她们是谪仙，可这渡河一事还得靠你。”林如翡道，“你看今晚可以吗？”

“自然可以，自然可以。”江潮儿激动不已。

这事儿就算这么定下了，林如翡和江潮儿定好了时间和价钱，约在亥时渡河，至于价钱，林如翡从袖口里摸出了一块碎金子，说只要过去了，这就是给江潮儿的赏钱。江潮儿高兴得满脸赤红，又灌了几口酒水，说自己先去休息半日，晚上再来找林如翡，这才恋恋不舍地离开了客栈。

刚才浮花露了那么一手，客栈中再无人敢冒犯林如翡，连他坐下的地方，周遭都没了人影。

林如翡喝了一盏茶，便被顾玄都叫到了客栈外面。

这会儿依旧在下着小雨，江上腾起了一层浓郁的水雾，水雾之下便是湍急的江水，江水昏黄，隐约可见有暗色的巨大阴影在其中盘旋游弋，看得人毛骨悚然。

“今晚不太平，到时遇到什么事，可千万别再用手挡。”顾玄都将腰侧的谷雨取下，递给了林如翡，“用谷雨便好。”

林如翡道：“合适吗？”

“没什么不合适的。”顾玄都懒懒道，“本来想将霜降一同给你，只是……”

林如翡说：“只是什么？”

顾玄都没说话，将霜降从自己的腰间解下递给林如翡。林如翡好奇地伸手一接，差点没闪着腰，还好顾玄都扶了他一把，他才不至于摔倒，站稳后忍不住惊叹道：“好重。”

“霜降虽然生得小，但到底有十三斤。”顾玄都笑道，“挂个十三斤的铁块在腰上……”他话还没说完，被林如翡拿在手里的霜降便发出了不快的嗡鸣声，像是在责怪顾玄都说它重似的。

顾玄都接过霜降，温声道：“谷雨正适合现在的你。”

林如翡握住了谷雨，不知为何，他略微有些紧张起来，右手微微用力，便将谷雨雪白的剑身拔出了剑鞘。

谷雨通体漆黑，长三尺七、重八斤七两，剑刃之上刻着几道深深的横纹，即便林如翡不懂，也知道它定然是柄好剑。能将其轻松地拔出，便也说明谷雨承认了自己，林如翡心中欣喜，伸手轻拂剑刃，感受到了属于金属的冰凉，而谷雨嗡鸣轻颤仿若回应。

“回去吧，外面风冷，别又着凉。”顾玄都轻声道。

林如翡笑了起来："好，回去。"

他腰侧突然多了一柄剑，本来还担心浮花和玉蕊会问些什么，谁知这两个侍女自觉得很，从头到尾都没有表现出什么异样，倒是让林如翡松了一口气，不用想着怎么解释。

雨到下午时便停了，天空依旧阴云密布，并未放晴。

浮花将马车上的东西收拾了下来，有些迟疑地询问林如翡是否真的打算和江潮儿那个小家伙一同渡江，在得到林如翡肯定的回答后，微微叹了口气，咬着下唇露出些许苦恼的神情。

林如翡大致猜出了她在想什么，轻轻拍了拍她的脑袋，劝慰道："不用担心，那江潮儿是个厉害的船夫。"

浮花道："可他还那么小……"

林如翡笑道："他今年十四了，你也没比他大上多少啊。"

"那怎么能一样。"浮花嘟囔。

"一样的一样的，别看他生得瘦小，其实人也还算靠谱。"林如翡道，"我昨夜便看他独自一人渡过了沧澜江，今早才又回来。"

"当真？"浮花讶异。

林如翡道："自然当真。"

有了他这一番话，浮花才勉强放下了心，但依旧有些忐忑不安，在走廊上冷着脸转圈。了解她的人知道她是在紧张，不了解的人，还以为她是在生闷气呢。

夜色渐深，林如翡刚吃完晚饭，江潮儿便挎着他的酒葫芦，风风火火地冲进了客栈，冲着林如翡笑着叫道："林公子——"

林如翡说："来了？"

"来了来了。"江潮儿抹了把脸，"待我吃点东西，咱们便出发。"

说着他找小二要了几个馒头，就着茶水狼吞虎咽地吃了个干净，拍拍手上的渣子，便冲着林如翡招手，示意他跟着自己过来。

两人说话时，客栈里的人都没吭声，但脸上大多都是些嘲弄的神情，还有人笑得幸灾乐祸，显然是觉得林如翡这个公子哥脑子进了水，竟然相信江潮儿这么个毛都没生齐的半大小子。

对于这种事，林如翡向来懒得解释，带着浮花和玉蕊，跟随江潮儿出了客栈。

客栈外头，有一条石子铺成的小路，顺着小路下去，就能到江边。江边有个简陋的码头，码头上用绳索系着不少船舶，有漂亮的大船，也有像江潮儿那样的小渔船。

或许是觉得自己的船不太漂亮，江潮儿有些不好意思道：“船小，公子莫嫌弃。”

林如翡倒是觉得这小船挺有意思，笑道：“这船用了多久了？”

“是我祖上传下来的，运气好着呢，从来没有翻过。”江潮儿说到这儿，落寞地垂了眸，小声地喃喃道，“若我父亲用的是这艘船，想来也不会……”他顿了顿，又笑了，“您也不用担心简陋，我经常修补，好用得很！”

船的确很小，船舱里容纳三人都十分勉强，林如翡便让浮花和玉蕊待在里面，自己坐在甲板上，看着江潮儿熟练地放开绳索，握住船桨。

绳索松开，摇摇晃晃的小船便入了江，顾玄都就坐在林如翡对面，侧身弯腰，捧起一捧昏黄的江水。

“公子，江上风浪大，您可要坐稳些。”江潮儿扬起灿烂的笑脸，长长地吆喝了一声，“出江咯——”说罢摆动手中船桨，小船便顺着湍急的江流而下，直直朝着江心去了。

客栈的岸边站了不少看热闹的人，他们见到江潮儿的小船竟然真的离开码头，进入了沧澜江中，不少人脸上都露出诧异之色。

直到刚才，所有人都将江潮儿的话当作了玩笑，此时小船入江，江潮儿摆桨，众人才忽地醒悟，这孩子竟是认真的。

江风猎猎，吹得林如翡黑发飞扬，两袖荡荡，身下的小船在江流里摇摆不定，好似下一刻便会被大浪倾覆。站在船头的江潮儿，却成了船上的定海针，江水溅起，将他的衣摆浸透，少年脸上却依旧挂着夸张的笑，他饮下一口怀中葫芦里的酒水，道：“少爷注意——要拐弯了——”说罢猛地拉起船帆，调整了小船的方向。

小船被风吹着拐了个弯儿，躲开了若隐若现的暗礁。林如翡第一次渡江，便有如此新奇的体验，觉得格外有趣，目不转睛地看着。

“公子，抓紧了！”江潮儿大叫。

又是一个猛浪打来，小船发出令人牙酸的吱嘎声，林如翡扶着桅杆，看着两旁呼啸而过的江水，提高了声音：“你来回多少趟了？”

“数不清楚了——”江潮儿笑道，“我父亲去世后，家里便剩下了我一个人，我就想着，家传的手艺不能就这样埋没了，便也想当个摆渡人，只可惜我年龄小，又生得瘦，没几个客人信任我！”

也是，和其他健壮的摆渡人相比，江潮儿的外表，实在难让人取信。再加上沧澜江险峻，哪个渡客会敢拿自己的性命开玩笑？

“不过没关系，等到我再大些，就是这里最厉害的摆渡人了，公子若是想要乘船，就来找我，我保证把你安全送到——”少年的张狂在他身上并不讨厌，江潮儿笑得坦荡，用稚嫩的语调说着最狂的话。

林如翡被他的笑容感染，也跟着笑了起来。

“待过了这个大弯，就是那恶蛟栖息的地方。”江潮儿伸手抹了一把自己脸上的水，扯着嗓子道，“那边暗礁旋涡更多，公子您还是坐下吧，小心别滑到水下去了！”

两岸皆是如刀削一般险峻巍峨的峡谷，人在江中穿行，好似天地间的蜉蝣。蜉蝣顺着江水拐过了陡峭的弯道，消失在了客栈众人的眼中。

天色太暗，众人已经看不清楚江潮儿的模样，但依稀可见一艘小船摇摇晃晃地顺流而下，江水虽急，但却无法倾覆小船。之前和江潮儿对骂的那个船工，低低地朝着地上啐了一口，道：“那小子肯定又是在笑了。”只是说完这话，他自己却也不由得露出一个笑容来。

过了峡谷的大弯，两边的景色也渐渐变了，有松柏矗立在陡峭的崖壁上，将裸露的黄色岩石装点成了一片碧色。鸟鸣猿啼不绝于耳，然而声音最响的，依旧是他们脚下激流的江水。

“这一来一回，起码得要三个时辰，去时还算快，回来就麻烦了。”江潮儿见林如翡满目好奇，便介绍起了沧澜江，“不过好在清晨时分，江里会刮起一阵南风，我乘着南风回去，也不算太累，就是需要多注意些。”

林如翡道：“你可遇到过恶蛟？”

“嘿，我早就发现了，那恶蛟虽然白日经常出来吃人，但晚上没什么动静，我晚上横渡从未遇到过，就是清晨的时候需得小心些。”江潮儿笑道，“晚上敢横渡的人不多……这江发起怒来，不比那恶蛟容易啊。”

晚上江水湍急，视野又不佳，除非逼不得已，几乎无人夜晚横渡。也就是江潮儿这个不怕死的胆大小子，来来回回将这条江摸了个遍。

船又往前行了一段，似乎过了最险的位置，江潮儿心情颇好地哼起了号子。然而坐在林如翡对面好整以暇观着山景的顾玄都却忽地站起，状似不满地“啧”了一声。

“前辈？”林如翡敏感地察觉了某些事。

果不其然，顾玄都道了一句：“来了。”

原本激流的江水，突然开始咕嘟咕嘟地冒起了气泡，江潮儿见到此景，脸色大变，惊恐地看向船边。

天色虽然很暗，但依稀可以看到一个巨大的阴影缓缓在水下移动，最终笼罩了整艘小船。

一直在船舱里的浮花和玉蕊两人也觉察了什么，抬手掀开了帘子。

“怎、怎么会！”江潮儿满目绝望，他看着小船周遭渐渐浮上水面的阴影，声音也跟着颤抖起来，“它不是晚上都在睡觉吗，怎么会——”

阴影越来越明显，甚至有凸起的背鳍开始浮出水面，那背鳍上全是紧密的黑色鳞片和尖锐的骨刺，不用猜，也知道阴影的主人到底是谁。

一圈又一圈，阴影缓缓将这艘破旧的小船围了起来，随后便是一声悠长的嘶鸣，水声大作，一个巨物从江中缓缓升腾而起，带来了遮天蔽日般的压迫感。巨物上方，狭长的双眸发出淡黄色的光芒，眸中竖起的瞳孔，看起来无比的邪恶。

这一夜，潜伏在江中的恶蛟竟然没睡。江潮儿呆呆地坐在船板上，两眼无神地看着眼前的庞然大物。

和恶蛟相比，他的这艘小船甚至还没有它的一根指头大，似乎只要吹一口气，木制的小船便会轻松地破成几块。

“公子……公子你快逃……”也不知道如何鼓起的勇气，江潮儿一把抓过了船桨，抖着身体咬牙站了起来，挡在了林如翡面前，颤声道，“你快让你的侍女带着你逃吧，我、我来拦着它。”

一双手轻轻地搭在了江潮儿的肩上，他回头看见了自己口中的公子。公子的脸上还带着笑，那笑容也并不勉强，反而含着些安慰的味道，缓缓开口，他说：“你先进去，同她们一起躲一躲。”

江潮儿呆住了。

接着，公子说出了一句江潮儿一辈子都忘不掉的话，他说：“去吧，你别站在外头，免得待会儿江水湿了身。”

公子……只是在担心江水湿了身？江潮儿失神地想着。仿佛是在应和他的想法，面前那头巨大的恶蛟突然张开了口，发出一声狂暴的嘶鸣，风带着腥臭的味道扑打在他的脸上，他甚至还看见了恶蛟口中那排细密尖锐的牙齿……若是真的咬下来，一定很疼吧……这是江潮儿晕倒前最后的念头。

顾玄都上前一步站在了林如翡面前，面对迎面而来的腥风，他很不高兴地用手捏住鼻子，还伸手在面前扇了扇，嫌弃道：“别叫了，口臭。”

这话一出，林如翡竟然从那恶蛟狰狞的脸上看出了点委屈的神情。

这还是林如翡第一次看见蛟。

这种生物，一直活在林如翡看过的故事里、画册中，但无论文字如何描述，都不如亲眼看见来得震撼。这蛟身高已超十丈，立起头来，和两旁陡峭的崖壁几乎平齐，巨大的身体上，覆满了密密麻麻的坚硬黑鳞，这鳞片看起来似乎坚不可摧，正随着蛟的吐息，缓缓起伏。

而恶蛟此时正低着头，看着站在船上如蝼蚁般细小的林如翡，林如翡也抬起头，和它那双比灯笼还要大的眼睛对视。他注意到，恶蛟的脑袋上左边的角有所缺失，看来真的如同船夫所言，曾被天君所伤，丢掉了一只龙角。

面对眼前这只庞然大物，浮花和玉蕊都紧张得大气都不敢出，想要拔剑，却被蛟的气势压制得动弹不得。

恶蛟七境修为，加上它这一身凡剑不可破的鳞甲，即便是八境剑修来此，恐怕也是一番苦战，浮花和玉蕊这样五境修为的仙人，还不够它塞牙缝的。

林如翡却是没有感觉到害怕，他听着顾玄都那嫌弃的话，竟然从恶蛟那双明黄色的眼睛里，瞧出了几分委屈的意味，于是看向顾玄都，道："你骂人家做什么？"

顾玄都道："我哪有骂它，你没闻到吗？"

林如翡道："闻倒是闻到了……"

这恶蛟食肉，牙缝里都是肉渣子，气味自然好不到哪儿去，不过人家这样气势汹汹地找上门来，开口便是嫌弃，总觉得不太好。

顾玄都厌弃道："听到没，他也闻到了。"

他说完这话，那恶蛟大张着的嘴巴竟然真的合上了，只有鼻孔里重重的喘息，带来了一阵湿润的风，林如翡躲闪不及，被一条鱼直接砸中了肩膀，"啊"了一声。顾玄都见状撸起袖子指着恶蛟的鼻子恶声恶气地骂道："孽畜，做什么呢，讨打吗？！"

恶蛟："……"

林如翡揉着肩膀疼得呲呲直叫。

顾玄都连忙上前检查，见无大碍才松了口气，又狠狠地瞪了恶蛟一眼。

那恶蛟被瞪得竟然发出了几声哼哼，尾巴重重地在江里甩了一下，砸到了陡峭的江岸，又引得大片碎石轰隆隆地落下。

"好了好了，我知道你在等什么。"顾玄都道，"可谁能猜到发生了那么多事，这不还是来了嘛，虽然晚了点。"

恶蛟立马把脑袋伸得近了些，它头颅巨大，悬在上空遮住所有的天空，抬头望去全是它的脑袋，还有那光滑的黑色鳞片。林如翡本想后退几步，却被顾玄都拉住了手，道："它来讨封，这个封，便由你给它吧。"

林如翡讶异道："讨封？"

顾玄都点头。

传说蛟化为龙，皆要过天、地、人三劫，天乃是天雷之劫，地乃是走水之劫，人是讨封之劫。蛟化龙之前，须找到一位仙人，让仙人说出蛟化龙之语，这就算是得到了封正。若是那仙人怀了坏心思，说这蛟长得像蛇，那这蛟的百年修为便全都作废了，一遭被打回原形。

讨封后的蛟便会走水，顺着夏季的洪流一路入海，到了海里，蛟会褪去一身黑皮，就算是成功化成了龙。

说着容易做着难，千百来成功化龙的蛟屈指可数。眼前这条恶蛟已有六百岁，算算年龄，的确是到了该讨人封正的日子。

然而林如翡不过一介凡人，这蛟讨他的封正有何用处？

林如翡还在想着，恶蛟又哼哼了两声，竟然低下脑袋，用那油光水滑的脑门儿，轻轻地碰了一下林如翡。它虽是放轻了力道，但林如翡却有种自己被马车撞了的错觉，要不是顾玄都牵着他的手，他恐怕整个人都飞出去了。

林如翡不由得捂着胸膛剧烈地咳嗽起来，顾玄都见状大怒，抬起脚就往那蛟身上来了一下。这一下他没有收力，竟然踹得蛟脑袋往后猛的一仰，差点没卷着小船直接摔到水里。

"咳咳咳咳，咳咳咳！！"林如翡捂着胸口，弯了腰，冲着那恶蛟不住地摆手。

恶蛟那双明亮的眼眸带着浓郁的疑惑，仿佛不明白为什么林如翡会是这样的反应。

"别……别来了……"看着这货又打算把脑袋凑过来，林如翡面露惊恐之色，"再，再撞一下，我真没了！"

顾玄都咬牙切齿，恨不得冲上去再给它两下："离他远点，脑袋不准靠近——也不准撒娇——"

林如翡差点没被噎到："它这是在撒娇？"

顾玄都："嗯。"

林如翡无言以对。

恶蛟喉咙里咕哝了两声，像是在自言自语地抱怨什么，随后明黄色的眼睛转了一圈，带着些狡猾的味道，吐出了口中的长舌。那舌头和蛇还有些类似，上面有十分明显的分叉，就这么直直地冲着林如翡来了。

林如翡呆立在原地，便感到自己的腰上被舌头缠了一圈，站在他身侧的顾玄都暴怒：“收回去——你剩下的那根角也不想要了吗——”

恶蛟却抓住机会，上上下下把林如翡舔了个遍，才恋恋不舍地收回了舌头。

林如翡被它搞得浑身上下都是湿漉漉、黏糊糊的口水，腥臭味就不说了，上面甚至还带着几只鱼虾，他茫然道了声：“玄都……”惊得连“前辈”二字都忘了加。

本来陷入了暴怒中的顾玄都听到“玄都”二字却忽地镇定了，道：“你叫我什么？”

林如翡说：“玄都……”他低头看着自己满手的黏液，木着脸，“我……”

顾玄都微笑道：“没事没事，待会儿洗个澡就好了。”他说着又给了那恶蛟一脚——踢开了恶蛟那试探着又想凑过来的脑袋。

“封、封什么？怎么封？”林如翡终于回过了神，立马想将眼前的恶蛟送走，连忙问道，“封了，是不是它就走了？”

顾玄都喉咙微动，到底是没敢告诉林如翡这恶蛟想让他帮它剔剔牙，怕这话一说出来吓到林如翡，于是糊弄地点点头：“是是是，你说了，它就走了。”

林如翡连忙转头，对着又开始兴奋躁动的恶蛟道：“你是龙，你是龙，你是龙——”怕恶蛟听不清楚似的，连着说了三遍。

他说完这三句，恶蛟便发出一声长啸，长长的身体松开了死死缠住的小船，身上的黑色鳞片开始大块大块地掉落。重新生出的鳞片依旧是黑色的，只是带上了一抹暗沉的金色。

恶蛟身躯在江中搅动，击落无数山石，河道震颤飞腾，仿佛有什么东西要从其中喷涌而出。

小船在激流上摇晃，却始终没有下沉，直到恶蛟一身黑鳞渐渐蜕完，江面才渐渐平息。

恍惚间，林如翡却觉得这画面好似有些熟悉，仿佛在哪里见过似的。

顾玄都呵斥道：“别扭了！”

恶蛟对着顾玄都喷出一口水来，被早有防备的顾玄都一剑挥开，他不豫道：“把你丢在这里三百年，的确是我不对，但既然我已经完成了誓言，你也该离开此地，不许再在江中兴风作浪，残害过往商客！”

恶蛟低吟一声。

也不知道它这一声低吟是什么意思，顾玄都却是看向了身侧站着的林如翡，嘴里淡淡道："我知道。"

恶蛟这才转身，只是它那双明黄色的眼眸里，依旧存着浓郁的眷恋。

"去吧。"顾玄都沉声喝道，"不许再待在此地！"

恶蛟巨大的身形没入江面，形成一片漆黑的阴影，缓缓向着下游的方向去了。再过几个月，便到了汛期，那是走蛟的最好日子，待它顺着山洪入了海，它便再也不是蛟，而是一条可以吞云吐雾的海龙了。

只是不知为何，潜入水中的那一刻，它却忽地想起了几百年前，一脸嫌弃地用手中的剑刃为它剔着牙齿的少年仙人。

涛声依旧，不见蛟，小船重新落到了江面上，随着流水一路往下。

昏迷的江潮儿缓缓地坐起身来，看见了面无表情立在船头的林如翡，只是和他昏迷前相比，眼前的贵公子似乎狼狈了许多，浑身上下都是湿漉漉的，两个侍女正蹙着眉头用剑气帮他清理衣服上的水渍，然而那水渍似乎有些特别，怎么都弄不干净。

最后公子先放弃了，扬声长叹，揉着酸痛的肩膀说不用再擦。见江潮儿醒了，忙问他下游的码头还有多久才到。

江潮儿依稀记得自己昏迷前，看见了一颗硕大的蛟脑袋，可是现在四周空空只见峭壁，哪有什么蛟的身影，仿佛刚才看到的可怖景象只是一场噩梦似的。

"约莫还有半个时辰。"江潮儿道，"过了前面的一段水滩，便差不多到了信州北边的码头。"

林如翡这才松了口气，看着自己浑身上下黏糊糊的液体，半晌都打不起精神。

顾玄都说这也算是龙涎，剑气难除，但清水能轻松地清洗干净。

林如翡垂着脑袋坐在船边，心里期盼着能快些到码头，他觉得自己都要臭掉了。

江潮儿又举起了船桨，一边控制着船的方向，一边小心翼翼地询问刚才发生了什么。

林如翡想了想，说他把江中的蛟劝走了，以后它不会再在此地兴风作浪。

江潮儿瞪圆了眼睛，似有不信："劝走、走了？"

林如翡道："走了。"

江潮儿道："真走啦？"

林如翡点头，江潮儿欲言又止，他有很多想说的话，但因为话太多了，反而堆在了喉咙里，半晌都吐不出一个字来。林如翡无精打采地靠着桅杆，因为身上这些黏腻的液体，连两岸的风景都觉得没那么吸引人了。

浮花和玉蕊则木着脸坐在船舱里。她们两人刚才目睹了船上发生的一切，却是不明白林如翡到底说了些什么，将那蛟轻松地赶走了。这个明明和她们一同长大的公子，却因为一株桃树，身上多了许多看不透的秘密。

玉蕊懵懂不知，浮花却能隐约感觉到，公子身上的事，已经触及天道，不是她们这种五境修为的修者能窥探的，因而从头到尾，她都没有出言询问。

小船到了江滩，两旁的景色也开阔了起来，不再是陡峭的崖壁，而是平滑的江面。过了最险峻的一段，到了信州平原。平原辽阔宽广，可见远处有大船缓行于上，船上灯火通明，隐约可闻戏子妖娆的腔调。

江潮儿的小船终于停在了码头，林如翡踏上了平稳的河岸，同这个少年摆渡客告别。

“公子，江里的恶蛟，真的不见了吗？”江潮儿再次小声地询问。

“不见了。”林如翡道。

“那真是太好了。”江潮儿抓住葫芦，猛灌两口，喃喃道，“那可真是太好了……”

“去吧。”林如翡说，“回去不用那么急了，一路顺风。”

“谢谢公子。”江潮儿露出惯有的笑容，对着林如翡点点头，划着船转了身，高高兴兴地哼着号子离开了码头。

少年的背影依旧有些单薄，但只有坐了他那艘船的船客才晓得，这个小摆渡客厉害着呢。

林如翡则带着那一身黏糊糊的口水，去了码头最近的客栈，管小二要了热水，打算好好沐浴一番。

待热水送进了房里，林如翡就迫不及待地脱光了衣裳，进入了浴桶里，感受着热水漫过自己的肩膀，发出一声舒服的喟叹。他洗澡时顾玄都就在旁侧看着，林如翡想着都是男人，倒也不存在避嫌一说，所以也没有赶顾玄都出去。倒是顾玄都显得有些不自在，一直没往他这边看，而是坐在窗边状似瞅着窗外的景色。

林如翡看着顾玄都，觉得自己大概有些受凉，声音比平日里还要软上一些，轻轻道：“前辈？”

顾玄都：“嗯？”

林如翡道：“你在看什么呢？”

顾玄都道：“看看外头。”

林如翡狐疑道：“你那窗户都没打开，怎么看外头？”

顾玄都沉默片刻，平静道：“外面风大，开了窗，你容易着凉，我隔着窗户也能看的。”

林如翡："当真？"

顾玄都道："当真。"

林如翡真的信了。他撩起热水慢慢地擦掉了自己身上的黏液，才发现自己肩膀上多出了一块夸张的青紫痕迹。仔细想了想，大约是被那蛟喷出来的一条鱼打的，当时就觉得挺疼，没想到还真的挺严重。他肌肤生得白，又容易留下痕迹，随随便便磕碰一下，便是一片青紫，好久都消不下去。这会儿肩头上这么大一片青紫还好没被两个侍女看去，不然她们那死脑筋，怕是真要提着剑找那蛟拼命去了。

正在这么想着，身后却传来了顾玄都闷闷的声音："怎么青了这么多？"

"好像被那鱼砸了一下。"林如翡回道，"倒也不是很疼，只是看着夸张罢了。"

"不疼？"顾玄都显然不信。

"不疼……嘶……前辈你别戳啊。"林如翡被顾玄都的手指戳得打了个哆嗦。

顾玄都咬牙切齿："你还说不疼？"

"真的没多疼。"林如翡忙道，"别……别碰就好。"

顾玄都骂道："那蠢货真是欠揍——"

林如翡心想那蛟是挺傻乎乎的。

身上的龙涎在清水的洗涤下总算是清理干净了，林如翡却觉得有些精疲力竭，他从浴桶里出来后，换上睡衣倒在软榻上，连头发都来不及擦干，便昏昏沉沉地睡了过去。可能是因为肩膀有些疼，睡着了都是微蹙着眉头。

顾玄都坐在他的身侧，看着林如翡的睡颜，神情意味深长。

蛟得了封正，顺着沧澜江一路往下，游过了信州朝着更远的地方去了。它心中正在高兴自己的脱胎换骨，却忽地感到了什么，猛地顿住游弋的身影。

此时刚至清晨，太阳从水平线下缓缓升起，在水面上洒下金色的光。这景色极美，波光粼粼的水面上仿佛浮起一层薄薄的金沙，水雾蒸腾而起，又为其染上几分朦胧。可这样的美景，蛟却无心享受，它的神情紧张起来，吐出的气息也粗重了许多。

果然，瞬息的工夫，水面上一抹红衣飘然而至，如此柔媚的颜色，却夹杂着狂暴的剑意。

蛟面露惊恐，俯身下潜，却太晚了些，水上之人已经拔剑，猛地挥下。磅礴的剑意直接击穿了湖水，直奔蛟而来。

蛟知道自己是躲不开的，于是干脆不躲了，立在原地，嘴里发出一声低沉的龙吟。这龙吟声中，含着些委屈的味道：怎么又来了——我没做什么吧——你咋这样欺负龙呢？

挥剑之人冷笑出声："你吐出的那条鱼差点把他肩膀砸废了。"

蛟哑然。

他继续道："肩上青了大半，还有你舔的那一口。"说到这里，他又来了怒气，咬牙切齿地挥下了第二剑，"要是让他染上风寒——"

蛟呆呆地立在水中，感觉自己头颅上似有什么东西摇摇欲坠，一低头，才发现仅剩下的角再次遭了殃，被连根削断，直直地落入了湖底之内。蛟发出凄惨的悲鸣——虽然这角的用处不大，但好歹也是门面，本来就只剩下一根了，现在居然一根也不给它留下，待它化了龙，待它化了龙——

"待你化了龙又如何？"持剑之人笑得温柔，可惜说出来的话，却让可怜的蛟又缩了缩脖子，"也对，龙角可比蛟角值钱多了，是大补之物，能入药呢。"

也不知道是不是蛟的错觉，说到"大补"这两个字的时候，水上那人似乎停滞了片刻，仿佛在认真地思考什么……

"或许能补补他的身体？"小声的嘟囔还是被蛟听到了。

听见这话的蛟哪儿敢再和他说别的，转身就蹿了出去，带起一阵激烈的水花。好在持剑之人也并未继续追，而是唉声叹气地摇了摇头："不过对他那先天不足之症好像也用处不大。"

既然如此，便算了吧。

持剑之人叹气，又摸了摸自己嗡鸣的短剑，道："不急不急，日子还长。"好事多磨，慢慢来才好。

林如翡这一觉睡了许久，他已经很长时间没有熬过夜了，加上昨日那些意外，身体似乎有些撑不住。睡得虽然久，但梦境不断，一会儿梦到自己还在船上漂，一会儿梦到那头蛟又凑过来想再舔他几口。

这条不讲究的蛟，嘴里臭兮兮的，这味道他闻了一晚上，都快把自己给闻吐了。洗了好一会儿，才将自己洗干净，可躺在床上，却好像依旧能嗅到这味道。

林如翡蹙着眉头在软榻上翻来覆去地嘟囔，直到一双冰凉的手触到了他的额头。

身旁似乎有人在低声说话："不好，发热了。"

林如翡想要睁开眼，却觉得自己的眼皮好似被牢牢黏住了似的，怎么都睁不开。挣扎了半晌，才勉强掀起了眼皮，依稀看见一袭红衣的顾玄都。

"前辈。"林如翡迷迷糊糊地叫着。

"发热了。"顾玄都道，"我去想法子将你侍女唤来。"

林如翡无精打采地轻轻“嗯”了声，看见顾玄都出门去了，临走前还恨恨地念了一句：“真不该让它就这么跑了，至少再留下点血……”

流血？谁流血了？林如翡头昏脑涨，想不明白顾玄都在说些什么。

没一会儿，浮花和玉蕊便匆匆地进了屋子，看见他烧得满脸通红，急忙取了药扶起他喂下。

又要喝药了，林如翡嗅着中药苦涩的气味皱起了脸。

浮花见状连忙吩咐玉蕊去街边买些梅子之类开胃的零嘴，再顺带买几碗清淡的粥和小菜回来。

喝了药，林如翡又生出了些倦意，昏昏沉沉地睡了过去。这一睡就是一天，直到第二天傍晚，他才浑身无力地醒来。

睁开眼，他看见顾玄都坐在窗边。

下了几日的雨终于停了，一片明媚的彩霞铺在天际，云层缭绕，恍若仙境。顾玄都回头，对他露出一个浅淡的笑：“醒了？”

“醒了。”林如翡道。

“醒了便起来吃些东西吧。”顾玄都道，“我给你带了些补身体的药回来。”他说着不知从哪里掏出一个穿着肚兜唧唧直叫唤的小娃娃，粗暴地随手甩到了面前的木桌上。

林如翡看着那小娃娃瞪圆眼睛：“吃人还能补身体啊？你从哪里抢来的小娃娃？”

顾玄都冷静道：“没事儿，我生的，能吃。”

林如翡：“啊？”这一天不见，你连孩子都有了？可就算是你生的，也不能这么随随便便地吃了吧？！

# 第十章 孟阑若

顾玄都见林如翡一脸震惊，也醒悟过来他似乎理解错了自己的意思，连忙道：“不是你想的那个意思——我的意思是，它是我种的，你吃了也无妨。”

林如翡仔细看去，才发现那个唧唧叫唤的小娃娃是个绑着红绳的小人参，可是有手有脚，在桌上撅着屁股哭的模样，怎么看都和人类的小孩别无二致。

顾玄都被那娃娃哭得心烦，一拍桌子怒道：“哭什么！”小娃娃便抽抽噎噎地收了声，倒在桌子上又变成了一根硬邦邦的人参。

林如翡声音依旧很虚弱：“我身体虚不受补，吃了这些大补的药也用处不大的。”

顾玄都道：“这人参不一样。”

林如翡说：“哪里不一样？”

顾玄都想了想：“特别地补！”

林如翡忍不住笑了起来，他说林家为了他这个身体，找来的补药没有一千也有八百，但补了那么些年，也不见什么效果，倒是搞得他对这些补药厌烦了起来。也不知道顾玄都从哪里找来的人参娃娃，还在活蹦乱跳呢，就拎到餐桌面前，想要大快朵颐了。

好在顾玄都对给林如翡补身体这事儿也没什么执念，见林如翡拒绝的态度坚定，叹了一声可惜，便揪起人参娃娃的头发，往地上一扔。人参娃娃见土就入，不过眨眼的工夫，就消失在了地上。

林如翡烧了一天一夜，骨头都快被烧酥了，软绵绵地倚在床头。

外头一直候着的浮花和玉蕊，听到了他醒来的声音，这才进了屋子，将刚熬好的粥喂到林如翡的唇边。

林如翡没什么胃口，糊弄地喝了两口便说饱了。

浮花又柔声劝了好久，林如翡才勉强地又喝了半碗，剩下的怎么也不愿意再动。

无奈，浮花只好放下了手里的碗，轻声道："少爷，孟家知道我们来信州的消息，今日早晨本想派人接我们去孟府……但你还睡着，我们便推辞掉了。"

"他们知道我来了？"林如翡低咳几声，"怎么知道得那么快？"

"好像是因为江上的动静……"浮花道，"那蛟没了，几方势力自然会打探，只是这孟家动作比较快罢了。这码头的客栈简陋，少爷你又病着，不如咱们先去孟家交了剑会的请帖，再在城里寻上一个环境更好的客栈养病？"

孟家是信州大族，也是昆仑剑会的邀请目标之一，林如翡的虚纳戒指里有属于他们族内的一张请帖。

浮花说的话也有几分道理，林如翡这病也不知道什么时候才能好，若是想等着病好再去，恐怕得把那孟家晾个十天半月。

于是林如翡同意了浮花的提议，决定今日便去那孟家交了请帖。

他又休息了半个时辰，勉强有了下地的力气。浮花找来了披风，把林如翡裹得严严实实，又细心地将林如翡那一头如瀑的黑发束成头冠。

林如翡坐在镜子前撑着下巴由着两个侍女摆弄，险些又睡过去了。

好不容易弄完了，主仆三人这才出了门。

这会儿太阳已经落山，信州城内倒是热闹得很。

只可惜林如翡头晕脑涨，倒是没有多少赏景的心思，浮花从附近的驿站买了匹马，他便坐在马上，由浮花牵着缓步进了城内。

这一片地方，孟字乃是大姓，十个人里，最起码能挑出七个姓孟的来。

到了孟府门口，浮花前去叫门，谁知开门人刚将门打开，他们还未做自我介绍，就被早有准备的守门人热情地迎了进去。

"这位便是林如翡林公子吧！家主大人早就听闻您到了信州，早早地给小的提了醒。"守门人非常热情，扶着林如翡下了马，又唤来丫鬟，将林如翡领进了正厅。

丫鬟名叫竹音，生得十分漂亮，穿着打扮比浮花她们还要艳丽几分，一路上巧笑嫣兮地为林如翡介绍着孟府里的景色，看起来应该是孟府里的老人了。

孟府和谢府的风格大相径庭，大约是在平原地区，又靠近大湖，府内亭台楼阁，都多了几分秀丽的味道，园中还有小溪穿行，园林颇有江南的风韵。林如翡一问，才得知孟府女主人就来自江南，因为想念家中，所以才将孟府布置成了这副模样。

竹音大约也是看出林如翡的身体状况不大好，十分贴心地放慢了行走的速度，说主人在后面花园里摆了宴，再穿过眼前这个回廊便能看见了。

她正同林如翡说着话，回廊里却刮起一阵小风，伴随着激烈的脚步声。林如翡回头看见一个身着劲装背着长弓的短发少年快步跑到了自己面前。这少年人眉目俊朗，眼若星辰，十分精神，头发也不是完全的长发，而是在后头留了一根细长的小辫。

“少爷，你慢些跑，可别惊着客人了！”竹音娇声呵斥，说是呵斥，语调里却是充满了宠溺的味道。

“哟，这位公子是谁呀？什么时候入府的？”被竹音称作少爷的少年转眼间便凑到了林如翡面前，他睁着一双亮晶晶的黑眸，像只好奇的小狗，道，“长得可真俊！不知许了小姐没有？”

林如翡笑道：“还没许呢，少爷打算给我介绍一个？”

“哎，我还有个未出嫁的姐姐，她可漂亮了。”少爷嘻嘻笑道，“我看你配她就合适，她就喜欢文弱些的，看不上那些武疯子——”

“少爷，少爷！”竹音听见自家少爷信口乱诌，立马急了，这林家可是贵客，他们家哪里惹得起，若是换了个脾气不好的，少爷把人家惹急了，怕是不好善后，急道，“这位林公子是贵客，你再在这里口无遮拦，小心夫人揍你！！”

“啧啧啧。”少爷听见这话，啧了几声，又如同一阵风似的跑走了，临走前还不忘和林如翡约定一番，说他姐姐的这事儿就这么定了，他马上就和爹娘提去，气得竹音直跺脚。

“林公子，您可千万别往心里面去，少爷是夫人的幺儿，平日里最受疼爱，性格天真率直，言语若是有冒犯之处。”竹音道，“您可别放在心上呀。”

林如翡摇摇头，示意并无妨碍。他对这少爷的印象倒还不错，想来他大哥二哥也约莫想将他宠成这个样子，奈何却没成功，这事儿倒是成了他们的心结。

回廊两旁都是繁茂的紫藤花，其下又有清澈的溪流穿行而过，隐约可见溪中戏耍的鲤鱼和小虾，倒是别有一番韵味。

整个孟府和谢府的气氛天差地别，一个温馨热闹，一个森冷寂静，相比之下孟府更像一个家。

竹音掀开了挂在回廊尽头的竹帘，将林如翡引入了另一番天地。

花园里，百花盛开，各个季节的花朵都有，林如翡在湖面上见到了盛开的荷花，而湖旁边的树上，竟然生着一树灿烂的红梅，两种不同季节的花蕊相得益彰，稀奇得很。

再往前几步，便看见孟家设下的家宴，家宴旁孟家家主偕家眷已等候林如翡许久，见到他跟着竹音前来，均是起身相迎。

孟家家主名叫孟向星，年龄虽然有百岁，但面容和年轻人无异，应当是在二十岁左右就破了五境的结果。只要过了五境，面容便不会再变，而是维持年轻时的模样。

孟向星身边站着四人，两男两女，其中一人应当是他的夫人，其他的则是他的子女，其中一个，便是刚才在回廊里遇见的那个英气少年。

林如翡在看他们，他们也在打量林如翡，虽然早已耳闻林家四公子，但到底百闻不如一见。这林家四公子模样当真是生得俊美，要说寻常人病着，定然会让人觉得有些病气，可这苍白的脸色放在林如翡身上，却只是让他多了种病美人的风韵。还有那双比常人略微淡了些的黑眸，微微弯起露出些许浅淡的笑意，浓密的睫毛如展翅欲飞的黑蝶，颇有点病如西子胜三分的意味。

林如翡黑发束冠，身着龙纹锦制成的白衣，披着同色的披风，腰间系着一根软玉流云图案的腰带，装饰虽少，却贵气逼人，识货的人一看便知其身份定然不一般。

“公子，公子这边请！”孟家的少爷一瞧见林如翡就咧嘴笑了，热情地招呼着林如翡坐到自己边上，被母亲瞪了好几眼也不肯收敛，直到被揪住耳朵。孟夫人咬牙切齿地在自家儿子耳边念叨：“林公子是贵客，谁让你开口了，平日里胡闹归胡闹，关键时候，可不准任性——”

被母亲揪得龇牙咧嘴的孟少爷依旧不死心，虽然不说话了，还是冲着林如翡挤眉弄眼。林如翡对他倒也有些好感，笑了笑，竟然真的坐到了他的身边。

“林公子，犬子顽劣——”孟向星正欲劝说，却见林如翡摆摆手，示意无妨，他笑着道：“伯父与家父本为世交，无须这般客套，贵公子有意思得很，我很喜欢。”

“这……”孟向星稍做犹豫，自家儿子便顺杆爬了上来，笑嘻嘻地端起酒杯盛了酒水，对着林如翡一饮而尽，说是先敬一杯。

林如翡说自己身体抱恙，便以茶代酒回敬。

有这么个活宝在，饭桌上的气氛既热闹又融洽，交谈中，林如翡得知孟家总共三子，两男一女，大哥孟阑潮，二姐孟犹月，最小的儿子孟阑若，便是眼前这个活泼好动的少爷。

因为知道林如翡的身体状况不佳，这一桌的饭菜味道都十分清淡，很适合病人食用。

林如翡虽胃口不好，但还是努力吃了一些饭菜，给足了孟家面子。

酒足饭饱，林如翡便从虚纳戒里取出了剑会的请帖，送予了孟向星。

孟向星接过请帖，对着林如翡行了一礼，又问他接下来打算去哪里。

林如翡低低地咳嗽几声，说自己打算在信州城里寻个客栈，先将病养好了再做打算。

孟阑若一听，立马把脸凑到了林如翡面前，激动道："既然如此，林公子不如就先住在孟府？我敢保证，这信州城里，没有比孟府环境更好的客栈了——"

林如翡愣了片刻，还未说话，孟阑若便噼里啪啦地说了好一大通孟府的优点，什么床榻柔软、吃食美味，连院子里开的花儿都要比别处艳。他语速奇快，说完这些，林如翡连插嘴的工夫都没有，最后还是孟夫人在他脑袋上来了一记暴栗，怒道："你光顾着自己说，也不看看人家客人的反应——"又笑着看向林如翡，道，"林公子，他向来如此，您别放在心上。"

林如翡笑着摆手示意无事。

孟阑若却还是不死心，伸手扯住了林如翡的衣角，耍赖道："林公子，你这吃了顿饭就走，还住在外头客栈，让别人家知道了，岂不是会责怪我们孟家待客不周？"说着又嘟囔起来，说自己一个人实在无聊，好不容易来了有趣的玩伴就这么放走了实在可惜……

林如翡一时哭笑不得。

孟向星笑道："不如林公子就在我孟家住上些日子？"

林如翡本来担心麻烦孟府想要拒绝，可那孟阑若却简直要把脸贴到他鼻子上来，一双黑眼睛可怜兮兮地瞅着他，林如翡实在招架不住，只能应下。这孟阑若生得英气勃勃，可撒起娇来，却真是厉害。

孟家人见到林如翡在孟阑若面前狼狈的模样，都忍不住露出笑容。孟向星则吩咐站在旁侧的竹音，替林如翡和他的侍女们各自备上一间上好的客房。

于是住在孟家这事儿，就这么定下了。

酒足饭饱，天色也渐晚，孟阑若本来还想拉着林如翡再聊聊天，却被孟夫人拎着耳朵揪走了。孟夫人对着林如翡歉意地笑了笑，说林公子车马劳顿，今日好好休息，明日再谈其他，有什么事情都可以吩咐竹音。

孟阑若扯着嗓子对林如翡叫道，说明日再来找他玩。

林如翡笑着颔首。

竹音便领着三人去了已经备好的房间。孟家很大，穿行其中，像是在走迷宫似的，在花园中左拐右拐了好一会儿，才看到了一排整齐的建筑。

建筑生在繁茂的花草之中，旁侧有一座小桥一汪浅溪，环境倒是很好。

竹音说这里平日是少爷住的地方，各样东西都备得很齐全，今日清理出来，让林公子不要拘束，就如同在家中一般。

林如翡点头道谢，又从袖口里掏出了一些碎金子想要打赏竹音，却被竹音笑着拒绝了。她说自己是孟阑若身边的大丫头，像她这样的丫头还有四五个，哪敢收客人的东西。

林如翡见状也没有勉强。

将林如翡送进屋内后，竹音便退了出去，说自己在外头候着，若是有什么事唤一声便来。浮花和玉蕊也去了两边的厢房，屋内便又剩下了林如翡一人。

顾玄都从林如翡进入孟家后便一直不见踪影，直到此时才又出现在林如翡的身边，端起了茶杯轻抿一口，道："那孟家小公子，倒是有点意思。"

林如翡挑眉："有意思？"

顾玄都点头。

"哪里有意思？"林如翡问。

"你家里的哥哥们，大约是想把你宠成他那副天真无邪的模样吧。"顾玄都修长的手指钩着杯沿，"不过……"

林如翡挑眉："不过什么？"

顾玄都微笑道："不过你这样子，我也喜欢。"

林如翡似笑非笑，已然习惯了这位前辈的口无遮拦。

因为还病着，林如翡很快便乏了，又喝了一剂药后，便上床休息。只是临睡前，迷迷糊糊的他隐约嗅到了一股奇异的花香。这花香他从未闻到过也不知道是什么花，气味清新淡雅，倒是不太让人讨厌。

"什么味道？"林如翡睡意蒙眬地问了句。

"是麒麟草。"顾玄都隐约间回了话。

麒麟草？他记得这草似乎有安神之效……林如翡迷糊地"哦"了一声，又陷入了酣甜的梦乡。

这一夜林如翡睡得极好，一个奇怪的梦都没有做。到第二天清晨时，他身上的低热已经退了，精神也好了不少。

吃过早饭，林如翡正在纠结要不要再喝一剂药，门外就传来了孟阑若的声音，他不顾竹音的阻拦，风风火火地冲了进来，见到林如翡坐在桌边瞅着药发愁，不由得笑了："林公子，今儿个天气这么好，可想和我出去转转？我家马场刚来了几匹上等好马，漂亮得很！"

林如翡看向屋外，今天的确是个好天气，虽是清晨，但灿烂的阳光已经普照大地，洒落在繁茂的花园里，给花蕊们穿上了金灿灿的新装。

“孟公子……”林如翡刚开口，便被孟阑若打断了，他咧着嘴笑道：“林公子，不要那么客气，叫我阑若就好！我和你说啊，那马场上漂亮的可不只是马儿，还有别的呢……”

“别的什么？”林如翡问。

“去看了就知道了！保证你不会失望！”孟阑若拍着胸膛道。

林如翡想了想，还是同意了，毕竟孟阑若这般热情，扫了他的兴致确实可惜，况且外面天气也不错，出去走走，不是什么坏事。

于是他刚应下来，便被孟阑若搭住了肩膀，拉出了房间。

白天的孟府和夜晚的孟府景色各有风味，白日一看，各处花团锦簇，好生热闹。

孟阑若口中的马场也在孟府里，似乎是单独开出来的一块地方，看起来十分宽广。

林如翡刚到马场，就明白了孟阑若口中的漂亮玩意儿是什么。只见马场之上，几个身着劲装的妙龄少女正激烈地打着马球，裙摆飞扬的模样，当真是一幅妙景。

其中最为醒目的一人，便是昨日在家宴上见到的孟阑若的姐姐孟犹月。她手持长杆，轻松地驾驭着身下的骏马，驰骋在马场上的英姿，吸引了所有人的目光。

孟阑若冲着场中人招手，大喊了一声：“姐——”

孟犹月掉转马头，朝着这边疾行而来，直到到了他们面前，才长长地“吁”了一声，笑道：“阑若，你怎么拉着林公子来这儿了？”

“我这不是看着林公子在屋里闲着也是闲着，让他出来四处转转嘛。”孟阑若道，“马场才来了几匹好马，我便想着让林公子过来看看。”

“是吗？”孟犹月似笑非笑。

姐弟二人正在说话，旁侧却插入了一个不太和谐的声音：“孟阑若，几日不见，你们家什么时候来了一位这样俊俏的贵公子啊？”

林如翡扭过头去，看见了发出声音的主人。那人身着华服，模样虽然生得俊美，却透着股傲慢的味道。他虽是笑着看向林如翡，可眼神深处暗藏的敌意，还是被林如翡捕捉到了。

“关你什么事？”孟阑若不豫地嚷嚷，“齐厌胜，快快走开，别坏了我的兴致。”

齐厌胜笑着：“哦？是吗？我还道前日从秋山上求了把万年乌木做的长弓，正想给你看看，既然你不乐意，那便算了吧。”

“哎——万年乌木做的长弓？”孟阑若立马被勾起了兴趣，眼睛发亮，“快拿给我掌掌眼！”

齐厌胜道：“不在这儿呢，在靶场放着。”

“那我们去靶场看看？？”孟阑若手痒痒得厉害，但随即又想起了自己身边还跟着个似乎不会射箭的林如翡，立马摇头道，“不去了不去了，我还陪着林公子呢，过几日再找你讨来看看。”

“不知这位林公子是……”齐厌胜问道。

“林公子乃是昆仑林家之子，来我家送剑帖的，和你可不一样，是贵客呢！”孟阑若道，“你可千万别说些讨人厌的话。林公子，这是我一个不太熟的朋友，叫齐厌胜，他人讨厌，说的话也讨人嫌，你不必理会。”

齐厌胜被孟阑若这么说竟也不生气，反而哈哈大笑起来，对着林如翡行了一礼：“久仰昆仑林家大名，今日一见，公子风姿果真令人倾倒。”

林如翡回了礼，道：“谬赞。”

“不知公子有没有兴趣去见见那把长弓？”齐厌胜微笑道，“林公子或许不知，孟家的弓玩得实在漂亮，现下无事，不如让孟阑若给您露上一手？”

明明是在笑着，说的话也没什么问题，可林如翡却从齐厌胜的语调里听出了挑衅的意味。他收敛了笑容，面无表情地看了过去，淡淡道：“不知齐公子的射技如何？”

齐厌胜傲然道：“信州之内无敌手。”

林如翡平静道：“那看看也无妨。”

孟阑若也察觉了齐厌胜和林如翡之间泛起的火药味，只是他却没明白，为什么齐厌胜会对林如翡有如此深的敌意，难道他发现了自己打算将林如翡介绍给姐姐的想法？

不过林如翡虽然出身名门，却听说自幼体弱无法习剑，身上也是剑意全无，和六境修为的齐厌胜对上恐怕讨不得好。想到这里，孟阑若伸手抓住了林如翡的衣角，道：“林公子，有漂亮的姑娘不看，去看一个大男人射箭，有什么意思——”

“大男人射箭不好看？”齐厌胜似笑非笑地瞅着孟阑若，“你确定？”

孟阑若理直气壮：“就是不好看！”

齐厌胜不再理会孟阑若，转头看向林如翡：“林公子说看看也无妨，便是有兴趣了，你在旁边插什么嘴。”

孟阑若还想再说什么，却被孟犹月呵斥了一句，让他不可对齐公子无礼。孟阑若这才露出悻悻之色，却还是对着林如翡小声道，说不想看就不要勉强。

林如翡却缓缓地点头称好。

靶场就在马场旁边，倒是没有马场那般热闹，里面摆放着各式各样的靶子和弓箭，看上去经常使用的样子。

林如翡想起昨日见到孟阑若时，他后背上似乎就背着一把长弓，看来他对射艺的确兴趣不浅。

这齐厌胜显然是孟家常客，靶场的下人见到他来，无须他开口，就送来了一把新制的长弓。

那弓箭十分漂亮，通体朱红，还雕着细致的兽纹，乍看上去，像件精致的工艺品，然而却非常沉重，由三个仆人抬着送到了齐厌胜的面前。他手一抬，便轻松地将弓箭举了起来，笑道："乌木难得，万年乌木更是少见，此弓也算是稀罕物件，不知林公子可想试试手？"

孟阑若一听便急了，怒道："齐厌胜，你在胡说八道什么，林公子……"他本想说林公子体弱，话到了嘴边，又觉得此言太过冒犯，"林公子哪儿会玩你这些粗人喜欢玩的东西！"

齐厌胜笑道："林公子还没说话呢，你急什么？"他语调虽然笑着，但眼神里却没有多少笑意，反而眸色沉沉地凝视着林如翡，等待着他的反应。

"呵，齐厌胜，这名字可真是难听。"跟在林如翡身侧一直没有怎么说话的顾玄都忽地开了口，声音有些冷，"小韭，答应他。"

林如翡听见了顾玄都的话，回望齐厌胜，道："试试也可。"

齐厌胜笑道："单人试弓，总是有些无聊，趁着这个机会，不如林公子和我比上一场？"

孟阑若闻言想要阻止什么，可他阻止的话还没说出来，就听到林如翡冷冷清清地吐出三个字："怎么比？"

齐厌胜抬手指向靶场："我会让人放一群鸽子上天，一共三根羽箭，就看……谁射下来的鸽子多好了。"

"林公子，别和他比！"孟阑若恼道，"这家伙射艺厉害得很！"

这话说得太晚了，林如翡已经点了头。

齐厌胜又笑了，这笑容在孟阑若看来十分讨厌，心里念叨着一定要找时间在姐姐面前多说说这人的坏话，千万不能让他当了自己的姐夫。

鸽笼被仆人们抬出，放到了靶场中心的位置。

齐厌胜抬手拉弓，对准半空，口中道："放吧。"

话音落下，仆人们便打开锁着的鸽笼，被放开的鸽子们哗啦啦地挥动翅膀，飞到了半空中，齐厌胜展颜一笑，放开了手中的弦。羽箭化作一道白虹，朝着天际飞射而去，速度奇快无比，仿若流光，直直地没入了鸽群之中。瞬间，天空中炸开了几道血光，随后羽箭坠落，光洁的箭杆上已经穿满了雪白的鸽子。

齐厌胜连射三箭，箭箭皆是如此，待三箭射完，仆人才跑到场中间，将箭和鸽子一同捡了回来。

"齐公子一共射中了十五只鸽子！每只箭上都有五只。"仆人躬身禀报。

"真是浪费。"孟阑若在旁边找碴，"给我姐姐送过去，就说是齐公子给她射的鸽子，让她煲汤喝！"

齐厌胜闻言也不恼怒，只是笑，挥挥手示意仆人听从孟阑若的话。

随后，他看向了林如翡，抬手将手里的弓递给林如翡："林公子，请吧。"

林如翡伸手接弓。

这弓理应很沉，然而林如翡却轻而易举地握在手中。他轻轻地拨弄了一下弓弦，感到顾玄都走到了他的身后，凑到他的耳边轻语："会拉弓吗？"

林如翡微不可见地摇了摇头。

"不会也没关系。"顾玄都道，"这种玩意儿，都是小孩子玩的。"他说着，贴近了林如翡的身体，用手覆在了林如翡的手上，"教你一次，便该会了。"

说着便让林如翡取箭，一边调整他的姿势，一边在他耳边轻语该如何拉弓。

齐厌胜看着林如翡举弓的模样，微微皱了皱眉。不得不说，林如翡起初拿起弓箭摆出姿势的样子，几乎是个完完全全的新手，似乎对弓箭一窍不通。但渐渐地，他的姿势开始变化，就好像有一个看不见的人在纠正他的错误一样。

"肩膀微沉。"他的肩膀被轻轻地往下按了按。

"平视前方。"下巴被温柔地扭动，他看向半空。

"重心落在两脚之间，腰不能软……"腰被扶住了。

"开弓没有回头箭，这才是第一箭，不用急，来吧。"鸽子扑腾的声音响起，林如翡松开了拉弓的右手，果断地放出了第一箭。

只见羽箭朝着天空"嗖"的一声射了出去，穿过鸽群，就这么带着众人的目光，消失在了蔚蓝的天空。

场内一片寂静，空空荡荡的地上连根鸽子的毛都没有。

齐厌胜伸手微微捂住了嘴，用干咳压下了即将浮出唇边的笑意，如此点评道："射得不错！就是准头略微差了点。"

孟阑若满目担忧，恨恨地瞪了齐厌胜一眼，觉得这人真是越看越讨厌，自己好不容易找到玩伴，就这么被他搅和了。如果林如翡尴尬地输掉了这场比试，恐怕也不会再乐意待在孟家，毕竟这齐厌胜可是孟家的客人。

林如翡倒毫不在意，反而露出笑容来："实不相瞒，我自幼体弱，未曾练习过射艺。"

"啊？没练过？"孟阑若惊了。齐厌胜喜欢的弓，他可是了解得很，普通人连拉都拉不开，更别说射箭了。林如翡如果真像他说的那样是第一次射箭，虽然没有射中鸽子，但到这种程度已经十分惊人。

齐厌胜眼中的笑意淡了几分，他相信林如翡说的话，因为林如翡拿到弓箭的第一刻，的确像个未曾练习过的生手。

"今日有机会一试倒是十分有趣。"林如翡微微扭动了一下自己的肩膀，那里被蛟弄出来的伤痕还未愈合，依旧有些酸疼，"献丑了，各位可莫笑。"

"谁笑谁是狗！"孟阑若很给林如翡面子，还白了齐厌胜一眼。

齐厌胜并不说话，一言不发地给了林如翡第二根羽箭。

林如翡呼出一口气，接过了羽箭。

顾玄都扶着林如翡的肩膀，轻声嘱咐："刚才做得很不错，还有些细节需要注意。"

林如翡"嗯"了一声。

顾玄都道："开弓的那一瞬间，眼睛记得瞄准想要射中的目标，拉弓时的准头最为重要……那些鸽子飞得快，你便要提前预估它们的位置，当然，如果箭射得够快，也不用想那么多。"就像齐厌胜一样，鸽子还没散开，箭已经射了出去，一箭穿了五只，也不是什么不可能做到的事。

"来，身体不要绷得太紧，对，对……就是这样。"顾玄都握着林如翡的手，一点点纠正他的错误，"小韭，做得很好。"

"射吧。"第二箭射了出去，经过顾玄都的指导，这一箭没有落空，射下了一只半空中扑腾着翅膀的白鸽。

见白鸽落地，林如翡心下稍松，心道好歹没有再吃个零蛋，给昆仑勉强挽回了些面子。

齐厌胜也和林如翡一样松了口气，他看出了林如翡的确对弓箭不太在行，射中一只，似乎已是拼尽全力了。

孟阑若气得在原地直打转，要不是怕挨母亲的揍，恐怕早就拔出剑来找齐厌胜单挑去了。这齐厌胜虽然射艺精湛，剑术可是烂得不行，次次都是自己的手下败将。

第二箭放出，顾玄都直接让林如翡取了第三箭，他抱怨着："我就是讨厌这些小孩子玩的东西，麻烦得很。"

林如翡只是笑。

"不过小孩子就该多教训教训。"顾玄都冷笑，"免得不知道天高地厚。"他压低了声音，冷声道，"来吧，让他们见一见真正的箭——"

他话音落下，林如翡也放开了手中的弓弦，最后一箭脱弦而出，发出一声刺耳的破空声后，竟然消失在了半空中。

"箭呢？"孟阑若茫然问道。

齐厌胜起初脸上写满了疑惑，随即神情大变，道："怎么会——"

天空中原本已经散开的鸽群，身上竟然爆出了一朵朵红色的血花，随即纷纷掉在地上，无一幸免。

那支羽箭却还是不见踪影，仿佛消失在了天际。

"鸽子怎么都死了？"孟阑若满目不可思议。

齐厌胜扭头看向林如翡。

林如翡脸色不变，手里的弓已经随手放到了旁边的案上，正在轻轻地揉着手腕，似乎是觉得弓太过沉重。

"羽箭里裹挟了剑气。"齐厌胜回答了孟阑若的问题。

"剑气？可是林公子不是……"孟阑若本来想说"不会剑"，但话到了嘴边却又咽了下去。

齐厌胜目光沉沉地盯着林如翡，那眼神好像要在林如翡身上盯出个洞来。孟阑若不清楚，他却清楚得很，剑气之所以能成为剑气，最大的倚仗，其实是手中的兵器。古往今来，能用他物挥出剑气的人屈指可数。他练了二十多年，才能勉强做到将一缕剑气附着于羽箭上，可这林如翡身上明明毫无剑意……

就在气氛凝滞的时候，仆人却已经将林如翡射杀的鸽子取了回来，细数之下，只有十三只，比齐厌胜少了两只，算是输掉了这场比试。

但看两人表情，却好像输掉的人是齐厌胜似的。

林如翡伸手捂住嘴，重重地咳嗽了起来，衣摆荡荡，单薄得好像一阵风都能将他吹跑。

孟阑若上前拍着他的后背，帮他顺了顺气，又唤仆人端了杯热茶过来。

林如翡喝了热茶，感觉稍微好了些，摆摆手示意自己无碍。

“齐厌胜，你真是没事找事做，人家林公子本来就是来我们孟府养病的，你还非要找人家比射箭。”孟阑若怒道，“我姐姐也不拦着你！”

“养病？”齐厌胜微微一惊，“林公子病了？”

“小病而已。”林如翡道，“不过还是需要多休息，我有些不适，先回房休息了。”

孟阑若坚持要送林如翡回去，林如翡推辞不得，便只能由着他。

齐厌胜站在原地看着两人走远，神色不明，垂眸看了一眼那放在案上的长弓，冷冷道：“去禀报夫人，说齐厌胜有事求见。”

孟阑若将林如翡送回了房间，见他休息了，又风风火火地从房间里跑了出来。

一出来就看见竹音站在院子里正低着头扫着什么，于是悄无声息地凑过去，伸手在竹音肩膀上拍了一下。

竹音被突然出现的孟阑若吓得“啊”地叫出来，扭头看见是自家少爷，不由得气结：“少爷，你怎么又吓竹音，竹音的心都要从喉咙眼儿里蹦出来了！”

“你做什么呢？”孟阑若笑着问。

“哦，不知是哪个调皮捣蛋的家伙，祸害了园子里的鸟儿，我这不是把它们捡到一块埋了嘛。”竹音埋怨道，“到底是谁这么讨厌，让夫人知道了，还不得一通打。”

孟阑若低头看去，看见地上果然堆了五颜六色的鸟雀尸体，有大有小，身体几乎都被劈成了两半，鲜血淋漓，看起来十分残忍。只是看着这鸟雀死去的模样，孟阑若总觉得在哪儿见过似的，挠了挠头，嘟囔道：“总觉得有点眼熟。”

“眼熟？”竹音狐疑道，“少爷，这不会是你干的吧？”

“我？”孟阑若指了指自己，随即猛地摇头，“不不不，肯定不是我干的。”

竹音道：“那你为何觉得眼熟？”

孟阑若思量片刻后，恍然道：“这些鸟和靶场里的鸽子倒是死得一样。”

“靶场里的鸽子？”竹音不明所以。

“算了，和你说这些，你也听不懂。”孟阑若若有所思地看向林如翡的住所，喃喃，“这个林家公子，好像也没有看起来的那么虚弱啊。”

林如翡射完那一箭后，身体便泛起一阵阵的疲乏，所以急忙回了屋内。

“不舒服？”顾玄都伸手摸了摸他的额头，确定他没有发热。

林如翡点点头。

“这力量是用得早了点。”顾玄都道，“但总归是要用的，早些适应比较好。”

林如翡疑道：“力量？谁的力量？”

“自然是你的。”顾玄都说，“我只是一枝无依无靠的小桃花，难不成你还指望我？”

林如翡被“无依无靠的小桃花”的这个形容给惊到了，瞪着眼睛半晌没说出话来。

顾玄都倒是笑了起来。

“那一箭是我的力量？”林如翡还是有些不敢相信。

“我早就说过了，神魂为剑，躯干为鞘，你太弱，弱的是你这具身体。”顾玄都道，“容不下太锋利的神魂。”

林如翡听得不明所以。

顾玄都见林如翡满目茫然，也没有继续解释，而是催促他好好休息，先将肩上的伤口养好再说其他。

林如翡躺上了床，回忆着白日里的那一箭，其实，他清楚地看见了那一箭的去向。

带着羽毛的箭支如白虹贯日般疾驰而出，掠过了飞腾的鸽群，射向了蔚蓝的天空。在到达某个位置时，它的四周荡起了一层薄薄的微光，朝着四周迅速蔓延，随后瞬间消失。鸽群便是在接触到那道微光时身上炸开的血花，随后鸽子们跌落一地。

那支箭最后射去了哪里，林如翡也不知道，但想来飞得那么高，落的地方也一定很远。

林如翡有些累了，合拢了眼，呼吸渐渐匀称。

顾玄都凝视着他的睡颜，嘴角勾起浅笑，身形渐渐淡去。

半个时辰后，顾玄都的身影悄无声息地出现在了离孟家百里之外的一个小巷里。小巷吵闹嘈杂，孩童们光着脚丫穿行其中，流着鼻涕互相追逐打闹。

顾玄都弯下腰，忽地拦住了一个矮个子的小姑娘，他温声道：“小朋友，你刚才可有捡到什么东西？

那小姑娘吸着鼻涕，警惕地看着眼前这个穿着红衣的男人，听到问话后，重重地摇着头，扎在脑后的小辫子跟着甩来甩去。

“那东西你拿了没用处。”顾玄都露出迷惑性的微笑，他生得极美，如此笑着，倒是真的让小姑娘的警惕心少了些。他问：“哥哥拿东西同你换好不好？”

小姑娘迟疑地看着眼前的美人，奶声奶气道：“你拿什么同我换？”

顾玄都从怀中掏出了三样东西，一本破烂的书，一柄小巧的剑，还有一支红彤彤的看起来格外诱人的糖葫芦：“你选一个？”

小姑娘的目光一下子便被糖葫芦吸引住了，黑葡萄般的眼睛闪闪发亮，她嗫嚅道：“真的要换吗？”

“嗯。”顾玄都点头。

小姑娘犹豫半晌，脏脏的小手便冲着糖葫芦去了，可还没握住，却听到旁边的小剑发出轻微的嗡鸣声，于是动作微微愣住，又流露出些迟疑来。

顾玄都半蹲着，也不催促，只是笑意盈盈地看着这个孩子。

小姑娘咬了咬牙，似乎在两者之间难以抉择，最后跺了跺脚，伸手一指：“我要这个！”

顾玄都笑得温柔，将那柄貌似无奇的小剑递到了小姑娘手上。

小姑娘拿了她心目中喜爱的玩具，瞬间喜笑颜开，又从背着的小包里掏出了顾玄都想要的东西。

那是一支羽箭，箭头是银制的，还刻着一个硕大的“猛”字，正是林如翡射出的那一支。

“去吧。”顾玄都拿了箭，轻轻拍拍小姑娘的脑袋，“记得好好待它。”

小姑娘不明所以，吸溜着鼻涕转身跑了。

顾玄都低头凝视着手中的箭支，温柔地摩挲了片刻，自语道：“第一次射出来的箭自然是每支都要好好留着，只是可惜呀……”

三支箭，却换出去了两串糖葫芦。

好歹是剩下了一串，便留给家里那个不爱吃药的小公子吧。

林如翡刚一睡醒，就看见顾玄都坐在床边，吃着不知从哪里弄来的糖葫芦，白牙红唇，咬得冰糖葫芦嘎吱作响。

见他醒了，顾玄都先给他喂了口水，又笑眯眯地问他想不想吃糖葫芦。

“你买了糖葫芦？”林如翡口中寡淡无味，觉得尝尝也好，于是眨着眼睛乖乖地道了声“想”。

“喏，还剩下好几个呢。”把手里剩下的糖葫芦递到了林如翡唇边，顾玄都抿唇直笑，“尝尝？”

林如翡见状一愣，微微张口，正欲说什么，糖葫芦却已经塞到了他的嘴里。

糖很甜，山楂是酸的，化在口中，冲淡了口中的寡淡，林如翡的抗议也跟着糖葫芦一起化成了水。

“好吃吧？”顾玄都笑着问。

林如翡点头，又咬下一口。

“是新鲜的呢，我盯着做的。”顾玄都说，“就是发现身上没带钱，拿了点别的东西换的。”

林如翡愣愣道：“你出去了？”

顾玄都点点头。

“出去做什么了？”林如翡问。

“捉鬼去了。”顾玄都信口乱诌。

林如翡蹙眉瞅着他：“这大白天的，你捉什么鬼？”

顾玄都道：“白天的鬼才好抓……”他看向门外，“不说了，有人来了。”

果不其然，顾玄都和林如翡刚停下交流，门外便响起了敲门声。“进来吧。”林如翡道。

孟阑若蹿进了屋子，高兴道：“我刚才和我母亲告了那齐厌胜一状，让他没事找你碴，哼，讨人厌的家伙。”

林如翡笑道：“齐公子也没什么恶意。”

孟阑若道：“不说他了，话说林公子，你知道落春楼吗？”

林如翡摇摇头。

孟阑若压低嗓子：“那是我们这儿最大的花楼，就今晚，那儿要举行一场花魁比赛，我弄到了两张进去的凭证……不如……”他露出男人间才明白的笑容，“不如，咱们去凑个热闹吧？”

或许是昆仑山地理位置过于偏僻，商贸并不发达的缘故，无论是山上抑或是山下，都不曾有花楼这种只在话本里出现的地方。林如翡第一次遇到这样的邀请，虽然内心觉得略有不妥，但到底还是对那里生出了浓郁的好奇。

看出了林如翡的迟疑，孟阑若压低了嗓音解释道：“林公子放心，那落春楼干净得很，里面的姑娘们也都是琴棋书画样样精通，不是那种做皮肉生意的龌龊地方。”

“况且咱们也就是去看看，不干坏事。”孟阑若眼巴巴地看着林如翡，期望他能应下自己的邀请，“夜色漫长，这要是待在家里，多无聊啊。”

林如翡犹豫片刻，缓缓地点了点头，还是应下了孟阑若的邀约。

孟阑若见状高兴地欢呼起来，笑道：“那林公子，我待会儿便来接你，咱们一起坐马车过去！”

林如翡道了声“好”。

孟阑若这才高高兴兴地走了。

他一走，刚才站在林如翡身旁一直没有说话的顾玄都幽幽开了口，不知为何声音里带了点幽怨的味道，他说：“小韭怎么会对花楼感兴趣，那地方无聊得很呢。”

林如翡抓住重点：“前辈常去？”

顾玄都冷静道：“去过一两次，没什么意思。”

林如翡道：“只是之前从未见过，所以有些好奇罢了。”

顾玄都咬牙道：“都是些庸脂俗粉，没什么看头。”

听着顾玄都的话，林如翡却忍不住露出笑容，开玩笑道：“和前辈的容貌相比，其他人的确是些庸脂俗粉。”

被赞扬容貌的顾玄都神色变了变，似乎想要说什么，但最后什么也没说，冷哼一声，长袖一扫，身形直接淡去。林如翡哑然，他感到似乎是自己说的某句话得罪了顾玄都，可是哪一句呢……

入夜，信州城内热闹非凡。

沧澜江上，几艘巨大的华丽花船驶于其上，站在岸边，便能听闻丝竹之乐，嗅到脂粉之香。无数穿着华美的女子，或站或坐，巧笑倩兮，当真是让人心醉的美景。

林如翡在那艘最大的花船上。

孟阑若已经是这里的熟客了，风韵犹存的老妈妈见了他，笑得眼睛都眯成了一条线，扭着腰热情地迎他进去，又用余光打量起了孟阑若身侧站着的身着白衣、身形清瘦的俊美青年，大约是看出了什么，笑容变得更加热切：“哟——这位公子真是生得俊俏，以前怎么没见过呀？”

“是我们家才来的贵客，我带着他出来玩玩。”孟阑若笑嘻嘻道，“小虞今个儿什么时候出场？”

“第三位出来，到时候还望孟公子多多捧场。”老妈妈笑意盈盈，将他们引到了一个宽阔的包房里，包房四周竖着屏风，私密性非常好，又能最为清楚地看到舞台。

孟阑若从怀中掏出了什么，随手递给老妈妈，道：“换些绢花来，剩下的当作给你的赏钱。”

老妈妈连忙点头称“是”，双手捧着孟阑若给的东西恭敬地下去了。

林如翡注意到，孟阑若递出的是一块上等的灵石，这东西就算是在仙途之内，也是稀罕货，更不用说在凡间了。看来孟家的确家大业大，这样的东西，在孟阑若手里，竟只是个打赏花魁的小玩意儿。

“这绢花就是给台上花魁们投的票。”孟阑若笑着解释，“绢花越多票数越高，拿得最多的姑娘，就是今夜的花魁。”

林如翡道：“你经常来玩？”

孟阑若挠挠头：“家里管我管得严，也不准我离开信州城，所以我经常自己来找些乐子……也……不算是常客吧？”

显然，他说到后面，连自己也有点心虚起来。林如翡闻言只是笑，并未和他多做计较。这花船上的客人们的确会找乐子，花魁大赛还未开始，便能看见投壶的、玩骰子的，各种取乐的法子不胜枚举。

孟阑若叫了两壶好酒和一些小菜，本想为林如翡再叫一壶热茶，林如翡却谢绝了他的好意，说来这里喝茶，总是有些扫兴，他虽然不能喝多了，但小酌两杯并无大碍。

如此自然更好，孟阑若举杯先敬了林如翡一杯。

酒是新酿的梅子酒，入口微甘，回味绵长，上面浮着新采的桃花瓣，更显风雅。

林如翡饮了一杯，却是想起了某个还在生闷气的桃花仙，眼里不由得浮起些笑意。

孟阑若见了林如翡的笑容，问道：“林公子这是想起谁了？”

林如翡道：“怎么？”

“没有，好像在你脸上没见过这样的笑容。”孟阑若撑着下巴看着林如翡，“怎么说呢……”就好像林如翡平日里的笑虽然温柔和煦，却带着一股子莫名的疏离味道，但眼前这笑容，却夹杂了些俏皮，倒是多了几分人气儿。

林如翡摇摇头，笑而不语。

孟阑若也没有深究，握着酒杯好奇地询问林如翡从昆仑出来了多久了，这一路上遇到了什么事，接下来又打算去哪里。

林如翡迟疑片刻，到底还是没有提到谢家，只是聊了几句沧澜江上的蛟，又说自己接下来可能会顺着沧澜河一路往下，翻过西秋山，往中原去。

孟阑若听完，不加掩饰地露出艳羡之色，摸了摸自己挂在腰上的剑，喃喃道：“真是羡慕林公子呢……”

林如翡奇道：“羡慕我做什么？”

孟阑若说：“我也想像林公子那样仗剑当空，行万里路。”他无精打采道，“可是爹娘死活不准我出去，说是怕我这性子，出去三天就被人骗掉了底裤。”

从某种程度上来说，林如翡和孟阑若的处境倒是十分相似，他也在很长一段时间里都渴望离开昆仑山，像哥哥姐姐那样到山下游历，但也不知道哪一天，林如翡突然意识到，孱弱的自己永远都没有这样的机会了。

他可以缠着哥哥姐姐们，依照他们宠着自己的性子，想来也会应下这无理的要求，但连剑都提不起来的他，就算是入了江湖，也不过是为他们徒添麻烦罢了。林如翡向来通透，在想清楚某些事后，他便彻底放下了离开昆仑山的执念。

好在现在，他有了属于自己的机缘。

“或许是你现在太小了，再过几年你爹娘才会答应。”林如翡安慰孟阑若。

孟阑若却摇着头，丧气地说没有人比他更了解他娘了，只要他娘还活着一天，他就不可能离开信州城内半步。

林如翡听着没有应声，只是觉得孟阑若可能有些夸张。看他们家宠他的那个样子，若是他真的铁了心要去闯荡江湖，家里人恐怕也不会出手强硬阻拦的。

至少此时此刻，林如翡是这样想的。

舞台上，响起了拨动琴弦的乐声，几个舞娘飘然而至，开始随着乐声舞动。

孟阑若一扫刚才的颓废，来了精神，目光炯炯地盯着舞台上缓步走出的姑娘，还同林如翡热情地介绍起了自己最喜欢的小虞。

“小虞是我见过的最与众不同的姑娘，不光模样生得好，琴棋书画样样精通，连舞剑都是一绝。”孟阑若道，“她的剑法虽然比不上剑修，但已经比大多数凡人厉害了……若是那齐厌胜不用剑气和她比剑，赢的还不一定是谁呢。”

林如翡倒是来了点兴趣：“当真？”

“自然当真。”孟阑若认真道。

昂贵的绢花伴随着喝彩声一朵朵地扔到了舞台上，花船上的气氛也渐渐热烈。今晚的姑娘们都表现得不错，和金子一个价儿的绢花，几乎从未断过，醉于夜色的恩客们都想将自己心爱的姑娘，送到花魁的位置上。

孟阑若将桌上的绢花递到了林如翡面前，又唤来老妈妈掏出灵石兑了几篮子，颇有些挥金如土的味道。

林如翡对于钱财这东西也不敏感，家里吃穿用度全是侍女们在操办，他丝毫不用操心，若不是经常下山偷吃些零嘴，他恐怕连银钱都不曾见过。

“来了，来了，小虞来了。”孟阑若瞪着眼睛激动道。

台上缓步走上来了一位柔美的女子，身着长裙，手持系红绫的双剑。她对着台下的客人们盈盈半蹲，便算行了礼，展颜一笑后，乐声随之响起。

剑起的刹那，女子的气质瞬间变了，剑如白虹，红绫似血，女子赤裸的双足踩着鼓点，在舞台之上闪展腾挪，仿若惊鸿。剑光是冷硬的，可她却身着粉衣，柔美至极，这一刚一柔的对比，让这场剑舞越发地惑人心弦。

女子扭腰将剑尾的红绫抛出，又一抬手，挥出罡风的剑气。鼓声渐停，她的舞蹈也慢了下来，最终停在台上，微微起伏着胸膛，朝着孟阑若包厢的位置，投来了一抹柔媚的笑。

恩客们高声喝彩，重重打赏，绢花好似不要钱一样往台上扔。孟阑若直接走出了包厢，将怀里抱着的两篮子绢花，全都撒了出去。

绢花如雪般纷纷扬扬地落在小虞的头上肩上，她瞧见了孟阑若，又回眸浅笑，缓缓地行了个礼，才退下了舞台。

“漂亮吧？漂亮吧！！”孟阑若见小虞走了，才回到包房，激动得上蹿下跳，像个第一次来到落春楼的闷头青，“我从未见过这么漂亮的剑舞！”

林如翡笑道：“是不错。”的确漂亮，颇有一舞剑器动四方的味道。

“只可惜……”孟阑若又忽地有些意兴阑珊，“我想将她赎出来，她却不肯。”

林如翡对这些不甚了解，只是听着。

孟阑若道：“若是她不喜欢我也就罢了，可是我觉得她是喜欢我的呀。”他说完这话，长叹一声，将杯中的酒水一饮而尽。

两人正说着话，谈论的主人便从外面走了进来，手里端着一盘刚切好的新鲜水果，笑意盈盈地看着包房里的两人，柔柔地叫出了一声：“阑若……”

孟阑若顿住身形，立马回望，热切道：“小虞！”

“你怎么来了也不叫我。”小虞娇嗔，“害得我舞剑的时候，还满场张望着寻你。”

孟阑若说：“我这不是想给你个惊喜嘛。”

两人郎情妾意，坐在一侧的林如翡倒是成了多余的那个，好在孟阑若很快反应过来，道：“小虞，这位是我新认识的朋友林公子，性子好得很，你们花楼里可有什么温柔又漂亮的好姑娘，快替林公子叫个过来。”

“好呀。”小虞笑道，“林公子生得这么俊俏，真是便宜了那帮小妮子！”

林如翡倒也没有推辞，既然都来了这里，虽然他没有做些什么其他的打算，但也总不能让孟阑若在温存之余，还担心着自己这个朋友。

小虞叫的姑娘很快便来了，形容柔美，名叫婉衣，据说琴艺极佳。

君子成人之美，林如翡没吃过猪肉，可好歹见过猪跑，孟阑若和那小虞姑娘正是蜜里调油的时候，孟阑若被那小虞姑娘灌了好些酒，被她扶着进了另外一间房，屋子里便只剩下了正在低头弹琴的婉衣和林如翡。

婉衣似乎有些害羞，一直不怎么说话，直到小虞和孟阑若走了，才断断续续地和林如翡聊起天来。

林如翡有一搭没一搭地喝着梅子酒，和婉衣说着话。

婉衣弹完一曲，见林如翡没有要听下一曲的样子，便起身点燃了放在琴侧的熏香，这香气息倒是清冽，林如翡却觉得有些熟悉，问道："这是什么香？"

"是麒麟草制成的熏香，有安神之效。"婉衣柔柔道，"若公子不喜欢，婉衣便熄了。"

"不必了，点着吧。"林如翡并不讨厌麒麟草的气味，他的手指滑过杯沿，道，"你来这里多久了？"

婉衣回道："快三年了。"

林如翡说："小虞呢？"

婉衣迟疑片刻，才回答了林如翡的问题，她道："小虞姐姐来得晚些，但也有一年了，小虞姐姐人厉害，一来这里，便是花魁……"

林如翡说："哦。"

婉衣微笑："公子可有什么想听的曲儿？"

林如翡摇摇头，示意没有，他觉得有些倦了，但见孟阑若还没有要走的意思，自己也不好先行离开，便对着婉衣摆了摆手，道："你先出去吧，我想自己休息一会儿。"

婉衣闻言略微有些惊讶，咬着下唇道："可是这样出去，会被妈妈责骂的……"

林如翡微微蹙眉，顺手从袖口里取了一块灵石出来，递给她："去吧。"

婉衣欲言又止，最后拿了灵石对着林如翡行了一礼，退了出去。

屋内便只剩下林如翡一人。

林如翡有些无趣，四处看了看，房间里的摆设十分讲究，用了不少纱幔之类的布料，光线也十分昏暗，是个容易让人动情的氛围。桌上被点燃的香炉冒出袅袅白烟，带来了独属于麒麟草的奇异香气。香炉旁侧，放着一盘精致的点心，各类形状都有，做得很漂亮。

林如翡恰巧有些饿了，便拈起一块，送入口中。是绿豆糕的味道，有些过于甜，他不太喜欢，但口感还算不错，所以还是慢慢地吃掉了。

梅子酒还剩下半壶，林如翡闲来无事，便就着酥脆的豆子饮下了肚。

酒意上涌，林如翡苍白的脸颊上浮起了一抹嫣红，那双比常人淡了些的眸子，也不似平日清冽，带着微醺。大约是喝得多了些，胸口又泛起痒意，林如翡捂住嘴低低地咳嗽了几声。他用茶水压下了咳嗽，起身走到窗边，看着外面的景色。

屋内的窗户正对着江边，万家灯火，好似星河，起潮的江水层层叠叠地拍打着船舷，潮声不绝于耳。

林如翡却觉得有些莫名的不舒服，身体里面有什么东西在燃烧，顺着脏腑一路往外，燃到了他的肌肤上。

“咳咳，咳咳咳……”热浪来得突然，林如翡重重地咳嗽起来，意识也开始跟着模糊。他感到自己的身体开始无法控制，就这么软软地倒在了床上，眼前似乎出现了一个红色的影子，但随着远去的意识，林如翡什么都不知道了。

顾玄都面无表情地看着倒在床上的林如翡。他躺在柔软的床榻上，脸色不似往日苍白，反而变成了一片粉色，往下看去，会发现变成粉色的不只是他的脸颊，还有颈项。虽然看不到颈项之下的情形，但想来也知道被衣服裹得严严实实的身体，是怎样一幅光景。

有时候，被保护得太好，不是什么好事，因为不知不觉间，便做了不该做的事。

这花楼内自然也有讲究的。

酒是可以喝的，点心也可以吃，可若是这两者合一，便有了些不可言说的功效。这种效果对于常人而言，或许只是略微有些助兴，但林如翡身体孱弱，只是一点点，就让他变成了眼前这个模样。

夜晚的江风凛冽，顾玄都抬手便将窗户关上，封绝了窗外的灯火。

下一刻，顾玄都熄灭了屋内的烛火，一切都暗了下来。

一室寂静，只余下林如翡那略微有些急促的呼吸声。

林如翡是天亮后才醒的，醒来后身上披着厚厚的毛毯，他茫然地从床上坐起，看见了坐在桌旁的顾玄都。

顾玄都听见他醒了，也没回头。

“前辈。”林如翡唤道。

顾玄都道：“醒了？”

林如翡说：“嗯……”他揉揉有些发疼的脑袋，低声道，“怎么昨日突然就睡着了？”

“花楼里的点心和酒里放了些东西，你吃后反应有些大。”顾玄都道，“直接晕了过去。”

林如翡略微有些不好意思地“哦”了一声，看向顾玄都：“前辈……是在床边守了一夜？”

顾玄都没有说话。

但有时候沉默就是答案，林如翡登时有些愧疚，正欲道歉，却见顾玄都抬手做了个停的手势，然后忽地起身，走到他的面前，弯下腰，几乎快要和他鼻尖相触，面冷如冰："以后不准再来这种地方。"

林如翡呆住了。

顾玄都却有些不耐地催促了一遍："听见了吗？"

"听见了。"林如翡乖乖道。

也不知是不是顾玄都的语气太过危险，林如翡竟然没有生出一点反驳的念头。

"很好。"顾玄都点点头，这才直起身，漫不经心道，"毕竟下一次，我可不能保证会发生什么。"到底是没舍得，那般脸颊绯红、气息急促、毫无防备任人采撷的模样，顾玄都不想看见第二次。

林如翡心虚，毕竟自己逛花楼还莫名其妙中了招，的确有些丢脸，况且像顾玄都这样的前辈，应该是对这样的行径十分不屑的。

林如翡心中微微叹息，简单地洗漱之后，便去找到了孟阑若。

孟阑若屋内倒是不见小虞的身影，见到林如翡来，笑着问他昨夜休息得如何。

林如翡摇摇头，说自己还是不太喜欢这些地方，孟阑若也不介意，道："也是，感觉你似乎不太习惯，下次咱们还是去些清雅的地方吧。走吧，回府去。"

林如翡说："好。"

只是离开时，他在这间屋子里也嗅到了麒麟草的香味，登时有些奇怪，问了一句孟阑若是不是信州特别流行这种熏香。

"是啊。"孟阑若说，"特别流行，到处都有呢。我母亲也喜欢，家里种了不少。"他打了个哈欠，"好累……"

林如翡道："昨夜睡得不好？"

孟阑若挠挠头："还不错啊。"

林如翡道："小虞呢？"

孟阑若说："小虞？她早走了……怎么了？"

林如翡奇道："她没在你房间里过夜？"

孟阑若这才懂了林如翡的意思，不好意思道："哦，我没动过她，她还是清倌……毕竟是个姑娘，至少要把人娶回去，才能做这样的事吧。"

林如翡笑道："也是。"他看这两人缠绵的样子，以为早就水到渠成，却没想到孟阑若竟如此在意小虞。

也只有在意一个人，才会在情浓之时，却依旧顾忌二三吧，林如翡心中感叹。

# 第十一章 齐庆胜

林如翡和孟阑若回到孟府时，正巧遇到了坐在园中打理花草的孟犹月。她手里捏着一把长长的剪子，正低着头摆弄面前的花草，她的身后站着两个丫鬟，手里捧着她刚摘下来的鲜花。

也不知道孟府是如何做到的，园中各种鲜花争奇斗艳，开在了同一时候。这些花蕊要么含苞待放，要么正在盛开，见不到一朵花凋谢的模样，想来应该是花了大力气打理。

“孟阑若，我看你的皮是又紧了。”孟犹月话虽如此，眼里却带着笑意，“看你这满身脂粉气的样子，要是让娘知道你去了哪儿——”

“哎，姐，姐，我的好姐姐，你可千万别告诉娘啊。”孟阑若紧张道，“我就是去听了听小曲儿，哪敢做别的事。”

孟犹月冲着孟阑若埋怨道：“你去鬼混就算了，还带着人家林公子……”

林如翡笑着示意无妨，说那儿其实还算有趣。

孟犹月闻言笑道：“林公子，我这弟弟不靠谱得厉害，若是有哪里冒犯了你，可千万多多包涵。”

孟阑若嘟囔着自己哪有，被孟犹月用手指在脑门儿上点了一下才作罢。

林如翡昨日虽然误吃了花楼里的糕点，但其实睡得还算不错，倒是孟阑若不住地打哈欠、揉眼睛，有些精神不振。他和林如翡叫了早茶，两人有一搭没一搭地吃着。

孟阑若的注意力不在食物上面，坐在椅子上扭来扭去，全然一副心不在焉的样子。

林如翡起初以为他是困了，但见他几次欲言又止后，才迟疑地放下了手中喝了一半的牛乳，道：“孟公子可是有话想说？”

“林公子。”孟阑若眨巴着眼睛，道，“你看过《扬花记》吗？”

《扬花记》是时下很流行的话本小说，传播甚广，大约是讲了个花楼里的姑娘和贫困书生的故事。故事内容虽然老套，但作者文笔不错，所以偶尔看来消遣，倒也不错。只是这种话本通常都是姑娘们喜欢的，林如翡之所以会买，也是因为逛书店时玉蕊瞧见了，想要带上一本。

若是之前孟阑若这么问，林如翡大约会觉得他涉猎甚广，但经历了昨日一晚，孟阑若这句问话里，好似带上了别的意味。

林如翡看着孟阑若，道：“看过。”

“真看过？！”孟阑若一听林如翡看过，立刻激动起来，支着脑袋靠近了几分，小声道，“我爹娘都说这些是闲书，让我少看些，还说看多了，脑子会变得不好使……”

不知为何，林如翡听着孟阑若的话着实想笑，于是低低地咳嗽两声，盖过了自己话语里隐藏的笑意，道：“的确是闲书。”至于看多了脑子会不会变得不好使，那就不知道了。

孟阑若来了劲，继续道：“那你觉得里面的故事怎么样呀？”

林如翡道：“倒还不错。”

孟阑若说：“我觉得，小虞就是话本里的那个姑娘……”他声音不大，但却说得认真，“简直和话本里一模一样。”

《扬花记》里的花魁也的确是既柔美又擅长舞剑，在楼里等着自己心仪的书生时，即便是他人想花重金将她从花楼里赎出，她也死活不肯。

林如翡看着孟阑若，笑道：“可是就算她是那个花魁，你也不是她心仪的书生啊。”

孟阑若闻声长叹，靠着椅子发呆，道：“是啊，不过她来信州城一年了，我也没见过她喜欢什么书生，万一……”他小声道，“万一她其实心仪的人就是我呢，只是有些矜持和顾虑……”

林如翡察觉了孟阑若那颗蠢蠢欲动的心，他道：“什么样的顾虑会让她不跟你走？”

孟阑若挠挠头：“我也问过她了，她只是说还没到时候，虽然我也不知道没到时候是什么意思……”

林如翡看着孟阑若，唇边浮起了些笑意。孟阑若这种少年气的烦恼，带着点天真的味道，并不让人觉得厌烦，反而有种孩子般的烂漫。孟家这位小公子的确被家中保护得很好，看着他，好像莫名地理解了二哥看着自己时偶尔生出的无奈。

花楼不是什么容易生存的地方，能在里面活得精彩的姑娘，也不会是什么不通世事的可怜虫，小看她们，是要吃苦头的。

孟阑若和小虞到底如何，林如翡说不好，但显然孟阑若在这件事上陷得很深。

孟阑若又纠结了一会儿，便有些困了，打着哈欠说自己先去睡会儿觉，等睡醒了，再来找林如翡玩。

林如翡示意他去，把手里剩下的牛乳喝光了。

孟阑若一走，顾玄都便坐到了他的位置，双手抱胸靠在椅子上看着林如翡用膳。

“怎么？”林如翡觉得他的眼神有些奇怪。

“你觉得孟阑若如何？”顾玄都问。

“如何？是指什么？”林如翡莫名。

顾玄都道：“喜欢吗？”

林如翡被问得一头雾水，但还是回道：“还算喜欢……”

顾玄都便不开口了，示意林如翡继续吃，林如翡却觉得顾玄都不会无缘无故地问出这么一番话来，正打算追问，顾玄都却懒懒地说了句：“也是，有谁会不喜欢这种可爱的少爷呢。”他说完，坐直了身体，认真地瞅着林如翡，“你看我就挺喜欢你的。”

林如翡：“……”他为何总觉得顾玄都是在骂自己。

但顾玄都却似乎不想在这个话题上继续，提议说趁着天气不错，四处转转，看看孟府的景色。

林如翡同意了。

孟府的确很大，但并不空旷，四处都是走动的仆人们。想来是维持万花齐放的情形并不容易，所以这些仆人大多都在侍弄花草。

一条不深的小河贯穿了整个孟府，河中水流清澈，能在里头见到漂亮的各色鱼儿。

不过逛了一会儿，林如翡便发现了一个奇怪的现象，就是孟府几乎每一处都能闻到麒麟草的香气。仔细找了找，他发现麒麟草几乎遍布了整个孟府，而且看起来显然是刻意种植的。

“孟府怎么这般喜欢麒麟草？”林如翡奇道，“四处都有。”

顾玄都慢慢道：“或许是为了保持这一室的繁花吧。”

林如翡道：“还有这个功效？”

顾玄都说：“有的。”他简单地介绍了一下麒麟草的功效，说这草通常是用来安神的，但其实也有别的用处，就是可以用来保留容易腐朽的东西。府内如此多的繁花，麒麟草应当也起了些作用。

好在林如翡并不讨厌这样的香气，只是闻得多了，便有点久居兰室不闻其香的意思，那浓郁的香气也变得寻常了起来。

在孟府转了一圈，林如翡打算回自己的房间，但经过必经之路的回廊时，却见到了一个熟悉的人——那个被孟阑若讨厌的齐厌胜，坐在回廊里，手里握着一根鱼竿，居然在悠闲地钓鱼。

他见到林如翡，笑眯眯地打了一声招呼，好似之前与林如翡针锋相对的人不是他一样。

林如翡点头回礼，没有和他多做交谈的意思，打算离开时，忽地被齐厌胜出声叫住了。

“林公子若是没什么事，能否陪我聊会儿天？”他的语气听起来倒是颇为诚恳。

林如翡道：“齐公子在做什么呢？”

齐厌胜笑道：“我闲得厉害，便想着钓会儿鱼，可惜鱼儿不肯上钩，便更无趣了。”

见林如翡还是有些迟疑，他又为昨日的事道了歉，说的确是自己孟浪了，但他对林如翡并无恶意，恳请林如翡不要介怀。

话都说到这个份上了，林如翡也不好再拒绝，于是走到了齐厌胜旁边，也坐在了回廊上。

“我听犹月说昨日你和阑若去了花楼？如何？可还喜欢？”齐厌胜笑着挑起了话题。

林如翡说：“凑合。”

“只是凑合？”齐厌胜道，“我以前也去过，可惜了，现在阑若很是嫌弃我，不肯再带我去。”说着这样的话，他脸上却笑得满是宠溺。

林如翡沉默片刻，问道：“你和阑若认识几年了？”

齐厌胜道：“好些年了。”他语气里带着些怀念，“可惜那时候阑若还是个傻小子，这些年越长大，反而越不听话。”

这语气倒是稀奇，不像是同龄的朋友，倒像个年迈的长辈。

林如翡和齐厌胜又聊了些别的，放下敌意后，齐厌胜这人给人的感觉倒也还不错，见多识广，很多事情都有自己独到的见解。

两人聊到了接近午时，林如翡便起身告辞，说自己先回房休息了，临走前随口问了句这府里怎么那么多麒麟草。谁知在听到这个字眼的时候，齐厌胜的表情微微僵了一下，但很快便恢复了正常，笑着说是信州人都很喜欢这种香气，不光种草，还会使用这种气味的香薰，就算在街上走上一圈，也会闻到四处都有。

齐厌胜的表情变化虽快，但还是被林如翡捕捉到了。听到他的解释，林如翡虽然心中疑惑，但也没有多问，点了点头，便转身离开。

身后忽地响起水声，似乎有什么东西咬了齐厌胜的鱼钩，可林如翡却记得，齐厌胜的鱼钩上干干净净，连个最简单的饵料都没有。

浮花和玉蕊见到林如翡回来，齐齐松了口气。

见侍女二人都是一副担惊受怕的模样，林如翡开玩笑说自己好歹也是已及冠的成年男子，又不是小孩子，让她们不用这般担心。

玉蕊噘着嘴埋怨少爷心大，说这江湖险恶，坏人多得很呢。

林如翡掐了一把她的脸颊，笑道："坏人最喜欢的不该是你这样糊涂的小侍女吗？"

玉蕊不知该如何反驳，哭兮兮地出去了。

林如翡刚坐下，屋外便飞来一只纸鹤，看那纸鹤的模样，就知道定然是昆仑山上下来的。林如翡接过纸鹤，将它拆开，看到了熟悉的属于二哥的字迹。信是林辨玉写的，后面还加了两三句大哥和三姐的嘱咐，内容大多都是些问候和担忧，若只是看信的内容，好像林如翡是个三岁的孩童，路边一块石子都能绊他一跤似的。

林如翡看完信后，取出笔墨来，给家里回了信，说自己已经将请帖送到了孟家，打算在信州城逗留几日，便往中原去，还让哥哥姐姐们不必担忧。

当然，这些话说了也等于白说，毕竟在哥哥姐姐的眼里，他永远都是一个手无缚鸡之力的小可怜罢了。

他写信时，顾玄都就在旁边看着，眼里是满满的笑意。

林如翡写完后仔细放好，又将纸鹤放飞，扭头问顾玄都笑什么。

"没什么。"顾玄都正经道，"只是觉得你蹙着眉头落下笔墨的模样很可爱罢了。"

林如翡才不信他的鬼话，但顾玄都又不肯说，于是只好收了笔墨休息去了。

不得不说孟家的确是个养病的好地方。院子里的环境好，又十分清幽，门口守着的丫鬟竹音也做事妥帖，只要是林如翡可能需要的东西，向来都是提前送到了屋内。

林如翡喝了药剂，沉沉地睡了一觉，起来后身体便感觉轻松不少，虽然依旧有些咳嗽，但体温已经完全恢复了正常。

吃完晚饭，林如翡在院中乘凉，竹音又在院子入口的石柱上点了熏香，林如翡看着她的动作没有说话，只是觉得孟家对于这种香料的执念真是让人无法理解。

孟阑若睡了一天，这会儿总算是恢复了精神，跑到林如翡的院子里来拉着他要出去逛街，说晚上信州城里热闹得很，不去看看夜景十分可惜。

林如翡推辞不过，只好跟着他去了。

信州城很大，夜晚也的确热闹，虽然天色已暗，但街道上各处都挂着明亮的灯笼，因此照得整条街道灯火辉煌，走在其上的人喧闹嘈杂，林如翡甚至还在街边看见了几个卖艺的艺人。

从袖口里掏出几枚银钱作为赏钱扔了过去，孟阑若笑着问林如翡昆仑山上的夜晚是何种模样。

“那得看是山上山下。”林如翡走在孟阑若的身侧，说着自己的家，“山上终年积雪，没有春日也无人烟，山下稍微好些，有不少弟子。不过昆仑门规森严，弟子们通常都很拘束，只有剑会时，才会有一些小集市。在山脚下，还有一个小镇，人不多，但还算有趣。小镇旁，便是一片桃林，林子里还有群喜欢欺负人的猴子……”

听着林如翡的话，孟阑若露出向往之色，他叹道：“真好。”

林如翡笑笑：“信州城也不错，很漂亮。”

孟阑若却不应声，想来是看了这么些年，再美丽的景色也看得有些腻烦了。

两人顺着街道走着，孟阑若问林如翡想不想去江边看看，说再过几日就是清明，他们这里有在清明时节放花灯祭奠旧人的习俗，所以这几日江上应该会漂着不少漂亮的花灯，算是夜晚的一道美景。

林如翡觉得孟阑若这性子实在有趣，寻常人看见这样的场景，或许会觉得不舒服抑或害怕，他却毫无感觉，甚至跃跃欲试，仿佛河上的花灯不是送给先人的，而是藏着字谜的玩具。

不过林如翡对此并不抗拒，所以便陪着孟阑若往江边去了。

此时天色已晚，江边却已经有不少人，正将点燃的花灯，顺着流水放下。点点星火照在暗色的江面上，滔滔江水仿佛成了一条暗色的银河，上面漂的就是点点繁星。

人们不光放花灯，还会在岸边烧纸钱和香烛。

林如翡和孟阑若站在岸边吹着江风，孟阑若没有说话，像是在思考什么。

“嗯？”一直没有出现的顾玄都的声音忽地从林如翡身后传来，他的语调里带了些兴味，“你看那是谁？”

林如翡顺着顾玄都说的方向看去，看到了一个没想到的人，竟是白日里刚在回廊中见过的齐厌胜。

天色很暗，若不是顾玄都提醒，林如翡也不会注意到。齐厌胜蹲在河边，手里刚送出去一盏花灯。

如果只是他也就罢了，可他把花灯送出后，却对着身旁站着的人说了句什么。那人转过头，林如翡恰巧看清了她的脸，眼神里露出些许愕然——那竟是孟阑若在花楼里的相好，那个剑舞得极为漂亮的小虞姑娘。

他们两人竟是熟识？还约在江边相见？

“这孟公子的头发有点绿啊。”顾玄都感叹。

那两人似乎关系很好，交谈之中神态亲昵，那齐厌胜甚至还抬手帮小虞理了理被江风吹乱的发丝。

林如翡用余光瞧了一眼自己身旁蹲在地上抠泥巴往江里扔的孟家小公子，一时间也不知道该说点什么，是让他看一看好呢，还是装作自己也没有注意到好呢？

正在林如翡认真地思考这件事的时候，孟阑若却忽地抬头，朝他看的方向望了过去。黑暗的夜色中，他似乎也注意到了前面江岸边上正在对话的两人，抬手重重地揉了揉眼后，神情便直接僵住了。

那真是一种很难形容的表情，仿佛见了鬼一般，又带着满满的难以置信，他猛地直起身，一声吼叫眼见到了唇边，可不知为何，又硬生生地咽了回去。

孟阑若显然看到了，看到了他讨厌的齐厌胜和他喜欢的小虞正郎情妾意、蜜里调油。

林如翡将眼神移到了江面上，假装自己正在看着花灯。

“林公子。”孟阑若艰难地从嘴里挤出一句话，“我有些不舒服，咱们先回去吧。”

“好。”林如翡点头。

孟阑若转身就走，脚步匆忙慌乱，差点没被绊倒，还是林如翡扶了他一把，才不至于摔倒在地。

直到两人回到孟府，孟阑若都没有再说话。

然而就在他们两人即将分别时，孟阑若却突然开了口，声音里带上了稚嫩的哭腔，他说：“林公子，你也看到了对吧？”

林如翡哑然，他很想假装自己没有看到，可面对这个模样的孟阑若，撒谎的话却说不出口，最终化为一声低沉的喟叹。他伸出手，轻轻地按住了孟阑若的肩膀，缓缓点了点头。

从未经历过这些事的小公子，终于忍不住抽泣起来。他大约是觉得有些丢脸，便一边用手狠狠地擦拭脸颊的泪水，一边哽咽道：“他怎么能这样，他怎么能……”

因为太过用力，白皙的脸颊被擦得一片绯红，甚至出现了隐隐的血丝。

“这……或许只是个误会。”林如翡感觉，孟阑若虽然嘴里说着讨厌齐厌胜，但其实两人的关系没有想象中的那么糟糕，不然他大可以当场冲过去质问齐厌胜为何会和小虞在一起。也只有面对朋友的背叛，才会流露出这般不知所措的神情来。

“他在我面前，还劝我离小虞远一些，说她不是个好人，说花楼里的女子，都是虚情假意。”孟阑若哭道，“齐厌胜这个骗子，大骗子，我最讨厌他了，明明喜欢我姐姐，居然还背着我姐姐做出这样龌龊的事来！”

林如翡语塞，实在不知该如何安慰孟阑若。

但显然孟阑若也不需要他说什么话，他吼完了这一通话，便胡乱地擦了擦脸，露出一个极为难看的笑容：“抱歉林公子，是我失态了，你早些休息吧……我先回房了。”

林如翡蹙眉担忧道：“你不如找到齐厌胜，和他将此事说开了……”万一是什么误会呢。

孟阑若却重重地摇了摇头，神情渐渐平静下来，道：“我家中本就不想我和小虞有过多的牵扯，就算此事是真的，也没人会向着我，况且小虞……小虞从未答应过我让我替她赎身，我还想她是在等谁，现在总算知道了。”

孟阑若说完这一席话，便同林如翡告了别，转身就走。

林如翡看着他失魂落魄的身影着实有些担心他会不会做出什么傻事来，蹙眉自语道：“这可怎么办？这孟家小公子，不会做出什么过激的事来吧？”

顾玄都懒散道：“就他那点能耐，难不成还能捅破天？”

林如翡却不赞成：“也说不定。”

顾玄都又道：“要是哪天你看见你的爱人和别人私会，你会如何？”

林如翡想了想：“可能会一剑捅死那奸夫吧。”

顾玄都：“你不怪你爱人？”

林如翡道：“这哪儿知道，或许会怪，或许会舍不得。”他又转头看向顾玄都，“你呢？”

顾玄都严肃道：“我不会允许这种事发生的。”

林如翡奇道：“可是若是有个万一呢？”

顾玄都冷笑：“万一？没有万一。”

虽说顾玄都觉得孟阑若做不出什么过激的事来，但林如翡心中依旧有些担忧。

接下来的几日，林如翡都没有看见孟阑若，他想了想，觉得事情有些不对劲，便寻到了竹音，问她怎么没看见孟阑若。

竹音答道："哦，林公子还不知道吧，前几日我家少爷染上了风寒，这几天都在养病呢。"

林如翡这才知道孟阑若病了，道："病得重吗？"

"不重的，只是些小风寒，林公子不也病着嘛，怕您过去染了病气就一直没有同您说。"竹音回道。

林如翡问了孟阑若养病的地方，打算去看望一下他，想来他突然病倒，和那一晚所见之事脱不开干系。但看竹音这模样，估计孟阑若没有将那件事说出来。

竹音领着路，将林如翡带到了孟阑若门口。他还没进去，便听到里头传来了孟犹月苦口婆心的劝慰声："我的小祖宗，你不喝药病哪能好，乖，不要任性，让母亲知道了你还要不要你这耳朵了。"

孟阑若哑着嗓子道："不要了，让娘揪掉算了。"

孟犹月无奈："你是瞧准了娘舍不得是吧？你再不喝，我就强灌了。"

孟阑若正欲说什么，竹音便抬手敲了敲门，道："小姐、少爷，林公子听闻少爷生病，前来探望。"

"进来吧。"孟犹月说。

林如翡进了屋子，嗅到了一股浓郁的中药味，这味道他倒也熟悉，长年累月都闻着，的确让人厌烦。

前几日活蹦乱跳的孟阑若此时形容憔悴地躺在床上，一张小脸苍白无比，脸色倒是和林如翡有几分相似。

他见到林如翡眼睛先是一亮，随后又黯淡下来，道："林公子，你来看我啦。"

"嗯，来看看你。"林如翡走到床边，"感觉如何？"

"只是小风寒而已，姐姐总喜欢小题大做。"孟阑若埋怨，"这药苦得人脑仁儿疼，就算不喝过几日也就好了，何必受这个苦？"

孟犹月闻言没好气地在他脑门儿上点了一下，道："你呀，多大的人了，还怕药苦，也不怕人家林公子笑话。"

孟阑若吐吐舌头，做了个俏皮的鬼脸，却还是不肯喝药。

孟犹月叹了口气，无奈地放弃了劝说，说："你们先聊着，我去把母亲唤过来盯着孟阑若喝药。"

孟阑若压根儿不怕，叫着让孟犹月给他带一包糖渍梅子来，要门口王记那家的。孟犹月瞪了孟阑若一眼，说哪儿有工夫给他买梅子，况且这还病着呢，连药都不肯喝，还想吃梅子，简直妄想。

孟阑若闻言只是笑，也不反驳。

孟犹月出了屋子，孟阑若脸上的笑容却淡了下来，眉宇间浮起些忧愁，咳嗽几声，喃喃道："我都好久没有生病了……"

林如翡劝慰道："偶尔生病也是人之常情。"

"上一次生病，还是一年前呢。"孟阑若说，"病得很重，好在后来遇到了小虞……"提起小虞这个名字，孟阑若神色黯然，"可我却没有想到，她和齐厌胜……"

林如翡道："那你现在想怎么办？"

孟阑若强笑："还能怎么办，我虽然说着讨厌齐厌胜，其实我们也是很多年的朋友了。他是孟府的贵客，在孟府里待了许多年了。我虽然觉得他有时候特别讨人厌，但他的确是我仅有的朋友……"他说着又难过起来，重重地哽咽了一下。

林如翡语塞，好朋友和自己最心爱的女人在一起，这世界上大概没有比这更惨的事了。

"而且我一直以为齐厌胜喜欢的是我姐姐。"孟阑若缩在床上，像个被欺负惨了的小可怜，"但是现在仔细想想，他其实从未说过这样的话，我平日里拿这事儿打趣他，他也只是不反驳。"他以为这样的沉默是默认，却不想这沉默竟是代表着拒绝。

看到了真相后，好多想不明白的事都能解释得通了，可这真相孟阑若宁愿自己没有看到。

林如翡一直沉默，好在孟阑若似乎也不需要他说什么，孟阑若絮絮叨叨地说了好些他和齐厌胜的旧事，看得出他对齐厌胜的确有几分特别的情谊。这个齐厌胜已经在齐家待了将近十年，就算是条狗，也总该有些感情了。更何况，还是个还算有趣的人。

"你不打算找他问问？"见孟阑若说得有些累了，林如翡问出了这个关键性的问题。

孟阑若苦笑起来："不问他了，问了怕自己更难过。"

林如翡略微有些惊讶。

"但我应该会再去找小虞一次，看她愿不愿意和我走。"孟阑若说，"若是真不愿意，也就罢了。"他说得轻巧，但语气里饱含着巨大的悲痛，林如翡听得明明白白。

看来这个花魁小虞，在孟阑若的生命里，的确占了浓墨重彩的一笔。

林如翡听了孟阑若的话，便以为这件事算是就这么结束了，孟阑若决定选择放弃，将小虞让给齐厌胜。

只是不知为何，林如翡却总觉得这件事里透着不同寻常的气息，想要细究，却又捉不住痕迹。

没一会儿，孟阑若的姐姐便和孟夫人过来了，手里还拎着包刚买来的糖渍梅子。孟阑若早就料到，喜笑颜开地接过来，还撒娇地叫了声“好姐姐”。孟夫人黑着脸催促他喝药，孟阑若死活不肯张口，气得孟夫人又想要揪他耳朵。

见这一家人的气氛其乐融融，林如翡识趣地起身告辞。

经过刚才的谈话，孟阑若同林如翡说他想和小虞说清楚，林如翡以为孟阑若会在病好之后才去，谁知道傍晚时分，他却看见竹音愁眉苦脸地在屋里点香，便随口问了一句出了什么事。

竹音道：“唉，少爷做了糊涂事，病情又加重了。”

“糊涂事？”林如翡心里咯噔一下，“他做了什么？”

“少爷不是还病着吗？”竹音苦恼道，“谁知道一会儿没看着他，他竟然偷偷摸摸地溜去了花楼见那花魁去了，最后被小姐发现，又给逮了回来。”

林如翡微微愣住，没想到孟阑若如此冲动。

“这下好了，夫人本来就不喜欢少爷去花楼，干脆将他禁了足。”竹音嘟囔，“也不知道花楼里的小妖精有多漂亮，能勾得少爷这么神魂颠倒。”

林如翡道：“那他现在在哪儿？”

“被关了禁闭。”竹音说，“也不知道什么时候才能被放出来。”

林如翡微微蹙眉，觉得这事儿真是越来越麻烦。

竹音出去后，林如翡叹了口气，自语：“真是麻烦。”

“是啊，麻烦得让人觉得讨厌。”顾玄都懒散地坐在椅子上，他对孟府里的一切都不太感兴趣，包括孟家小公子的爱恨情仇。事实上，只要不威胁到林如翡，他就总是一副懒洋洋的模样。

林如翡的心没顾玄都那么大，坐在床边半晌没有说话，他迟疑道：“你觉得，齐厌胜知道这件事了吗？”

顾玄都道：“那个齐厌胜是个聪明人。”

林如翡：“所以他是知道了？”

顾玄都道：“大概是知道了。”

林如翡说：“知道了他为什么没有任何表示？”

顾玄都却笑了起来，他说：“表示肯定是会有的，只是这表示，孟家小公子喜不喜欢，是另外一回事。”

林如翡蹙眉，总觉得顾玄都的话里暗藏着什么危险的信息。

“等着吧，事情会结束的。”顾玄都平淡地重复了一遍，“完满地——结束。”

孟阑若被关了三天。

这三天里，林如翡只要路过他住的院子，就能听到他的叫声。这小公子明明还病着，却叫得中气十足，起初林如翡还有些担忧，后来竟然渐渐地习惯了。

林如翡的病也逐渐康复，想着自己病好了，差不多也该离开孟府了，便打算同孟阑若告别。

林如翡去了孟阑若被关禁闭的地方，仆人们都认识林如翡，知道他是孟府的贵客，并未阻拦，直接放他进去了。

“林公子，林公子，你终于来看我了！”孟阑若在屋里上蹿下跳，激动得像是出山的猴子，他面前的桌子上摆放着各式各样的吃食，什么都有，还有不少话本之类的闲书，除了不能出去之外，丝毫没有被关禁闭的样子。他的病显然已经痊愈，脸上不见病容，红光满面。

“我还想着你绝不是那样无情的人呢，一定会来看我的！”孟阑若递给林如翡一个橙子，笑着示意他吃。

林如翡没有接，无奈道：“你就算心急，也不能病着往外跑啊。”

孟阑若摇摇头，笑着说：“你是不知道，我这一趟跑得有多值。”

“哦？你见到了小虞？”林如翡奇道。

“见到了，还问了她那天的事。”孟阑若说，“果然是误会，她和齐厌胜没什么关系，只是凑巧相遇，又……又出了些事……才会那般亲昵。”

“出了些事？什么事？”林如翡却觉得很可疑。

孟阑若略微有些迟疑，他想了想，压低了声音：“小虞遇到了些事儿，有些想不开，便去了河边，正巧遇到放花灯的齐厌胜，结果被他救下了。”

林如翡马上明白了孟阑若的意思：“她是想自尽？”

“嘘……嘘……你小声一点。”孟阑若道，“我当时也不信，她就边说边对着我脱了衣裳。”他说到这里，脸红了片刻，随即又露出严肃之色，“我才发现她的肌肤上全是密密麻麻的旧伤。”

林如翡蹙着眉头听着。

“原来，来这里之前，小虞曾经遇人不淑，她好不容易逃出来，到了信州，又迫于生计入了花楼，这才遇到了我。”孟阑若道，“我想将她赎出来，她却觉得自己配不上我。”

林如翡道："所以……她就想不开了？"

"是啊。"孟阑若笑了起来，"这事儿我也问了齐厌胜，他和小虞的说法一样，只是……"他又苦恼道，"他还是不喜欢小虞，觉得小虞没有她表现出来的那般纯真，还劝我离她远一点。"

林如翡听着孟阑若的话，沉默了半晌。

这个解释是完美的，可完美之中又透着不和谐的感觉，就好像一个毫无破绽的谎言，虽然找不出异样，可总让人觉得有些不舒服。林如翡并不想将之武断地定为谎言，但他的内心深处，的确生出了层层怀疑。

而孟阑若显然并未想那么多，他相信了小虞的话，也相信了齐厌胜，觉得小虞并未背叛自己，还是那个自己心爱的姑娘。

他又说起了接下来的打算，说自己从禁闭室里出去后，便会马上接回小虞，无论母亲怎么反对，他都一定要把这个姑娘娶回家来，这才是话本里最美好的结局。

林如翡欲言又止，还是没有说出泼冷水的话。

孟阑若遗憾道："可惜你要走了，不能参加我们的婚礼，不然你再多留些日子？"

林如翡笑着婉拒。

又和孟阑若说了会儿话，林如翡才从屋子里出来，却见到门口站着的齐厌胜。齐厌胜似乎也是来看望孟阑若的，林如翡刚走，他便来了。

"林公子。"齐厌胜微笑着冲林如翡点头示意。

林如翡简单地回礼。

两人之间并无太多的交谈，便擦肩而过，林如翡鼻间又嗅到了那股浓郁的麒麟草香气。

在打算离开后，林如翡便让浮花和玉蕊收拾了行李，可谁知天公不作美，之后几日都是阴雨连绵。浮花怕林如翡冻着，就去信州城里花重金买了马车，又拿出符箓，让工匠镶嵌在马车里，这又得耽搁几日。

孟阑若的禁闭也正好结束，像只放飞的鸟儿，在孟府里蹿来蹿去，还拉着林如翡要给他送行。

林如翡见他如此快活，心中稍安，想着再怎么样，孟阑若也是孟府最受宠的小公子，就算是出了什么事，他的爹娘也会护着他的。

平静的日子就这么持续了几天。这几日，林如翡都会看见齐厌胜坐在回廊里钓鱼，没有像第一天那样和他打招呼，齐厌胜的背影显得格外孤寂和冷漠。

林如翡本就和他不太对付，所以也没有主动询问。

直到马车里的符箓快要镶嵌好的那几日，林如翡恰巧路过回廊，坐在回廊上钓鱼的齐厌胜忽地开口，道了句："林公子，你就要走了？"

林如翡应声称"是"。

"阑若性子虽然跳脱，但其实好友很少，你是为数不多被他叫作朋友的人。"齐厌胜说，"就这么走了，倒是有些可惜。"

"天下无不散的宴席。"林如翡淡淡道。他虽然也挺喜欢孟阑若，可也不能一直待在孟府，况且这几日孟阑若的状态不错，每天都笑呵呵的。

"也是。"齐厌胜淡笑，"不过若是不急，能否请林公子晚几日再走？"

林如翡道："为何？"

齐厌胜却没有再说话，收起了手上的鱼竿，转身走了。

林如翡看着他的背影直皱眉，顾玄都懒懒散散地来了句："可怜那孟家小公子……要倒霉咯。"

林如翡疑惑地看向顾玄都。

顾玄都却笑了："不过这事，和你倒是没什么关系。"

林如翡再问，顾玄都却怎么都不肯说了。

林如翡心中还是不安，于是将离开的行程又推迟了几日。

谁知，就在他决定离开的前一日，意外竟然真的来了。

孟阑若心心念念想要娶回家的花楼姑娘小虞，留下了一封遗书，投水而亡。据说，孟阑若当时就在她的房里，眼睁睁地看着她跳下花船落入江中，就这么香消玉殒。

林如翡听到这消息时，正在喝茶，手里的茶杯颤了一下，差点落到地上。

竹音哭着说少爷伤心欲绝，被夫人强行接回了孟家。这会儿一个人闷在屋子里，谁也不见，众人都十分担忧，却又不知道该如何是好。

林如翡白皙的手背被茶水烫得红了一片，玉蕊赶紧上前，取走茶杯，想要拿些冰块过来，却被林如翡拒绝了。

"他在哪儿？我过去看看。"林如翡说。

"就在林公子旁侧的阁楼里。"竹音哭道，"这可怎么办才好啊……"

林如翡起身，连外套都没有穿，便匆忙地赶去了阁楼。那阁楼外头已经站了不少人，一看面孔，都是孟阑若的亲人，个个面容愁苦。孟夫人已经倒在孟犹月的怀里，悲伤地抽泣起来，喃喃道："怎么会出这样的事，我都已经应下了他将那个女人带进府，她怎么还投河自尽！”

孟犹月也面色哀切，目光中全是对孟阑若的担忧。

林如翡想起了前几日齐厌胜对自己说的话，想来小虞的死和他脱不开关系，可拥挤的人群中，却不见他的身影。

无论外头的人怎么劝慰，屋内的孟阑若都不肯开门。众人无法，只好渐渐散去，孟夫人担心他会出什么意外，派人守在了屋外。

林如翡也走了，在回去的路上，居然在回廊上看见了还在钓鱼的齐厌胜。他走到齐厌胜身后，冷冷道：“你做的？”

齐厌胜背对着林如翡，笑道：“不知林公子所指何事？”

林如翡道：“还用我说？”自然是小虞的事，他可不信那姑娘会平白无故投了河，还有那一身伤痕，说不定也和齐厌胜有些关系。那故事能骗得了天真单纯的孟阑若，却骗不了别人。

齐厌胜沉默片刻，说了句：“子非鱼，安知鱼之乐？”

林如翡冷漠道：“鱼乐不乐我不知道，我只知道死人是乐不起来的。”看着孟阑若被齐厌胜愚弄，就算是他这样的好脾气也有些怒了，那孟阑若还把这齐厌胜当作朋友，可却不知道这位所谓的朋友，到底做了什么。

齐厌胜大笑，他放下鱼竿，站起来，对着林如翡行了一礼，认真道：“多谢林公子。”

林如翡盯着他，等着他说下一句话。

齐厌胜道：“多谢林公子成了阑若的朋友。”

说完这话，齐厌胜转身便走，毫不留恋。林如翡扶着腰侧的剑沉默而立，许久未言，直到顾玄都问他在想什么，他才冷冷地道了句：“我在想若是一剑把这齐厌胜杀了，善后麻不麻烦。”

顾玄都闻言却忍不住大笑起来，笑得上气不接下气：“小韭生气了呀。”林如翡冷冰冰地说着要杀人的模样，不知为何看起来也这般可爱，随后又用宠溺的眼神瞅着林如翡温声说道：“想杀便杀了吧，让小韭不开心的人都该死。”

林如翡只当顾玄都在打趣自己，瞪了他一眼，没说话，也走了。

小虞的死真的伤透了孟阑若的心，他不饮不眠连着撑了三日，孟夫人无奈之下，只好下药将他迷晕，再强行喂了些汤药。

林如翡也见到了昏迷中的孟阑若，短短几日，这小公子便瘦了一圈，原本还算圆润的脸上却露出了消瘦的下巴，眼睛虽然闭着，却依旧皱着眉头，像是陷在一场醒不来的噩梦里。

自己心爱之人在自己面前死去，远比噩梦还要可怖。

睡了半日，孟阑若便醒了，睁眼看见了坐在床边静候的孟家人和林如翡。他出声正欲将所有人都赶出去，却听到了林如翡的声音，有些轻，但和平日里一样温和。林如翡说："我陪着你说说话可好？"

孟阑若迟疑片刻，竟然同意了。

孟家人退了出去，屋内便只剩下了两人，孟阑若看着林如翡。

林如翡也看着他，犹豫片刻，低声道："想哭就哭吧，你还是个小孩子，不丢人的。"

下一刻，孟阑若便号啕大哭，哭得天崩地裂，一边哭，嘴里一边叫着小虞的名字，其悲痛欲绝的模样，林如翡看了，心里也泛起些难受来。他也不劝，就在旁边静静地坐着，待到孟阑若哭累了，才递上一杯温茶，示意他喝下。

孟阑若喝下茶水，情绪略微平静下来，他呆滞地看着林如翡，道："小虞死了。"说着，泪水又顺着他的眼角流下，"我永远也不能和她仗剑江湖了。"

林如翡抬手，带着安抚的意味摸了摸他的脑袋。

孟阑若再次号啕大哭。

他几乎是哭了一整夜，直到哭累了，才沉沉地睡了过去。

林如翡从屋子里出来后，被孟家人团团围住，简单地说了一下孟阑若的情况。

孟家人听到他哭出来了，才略微放心，说下半夜有他人守着，让林如翡先去休息。

林如翡没有强撑，打算回去睡一会儿。

他缓步穿过孟府，到了自己的屋子前，透过窗户，见屋内亮着灯。

进屋后，林如翡看见坐在烛光里的顾玄都。他神情倦怠，似乎有些疲惫，听到林如翡的脚步声，头也不抬："回来了？"

"你去哪儿了？"林如翡问。

顾玄都道："去取了些东西。"他说着，从桌下提起了两个花灯。

那花灯的样式十分熟悉，正是之前林如翡在河边见到的用来祭奠先人的花灯。林如翡心中正在疑惑顾玄都拿着这个做什么，就见顾玄都将花灯递给了自己。

林如翡伸手接过，朝花灯里一看，神情便僵住了。

花灯两盏，里面写着两个名字，一个是小虞，另一个，竟是……孟阑若。

# 第十二章 江湖梦

看着手中的两盏花灯，林如翡的神情几乎凝固了。他缓缓抬头，沉声问道：“谁放的花灯？”

顾玄都说：“齐厌胜，一盏是那一日放的，一盏是昨日放的。”他懒懒道，“昨日放的写着小虞，那一日写的则是孟阑若。”

无数的念头在林如翡的脑海中奔腾回荡，最终汇聚成了一个不可思议的猜测。林如翡终是将那句话问了出来：“孟阑若死了？”

顾玄都不应声，也不否认。

“到底怎么回事？孟阑若、孟家、小虞，还有齐厌胜。”此时，那股本来就存在的违和感越发强烈，无数的疑问涌上林如翡的心头，“难道是齐厌胜杀了孟阑若？”

顾玄都道：“不要着急，这些事可以慢慢弄清楚。”林如翡的面色凝重，他却眼含笑意，“这便是江湖的魅力，江湖之中，总有些事情在你的预料之外。”他看到了真相，却并不想解开，有些答案不如自己寻找来得有趣，这便是游历江湖的目的。

顾玄都并不想永远让林如翡懵懂不知世事，他更愿意看着林如翡一点点成长起来。

孟家事便是如此，顾玄都可以直接说，但他没有。

林如翡也明白了顾玄都的意思，情绪逐渐平静。他抓着花灯坐下，盯着花灯里的名字沉默许久。

“我要去找齐厌胜。”林如翡说，“他肯定知道真相。”

顾玄都微笑道：“你知道，无论你做什么，我都支持你的。”

林如翡放下花灯，转身出去了。

此时天色已暗，孟府里掌上了灯，白日里繁茂的花丛在此时看来却多了几分阴森。周遭原本熟悉的景色，林如翡走在其中，却莫名觉得有些陌生。而唯一不变的，就是那浓郁的麒麟草香气。

然而在孟府待了这么些日子，林如翡的鼻子已经快要习惯这种气味，想来若是再过段时间，他恐怕也会闻不出这种味道。

齐厌胜的房间在孟府南侧，和孟阑若住的地方靠得很近。不知是不是巧合，林如翡去找齐厌胜的路上，一个人都没有遇到，往日穿行在孟府里的仆人，此时都不见了踪影。

到了齐厌胜的住所，在外面能看到从窗户里透出的昏黄灯光，看来齐厌胜正在屋里。

可当林如翡抬手敲门后，却发现屋子的门半开着，可屋中并无人应声。他犹豫片刻，又唤了几声齐厌胜的名字，依旧没有回应。

思量片刻后，林如翡道了一声叨扰了，便抬手推门，却看到屋内空空如也，只点着几盏油灯，却不见齐厌胜的身影。

齐厌胜的住所十分简洁，客厅之中就只摆放着一张木桌和几把椅子，木桌上，连个喝水的茶杯都看不见。客厅拐角处放着一扇巨大的屏风，想来屏风之后便是齐厌胜的寝室了。

林如翡贸然进来，已觉有些不妥，见齐厌胜真的不在，便打算退出去。可谁知他刚转身，寝室的房间便传来一阵细碎的声响。林如翡蹙眉问道：“齐厌胜？”

无人应答。

林如翡迟疑片刻，还是迈步朝着寝室走了过去。他绕过了屏风，看到了寝室里的景象，可让他疑惑的是，寝室之中空无一人，那响声却好像近在咫尺。这齐厌胜的寝室几乎和客厅一样简洁，除了床和桌子之外就只有一个不大的衣柜，而声音似乎是从衣柜里传来的。

循着声响，林如翡走到了衣柜面前，握住把手正欲拉开，身后却忽地传来了齐厌胜带着些诧异的声音：“林公子，您这是在做什么呢？”

林如翡手微微一顿，转头看见了不知何时出现在自己身后的齐厌胜。被屋子的主人这样抓住，林如翡顿时有些尴尬。好在齐厌胜似乎并不在意，只是笑着说自己有些事出去了一趟，问林如翡有什么事。

林如翡道：“我听见这衣柜里好像有些声响。”

齐厌胜道：“声响？”他看了那衣柜一眼，无所谓道，“是耗子吧，孟家花草多，有耗子也是正常。”

林如翡却不相信，他蹙起眉头看向齐厌胜，道：“齐公子，你是孟府的贵客，想来也不会做些有害于孟公子的事吧。”

齐厌胜笑容微敛：“林公子这话是什么意思？”

林如翡说：“那晚我也在场。”

齐厌胜抿唇。

林如翡道：“看见了你和小虞在江边放花灯。”

齐厌胜听到这话，却显得十分平静，气定神闲道：“我刚从厨房取了新熬的银耳莲子羹，不如给林公子盛上一碗，我们再慢慢地聊？”

林如翡看着他：“好。”

衣柜还在响，两人却默契得没有再提。走到客厅里，齐厌胜盛了两碗银耳羹，一碗递给了林如翡，再将面前的一碗一饮而尽。

“这么晚了，林公子来找我，定然是有些事吧。”他喝完后，这才开了口。

林如翡也不急，就这么等着，他道：“你放的花灯，一共两盏，我都取回来了。”

齐厌胜手上动作微微一顿。

“上面有小虞的名字，倒是可以解释。”林如翡说，“只是你能告诉我，为什么另外一盏灯上的名字是孟阑若吗？”

如果只是小虞，齐厌胜完全可以说是为了祭奠枉死的小虞，可孟阑若还活得好好的，谁会在死人才用的花灯上，写上活人的名字？府内怪异的情形，定然和这个齐厌胜脱不开关系。

齐厌胜被揭穿了，也不恼怒，倒是笑了起来，温声道：“林公子倒是有心。”

林如翡面无表情地看着齐厌胜。

齐厌胜又喝了一口银耳羹，平静道：“林公子，你知道这江湖上，每个人都有些不能让别人知道的秘密。”

林如翡冷冷道：“秘密每个人都有，却也不是伤害别人的理由。孟家待你不薄，你又何必做出这样伤人心的事来。”

“是啊，孟家待我不薄。”齐厌胜长声叹息，语气竟然有些沧桑，“若不是他们家待我不薄，我又何须在这信州城里待上足足十年。”

十年？齐厌胜在孟家当了十年的贵客。林如翡蹙起眉头，感觉事情又复杂了些。

齐厌胜道：“林公子，我只能告诉你，我从未想过伤害孟阑若，他是我眼睁睁看着长大的小孩，宠还来不及，怎么可能会做出对他不利的事。”

林如翡说："那花灯如何解释？"

齐厌胜露出苦恼的神情，半晌都没说话，似乎在考虑该怎么解释。林如翡也不着急，坐在旁边安静地等着。

"抱歉林公子，我恐怕没办法回答你。"齐厌胜开了口。

林如翡知道自己没办法从齐厌胜口中得到答案了，起身正欲离开，在走到门口后，却忽地察觉了什么，他扭过头叫道："齐厌胜。"

齐厌胜低低地"嗯"了声。

"你的名字真的叫齐厌胜？"林如翡说，"我听闻厌胜之术，初闻你名，便觉得稀奇，世间真会有人叫如此不吉利的名字？"

齐厌胜脸上的表情渐渐消失，沉默地和林如翡对视。

厌胜之术，又被称为魇镇之术，指的就是利用各种媒介诅咒他人的法术。这法术恶毒非常，中了此术者，轻者家破，重者人亡。

名字，是人最重要的一个符号，林如翡出自昆仑，其上玉石闻名，便得名如翡。

可齐厌胜呢，真会有长辈给后辈取这样一个不吉利的名字吗？

如果孟家没有发生这些事，林如翡或许只会觉得齐厌胜的长辈们不负责任，但此时他却感到其中暗藏玄机。

齐厌胜不像他表现出的那么简单，他的名字也是如此。

齐厌胜忽地大笑，笑声刺耳无比，甚至因为笑得太厉害，连腰都弯了下去。他拍着桌子，大声道："问得好，问得好啊！林公子，你这问题问得实在是妙。"他声音渐小，转为喃喃自语，"若是再没有人问我，我都快忘记了。"

林如翡道："忘记什么？"

齐厌胜说："忘记我的名字。"

林如翡露出了然之色，心道齐厌胜真名果然不叫这个。

齐厌胜叹了口气，道："林公子，何必急着离开，夜还很长，我们可以慢慢聊。"

林如翡便又返身回来，在齐厌胜面前坐下。大约是觉得气氛略微有些尴尬，他迟疑片刻后，从虚纳戒指里取出了一壶好酒，摆在了桌上。

齐厌胜见到这酒笑了起来，毫不客气地倒入杯中饮了一杯，赞道："好酒。"

林如翡道："酒自然是好酒。"

齐厌胜说："好酒也该配个好故事。"他靠在椅子上，做出一副慵懒的姿态，眉宇间的傲气早就不见了踪影，倒是变得如同老者一般稳重深沉，"林公子可知道，云乡往南，有一处名为巫余的地方。”

林如翡道：“知道。”

这地方以巫术闻名，曾经出过两个上古大巫，现在虽然不如曾经那般辉煌，但也是不好招惹的对象。据说那边随便在路边找十个人，有九个都精通巫术，其中一个还是牙牙学语的顽童。

“那就是我的故乡。”齐厌胜说，“巫余之内，有一户人家巫术冠绝无双，其门下子女个个精通厌胜，都是些厉害的人物。林公子猜猜，那一户人家姓什么？”

这还用猜？自然姓齐，林如翡想道。

齐厌胜没有等林如翡给出答案，就继续道：“但是齐家有个规矩，就是只要离开了巫余便不能用本名。对于巫师而言，本名是很重要的东西，被外人知晓了，免不得有些麻烦。”

林如翡已经听明白了齐厌胜的意思，他就是巫余出来的巫师，且改名为厌胜。

只是如此明目张胆，想来孟家也该知道齐厌胜的身份。

果不其然，齐厌胜继续道：“是，孟家知道我来自哪里，其实，我就是他们请来的。”

林如翡道：“请？”

齐厌胜淡淡道：“不然为何孟阑若总说我是他们家的贵客。”

林如翡隐约猜到了什么，只是这猜测太诡异荒谬，让人不由得怀疑是不是自己的妄想。

“孟家有求于我。”齐厌胜说，“所以我留在这里十年，去了本名，化为厌胜。”他又饮下一杯，淡淡笑道，“在孟家还不错，总归是些有趣的人，不至于让我太过无聊。”

林如翡说：“孟家求你的事，和小公子有关系？”

齐厌胜抬眸看向林如翡，看了他许久，才缓声道：“林公子，你要知道，能被孟阑若称作朋友的人实在不多，你就是其中一个。”

林如翡冷冷道：“我若不是他的朋友，又何必坐在这里和你废话那么久？”

齐厌胜听后觉得有些道理，点点头：“也是。”他抬手又饮一杯，继续道，“你猜得没错，我来到孟府，和孟府的小少爷脱不开关系，那时的他还是个不到我腰高的孩童……和现在一样可爱。”他笑得像个慈祥的老爷爷，看得林如翡神情怪异。

“你是把孟阑若当儿子宠了？”林如翡问。

齐厌胜道：“当儿子不至于，但宠定然是要宠的，毕竟看着他长大……”

林如翡道：“那花灯和厌胜之术可有关系？”

齐厌胜摇摇头，说："那只是一盏普通的花灯，寄托了些哀思，除此之外，便没有别的用处了。"

实在是荒谬，孟阑若明明还活着，他却用花灯寄托哀思，林如翡的手指轻轻点着桌面，许久未说话。

齐厌胜继续自语道："孟府其实已经好久没有来新客人了，夫人和老爷都是谨慎的人，不是什么阿猫阿狗都能进来的，也就是你林如翡这样的世家公子，才能靠近孟阑若。可世家公子虽多，能合上的却没几个……"

林如翡："合上？"

齐厌胜说："你身上一丝剑气都没有吧？"

林如翡道："嗯。"

齐厌胜沉声道："所以你才能成为孟阑若的朋友。"

林如翡抿唇："孟阑若……他……"

话语到了嘴边，却没法说出来，他咬了咬牙，抬起面前的酒杯一饮而尽，酒很烈，喝下去后脸上便浮起了一抹嫣红。他哑着嗓子，终于说出了那句话："孟阑若，已经死了？"

齐厌胜沉默了好久，才微不可见地点了点头。

林如翡感到一阵脱力，齐厌胜虽然说得委婉，可根据他的话语和孟府里发生的事，林如翡还是猜到了他隐藏的意思。虽然事实荒谬到了极点，但齐厌胜若没有说谎，答案便只剩下了一个。

孟阑若死了，因为他死了，孟家才会去巫余寻到齐厌胜，再将他请进孟家。

林如翡曾经听过不少死而复生的故事，也知晓世间定有些可以将亡者留住的方法，但这些方法，无一不需要付出巨大的代价。少年时的孟阑若已经死了，那么现在这个在孟府里被宠上天的小少爷，又是谁呢？

"他也是孟阑若。"齐厌胜解答了林如翡的困惑，"只要他还有孟阑若的三魂七魄，无论身体变成什么样子，他都是孟阑若。"就是孟家的小少爷。

林如翡觉得有些难以理解。

齐厌胜道："有些事，我不方便说，都是你自己猜出来的。"他耸耸肩，笑道，"虽然这些事你不知道似乎更好，但总归孟阑若把你当成了朋友，既然是朋友，就该用对待朋友的方式。"

林如翡便一边喝酒，一边将齐厌胜给的信息重新整理了一遍。

十几年前，孟府里的孟阑若突然发生了意外，死于非命。孟家邀了本来在巫余的齐厌胜，以厌胜之术留住了孟家小公子的三魂七魄，再封存在其他的肉体里，以此维持住了孟阑若的生机。

只是那肉体……林如翡想着，便问了出来。

齐厌胜笑道："林公子倒不用担心这个，那肉体并非人类的身体，而是用草木构成，再施以障眼法。不过法术比较厉害，只有八境修为之上的人，才能看出端倪来。"他又有些无奈，"但这身体实在是容易损坏，只能以麒麟草保存，所以整个孟府……不，整个信州城里，四处可见麒麟草。"

林如翡道："原来如此。"

"可是那小子皮得很啊，哪里愿意乖乖地待在信州城里。"齐厌胜说起孟阑若，又带上了些无奈的宠溺，"三番五次想往外跑，还好被人发现揪了回来，不然可是会出大错的。"

林如翡想起了孟阑若那仗剑天涯的梦想，看来是永远都无法实现了。不过在知晓齐厌胜的确没有做出对孟阑若不利的事情后，他才算松了口气，不然真想拔出谷雨来，对着这齐厌胜挥上一剑。

有些人天生就有一颗赤子之心，行为言语，皆很讨人喜欢，孟阑若就是这样的人。

林如翡虽然和他相处不久，但的的确确，将他当作了朋友。不然他大可以一走了之，管这孟府里到底出了什么事。

"那小虞呢？她又是怎么回事？"林如翡想到这茬，继续问，"小虞的死和你有关系吧？"

谁知齐厌胜听到小虞这个名字，脸上露出点尴尬的表情，道："她……这……"

林如翡道："怎么？"

连孟阑若是死人这样的秘密都揭穿了，这齐厌胜说起小虞倒是变得吞吞吐吐起来，半晌都憋不出一个字。

林如翡等得不耐烦了，干脆自己猜："是不是那孟阑若看上了小虞，说要将她带出信州城，仗剑天涯去？"

齐厌胜点头。

"你因为这个就把小虞杀了？"林如翡蹙眉，"且不说她是孟阑若心仪的女子，就算不是，也是一条人命，你这样平白无故地取人性命……"

齐厌胜道："我也没法子。你是不知道，那孟家小公子当日去找小虞时，手里已经备好了盘缠，还不知从哪儿偷来了潜行的符箓。这符箓一发动，人立马会传走，地点也是未定的。若是真的让他成功了，谁都救不回来他！”

林如翡疑道：“怎么会有这样的符箓？”

“是啊。”齐厌胜苦恼道，“不然我也不会出此下策！”

要了小虞的性命实在是愚蠢的法子，弄得孟阑若现在悲痛欲绝，他也不知道该如何安慰。可若是不用这愚蠢的法子，恐怕孟阑若现在三魂七魄已经散尽，早就没了。

“唉，可惜了小虞这个姑娘，是个可怜人。”林如翡想起了孟阑若同自己说的那些话，想来小虞来这里之前，也受了不少折磨，本来和孟阑若两情相悦，日子总该好起来了，却出了这样的意外。

齐厌胜见林如翡一脸怜悯，几次都欲言又止。

林如翡只把他这神情当作了羞愧，未多想什么，只是提醒齐厌胜为小虞姑娘寻得一方好墓，加以厚葬。

谁知齐厌胜闻言神情越发尴尬，林如翡一问，才得知这人过分得很，把小虞姑娘的尸骨打捞起来以后，竟然一把火给烧了。

“你这也太过分了吧，小虞虽然是花楼女子，但也没有做什么对不起孟阑若的事，你迫不得已取了人性命也就罢了，怎么连尸骨都没有给人留下。”林如翡蹙着眉头看着齐厌胜，只觉得刚才他留给自己的那些好印象全都没了。

齐厌胜一副被林如翡责怪得无话可说的模样，一个劲地喝酒，也不知是不是喝得太多了，那张高傲的俊脸上红了一片。

见林如翡还欲责备，齐厌胜赶紧讨饶，说：“林公子，林公子，嘴下留情，嘴下留情！我知道自己错了，这不是烧了之后给她选了一方墓碑，厚葬了嘛！”

林如翡蹙眉看着他。

“这事儿是我做得不地道！你就当我犯了糊涂！”齐厌胜举杯，将最后的酒水灌入口中，苦笑道，“人非圣贤，孰能无过呢。”

话已至此，林如翡也不好再说什么，只是可怜那小虞无亲无故就这么客死异乡……正在这么想着的林如翡却听到了身旁传来的低低笑声，扭头一看，却看见顾玄都靠在床边上，捂着嘴低头笑得浑身直颤。

林如翡朝他投去了疑惑的目光。

顾玄都笑道：“小韭怎么突然变笨了？”

林如翡：“啊？”

顾玄都道："他都能造出一个孟阑若来，你猜猜他能不能再造一个花魁姑娘？"

林如翡："……"

"只可惜这花魁姑娘没有三魂七魄，还得由这齐公子操纵。"顾玄都终是没忍住，人声笑了起来，"我可真想看看这齐公子舞剑的英姿。"

接着，还在喝酒的齐厌胜就看见对面的林如翡缓缓垂了脑袋，神色怪异到了极点，怎么看，怎么像在憋笑……

齐厌胜："……"他就知道。

林如翡笑了一场，见齐厌胜脸上泛起恼怒，才压下了唇边浮起的笑意，干咳一声后，装作无事发生，道："你怎么会想起做这种事？"

齐厌胜道："还不是怪孟阑若那小子——不过他不知厌胜之术一事，还望林公子保密。"

林如翡点点头："这是自然。"

两人聊了一夜，窗外已泛起晨光，林如翡喝了酒，略显困倦，便同齐厌胜告辞，回房休息去了。

补了一上午的觉，直到中午时分才被浮花叫起来用膳。林如翡揉着自己因为宿醉而有些头疼的脑袋，道："孟阑若现在如何了？"

浮花回答："刚才问了孟府的用人，说孟公子还是在屋子里不肯出来，但已经愿意吃东西，昨晚还睡了一觉。"

肯吃东西、肯睡觉，那便应当已无大碍，林如翡闻言心下稍安。他吃过了饭，便去了孟阑若休息的房间，看见孟家小公子瘫在床上，大字躺倒，一脸生无可恋，只是身旁放着的糖渍梅子总是有些破坏气氛，特别是他还时不时地抓起一颗，气鼓鼓地塞进嘴里。

见林如翡进来了，孟阑若哼哼唧唧地蠕动身体，像条虫子似的扭过头来，拖长了声音叫道："林……公……子……"

林如翡道："怎么？"

孟阑若努努嘴，道："吃梅子……"

林如翡笑道："你有好好吃饭吗？吃了这么多的梅子，小心胃疼。"

孟阑若嘟囔："早吃了，我那姐姐威胁我说再不吃饭就用灌的，她可真是做得出来。"

林如翡轻笑。

孟阑若慢吞吞坐起来，道："林公子，你是不是要走了？"

林如翡点点头，他其实早就打算走了，若不是孟阑若突然出了意外，他现在已经离开了孟府。如今知道齐厌胜对孟阑若并无恶意，他留在这里便也没什么意义。况且这是孟家的私密之事，他一个外人参与太多，到底不好。

孟阑若无精打采，道："唉，真不想让你走，小虞没了，你也走了，我这日子又过回去了……"

林如翡道："过回去？"

孟阑若说："是啊。"他说小虞没有来之前，他的生活就是一摊死水，无趣得很，最大的乐子，就是背着家里人偷偷往信州城外溜，只可惜一次都没成功。后来他生了心结，还因此大病一场，病还没好，便在花楼里见到了初到信州的小虞，从此对她一见钟情，二见倾心。

林如翡越听表情越奇怪，好在孟阑若还沉迷在他的故事里，没有注意到林如翡的异样。

"我从未见过像小虞那么合意的女子。"孟阑若回忆着自己甜蜜的记忆，"性格温柔，听我碎碎念些小事，也不会不耐烦，还长得那般漂亮……从前遇到的姑娘都需要哄着宠着，可小虞却如此与众不同！"

林如翡心想当然与众不同了，人家是把你当儿子宠了，这能不耐下性子嘛。

谁知孟阑若说完，又被惹起伤心事，呜呜地哭了起来，擦着泪水悲伤道："可是她怎么就……怎么就……难道和我在一起，于她而言还不如死了痛快吗？"

这事儿本该是很悲惨的，但知晓真相的林如翡却很难和孟阑若共情，听了半天，只能说："或许她是有别的难处？"

"什么难处？"孟阑若泪眼婆娑。

林如翡："就……"他想了半天，艰难地挤出来一句，"就是单纯不太想活了？"

孟阑若号啕大哭。

林如翡被他哭得手足无措，连声安慰。孟阑若哭了好一会儿，才收了声，可依旧抽抽噎噎、委委屈屈，像个被欺负狠了的小可怜。

林如翡无奈，只能在旁边给他递了手巾，心道以后可千万不要在孟阑若面前再提起小虞这个名字。

不过孟阑若虽然伤心，但状态到底是比前几日好了许多，林如翡猜想再过些日子他便应该会从小虞去世的悲痛中走出来。

事情已经差不多结束，林如翡便打算向孟府告辞。

孟府为他办了一场送别宴，祝他一路顺风。

在孟府度过的最后一夜，林如翡躺在床上却翻来覆去怎么都睡不着，顾玄都见他这模样，问道：“怎么？睡不着？”

林如翡露出半张脸，目光炯炯地看向顾玄都。

顾玄都居然心领神会：“齐厌胜这会儿正陪着孟阑若，不在屋内。”

林如翡说：“会不会不太合适？”

顾玄都冷静道：“被发现了肯定不合适，没被看到，就都合适。”

林如翡立马从床上坐起，连外套都没披，匆匆穿了鞋便出门去了。顾玄都见他这副模样实在好笑，随手为林如翡拿了外套，跟出去披在了他肩上。

到了齐厌胜的住所，顾玄都轻而易举地帮林如翡解开了门前的锁，林如翡穿行而入，走到了寝室之内。

齐厌胜果然不在家中，只是那衣柜还如昨日一般，在发出轻微的响动，里面似有活物。

林如翡走到衣柜前，犹豫片刻后抬手便推，衣柜门应声而开，露出一扇黑色的木门来。那木门上居然没挂着锁，林如翡正欲伸手将木门拉开，却被顾玄都拦住了。

“我来吧，这门上附着了厌胜之术，常人碰了不太好。”顾玄都说着握住了把手，只见他手一贴上去，一缕黑烟便从把手处冒了出来，随后迅速消散。

木门后面是一条阴暗的通道，林如翡见此情形，迈步跨入其中。

通道很长，也很曲折，尽头处散发出暗淡的光。林如翡缓步向前，却被顾玄都提醒了几次，得知通道里埋了不少麻烦的陷阱，虽然不会要人性命，但至少会让人失去意识。

林如翡终于走到了尽头，借着昏暗的光线，他看到了隧道尽头的景象。那是一间宽阔的石屋，里面摆放着许多高大的柜子和一些看起来很奇怪的东西，一看便知道这里应该是齐厌胜施展厌胜之术的地方。林如翡的目光很快便被角落里的物件吸引了，那里摆放着一排整齐的娃娃，娃娃们全是用木头雕刻而成，由小到大，排列得整整齐齐。

而最神奇的，是这些娃娃的模样和孟阑若都十分相似，简直像是一个模子里刻出来的。

而刚才在外头听到的响声越发清楚，是从旁边一个柜子里发出来的。此时走得近了，那异响也越发地清晰，乍听有些像鼓点，音色醇厚，很有节奏。那柜子很大，漆着朱红色的外漆，顾玄都朝着林如翡投去目光，林如翡则对着他点了点头。

“开了。”顾玄都抬手拉门。

柜门被拉开，林如翡在看到了里头的东西后，露出愕然之色。那竟然是一个和孟阑若一样的人偶，只是模样比孟阑若成熟了许多，脸颊上已经完全消去了少年人的稚嫩，线条变得干净利落。这人并不是木头刻成的，肌肤完全拥有人类的触感，而最引人注目的，却是他的胸口。

人偶胸口的位置被打开了，露出空空如也的肺腑，还有一颗镶嵌在中心、正在跳动的血红色心脏。那心脏起初看起来血肉模糊，很是狰狞，仔细一看，才发现竟是石头质地的。

人会渐渐长大，可是草木却不行。然而死去的孟阑若，却成功地从稚嫩的幼儿，长成了少年的模样，他的岁月继续流逝，于是便需要更成熟的身体。

林如翡恍然，他清楚地注意到孟阑若胸口的那颗化作心脏的石头上，刻着一个清晰的“虞”字。

齐厌胜……小虞……齐虞。

是个好名字，林如翡笑了起来。

心中一直挂念的怀疑得到了解答，林如翡关上了柜门，转身离开，他道：“这个齐厌胜，真是有趣。”

顾玄都说：“有趣？”

林如翡道：“秘密多又知情识趣的人，向来有趣。”

顾玄都道：“你感觉到了？”

林如翡转头看了他一眼，笑道：“感觉到了又如何？鱼竿上连饵都不肯挂，我又为何要咬？”

顾玄都大笑。

不过有句话，齐厌胜说得很有道理，每个人都有些秘密，这些秘密只要不伤害到别人，一直保留着，反倒是会让这个人变得有趣起来。

没人会不喜欢有趣的人，林如翡亦如此。

正在和孟阑若聊天的齐厌胜心有所感，心道这个林家少爷，还真是不探究到底不肯罢休。

也是，说的那些事情全都是他的一面之词，林如翡不放心是正常的。

“快快快，到你了到你了。”孟阑若催促道，“想什么呢？”

齐厌胜落了子，没好气道：“下个五子棋哪来的那么大兴趣。”

孟阑若拍桌子：“我这不是不会围棋嘛！”

齐厌胜道："我可以教你。"

孟阑若冷笑："我五子棋都赢不了，你教我围棋有什么用，别以为我不知道你想利用围棋欺辱我！！"

齐厌胜捂面长叹，心里想着这孟家小少爷明明三魂七魄俱在，怎么就好像缺了个心眼儿呢。

第三天，林如翡坐上了马车，打算离开。

但让他很奇怪的是，直到他离开孟府都没有见孟阑若的身影。他本来以为孟阑若会因为和他的分别又哭上一场，谁知竹音面色为难地对林如翡说，孟阑若怕和他见面时又哭出来，所以就不出来送行了，让林如翡一路保重，若是有空，记得多给他写写信。

林如翡闻言虽然觉得奇怪，但只当作孟阑若是怕见了离别难免伤心，并未多想什么，转身上了马车。

浮花驾车扬鞭，马车驶出了孟府，一路朝着信州城外去了。

然而就在即将出城的时候，一直没有出现的顾玄都突然冒了出来，道："马车先别急着出去。"

林如翡："嗯？"

顾玄都道："在城门口等等。"

林如翡正想问等什么，便听到马车外响起了齐厌胜焦急的声音，由远及近传来："林公子——等一等——"

林如翡掀开车帘，看见齐厌胜御剑而来，脸色煞白，好像受到了极大的惊吓。

林如翡道："齐公子？"

齐厌胜停在马车前，一手提着剑，吼道："给我出来！"

林如翡面露讶异之色，心里还在想齐厌胜这是吃错了什么药对他这样的态度，便看见马车底下，竟然磨磨蹭蹭地钻出了一个灰头土脸的人，正是本该在孟府里乖乖待着的孟阑若。

孟阑若束了头发，还换了一身便装，背着个不小的包裹，神情讪讪地叫了声："胜胜，你怎么来了？"

听见这声"胜胜"，众人神情皆是有些微妙，玉蕊年纪小，没忍住直接笑出了声。

"你要去哪儿呢？"齐厌胜直接当作没听见，冷笑道。

孟阑若小声道："你们不是担心我一个人闯荡江湖容易出事吗？我跟着林公子去就安全了，你们不用担心，我和林公子是好兄弟，他定然不会嫌弃我这个拖油瓶的。"

林如翡："……"这小子。

齐厌胜怒道："你把这话和你母亲说一遍。"

孟阑若条件反射地捂住了耳朵，哭道："齐厌胜，你还有没有良心？咱们当了这么多年的朋友，你就不能成全我这一个小小的愿望吗？我当日和小虞定下约定，一定要去江湖上看看。现在小虞走了，我只想完成她的遗愿，走出这信州城去她的家乡看看。她离家这么多年，受了那么多的苦，离开信州城，就是她死前唯一的愿望啊！"

这一番话说得感人肺腑，浮花和玉蕊眼眶里都浮起了一层水光。

然而齐厌胜神情却微微扭曲，冷冷道："你放屁。"小虞死前说了什么，他会不知道？这小子真是张口就来，三天不打上房揭瓦！

孟阑若弱弱道："你怎么可以说脏话？"

齐厌胜："我说你放屁！"

孟阑若立马大哭。

齐厌胜见他哭了，却丝毫没有心软，抬手就像孟夫人那样揪住了他的耳朵。孟阑若一疼，就忘了哭，急道："你怎么能揪我耳朵，只有我父母才能揪我耳朵！"

齐厌胜咬牙切齿："我就是你的再生父母！"

孟阑若："哇，你这个王八蛋，都这时候了，你还不忘占我便宜！"

本来会有些悲伤的离别画面，硬是被孟阑若搞成了一幕喜剧。最后，龇牙咧嘴哇哇直叫的孟阑若还是被齐厌胜给揪回去了。回去之前求着林如翡帮帮他，林如翡没有说话，只是微笑着对着他摆手，示意一路走好。

齐厌胜也冲着林如翡点了点头，要不是林如翡的马车在城门耽搁了些时间，恐怕孟阑若就真的被带出去了。

马车再次启程，林如翡终于离开了信州城。

接下来，他打算顺着沧澜河一路往下，越过西凉山，去看看未曾见过的繁华中原。

马车行了几日，林如翡便收到了孟阑若的来信，这信和他的人一样絮絮叨叨，通篇都是些芝麻大小的琐事。他好像也知道自己没有重点，于是还用朱砂笔画了横线，示意这事儿特别重要。至于重要的事是什么，林如翡看了后直接笑出了声。

原来那日逃跑失败的孟阑若被齐厌胜揪着耳朵回了孟府，哭兮兮的他立马找母亲告了齐厌胜的刁状，说齐厌胜非要揪自己耳朵，明明不是长辈，却这样欺负自己。

孟母听完后觉得很有道理，说想和齐厌胜单独谈谈。

孟阑若觉得母亲是要替自己找回场子，于是趾高气扬地出去了，谁知半个时辰后，孟阑若便被一脸慈祥的孟母叫了回去。

“齐公子在我们家待了快十年了吧。”孟母道，“阑若你说得有道理，他的确像你的长辈那样在管教你。”

孟阑若高高兴兴地听着，以为孟母下一句就是批评齐厌胜太过孟浪，谁知孟母温柔道：“既然如此，你干脆认他做了义父吧。”

孟阑若灿烂的笑容僵在脸上。

齐厌胜坐在旁边静静喝着茶，听闻此言，对着孟阑若露出一个和孟母一样慈祥的笑容来。

“啥？啥？娘是认真的？”孟阑若以为自己听错了，他不可思议地指了指齐厌胜，又不可思议地指了指自己，“他？我的义父？”

孟母点头。

孟阑若眼珠子都要瞪出来了，很想抓住自己母亲的肩膀重重地摇晃，将母亲脑子里头的水给摇出来。但孟阑若很快就发现，仿佛孟府里面脑子还清醒的就他一个人，所有人在知道孟母的提议后，都表示了赞同。

“齐公子虽然生得年轻但其实年纪比爹还大，当你义父也没什么不可以的。”孟犹月微笑着劝自己这个快要崩溃的弟弟，“你不是一直觉得他管你名不正言不顺嘛，现在好了，他是你义父，管你也是正常的事。”

孟阑若搬起石头砸自己的脚，不但砸了，还简直要把自己的脚砸断，他在府内号啕半日，也无人理会，只有齐厌胜幸灾乐祸地来给他送了一盏茶水。

孟阑若道：“你到底给我母亲他们灌了什么迷魂药！”

齐厌胜：“不都是你求来的？”

孟阑若气得差点没晕厥过去。

孟阑若还想挣扎，但大局已定，孟府甚至还为此宴请了不少宾客，众人毫不介意，就算他故意称病不出，也表示十分理解。

“毕竟心爱的姑娘才离世，难过也是应该的。”

“是啊，还多亏了齐公子安慰孟家少爷。”

“不过这齐公子年龄到底有多大了？”

“不晓得，据说比孟家老爷还要大些，但来了十年容貌也未变化，想必修为早就过了五境……也算是少年有成了！”

“那这义父倒是认得好。”

孟阑若彻底绝望，窝在屋子里委委屈屈地骂了一晚上“齐厌胜王八蛋”，还念叨着自己思念的小虞，直到天明才迷迷糊糊睡了过去，所以并不知道清晨的时候齐厌胜来了一趟他的房间，

齐厌胜看着孟阑若的睡颜，笑了笑，抬手将被褥往上拉了拉，盖住了孟阑若的身体。

这小少爷总是嫌弃信州无趣，他便想方设法地给他找些乐子，小虞也好，花楼也罢，只要能将他留于此地的东西，他都会动手。林如翡是个不错的伴儿，若是可以，他也想将他留下，待孟阑若厌了，再放走不迟。

只是可惜那林如翡的身份不简单，并非传言中那个体弱多病的林家公子。林如翡的身上藏着连他都看不明白的秘密，齐厌胜到底是没有动手。

孟阑若是他最完美的作品，他自然想给他最好的一切。

除了离开，只要是孟阑若想要的，他都会尽全力帮他得到。孟阑若看了话本，念叨着话本中的花魁和书生，花楼里，便出现了名叫小虞的姑娘，只可惜，他到底给不了他一个完整的江湖。

对于某些人而言，有人之处便为江湖，但在孟家小少爷的眼里，只有离了信州城的地方才是江湖。

一世为人，不如意之事十之八九。

齐厌胜看着酣睡的孟阑若，露出一个笑容，随后起身，缓步走了出去。

屋外阳光正好，骤雨初晴，春意已淡，夏味渐浓，再过两季，便又是一个四季轮回。屋内的小少年，也到了加冠的年纪，该长大了。

林如翡看完了孟阑若给他的信件，仔细地叠了起来，放在了荷包里。只是手伸进荷包后，面上却露出一丝迟疑之色，随后将荷包打开，仔仔细细地看了一遍，道：“好像少了什么东西。”

“少了什么？”浮花问道。

“不晓得。”林如翡想了半天，也没想起来，只觉得荷包里好像松了一些，可是银钱却没有少。

这荷包里放的都是凡世间的东西，林如翡也没有随身带着，大部分时间都是扔在屋子里，只有偶尔出去逛街需要购置些凡物的时候才会用一用。

浮花和玉蕊自然也不知道林如翡的荷包里少了什么，林如翡也想不起来，倒是顾玄都知道得一清二楚，慢慢道：“少了张潜行符箓。”

林如翡：“嗯？”

顾玄都：“就是你在昆仑山的集市里花了半块灵石买来的。”

林如翡：“……”他想起来了！

顾玄都道：“看来是被孟家小少爷找到了。”

林如翡倒是没想到事情竟然如此凑巧，叹息：“那算不算是我间接害死了小虞？”

顾玄都道：“死就死了，那齐厌胜能搞出来一个小虞，说不定过几天就搞出来个小齐了呢。”

林如翡道：“小齐这名字太明显了些。”

顾玄都：“那叫什么？”

林如翡：“我看小文就不错。”

一年后，孟府内。

因为小虞之死和认“贼”作父蔫了好长一段时间的孟阑若风风火火地从屋外冲了进来，激动不已地冲着母亲道：“娘！我在外头见到了一个好漂亮、好英气的女侠！”

齐厌胜坐在孟母的旁边喝茶，闻言，露出一个慈爱的笑容来。

孟阑若道：“啥都好，就是名字有点难听，好像叫什么小文。”

齐厌胜笑容微敛。

孟阑若：“比齐厌胜还难听呢。”

齐厌胜道：“……”孟阑若，你给我等着。

# 第十三章 莫招财

出了信州城，顺着沧澜江一路往前，便是连绵的西凉群山。但这边因为地理位置，并不像昆仑山那边荒无人烟，反而越靠近西凉山越是热闹繁华，随处可见各色商铺和各色游人。有人的地方多了，卖的东西也越发丰富，林如翡看见了不少卖仙家用品的铺子，里面的东西大多不凡，也都是用灵石进行交易。

林如翡寻了几间，进去逛了逛，买了些有趣的小玩意儿，比如什么插在头发上就会让头发变色的发簪，再比如照了人的模样便会记下来的小镜子，有用的没用的买了一堆。本想当作礼物送给两个年纪不大的侍女当小玩意儿玩玩，谁知侍女们都嫌弃得很，连玉蕊都挺胸抬头地说："公子你太幼稚啦，我今年已经十四，哪里还玩这些东西！"

林如翡满目无辜："不是挺有意思的吗？"

玉蕊道："哪有意思了？这东西都是用来逗小孩的！"

林如翡看着手里的东西，半晌没吭声，最后默默地全都放进了自己的虚纳戒指里，坐在角落里神情忧郁。

浮花见状给了玉蕊一个暴栗，道："怎么和公子说话呢，公子，公子，那些东西我喜欢，你给我吧！"

林如翡说："算了吧，你这语气也太像在哄小孩了，我自己留着就好。"说完又嘟囔了两声，"才不要给你们。"

顾玄都在旁边笑得幸灾乐祸。

到了客栈，几人入住后，便同掌柜的打听西凉山那边的消息。谁知掌柜一听他们几个要去西凉山，就直皱眉，道："公子可是想通过西凉山去中原啊？"

林如翡点头。

掌柜道："那你可得多注意些，最好跟着大型的商队一起去，若是没有商队，至少也得请几个靠谱的镖师。西凉山里不光是野兽凶狠，还有厉害的悍匪，若是遇到了，那定然有死无生。"他担忧地瞅了瞅林如翡那苍白的脸色和脆弱的身板，又瞧了眼浮花和玉蕊两个半大的姑娘，顿时如老者般唉声叹气起来，"公子若是真要去，千万要注意，那群畜生可不讲究什么怜香惜玉。"

林如翡应了掌柜的好意，说自己会好好考虑。

西凉山群山连绵，除了一条主干道之外，几乎都是人迹罕至的茂密森林。即便是御剑而行，也得走上十天半月才能离开山上，而若是骑马，那就更久了。不过好在信州城商务繁忙，不少地方都有大型商队，散客们多交些银两，便能跟着他们同行。当然，商队也并不是所有的散客都能进来，商队还会挑选一番，毕竟万一邀进来一个存了歹意的，恐怕整个商队都得遭殃。

浮花自告奋勇，说她去问问有没有要过山的商队，实在没有，就请两个识路的镖师。她和玉蕊虽然长得娇滴滴的，但也是五境修为的谪仙，一般的悍匪在她俩面前还不算一盘菜。

浮花找人去了，林如翡一个人闲得无聊，便在客栈周围溜达。

这客栈周围热闹得很，到处都是吆喝的小商贩，林如翡去买了支糖葫芦，一边嚼一边四处看热闹。他其实一直很喜欢江湖气浓的地方，在昆仑山上亦如此，只是因为身份特殊，去哪儿都会被人投来异样的目光，所以他宁愿待在山上。

正吃着美味的糖葫芦，林如翡却听到了街道拐角处的吆喝声，过去一看，是个瘦小的少年人正在卖盾牌。

"我卖的这个盾牌，和一般的盾牌可不一样，就算是世界上最利的剑，也刺不破！"少年模样生得不错，眉眼清秀，还算俊俏，只是身上穿着的不太合身的短衫将他衬得有些狼狈。他站在路边，手里举着一块灰扑扑的木盾，大声吆喝着："不信各位可以来试试，不过若是剑折了，我可不会赔偿！"

有好事的看客听见这话，立马从人群里走出，到了少年面前，拔出腰侧的佩剑笑道："就这么块小木盾，能有多厉害？现在的人啊，吹牛也不怕把牛皮给吹破了！"

众人闻言哄然大笑。

少年也不恼怒，抬手扬了扬木盾，笑道："您这是想试试？先说了，剑若是折了……"

他话还没说完，那看客便不耐道："晓得晓得，现在的小孩子都不晓得天高地厚，我今天倒要看看，你这丝毫灵气都没有的木盾，能有多厉害。”

说着他便举起手里的佩剑，对着木盾就是猛的一刺。

佩剑和木盾相击，发出“咔”的一声脆响，众人还没反应过来，便看见那看起来十分锋利的剑刃竟然就这样碎了一地，而木盾上一点痕迹都没有。

“怎么会这样？”那人目瞪口呆，“这……这……”他下一个动作便是要上前拎住那少年的领子，却被早有预料的少年灵活躲开了，少年笑道：“哎，这位大哥，我可是早就提醒过你了，这事儿你可不能赖在我身上啊——”

“你！你！这可是我祖传的佩剑！你居然就这么给我弄碎了！”那人气急败坏，“你当然要赔给我！”

少年无辜道：“可是明明是你蹿出来自己用剑劈的，这还怪得了我？”

人群里也有人打抱不平，开始搭腔，说这人太不讲道理，人家少年已经早早提醒，他还不知轻重地凑上去，剑碎了也活该。

那人听了众人的话，恼羞成怒道：“谁？谁他娘的在说话？给我出来！我看你们都是跟他一伙儿的，合起来算计我！”

众人哪里会怕他，于是哄笑起来，各种调侃的话络绎不绝，那人见势不妙，脸色一阵青紫，最后咬着牙转身走了，不过走时还狠狠地瞪了那少年一眼，说以后看见这少年，见一次打一次。

看客们冲着他灰溜溜的背影喝着倒彩。

这人走了，少年继续卖着他的木盾，这次感兴趣的人明显多了起来，少年说这木盾是特制的铁木做成，本来就只有一小块，所以才做成了这么个小小的盾牌，还说这东西虽然没有灵气，但就算有灵气的剑遇上它，也讨不了好。当然，最重要的是价格不贵，一块中等灵石就能带走。

围观的人群里开始有人和少年讨价还价，说一块中等灵石太贵了，这盾牌再好也没有灵气，若是少年愿意接受五十块下等灵石的价格，便将这盾牌带走。那少年却死活不肯松口，他的目光在人群里扫了一圈，不知为何却落到了林如翡身上，几步走到林如翡面前道：“这位公子，对这木盾可有兴趣？”

“我？”林如翡指了指自己，“你如何看出我对这木盾有兴趣的？”

少年说：“实不相瞒，我也是刚到此地不久，打算找个商队交点钱越过西凉山，只可惜囊中羞涩，这才不得不卖了自己的看家宝贝。看您的穿着打扮，也不像缺钱的主，宝马配英雄，我这宝盾，自然得配您这样的贵客。”

这话倒是说得漂亮，林如翡笑道：“嘴巴挺甜。”

“那是，那是。”少年道，“若是您觉得贵，我可以给您少算一点，但少不了太多，最多少十块下等灵石。”一百块下等灵石就等于一块中等灵石。

林如翡没什么金钱观念，也不晓得一块中等灵石到底值多少钱，他下山的时候，光是上等灵石他的哥哥姐姐们就给了好几袋，更不用说中等灵石了。他刚才买的那些小玩意儿，就用了一百多快中等灵石，所以这会儿面对少年一块中等灵石的喊价，颇有种自己成了江湖话本里的参与者的感觉，觉得颇为有趣。

少年人又叽里呱啦地说了一通，林如翡听得十分满意，最后从口袋里掏出了灵石，递给少年，又接过木盾，笑着道：“不用找了。”

少年收好灵石，却对木盾露出恋恋不舍之色，迟疑片刻后，小声道：“公子，这木盾是我旧主所赐，若是以后相见我有了盘缠，能否向你赎回来？”

“可以呀。”这木盾于林如翡而言只是个乐子，所以干脆地一口应下。

少年叹了口气，转身缓步离开。

林如翡和少年说话时，顾玄都一直没有开口，直到两人走到僻静处，林如翡才扭头看向他，笑着问了句：“你怎么不说话？”

顾玄都故作无辜：“说什么？”

“那少年明明是个小骗子，你为何不说？”林如翡笑道，话语中并无责怪之意，只是有些好奇。顾玄都和他不同，这种小伎俩，肯定一眼就看穿了。

顾玄都道：“你本来就是在寻乐子，我又何必扫你的兴致。”况且林如翡当时的表情，显然并非什么都未曾察觉。

“那少年倒是挺好玩，只可惜套路老套了些。”林如翡边走边说，“和话本里的简直一模一样。”他思量片刻，认真道，“我觉得我能比他做得好。”

顾玄都笑道：“那若是有空，咱们试试？”

林如翡一脸跃跃欲试。

这林家小少爷在昆仑山上憋了二十年，好不容易下了山，什么都想试试。那少年如此卖力地演出，给块灵石算作取乐的赏钱也不为过。

回客栈的路上，顾玄都和林如翡提起了练剑的事，说谷雨已经习惯了林如翡的气息，接下来他会教他一些简单的招式，将体内的剑意引出。和其他人后天练成的剑意不同，林如翡天生剑魄，普通的杀招便足以够用。

林如翡听到要练剑自是兴奋不已。顾玄都还告诉他，说之后他就可以学着将剑意附着在其他的东西上，就像在孟府里和齐厌胜射箭的那样。

林如翡听得迷糊，顾玄都便不再多说，直到到了客栈，两人进了房间，他随便抓了点什么东西，便教林如翡练了起来。

“你首先要感受到剑意存在。”顾玄都道，“这于你而言比较困难，就好像一个从小就生活在水里的人，却需要感受水一样。”

林如翡仔细听着顾玄都的教导，一点点地尝试。

顾玄都举例说：“剑意并不只是利器，也可以作为防御。比如你将剑意附着在刚才买来的木盾上，比这更多的剑意，便破不开这块盾了。”

林如翡认真地点点头。

两人练了许久，直到浮花和玉蕊的脚步声传来，两人才停下。

浮花在屋外叫道：“少爷，我们回来了。”

林如翡道：“进来吧。”

两人一前一后地进来，说着今天出去的事情。浮花成功地找到了一个愿意带他们的商队，只是那商队最高修为的谪仙也不过四境修为。而且商队人数众多，还带着沉重的货物，恐怕行走速度会非常缓慢。

“商队的人太多了，虽然护卫也多，但尾大不掉，我若是山匪，定然会先盯上他们。”浮花道，“我想到这个，便又想了别的法子，打算找个识路的本地人，带着我们一起过西凉山，这样又快又安全，还不容易引人注目。少爷，您觉得呢？”

林如翡点点头，赞同了浮花的提议：“人找到了吗？”

“找到了，是个年轻的本地人，据说自幼是在西凉山上长大的。”浮花说，“人很机灵，又不会剑术，折腾不出什么幺蛾子。”

林如翡点头道：“好。”

上山前，他们做了些别的准备，买了不少干粮和衣物。当然，这些事大多都是侍女在操办，林如翡这几天每天都跟着顾玄都学习如何操纵自己体内的剑意。顾玄都说他天赋虽然不错，但身体太过孱弱，不能承受太强的力量，只能慢慢地来，现在最主要的任务是将剑意从体内引到外物之上。

正巧买来的那块木盾虽然并非铁木，但也还结实，所以林如翡便拿它当作承载力量的目标，每日都在小心翼翼地尝试。

侍女们见到自己的少爷如此喜欢这块平淡无奇的木盾都很奇怪，问林如翡何时买来的。

林如翡便笑眯眯地把那日的事情说给了两人听，说自己占了大便宜。

两人听完后神色不明，玉蕊欲言又止，却被浮花重重捏了一下胳膊上的肉，登时疼得眼泪汪汪。浮花在旁微笑着对林如翡道："这木盾看起来的确是与众不同，少爷的眼光真好。"

"是吧，是吧，我就觉得自己眼光好。"林如翡笑道，"下次遇见了，记得提醒我再买一块。"

浮花虽然气得暗暗磨牙，但还是哄着林如翡说好好好，心里想的是可别让她揪着那把木盾卖给她家少爷的小子，不然准把他给揍上一顿。

最近天气渐渐热了，林如翡也总算是不用一直披着披风了，清爽了不少。

出发的那一日也是个舒服的晴天，清风微拂，带着丝丝凉意，吹起了马车的车帘。

林如翡坐在车厢里喝着玉蕊给他备好的梅子茶，听见驾车的浮花出声道："该带的东西都带好了吗？若是带好了便上来吧，里面是我家公子，态度记得尊敬一些。"

外头有人应了声"好"，便爬上了马车，小心翼翼地掀开车帘，看到了坐在车里正端着茶碗喝茶的林如翡。

两人四目相对，气氛却仿佛凝滞了。林如翡露出一个和善的微笑，道："哟，这么巧啊。"

"是……是挺巧。"说话的，正是几日前将木盾卖给林如翡的少年。他此时背着个大大的包袱，脸上还挂着讨好的笑容，只是这笑容在看到林如翡后便僵在了脸上，讷讷半晌没说话，还是林如翡先打的招呼。

"咦，你们认识？"浮花奇道。

林如翡笑着说："你不是之前还问我是谁卖给我木盾的吗？就是这个家伙。"

浮花脸色一垮，随即又想起了什么，勉强挂上一个假笑："哦，原来就是你啊。"

少年讪讪地叫了声"少爷"。

林如翡说："还没问你叫什么名字呢？"

少年道："我姓莫……"

林如翡道："叫什么？"

少年道："叫莫招财。"

这名字，众人一听都笑了，连浮花眼里都露出些笑意。

林如翡也笑了起来，问他："怎么会取这么个名字？"若只是叫招财也就罢了，可偏偏是姓莫。

莫招财笑道："我自幼没有父母，是在一个人家做仆人慢慢长大的，那家人便随便给我取了个名字，只是好像和姓氏不太搭。"他说得坦然，也没有因为自己的这个名字露出任何尴尬的神色，反而十分骄傲。

莫招财待众人笑完，又小心翼翼地看向林如翡，小声道："公子，您还需要我带路吗？"

林如翡眨眨眼："为什么不要？"

莫招财道："这不是前几日……"

林如翡说："木盾？"他认真道，"那木盾我很喜欢，侍女们也都夸我眼光好呢。"

莫招财听得目瞪口呆，用余光瞟了眼旁边面无表情的浮花。浮花冲着他使了个眼色，他立马心领神会，也不敢应声，只是不住地点头。

林如翡逗完了莫招财，便示意他进来，转移了话题问西凉山的事。

一提起熟悉的地方，莫招财立马展示了他那无与伦比的厉害口才，绘声绘色地说起了西凉山上的故事，什么勾引书生的山野狐狸精，什么最喜欢吃人眼球的树怪鬼魅，说得活灵活现，好像亲眼见过一般。

林如翡听得津津有味，问他上过多少次这西凉山。

莫招财笑着说："这西凉山在我眼里，就是我的手指头，一二三四五，全都清楚得很，无论是大路抑或是小道，只要跟着我，从来没有迷路的。"

林如翡道："这么厉害？"

"是啊，不过那些妖怪的故事，听听也就罢了，山上最可怕的还是山匪，特别是名叫枭首的那一群。他们不光劫财，还杀人，遇到看上的，就掳回山寨里。"莫招财说，"不过我们是散客，而他们的目标都是大的商队，所以倒也安全，不必太过担心。"

他说完，又觍着脸笑道："况且还有两个修为这么高的漂亮姐姐，谅他们也不敢动手。"

林如翡点点头。

莫招财是个热闹的少年，只是和孟阑若的那种热闹不同，他更会审时度势，十分清楚主顾喜欢和不喜欢的话题，林如翡只要露出一丝的不感兴趣，他便敏锐地察言观色，迅速更换话题。

他年纪这样小，却养成这般性格，想来也是受了不少苦。

莫招财说了好一通话，见林如翡没有再提那木盾，才略微喘了口气。林如翡倒了杯梅子茶，递到他面前，示意他润润口。

莫招财受宠若惊地接了过来，喝了一口后便赞道："真好喝，我从来没有喝过这样好喝的茶水。"

林如翡说："你是莫家人？"

莫招财挠挠头："我哪里算得上什么莫家人，只是个被赶出来的仆从罢了，这姓氏因为是主人赐的，不想随意更换，这才继续用了。"

林如翡点点头。

他听说过莫家的名字，前几年也曾经在剑会里见过莫家弟子，只可惜莫家后来出了些事，便渐渐没落了，如今信州之内，孟家独大，莫家已成了陪衬。但百足之虫死而不僵，和一些没有修仙的凡人世家相比，他们依旧算得上厉害。

"莫家有些可惜了，若是莫长山不死，也不至于变成今天这个模样。"这些大家的秘密，玉蕊这个丫头倒是比林如翡要清楚得多，她叹道，"当年他一剑下去天地变色，宓水改道，是何等的英姿，只是可惜……"可惜英年早逝，还死得那样惨。

莫招财笑道："不说这些让人不快的事了，还是说点高兴的吧。"他似乎不愿多提莫家的事，便又说起了西凉山和信州里的奇闻逸事。

他混迹于市井之间，知道的故事自然精彩万分，林如翡听得津津有味，莫招财也好似精力无限，连着说了一个下午，都不见停顿的。到最后反而是林如翡先困了，他才打了个哈欠，莫招财便住了嘴，让林如翡先休息。

林如翡颔首，道："你也休息一会儿吧。"

"好的，公子，你不用管我，我随遇而安。"莫招财微笑。

林如翡躺在了榻上，睡前小声地问了顾玄都一句："这个莫招财有趣吗？"被顾玄都称赞有趣的人，总是有些麻烦。

顾玄都道："话多得很，听得我脑仁儿疼。"

林如翡露出笑容。

"不过也怪不得他。"顾玄都说，"这样的人，话多也是正常的。"

林如翡"嗯"了声，迟疑地看着顾玄都："你的精神好像不太好，是不是哪里不舒服？"从昨日开始，顾玄都便神情恹恹，似乎有些疲惫，这模样倒是十分少见。

顾玄都却摇摇头表示自己无碍。

林如翡还想再问，他却已轻轻按住了林如翡的肩膀，温声道："不用担心我，若有什么事，我定然会同你说的。"

林如翡："当真？"

顾玄都道："自然当真。"

林如翡闻言叹了口气，心里想着原来前辈也会骗人，但到底还是没有说话，而是轻轻地点了点头。

西凉山路虽然险峻，但却有一条可以走马车和货车的主要山道。顺着这条山道，便能翻越群山，到达对面的中原地区。不过因为山里的情况复杂，所以山道偶尔也会出现一些意外情况，特别是夏天的雨季，被雨水冲刷得松软的山石夹杂着洪流经常将道路堵塞。遇到这样的情况就比较麻烦了，商队们只能自己组织人手清通道路。

好在此时只是初夏，雨水还不算多，马车顺着山道进了西凉山，周围的景色慢慢变得荒凉起来，最后只剩下茂密的森林。

因为莫招财，这一路上并不寂寞，每天都能听他说些奇闻逸事，旅途倒也还算有趣。

只是让林如翡担心的是，随着他们越来越深入西凉山，顾玄都的状态似乎变得很差。他平日里几乎很少出现，偶尔一次才搭个腔。林如翡起初还以为他是不愿意说，直到某日他突然在自己面前出现时，他才惊觉顾玄都的身形竟然淡了不少，几乎可以透过他的身体看到后面的景象，简直……像是要消散了似的。

"前辈，你没事吧？"林如翡找了个机会问道。

顾玄都说："没什么大事。"

林如翡那口气还没放下去，他便有气无力地补了句："只是快死了。"

林如翡："……"

顾玄都道："开玩笑的。"

林如翡倒是觉得这句话才是在开玩笑。

顾玄都见林如翡神色凝重，也不继续逗他了，说："这西凉山上有东西，对我的压制比较大，离那东西越近，我就越虚弱。"

林如翡闻言，想起下山之前顾玄都曾经对他说过的话，他迟疑片刻，低声道："这东西，前辈想要？"

顾玄都扭头看向他，许久没有说话，就在林如翡以为他不会回答的时候，他才漫不经心地道了句："现在还不行，你的身体支撑不住的。"

这话说得很明白了，西凉山里藏着的东西，他的确想要，可是以林如翡现在的状态，是没办法拿到手的。

"之后我会越来越虚弱，甚至没办法现形，不过没什么关系，你的侍女们的五境修为已经够用了，一般人动不了你。”顾玄都懒散道，“出了山就好了。”

林如翡还想再说什么，顾玄都身形便瞬间淡去，看来是已经无法继续维持。林如翡有些担心，但在顾玄都这事儿上，他似乎帮不上太大的忙。正想着，林如翡身后传来了脚步声，他转身看去，却是一脸茫然的莫招财，他道：“林公子，你在和谁说话呢？”

林如翡说：“没有谁，有事？”

“浮花姐姐做了新鲜的吃食，让我过来叫你。”莫招财道，“咱们回去吧？”

林如翡说：“好。”

天色已暗，浮花点起篝火，又取出炊具，做了热乎的食物。莫招财很是喜欢，吃得津津有味，林如翡心中有事，吃得有些食不知味。

“这天色暗了，可要小心些。”莫招财吃得嘴巴鼓鼓的，含糊地说道，“晚上野兽和山匪们都容易出没，至少要安排一个人守夜……篝火千万不能灭。”

侍女们安排了守夜，林如翡则简单地洗漱之后，便进了马车。

他有些睡不着，坐在马车里，随便选了本杂记，借着烛光看了起来。夜深风大，吹得山林中的树木簌簌作响，风声号号，乍听上去，像凄厉的鬼哭。莫招财在角落里已经睡着了，他撅着屁股，发出了轻微的鼾声，睡相着实不太好看。林如翡还是第一次看见有人用这种姿势睡觉的……不过能睡得这么酣熟，倒是让人十分羡慕。

林如翡实在睡不着，熬了半宿，勉强生出了些睡意，合眸小憩片刻，却听到马车外传来了奇怪的声音。这声音一听就是哀号和惨叫，而且显然不止一人，断断续续，听得人后背发凉。

林如翡被这声音吵醒，抬手掀开马车帘子，看见了一脸如临大敌的浮花和玉蕊。

“少爷，怎么没睡？”浮花低声问道。

“刚睡着就被吵醒了。”到了马车外头，人类凄惨的呼救声和惨叫声越发清晰，伴随着呼呼的山风，显得格外可怖，林如翡道，“哪里来的声音？”

“就在附近。”浮花道，“要过去看看吗？”

林如翡思量片刻，还未说话，本来睡得很好的莫招财突然蹿了出来，脸上是满满的惊恐，他道：“去不得，去不得呀，去了就回不来了！”

“怎么，你知道出什么事了？”浮花蹙眉看着他。

“要么是山匪，要么是野兽，而且这么多人的叫声，肯定是个大商队，他们都抵挡不住，那肯定出了大事。”莫招财似乎是觉得有些冷，双臂抱胸瑟瑟发抖，“况且这西凉山里，还有别的东西呢……”

林如翡道：“什么东西？”

“不晓得。”莫招财说，“见过的人大多都死了，没死的也疯了，我见过那疯子，已经完全不是正常人的样子……”他似乎被自己的描述吓到了，嗓音里甚至带上了不明显的哭腔，“咱们真的别去了。”

浮花看向林如翡，示意自己还是听从林如翡的命令。

“去看看吧。”林如翡迟疑片刻，“若只是普通的山匪，或许还能帮上忙，但安全第一；如果真的见到了对付不了的什么东西，不要打草惊蛇，立马回来。”

浮花闻言说“好”，转身御剑便朝着声音传来的地方去了。

莫招财脸色煞白，神经质地自言自语着，看模样简直怕得想挖个坑把自己直接给埋起来。

玉蕊也惴惴不安，死死地咬着下唇，林如翡倒是成了他们中最平静的一个。他走到篝火边上，抬手又往里头添了些柴火，湿润的柴火入了火堆，发出轻微的噼啪声，让火势更大了些。

浮花去得快，回来得也快，只是回来时脸色十分难看，嘴唇上更是一点血色都没有，见到林如翡抖着嗓音叫了声“公子”。

很少见到稳重的浮花会露出这样的神情，林如翡便知晓那边的情况肯定不一般，他道：“别急，慢慢说。”

“那边死了好多人。”浮花说，“好像是一个大型商队遭了难……可是……可是……”她重重地咽了口口水，颤声道，“我去的时候人都差不多死光了，可我既没有看见山匪，也没有看见野兽……”

山匪求财，杀了人肯定不会直接离开，野兽食肉，尸骨肯定也会被啃食。可按照浮花这说法，那一队受难的商队遇到的既不是山匪，也不是野兽，而是……别的什么。

“什么都没有？”林如翡蹙眉问。

“没有。”浮花颤声道，“而且……而且……”

林如翡说：“而且什么？”

浮花道：“而且所有的人的眼睛都被挖掉了，无论是活着的，还是死了的。”

众人登时陷入了沉默，莫招财胆子最小，已经开始哭哭啼啼地抹眼泪了，嘴里嘟囔着：“让你们别去看，现在好了吧，看到了不该看的东西，之后可怎么办呀。”

依据浮花的描述，她到那里时，屠杀已经进入了尾声，死掉的商队成员遍地都是，还有几个活着的，眼睛也都变成血肉模糊的窟窿，正躺在地上气息微弱地哀号，想来也是活不了太久。

这画面太过诡异离奇，浮花也不敢多做停留转身便走，匆忙赶了回来。

“我在周围也没有察觉出其他可疑之人的信息，要么是那人的修为远在我之上，要么……就是有别的东西。”浮花低声道，“公子，我们接下来怎么办呀？”

林如翡沉吟片刻：“等天亮了再看看吧。”

此时已经是半夜，到天亮还有一两个时辰。

出了这样的事，大家都不太睡得着，便围着篝火聊起了天。

莫招财说西凉山上这些东西的诡异传说已经延续百年了，每年都有消息传出，只是真真假假谁也说不清楚。但宁可信其有不可信其无，他对于山上的这些事，向来都十分敬畏。

“我看这趟旅途很不顺利，不如我们先回去，隔些日子再走吧。”莫招财小声道，“不然万一出了什么意外……”

林如翡道：“可是不是说雨季山里更难走吗？”

莫招财讪笑：“难走是难走，但总归……比丢了命好吧。”

到了盛夏，便是西凉山的雨季，到时候山内不仅炎热，而且山洪频发，反倒更加危险。

林如翡道：“天亮了再说。”他本想问问顾玄都的意见，但出了这样的事，顾玄都都没有出现，想来也是情况不妙。

于是几人便等到了天亮。

天亮后，那些人的声音已经彻底消失了。

浮花硬着头皮又去看了一次，这次回来后，脸上的惊恐变成了满满的茫然，道：“公子……全都不见了。”

林如翡：“嗯？不见了？”

“是啊，什么都没了。”浮花疑惑道，“不但没有尸体，连血迹都看不见……”她甚至自己先质疑起来，“我、我不会是看错了吧？”

众人无言地看着她，莫招财摸着鼻子道：“看错肯定是不会看错的，估计是有人把尸体给收拾了吧……”

浮花道：“为什么要收拾？”

莫招财说：“为了让人继续走那条路？”

林如翡坐在一旁沉默不语，待他们讨论得差不多了，才出声道：“走，去看看。”

几人便跟随着小心翼翼地去了昨晚出事的地方，果然如浮花所说的那样，山林中丝毫没有痕迹，仿佛昨夜那些可怖的哀号，都只是他们的幻觉。林如翡在路边转了一圈，没有看到尸体，也没有看到鲜血，但还是发现了一些蛛丝马迹。他弯下腰来，用手指轻轻地拈起一抹泥土，道：“这里曾经生过篝火。”虽然篝火已经移走了，但泥土里还是藏了些烧焦的木头痕迹。

“所以我没有看错？”浮花道。

“没有，昨晚这里肯定发生了什么。”林如翡环顾四周，茂密的森林遮住了大部分的阳光，虽然此时天气晴朗，但没有炎热的燥意，反而透着丝丝清凉。这种清凉在平日里会让人觉得十分舒服，但此时此刻，却透着股森森鬼气。

“公子，我们怎么办呀？”玉蕊小声发问。

莫招财念叨：“回去吧，回去吧，若是不回去，那也走不得这条路了……”他似乎想到了什么，忽地来了精神，对林如翡道，“林少爷，不然咱们别走大路了，绕开这边，反倒安全些。”

林如翡说：“你还知道别的路？”

“当然，西凉山上我熟得很，什么路都晓得的，不过那条路有些窄，马车无法通过，所以商队平日里也走不了。”莫招财道，“不过虽然没什么人走，但也有好处，就是知道路的人不多，也不容易出事。”他道，“那些东西没有袭击我们，目标都是大型商队，我们走大路倒是容易被牵连……”

林如翡沉吟道：“那条路你经常走？”

“倒也不经常走，但是上月正巧走了一趟。”莫招财说，“就是偏了点，不过马能通行，但肯定比大路安全。”

西凉山容易出事的很大一个原因，就是只有一条大道，商队根本没有别的选择，而想要对商队下手，只要在大道上堵着就行了。他们几个人少，目标不明显，又不怕寻常野兽，走小路其实是不错的选择。

“也好。”林如翡同意了莫招财的提议，他若是这会儿下山，恐怕得等到雨季过去，秋高气爽才能到达中原。

而且看莫招财如此怕死，想来也不会拿自己的性命开玩笑，林如翡便同意了他的提议，说就走小路。

浮花和玉蕊也稳住了情绪，不再惊惶。侍女们虽然修为到了，但到底是从小在昆仑山上长大的，没见过什么太过血腥的场景，所以昨日才被吓到。不过她们调整得倒也还算快，再次上路时，已经不太害怕了。

马车没法使用，便只能骑马。

考虑到侍女们都是小姑娘，林如翡便让莫招财和自己骑一匹马，莫招财小小一只坐在前头，林如翡则在他身后牵着缰绳。

莫招财个子很小，却背着一个很大的包裹，林如翡随口问了句这包裹里放的是什么东西。

“哦，就是一些我平日里要把式需要的玩意儿。”莫招财道，“我没有住处嘛，这些吃饭的家伙都是背在身上的。”

林如翡眨眨眼，来了句：“比如那块可以抵挡所有锋利剑刃的木盾？”

莫招财表情僵住。

林如翡说：“还有吗？我再来两块。”

“没了没了。”莫招财笑得尴尬，“是家传宝物……”他说到“家传宝物”四个字的时候，被旁边的浮花瞪了一眼，便只好压低了声音，弱弱道，“当然，若是公子真的还想要，我还能再找找。”

林如翡说：“那这次能不能给我算便宜点？”

莫招财讪笑：“您都是我的老主顾了，我哪儿还敢收您的钱啊。”

林如翡似笑非笑。

众人顺着莫招财说的小道一路往前，没有再遇到什么怪事。不过这个莫招财的确厉害，这条小道几乎快要被旁边的野草盖住了，他还是能准确找出，也对得起他自称在西凉山上长大的话。

山高路远，走了一天了，周围的环境似乎也没什么太大的变化，除了森林更加茂密了些，简直好像进入了一个巨大的迷宫。

这对于常人来说，总会觉得有些不安，但浮花和玉蕊都是剑修，所以倒也没觉得如何。

林如翡一路上都很担心顾玄都的状态，直到晚上，他才另寻了一个角落，将顾玄都唤了出来。

此时的顾玄都情形又严重了一些，几乎快要接近透明的状态，神情恹恹、昏昏欲睡，见到林如翡，却还不忘打趣：“昨晚吓到了？”

林如翡道：“昨晚发生的事，和你要的东西有关系？”

“大约是有些关系的。”顾玄都道，“不过你也不用太担心，那东西不会伤害你，比较麻烦的是，想要得到那东西的其他人。”

林如翡沉吟道："我能帮上什么忙吗？"

顾玄都缓缓摇头。

林如翡："一点忙也帮不上？"

顾玄都道："帮不上。"

"你又骗人。"林如翡说，"你都说了那东西不会伤我，我如何会一点忙都帮不上？"

顾玄都语塞，随即不住地摇头："对于现在的你而言，太危险了。"

林如翡思量片刻："我想去试试。"

顾玄都蹙眉："你不要这样固执，以后日子还长……"

林如翡道："那东西对你很重要吧。"

顾玄都不说话了，他有些苦恼地看着林如翡，似乎不太明白平日里那么好哄的林家少爷，此时怎么变得这么难缠。偏偏他的状态十分糟糕，现出身形已经十分勉强，哪还有和林如翡细细讲道理的时间，于是纠结了半晌，只能挤出一句："不准去。"

林如翡道："只是试试，情况不对，我立马放弃。"不知为何，他有种感觉那东西对顾玄都非常重要。

顾玄都面露无奈，还想说什么，身形却已经开始变淡，连带着声音都模糊不清，他说了一句十分模糊不清的话，便消失不见了。隐隐约约地，林如翡好像在这句话里听见了一个"莫"字，莫？莫家？莫招财？还是莫要做什么事？林如翡思量许久，也无法想出准确的答案。

顾玄都消失得彻底，林如翡没了他无时无刻不在的陪伴，一时间还有些不习惯。

他回到了侍女们的身边，看见莫招财正津津有味地啃着浮花烤的大骨头。那骨头是从山下买来的，早就腌制好了，一直放在戒指里保存着，此时拿出来，放了些香料，烤熟了之后当作晚饭。林如翡对肉类的食物一直不太感兴趣，只是吃了一点，剩下的全都给了莫招财。

莫招财倒是十分喜欢啃骨头，啃得满脸花不溜秋，也不知道他是怎么做到的，硬是把一根骨头啃得干干净净，连油花子都舔干净了，才恋恋不舍地放下。放下后，他注意到了旁边投来的目瞪口呆的眼神，登时有些不好意思，小声道："见笑见笑，浮花姐姐做的菜味道实在是太好了，我好久都没有吃过这么好吃的肉了，一时间没忍住……"

浮花笑道："我还带了些，明天中午一起烤了吧，天气热，放不了太久。"

"那可真是太好了。"莫招财一边说，一边挖了个坑，把他心爱的大骨头棒子给埋了。林如翡瞧着他这模样，觉得这小孩倒是挺可爱的，就是好像身份似乎并不像他表现出来的那样简单，若顾玄都嘴里的“莫”字指的是他，那就更值得注意。

吃完饭，趁着莫招财去山林里小解的工夫，林如翡叮嘱浮花和玉蕊多注意下这个小家伙。

浮花点点头，却还是有些疑惑，说莫招财身上一丝剑气都没有，难道还能折腾出什么花儿来。

林如翡虽然也不知道这莫招财身上有什么秘密，但多注意点总归是好的。

莫招财解决了问题，又回来了，蹲在篝火旁边用棍子戳着泥土。

天色渐晚，昨天大家一夜没睡，都生出了些倦意。只是没了马车，只能睡在地上，浮花早就想到了这件事，掏出绳索，借着旁边的树木，拉了三张吊床，又在上面铺上了软软的垫子。

林如翡第一次睡这样的吊床，觉得十分新奇，他躺在床上，看到暗色的天空中，飘着一轮明亮的圆月，圆月四周散落着淡色的浮云。

睡意涌上了林如翡的心头，他缓缓地闭上眼，陷入了久违的梦境。

梦境中，似乎有人在呐喊尖叫，血色渐渐覆盖了整个视野，林如翡猛地惊醒，耳边竟然响起了浮花尖厉的叫声：“公子——公子快逃——”

林如翡从吊床上坐起，看到了正拿着剑浴血奋战的浮花和玉蕊，还有满天飞舞的血色圆球。

他仔细看去，才发现那些血色的圆形物体竟然是一颗颗血淋淋的眼珠，正瞪着扩散的黑色瞳孔，疯狂地攻击着两名侍女。而睡在自己旁边的莫招财，此时正窝在墙角瑟瑟发抖，见到他醒了，才扯出一句哭腔：“林少爷——快跟我过来——她们撑不了太久了！”

林如翡还未反应过来，莫招财便跑到他的身边，一把抓住他：“快，快跑！”

林如翡道：“浮花——”

“公子先走！我们随后就来！”浮花应声。

林如翡知道这时候自己留在这里反倒是拖累，只好迈动步子，跟着莫招财狂奔而去。

# 第十四章 血月瞳

虽然是在夜晚，可莫招财却好像一只灵巧的猎犬，轻而易举地穿行在崎岖的山路上，他大约是害怕林如翡和自己走散，一路上都牵着林如翡的衣角，不断地小声说着方向。

“公子这边草深，你可小心些！”莫招财喘着气道。

林如翡身体本就孱弱，跟着莫招财乱窜了一通，这会儿的呼吸也略微有些急促，莫招财的脚步稍微放缓了些，他才腾出工夫来说话，哑声道：“那些东西好像没有跟过来。”

“是好像没有。”莫招财朝着身后看了看，见的确看不见那些可怖的眼球，才重重地松了口气，喃喃道，“那些到底是什么玩意儿？我还以为自己在做噩梦呢……”

林如翡道：“我们现在在哪儿？”

莫招财环顾四周，周围全是茂密的森林，此时光线又暗，几乎认不出脚下的道路，不由得苦笑道：“我也不知道，好像是迷路了。”

林如翡神情凝重，从戒指里取出了传讯的纸鹤，将纸鹤送了出去。

过了好一会儿，纸鹤才带着浮花的消息回来，浮花说让林如翡不要担心，她们已经清理掉了大部分的眼球，打算把剩下的也斩草除根，让林如翡待在原地别动，等处理完了这些东西便来寻他。

林如翡见侍女没事，重重地松了口气。然而站在他身旁的莫招财却紧张了起来，道：“林公子，林公子，你快过来，蹲在草丛里，别说话——”

林如翡还来不及反应，便被他按住肩膀硬是压到了草堆里。他正在奇怪，就听到不远处传来了一阵窸窸窣窣的脚步声。

林如翡顺着草丛的缝隙，看到了一群正在朝这个方向走来的人。这些人都背着夸张的大刀，穿着简洁的短衫，浑身上下都散发着一股子血腥的味道。怎么看，都不是善茬。

而为首的那人，更是一脸凶悍，甚至借着暗淡的月色，能看到一道夸张的疤痕横穿了他的脸颊，让他的模样看起来分外狰狞。他身后带着十几个人，全都在四处张望，仿佛是在寻找什么。

“这些人都是山匪。”莫招财紧张极了，在林如翡的耳边微不可闻道，“都是杀人不眨眼的坏东西，若是让他们发现了，我们就完蛋了。”

林如翡点点头，示意自己明白了。

两人蹲在草丛里，尽量用草堆掩盖着自己的身形，看着这群人慢慢地从自己的眼前走过。似乎是运气比较好，林如翡看到最后一个人消失在了自己面前后，这才长舒一口气。莫招财更是如此，直接整个人都坐在地上，大喘气道：“吓死我了，吓死我了，我还以为我们两个要交待在这儿了。”

林如翡说：“你认识他们？”

“我不认识，但是认识他们手里的刀啊。”莫招财颤声道，“他们应该就是枭首，那刀上刻的图案，我就是死了都忘不掉……”

“怎么就忘不掉了？”

“当然忘不掉了，我亲眼看见他们把一整个商队的脑袋都给砍下来了。”莫招财说，“那血啊……等等……”他原本还轻松的表情忽地僵住，因为他突然意识到，问出“怎么就忘不掉了”这句话的人并不是他旁边的林如翡，而是从他身后传来的。

林如翡和莫招财一起回头，竟看见了十几个站在他们身后的山匪。

为首的那人脸上带着恶劣的笑，看见两人煞白的脸色，笑道：“哟，看来我们运气不错啊，竟然找到这么两个小家伙。”

莫招财“嗷”地叫了一声，转身就想跑，却被那人一脚直接踹翻在了地上。林如翡站在原地没动，那人走到他的面前，几乎脸贴脸地将他打量了一番：“这是哪里来的漂亮的小公子，这么黑的夜，怎么跑到西凉山上来了？”

林如翡微微抿唇，没有说话。

莫招财哭叫道：“大哥，大哥，您大人有大量放过我们吧，我们只是过往的散客，身上一点银子都没带的啊。”

那人压根儿不理莫招财，手一挥，手下便心领神会地掏出了绳索将莫招财捆了个结实，再到林如翡，他却笑了起来，道：“小公子，你是自己走呢，还是我来动手？”

林如翡冷静道：“我自己走就行。”说完低低地咳嗽了两声，原本就不太好的脸色更加苍白。

男人见他身体孱弱，却恶劣地笑了起来，他道："我们行程快，小公子你怕是跟不上。"他手一伸，竟然将林如翡直接扛了起来。林如翡视线瞬间倒转，正欲咬牙说些什么，却被他一记手刀砍在颈项上，干脆利落地晕了过去。

莫招财见到这一幕，露出惊恐无比的眼神，男人却冲着他直笑，他说："虽然没有找到想要的，但也算是意外收获。"

说着其他人将莫招财也扛了起来，众人很快便消失在了森林里。

待浮花和玉蕊赶到时，此地已是空空如也，侍女们酣战一场，浑身上下还带着鲜血和杀气，赶来时却没找到自家的公子，瞬间恼了。

"公子呢？"玉蕊尖叫。

"这里有其他的人的气息！有人来过了！"浮花说，"走，跟着气息寻过去！"

两人将剑一收，神情狰狞如同罗刹，朝着山匪离开的方向一路追去。

林如翡醒来时发现自己躺在一张柔软的床上，被砍了一记手刀的脑袋隐隐作痛，他从床上爬起来，环顾四周，看到了角落里几乎被绑成一只螃蟹模样的莫招财。

见他醒了，莫招财差点哭出声："公子，你终于醒了，我还以为你出事了呢！"

林如翡揉了揉颈项，低声道："我们在哪儿？"

莫招财老实道："在匪窟里。"

林如翡沉默片刻，道："他们想干吗？"

莫招财说："你是问对我还是对你？"

林如翡奇道："这还有什么不一样？"

莫招财痛心疾首道："当然不一样了。我就是个无依无靠的穷混混，山匪估计一刀就把我杀了。但是遇到你，他们定然是舍不得。听说他们老大荤素不忌，最喜欢长得漂亮的人，光是压寨夫人就足足有二十多个——"

林如翡怔怔地看着他，没反应过来莫招财的话是什么意思。

"意思是他想娶你啊。"莫招财悲痛道，今天怎么才发现这漂亮公子有点呆呆的呢。

林如翡不可思议道："可是我是男的。"

莫招财道："这你就不懂了，没有姑娘，男人也行的，特别是像公子你这样身段好、模样又漂亮的。"

林如翡这孱弱纤细的身体，俊美的面容，再加上那一身常人都能看出来的贵气，简直是山匪们最为热衷的目标。但显然，眼前的公子完全无法理解这件事，坐在床上露出一脸见鬼似的表情。

两人正在说着话，外头便走进来一个男人，正是刚才将林如翡敲晕的那人，他见到林如翡，便露出笑容，道：“醒了？”

林如翡瞅着他没说话。

男人道：“来了这里，不管你之前什么身份，现在就是我的人。”他走到林如翡面前，伸手便想捏住林如翡的下巴，却被林如翡皱着眉直接躲开了。

“哟，还躲，我就喜欢火辣辣的美人儿，不然没什么意思。”男人说着，露出邪恶的笑来。林如翡的身板，他刚才已经见识过了，轻飘飘的，还没他那把刀重，完全不像是练过的人，再加上身上毫无剑意，估计就是个普通人家的富贵公子，只是生了一副漂亮的好相貌，让人看了就心痒痒。

“春宵夜短，我们也别浪费时间了。”男人伸手就要抓林如翡的手，想将他掼倒在床上。

林如翡刚才已经吃了一亏，这会儿早就有了经验，往后一缩，右手从虚纳戒指里掏出来一块黑色的木盾，抬手便冲着男人的脑袋上来了一下。男人虽然不知道他这木盾是从哪里摸出来的，但见到他这动作，却是哂笑一声，抬手便想要抓住，似乎是觉得林如翡这木盾看起来毫无力道，轻而易举便能阻止。

莫招财不忍心地闭上了眼，他害怕林如翡彻底惹怒山匪，到时候，恐怕更要吃些苦头。可谁知，闭着眼的他听到了一声“咔嚓”的脆响，随后是山匪的闷哼，再次睁眼时，竟然看见林如翡一脸无辜地抓着木盾，而山匪手臂呈现出一个扭曲的形状，人更是直接倒在床上，早已没了知觉。

“你这咋、咋搞的啊？”莫招财惊讶之下，连方言都说出来了。

“我就试了试，没想下这么重的手。”林如翡上山之前，就在跟顾玄都学习如何将剑气附着在外物上，这会儿终于有了成效，而且看起来效果拔群。他伸手探了探山匪的鼻息，确定他还活着：“我还以为我把他给砸死了呢。”

莫招财眼珠子都要瞪出来了。

“你的盾还挺好用。”林如翡扬了扬手里的木盾，认真道，“一块中等灵石，是挺值的。”

莫招财半晌没吭声，最后红着脸憋出一句：“公子你先把我放开吧，不然待会儿外面有人进来了……”

林如翡点点头，给莫招财松了绑，两人又将手臂骨折的山匪绑了起来，还用毛巾将他的嘴塞了个严严实实。

做完这一切，林如翡出了一身的汗，坐在旁边微喘着休息。

莫招财悄悄地摸到门边，看了看外头的动静，返身回来低声道："公子，咋办啊？门口有人守着呢。"

林如翡说："几个？"

莫招财道："我就看见了一个。"

林如翡想了想，抬手就啪啪几巴掌把那个被敲晕过去的山匪给打醒了。山匪迷迷糊糊地醒来，看到站在自己面前的林如翡和莫招财后条件反射地想要放狠话，谁知却发现自己的嘴里牢牢地塞着什么东西，"嗯嗯嗯"半晌都没憋出一个字来。

林如翡从自己的虚纳戒指里掏出一把匕首，直接放到了他脖子上，他力道没控制太好，直接把他的肌肤划出了一条清晰的血痕，忙道："抱歉，第一次用，不太熟练。"

山匪面露惊恐。

"我把你的嘴巴解开，但是你不准出声，不然我就一刀剁掉你的脑袋。"林如翡慢慢道，"听懂了就点点头。"

山匪缓缓点头。

林如翡给莫招财使了个眼色，莫招财小心翼翼地将塞住山匪嘴巴的布条扯了出来，山匪猛烈地喘息几下，才嘶声道："你们两个就算杀了我，也离不开这里！"

林如翡瞅着他道："那可不一定。"

"哈哈，我晓得你有些谪仙的手段，这些手段对付我这样的凡人是足够了，可想要对付山里的东西，还差得远呢。"山匪冷笑，"别以为我不知道你们是为什么来的。"

林如翡奇道："哦？你知道那东西在哪儿？"

"谁不知道那东西的位置？"山匪道，"只是知道是一回事，拿到手又是另一回事。"

林如翡沉思片刻正欲再问，莫招财却忽地紧张起来，指着外头道："公子，有人朝这边来了！"

他话音刚落，外头就传来了凌乱的脚步声，随后有人重重地敲门，有人叫道："王哥，你完事儿没啊？"

原来这山匪姓王，林如翡把手里的匕首往前送了送，微微扬起下巴，示意他说该说的话，于是这王姓的山匪粗声粗气道："干你娘的，催命呢，你以为我是你小子，两下就完事儿了？"

门外众人顿时哄笑起来。

“你们先走吧，我完事儿了马上就跟过来。”他扭头看了林如翡一眼道。

“哟，看来那漂亮小公子是相当合你的意啊。”那人说，“那你可记得快点，那两个女人已经被引过去了。”

“我晓得了，再来一轮就来。”山匪应声。

门外人似乎习惯了他这行事作风，也没觉得奇怪，转身走了。

待脚步声彻底消失后，林如翡才道：“两个女人？他们说的那两个女人是谁？”

山匪道：“据说是两个五境修为的谪仙，具体我也不清楚……”

事情似乎越来越复杂了，从他们上山开始，就已经被人盯住，而且盯住他们的人似乎和那影响顾玄都的东西有牵连。

林如翡思考片刻后，便同这山匪讨价还价，让他带着自己去那个地方。山匪立马应下，说只要不杀他，他就愿意带着林如翡和莫招财出去。

“公子，你可别信他，这山匪嘴里一句话都信不得的。”就在此时，莫招财却突然开了口，焦急道，“若是放他出去，他肯定会背弃承诺，要了我们的性命的。”

山匪听到莫招财这么说，哂笑一声：“不带我，你们连出去的路都找不到，又如何去救那两个女人？”

“你说找不到，我们就找不到？”莫招财不屑道，“不是吹牛，只要有人从我面前走过，就算隔了半天，我也能寻着他们的踪迹一路追过去，哪里还需要你！”

既然莫招财能找到路，那眼前这山匪的确没了利用的价值。

林如翡看了看自己手里的匕首，山匪心有所感，面露惊恐，正欲开口求饶，便又被莫招财用布狠狠地塞住了嘴。

到底是第一次自己动手杀人，林如翡还是略微有些迟疑，莫招财见状心中焦急无比，似乎是害怕林如翡心软，竟然不知从哪里摸出了一把短刀，对着这山匪的颈项便刺了下去。

这一刀直接刺到了山匪的大动脉，血液喷得极高，溅了林如翡一身。林如翡后退一步，蹙起眉头看向莫招财。

莫招财忙道：“公子，我怕你下不去手……”这林如翡的确不像能杀人的样子，他怕他下不去手，才干脆利落地将这人解决了。

林如翡说：“动手前至少先说一声。”他指了指自己身上的血迹，“溅了我一身。”

莫招财哑然，他以为林如翡会责怪他，没想到却说出这么一句话来。

“还有。”林如翡继续道，“你就这么把他杀了，外头的人还没有解决。”

莫招财这才想起门口还守着个人，抬手慌张地挠了挠头，“哎”了一声。

林如翡若有所思地看了他一眼，倒是没有再说他什么，只是从自己的戒指里取出了一张符箓，告诉了莫招财符箓的用法。

这符箓是离开昆仑山之前，姐姐林葳蕤留给林如翡的，她给的东西大多都是些稀奇古怪但又很实用的玩意儿，比如这符箓就是只要贴在那人的身上，那人便会半个时辰都无法动弹。

“我来吧公子。”莫招财道，“我身子灵活，肯定能贴上去。”

林如翡将手里的符箓递给了莫招财。

莫招财果然“不负翡望”，轻手轻脚地开了门，那人还未反应过来，便被他摸到了身后，直接将符箓贴了上去。

林如翡便跟着莫招财离开了屋子，两人正打算离开，莫招财却忽地顿住脚步，迟疑道：“公子，你等我一会儿。”

林如翡道：“嗯？”

莫招财说：“我去去就回来。”

他说着转身便蹿进另外一间屋子，再回来时，身后多了一个巨大的包裹，正是他之前背在身上的那一个。

“嘿嘿，我还以为丢了呢。”莫招财摸着鼻子笑道，“结果就放在旁边的屋子里了，我运气可真好。”

“运气是不赖。”林如翡这句话说得颇有深意。

莫招财说：“那我们快走吧，别被其他人给发现了。”

这个匪寨的看守十分松懈，里面大部分的人都离开了，林如翡怀疑这些人去的地方跟浮花和玉蕊被引去的是同一个地方，只是却不知道他们到底想要做什么，为何会盯上两个五境修为的谪仙。

莫招财在找路方面的确有着异于常人的天赋。

他东瞅瞅西看看，轻松带着林如翡离开了匪寨，其间还绕开了不少巡逻的人。到了寨子外头，莫招财很快确定了那群人离去的方向，道：“公子，他们是朝这边去了，我们跟过去吗？”

都到了这里，自然是要跟过去的。林如翡往前走着，心中却生出了一种强烈的预感，他感觉到自己似乎离那个影响顾玄都的东西越来越近了。

莫招财也变得隐隐有些兴奋，但他强行压抑住了这种情绪，依旧装作害怕的模样继续给林如翡带路。林如翡看出来了，却没有点明，毕竟现在他还是需要这个小家伙带路的。

越往前，路边的景色便越是奇怪。

原本繁茂的树木开始露出干枯的枝干，路边丛生的野草也不见了踪迹，取而代之的是嶙峋的乱石和红色的泥土。泥土上清楚可见乱七八糟的脚印，甚至还有隐约可见的刺目血迹，只是血迹已经变成了干枯的褐色，想来发生争斗已经是很久之前的事了。

莫招财背着他那巨大的包裹走得小心翼翼，时不时地四处张望。林如翡则再次从戒指里取出了纸鹤想跟浮花和玉蕊传信。可是纸鹤却压根儿飞不出去，这只能说明要么是她们两人已经出了事，要么就是她们现在处于一个无法与外界联系的空间里。

走在前头的莫招财突然顿住脚步，放轻了声音，道："公子，那些人就在前头。"

林如翡道："还能再靠过去些吗？"

莫招财环顾四周，指了指不远处一块巨大的红色岩石。这岩石在路边显得有些突兀，但除了那里，的确没有其他太好躲藏的地方。

林如翡和莫招财便摸到了岩石旁边，朝着那山匪所在的方向看去。

山匪有二十几人，此时正围在一起。借着夜色，林如翡看见他们画着一个复杂法阵，将法阵画好之后，又取出一个巨大的布袋，把什么从口袋里窸窸窣窣地倒了出来。那些东西一被倒出，就骨碌骨碌滚了一地，仔细看去，才发现竟然是一袋子人的眼球。眼球看上去像是刚挖出来的，还带着湿润的血迹，乍看上去格外可怖。

这些眼球估计就是从过往行人那里挖来的，只是不知道到底挖了多少人的眼睛，才凑了这么一袋子。

莫招财看得胆战心惊，身体不住地发着抖，林如翡却微微蹙起了眉头："他们在做什么？"

莫招财道："好像是和西凉山里的东西有关……"

林如翡道："什么东西？"

莫招财说："传言当年天君在西凉山中放了一件珍奇的法宝，得了那法宝，便能实现一个愿望。"

林如翡看向莫招财："你信？"

莫招财拽着身后沉重包裹的手紧了紧："我信。"

两人说话之际，不远处的天空中，圆形的血红色的物体缓缓升起，乍看像是一轮血月，但仔细观察，才发现那竟然是一个巨大无比的瞳孔，朝着那二十几个山匪投去了冰冷的目光。

山匪们见到如此诡谲的情形，丝毫没有表现出害怕，反而一起兴奋了起来。二十几人都开始对着瞳孔窃窃私语起来，似乎是在念着什么咒语。

血色的瞳孔静静地悬停在半空中，像无悲无喜的神佛之瞳，冷漠地凝视着夜幕之下癫狂的凡人们。

巨瞳的冰冷目光在人群中扫了一圈，似乎没有找到自己想要的目标，颜色便开始渐渐变淡，仿佛即将重新隐匿回黑暗之中。

然而就在此时，天空中却划过两道身影，林如翡抬眸望去，竟然意外地看到了浮花和玉蕊。侍女二人刚经过一场激烈的厮杀，白衣之上全是猩红的血迹。她们手持长剑，杀气腾腾，看到了不远处的山匪后，举剑便刺，下一刻便有山匪的脑袋直接落了地。

同伴被突然击杀，山匪们丝毫没有愤怒之色，反而癫狂地笑了起来。

“这些人疯了吗？”玉蕊不明所以，恼怒道，“死了人还笑？”

浮花冷冷道：“那便全都杀了吧。”死人总不会再笑了。

两人说着话，却好像根本没有看到天空中浮着的巨瞳。林如翡心道不妙，站起来正欲叫住两人，却感到自己的后背被一样尖锐的东西抵住。他转过头，看向手里拿着匕首对着自己的莫招财，脸上丝毫没有惊讶之色，只是微微叹了口气。

“林公子，得罪了。”莫招财说。

“怎么这会儿就动手了？”林如翡慢慢道，“我还以为你要再等等呢。”

莫招财奇怪道：“你看出来了？”

林如翡说：“你的运气未免也太好了一点。”

莫招财闻言笑了，可惜这笑容里没有多少真诚的味道。他说：“林公子，你别怪我，我也是迫不得已。”

林如翡摊手，做出一个无奈的表情。莫招财见状以为这是放弃了的意思，谁知下一刻，林如翡的身上便爆发出一阵刺耳的厉响，那响声震得莫招财头晕目眩，他不由自主地后退了几步，同时也引起了半空中浮花和玉蕊的注意。

“少爷！”玉蕊惊喜道。

莫招财这才缓了过来，抓住手里的匕首便冲着林如翡扑了过去。林如翡反应极快，迅速从戒指里掏出了木盾，抬手便挡。莫招财看见这木盾，脸上立马露出笑容，似乎是觉得自己已经稳操胜券。可是当他手里的匕首重重地刺到木盾上后，他却听到了金鸣玉碎的清脆响声，手中特制的匕首居然就这样碎成了几截。

“怎、怎么可能！”莫招财瞪着一双圆溜溜的大眼睛，好似见了鬼一般，目瞪口呆地看着林如翡手里的木盾，愕然道，“这木盾……”

“还真挺好用啊。”林如翡赞扬道，“一块灵石果然卖得便宜。”

莫招财的脸瞬间涨得通红，气得直咬牙。

“少爷！”那头浮花和玉蕊都察觉了林如翡所在的位置，高兴地呼唤一声，便朝着这边来了，然而刚御剑飞到半途，那只血色的巨瞳已将视线落到了她们的身上。

“啊！”半空中的玉蕊发出一声凄厉无比的惨叫，好似折了翼的鸟儿，从天空中直直地坠下。浮花想要去接，却也突然吃痛惨叫，接着跟玉蕊同时从半空一起坠落。

林如翡见状立马从虚纳戒里掏出了一根彩练，朝着浮花和玉蕊的方向掷了过去。那彩练飞出，缠绕住了浮花和玉蕊的身体，随后在空中绽放成了一朵夸张的丝绢花，带着二人缓缓飘落至地面。

浮花和玉蕊两人皆用手捂着脸，不住地呻吟，只见她们闭着的眼睛里流出了两道血痕，顺着脸颊从下巴缓缓滑落。

林如翡拔腿便朝着两人奔去。

与此同时，半空中悬浮着的巨瞳缓缓移动，将目光投向了躺在地上渐渐失去知觉的浮花和玉蕊身上。林如翡也感觉到了巨瞳的注视。他很难用言语形容这种目光，其中没有一丝温度，看着他们，好似看着没有生命的死物。甚至于他的肌肤上的汗毛都不由自主地倒立了起来。

“少爷……少爷……快跑。”浮花感觉到了林如翡的靠近，声音微弱地呼唤，“快跑，这东西……惹不得……”

林如翡咬着牙没说话，转身同那血色的巨瞳对视。

和他的紧张相比，山匪却显得格外兴奋，他们看着有了反应的巨瞳，甚至开始激动地欢呼起来。莫招财背着他那只大包裹，站在巨石旁边，时而看看林如翡，时而看看那只巨大的眼睛，本就瘦小的身形在巨瞳的衬托下显得更加卑微。

“终于打开了，终于打开了——”有人在欢呼。

“果然是需要谪仙的眼睛。”有人在尖叫，“快，快进去看看，那里面有什么——”

“走啊，走啊！”有人已经拔出了背上的刀。

宛如醉酒后的狂欢。

所有人的理智都好像被抽离了，他们的脸被巨瞳散发出的红光也照成了红色，神情之中看不到一点常人该有的理智。随着巨瞳的注视，他们所有的思考能力都在被慢慢地吞噬。

巨瞳中间裂开了一条黑色的缝隙，有黑色的烟气从里面冒出。这画面诡谲可怖，可已经癫狂的山匪们却浑然不觉，依旧朝着巨瞳拔足狂奔，生怕自己跑得慢了些。

莫招财站在原地没动，他的脸上浮起了一些夹杂着迟疑的迷惑，似乎是在思考自己到底是要继续站着，还是跟随山匪们一起朝着巨瞳奔去。

终于有人奔到了血色巨瞳的面前，迫不及待地将手伸进了暗色的裂缝里，随后张嘴大笑："找到了——找到了——"他的笑声戛然而止，接着便传来了一阵令人牙酸的咀嚼声。

嘎吱嘎吱，巨瞳里好像长了牙齿，将他伸入裂缝的手直接嚼了个粉碎。

"啊啊啊！"那人发出凄惨的叫声，转身欲逃，可巨瞳却张得更大，直接将他整个人全都吞噬了进去。

咀嚼声越来越响亮，听得人头皮几乎快要炸掉。

可听见这恐怖声响的山匪们依旧浑然不觉，他们既不害怕，也不畏惧，前呼后拥地朝着巨瞳一拥而去，如同扑火的飞蛾。

飞蛾脆弱的翅膀被迅速点燃，化作一瞬间艳丽的火焰后，终成了暗色的灰。

林如翡看着这一幕，沉默地立在原地。

一个，两个，二十几个山匪，渐渐都被巨瞳吞噬、消失。

站在石头后面的莫招财突然发出了哭声，他似乎还是有理智的，但还是迟疑着挪动步子，朝着巨瞳缓慢地去了。

林如翡没忍住喊出了声："别过去，会死的！"

莫招财回过头来，笑得勉强，他摇了摇头，又点了点头，道："林公子，真是对不起了。"

林如翡说："你要做什么？那东西会要了你的命的！"

那么多人死在他们的面前，况且莫招财明显还有思考的能力，怎么就想跟着山匪一起过去？

莫招财说："我、我没办法。"他重重地叹气，"我真的没办法呀。"

"你是没什么办法，谁叫你只是莫家的一条狗。"带着笑意的声音从林如翡的身后传出，带着恶劣味道，"一条狗，看家护院，就已算是做到极致了，你还想做什么？"

林如翡转身，竟然看见了那个原本应该被莫招财一刀要了性命的山匪头子，此时他完好无损地蹲在自己身后的那块巨石之上，饶有兴趣地看着眼前的一切："你说对吧，招财？"

莫招财嘴唇颤动，半晌都没说话。

“我知道你想干吗，不就是想复活莫长山那个死鬼吗？”山匪头子歪着脑袋看着莫招财，嗤笑，“可是他死得那么惨，连脑袋都没找回来，就这样还想复活？”

莫招财脸色铁青道：“莫长澜，你闭嘴！”

这名字一出，山匪头子的身份暴露无遗。他不但是莫家人，而且看起来和死去的莫长山关系不浅。

莫长澜大笑。

莫招财恨恨地看着他，莫长澜无所谓地摆摆手：“你别这么看着我，我又没对你做什么，况且我也答应了，只要你能把那东西拿到手，就允许你先去许上一个愿望。”

莫招财说：“当真？”

“我虽然落草为寇，但承诺的事还是会遵守的。”莫长澜道，“不过之前的情形你也瞧见了，你若是也要去找死，我自然也不会拦你。”

被吞噬的山匪连尸骨都没有剩下，莫招财再去，恐怕也是凶多吉少。但他还是往前走了，迎着巨大的血瞳，咬着牙继续往前走。随着他越来越靠近巨瞳，他的耳边竟然泛起了一阵细碎的低语。这低语的声音很熟悉，莫招财猛地瞪圆了眼睛：“少……少爷？”

“是少爷吗？”莫招财说，“是少爷在说话吗？”

他不知道听到了什么，情绪一下子激动了起来：“少爷，我来了，我来救你了！你不用再受苦了！”他说完这些话，脸上挂起了幸福的笑，脚下的步子迈得更快了些。

“啧啧啧，真是可怜。”莫长澜站在林如翡的身边，倒是没有对他动手的意思，嘴里叹着气，只是这叹息声里却不含一丝的感情，冷漠得如同路过的看客。

林如翡不知道莫长澜和莫招财到底是什么关系，又怎么会出现在西凉山上的匪寨里。他只晓得，之前定然是莫招财耍了些手段，在自己面前假意杀死了莫长澜。

见林如翡看过来，莫长澜笑道：“美人，你用这样的眼神瞅着我，我会控制不住自己的。”

林如翡说：“控制不住？”

莫长澜道：“食色性也。”

林如翡说：“右手不痛了？”那只手被他一盾下去直接砸了个粉碎，别看这会儿这个叫莫长澜的看起来潇潇洒洒，其实右手一直都没动过，想来也是伤得不轻。

莫长澜咬牙道：“……不痛了！”

林如翡挥了一下手里的木盾：“那再帮你复习一下？”

莫长澜不由得后退一步。这个林公子，虽然生得一副柔柔弱弱的模样，看起来好欺负得很，但也只有被他砸过的人才晓得有多疼。他可是剑修，被林如翡一盾砸下来，居然整只手的骨头都碎得七七八八，也不知道要多久才能养好。

见莫长澜不吭声了，林如翡又看向莫招财。莫招财一步步往前，已经快要走到巨瞳面前了。

巨瞳吞噬了二十几个人，那黑色的裂缝隐隐有着扩大的趋势，里面散发出的浓郁血腥味，连林如翡都能隐约嗅到。

莫招财脸上的恐惧渐渐散去，开始变成刚才在山匪身上见到的疯狂和痴迷。他盯着眼前的巨瞳，神情温柔得好似在看着阔别许久的旧人。

莫招财的脚步终是停在了巨瞳之前，只要一抬手，就能伸入缝隙之中。

林如翡蹙起了眉头，他仿佛看到了莫招财的下场。莫长澜也微微叹息一声，两人皆不言语，神情略微凝重。

然而就在莫招财缓缓抬手，要将之伸入其中的时候，他却像是被什么东西扯了一下似的，脚步一个踉跄，没能站稳，直接摔倒在了地上。因为姿势问题，他整个人都压倒在了身后的包裹上，包裹发出一声脆响，里头似乎有什么东西碎了。莫招财听见这响动，脸色巨变，慌乱地拖过了包裹，手忙脚乱地将包裹打开了。

林如翡一直很好奇那包裹里头到底装了些什么，现在莫招财解开包裹他才看见。

那是一个包得格外严实的黑色木盒子，长和宽大约都是两尺，用层层软布包裹着，里头应该是装了什么易碎品。

莫招财拿出了盒子后，发现木盒竟然因为自己刚才的摔倒破损了一个角，顿时脸色难看到了极点。

他小心翼翼地将盒子掀开了一个角，确定里面的东西并无破损后，才长长地呼出一口气，喃喃道：“还好，还好……还好没事。”他一边说着话，一边神情温柔地抚摸着面前的木盒，眼眶里浮出一层薄薄的水汽，“吓死……我了。”

莫长澜见到莫招财的动作脸色一沉，冷冷道：“没想到还真让他找到了。”

也不知道莫招财到底找到了什么东西，竟然让莫长澜的身上透出了浓郁的杀气。林如翡正在奇怪，便看到莫招财轻手轻脚地将木盒里的东西取了出来。

那竟然是一个人的头颅。头颅还是少年人的模样，和常人的形状无异，闭着眼睛，仿佛只是陷入了熟睡之中。

莫长澜咒骂道：“莫长山怎么会养了一条这么听话的狗。”

这话听起来让人觉得十分不舒服，林如翡皱皱眉头，瞪了他一眼。

莫长澜被林如翡这一眼瞪得居然有些心虚，气势瞬间弱了几分，解释道："我可没骂人，这莫招财就是莫长山的一条狗！"

林如翡面无表情："说人是狗还不算骂人？"

莫长澜说："自然是……但是莫招财不一样，他本来就是条狗啊！"

林如翡不悦道："你还说你不是在骂人。"

莫长澜哑然，憋得半晌没说出话来，最后无奈地摆着左手："算了算了，我懒得和你说了。"按理说林如翡身上一点剑气都没有，他不该怕他的，可也不知道是不是因为那一盾的关系，莫长澜看着眼前这个温润如玉的小公子不知为何有点发怵。

毫无疑问，此时被莫招财捧在手心里的头颅，便是莫家已经死去的大公子莫长山。即便他已经死了好些年，但名声依旧响亮，只要提起莫家，无人不知其名讳，再叹一声可惜。

林如翡曾经也听说过莫长山这个名字。

在十几年前，这个名字通常是和林辨玉一起出现，人均道西山之上有双星，一星为玉，二星为山，指的就是林辨玉和莫长山。莫长山和林辨玉差不多大，同样天赋卓越。

只可惜天妒英才，他没能活过十六岁的生日。

那年昆仑剑会发出了请帖，邀天下豪强前来剑台试剑，莫长山受邀前去，却在半路断了消息。莫家知晓其事后，立马派人寻其踪迹，足足找了二十天，才在离昆仑山百里之外的一条溪水里，发现了莫长山的尸体。

他依旧持剑，半跪在溪水边上，身上的血迹已经干了，颈项之上竟然空空如也——有人杀了莫长山，还干净利落地砍了他的头。

莫家震怒，发重金悬赏凶手。

然而十年过去了，这个凶手依旧下落不明。

也是，能悄无声息带走莫长山并杀了这个天才的人，想来也不是用钱能买到命的人。莫家渐渐败落，这件当时震惊江湖的凶案，也渐渐淡去了色彩。人们都是健忘的，随着时间的流逝，人们开始逐渐忘记莫长山这个名字，也忘记了当年那桩血案，再加上莫家败落，此事更是无人问津。

这些都是玉蕊同林如翡私下里说的，侍女们在山上闲来无事，总爱听些有趣的故事。莫长山的故事，对于他人而言，或许也称得上有趣吧，只是这有趣中夹杂了些许唏嘘，让人不由得会幻想，若是莫长山还活着，会不会成为林家二公子林辨玉那样一个厉害的剑客。

可惜死者终化土，往事不可追。

莫招财把莫长山的脑袋抱在怀里，慢慢地帮他把有些凌乱的发丝整理干净了。

莫长澜看在眼里，移开了目光，低低地骂了句脏话。

林如翡心情也十分复杂，他看着莫招财，一声叹息从心头慢慢浮起。当年莫家花了这么多力气，也没有找到莫长山的头颅。眼前这个叫莫招财的奴仆，也不知道花了多少功夫，用了多少法子，才寻回了自己主人的脑袋。看他的年龄似乎也不大，想来莫长山死时，他可能还是个稚童，虽然他做了对自己不利的事，但林如翡还是想赞一声他的毅力和勇气。

“少爷，招财就试试，你不要担心。”莫招财替自家主人整理好了发丝，小声道，“招财没什么用，这是唯一的法子了。”

他太弱小了，弱小到了卑微的地步，既不会剑术，也寻不来法宝，这样的他永远无法复活莫长山，眼前的血瞳，是他唯一的机会。

当年天君西至，御剑而行，从西凉山顺着沧澜江一路去了昆仑山，从此不知所终。传言他路过西凉山，落下一血色之物，此物可实现凡人的一个愿望。

每个传说都是有依据的，莫招财坚信如此。

“莫招财，别过去！你会死的！”林如翡见他重新站起，将头颅重新放回了木盒里，大叫道，“那吃人的东西，怎么会是宝贝？！”

莫招财回头看向林如翡，他脸上露出一些不好意思，挠挠头，讪笑道：“林公子，其实那盾牌是假的，就是路边随便找来的木头，剑也没有开过刃，材质用的还是生铁……特别脆的那种。”

林如翡说：“真的假的？”

莫招财说：“自然是真的了——”

林如翡道：“那这个莫长澜的手为何被我敲断了？”

莫招财愣住，半晌后才道：“可能他是个草包废物吧。”

莫长澜气得直瞪眼，身上的杀气一层层地荡开，然而无论是林如翡，抑或是莫招财，都好像没感觉到似的。最后他也没劲了，叹了口气，摸了摸自己还断着的右臂。

“总之……总之……那盾牌真是假的。”莫招财说着话，又想起了自己刚才被林如翡直接敲碎的匕首，顿时混乱起来，喃喃道，“是假的吧？是假的吧？？妈的，那老王头该不会用真货来骗我吧……”

林如翡眼里浮起笑意，又很快压了下去，道：“我不管真的假的，好用就行了。”

也不晓得顾玄都若是知道他剑还没用好，盾却用得那么熟练会怎么想。

莫招财面露无奈："好吧，我就是提醒你一声，别到时候遇到一个硬茬。"他把包裹放下，认真道，"林公子，若是我死了，能否请你帮我个忙？"

林如翡说："不帮。"

莫招财瞪眼："为何？"

林如翡说："我从来不帮死人的忙，晦气得很，你要做什么，就自己去做。"

莫招财说："我就想麻烦你把我和公子一起埋了……"

林如翡道："那眼睛吃人不吐骨头，我拿什么埋？"

莫招财想了想，觉得颇有道理，便摸出骨刀，将自己的发丝割下来一缕，放在了莫长山头颅的旁边，笑道："这下行了吧？"

林如翡无法理解他为什么要去送死："为何如此固执——"

莫招财笑道："林公子，你是不知，我只是莫家的一条狗罢了。贱命一条，能有今天，全靠了大公子，所以只要大公子能重新复活，什么法子我也都愿意试试的。"

他说完话，便跪下对着林如翡行了个大礼："先谢谢林公子了。"

说完，便将手伸入了血瞳那条黑色的缝隙之中。

莫招财的手一伸入巨瞳之内，脸上就露出了几分惊喜之色，可这惊喜之色还未维持片刻，便瞬间化作了愕然的恐惧，那刺耳的咀嚼声再次响起，莫招财和那些山匪一样，被一股巨大的力量直接吸入了血瞳之中。

并没有奇迹发生，莫长澜对此并不意外，甚至冷漠地嗤笑了一声。

巨瞳吃掉了莫招财，瞳孔微微转动，将目光落在了林如翡和莫长澜的身上。不知是不是林如翡的错觉，他竟然觉得这只巨瞳正在思考，思考要不要把他和莫长澜全给吞了。

莫长澜也感觉到了威胁，神情略微变得有些紧张，然而在这样的庞然大物面前，凡人的抗拒是那般微不足道。

林如翡对所谓的传说不感兴趣，也没有什么特别想要实现的愿望，但他知道，顾玄都想要的，应该就是眼前这东西。

气氛凝滞了许久。

莫长澜却好像终于想通了什么，暗暗地咬紧了牙关，似乎下定了某种决心，他深吸一口气，也像莫招财那样，朝着巨瞳缓步走去。

明知道是送死，却还是有人前仆后继，这大约便是名为欲望的绝症。

林如翡没有理他，从戒指里掏出了符箓，转身贴在了浮花和玉蕊身上。侍女二人紧闭双目，已经失去了意识，脸上还沾着血痕，看起来情况不妙。符箓发出微光将她们的身体从地面上带起，缓缓朝着远处飞去。他不知道接下来会发生什么，想来还是将她们二人提前送走比较安全。

林如翡做完这一切，再回过头时，莫长澜已经站在了巨瞳之前，他的脚边放着自己兄弟莫长山的头颅。

"谁能想到，当年呼风唤雨的莫家，能沦落到今日这个凄惨的地步。"莫长澜沉声道，"家中有天赋之人，死的死，伤的伤，最后留下的竟只有落草为寇的下场……"

巨瞳冷漠地凝视着莫长澜，对于他的话语根本无动于衷。

"可我莫长澜不信命！"莫长澜嘶声，"我寻了你十几年，你今日终于肯现身，就算是死，我也要死在你的手里！"

这巨瞳他寻了足足十几年，却始终无法让其现身，直到后来有人指点于他。

"人死之时，魂凝于双眸之中，只要趁着他咽下最后一口气的时候，将它的眼睛挖下来，作为祭品献祭，那东西便会被引出。"怀抱黑蛇的巫者说道，"它出来后，将其中的东西取出，便可实现你们的愿望，不过，修为越高的人的眼睛，越能吸引他，它最喜欢的，是谪仙的眼睛……"

莫长澜信了，他不得不信，因为他已经没有别的法子了。

好在巫者并未欺骗他，在他将两个五境谪仙引诱至此地后，血瞳终于被引了出来，最后要做的，就是将手伸入血瞳里。

莫长澜站在血瞳之前，第一次生出了些难以言喻的畏惧，但实现愿望的渴望，最终还是占了上风。

林如翡远远地看着，看着莫长澜像莫招财那样，朝着血瞳的黑色缝隙伸出了手。只是他在伸手之前，似乎在手上套上了什么东西，竟然没有像其他人那样，直接被血瞳吞噬。

莫长澜见此情形，脸上浮起些许喜悦之色，他的手臂用力地摆动，看起来像是在血瞳内部不断地摸索。

时间一点点地流逝，莫长澜脸上的笑容开始渐渐褪去，脸色变得苍白，额上浮出冷汗。

"怎么会……这样……"他口中喃喃，状若癫狂，"怎么会，这样。"他绝望地低下头，看向自己的手臂，"怎么会是空的……"

骇人的血色开始顺着他的手臂往他的身体蔓延，血瞳吞噬了他的血肉，却留下了他的骨头，他大大地睁着眼睛，就在林如翡的面前迅速地化为了一具枯骨。

林如翡清楚地看明白了这一切，没了血肉的莫长澜如同风化的山石般，窸窸窣窣地碎了一地，圆圆的头骨碌骨碌地往旁边滚去，正好撞在了放着莫长山头颅的木盒上。

倒也算是殊途同归。

在场的人，几乎全都没了。此时山崖之上空空荡荡，林如翡立于原地，呼啸的山风将他的衣摆吹得猎猎作响。

血瞳看向了林如翡。

林如翡应该是要害怕的，但除去了最初的惊悚感，此时他的内心竟然无比平静，巨瞳凝视着他，他也望着血色巨瞳，两人之间一时无言。

“我没什么愿望。”林如翡试探道，“你可以走了。”

巨瞳没动。

“都吃了这么多人了，也差不多了吧。”林如翡记得顾玄都曾经说过，那东西是不会伤他的，只是不知道这话到底是真是假。

巨瞳中心的黑色缝隙却扩大了，它不但没有后退，反而朝着林如翡缓慢地压了过来。虽然速度很慢，但的的确确是在朝着林如翡靠近。

林如翡转身便跑，可没跑几步，便撞上了一堵看不见的墙壁，被迫停下了脚步。明明刚才成功地将侍女送出去了，怎么这会儿轮到他就不行了，林如翡顿时有些苦恼。

巨瞳已经完全盖住了整个天空，铺天盖地的压迫感，让人感觉自己只是一只渺小的蝼蚁。

林如翡见跑不掉，便干脆不跑了。转过身来，愁眉苦脸地看着那巨瞳：“我真没什么想要的。”他欲望极淡，最爱的，也不过是多看看天下的山河，多摆弄几下市井间的小玩意儿。甚至连拿剑，都不再奢望。

巨瞳丝毫不闻，几乎快要压到林如翡的面前。

林如翡无奈：“这不是强买强卖吗？”这巨瞳对待其他人都是那么冷淡，怎么到了他这里，就热切得简直要贴到他身上来了。

林如翡被挤到了角落，实在是退无可退，黑色的缝隙就在他的面前，一伸手就能进去。

林如翡无话可说，蹙眉叹道：“好吧，好吧。”他就再信顾玄都一回，信他说这东西不会伤他，不过就算不信好像也没了别的法子。

无奈之下，林如翡被迫缓缓地将手伸入了巨瞳之中。

有前面那些凄惨的例子在，林如翡在手伸入的刹那，内心依旧有些惴惴不安，但这些不安很快就化作了疑惑。

林如翡什么也没有摸到，他的手好像探入了一片虚无，没有任何触感。他试探性地将手伸得更深了一些，终于触摸到了一些不同的东西。

黏腻、湿润，好像……未干的血渍。

林如翡的动作微微顿了顿，眉头蹙得更紧，他的手摸到了一个冰冷的石台，而石台之上，附着一层湿漉漉的东西。不得不说，在什么都看不见的情况下，用手去触摸，这种感觉十分糟糕，因为你根本无法判断自己摸到的东西到底是什么，这种未知的恐惧简直让人汗毛倒立。

好在那石台并不算太大，林如翡很快就摸到了什么。他实在是不愿去仔细描述手里的触感，因为这触感着实让人毛骨悚然。

那是一个圆形的小球，软软的、黏黏的，捏上去还带着些柔软的弹性，就像……眼球。

没错，就是眼球。

林如翡的神情僵住，但还是咬咬牙，用手轻轻握住了那个小小的圆球。他担心的事情没有发生，他既没有像莫招财那样被直接吸入巨瞳里，也没有像莫长澜那般被直接变成一具枯骨，竟然好像轻而易举地拿到了巨瞳里面放置的东西。

林如翡憋着一口气，总算成功地将那东西从巨瞳内部取出。在他将东西取出的瞬间，巨瞳发出一声清脆的碎响。

黑色的裂缝开始变形扭曲，悬停在半空中的巨瞳发出一声巨响，随后开始急速地后退。

当退到某个位置时，缝隙之中竟然涌出一道血河，无数球状物体夹杂在血液之中，朝着林如翡奔涌而来。

林如翡见状大惊，转身欲逃，消失许久的顾玄都却忽然出现，长袖一挥，便将那道血河直接拦在了他们一丈开外。

“前辈！”林如翡见到他，欣喜叫道。

顾玄都道：“辛苦了。”

天空中的血瞳在涌出血河后，便开始崩坏碎裂，最后形状渐渐淡去，化作一团血雾，彻底地消散。

林如翡这才有工夫仔细地看向自己手里的东西。那果然是个眼球，此时正静静地躺在自己的手心里，黑色的瞳孔却好似有生命一般，温柔地凝视着自己。温柔？当林如翡的脑子里迸出这个词的时候，他也觉得有些不可思议，这只是一个眼球而已，他为何能从里头看出温柔的味道？

林如翡失笑，只当自己是被传染了失心疯。

“吓到了？”顾玄都转过身，走到林如翡的身旁。

林如翡摇摇头，他现在手上全是血液，狼狈得很，但好在顾玄都想要的东西拿到了。“就是这个东西压制着前辈的神魂？”

顾玄都说：“对。”

林如翡道：“它真的能实现愿望？”

顾玄都奇道：“谁说的？”

林如翡摊手：“他们都这么说，之前遇到的那个莫招财，便想用这个东西复活他的主人。”

顾玄都失笑：“只是一枚眼球而已，若是能复活人，哪里还需要……”他话只说一半，便转移了话题，“你没受伤吧？”

“没有。”林如翡摇摇头，“它的确没有伤我。”他说着，将眼球递给了顾玄都。

顾玄都也没有客气，直接伸手将那东西接了过来。但奇怪的是，这眼球一入顾玄都的手，便像是进了油锅的冷水，直接将顾玄都的神魂一层层地荡开，激得顾玄都身形不住扭曲变化。

见林如翡露出担忧之色，顾玄都冲着他微微摇了摇头示意自己无碍。

这样的变化持续了很长一段时间，直到天际将明，顾玄都的身形才重新稳定下来。只是此时的他和之前的他相比，身上似乎发生了一些玄妙的变化，就好像被雨水冲刷过的水墨画被高明的画师添了笔墨，平白多了几分灵动的神韵。

再看周围的景象，原本乱石嶙峋的山崖也变回了平日里的模样，树木繁多，野草茂盛。二十几具山匪的尸体七零八落地散了一地，其中最醒目的，还是已经变成白骨的莫长澜，还有他身边的那个木盒。

林如翡想起了莫招财死前和自己的约定，几步上前，将木盒捡了起来。

木盒里头，莫长山闭着双目，依旧宛如长眠，旁边放着一缕发丝，正是莫招财留下的。林如翡正在感叹，却注意到不远处躺着一具大狗的尸体，他抱着木盒往前走了几步，看清楚了大狗的模样。

这算不得一条漂亮的狗，长得十分普通，毛色杂乱，瘦骨嶙峋，就是乡野之间最普通的那种野狗。它蜷缩着身体，倒在草堆中，早就没了气息。林如翡见到它的颈项上挂着一块小小的木牌，便蹲下来，轻轻地翻过，看见了木牌上一笔一画刻着的两个字……招财。

原来这条狗的名字叫招财啊，真是俗不可耐的名字。

林如翡伸手摸了摸它并不算柔顺的毛发，叹息一声。

万物皆有灵，狗亦如此，或许连莫长山自己都没有想到，他养的一条家犬，记了他一辈子。于狗而言，主人便是全部，莫招财为莫长山而死，也算是了了心愿。只可惜，逝者如斯，皆不可复，莫长山还是没能活过来。

林如翡一边想着，一边从自己的戒指里又掏出了木盾。

顾玄都瞧见他这动作，疑道："小韭要做什么？"

林如翡说："挖个坑把他们给埋了。"

顾玄都很是奇怪："你挖坑为何用木盾？"

林如翡："不用盾那用什么？"

顾玄都说得坦然："你腰侧的谷雨就很好用啊。"

林如翡瞪眸："用谷雨挖坑……岂不是暴殄天物！"仿佛在应和着他的话，谷雨嗡嗡作响，简直想飞起来用剑鞘给顾玄都来一巴掌。

然而顾玄都丝毫不惧，面不改色："没事，我生火还拿它当烧火棍呢，它早就习惯了。"

林如翡："……"

谷雨："……"

最后林如翡闭了嘴巴，默默地用自己的木盾给莫长山和莫招财挖了个坑。这山间有野兽，埋人的坑还是得挖深些，不然过不了几日，尸体就会被刨出来吃个干净。林如翡一边挖坑，一边麻烦顾玄都去看看自己的侍女醒了没有，刚才他用符箓将她们两个送了出去，这会儿不知道那边情况如何。

顾玄都去都没去，便直接说两人只是眼睛受了些损伤，并无大碍。林如翡担忧地问她们两人的视力是否会受到影响。

"影响肯定是有的。"顾玄都说，"但不至于瞎了，两人修为在那儿，养上半个月就恢复了。"

林如翡这才彻底放心。

林如翡挖好了坑，小心翼翼地将木盒同莫招财的尸骨放在了一起用土埋好，随后又将莫招财卖给他的木盾刻上两人的名字，插在了坟头之上。

做完这一切，他拍拍手上的泥土，对顾玄都道了声"走"。

顾玄都若有所思地看了那坟头一眼，倒是什么都没说，转身跟着林如翡一同离开了。

林如翡找到浮花和玉蕊的时候，两人还未醒来。林如翡瞧着她们面容上残留的血痕有些心疼，掏出丝巾弯下腰来把痕迹轻轻地擦干净了，又在两人旁边生起了篝火，一边为她们取暖，一边简单地烤了些干粮食用。

他做这些事时，顾玄都就在旁边看着，林如翡啃了一口干粮，又喝水润了润嗓子，叫道："前辈。"

顾玄都："嗯？"

林如翡慢慢道："东西到手了，你总该同我解释一下那到底是什么了吧？"

顾玄都正欲说话，林如翡又补了一句："我这么辛苦一场，你该不会骗我吧？"

顾玄都险些被林如翡这句话呛到，干咳几声，才低声说："我怎么会骗你。"

林如翡认真地瞅着他道："那你说。"

顾玄都说："这是当年天君路过此地时，留下的东西……没什么稀奇的。"

这个说法，倒是和莫长澜他们的说法一样，林如翡却狐疑地看着顾玄都："天君留下的东西？天君怎么会留下一个眼珠子？"若说是什么神奇的法宝也就算了，留下一个眼珠未免也太过离奇。

顾玄都无辜道："这我哪里晓得，我又不是那劳什子天君，谁知道他怎么想的，或许是吃饱了撑的……"

林如翡还是不信，这顾玄都活的岁数长了去了，知道的东西自然多，此时如此含糊，显然有所隐瞒。

林如翡便看向顾玄都，认真道："前辈是觉得我不可信才不愿意说？"

顾玄都面露无奈，掏出霜降，也不顾它不住地嗡鸣，戳了戳面前的火堆："我哪里是不信你，只是我自己也不清楚，又如何能同你解释明白？"他这话说得十分小声，还一副底气不足的样子，很难让人信服。

林如翡知道他死活不愿意讲，只好作罢，但还是有些闷闷不乐，总觉得顾玄都隐瞒了很重要的事。

浮花和玉蕊两人直到午时才缓缓醒来，醒来时双目依旧不能视物。两人听林如翡说他没什么事，均是喜极而泣，只是流下的泪水都是绯红的血泪，看得林如翡胆战心惊，赶紧一人塞了一口玉米糖才让她们露出笑颜。

按照顾玄都的说法，浮花和玉蕊这眼睛最起码要半月时间才能完全康复，可是他们现在在深山之中，连个休息的地方都没有。最惨的是因为之前的意外，他们的马匹和引路人一起丢了，这前不着村后不着店的，简直像是要来一场凄惨的荒野求生。

好在林如翡灵机一动，凭借着记忆，领着几人回了山上的匪寨。

匪寨的精锐们都死在了昨晚的巨瞳手里，此时寨内空虚，只剩下些没什么战斗力的老弱病残。顾玄都心领神会，轻轻松松地把那群人全给解决了，林如翡又收拾出了几间房子，打算在这里把浮花和玉蕊的眼睛养好再做打算。

浮花和玉蕊两人都十分内疚，觉得自己不但没帮上忙，还光给自家少爷添麻烦。

林如翡只好连声安慰二人，说了好些话，才让二人将心结放下了。他还抽空给哥哥姐姐们送了信报平安。这江湖最大的魅力，不就是你猜不到下一刻会发生什么嘛，若是所有事都按部就班，他还不如待在昆仑山上天天吃美味的米糕呢。

西凉山向来都是个无情的地方，几十具尸体，过些日子便会彻底消失。至于那座插了墓碑的坟头——持着黑蛇的巫者，将脚步停在了它的面前。

巫者头上缠着白巾，只露出一双漆黑的双眸，他半蹲下来，瞧见了墓碑上的字。

莫长山、莫招财，倒是熟悉的名字。他眼里浮出些笑意，抬手一挥，面前的泥土便朝着四处飞散，露出了深埋的木盒和狗的尸体。

巫者伸手将木盒取出，打开后，瞧见了里头保存完好的头颅。

这是一颗漂亮的脑袋，即便死了这么多年了，也同生者无异，想来保存的人也是花了大力气。巫者忽地露出一个笑容，抬手便将手里的黑蛇送了过去，黑蛇吐出蛇芯，缓缓地爬到了头颅之上围着头颅的脸颊绕了几圈，又回到了巫者的手中。只见那头颅的额头之上出现了一圈圆形的黑纹，只是一闪而过，便不见了踪影。

“莫家公子莫长山，一剑断万澜，千里不可追，犹记剑意寒……果真是一颗大好头颅。”巫者声音怪异无比，听不出男女也听不出年龄。他发出尖锐的笑声，伸手在莫长山的额心一点。

下一刻，已经死了十年的莫长山竟然睁开了眼。只是双眸均暗淡无神，静默地凝视着前方。

巫者哼着曲调，高高兴兴地捧着头颅转身便走，留下了那方被挖开的坟墓。坟墓中那只死去的大狗，却似乎到死时都没来得及闭上眼睛。

此时山寨中的林如翡正愁眉苦脸地蹲在一方篝火前，面前是一口正烹煮的铁锅，他看着自己手里的食材，纠结道：“这到底是先放菜还是先放肉啊。”

顾玄都正在用霜降削着一个巨大的泥豆，听林如翡问，头也不回道：“一起放吧！”

林如翡“哦”了声，毫不犹豫地把手里的食材通通丢了进去。

顾玄都忽地皱起眉头骂了句：“真是烦人。”

林如翡说：“嗯？”

顾玄都道：“我骂山上不长眼的野狗。”什么东西都敢乱翻。林如翡听得莫名其妙。

# 第十五章 柳如弓

浮花和玉蕊的眼睛都还未愈合，于是做饭的任务便落到了林如翡的身上。他二十多年十指不沾阳春水，看着锅碗瓢盆直瞪眼。顾玄都这个不知道活了几百年的前辈也没比他强到哪儿去，开始想给林如翡帮忙，结果两人合作，成功地做出了完全无法食用的食物。

林如翡第一次知道，原来鸡汤还能炖得这么难喝……

"这鸡怎么会炖成这个模样？"林如翡愁眉苦脸地看着面前沸腾的铁锅。别人炖的鸡都是香喷喷的，结果他一炖，味道怪得不得了，别说入口了，连多闻一会儿都觉得反胃。

"可能是鸡的品种不同。"顾玄都故作镇定，一脸严肃地分析，"我看定然是因为这鸡是养在匪寨之中，沾染了匪气……"

林如翡瞪着眼睛听顾玄都胡诌。

大约是林如翡的眼神太过明显，顾玄都讪讪笑了两声："不然咱们吃点别的？"

也只能吃点别的了，林如翡失落地想，这鸡汤要是给浮花和玉蕊喝了，估计不但补不了身体，可能还得下山给两人另外寻个郎中回来……

很久之后，林如翡才知道了自己炖的鸡汤为什么会成这个模样——他把一整只鸡直接给塞进了铁锅里，包括鸡的内脏。也就是说，他把鸡屎之类的玩意儿和鸡一起炖了，能好喝才有鬼。

烹饪失败的几人就这么凑合着吃了十几天的干粮，吃得林如翡都眼冒绿光了，侍女们才终于复明。

复明的当晚，浮花就去山寨里抓了几只兔子烤了给林如翡加餐。山里的兔子都肥美得很，腌制之后撒上浮花特制的调料，烤得油花嗞嗞直冒，散发着浓郁的肉香，闻得林如翡直咽口水。他平日里是不太喜欢荤腥肉食的，但吃了这么多天生硬的干粮，实在是有些馋肉。

浮花笑着把兔肉切好，递给了林如翡。

林如翡便开心地吃了起来，顾玄都这位不太靠谱的前辈站在旁边酸溜溜地问：“香吗？”

林如翡点头。

顾玄都说：“我也想吃。”

林如翡义正词严道：“这兔子是匪寨里养的，怕也不是什么正经兔子。”

顾玄都：“……”这记仇的小家伙。

浮花和玉蕊听得莫名其妙，不知道林如翡为何突然冒出这么一句。

林如翡又道：“但管它正不正经，好吃就行了。”说完笑着又吃了一口。

顾玄都瞅着林如翡半晌没吭声，恨得直磨牙，却找不出反驳的话来，林如翡看见他少有的吃瘪的样子，差点笑出声。

浮花和玉蕊病好之后，四人又上路了，虽然他们之前骑的马丢了，但万幸的是匪寨里还有不少马匹，足够他们使用。

但还有个十分麻烦的问题，就是没了招财，他们压根儿不识路。这西凉山这么大，就算御剑也得飞上十几天，若是漫无目的地在里头走，也不知道要走多久了。

顾玄都自告奋勇，说自己认识西凉山上的路，林如翡决定再信他一次。

就这么走了半天，直到看到了那条醒目的大道，林如翡悬着的心才放下来。

顾玄都发现日子久了，自己这个前辈的威严越来越不值钱，顿时有些郁闷，道：“小韭啊，你为何不信我？我可是你的前辈……来，再叫一声听听？”

林如翡目视前方，理也不理。

顾玄都：“不理我？”

林如翡慢慢道：“天真热。”

“少爷热了吗？要不要减件衣裳？”玉蕊还以为少爷在同自己说话呢，嚼着玉米糖含糊道，“这山里越来越热了，也不晓得还要走多久……”

林如翡又不说话了。

顾玄都说：“真不理啊？”

见林如翡不吭声，顾玄都转身就爬到了林如翡身后的马背上，凑到林如翡耳边阴森道：“小韭可听过断头佛的故事。”

这会儿天色将晚，正是黄昏，山风凌厉，吹得旁边的树梢簌簌作响。

接着顾玄都就在林如翡的耳边讲了个凉气逼人的故事。

说某日某个书生急着赴考，连夜在西凉山中赶路，却忽然天降大雨，正巧遇到路边有一座破庙，便进了庙中避雨。破庙年久失修，书生进门后看见一尊残破的佛像，那佛像浑身上下都破破烂烂，特别是头颅被利器砍下，不见踪影。书生有些害怕，但外面雨势实在太大，只好硬着头皮躲到了庙宇的角落里，打算凑合一夜。书生赶路十分劳累，便很快睡着了，睡梦之中，看见一个穿着袈裟的人对着自己行了一礼，求他施舍。书生睡意蒙昽中随口道了声好，便又沉沉地睡了过去。

第二天，天气放晴，书生迷迷糊糊地睁开了眼，竟然发现原本躺在角落里的自己移了个位置，竟然飘在半空中，低头便能看见整座庙宇。他忽地注意到庙宇的角落躺着一个熟悉的人，仔细看去，发现躺在那儿的人竟然是自己！并且头颅似乎被什么人给切了下来，只剩下半截身体。书生惊骇无比，朝着自己身下看去，发现自己的脑袋竟然被安在了佛像上头。

顾玄都说完最后一句，山林里突然起了妖风，本来还算晴朗的天不过片刻间便乌云密布，看起来似乎就要下雨了。

林如翡扭头看向他，眼里充满了责备的味道，想着这个前辈怎么这般幼稚，讲个鬼故事也就算了，还特意搞个阴天来吓人。

顾玄都无奈地辩解："不是我弄的！"

林如翡不信地"啧"了一声。

顾玄都："……"真不是他弄的。

浮花和玉蕊见天色变暗，想着约莫要下雨了，说看能不能找个避雨的地方。

这夏天不像春天，雨向来都是说来就来，任性得很。

"咦，那里是不是有一座庙？"玉蕊忽地道，抬手指向了森林之中。

林如翡顺着她指的方向看去，还真的看到了一座破庙。见到此景，林如翡转头便朝着顾玄都投去了目光。

顾玄都满脸无辜："真和我没关系——"

"少爷，我们可要去那庙里避避雨？"浮花问。

夏天的雨来得快，这会儿已经有细小的雨滴砸在了他们头顶的树叶上，看这架势，马上就是一场大雨。

林如翡说："也可。"他又看了眼顾玄都，其眼神含义已经十分明显。

顾玄都有嘴说不清，心里想着自己只是想吓一吓林如翡，谁知道这么巧。可世间事本就是无巧不成书，当几个人进入庙宇，看到庙宇中间放着的那一尊断了脑袋的佛像时，顾玄都真是跳进黄河也说不清了……

趁着浮花和玉蕊去收集柴火的工夫，林如翡似笑非笑地对着顾玄都道："这也能被你弄出来，不容易啊。"

顾玄都道："和我……算了。"他想说和自己没关系，可外面那场雨和眼前这尊佛像，让他自己都不信了，于是干脆也懒得再解释。

林如翡环顾四周，简单地打量了一下这座出现得十分突兀的破庙。

这庙宇并不大，中间就摆着这么一尊没脑袋的佛像，佛像面前还有破旧的功德箱和两个灰扑扑的蒲团，隐约可见当年留下的香火痕迹。

庙中无窗，只有一扇旧得不能再旧的木门，林如翡从虚纳戒里取出了一张布，铺在地上，就地坐下了。

浮花和玉蕊刚回到庙里，外面就下起了大雨。雨势铺天盖地，状若瓢泼，伴随着电闪雷鸣，一时间倒是听起来有几分可怖。

三人坐在庙中，围着一堆篝火，林如翡瞅着自家两个侍女在火光中闪烁的面容，忽地狡黠一笑："你们可听过断头佛的故事……"

顾玄都："……"小韭，你这个坏东西。

浮花和玉蕊两人都很老实地说没有听过，于是林如翡便绘声绘色地将顾玄都说的故事重复了一遍，伴随着轰鸣的雷雨声，将整个庙中的气氛衬托得鬼气森森。浮花和玉蕊虽然修为很高，但到底是姑娘，听完了林如翡的故事都面如土色，特别是玉蕊，时不时地朝着那尊断头佛看去，抱着浮花的手臂还抖个不停。浮花故作镇定，其实也有些慌张，死死地搂着玉蕊，强作镇定道："别……别怕，世界上哪有什么鬼怪。"

林如翡看着自家侍女的模样，终于明白了顾玄都为何会有这样的恶趣味，看着别人因为自己的故事瑟瑟发抖，的确是件挺有意思的事。

他倒是一点都不害怕，笑眯眯地说："这么晚了，也该休息了，我先睡了。"

说着倒头就睡，还特意拉住毯子盖了半张脸，

顾玄都无奈地坐在林如翡身边，发现这位小少爷要是心眼坏起来，还真是让人招架不住。

浮花和玉蕊两人互相安慰了许久，才靠着彼此的肩头勉强平静下来。

庙外的风雨声依旧，伴随着滚滚惊雷，注定了今晚不会休息得太好。

林如翡半夜的时候忽地有些咳嗽，迷迷糊糊地醒来后，见庙里的篝火已经燃了大半，快要熄灭了。浮花和玉蕊坐在旁边打着瞌睡，他没有吵醒两人，坐起后，随手拿过了旁边的木柴，放进了篝火堆，看见火重新燃起，才躺回了被窝。

外头的雨依旧在下，好在雨势小了许多，看起来似乎快要停了。夏天的雨向来如此，来得快，去得也快，只是每下一场雨，天气就会热上一些，夏天的气息也随之逐渐浓郁起来。

林如翡喝了些凉水，压下了喉咙里的痒意，却有些睡不着了，便靠在墙边，盯着庙中的佛像发呆。顾玄都这会儿不知道干吗去了，也没瞧见他的身影，林如翡正在想着这事儿，却忽地注意到了什么。他“咦”了一声，站了起来，靠近了佛像，发现佛像竟然悄无声息地转了一圈，本来是面对着正门的方向，此时却朝着自己。按理说一般人看见这样一幕，本该是要害怕的，但林如翡立马想起了顾玄都这位恶趣味的前辈，所以神情未变，几步走到了佛像跟前，仔细地瞅着面前的佛像。

白日里并未细看，此时借着火光，林如翡倒是将这佛像看得更仔细了一些。虽然已经十分破旧，但依稀能看出其雕刻的工艺十分精湛，其上的每个细节都活灵活现，只是可惜本该最精彩的佛头部分被人割了下来。

很多盗取文物的人，都会选择割掉佛头，因为这是佛像身上最有价值的部位。而在佛像身体的最中间，有一条不太明显的细线，看起来像是被什么利器割了一道，破坏了整个佛像的完整感。林如翡心中微微感到有些遗憾，轻叹一声，却听到佛像后面传来一声轻轻的“施主”，循声望去，竟然看见一个穿着布衣的和尚站在破庙的角落里，手里捧着一个破碗，一双黑色的眼睛正沉静如水地盯着自己。

这和尚模样倒是生得十分清俊，神情端庄，法相庄严，只是此时突兀地出现在这破烂的庙宇里，怎么看怎么觉得不合时宜。

林如翡道：“小师父怎么会在这儿？”

“这话不应该我问施主吗？”和尚微笑道，“这庙是和尚平日的住所。”

林如翡说：“是吗？我们进来的时候倒是没有看见你……”

和尚笑道：“刚才和尚出去化缘了，趁着雨停才赶回来，不想却瞧见施主几人……”

林如翡说：“那可化到了什么？”别是化到了一颗脑袋什么的。

和尚摇摇头。

林如翡目光灼灼地看着他。

和尚被林如翡盯得莫名其妙，道：“施主为何这般看着我？”

林如翡道："我在等着你下一句话啊。"

和尚疑道："下一句？"

林如翡说："你不需要我施舍什么？"

和尚道："施主若是愿意施舍，那自然最好。"

"不愿意。"林如翡说，"我什么也没有。"

和尚一愣，似乎没想到林如翡如此小气，甚至于态度有些咄咄逼人。他微微蹙眉，正欲说些什么，身边却响起了两声凄厉的尖叫。正是被林如翡与和尚对话声吵醒的浮花和玉蕊。两人刚醒过来，便听到了和尚那一句"施主若是愿意施舍"……

这几乎和那鬼故事里的情形一模一样了。

和尚迷惑不解，道："她们叫什么？"

林如翡说："可能是怕你吧。"

和尚："……"

浮花和玉蕊叫完后，拔剑便冲到了林如翡面前，嘴里念叨着"妖魔退散"，不住地冲着和尚比画。和尚被这一幕惊呆了，手里的碗直接落在地上，发出一声刺耳的脆响。他怎么都没想明白眼前这三人到底是个什么意思，难道自己就生得那般凶神恶煞，犹如罗刹般可怖吗？

侍女二人叫了好一会儿，见和尚没什么反应，这才停下手里的动作，狐疑地凑了上去。玉蕊爹着胆子伸出手指来，戳了那和尚的脸颊一下，讪讪道："怎么会是热的……"

这和尚也是脾气好，被玉蕊戳得不怒反笑："我不是热的，难道还是凉的？"

"你不是鬼吗？"玉蕊小声问。

和尚说："我哪里像鬼了？"

浮花和玉蕊对视一眼，又同时看向林如翡，眼神里都带着些无措。

这和尚好像还真是个人，只是不知道和顾玄都有没有关系。

林如翡对着和尚双手合十行了个礼，又诚恳地道了歉，说自己并非故意冒犯，只是曾经听过一个鬼故事，谁知庙里的一切都和那鬼故事对上了。

听完林如翡的解释，和尚并不计较，反而露出笑容："不知是怎样的故事，将两位女施主吓成了这副模样？"

林如翡便将顾玄都讲的故事说了一遍。

谁知和尚听完这故事，黑眸微微一动，道："不知将这故事说与施主的人，现在在何处？"

林如翡不想暴露顾玄都的存在，便撒了个小谎：“我是在一本旧书上看到的，书太久了，也没有封皮，不晓得叫什么名字。”

“原来如此。”和尚微微一叹，露出些落寞的神情，“我还以为……”他止住了话语，轻声地念了句“阿弥陀佛”。

林如翡倒是来了兴趣：“这故事难道和小师父有什么关系？”

和尚笑道：“我有个旧友，性子乖戾，最喜欢逗弄人，闲着无事，便施计用这故事来吓唬他的心爱之人。谁知道他心爱之人不但不怕，还一剑对着那佛像斩了下去，把佛像直接劈成了两半，害得小僧被方丈狠狠地训斥了一通。”

林如翡笑道：“这倒是有趣。”

“的确有趣。”和尚道，“只是可惜……”

不用问可惜什么，林如翡便已猜到了大概，世事无常，旧人旧事，总是让人怀念。

和尚说：“外面天已晴了，施主若是要赶路，还须趁早，再过二十几日，山中恐怕会下一场连绵几日的大雨，施主最好快些离山。”

林如翡抬眸望去，才发现窗外的确已经大亮，雨过天晴，山中的空气里弥漫着独属于泥土的芬芳。这时间过得如此快，林如翡觉得不过和和尚说了几句话，天却已经亮了。他见和尚做出送客的姿态，便也不好再叨扰。但临走时想了想，让浮花多取了些干粮，恭敬地递给了和尚，对昨晚的误会道了歉。

和尚笑得温驯，没有拒绝林如翡的好意，将干粮接了过来，又从口袋里掏出一枚佛珠，递给了林如翡，说林如翡同他有缘，这枚佛珠便算作回礼。

林如翡接过佛珠，对和尚道了谢。

在和尚的注视下，三人牵着马离开了破庙，走到了外头泥泞的山道上。

消失了一夜的顾玄都忽地出现在了马背上，林如翡瞧见他的红衣上沾着些许泥点子，小声道：“你昨晚去哪儿了？”

顾玄都说：“抓鬼去了。”

林如翡：“……”他算是明白了，这顾玄都不愿意告诉他干吗去了，就随口说抓鬼，亏得他前两次还认真询问了一下，真以为自己这前辈会什么驱妖破邪的法术。

“我在庙里遇到了个和尚。”林如翡随口说起了刚才遇到的事，“破庙、佛像，若不是和尚是个活人，我都以为是你弄出来的了。”

顾玄都：“……我不是那种无聊的人。”

林如翡狐疑地看着他。

顾玄都被看得无奈："好吧，至少我昨天没那么无聊。"

林如翡道："他还送了我一颗珠子。"他说着，从袖口里把那珠子取了出来，仔细地看了看，却发现珠子上刻着"南音"二字，惊奇道，"这和尚竟是南音寺的？"

南音寺在江湖中以佛法闻名，传言里面的弟子修习的佛法可度怨灵、平心魔，只是因为南音寺地处瑶光大陆偏远的角落，弟子人数也不多，所以虽然名气大，但也实在罕见。没想到刚才看见的那俊俏和尚，就是南音寺的弟子。

顾玄都也就听着，没有要接话的意思。

林如翡说："前辈听过南音寺吗？"

顾玄都道："听是听过，只是不太喜欢，规矩太多，这也戒，那也戒，麻烦得很。"

林如翡笑道："也是。"

因为有和尚的告诫，几个人这次没敢再耽搁时间，在顾玄都指引下，连夜穿过了西凉山，总算是赶在雨季之前到达了西凉山的边界小镇上。在山中车马劳顿了十几日，林如翡的身体已经有些扛不住了，到了小镇上的客栈里，狠狠地睡了半日，才勉强缓解了身上的疲乏，只是依旧有些软绵绵的，没什么精神。醒来后他有些饿了，便想去找浮花，让她给自己做些吃食。可谁知还没进浮花的屋子，便听到屋内传来侍女们担忧的交谈声。

"我实在担心少爷得很哪。"……嗯？为什么要担心自己？林如翡疑惑地想。

"是啊，我也担心，你说，少爷是不是那天在庙里被吓到了？"

"我看有可能，不然这几天自言自语怎么会变得那么严重，吓得我都以为他中邪了呢。"

"我们要不还是给少爷找个郎中？"

"别，别刺激到少爷了，我先去问问，看能不能先开点安神的药，这事儿有些邪乎，慎重些好。"

"那好，我今日得了空，便去城里找郎中问问。"

林如翡听得神情复杂，扭过头来，看向自己身边站着的某人。

顾玄都被林如翡看着，依旧一脸坦然，还冲着他眨眨眼睛，撒了个娇："我好看吧？"

林如翡认真道："好看是好看。"

顾玄都笑容还没来得及露出，就听见这位嘴巴越来越厉害的小少爷来了句："长得丑怎么让人中邪呢。"

顾玄都："……"

见顾玄都一脸吃瘪的模样，林如翡心情颇好地敲开了侍女的门。侍女们见他来了，赶紧停下谈话迎上前来。

林如翡本来是想让浮花和玉蕊给他做些吃食的，但转念一想，既然来了新的地界，自然是要尝尝这里的特产。昨日到得匆忙，连小镇的模样都没看清便进了客栈休息，今日既然天气不错，四处逛逛，也是不错的选择。

如此想着，林如翡便跟浮花和玉蕊打了声招呼，慢慢悠悠地出门去了。

过了西凉山，便到了繁华的中原地区，虽然此时他们只是在西凉山旁一个不太重要的小镇，但也依稀可见其繁华的影子。街道两旁，游人络绎不绝，路边的商铺里，也多了些林如翡从未见过的新鲜玩意儿。他一路走，一路买，等到逛完整条街时，手里已经提满了各式各样有趣的东西和美味的食物。

见买得差不多了，林如翡随便寻了个路边的小摊坐下，找小贩要了碗热乎的汤面。这种汤面他之前还未尝过，浓油赤酱，最上面还满满地铺了一层辣子，还有几片薄薄的卤牛肉。林如翡吃了几口，便被辣得满头大汗，嘴唇嫣红一片，还不时地咂舌头。

那小贩见到林如翡这模样，也忍不住笑了起来，说客官若是第一次吃，可以让他们少放些辣子。林如翡一边点头，一边不住地喝水，连眸子里都浮起了一层薄薄的水汽。

这汤面虽然辣，但味道的确不错，林如翡虽然已是眼角含泪，但还是硬着头皮把整碗面给吃完了。吃完以后，他觉得自己的嘴唇疼得厉害，含糊地问了顾玄都一句，顾玄都才哭笑不得地说他的嘴被辣肿了。

“吃不下就不要勉强，你看看你现在这模样。”顾玄都说，“好像被谁欺负了似的。”

林如翡本来肤色就白，这会儿眼角含泪，嘴唇红肿，还蹙着眉头，平白添了几分楚楚可怜的风情。

林如翡浑然不觉哪里不对，他第一次吃这么辣的东西，已经快要被辣得意识模糊，慌乱地结了账后，便赶紧去旁边卖水果的小贩那儿买了好些个李子，塞进了嘴里。

这些李子都是井水冰镇过的，口感爽脆，味道酸甜，很是美味，林如翡不由得多贪食了几个。

吃完饭，林如翡便打算回去了。回去前，路过一家卖武器的小店，便顺路进去多看了两眼。谁知林如翡一进去，第一眼便看到了放在角落里的一面木盾，那木盾的模样，和莫招财卖给他的一模一样，只是这店里卖的，似乎还要更大一些。

“老板，你这木盾怎么卖？”林如翡开口问道。

老板头也不抬：“一两银子。”

林如翡思量片刻，认真道："能便宜些不？"

"最多再给你少十枚铜钱。"老板说，"客官，我们这都是小本生意，没什么利润的。"

林如翡笑道："那我要了。"他高兴地掏出了银子，又从老板那里拿了找回来的十枚铜钱，拿着木盾高高兴兴地出了门。

顾玄都见他欣喜的模样，奇道："你这么高兴做什么？"

林如翡道："我第一次讲价成功了！"

顾玄都："……"

林如翡道："老板还给我少了十个铜钱！"他逛了这么多次街市，看见不少人讲价的情形，早就想自己试试，没想到第一次就成功了。

在瑶光大陆上，三贯铜钱就是一两银子，一贯铜钱足足有三百枚，林如翡讲下来的十个铜钱，刚好够买两串糖葫芦。林如翡便又顺手买了两串糖葫芦，和顾玄都一人一串，吃得津津有味。

顾玄都问他买这木盾做什么，林如翡说木盾挺好用的，目前他还不能十分顺利地使用谷雨，便想着拿这木盾凑合凑合。顾玄都几次欲言又止，很想说林如翡这纤细的身姿举着这么大一个木盾实在是有些格格不入，但想了想，还是什么都没说。反正林如翡高兴，索性由着他去吧。

于是林如翡就一边高兴地吃着糖葫芦，一边扛着一块巨大的木盾回去了。也不知道是不是他开始尝试将体内剑气引出的缘故，林如翡的力气倒是比之前大了很多，五感也灵敏了不少，唯一美中不足的，就是该病的时候依旧会病，困扰了他许多年的顽疾咳嗽，也没有要好转的意思。

在小镇上休整了一天，他们便打算顺着官道一路进入中原。林如翡车马劳顿了十几日，没有病发，还在窃喜自己的身体状况有所好转，谁知道在小镇上转了一圈，回去第二天就开始有些咳嗽发热。

于是最后离开小镇时，林如翡只好恹恹地坐在马车里，一副无精打采的模样。

好在官道不像山路那样颠簸，平坦宽阔，坐在里头倒也不算难受。

他们接下来的目的地，是离这里百里之遥的姑苏城，大约得需半日时间。到了姑苏，便算到了真正的中原地区。所见人事，虽然更加鱼龙混杂，但想来也会更加有趣。

天气渐热，林如翡也换上了单薄的夏装，头发束起，竟比昆仑山上的装束英气了几分。

大约在傍晚时分，浮花驾着的马车终于到了姑苏城外。给守城的护卫递过帖子，马车便从宽阔的城门驶入其中。

只是一进城门，林如翡便露出惊讶之色。这姑苏城里，不知为何四处挂着火红的灯笼和密密麻麻的红绸，街道两旁的商铺窗户上，也都贴着大红色的喜字。

“这是谁要成亲？”玉蕊好奇道。

浮花说：“要成亲的定然是个大户人家，这姑苏城里能称得上大户的，也就只有柳家了吧。”

“既然是柳家成亲，那定然是件大事，肯定会广发请帖，邀天下宾客，可是怎么这般悄无声息？”玉蕊不明白。

浮花摇摇头，示意她自己也不知道。

林如翡的第三张请帖，便是给姑苏城里的柳家的。

江湖上，不到二十岁便过了八境修为的剑修只有两人，第一个是他的二哥林辨玉，第二个，便是这姑苏城里柳家二子柳如弓。可惜莫家的莫长山英年早逝，不然这八境里，应当也有他的名字。

柳如弓名字里面虽然带着个“弓”字，但实则使了一手好剑。林辨玉的天宵闻名天下，而他手里的那把名为洛神的软剑，也是声名在外。

传闻柳如弓性格阴晴不定，乖戾狠辣，前一刻和人饮酒折花，下一刻便能要了人的脑袋。若不是柳家家大势大，恐怕也压不住这么一个凶神。柳家是中原地区的商业巨贾，据说这姑苏城里三分之二的商户都是他家旗下的产业。想来无论是柳家哪个晚辈大婚，都应当会大办，怎么一点风声都没有听到。

几个人进了客栈，随便点了些吃食，便问起了小二这件事。

小二一听，便愁眉苦脸地说：“客官，不是我不想说，是这事儿实在不好开口啊。”

“怎么就不好开口了？”玉蕊奇道，“大婚不是喜事吗？”

小二叹着气摇头。

“罢了，你就告诉我们到底是谁要成亲了吧。”浮花也没有难为小二，随手递出一块碎银子问道。

小二四处看了看，见没有人注意自己，才压低了嗓音，小声道：“客官有所不知，这成亲的人正是柳家二公子柳如弓……”

几个人闻言都愣住了。

如果说是柳家其他人大婚，柳家不想操办，那还说得过去，可成亲的人竟然是最受宠的柳如弓。柳如弓大婚，那定然算得上柳家最重要的事情，必定会大肆操办，怎么会这般悄无声息。如果不是他们刚好来了姑苏城，恐怕都不知道这事。

“柳如弓？”浮花不可思议道，“他要成亲，怎么这样低调？”

小二苦着脸，一直摇头，却不肯再说了。

林如翡露出好奇之色，思量片刻后，从袖口里摸出了一块碎金子，递给小二，示意他继续说。

小二看见那金子，露出挣扎的表情，最后咬咬牙，跺跺脚，竟然拒绝了：“客官，实在是不好意思，这事我真不敢说。金子虽然好，可脑袋没了，也没处花呀……”

“谁会要了你的脑袋？”有人在身后好奇地问。

一听见这声音，小二本来就不好的脸色瞬间又白了几分，僵直着脑袋回了头。

林如翡顺着小二的目光看去，瞧见一个眼眸狭长的青年人靠坐在旁边的木桌上，他身着一身檀色为底莲花暗纹的红装，脚下踏着绣着金丝的短靴，长发束冠，正歪着脑袋，饶有兴趣地瞅着这小二，见小二面目惊恐，两股战战，便又耐心地问了一遍：“谁会要了你的脑袋？”

小二战战兢兢地叫了一声：“柳……柳少爷……”

柳少爷笑道：“你那么怕我做什么，难道我在你面前杀过人？”他又摇了摇头，否认了这个说法，“不对呀，姑苏城里，怎么会有人见过我杀人呢。”

小二哪里还敢说话，看他这害怕的模样，简直想要跪下给这柳少爷磕头了。好在柳少爷对他兴趣并不大，很快便将目光投到了小二身后坐着的林如翡等三人身上。

林如翡身姿孱弱，身上毫无剑气，怎么看都不像修炼之人，倒是他两侧坐着的侍女能看出五境修为来。只是能用五境修为的谪仙做侍女，想来这位看似孱弱的公子，定然身份不一般。

“几位是才到的姑苏城？”柳少爷也不见外，端起桌上放着的茶杯，给自己倒了一杯热茶。

林如翡点点头。

“可是有什么事？”柳少爷问道。

林如翡说：“我是昆仑林家四子林如翡，前来姑苏城给柳家送剑会的请帖。”他微微停顿后，继续道，“你便是柳家最有名的剑客柳如弓柳少爷吧？”

柳如弓笑道：“哦，这就看出来了？”

柳家子嗣繁多，光是嫡系男男女女加起来都有七八个，旁系那更是海了去了，能一口猜中他的身份，倒也不易。

林如翡温声道：“几年前的剑会上，我见过你。”

柳如弓脸上笑容渐淡："你是林辨玉的弟弟，我怎么没见过你？"

林如翡道："我自幼体弱，很少在人前露面。"

柳如弓道："原来如此。"他听到林如翡体弱，便似乎瞬间对他失去了兴趣，也不继续客套，懒懒散散地站起来，道，"我还有事，就不陪林公子了。"

说完转身就走，态度十分无礼。

浮花和玉蕊见他这副模样，眼里浮起怒意，正欲呵斥，却被林如翡拦住了。

"无碍。"林如翡无所谓地摆摆手，"剑客总有些自己的性子。"

特别是厉害的剑客，就算是他二哥那样看似温婉的性子，实则也是一身傲骨，面对不喜欢或者不感兴趣的人，大约也是懒得客套的。

"少爷，这个柳如弓也太傲慢了。"玉蕊不满道，"再怎么厉害，还不是败在了咱们二少爷的手下。"

柳如弓的确败了，但也只是棋差一着，他当时放下狠话说还要和林辨玉再比一次，只是不知为何，今年的剑会柳家却没有派他去昆仑山，而是派了七境修为的柳家大公子，自然毫无取胜的可能。

柳如弓走后，那几乎快要被吓得背过气的小二好一会儿才缓过来，不过看向林如翡的眼神里多了几分畏惧，显然是觉得能和柳如弓说上话的人，虽然不知其身份，但也是得罪不得的。

"公子，其实……也不是小的不想说，而是这事儿太过荒谬。"小二尽力压下了声音，"整个城里虽然四处张灯结彩，可是却没什么人敢议论。"

"到底怎么了？"林如翡问。

小二终于艰涩地告诉了林如翡原因，他说："因为……柳家二公子……要娶一把剑。"

所有人都愣住了，甚至包括一直在旁边坐着的闲得十分无聊的顾玄都。

"你说什么？"浮花以为自己听错了，"你说柳家二公子要娶什么？"

小二说："一把剑。"

众人："……"

小二对他们的反应是一点也不意外，继续平静地补充道："就是他最爱的那把洛神。"

洛神是把好剑，能与昆仑山打造的天宵齐名，自然不同凡响。传言是用天外陨铁佐以无根之火淬炼而成。剑出之日，天空中霞光万丈，云彩形似婀娜的绝美女子，是以得名洛神。

柳如弓得了洛神，如有神助，修为精进一日千里。众人都说这一人一剑，乃是天下绝配。

可是再怎么绝配，这娶一柄剑，也太过荒谬了吧。

小二说了这话，众人不约而同地陷入了长长的沉默，最后还是林如翡道了句："这柳如弓，果真有个性。"

"是啊。"小二讪讪，"柳二公子下的决定，柳家谁人能改？柳家老爷虽然被气得半死，但也拿他没办法。况且柳二公子的母亲向来无比地溺爱他，实在拗不过，索性由着他去了，还在这姑苏城内换了红装，说是柳二公子头婚，不能太马虎……"

几人面面相觑，一时无言。

小二说："不过这事儿众人都不太敢议论，毕竟二公子脾气不好，杀人跟杀鸡似的，真要死了，连尸都没人收。"

林如翡听完后，便将手里的金子递给了小二，示意他可以下去了。

小二受了赏钱，感激地冲着林如翡行了一礼，匆忙退了下去。

"这可有意思了。"浮花喃喃道，"还第一次听说有人要娶自家佩剑的。"

玉蕊摇头晃脑："这就不懂了吧，这才是真正的剑客，终身同剑为伴。"她倒像是十分理解柳如弓似的。

林如翡没对此事过多置喙，天下之大，无奇不有，他感到奇怪的同时，也觉得那柳二公子实在有趣，算是个性情中人。

天色已经有些晚了，众人吃过饭，便各自回房休息。

林如翡沐浴之后喝了药，躺在床上却翻来覆去睡不着，顾玄都坐在床边撑着下巴看着外头的景色一言不发。

林如翡有些奇怪地叫了声："前辈？"

顾玄都回头。

林如翡说："你可是有什么心事？"

顾玄都道："没有。"

林如翡说："那你为何不说话了？"平日里顾玄都话都多得很，今天却一直没有吭声，即便是听到了柳如弓要和剑成亲如此离奇的事，也一句话都没说。

顾玄都道："和剑成亲很奇怪吗？"

林如翡沉默片刻，低声道："难道前辈……"他看向顾玄都腰侧的霜降，慎重道，"若是前辈真对剑有意，可千万不要这般对待霜降了，用老婆当烧火棍，总归是不太好的。"

顾玄都："……"他腰侧的霜降偏偏这时候还嗡鸣起来，也不知道是在应和林如翡的话，还是单纯在嘲笑顾玄都。

顾玄都被林如翡这话噎了个半死，却不知道该说些什么，干脆长袖一挥，人直接消失了。

林如翡只当他是恼羞成怒，在心中悄悄地感叹高手的想法可真是与众不同。不过他得给大哥写封信催一催二哥的婚事了，别到时候练剑练得入迷了，真把天宵娶了给他做嫂子。虽然他也不会看不起二哥，但叫一把剑嫂子，总归是有点奇怪。

林如翡躺在床上想着这些细碎的事，熬到半夜才迷迷糊糊睡过去。

第二天醒来时，依旧没瞧见顾玄都的身影，林如翡也不着急，慢条斯理地用过早膳，打算和浮花她们先去拜访柳府。

谁知到了柳府一问，才知道柳家老爷和夫人都不在府内，十几日后才会回来。不过管事的人在得知林如翡的身份后表现得十分尊敬，邀请林如翡入住柳府，还说已经传信给了夫人和老爷，他们应该会尽快赶回来。

林如翡谢绝了管事的邀请，说自己住在客栈就好，不上门叨扰了。

管事怎么劝也劝不动，只好派下人去订了姑苏城里最好的客栈，并且叮嘱老板要好好招待林如翡这个贵客。

客栈老板连声称“好”。

林如翡之所以坚持住客栈，是因为之前去谢家、孟家都出了事，他想着这事儿实在有些邪乎，便觉得还是住在客栈里比较安全。反正柳家无论发生了什么，都和他没关系。

把林如翡送到客栈后，那管事几次欲言又止，林如翡见状便让他有话直说。

管事小声道：“林公子或许有所不知，这月十五，便是我家二公子大婚的喜日……只是这婚礼有些特殊，所以柳府并未打算宴请宾客，参与的都是些柳府内部的人，并不是不愿邀请林公子您的。”他大约是害怕林如翡误会被柳家冷落，连大婚的请帖都没得到，所以便同林如翡解释了一番。

林如翡点点头，示意无妨，管事这才小心翼翼地走了。

然而才过了一天，柳府内便有人把婚礼的请帖送到了林如翡手里。林如翡一问，才知道是柳家老爷派人送来的，说林柳两家关系好，林如翡想来赴宴自然也可，只是请万万不要随礼，人来了便已足够。想来这柳家老爷也是经过了不少心理斗争，最后还是选择了邀请林如翡这个林家四子。别人不知道，他却清楚得很，林如翡虽然身体孱弱很少为外人所道，但其实在林家最为受宠。而且据说前些日子，就是他一剑挥下，砍了昆仑山北峰半个山头。这事到底是真是假有待商榷，但想来他定然不像他表现出来的那么孱弱，不然林家如何舍得放他出来行走江湖。

不得不说，这姜还是老的辣，柳家老爷的确是将事情猜中了七七八八。只可惜他这份精明放在自家儿子身上是一点用都没有了，打不得骂不得，只能眼睁睁地看着儿子胡闹，非要娶一把生冷的剑，愁得他真是快生病了。

这姑苏城比墨玉大了好几圈，林如翡已经迫不及待地想要见识一下中原的繁华了。

他取了钱袋，便告别了浮花和玉蕊，独自一人出了门，照例先去寻了些吃食，又打算顺着贯穿姑苏城的小河四处走走。只是走到一半，却看见本该在柳家筹备婚礼的柳如弓蹲在路边，手臂上停着一只羽色纯正的海东青，正饶有兴趣地逗着鸟儿。他也瞧见了林如翡，便笑着站起来同林如翡打了个招呼，看起来倒不似第一次见面时那么不好相处。

“林公子若是想在姑苏城里转转，不如我来给你当这个向导如何？”柳如弓笑道。

林如翡迟疑片刻，还是应下了柳如弓的提议：“那……便麻烦柳公子了。”

# 第十六章 洛神记

柳如弓手上的这只海东青十分漂亮。耸肩紧尾，雕头鹄背，是个标准的美人儿。林辨玉也养了一只名为青鸾的青羽海东青，林如翡是从小看着它长大的，所以对这种神俊的鸟儿也算是有些了解。

柳如弓见林如翡对他的鸟颇感兴趣，便介绍道："它叫燎山，今年才一岁，是个姑娘，只是脾气不太好。"

都道物似主人形，这燎山微微扬着颈项，高傲的模样倒是和柳如弓有几分相似，但柳如弓显然并未察觉，宠溺地摸了摸燎山的脑袋，看向林如翡："林公子想试试吗？"

林如翡笑着拒绝："不了。"

这玩鹰是挺私密的事儿，主人一般都不喜欢其他人动自家的鹰，柳如弓同他客套两句，他也最好知情识趣些。

两人在街上边走边说，街道旁边不少人小心翼翼地投来了目光，只是这目光中大多是些畏惧，看来这柳如弓在姑苏城里的确积威甚重。

柳如弓浑然不觉，带着林如翡一路往前，说这家的酒水不错，那家的钩金绸缎乃是一绝，若有机会，记得买上两匹，家中的女眷，定然会喜欢的。林如翡听得饶有兴趣，直到差不多将姑苏城逛了大半，这柳如弓才说到了正事。他目光炯炯地盯着林如翡，眼神炽热得像是要在他的身上开出个洞来，叫道："林公子。"

林如翡被他的表情吓了一跳："嗯？"

柳如弓道："听闻你在昆仑山上曾经和人比过剑？"

林如翡迟疑片刻，轻轻点了点头。

“那剑客可是叫王塍？”柳如弓道。

没想到他的消息如此灵通，不但知道林如翡和人比了剑，连剑客的名字都知道了。林如翡道：“你认识他？”

柳如弓说：“认识。”他手一挥，一直停在他手臂上的燎山便挥动翅膀带起一阵罡风，朝着天上飞去，“我和他在姑苏城里曾经偶遇了一次。”

大概是王塍去往昆仑山的路上，在城里休息了一晚，提了壶酒，坐在城里最高的那座阁楼顶上，俯视着灯火辉煌的姑苏城。

柳如弓正巧和他撞见，一眼便看到了王塍腰侧挂着的那柄名为青棘的长剑。他目光落上去，便再也移不开，直到王塍隔着斗笠，朝他投来了不善的眼神。剑客的剑，被人这般无礼地盯着，换了谁都会觉得不喜，更不用说脾气本来就不算好的王塍。

“你这剑不错。”柳如弓走到了王塍身边坐下，朝着王塍的酒壶伸手，想要讨口酒喝。谁知王塍一点也不给这个姑苏城里最难缠的柳家公子留面子，直接无视了讨酒的柳如弓，那森冷的目光即便是隔着斗笠的纱，也让人觉得浑身发寒。这要是一般人，可能就知难而退了，可柳如弓是谁，他可是柳家最能折腾的二少爷，于是面对王塍的冷漠，他丝毫不为所动，反而兴趣更浓。

“你这是要去哪儿？”柳如弓说，“怎么跑到这里来喝酒？”

“比剑。”虽然语气冷淡，但王塍好歹回了话。

“哦？”提到剑，柳如弓变得跃跃欲试，“你这是要去昆仑山？打算找谁比剑？”

林家盛名在外，几乎每年都会有无数的剑客前赴后继地前往昆仑山，要么比剑，要么观战，很是热闹。而去昆仑山的路只有一条，必定是要经过姑苏城，再翻西凉山，顺着沧澜江一路往前，便到了。

“林家人。”王塍道。

“林家人？哪个林家人？林葳蕤还在外头游历，难不成是林珉之……不过想要和他比剑可不是件容易的事。”柳如弓道。

谁知王塍却摇了摇头。

柳如弓见状奇道：“难道你是想找林辨玉？啧啧啧，怎么你年纪轻轻，这就不想活了？连我都败在了林辨玉剑下，你嘛，在他手下怕是走不过十招。”

王塍抬眸看了他一眼，冷笑一声，理也不理。

柳如弓脸上笑意微敛，下一刻抬手便将王塍的酒壶抢了过来，对嘴就灌。王塍一时不察被他抢个正着，怒斥道：“你这中原人，怎么这般无礼！”

柳如弓将酒几口喝完，便又将酒壶扔回了王塍手里，认真道：“既然喝了你的酒，那我便算是欠了你的人情，不能眼睁睁地看着你去送死。来来来，既然你要和林辨玉比剑，还是先过了我这一关，我脾气比他好，留你一条命。”他也是张口就来，好意思说出自己比林辨玉脾气好这样的话来。若是被他家里人知道了，肯定会嘲笑他为了比剑无所不用其极。

王塍冷森森地盯着柳如弓，像是盯着一个不要命的疯子。他说：“我不是去找林辨玉比剑的。”

“哦？”柳如弓奇道，“那是找谁？”

“林如翡。”王塍说。

林如翡？柳如弓倒是听说过这个名字，但也只是听过，却连人都未曾见过。传言这个林如翡自幼体弱，无法习剑，所以很少在人前露面。对于这样的人，柳如弓实在是没什么兴趣。

“哦？难道那个林什么翡也是个厉害的角色？”柳如弓饶有兴趣。

王塍瞅了他一眼，不说话了。他显然不太喜欢这个胡来的柳如弓，但也不想惹麻烦，于是拿着酒壶转身就走。柳如弓哪里肯这么轻易地放过如此有趣的人，抬手便将洛神拔出。可是还未等他出剑，眼前的人便化作一道残影，直接消失在了他的面前。随着王塍一起消失的，还有柳如弓鬓角的一缕发丝。他愣在了原地，竟然没看出对方什么时候拔出的剑。

此后，柳如弓就牢牢记住了王塍这个名字。

后来听说他去昆仑山上找了林如翡比剑，惜败于林如翡手下，叹了声可惜后，就将这件事抛在了脑后。直到昨日，他回了家，随口说起了遇到林家四子的事，被人提醒后，他才忽地想起林如翡就是那个和王塍比剑的人。所以今日柳如弓一改昨天那冷淡的态度，甚至主动提出带着林如翡四处走走。

林如翡的确是个让他提不起兴趣的人。这位林家四公子，虽然相貌俊美，气质儒雅，但奈何身板看起来却十分孱弱，身上看不出一丝剑气，好似一阵风就能将他吹倒似的。柳如弓只对强者感兴趣，像林如翡这样的，若不是昆仑林家人，他连问都不会多问一句。

不过这林如翡似乎并不像他表现出来的那样无害，柳如弓笑着眯了眯眼睛，右手不自觉地放到了腰侧的洛神上，笑道：“林公子，再过几日，就是我的大喜之日，你可要给我柳如弓这个面子，记得来赴宴啊。”

林如翡正在往前走，听见柳如弓这话，脚下微微一顿：“……好。”

“我知道林公子在想什么，不过没什么关系，你有什么话便直说，我不介意。”柳如弓说。

林如翡扭头瞅了他一眼，却又不想问了。虽然他十分好奇，但这到底是人家的私事，而且柳如弓突然如此热情，事出反常必有妖，他总觉得这位柳公子在算计着什么。

柳如弓等了一会儿，却见林如翡兴趣缺缺地移开了目光，奇道：“咦，林公子就不好奇我为什么要娶一柄剑吗？”

林如翡坦然道：“其实也不是很想知道。”

柳如弓：“……”

“若是柳公子特别想说，我听听也无妨。”林如翡道。

柳如弓显然没料到林如翡的这个反应，这姑苏城里，哪一个人对他这婚事不好奇，但也没人敢前来置喙一句，这林如翡居然一点兴趣都没有。柳如弓“啧”了一声，心道林家的小公子还真是不按常理出牌。

不过也没关系，正巧，他也是个不按常理出牌的人。于是柳如弓露出一个微笑，道：“林公子，咱们也算是一见如故的朋友了吧？”

林如翡：“……”这话怎么听着那么吓人呢。

柳如弓道：“是吧？”

林如翡还能怎么答，总不能说咱们俩其实不熟，只好无奈地点了点头。

柳如弓一见林如翡点了头，便立马喜笑颜开：“既然咱们是朋友，那我大婚，你可想好了要送些什么？”

原来在这里等着自己呢。林如翡哭笑不得，心想这柳家公子还真是有趣，为了讨一份彩礼，这般拐弯抹角。他正想说话，柳如弓便来了一句：“我也不想麻烦林公子特意为我备礼，不如这样，林公子就满足我一个小小的愿望作为我大婚的礼物吧？”

果然来了，林如翡道：“什么愿望？”

柳如弓重重地按住了腰侧的洛神，认真道：“和我比剑。”

林如翡道：“用洛神？”

柳如弓道：“自然！”

林如翡略微迟疑：“可是你刚大婚，我和你的新娘子打架……会不会不太好……？”

柳如弓神情僵住，被林如翡这句话噎了个半死。一直没说话的顾玄都没忍住在旁边笑出了声，他竟然从柳如弓这瞪眼的表情里，看出了自己的影子。不得不说，林家小公子故意使坏的时候，还真是有些难以让人招架。

好在这柳如弓也不是普通人，沉默片刻后，便大大咧咧地伸手在林如翡肩上一拍，道："咱们都是兄弟，说这些做什么，你嫂子大方，定然不会介意的——"

林如翡顿时无话可说。

硬是从林如翡这里成功地要了份大礼，柳如弓才唤回了他的燎山，风风火火地走了。林如翡盯着他的背影半晌没说话，好一会儿才叹了口气，道："这怎么比啊？"

顾玄都说："是得小心点。"他看了林如翡一眼，"别一剑把它给弄死了。"

林如翡："……"

近来这段日子，顾玄都都在背着浮花她们指导林如翡习剑。只是林如翡底子在那儿，身体状态又不佳，进度极慢，好在已经勉强能将剑气引到谷雨上了，虽然没有合适的地方比试一下，但到底是比之前强了许多。顾玄都对于林如翡和柳如弓比试这事儿丝毫不紧张，还催着林如翡去试试街边卖的金丝酥饼，说看起来就很美味的样子。

林如翡便买了两个，和顾玄都一人一个，边吃边往回走。

回去时却正巧看见浮花从客栈旁边的药店里出来，神情略微紧张。他本来想上前问一句，却忽地想起了白天自己无意中听到的话，顿住脚步没有过去，沉沉地叹了口气。

想来这药是给自己买的，毕竟自己自言自语的毛病越发严重了。林如翡想着这事儿，忧愁地看了眼自己身边毫不自觉的某位前辈，幽幽地叹了一声。

顾玄都丝毫没觉察浮花进药店和自己有什么关系，正津津有味地啃着金丝酥饼。这饼子是刚出锅的，上面撒了层薄薄的白糖，嚼起来外面酥脆里头松软，甜度也刚刚好，很是美味。见林如翡瞧着自己，笑得灿烂，道："好些时候没吃这东西了，味道居然没怎么变。"

林如翡没吭声，继续和顾玄都一起啃了起来。

到了晚上的时候，浮花果然端来了汤药，可是没敢告诉林如翡这药的作用，大概是害怕增加她家公子的心理负担，只说药有安神之效，若是晚上睡不太好，喝了或许会有作用。

林如翡知道她是担心自己，便乖乖地应了声"好"，却趁着浮花出去，转身就倒在了窗户旁边的盆栽里。

顾玄都还奇怪地问了句怎么就把药给倒了。

林如翡说："怕喝了就真看不见你了。"

顾玄都："嗯？"

林如翡说："这不就是医治中邪的药嘛。"

顾玄都这才想起侍女们白日的对话，登时一阵无言。

天色渐晚，又是一夜，林如翡依旧没有太多的睡意，实在无聊，便开了窗户坐在窗边看着街上的行人解闷。

姑苏城入夜后并不寂寞，街道上挂着火红的灯笼，人流川流不息，乍看上去，倒像是比白日里更热闹了些。林如翡的视力比先前好了许多，能清楚地看到街道上每个有趣的细节。

有男子和心爱的姑娘闹了别扭，在巷尾寻了个安静的地界，愁眉苦脸地解释着什么。姑娘在气头上哪里肯听，噘着嘴一个劲儿地抹着眼泪。男子无法，思来想去挠着脑袋，忽地转身走了。姑娘瞧着他的背影直接哭了出来，然而男人没一会儿便又出现在了巷子里，此时手里捏着一个金灿灿的糖画，寥寥几笔，画出了姑娘的神韵。他也不晓得该说什么，只是笨手笨脚地伸手将糖画塞进了她的嘴里。姑娘吃了糖，总算破涕为笑，用那婆娑的泪眼娇嗔地瞪了男子一眼。

又有小孩站在糖葫芦前移不动脚，口水就挂在嘴边。孩子娘怎么都扯不走，最后只能伸手拧了他的耳朵。小孩“哇”的一声哭得极惨，干脆坐在地上撒起泼来。孩子娘拉不动，最后只能无奈地摸出几个银钱，买了串糖葫芦，这才把孩子哄走了。

这城中比昆仑山热闹了不是一点半点，世间百态，人情冷暖，皆入了林如翡的双眸。他看着看着，唇边浮起笑意，眼眸中那一瓣粉色的桃花也若隐若现。

“哎，那不是柳如弓吗？”顾玄都忽地出声。

“哪儿？”林如翡问。

顾玄都指向远处，林如翡顺着他指的方向看去，却是看到柳如弓提着一壶酒坐在远处的高楼顶上，那是姑苏城里最高的位置，想来景色不错的。只是他的身后，似乎站了个年轻的女子。女子身着青纱，默然而立，虽看不清楚面容，但依稀可看出其不凡的风姿。

柳如弓喝着酒，和平日那张扬乖戾的模样相比，多了几分寂寥的味道。城中四处都是为他布置的热闹的大红喜色，他却好像和这份热闹毫无关系，只是个途经此地慨而饮酒的过客罢了。

林如翡瞧着他，许久后，才轻轻道了声：“那一定是壶好酒。”

“嗯。”顾玄都道，“应当是壶好酒。”

柳如弓喝了半宿，天空中明月高悬才起身离开。其间，那青衣女子一直站在他的身后，静静地陪着他。然而两人之间并无交谈，直到离开，他也不曾回头看她一眼。

林如翡见柳如弓走了，却还是没有什么睡意。此时街道渐渐安静下来，大多数人都进入了酣甜的梦乡。更声响了三下，那一声“天干物燥，小心火烛”在姑苏城里缓缓荡开。

“还不困？”顾玄都问。

“不困。”林如翡说，“睡不着。”

顾玄都想了想：“想去那儿看看吗？”他指着柳如弓刚离开的位置。

林如翡犹豫片刻，想着反正也无法入睡，便点点头。

顾玄都见他愿意，便轻轻地抓住了他的手臂，林如翡便感到身体一轻，被顾玄都带到了半空中。挂在腰侧的谷雨似有所感，直接从腰侧的剑鞘里飞出，停留在了他的脚下。林如翡便踩着谷雨，随着顾玄都的指引，落在了柳如弓饮酒的高楼上。

这里风景的确独美。

抬目远眺，便能鸟瞰整个姑苏城：青砖白瓦的低矮小房，粉墙朱户的豪门大院，在街道两边摆放整齐宛如棋盘，清可见底的小河从城中心贯穿而过，一路向南。街上灯火已灭，月色如瀑，白霜满城。

夜风有些大了，顾玄都不知从哪里取出一件披风，搭在了林如翡的肩头。他坐在林如翡身边，语调略微感慨，说没想到这姑苏城的景色与百年之前有如此多的不同。

林如翡道：“你百年之前来过这里？”

顾玄都点头。

林如翡道：“那时的姑苏城同现在有何不同？”

顾玄都道：“那时人妖两界刚刚休战，姑苏城里一片狼藉，连个卖酒的小店都没有。我酒瘾犯了实在馋酒，便求着友人为我亲手酿了几坛。那酒还未发酵完全，只是刚刚冒出些酒味，我便偷偷地挖了出来，喝了大半。”他说着这话，眼角眉梢都是温柔的笑意。

林如翡道：“你那旧友发现了没生你的气？”

“后来战场转移，我们便离开了这里，他也把这事儿忘在了脑后。”顾玄都看着林如翡低低道，“不过就算是发现了，也不会生我的气吧。”

林如翡道：“是吗？那他一定对你很好。”

“是啊，他对我很好。”顾玄都低声道，“我就是他一手拉扯大的，什么最好的都留给我。”

林如翡本想问他现在旧友在哪儿，转念一想，这都是百年之前的事了，或许问出来反倒让人伤心，便轻轻“嗯”了一声，说：“真好。”

顾玄都不语，只是瞧着林如翡一直笑，笑中藏着些林如翡看不懂的黯然，很快又隐匿在了这无边的夜色里。

不知不觉中，天边泛起晨光，一夜竟然就这么过去了。林如翡听到鸡鸣后，终是生出了些睡意，顾玄都见状便又将他带回了屋子。

躺在床榻上，林如翡想着昨夜的美景，昏昏沉沉地陷入了深眠。

林如翡睡到下午才从床上起来，起来后瞧见桌上摆着还热乎的吃食，想来是浮花和玉蕊备下的。他从床上坐起，懒懒地打了个哈欠，打算出去唤小二备些热水洗漱，却瞧见浮花和玉蕊二人站在门口，神情无比焦急，见到他出来，才惊喜地叫了声“少爷”。

“少爷，你可吓死我了。”玉蕊哭道，“你再不醒，我们都要去叫郎中过来了。”

“唉，这里的郎中可真不靠谱，吃了那药怎么会睡这么久。”浮花焦虑道，“还是传信回去，让万爻开药吧。”

林如翡见两人误会了，忙解释说自己是因为昨晚睡得太晚，和药没有关系。

谁知浮花一听更生气了，说那药本来是安神的，喝了居然睡不着！

林如翡没敢说自己药没喝，只好站在原地，听着侍女们的抱怨。好在两人也没说太久，便转身为林如翡备热水去了。林如翡赶紧回了屋，和顾玄都说自己再也不熬夜了。

顾玄都听得似笑非笑，说你可别把身体熬坏了，人家柳如弓还等着你送礼呢。

一提到送礼林如翡立马愁眉苦脸起来，道：“不然咱们留下贺礼溜了算了，反正他也不晓得。”

顾玄都还没应声，外头便响起了敲门声，林如翡以为是浮花和玉蕊，道了声“进来”。

谁知推门而入的竟然是柳如弓，他一脸认真地道：“溜了，林公子，谁要溜？”

林如翡：“……”你咋这么无孔不入呢。

柳如弓就在面前，林如翡自然不可能说出是自己要溜的话，于是随口敷衍了两句，便糊弄了过去。好在柳如弓也没有深究，只是手里拿了张大红色的请帖，伸手递给了林如翡。

那请帖好似烫手的山芋，林如翡却只能无奈地接下。

见林如翡收了请帖，柳如弓就知道自己这份大礼是拿定了，一时间有些跃跃欲试，扶着洛神的手不住摩挲，看起来十分手痒，那表情简直恨不得立马把林如翡揪出去和他比上一场。

“我马上就要大婚，恐怕会忙些日子，不知林公子什么时候有空，不如咱们提前先把日子定下。”柳如弓坐在了林如翡面前，神情自然地讨要起了大礼。

林如翡思虑片刻，坦言道：“实不相瞒，柳公子，我自幼体弱，所以未曾修习剑术。”

柳如弓那满面笑容瞬间淡下，面无表情地看向林如翡："林公子这话什么意思？你是说，王騰那样的角色，败在了一个未曾修习剑术的人手下？"他森冷道，"林公子若是没把我柳如弓当朋友直说便可，又何须找这样的借口。"说着"锵"的一声拔出了洛神，冷眼盯着林如翡，"既然林公子没把我当作朋友，那若是想和林公子打上一场，就更不用挑日子了吧。"

看来这一架是非打不可了，林如翡叹了口气，说："既然柳公子执意如此，那便定在三日后吧。"

柳如弓闻言阴郁的神情瞬间褪去，笑眯眯地从怀中摸出了一个精致的纸包，放在桌上，说："林公子可千万别生我的气，我这人就是这样，没人同我比剑，还不如死了痛快。这是我三姐做的龙须酥，在这姑苏城里也算得上一绝，今日特意送来给林公子尝尝，便算作给你赔罪了。"

柳如弓行事向来张扬无忌，能说出服软的话已是不易。

林如翡却没动桌上的东西，出声唤浮花送客。

屋外的浮花闻声推门而入，见屋里气氛有些奇怪，心里顿时嘀咕起来。柳如弓无所谓地摆摆手，道了句"告辞"转身便走，很是痛快。浮花送他出去后，屋内便又剩下了林如翡一人。

顾玄都问他："不高兴了？"

林如翡摇摇头："也不是不高兴，只是有些羡慕。"

顾玄都道："羡慕？羡慕柳如弓？"

林如翡笑道："我若是有他那样的天赋，想必也会养成这样百无禁忌的性子。"他拿起了桌上的纸包，拆开后，看到了里头放着的龙须酥，应该是才做好的，还带着些热度。他取出一块放入口中，口感绵软，入口即化，浓郁的黄豆香气在口中蔓延开来。

林如翡觉得味道不错，伸手递给了顾玄都。

顾玄都没客气，接过来大吃一口，又问："真没生气？"

林如翡摇摇头："确实没生气，但也不好在柳如弓面前显得脾气太好，免得坠了林家的名头。"他哥哥姐姐们都是那么骄傲的性子，若遇到柳如弓的做法，恐怕当场就会和他打起来——不，或许甚至不需要柳如弓勉强，他们便会欣然允诺同柳如弓的比试。

只可惜，柳如弓想比剑的对象是他。

"你现在也可以试试了。"顾玄都似乎对这龙须酥很感兴趣，一口接着一口，吃得津津有味，"反正这柳如弓耐打，就算控制不好力量，也不至于要了他的性命。"

林如翡蹙着眉头："可姑苏城里这么多人，若是我没掌控好自己的力量，一剑下去……"这就不是削个北峰山头那么轻松的事了，城内这么多人……

顾玄都懒懒道："那就选个离姑苏城远些的地方吧。"

林如翡想了想，觉得也只能如此了。

离比剑还有三日时间，林如翡颇有些临时抱佛脚的味道，但奈何这种事情却不是短时间就能练成的，虽然可以勉勉强强在谷雨上附着剑气，但他试了几次之后就不敢动手了。不是挥出之后毫无反应，就是轻轻挥了一下，便把面前的墙壁劈出了一道夸张的裂缝。万幸的是屋中没人，不然恐怕当场就会闹出人命。就是苦了客栈老板，也不敢来找林如翡的麻烦，最后还是林如翡让浮花多送了些银两作为补偿。

就这么试了三天，眼见明日就是和柳如弓比试的日子，林如翡觉得这事儿实在不靠谱，真这么下去，要么就是他被柳如弓劈了，要么就是他一剑把柳如弓劈了，绝无第三种可能。

顾玄都闲得没事，就给林如翡出了个馊主意，说比剑的时候先和柳如弓搭搭话，趁着他没反应过来，先一剑过去，这事儿就算这么了结了。反正是柳如弓自己要求的，就算把柳如弓弄死了，柳家人也不好找他麻烦。

林如翡对着顾玄都做了个佩服的手势："前辈和人比剑的时候，是不是经常这么干？"

顾玄都思量片刻，坦然地表示自己还真的这么干过。不过那时候还年轻，也不要脸皮，为了小命哪里讲究这些，不像后来名声大了，虽然心里想这样，却没好意思做。

林如翡顿时对顾玄都佩服得五体投地。

"唉，小韭，你就是太过心软。"顾玄都说，"比剑这事儿，本来就是生死有命，而且你放心，有我在，保证你这一剑能挥得出去。"反正死的不是林如翡，他是丝毫不用担心的。

林如翡懒得理他，打了个哈欠便转身上床睡觉去了。

白天练剑练得有些累，林如翡这一觉睡得十分踏实，早晨起来的时候意外瞧见浮花和玉蕊满脸愁容。因为怕侍女担心，林如翡也没把他要和柳如弓比剑的事情说出来，见她们二人这样，心里着实有些奇怪。

"她们两个在愁什么呢？"林如翡问顾玄都。

顾玄都眼神里含着浓浓的笑意："大约是觉得自家公子自言自语的癔症更加严重了吧。"

林如翡：“……”

顾玄都道：“估摸着已经给万爻去了几封信催着他开药了。”

林如翡幽幽地叹了口气，半晌后才道：“随她们去吧。”

和柳如弓约定的比剑地点本来是在柳府内，但林如翡实在担心自己控制不好剑气伤及无辜，便让柳如弓换到了城外不容易伤人的郊外。

在哪里柳如弓都无所谓，只要林如翡愿意和他来一场，便足够了。

这一日天气大晴，炽热的阳光炙烤着大地，炎热的暑气蒸腾而起，烤出了一片聒噪的蝉鸣。

林如翡体寒，倒是挺喜欢夏天，见和柳如弓约定的时间差不多了，便在街边买了一份清凉解暑的绿豆汤，一边喝一边慢慢地晃荡出了姑苏城。

他们约定的时间是在午后，正是天气最热的时候。林如翡也没打伞，顶着烈日到了城外头时，额上脸上已经浮起了一层薄汗。

当然，和他比起来，柳如弓就显得狼狈很多了。他显然热得不行，不知从哪里摘来了一顶荷叶做帽子，正蹲在树荫底下，不住地拿手扇着风，衣袖也挽到了臂膀上，简直像个刚从地里务农出来的农户，哪里还有之前那潇洒的模样。

柳如弓瞧见林如翡远远地来了，露出迫不及待之色，站起来叫了声“林公子”，目光却落在了林如翡手里的绿豆汤上。

这绿豆汤放置在荷叶缝成的碗里，还专门用井水冰镇过，散发着清爽的味道。林如翡也注意到了柳如弓那渴望的眼神，然而他不为所动，毫不留情地将绿豆汤一饮而尽，然后微笑着叫了一声“柳公子”。

柳如弓咬牙，伸手拔剑。洛神出鞘，刃如银光，散发着森冷的杀意：“林公子，拔剑吧。”

林如翡一脸严肃地道了一声“好”，然后将手伸入虚纳戒指里，片刻后，从里头掏出来了一面黑色的木盾——这是他昨日想了一夜想出的两全的法子。

刹那间，柳如弓甚至以为自己出现了幻觉。他盯着那面木盾看了好久，确定不是自己眼花了，将剑刃看成了盾牌，才嘶声道：“林公子，你拿的是什么东西？”

林如翡介绍：“木盾。”

柳如弓：“这盾有什么特殊之处？哦，我知道了，是不是它里面插了一把剑刃？”

他是见过这样的武器的，虽然有些特殊，但的确存在。

谁知对面站着的林家小公子，十分坦然地摇摇头：“没有插啊。”

柳如弓："……"

林如翡说："就是街边买来的，一两银子的那种，哦，店家还便宜了我十文钱。"

柳如弓那张热得满脸是汗的俊脸瞬间扭曲。他狠狠地盯着林如翡，在确定他不是开玩笑后，愤怒全都化为了浓重的杀意："林公子是瞧不起我柳如弓？"

林如翡道："自然不是。"

柳如弓道："那为何不肯拔剑？！"

林如翡心说那还不是因为我不太熟练嘛，但脸上还是一片淡然，道："等柳公子破了我这盾，我再拔剑不迟。"

柳如弓勃然大怒，他哪里受过这样的侮辱。少年成名又是柳家二公子的他，哪一次有过在和人比剑时，看见对手掏出了一面木盾，还特意申明是一两银子买来的那种——

这是得有多看不起他柳如弓？！

林如翡心中虽然并无此意，但看来他的解释柳如弓也是不会听的，无奈之下只好轻轻地咂巴了下嘴，悄悄地回味了一下刚才那美味的绿豆汤，心里想着该给柳如弓留一口的，至少让他消消火气……

柳如弓已经气得双目赤红，他手里的洛神也浮起了一层青色的剑意，如同单薄的火焰附着在雪白的剑刃上。他斜持剑刃，迈步疾行，对着林如翡挥出了第一剑。

剑气磅礴，夹杂着浓烈的杀意扑面而来，脚下的泥土被劈得粉碎，形成了触目惊心的裂缝。柳如弓的身形开始变得扭曲，也不知是因为这灼热的空气，还是洛神上如青焰般的剑气。

林如翡抬起了手中那面平淡无奇的木盾。

洛神和木盾撞在一起，刮起一阵强烈的罡风，将林如翡震得两袖荡荡，然而他的脚步稳如山岳，硬是扛下了这一击，未曾后退半步。他手中的木盾，竟然有剑气散出，如同一幕白色的完美屏障，硬生生地将洛神同青焰一起挡在了另一头。

柳如弓露出了愕然之色，但很快，这愕然便化作了棋逢对手的兴奋。他嘶吼一声，洛神便带着他向半空中飞去，随后如坠星般朝着林如翡出了第二剑。

林如翡依旧不动。

第二剑刺在了木盾上，依旧未破它分毫，白色的剑意形成的屏障，仿佛成了无法破开的宝甲，柳如弓的剑刺在上头，如隔靴搔痒。

柳如弓却毫不在乎，一剑，两剑，三剑，四剑——他的速度越来越快，身形渐渐化作残影，原本只有一柄的洛神，竟然被他挥出了漫天剑雨般的模样。

林如翡四周的树木，如同被狂风吹倒的麦浪，栽倒一片，连远处的城门，也未能幸免。

木盾之上的白色剑气，随着柳如弓的不断消耗，在渐渐地变淡，见到此景，洛神青焰更甚，柳如弓赤红的双眸中，兴奋之意几乎快要化为实质——他不信有洛神破不掉的盾，况且还是眼前这平淡无奇、只花了一两银子的木盾。

白色的剑气终于快要消散了，柳如弓叫了一声林如翡的名字。

林如翡持着木盾站在原地，神情无悲无喜，和平日里的他判若两人。他感受着自己面前不断侵蚀他体内剑意的青焰，竟然有了一丝熟悉的感觉……仿佛曾经在哪里，他也遇到过这样凌厉的剑意，只是那剑意比此时还要凶残百倍。

柳如弓看见了林如翡的表情，脸上露出恨恨之色。他发现林如翡在自己的猛攻之下竟然走了神，他的目光仿佛已经穿过了自己的身体，看向了远方的虚无。

“林如翡！”柳如弓感到了前所未有的侮辱，他怒吼道，“你在看什么？！和你比剑的人是我！”

又是一击，白色的剑刃终于发出清脆的响声，然而柳如弓还未来得及露出喜色，便看见站在原地一动不动的林如翡，抬手挥了一下他手里的木盾。

一股巨力倏然而至，在柳如弓还未反应过来的时候，便重重地砸在了他的身上。他感到胸口一阵剧痛，随即如同断线的风筝似的，就这么飞了出去。在飞出去之前，他恍惚中仿佛看到林如翡的身边悬了无数把锋利的剑刃，而林如翡神情漠然地站在剑雨之中，眼神冷若冰霜，不似凡人。

林如翡对付他，原来连剑也不用拔吗……在晕过去之前，这是留在柳如弓脑海里唯一的念头。

柳如弓一晕，洛神那狂躁的青焰剑气也消停了下来。夏天本来就穿得不多，林如翡又不会剑气护体，衣服被刮得破破烂烂，不但袖子没了，还露出一截白皙的腰线。本来整齐束起来的长发，也凌乱地披散在肩头，配上那苍白的脸色，若是只看外表，恐怕会以为这场比试里输掉的人是林如翡。

“完了？”林如翡看向顾玄都，他没想到居然如此顺利。

顾玄都点点头。

“柳如弓人呢？”林如翡问。

“那边躺着呢，被你直接拍晕过去了。”顾玄都看向林如翡的眼神也有点无奈，人家剑客都是用剑，就他家这个仗着体内天生的剑气将盾用得越来越顺手。

林如翡“哦”了声，松了口气后，把木盾重新送回了自己的戒指里。他往前走了一段距离，才看见柳如弓躺在地上已经晕了过去，不过就算晕过去了，手里握着的洛神也未曾放开。

林如翡说：“他没事吧？”

顾玄都道：“应该只是皮外伤，没什么大碍。”过刚易折，柳如弓攻势太猛，反倒吃了亏，若他慢慢地磨，最后胜的还不一定是林如翡。不过柳如弓的性子，显然也不是那种慢工出细活的人。

林如翡半蹲下来，探了探他的鼻息，确定他没事后才松了口气。他扫了眼自己身上破烂的衣裳，苦恼道：“忘了带衣服出来了，就这么走回去，浮花她们瞧见了会不会误会什么。”

顾玄都想着林如翡那两个已经愁得睡不着觉的侍女，道：“估计今天也别想睡了。”

林如翡思量片刻，默默地把目光移到了昏迷中的柳如弓身上。

顾玄都心有所感，说：“你要干吗？”

林如翡道：“柳如弓说过我们是朋友吧？”

顾玄都挑眉。

林如翡振振有词：“既然是朋友，那帮点小忙也是应该的，况且他还收了我的礼钱——”

顾玄都明白了林如翡的意思，顿时哭笑不得：“你……”

林如翡却已经高高兴兴地对着柳如弓伸出了手，打算把他的衣服剥下来凑合着穿穿。毕竟他若是这么破破烂烂地回到客栈，被浮花和玉蕊两人撞见了，本来就急得睡不着觉的侍女，恐怕会更加焦虑。

林如翡埋头正在认真地解着柳如弓的扣子，被柳如弓握在手里的洛神却忽地冒出一阵青烟，随后传来一声女子的厉声呵斥：“林公子，你想对如弓做什么！”

林如翡被吓了一跳，抬眸看去，竟然看到了那日在屋顶上见到的站在柳如弓身后的青衣女子。她生得极美，明眸皓齿，姣如秋月，此时横眉冷对，看向林如翡的眼神里全是谴责。

“洛神？”林如翡惊讶地瞪了眼，“你是洛神的剑灵？！”

女子不屑：“与你何干！”

林如翡打量她一番，叹道：“我还道这柳如弓是个剑痴，原来竟是有美人相伴，才会如此执拗。”

女人脸颊微红，轻“哼”一声：“就算你这么夸我，我也不会允许你对他不轨的！”

林如翡说：“对他不轨？怎么不轨了？”他委屈地扯了扯自己的衣裳，道，“是他要找我比剑，还把我的衣裳划得破破烂烂，总不能让我穿着这一身回去吧。”

洛神登时语塞。

林如翡说着说着，理直气壮起来：“况且我可是把他当朋友的，他连这点忙都不肯帮我？！”

洛神无话可说，只能瞪着那双圆溜溜的杏眸咬住下唇，最后憋出来了一句：“那……那裤子可不能脱。”

林如翡摆摆手：“没事，我裤子好好的。”

于是就在洛神和顾玄都复杂眼神的注视下，林如翡高高兴兴地把柳如弓的上身扒了个精光，换上了他的衣裳。这柳如弓比林如翡壮了些，衣服也大了一圈，好在反正都是凑合。只是顾玄都在旁边幽幽地叹了一声，说自己以后都会记得在林如翡打架之前，为他先备上一身新衣裳的。

这天气太热，林如翡把柳如弓拉到了树荫底下，自己便先溜走了，他可不想等着柳如弓醒来找他讨要衣裳。

洛神被林如翡这一通动作弄得有些神思恍惚，可能脑子里大约是在想着这江湖怎么这样可怕，输了比试就算了，连件衣裳都留不下。

林如翡高高兴兴地回了姑苏城，又顺手买了一碗绿豆汤，和顾玄都聊起了洛神和柳如弓的事儿。现在见到了如此美貌的洛神，柳如弓的婚事就变得顺理成章了起来，只是顾玄都的表情一直很奇怪，直到到了客栈，林如翡问起来，他才说：“按理说一般人是看不见剑灵的啊。”

林如翡：“啊？什么意思？”

顾玄都道：“我的意思是柳如弓不该能看见洛神的。”

林如翡说：“那我怎么看见了？”

顾玄都道：“你不一样，你……体内自带汹涌的剑意，不是个普通人。”

林如翡道：“那是什么人？”

顾玄都思来想去，憋出来了两个字：“剑人。”

林如翡：“……”总觉得哪里好像不太对的样子。

顾玄都也察觉这个词听起来怪怪的，两人四目相对，沉默许久，他才小声地道了句：“不是，我没有骂你。”

林如翡幽幽道："我信了。"

顾玄都面露无奈。

隔了一会儿，林如翡又问："可是你不也看见了吗？"

顾玄都道："我也不是人啊。"

林如翡："……"他们两个的对话怎么越来越奇怪了。

"你还记得那一晚吗？柳如弓是看不见洛神的。"顾玄都觉得这样说不通，"可是他若是看不见洛神，又为何固执地要娶它？"

林如翡喝着自己的绿豆汤，懒散地摇头："我哪里知道。"他是搞不懂了。

本来顺理成章的事，被顾玄都如此一说，又变得逻辑不通了起来，林如翡便猜测或许是柳如弓有自己的法子能看见洛神。

顾玄都却不住地摇头："这样的法子太少了，连我都只知道一两个，柳如弓怎么会晓得。"

两人带着疑惑讨论了许久，直到这天晚上，准备入寝的林如翡听到窗户被人轻轻敲响，顾玄都顺手帮他开了窗，竟然看见洛神飘在窗外，面色紧张地看着他。

还未等林如翡开口询问，洛神便艰涩道："林公子，可否请你，帮我个忙？"

# 第十七章 长鬓汉

林如翡看着洛神，神情一凝，一声嫂子差点没叫出口，好在最后在嘴边荡了几圈，硬生生地给咽了回去。他道："洛神姑娘，进来说话吧。"

洛神飘然而至，还不忘礼貌地顺手带上窗户。

"不知洛神姑娘想让我帮你什么忙？"林如翡问道。

洛神犹豫片刻，半垂眼眸，轻声道："林公子可知道，如弓再过几日要大婚了？"

林如翡点点头，示意自己的确知道。不，准确地说，这姑苏城里，几乎没几个人不知道柳如弓要大婚的事。洛神咬着下唇，露出几分羞涩的神情，她显得有些不好意思，犹豫了半晌，才将口中的话说出了口，她道："林公子，实不相瞒……如弓是没有见过这个模样的我的。"

林如翡愣住了。

"我是专门为他打造而出的剑刃，自他六岁那年陪伴他至今。"洛神微笑着说，"他待我极好，可就算如此，我也从未想过，他竟会……"竟会想要一柄剑为妻。

洛神说到这里，脸上已是羞红一片，她继续说："之前从未有人见过我，我便也没有过同他见面的想法，却没想到林公子，竟然能看见我。"

林如翡听了洛神的话，在心中暗暗道，那可不是嘛，我可是被顾玄都叫作剑人啊，都被叫剑人了，怎么好意思不比常人多些特别之处。

但面上他总不能将这话说出，所以还是一副静心倾听的模样，温声问道："那洛神姑娘来此找我，是想让我将你的存在告诉柳公子？"

洛神点了点头，她低声道："我晓得，晓得有些人会笑话如弓走火入魔，娶了一柄剑……可……至少我要让他知道……”知道那并不只是一柄剑，还有她在陪着他。

一直坐在旁边看戏的顾玄都却忽地来了句：“何必那么麻烦，我有法子让柳如弓看见洛神。”

林如翡奇道：“当真？”

“自然当真。”顾玄都说，“不过……”

林如翡说：“不过什么？”

顾玄都似笑非笑：“也没什么。”他显然是想起了什么事儿，却没说出来。

林如翡早就习惯了顾玄都这高深莫测的模样，见他不说，也懒得问了。

洛神一脸茫然，道：“林公子，你说什么？”她是看不见顾玄都的，便以为林如翡是在自言自语。

林如翡转头看向她：“洛神，我有法子让如弓看见你，你想见他吗？”

洛神愣了片刻，随即脸上露出惊喜之色：“林公子，你是认真的？”

林如翡点点头。

洛神道：“那自然是最好的——”她激动无比地喃喃道，“我一直想见如弓一面，可是他却怎么都看不见我，若是能，若是能……”她说到此话时，已是热泪盈眶。

“那我要如何做？”洛神激动完后，忙问林如翡。

林如翡看向顾玄都，顾玄都便说让她回去等上几日，他需要备些东西，过几日再细谈。洛神得了林如翡的承诺，这才高高兴兴地转身离开，打开窗户，飘然而去，翩若惊鸿的姿态，仿若真是那倾国倾城的洛神。

林如翡转过头来，看向顾玄都：“需要备些什么东西？”

顾玄都道：“你去买些朱砂和符纸来，照着我说的图案，画张符箓就行了。”

林如翡道：“这么简单？”

顾玄都笑道：“画这符箓的确简单，只是还得备上一样东西才能瞧见这剑灵。”

林如翡说：“什么东西？”

顾玄都道：“一个能看见剑灵的人。”

林如翡：“……”

按照顾玄都的说法，能看见剑灵的人万中无一，显然这法子并不常用，若不是有林如翡在这儿，那柳如弓和洛神恐怕至死也不能见上一面。

君子成人之美，况且这事也不算太麻烦，林如翡便决定帮洛神这个忙。

第二天，林如翡打算出门买些符纸，正巧遇见浮花和玉蕊蹲在走廊上为他熬药。瞧见林如翡，浮花赶紧收敛了满面愁容，露出微笑，问他要去哪里。

林如翡说自己去街上随便逛逛。

“那少爷记得早些回来。”浮花叮嘱道，“药师万爻从昆仑山上送了些药下来，我正在熬着，等少爷回来了，正好喝上一剂。”

林如翡还能说什么，只能点头称“好”。

他走到门口，却听见浮花压低了嗓子和玉蕊道：“这药可千万要熬得仔细些，少爷癔症的情况又加重了……好像开始和第三个人对话了。”

林如翡：“……”他到底要怎么和浮花她们解释清楚。

顾玄都哈哈大笑。

两人去了街上，买了顾玄都要的东西，又照例买了好些零嘴儿，津津有味地吃了起来。路过路边摊时，正巧听见小贩们在聊八卦，说那柳家公子真是越来越吓人，昨天傍晚裸着上半身从姑苏城飞过，被不少姑娘都瞧见了。这都要成亲的人了，怎么做出这般荒唐的事。

作为罪魁祸首的林如翡没敢多听，脚步不由得迈得快了些。

顾玄都今个儿就光顾着高兴了，笑得前俯后仰，说小韭果然有先见之明，还好扒了那柳如弓的衣服，不然光着身子回来的人就是昆仑林家的四公子了。

林如翡做出一副无辜的模样，道他也没什么法子，若是总要有个人倒霉，那还是死道友不死贫道吧。

回了客栈，林如翡在顾玄都的指导下开始画符。

他是第一次摆弄这玩意儿，画得歪歪扭扭，如同鬼画符一般。

端着煎好的药进来的玉蕊瞧见屋内一地黄纸朱砂，吓得差点把药给摔了，惊恐道：“少爷，你这是做什么呢？”

林如翡头也不抬，说了句顾玄都嘴里经常说的那句：“捉鬼呢。”

玉蕊：“……”

她默默地把药放下，转身出去了，门还没关上，外头就传来了她狂奔的脚步声和惊恐的叫喊：“浮花姐姐，大事不好了，公子哪里是得了癔症，分明中了邪——喝药看来是没什么用，咱们还是请个道士来吧——”

林如翡手上动作一顿，顿时手上的符箓又废掉一张，想着不然还是找个机会跟浮花和玉蕊解释一下，可是要怎么解释呢？难道说自己身边站着个她们看不见的大活人？可这话说出去，怎么越来越像中邪了……

符箓画了好几天，总算是画出了一张能用的，此时柳如弓大婚在即，柳府上上下下忙得不可开交。

林如翡又见了洛神一面，和她约定了同柳如弓见面的时间，说就在大婚前一日的晚上。洛神喜出望外，高兴得手足无措，对林如翡行了大礼，又连声道谢。林如翡神情慈祥得像个牵红线的月老，说明日就上门，让洛神等着就好。

于是按照两人的约定，在柳如弓大婚的前一天，林如翡去了一趟柳府，在管事的引见下，见到了躺在软榻上、神情恹恹正吃着冰葡萄的柳如弓。这柳家公子也的确十分会享受，旁边立了四五个手持团扇的美貌侍女，正低眉顺眼地为他扇着风，屋角还放着几盆降温的冰块，整个屋子里都无比凉爽，不见分毫暑气。

见到林如翡来了，他头也不抬，来了句："林公子终于舍得把衣裳还我了？"

林如翡径直走到柳如弓面前坐下，不客气道："那柳公子先得赔我一套衣裳。"

柳如弓闻言怒目而视："林公子，不是我说你，我败了就败了，你好歹讲讲江湖规矩，把人衣服扒了算什么英雄好汉！"

林如翡说："这不给你留了条裤子嘛。"

柳如弓："……"

林如翡又道："况且你又不是黄花大闺女，那么讲究做什么？"

柳如弓咬牙道："不讲究你为什么要扒我的衣裳？！"害得他昨日回来时，收获了一众惊恐的眼神。

林如翡说："我还小，脸皮薄。"说完咳嗽两声，瘦弱的肩膀不住抖动，好一副虚弱的病美人模样。

然而经此一战，柳如弓早就看透了林如翡这骗人的外表，气得差点没直接拔剑。最惨的是他竟然无话反驳，因为从年龄上来说，他的确比林如翡大了不少。

"好了——"柳如弓决定不在这个话题上和林如翡继续纠缠，"明日我就要大婚，林公子前来，不会是故意来找我拌嘴的吧？"他挥了挥手，屋内的侍女们便识趣地退了出去，

林如翡说："自然不是。"

柳如弓从软榻上坐起，斜斜地靠着椅子，偏着头瞅着林如翡："那是所为何事？"

林如翡道："让你见见你的新娘子。"

柳如弓："嗯？"

林如翡没有多说，他和洛神计划给柳如弓一个惊喜，说得太多了就没意思了，于是

林如翡手一伸，笑道："可否借柳公子的洛神一用？"

柳如弓道："你要洛神做什么？"

林如翡说："待会儿柳公子就知道了，放心，我人就在这儿，不会带着洛神跑路的。"

借人家的佩剑本是冒犯的事，但林如翡神情诚恳，不像是在开玩笑。柳如弓犹豫片刻，便真的取下了腰侧的佩剑，递给了林如翡，想看看林如翡到底要干吗。

林如翡小心地接过了洛神，他本来还有些担心自己会握不住洛神，但剑入手后，却并没有觉得有多沉重，心这才放下。

拿了洛神，林如翡便往屏风后头走去。柳如弓瞅着林如翡，也没有拦他，只是目光中的兴味更浓。

走到屏风之后，林如翡唤出洛神剑灵后，又将自己画好的符箓取了出来，小心翼翼地贴在了洛神的剑柄之上，符箓刚贴上去，洛神的身形便是一荡，原本虚无缥缈的灵体，竟然化作实体。

洛神的愿望终于实现，她欣喜若狂，恨不得立马出去，给柳如弓一个大大的惊喜。柳如弓那般喜欢洛神，想来见了她也一定会很高兴，洛神心酸又甜蜜地想着，而明天，就是他俩的大婚之日……

林如翡见到洛神的笑容，也勾起嘴角，他想了想，没有出去，而是对着洛神挥挥手，示意她去给柳如弓一个惊喜。

洛神点点头，抓住裙摆，像只欢快的鸟儿一样飞奔而出。

外头坐着的柳如弓愣住了，没明白自家的屏风后头怎么会突然冒出来一个大姑娘。这姑娘虽然长得极美，但看向他的眼神却似乎有些不对头，眸子里含着种让人畏惧的狂热，连柳如弓都不由得缩了缩脖子。

"如弓！"洛神甜蜜地叫道。

"你是？"柳如弓蹙着眉头，"我们……见过……？"

洛神道："自然是见过。"她脸上露出些小女子般的娇羞，"猜猜我是谁？"

柳如弓："……"这人怕不是个疯婆子。

洛神到底是跟了柳如弓那么些年，瞧见他的表情便晓得他是有些不高兴了，也不敢再卖关子，颤声道："是我呀，如弓……我是洛神。"

柳如弓的表情愣住了，他似乎在思考眼前这个自来熟的女人口中的话语是什么意思。明明每个字都听得懂，怎么连在一起就觉得无法理解了呢？什么叫作她就是洛神？他的洛神是一柄剑，和眼前的姑娘有什么关系？

“我是洛神的剑灵，洛神就是我。”洛神没有在柳如弓脸上看到该有的惊喜之色，觉得是柳如弓一时间无法理解这巨大的喜悦，连忙解释，“我就是洛神变的。”

柳如弓那张面无表情的脸终于有了反应：“你？就是洛神？”

“是呀。”洛神道，“我就是你要娶的洛神。”她垂了眼眸，温声道，“虽然你看不见我，但是我知道你一定能感觉到我的存在，所以……所以才会选择……”选择和我大婚，对吧，如弓？

柳如弓却依旧没有任何表情，他缓缓扭头，看向屏风，叫道：“林如翡！”

林如翡从屏风后头支了个脑袋出来。

柳如弓指向洛神姑娘：“你把洛神变成她了？”

林如翡点头。

柳如弓道：“还能变回去吗？”

林如翡故意摇头。

柳如弓起身就走，惊得一屋子的人都掉了下巴。还是洛神先反应过来，一把抓住了柳如弓，尖叫道：“柳如弓，你要去哪儿？！”

柳如弓面无表情道：“你谁啊？”

洛神：“……”

柳如弓说：“我的洛神，怎么会是你这副娇滴滴的模样？”

洛神：“……”

柳如弓：“就算变成剑灵，也该是个英气的女侠或者长髯大汉！”

洛神：“……”

柳如弓继续嘲讽：“你这样柔弱的小身板，怕是连剑鞘都扛不起来吧。”

屋内顿时鸦雀无声，同样身板很小的林如翡终于站了出来，对柳如弓怒目而视：“柳如弓，你这狗眼看人低的性子什么时候能改改？”他以为洛神被柳如弓这么一通骂会泫然欲泣，谁知洛神脸上那楚楚可怜的表情也不见了，正面无表情地瞅着自家主人。那神情乍看上去，竟然和柳如弓有几分相似，当真是物似主人形。

柳如弓这才想起屋子里还有个身板更瘦的，道：“林公子，你不一样……”

林如翡道：“你……”

他话还没说完，抓着柳如弓不肯放手的洛神，便幽幽地问了句：“所以其实你完全不知道我的存在？”

柳如弓道：“我为何要知道？”

洛神："你就是只想娶一把剑？"

柳如弓莫名其妙："这事儿你不该早就知道了嘛——你还是第一个知道的啊。"

洛神冷笑一声："那你有没有问过这把剑的意见？"

柳如弓："……"

洛神道："我要是个长髯大汉，还指望着嫁给你？！"

这场景吧，本该是悲伤的，可是不知为什么，看热闹的林如翡竟然从里面看出了喜剧的味道。不得不说，在某种程度上洛神和柳如弓实在是太像了，当她发现柳如弓居然真的想娶一把剑，而对美貌的自己无动于衷后，瞬间就将矛头指向了柳如弓。

柳如弓说："那我可不管，剑灵是什么样子，都和我没关系，我只要洛神。"他手一伸，示意林如翡把洛神还给自己。

林如翡叹了口气，只好递了上去。

"天下美貌女子万千，于我而言都只是一副皮囊，既然我敢娶洛神，便不为其他，只是为了这一柄剑。"见洛神还在，柳如弓神情柔和了些，只是说出的话却不太讨人喜欢，"万物有灵，又何必都生成人的模样。"他把洛神重新挂上腰侧，低眉顺眼地温柔抚摸，和对眼前这个洛神姑娘的态度大相径庭。

洛神听了柳如弓的话，脸上的不甘竟然也散去了。她看着柳如弓，轻叹一声："我还以为你看了我会欢喜。"

柳如弓说："你若真的是洛神，一直陪着我，我自是欢喜的。"他生在柳家，自然逃不脱凡事牵扯，娶洛神并非意气之举，只是想告诉所有人，他的心中唯剑而已。

洛神忽地伸手，捧住了柳如弓的脸，趁着柳如弓愕然不备，凑过去在他的额头上落下了一个温柔的吻。随后她的手探向柳如弓腰侧的剑，在柳如弓不明所以的目光里，将林如翡贴上去的符箓直接撕了下来，这符箓本来可以保持洛神的身形一夜，但现在在洛神看来，已经没有必要了。

符箓一落，洛神的身形便开始迅速变淡。她却松了口气，喃喃道："当人好像也没什么好的，不过还好碰过了你，也不算遗憾……你自幼最喜欢的明明是漂亮姑娘，还非要我变成长髯大汉的模样……柳如弓，你可真讨厌……"

最后一句话说完，洛神便消失在了柳如弓面前。

林如翡和顾玄都都没有料到事情会这么发展，屋子里的气氛顿时尴尬起来。

柳如弓又返身回了软榻，坐上去，继续吃着自己的葡萄，没有和林如翡打招呼。

林如翡见他这模样，以为他生气了，便上前一步，正欲道歉，谁知柳如弓却挥挥手，示意林如翡不必如此，他道：“多谢林公子好意。”

林如翡说：“抱歉，我自作主张了。”

柳如弓笑着摇摇头，似乎并不在意。

林如翡便起身告辞，走到门口的时候，却听到柳如弓说了一句话。

他说：“人，不能总是太贪心了。”

林如翡脚步一顿。

柳如弓的语调懒懒散散：“我现在已经很好，再多，怕是拿不住的，林公子，我就不远送了。”

林如翡出了门。

此时太阳已经下山，柳府内却灯火通明，下人们忙忙碌碌地为自家二少爷准备着明日即将到来的大婚，当事人却还在身后的屋子里，悠闲地吃着葡萄，赏着明月。

林如翡一路出了柳府，没有回客栈，在路边随意找了个石阶就地坐下。

今晚月色刚好，晴朗无云，满天繁星，一道灿烂的星河划过天际，美不胜收。

林如翡便仰头看着，顾玄都站在他的旁边，忽地说自己想吃冰镇的莲子汤。

林如翡说：“我也想吃。”

顾玄都道：“可惜小贩们都收摊了。”

林如翡说：“柳如弓真的不开心吗？”

顾玄都不语。

林如翡又看向他：“我觉得他还是开心的。”

顾玄都回望：“或许吧。”

林如翡觉得人真是复杂的动物，明明是一件很简单的事，非要搞得那么复杂。他撑着下巴，又问道：“前辈活了那么久，和心爱之人分别过吗？”

顾玄都点头。

林如翡说：“那是什么感觉？”

顾玄都指了指天上的星星，又指了指自己，他说：“我在这里，那人在那儿，寻不到，摸不着，只能这么远远地看着。”到底是凡人，修炼得再厉害，也碰不到天上的星星。

“那怎么办？”林如翡问。

“怎么办？”顾玄都说，“要么忘了，要么疯了。”

林如翡见顾玄都怎么也不像疯了的人，便想着他大概是忘了。谁知他却展颜一笑，对着林如翡温柔道：“可惜就算我死了，也是忘不掉那人的。”

林如翡听得不明所以，顾玄都也不再细说，催着林如翡回去睡觉，说睡得太晚，又会惹浮花和玉蕊担心。

林如翡“嗯”了声，迈步往客栈走去，他有些后悔刚才自己问出的那个问题了，甚至宁愿顾玄都没有回答，这位散漫不羁的前辈少有地露出了那样的表情，虽然在笑，却不如哭了的好。

有些旧事不提也罢，提起来便好似揭开了陈年旧痂，你以为痂下的伤口已经愈合，其实早就血肉模糊地烂到了骨头里。

回到客栈，林如翡早早地休息了，想着明日柳如弓的大喜之日，自己定然不能去得太迟。

第二日，大晴。

林如翡随着往来的宾客进了柳府，远远便瞧见身着一袭大红喜服的柳如弓。他的身旁坐着个神态雍容华贵的女人，正笑意盈盈地对他说些什么。想来此人便是柳府的女主人——柳如弓的生母。

自家儿子突然要娶一柄剑，按理说柳母的态度应当是极力阻止的，但此时看她的态度，却是已经接受了这个事实，虽然眉宇间带着些淡淡的哀愁，可到底是在笑的。

柳如弓也在笑，身着一袭红衣的他俊美无俦，黑发束冠，顾盼生辉。林如翡将目光落在了他腰侧的洛神之上，青色的洛神剑柄之上，也被系上了一根鲜艳的红绸，此时正被柳如弓握在手中。

似乎感觉到了林如翡的目光，柳如弓停下和母亲的交谈，扭过头来，朝着林如翡投来一个微笑，又唤了一声“林公子”。

林如翡应声。

“你且把这里当成自家。”柳公子走到了林如翡面前，笑道，“今日繁忙，有招待不周之处请多多担待。”

林如翡道了声“客气”。

柳如弓将林如翡领到了上宾的位置安置他坐下后，便又去招待别的宾客了。林如翡闲来无事，慢慢地吃起了桌上的坚果，还顺带递给了顾玄都一把。这次喜宴，能被柳府邀请的，自然都是贵客，并且都是和柳府关系极好的那种。这些人晓得柳如弓的脾气，虽然他要娶一柄剑这事儿在很多人眼里的确有些无法理解，但敢当着柳如弓的面说三道四的人，那真是一只手都数得过来。

婚礼举行得很顺利，柳如弓一个人拜天地，一个人入洞房，乍看有些滑稽，但他严肃的神情，却让人根本笑不出来。

宾客里的气氛也不轻松，众人看着柳如弓礼成离场后，才松了口气，开始举杯庆祝。有人给林如翡敬酒，得知他林家四公子的身份后十分惊讶，说听闻前几日他和柳公子比剑大胜，对他十分敬仰。

林如翡没想到这事儿竟然已经传出去了，只好抬杯应酬，但他酒量不太好，很快便有些微醺，苍白的脸颊上也浮起淡淡的红晕。知道自己不能再喝，林如翡便借故离席了。他对柳府不太了解，便顺着路一直往前，在柳府里随便寻了个清静的角落休息。

今日公子大婚，柳府上下自然热闹得很。

林如翡有些醉了，坐在石凳上闭目养神。

顾玄都说："困了就回去睡吧。"

林如翡说："今天好像没有看见洛神。"

顾玄都说："嗯。"

洛神是随时可以出现在柳如弓身边的，但今日直到礼成，她都不曾出现片刻。林如翡心里还念着昨日发生的事，喃喃道自己不该自作主张，应当先问问柳如弓的意见。顾玄都见他情绪低落，想了想，身形消失了片刻，再次回来时，手里已经多了两块散发着凉气的米糕，上面还淋着一层浓郁的红糖，看起来格外诱人。林如翡接过来直接上手开啃。

米糕是糯米做的，上面还撒着一层薄薄的冰碴，吃进嘴里化解了躁郁的酒气。

两人吃了冰凉的米糕，林如翡的酒也醒了一些，他回到宴席上，却还是不见柳如弓的身影。按照正常的喜宴流程，作为新郎的柳如弓自然是要出来接待宾客的，但是这本来就是一场不同寻常的婚礼，既然看不见柳如弓的人，剩下的事似乎也不是那么重要了。

林如翡不喜欢这种场合，便随意寻了个由头，从柳府出去了。出去时才想起，自己似乎还没有将请帖交给柳老爷。不过看他今日喜宴时那阴沉的表情，此时显然不是个合适的时机。

柳府大婚，姑苏城跟着热闹了一天。

林如翡回到客栈倒头就睡，直到午夜，才迷迷糊糊地醒来。他有些渴了，便迷迷糊糊地爬起来想喝些茶水。顾玄都见他这迷糊的模样，轻笑出声，抬手将茶杯递了过去。

林如翡接过，几口咽下，唇边沾了些水渍，神色也渐渐清明，他咳嗽两声，道："几时了？"

顾玄都应声："刚过子时。"

林如翡“嗯”了声，道：“有些热……”他说着就扯了扯自己本就宽松的领口，露出一截雪白的锁骨。顾玄都原本和林如翡对视着，却不自在地移开了目光。他起身走到了窗户前，推开了窗户。

“嘎吱”一声轻响，清风伴着月色涌入屋内，林如翡抬眸望向窗外，道：“月色真美。”

“嗯。”顾玄都轻轻应声。

林如翡睡了太久，已不太困，索性从床上坐起，走到窗边，极目远眺：“咦……他怎么在那儿……”

顾玄都说：“或许是睡不着吧。”

姑苏城里最高的那座阁楼顶上，坐着一个本不该出现的人，正是今日大婚的主角柳如弓。他依旧穿着那身华丽的喜服，头发上束起的整齐头冠被扯得七零八落，一头青丝凌乱地散在肩膀上，倒是又变成了往日那不羁的模样。他手里提着壶酒，正在大口地往嘴里灌着，仿佛不怕醉似的，片刻不见停歇。

这本该是个让人感到悲伤的画面，只是当林如翡看清楚了他身后站着的人时，却怎么都悲伤不起来了。

那是一个身长八尺的壮汉，脸颊赤红，下巴上还生着长髯，若是他手里再提着一把大刀，林如翡估计都会觉得是关二爷再世。

起初林如翡甚至以为眼前这一幕是因为喝得太多产生的幻觉，他重重地揉了揉眼睛，又揉了揉眼睛，直到把眼睛揉红了，才嘶声对着顾玄都说：“柳如弓身后的人是谁？”

顾玄都冷静道：“从他的衣着上来看，大概是我们认识的那位。”

林如翡：“……”

大概他的表情太过崩塌，顾玄都从身后伸手盖住了他的双眸。他的手有些冰凉，覆在林如翡的眼上遮住了所有的光：“别看了，该睡觉了。”

林如翡没说话，默默地把顾玄都的手从自己的眼睛上扯了下来。

那个长髯大汉一身青衣，站在柳如弓身后如同护法门神，哪里还有前几日飘然若仙的那般风采。此时他双手抱胸，面色阴沉地立在柳如弓身后，让这本该孤寂的画面多了种说不出来的滑稽和恐怖……

就好像再多看他几眼，他就会提着刀来砍你似的。

林如翡最后什么话也没说，默默拉上了窗户，一脸生无可恋地躺回了床上。

顾玄都哭笑不得，心想这洛神不愧是柳如弓的剑，当真是个暴脾气，被柳如弓说了几句，今天就由着性子变了个长髯大汉的模样。看上去若是可以，他估计还会背一把长刀，索性立在柳如弓身后当个气势汹汹的门神。

剑灵本来就是没有形体的，林如翡能见，也纯属意外，所以它们想要变成什么模样，几乎全凭本心，还好柳如弓瞧不见了。

大受打击的林如翡后半夜都没怎么睡，第二天早早地去柳府送了请帖后便又找到柳如弓告辞，说自己打算近几日就离开姑苏城。

柳如弓见他要走，劝了几句也并未强求，只是神色之间略微有些迟疑，似乎想说些什么。

林如翡知道当下和柳如弓一别，不知何时才能见面，便坦然道："柳公子可是有什么想说的话？"

柳如弓迟疑片刻，低声道："林公子，我有个不情之请……"

林如翡说："你先说说看。"

柳如弓轻咳一声："不知林公子，能否画一张洛神的画像给我？"

林如翡奇怪道："你要这画像做什么？"

柳如弓笑道："只是想留个念想。"他将那晚的事全当作了话本里的故事，不过故事久了却容易忘，若是不留点什么，他担心自己有一天会真的忘了，那必然会有些遗憾。

林如翡思量片刻，应下了柳如弓的要求，说给他几日，他便把画像送到柳如弓面前。

柳如弓见林如翡答应得如此爽快，也很高兴，说以后再也不会提起林如翡扒他衣裳这件事。林如翡很真诚地说提起也没关系，毕竟丢脸的又不是自己。柳如弓顿时无言以对，脸色铁青。

出了柳府，林如翡顺道去买了作画的材料，打算花些日子，把洛神的模样画下来。

他虽然没有习剑，但琴棋书画样样拿手，丹青之作，更是为人称道。能将洛神这样极富特色的美人落于纸上，林如翡并不觉得麻烦。

然而当他回到客栈，铺好画纸后，却迟迟没有下笔。

顾玄都见他愁眉紧皱的模样，疑道："怎么不画？"

林如翡抬头，哭笑不得："我一回忆洛神，脑子里浮现的就是那长髯大汉的模样——"

顾玄都直接笑出了声。

林如翡对他的幸灾乐祸很不高兴，叹着气揉着眼尾，愁容满面："这可怎么办啊？"

顾玄都眼神一转，说："你真想画？"

林如翡道："都答应柳如弓了。"

顾玄都说：“那我来帮你吧。”他说完长袖一抖，身形骤变，竟然化作了洛神的模样。

林如翡看愣了：“前辈……”

“叫什么前辈呢。”变成洛神模样的顾玄都巧笑嫣兮，那神韵比真正的洛神还妖娆了几分，一边说着，一边走到林如翡面前把脸凑过去，“可要记住了。”

林如翡：“……”前辈你真会玩。

见林如翡这被吓到的样子，顾玄都大笑，随后又变了回来，用手指点点桌上的画纸：“可记住了？”

林如翡乖乖道：“记住了。”

他提笔就画。

这一画便画了五日，其间，林如翡连客栈的门都没有出，浮花和玉蕊两人已经愁得开始掉头发了，甚至私下问了客栈老板这附近有没有什么靠谱的庙宇可以拜拜，看看自家公子到底是不是被什么美艳的妖精迷了心神。好在中途柳如弓来了一趟，说林如翡画的是他认识的朋友，浮花和玉蕊这才松了口气。

画卷画好后，林如翡亲自送去了柳府。

柳如弓见到画卷十分高兴，只是刚接过手，便觉得有些奇怪，问道：“林公子，这画卷怎么是两幅？”

林如翡冷静地解释：“前几日我又看见了洛神。”

柳如弓没明白：“所以？”

林如翡说：“她的模样有一点点的变化，我便将两个模样……全都画出来了。”

柳如弓眼前一亮，十分惊喜：“原来如此！”

林如翡长叹一声，伸手在柳如弓的肩膀上重重一拍，声音里带着柳如弓听不懂的沉重：“兄弟，新婚快乐。”这画卷便当作他送给柳如弓的新婚礼物吧。

柳如弓浑然不觉，以为林如翡只是在同自己开玩笑，也笑着说了句“谢谢”。接着林如翡便毫不犹豫地起身告辞了，甚至没有等柳如弓打开两幅画。

柳如弓也不是很急，便先送走了林如翡，然后回到了屋内，小心翼翼地展开了林如翡给他的画卷。一个身着青衣的绝美女子跃然纸上，明眸皓齿，当真是灼若芙蕖出渌波，如古诗中描写的洛神。

柳如弓见了画卷，眉宇间浮起淡淡的笑意，随后又打开了第二幅。然而在看到了第二幅画卷上的人物后，他脸上的笑意凝固了，化作迷茫、疑惑，最后是愕然……

第二幅画卷上是个身着青衣的长髯大汉，面色赤红，目光如炬，杀气腾腾，持刀而立，让人十分震撼。

柳如弓的确是被震撼了，只是他震撼的不是这幅画的模样，而是林如翡说的话。

林如翡说："前几日我又看见了洛神，她的模样有一点点的变化。"——这句话的意思如此明显，就算柳如弓想装作不明白都不行。

这是洛神现在的模样。

柳如弓面无表情地低下头，看着自己腰侧的佩剑。

佩剑嗡鸣，丝毫不给柳如弓面子。

不愧是他的剑，柳如弓想，真是有个性……如此想着，柳如弓笑着将两张画卷收了起来。

时隔多年后，当柳家后人继承了柳如弓的私产，得知这是柳如弓最喜爱的两个人后，小心翼翼地拿出一幅，打开了。

然后，他们便看到了画卷上怒目而视，仿佛下一刻就要提刀杀人的大汉。柳氏族人大惊，心想祖宗的爱好还真是特别，最后干脆没敢打开第二幅，而是小心翼翼地将其全部封存起来。

林如翡飞快地离开了柳府，生怕反应过来的柳如弓找他麻烦。

顾玄都在旁边笑得合不拢嘴，说小韭啊小韭，你到底是怎么想的。

林如翡一边咳嗽一边收拾行李，还不忘和顾玄都解释，无奈地说其实他也不想这么干，可是长髯大汉的模样实在是在他的脑海中挥之不去，犹豫之下，最后还是提笔把洛神的模样画了下来。至于柳如弓看见那画会是什么反应，就不在他考虑的范围内了。

林如翡收拾好了行李，唤着浮花和玉蕊一起上了马车，在嗒嗒的马蹄声中，几个人一齐驶出了姑苏城。

接下来的目的地，是离姑苏城千里之遥的另一座小镇，那小镇上有个厉害的剑客，并非世家子弟，但在江湖中颇有名气。这一次昆仑的请帖，也有他一份。

天气越发热了，浮花特意在马车里放了不少冰块降温，林如翡吃着玉蕊做的冰镇莲子汤，瞧着车外烈日骄阳。

这会儿有玉蕊盯着，林如翡也不好给顾玄都投食。顾玄都神情幽怨地盯着林如翡，那神情搞得林如翡都不好意思了起来。只好眼观鼻、鼻观心，假装没瞧见。

出了姑苏城，再往前行百里，景色便渐渐荒凉起来。又走了十几日，周遭整齐的建筑也渐渐成了低矮破旧的泥屋，道路两旁皆是翠绿的麦浪，道上商人的身影也渐渐少了许多。

夏日的风炎热干燥，刮走了树荫下仅剩的清凉。但光着脚丫的孩子却丝毫不在乎，皮肤已经晒得黝黑，却还是顶着烈日在道路两边奔走玩耍。他们的马车正巧行驶到了一条分岔路口，浮花便将马车停下，想随便寻个孩子问路。

谁知孩子们见了马车，都露出惊恐之色，四散奔逃，只有一个瘦弱的孩子留在了原地。浮花见状连忙上前，蹲下叫住了他。

这孩子生得瘦小，一双眼睛却大得出奇，呆呆地看着浮花。

“小朋友，哪一条路是去付家庄的？”浮花问。

小孩的表情有些呆，像是听不懂浮花说话似的，直到浮花耐下性子问了三次后，他才犹犹豫豫地伸出手，指了一条路。

浮花见状却有些担心这孩子是胡乱指的，便想再问两句，谁知孩子却是个小结巴，怎么都说不清楚话。

浮花无奈，只好随便取了块糖塞进小孩的手里，打算再另外找一个问问。

谁知她手里的糖刚送出去，其他小孩就围了过来。那瘦小的孩子见状急忙将手里的糖直接塞到了嘴里，连嚼都不敢嚼，便囫囵吞下了。那糖块太大，直接卡在了他的喉咙里，眼见着他的脸颊开始泛起因为缺氧而造成的青紫，浮花吓得惊呼一声，连忙将小孩抱起，用力拍打着他的后背。小孩艰难地咳嗽两声，才将糖块从喉咙里咳了出来。

他的眼睛里含着泪水，却没敢哭，下一个动作竟是伸手想将那掉在土上的糖块捡起来。然而其他小孩的动作却是比他快了一步，抢了糖块后，压根儿不在乎上面沾着的泥土，便急急忙忙地吃进了嘴里，那狼吞虎咽的神情，简直和浮花抱着的这个小孩子一模一样。

浮花被这情景吓得不轻，捏着小孩的脸怒道：“怎么可以这样吃东西，被噎着了怎么办？”

小孩被浮花捏住脸也不哭，只是目光落在了争抢糖块的人群里，直到看到那块糖被大孩子们分食了，眼眶里才开始积攒泪水。浮花最见不得小孩子哭，顿时更加手忙脚乱。

林如翡在车里也察觉了外头的情况，掀起车帘看到了浮花和小孩。他迟疑片刻，便对着浮花招了招手，示意她把那小孩带到马车里来。浮花便将孩子抱起，转身进了马车。小孩瘦得厉害，在她的怀里动也不动，像个稻草扎成的可怜娃娃。

“出什么事了？”林如翡道。

浮花忙把刚才问路和小孩被糖卡到喉咙的事说了一遍。林如翡听后瞧着她怀中满脸泪水的小孩子，温声道：“小朋友，可有哪里不舒服吗？”小孩子小，那糖块极有可能伤到他的喉咙。

小孩反应很迟钝，好一会儿才摇了摇头。

林如翡也不催促，而是让玉蕊拿出一条湿毛巾，细细地擦了小孩狼狈的脸。

小孩情绪渐渐平复下来，躲在浮花的怀中一动不动，林如翡问了他几个问题，他都回答得乱七八糟。

“怎么办呀？”浮花愁眉苦脸，“这要是让人家爹娘看见了，指不定会怪罪我们呢。”她给糖虽然是好意，但没考虑到孩子喉咙小，这还好没出事……

林如翡说：“外面的孩子走了吗？”

浮花出去看了看，无奈道：“早就跑光了。”那群小孩吃了糖就一哄而散，这会儿已经不知道跑到哪里去了。

林如翡想了想，便把目光放到了眼前小孩的身上，他伸手，示意浮花将孩子递给他。

小孩显然有些害怕，但也不敢挣扎，入了林如翡的怀中，僵得跟块石头似的。林如翡也没想到小孩居然这么轻，几乎是一层皮裹着骨头架子，那双黑黝黝的眼睛大得吓人，此时正瑟缩地垂着，不敢和林如翡对视。

林如翡道：“小朋友，你爹娘在哪儿呢？”

小孩不说话。

林如翡又问：“你知道付家庄怎么走吗？”

小孩点点头。

林如翡道：“是往左还是往右啊？”

“左……”小孩含糊地说。

按照这种法子，林如翡耐着性子问了许久，总算是勉强搞清楚了这小孩的情况。他的家在付家庄，父母情况不明，不知为何会出现在这条官道上。林如翡问他想不想回付家庄，他便一个劲地点头。林如翡见状迟疑道：“不如咱们把他带回去吧？他应该就是付家庄的人。”

浮花点头称“好”。

于是马车再次驶出，只是这回，车里多了个迷迷糊糊的小娃娃。

# 第十八章 付家庄

付家庄和姑苏城，几乎是两个极端了。姑苏城中，歌舞升平，一片繁华的景象。而付家庄里的人却食不果腹，连最基本的温饱都难以维系。林如翡这一路走来，几乎没怎么看到村民，唯一见到的几个人，都衣衫褴褛，身形十分瘦弱，仿佛此地才遭过大难似的。只是让林如翡觉得很奇怪的是，两旁的田地里都种着大片的稻谷，虽然没有到收获的时候，但从稻谷的长势来看，今年应当是个丰收的年份。农户都是靠天吃饭的，有了这些稻谷，再怎么样，也不该活成眼前这副模样。

林如翡领上马车的那个小孩，坐在车上狼吞虎咽地吃着浮花给他的干粮。这小孩虽然个子小，食量却十分惊人，吃得那小小的肚皮都变得圆滚滚的。林如翡害怕他被撑坏了，赶紧让浮花把剩下的干粮收起来。小孩见干粮脱了手，眼眶里立马蓄满了泪水，但也没有吵闹，只是可怜巴巴地瞅着浮花。浮花实在是受不了这眼神，朝着林如翡投来了求助的眼神。

林如翡也颇为头疼，他几乎从未和小孩子打过交道，给他吃吧，又怕他吃坏了肚皮，不给他吃吧，又瞧不得他这委屈的模样。

思量片刻后，林如翡灵机一动，从袖口里掏出了一块在姑苏城里买的麦芽糖。这麦芽糖卖相好得很，金黄剔透，形如琥珀，入口柔软绵密又不会太甜，是极好的零嘴。顾玄都喜欢，林如翡便多买了些，放在口袋里，打算以后慢慢吃。

小孩见了糖，眼泪立马没了，但也没有伸手讨要，而是眼巴巴地盯着林如翡。

林如翡将糖塞到了他的嘴里，道："干粮不能再吃了，会胀坏肚子的。"

得了糖，小孩露出欢喜之色，含含糊糊地道了声"谢谢"。他虽然模样狼狈，瘦弱不堪，倒是比之前看到的那群孩子有礼貌许多，至少没有伸出手来抢糖吃，甚至于吃完后，还不忘道了声谢。

林如翡又问了小孩几个问题，得知他的名字叫馍馍，住在付家庄里，其他的，便再也问不出什么了。不过就算是问出的这些信息，小孩儿也回答得模模糊糊，大部分还是林如翡自己猜出来的。

林如翡本来以为那路口离付家庄应该不远了，却没想到眼前这天色都快暗下来了，却还是没见到庄子的影子。无奈之下，几个人只好打算在马车里休息一晚。小孩吃饱了，便缩成一团睡了过去，但睡得并不安稳，时不时就会睁开眼睛，观察一下周围的情况，看来是之前养成的习惯。

林如翡在车里坐了一天也有些乏了，便趁着休息的工夫，离开马车到道旁舒展了一下身体。

这道路两边种着各种粮食，除了层层叠叠的麦田之外，还有长得比人还高的玉米地。林如翡看着这茂密的玉米地，奇怪道："这么多粮食，怎么会过成这个模样？"

顾玄都说："也不奇怪吧。"

林如翡道："还不奇怪？"

顾玄都道："你看见地里有务农的人了吗？"

林如翡面露迟疑，随后摇摇头，这一路走来，他的确是没在地里看见任何一个务农的人，倒是有不少人坐在道旁，看那模样，也不太像田地里做事的农户。农户虽然劳作辛苦，但也不至于像他们那样狼狈不堪。

"世间事皆有因果。"顾玄都说，"他们活成这样，总是有原因的。"

林如翡道了声"也是"，他又随口说起了马车上的孩子，只是说了几句，却发现顾玄都的神情有些奇怪。

"前辈不喜欢孩子？"林如翡只想出了这么个可能性。

顾玄都道："你很喜欢孩子吧？"

林如翡笑道："是挺喜欢的。"

顾玄都说："我是不太喜欢。"他叹了口气，"特别是像他那样的小孩……"他虽然如此说着，语气里却没有太多的厌恶，反而是林如翡听不懂的感慨。

林如翡说："为什么不喜欢？"

顾玄都颇有深意地看了林如翡一眼："你以为孩子什么都不懂？其实他们明白得很。"

林如翡觉得有些莫名其妙。

顾玄都摆摆手，很快就跳过了这个话题，和林如翡又聊起了这奇奇怪怪的付家庄，问他家这请帖到底是要送到谁手里。

顾名思义，这地名叫作付家庄，这里最多的自然也是姓付的人。林如翡要送出的这一份请帖上面，便是用狂草写着“付鱼”二字。

付鱼也算得上是少年成名，只是和柳如弓那样的世家子弟不同，他的剑术并非家族传承之物，而是一段剑走偏锋的奇遇。据说他在外出游历时，无意中坠下了悬崖，在悬崖之下得到了高人指点，此后剑法一飞冲天，连败了好些个高手，终于在江湖上闯出了名头。在这之前，也没人晓得付家庄这个名字，直到这里出了个付鱼，才渐渐有了名气。

但此时乍看付家庄的情形，显然这里的人并未因为付鱼的出名而生活上有所改善，还是处于衣不蔽体、食不果腹的悲惨境地。

在林如翡之前，昆仑派中也无人去过付家庄，可以说，林如翡还是头一个。

所以见到这般场景，不由得有些惊讶。

顾玄都听了林如翡的话，对这个付鱼并不太感兴趣，懒懒地打了个哈欠，问林如翡困了没有。

林如翡道：“的确有些困了，那我们便回去休息吧。”

在外面走了一圈，身体舒展不少，林如翡简单洗漱后，便躺在马车里陷入深眠之中。

这一夜十分平静，林如翡在清晨的鸟鸣中迎来了朝阳，他迷糊地睁开眼，便和对面缩在角落里的小孩馍馍对上了目光。馍馍……是个可爱的名字，林如翡脑子里忽地冒出这么个念头。

浮花见林如翡醒了，便送来了早就备好的热水供他洗漱，又问林如翡想吃什么早饭。

林如翡道：“就吃馒头吧。”

浮花笑道：“少爷怎么突然想吃馒头了？”

林如翡指向小孩：“他不是叫馍馍吗？”

小孩听到这话呆愣了两秒，随后露出一个惊恐的表情，哭兮兮地含糊道：“不……不吃馍馍……不、不好吃的……”

他显然误会了林如翡的意思，以为林如翡想对他下手。

林如翡被他的模样逗笑了，伸手便轻轻地捏住了他那瘦瘦的脸蛋，道：“都还没吃过，怎么就知道不好吃了？”

馍馍闻言瞪圆了那双圆溜溜的黑眼睛，呜咽着哭道：“不……不好吃的，呜呜呜……”他嘴里说着话，却没敢挣扎，这害怕的模样倒是像极了被吓坏的可怜小兔子。

林如翡忍不住笑了起来。

浮花见自家公子逗娃娃都把人给逗哭了，连忙叫了声“少爷”，说“小孩子胆子小身体又弱，吓唬不得”。

林如翡闻言这才松了手，先是帮馍馍揉揉脸蛋，又掏出麦芽糖连哄带骗地把小孩给哄好了。当然，最大的功劳还是得落在糖块的身上，糖块一入口，小孩立马止住了哭声，还不忘抽抽噎噎、泪眼婆娑地道了声谢。

林如翡把孩子欺负成这样子，也有点心虚，干咳一声道：“那不吃馍馍了，就做点容易消化的粥吧。”这小孩昨夜吃了那么多东西，早晨要是再来一顿大餐，肯定会被撑坏的。

浮花称“好”，和玉蕊一起离开马车做粥去了。

小孩开开心心地嚼着麦芽糖，见浮花她们准备生火，也慢慢吞吞地下了马车，转身进了旁边的小树林，再出来时，手里已经抱了一小捧的柴火，摇摇晃晃地走到了浮花和玉蕊身边，放下后怯生生地喊了句“姐姐”。

浮花和玉蕊见到此景后母爱大发，把小家伙抱进怀里，狠狠地亲了几口。馍馍被亲得手足无措，甚至还有些害怕，哆哆嗦嗦地说“自己又脏又瘦，不好吃的”。

林如翡看了放声大笑。

只是笑完后回过头，却见顾玄都神情阴郁地盯着那孩子，见他看过来，阴郁的神情才瞬间消散，又恢复了往日的慵懒，仿佛林如翡刚才在他脸上看见的表情只是错觉。

林如翡小声道：“前辈……”

顾玄都温和地“嗯”了声。

林如翡说：“……这孩子，是有什么地方不对吗？”能让顾玄都用这样眼神盯着的似乎身份都很可疑，就连之前在谢府里遇到的那些事，都没能让顾玄都露出这样的神情来。

谁知顾玄都听了他的问话，却摇摇头，道：“没有，是个正常的……好孩子。”他在说到“好孩子”三个字的时候，刻意加重了自己的语气。

林如翡被“好孩子”这三个字搞得心中一颤，道：“真没不对的地方？”

“目前没有，就是个正常的小孩。”顾玄都道，“怎么，你觉得他不对劲？”

林如翡语塞，他发现顾玄都似乎完全没有意识到自己对小孩表现出的敌意。

顾玄都见林如翡不语，大约也察觉了什么，淡淡道：“不过看着他，倒是让我想起了一些以前的事。”

林如翡："以前的事？"

"嗯。"顾玄都道，"不太让人愉快，但和这小家伙没什么关系。"

林如翡这才松了口气，心中想着难道是顾玄都以前遇到过难缠的小孩，由此才会对眼前这孩子产生敌意？不过顾玄都不愿意说，他也只能猜测，无法得到准确的答案。

那边浮花和玉蕊熬好了粥，先给林如翡端了过来，又为他备了些小菜。剩下的则和馍馍一起分而食之了。粥熬得不稠，里头还放了些薏米红枣之类的补物，林如翡喝得兴趣寥寥，馍馍倒是很喜欢，剩下的大部分都被他喝光了。

吃完饭，马车再次启程，顺着官道一路往前。

此时离付家庄越来越近，道路两旁的建筑和人都多了起来，只是建筑要么是稻草搭的屋子，要么是泥屋，甚至连一间砖瓦房都看不见。至于看见的人更是可怕了，他们也不做事，就坐在路边，沉默地凝视着飞驰而至的马车，眼神说不上麻木，但却足够怪异。

本来是玉蕊在外驾车，看到这一幕被吓得不轻，浮花便将她叫了进来，自己坐到了外头。

"这付家庄也太奇怪了。"玉蕊颤声道，"这些人都是村民吗？也不做事，坐在街边干吗呢？"

林如翡摇头示意自己也猜不出。

马车继续往前，终于到达了付家庄的门口。那村口被高大的墙壁围了起来，门口有侍卫把守，这些侍卫看起来和旁边的那些村民格格不入，穿着华丽还每人都持着一柄长剑。

"是去哪儿的？有进去的文书吗？"侍卫拦下了马车，但见马车装饰奢华，所以态度还算恭敬。

"没有，我们是昆仑林家人，来给付家的付鱼送请帖来的。"浮花回答。

侍卫听到这话，立马紧张起来，吩咐旁边的人去付家问问情况，让他们稍等片刻。没过多久，那去问情况的人就气喘吁吁地跑了回来，一边跑一边对着侍卫使眼色。

侍卫见到此景，立马态度大变，笑得十分殷勤，说："请进请进。"

浮花甩了一鞭子，马车便疾行驶入了付家庄，越过了高大的围墙，里面的景色让浮花露出愕然之色，她道："怎么会……"

马车里的林如翡和浮花的反应差不多，都被惊到了。

只见高墙里头，全是些华美无比的高大房屋，这些房屋十分精致，甚至还在外墙上头画着各式各样的墙画，光从外头看，都能感受到一股浓浓的豪气。而通往付家庄的大道两旁，充斥着各种商铺。这些铺子大多都装饰华美，林如翡大致看了看，感觉里头卖的东西也都不便宜。

而路边行走的行人，更是身着华衣，完全让人想不到他们和高墙外头那群狼狈不堪的人是同一个庄子里的。

“这个付家庄怎么会这个样子。”林如翡感叹道，“果真是江湖之大无奇不有啊。”

顾玄都说：“的确稀奇，我也没见过。”

按照门口那侍卫的说法，付家的祖宅，就是庄子里最高的那一座，林如翡很快便找到了侍卫口中的付家祖宅，不得不说这个祖宅修得实在是过分气派了。院子的围墙用的是有着漂亮纹路的大理石，里头的主屋高耸入云，竟是挡住了庄里的大半太阳，屋檐被雕刻成了活灵活现的飞鸟模样，瓦片是漂亮的朱红色，干净得看不到一片苔藓。

这样一座建筑矗立在这里，怎么看都让人觉得格格不入。

浮花也愣了，说这屋子比昆仑山上许多建筑还修得夸张，怎么会叫作庄呢。

林如翡摇摇头示意自己也说不好。

“那我们就这么进去？”浮花试探着问。

林如翡思量片刻：“还是先去客栈一趟吧，你难道想住在付家？”

“不不。”浮花连忙摇头，“这地方看着太夸张，我若是住在里头，心里肯定难受得厉害。”

要说气派，无论是孟阑若还是柳如弓家里都气派得很，只是那种气派和眼前的这种气派却给了人两种完全不同的感觉。孟阑若家中百花齐放，建筑园林皆是经过了精心的设计，雅趣别致。柳如弓家更是名门，院子里各个景色都相得益彰，不会过于浮夸。而眼前这建筑，只会给人一种难以言喻的违和感，就好像……

“就好像一个人突然有了钱，不知道该怎么花一样。”顾玄都一语中的。

林如翡深有所感。

于是一行人便打算先去客栈暂时歇息，打听一下情况再做打算。

谁知刚转头打算去客栈，却被几个人拦了下来。那几个人自称是付家的仆人，热情地表示家主现在已经摆了宴席候着他们了。

林如翡本不想叨扰他们，推托了几句却见这几个人态度固执，最后只好应了下来。马车转过头，朝着那栋夸张的祖宅驶了过去。

就在马车进入付家宅子后，原本一直缩在角落里不怎么说话的馍馍却忽地有了反应。他表情变得有些惊恐，嘴里不住地念叨着什么，死死缩成一团，像只受了惊的小猫咪。

林如翡见状忙唤了他的名字："馍馍？"

馍馍却好似听不到林如翡的声音似的，恨不得把脑袋藏到地毯下头去。林如翡怕他伤到自己，便伸手将他从地毯下拉了出来，小心抱入怀中。

馍馍却呜咽起来，不住地推着林如翡。林如翡见状思量片刻，让玉蕊拿来了一张毯子，将馍馍整个人都裹入了毯子里，只留下一双黑漆漆的眼睛。

馍馍本来就生得瘦小，这会儿缩成一团被裹进毯子，小得跟个布娃娃似的，但好在情绪总算是平静了下来，抽抽噎噎地想把自己的脸也用毯子盖住。

林如翡由着他去了。

"馍馍怎么啦？"浮花奇怪道，"怎么反应这般大……"

"不知道，大概和这付家有关系？"林如翡迟疑片刻，觉得自己把馍馍带进付家庄有些莽撞了。一是他不知道馍馍和付家人到底是什么关系，万一是仇敌岂不是惹了麻烦；二是馍馍的精神状态似乎不太好，若是刺激到了不知道会不会变得更严重……

浮花显然也想到了这茬，低声说"不如暂时不要告诉付家人馍馍的存在，等到问清楚了再说"。

林如翡点点头，觉得还是这样比较妥当。

顾玄都在馍馍犯病的时候，靠在旁边一语不发地看着，他的神情很是平静甚至透着几分怪异的冷漠，像是在抗拒什么。林如翡的注意力都在馍馍身上，一时间也没有注意顾玄都的异样。

管事的人将他们带入付家庄后，先将他们领到了住的客房，林如翡将馍馍交给了浮花她们，让她们先照顾着，自己则先去拜访付家人。

在外面看着付家祖宅已经足够夸张了，进来才发现那只是九牛一毛而已。这屋子里的装饰已经不能用"浮夸"二字来形容，几乎每个角落里都放满了各式各样的装饰品，要么是宝石要么是雕塑要么是瓷瓶。总而言之，这里就像一个主人扩建的宝物展览室，恨不得把所有的物件都摆出来，供客人赏玩。

可是这样的摆饰，在懂行的人看来只能被称作俗不可耐，甚至带着些可笑的意味。

好在林如翡对这些东西并不在意，只是觉得这付家的审美实在是难以捉摸。

一路走到了正厅，林如翡远远地便听到了屋子里传来的夸张笑声，这笑声有男有女，似乎正在调情而且并不止一人……

林如翡脚步顿了顿，还是跨入了正厅。一进去，便看到一个身穿紫衣的男人怀中抱着两个衣着火辣的美人儿，正在互相喂着葡萄。

同样是吃葡萄，柳如弓那边就有种浪子风流倜傥的味道，而眼前这人，却让林如翡看了直皱眉。

这人模样其实生得不错，但奈何浑身上下都是一股子泡在脂粉堆里的油腻感。他见到走到门前的林如翡，眼前一亮，道：“哟，谁找来的美人，这模样真不错呀……重重有赏！”

管事的闻言面露尴尬之色，忙道：“少爷，你要的美人还没来呢，这是林家的客人！”

那付家少爷疑道：“林家来的客人？我怎么不晓得？什么时候来的？带礼没有啊？”

管事忙道：“少爷，这是大公子的客人！”

付家少爷笑容立马收敛了，“哼”了一声，到底是没有再说什么。

管事歉意地对林如翡笑了笑，说：“林公子可千万不要放在心上，这是我家小少爷，向来如此……”

林如翡说：“付鱼是你家大少爷？”

管事道：“是的。”

林如翡说：“怎么没瞧见他？”

管事道：“少爷不喜欢家里的气氛，经常在外游历，不过我们已经送了信出去，他大概很快就会回来。”

林如翡“哦”了一声。

管事带着林如翡穿过了正厅，到了后院摆宴的地方。付家人已经就座了，见到林如翡前来，全都起身热切地打了招呼。

林如翡简单地回了礼，便在付家家主身旁坐下了。

付家家主是个发须皆白的老翁，但看起来精神头还不错的样子，见到林如翡坐下，热情地招呼起来。这付家人似乎都未曾修炼过，一桌上的人身上都没有带着剑气，更像是普通人。

“林公子，你可是我们家的贵客呀。”付家家主热情地笑着，“我为你准备了几道好菜，你可一定要尝尝！”

林如翡刚应了声，便看到旁边牵出一匹极为漂亮的黑马，那马的旁边，正烧着一锅滚烫的热汤。

付家家主热情地介绍了黑马，说这马是从西边买来的上等汗血宝马，神俊异常，不光速度飞快，连耐力也是一等一地好。不过今天不是来让林如翡看马的，而是想让他尝尝新鲜的玩意儿。

他说着话，旁边立着的仆人便拿起一个汤勺，舀了一勺热汤后朝着那黑马走了过去，林如翡见到此景立马蹙起眉头，道："等等。"他扭头看向付家主人，道，"你们这是要做浇驴肉？"

付家主人闻言露出欣喜之色，坦言道："林公子果然见多识广，连这个都晓得！"

浇驴肉是一道很有名的菜肴，有名的原因并不是因为其味道有多美味，而是做这道菜的手法丨分残忍。首先是烧上一锅热汤，将汤直接淋到活驴的身上，待热汤将驴肉烫熟后再用锋利的尖刀将驴肉活生生地剐下来，所以直到食用完毕，被吃的驴都还是活着的。这样的吃法，可以最大限度地保持食材的新鲜，所以即便十分残忍，却还是有些人会想尝试。

林如翡在书里也见到过，瞧见那人的动作，立马便明白了他们想要做什么。

付家主人笑道："只是那驴肉吃得有些腻了，我们便想试试别的。想来这马儿神俊，味道定然也是不错的。今日正巧有贵客来，就让厨子布下了这一道菜。"

林如翡做了个停的手势，道："不必了。"

付家家主还想再劝，却见林如翡神情冷淡，乃至于眸中也流露出浓郁的不豫，只好讪讪道："既然林公子不喜，那便不吃了吧。"

"不过这动物吃草，人吃动物，都是天理循环的事。"家主似乎担心林如翡介意，又如此劝道，"林公子千万不要介怀。"

"是啊。"林如翡脸上没什么表情，语气也很淡，他说，"马吃草，人吃马，都无可厚非，但人作为万物之长，总该有些礼仪道德的约束，不要学那荒野里没有灵智的残暴野兽，用如此残忍的法子来满足口腹之欲。"

他这次没给付家留面子，话也说得很重，付家家主笑容僵在脸上，讷讷半晌。

因为这事儿，接下来的酒宴林如翡的表情都不太好，况且桌上的东西也都不太合他的口味，大多都是些过分奢华油腻的菜肴。付家家主开始还劝了他几句，见他不太给面子，后来便也不再开口。

用完晚膳，林如翡问清楚了付鱼什么时候回来，便起身告辞了。走到正厅时，看见那紫衣男人还在原地，正用一种让人不愉快的目光打量着林如翡。

林如翡面无表情地盯了过去。

男人笑道："林公子这就吃饱了？"

林如翡微微颔首，正欲离开，却听到男人在身后不咸不淡地来了句："我看林公子的心肠实在是好过头了呀。”

“与你何干？”林如翡冷冷道。他虽然脾气好，但也不是任人揉捏，初见时这付家少爷的眼神便让他觉得十分不快，此时说起话来，便一分客气也没有留。

付家少爷笑着说：“驴也好，马也罢，生来就是给人吃的，至于用什么法子吃，那也是食客们的自由。食物也罢，江湖也好，都是这个道理。”

林如翡听明白了付家少爷的言下之意，他挑了挑眉，似笑非笑：“那付家少爷你的意思，是只要足够厉害，做什么都可以？”

付家少爷道：“自是如此。”

林如翡转身便走到了他的面前，冷冷道：“既然付家少爷的意思是强者为尊，那我就算是在这儿把你给废了，你也不该抱怨什么吧？”他说完抬手拔出了腰侧的谷雨，冰凉的剑刃下一刻就落到了付家少爷的肩头。

付家少爷怔怔地看着林如翡，似乎没想到看似孱弱温和的林家公子，为何会突然做出这么过激的事，丝毫没给他这个少爷面子。

“我到这里来，是为了给付鱼送请帖。”林如翡面无表情，眼眸之中有寒霜凝结，他说，“井水不犯河水，我不同你们讲道理，你们也别把你们的道理说给我听。”说完收了剑刃，冷笑一声，“免得我真听进去了，真拿你们的道理来对待你们。”

付家少爷脸上没了那虚浮的笑容，但也似乎并不害怕，叹了口气说：“林公子原来这么大的脾气，真是让人惊讶。”

林如翡懒得和他多说，转身便走。

这大概是离了昆仑山后，林如翡第一次生这么大的气。这付家之中处处透着怪异，无论是外头那些看起来快要饿死的农户，抑或这奢华夸张的庄内，都给人一种不舒服的感觉，林如翡从进到这里开始，心情就没好过。

那付家少爷的一番话，算是把他这个炮仗给点着了，发了一通火，这才感觉稍微好了点。

顾玄都见林如翡气呼呼的模样，忍不住笑了起来：“怎么生这么大的气。”

林如翡道：“看着心烦。”

顾玄都朝四周望了望，若有所思道：“这地方的确不适合常住。”别看到处都是奢华的装饰，整个院子却花里胡哨，且色调大多偏深，让人看了不由得心生躁郁之气。

林如翡叹息：“付鱼还有十几日才回来，这请帖我实在是不放心交给他的家人。”这些家人看起来着实不太靠谱，这请帖还是亲手交到付鱼的手上比较安心。

顾玄都说："也是，那便在这里将就几日？"

林如翡蹙眉："还是住在外头算了，要是天天给我来这么一通……"

顾玄都忍不住笑道："那就拔剑削了他们的脑袋！"

两人回了住所，看见浮花和玉蕊正在逗着馍馍玩，馍馍的状态比之前好了许多，虽然还躲在毯子里，但好歹没有瑟瑟发抖了。

浮花笑见林如翡回来了，连忙起身道："少爷回来了，怎么瞧着不大高兴？"

林如翡摇摇头示意自己无事，道："你们吃饭了吗？"

"吃了，刚才有仆人送了些饭菜进来，馍馍也吃了不少呢。少爷若是觉得那边的饭菜不合口味，不如我去给你熬些粥？"浮花问道，"再做两个小菜？"她倒是很有经验了，一眼就看出林如翡没怎么动筷子。

林如翡道："也好。"

浮花和玉蕊起身出去了，屋中只留下了林如翡和乖巧的馍馍。林如翡忍不住伸手捏了一下他的脸颊，馍馍被捏也不挣扎，就眼巴巴地瞅着林如翡，无辜地眨着他那双黑黝黝的大眼睛。

林如翡捏开心了，便从袖口里掏出糖果，塞到他嘴里，小声道："馍馍可不要告诉姐姐哥哥捏了你啊。"

馍馍小声地"嗯"了一声，认真嚼着嘴里的糖。

林如翡这才露出笑容，顾玄都在旁边见了林如翡欺负小孩子的情形，酸溜溜地来了句："他的脸捏着舒服吗？"

林如翡说："不太舒服。"肉太少了。

顾玄都精神一振："不然你来捏捏我的，保证比他的舒服。"说着还把他那张漂亮的脸凑了上来，示意林如翡赶紧下手。

林如翡面露无奈，说前辈都几百岁的人了，能不能别和人家一个几岁的小娃娃比较。顾玄都神情一愣，随即好像是被几百岁这句话打击到了，瞪着林如翡好一会儿没吭声。林如翡瞧他这样子，正在反省自己话是不是说得有些重，结果却看到顾玄都这位"稳重"的前辈以迅雷不及掩耳之势伸出手在馍馍的脸上狠狠掐了一把。

馍馍还在鼓着脸颊吃糖，小脸上被顾玄都掐出了一个红色的手印。他被掐成这样，居然没有哭，只是可能有些疼，眼里积蓄了一层薄薄的水汽，但嚼了两口甜蜜蜜的糖，水汽便淡了下去，嘴里自言自语地嘟囔着"不疼不疼"。

正巧侍女浮花从外头进来，瞧见了馍馍脸上那红红的印子，道："少爷，你下手可得轻些，孩子肉嫩，别掐坏了。”

林如翡百口莫辩，只能冲着幼稚的前辈直瞪眼。

顾玄都笑得放肆，道：“嘿，好像手感是不错。”

林如翡小声嘀咕：“你下手可太黑了。”

顾玄都无耻道：“我这还没用力呢。”

林如翡心想你这力气谁受得了啊，人家就是个几岁的小娃娃，真要全力下去，不得把他脸皮都给直接揪下来。

馍馍吃饱了饭，便又困了，浮花和玉蕊两人找下人要来了热水，给他简单地洗了个澡。彻底洗干净后，才发现这小孩其实模样生得十分可爱，脸上不知道糊了层什么，若不是洗了好一会儿，根本看不清楚样子，不过身上实在是瘦得厉害，胳膊和腿都跟麦秆似的，看得人直心疼。

因为没有小孩穿的衣裳，馍馍便穿了件松松垮垮的外套，被浮花抱在怀里，说晚上就跟着她睡。

林如翡本来也挺想和馍馍一起睡的，但奈何身边有个虎视眈眈的前辈，为了避免第二天早晨起来馍馍脸上又多几条红痕，林如翡只好让馍馍跟着浮花去了。不过姑娘家的心的确要比男人细致许多，虽然她们两人都还未成亲，但照顾起馍馍来都是有模有样。

此时天色已经暗下，但付家依旧热闹非凡，隔着墙壁都能听到外面传来的嬉笑打闹的声音。林如翡在自己住的院子里转了一圈，总觉得这院子怎么看怎么奇怪，但一时间又找不到到底哪里奇怪。最后还是顾玄都点醒了他，他说：“这院子里一棵草都没有，住在里头自然不会太舒服。”

林如翡一愣，这才发现整个院子真的连一棵草都没有，更不用说树木了。

“这倒是稀奇了。”林如翡弯下腰来，拈起一点泥土，仔细瞧了瞧后，疑惑道，“这土看起来不太对呀。”黑色的泥土里夹杂了一些白色颗粒状的东西，乍看上去有些像盐巴，“土里面的……是盐？”

顾玄都说：“好像是。”

林如翡奇道：“土里怎么会有盐？”

这盐虽然在他们大陆上不是稀罕物，但也是需要花钱买的，谁会故意把盐巴撒进土里头。

顾玄都思量片刻后，道：“我倒是知道一种泥土，里面含有很多盐分，下过雨后，泥土里面的盐分便会析出，浮到地面上。”

林如翡蹙着眉头："还有这样的地？"

"是。"顾玄都说，"这样的地是寸草不生的，就算是最顽强的杂草，也没办法在上面存活。"

没有草木的原因找到了，林如翡把手里的泥土一扔，奇道："难道就只有他们付家院子里泥土是这样？"

顾玄都摇摇头，示意自己并不知道。

林如翡便打算明天找个时间离开付家到处瞧瞧，反正离付鱼回来还有十几天，要是天天待在付家，他怕是要疯了。

到了半夜，外面嘈杂的声音才渐渐平息，林如翡躺在卧榻上睡了过去。

入夏之后，这天气就一天比一天热了，早晨太阳刚升起，便让人感到了其巨大的威力，再加上院子里一点绿荫都没有，实在是热得人心烦气躁。

林如翡被这天气搞得胃口全无，什么都吃不下，早饭勉勉强强地喝了半碗稀粥便放下了筷子。

不过他虽然吃不下，馍馍的胃口却是极好，饭桌上几乎所有剩下的食物都进了他的肚子，要不是林如翡拦着，他恐怕能把锅底给喝光。那小小的肚皮仿佛连通了什么了不得的地方，本来已经圆鼓鼓了，却好像还能往里再装一些。

林如翡吃过饭，便找借口带着侍女们溜出了付家，至于馍馍——被浮花装到了一个小小的口袋里，一起给提出来了。

到了街道上，付家那种让人窒息的气氛总算是缓和了许多，虽然道旁的建筑依旧夸张，但好歹比付家祖宅强了不少。

林如翡先去商铺里买了几件馍馍能穿的小衣裳，找了个角落给他换上了，然后又想看看周遭有没有什么有趣的零嘴。

但让林如翡失望的是，整个庄子走下来，都没看见任何有趣的玩意儿。商铺里头卖的要么是玉器，要么是丝绸，几乎全是贵重的物品，吃饭的地方也全是正式的酒楼，看不见一个小摊。这些东西于林如翡而言，那真是一点意思都没有。他逛了一圈，无聊得厉害，便随便寻了个茶楼，点了几杯茶水想要消消暑。

"这付家庄到底怎么回事，连个零嘴都没有。"林如翡已经开始怀念姑苏城里的麦芽糖了。

顾玄都表示赞同。

浮花和玉蕊两人也热得没精神，道："不光是零嘴，这付家庄居然连棵树都没有。"

“不但没树，也没有草。”林如翡有一搭没一搭地喝着茶水，“简直像是生活在沙漠里。”

“是啊。”玉蕊无精打采道，“但看庄子外头，草木倒是十分茂盛啊……还有庄稼也生得不错呀，就只是隔了一堵墙而已，怎么就成了这个样子。”

林如翡摇摇头，示意自己也不知道。

再看身为本地人的馍馍，却是丝毫没有表现出不适，正捧着茶碗喝得津津有味。这茶的味道其实不大好，不但苦口，还没有回甘。按理说小孩都不会喜欢喝，可显然馍馍并不是一般的孩子，吃够了苦的他，对这茶水丝毫没有感到不适，一口气喝完一杯茶没有任何问题。

林如翡瞅着他鼓着腮帮子认真喝茶的模样，手指忽地又有点发痒，但鉴于身边还站着个喜欢凑热闹的前辈，最后也没敢伸出手。

“怎么，公子困了？”浮花问。

“是有点乏。”林如翡揉揉眼角，恹恹道，“是不是太热了？”

“好像是有点热。”浮花说，“我待会儿去找他们要些冰块，先给屋子降降温。”

林如翡点头说“好”。

付家祖宅无趣，庄子里更是无聊，林如翡逛了一会儿，见太阳越来越大，便回去了。

只是回去的路上，在付家庄里头瞧见了几个胖乎乎的小孩在墙角边玩耍。从他们的衣着上来看，应该也是付家人，而且家境不错，穿着华丽的绸缎，腰上挂着夸张的玉佩，身边还有好几个仆从。

林如翡多看了几眼，那些仆人也朝着他投来了目光，见到林如翡后，讨好地笑了笑，还唤了一声“林公子”。

林如翡有些惊讶，他道：“哦？你认识我？”他才来付家一天而已，这就被人认出来了？“这不是家中来了贵客，老爷叮嘱我们要打起精神嘛。”仆人笑着讨好。

“这些孩子也是付家的？”林如翡随口一问。

“是，是。”仆人回答，“是大少爷付鱼的孩子。”

林如翡道：“付鱼的孩子？哪一个？”

仆人迟疑片刻后，才小声地回答：“都是……”

林如翡一愣，这群小孩足足有五个，且看起来年龄都差不多的样子，居然都是付鱼的孩子，这付鱼可真是厉害。

仆人见林如翡神情惊异，只好解释道：“林公子，您有所不知，我家大少爷总共有十几个老婆……所以……”

所以一下子生出五个孩子，好像也没什么奇怪的了。

林如翡本来以为剑术超群的付鱼会有些与众不同，现在听了仆人的话，对他的期待瞬间降到了谷底。林如翡认识的厉害剑客，大多都是他二哥那种执着模样，很少有人会沉迷于凡世之物，没想到付鱼却是其中的异类。

但到底是在人家的地界，林如翡也不好置喙什么，点点头，便转身走了。

“娶了十几个老婆……真是厉害呀。”玉蕊啧啧称奇，“我要是有十几个老婆，还练什么剑。”说着瞅了林如翡一眼，眨眨眼道，“说到这个，少爷也差不多到了该娶亲的年龄了吧。”

一般人若是二十多岁还没有过五境修为，的确是该开始考虑娶亲的事儿了。但林如翡情况特殊，本就身体不好，家里人都宠着，他若是想要娶个老婆，怕是马上就能找个合适的，若是不想要，家中人也定然不会勉强。

“再说吧。”林如翡对此倒是兴趣缺缺，“有那闲工夫……”不如多和顾玄都练练剑法。当然，最后一句话林如翡没有说出口。

那几个小孩子都好奇地看着林如翡这个外来人，他们胖乎乎的脸蛋倒是和馍馍形成了鲜明的对比。不过林如翡不是很想和付家人接触太深，就没有和小孩们打招呼，直接走了。

顶着烈日回到屋里，林如翡感觉自己出了一身的汗，浮花去要冰块的工夫，顺便给林如翡要了一桶沐浴的清水，正好方便林如翡去清洗一下身体。

馍馍从袋子里爬了出来，乖乖地坐在旁边。浮花见他无聊，便在桌子上拿了一块酥饼递到他手里，给他吃着玩。有了食物，馍馍几乎能在那凳子上安静地待上一天。他这会儿不饿，吃东西也没有那么狼吞虎咽，小口小口地啃着酥饼，啃了一半后，见四处无人，便悄悄地塞到了自己的衣服里。浮花他们正忙着，没瞧见他这个动作，若是看见了，恐怕又会心疼起来。

林如翡沐浴后换了身清爽的衣裳，馍馍也被玉蕊她们擦干净了脸上的汗水。他瞅着馍馍，好奇地问道：“馍馍还记得自己的大名吗？”

馍馍茫然地看着林如翡。

林如翡道：“就是三个字的名字。”

馍馍结结巴巴地道：“不、不记得了。”

林如翡说：“那这名字是谁给馍馍取的？”

馍馍想了好一会儿才认真道："是……爹爹取的……"

林如翡道："爹爹？你爹还在？"

馍馍点点头，又摇摇头，神情十分混乱，歪着脑袋苦恼道："爹爹给了馍馍……就叫……馍馍了。"

这话说得奇奇怪怪，林如翡倒是听明白了，大约就是馍馍的父亲丢下馍馍的时候给他怀里塞了块馍，之后便以此命名。馍馍年纪还这般小，记不清楚这些事也是正常的。

他正这么想着，却听到旁边站着的顾玄都轻叹了一声。

"前辈，怎么了？"林如翡问道。

"这孩子，大概和付家人有些关系。"顾玄都道。

"为什么突然这么说？"林如翡奇道。

顾玄都说："馍馍看见那几个小孩的时候，一直在发抖。"

林如翡道："发抖？！"这他倒是没有注意到，没想到顾玄都居然如此细心。

顾玄都说："若是馍馍不认识那几个孩子，想来也不该是这个反应。"

林如翡听闻此言，神情一下子变得严肃起来，若是馍馍真的是付家人，那事情反而变得有些麻烦了。他肯定是因为某些情况才被送出庄子让他自生自灭，而自己就这么贸然将馍馍带了进来，若是被付家人瞧见，恐怕会引起争议……

# 第十九章 双生子

知晓了这件事，林如翡却没打算直接把馍馍放出去。一是馍馍实在是太瘦小了，还傻乎乎的，这个小家伙儿就这么被丢出去谁知道能活多久；二是如果馍馍真的和付家有仇，他把馍馍放到付家庄附近，岂不是等于害了他。

思来想去，现在最合适的法子反而是将馍馍带在身边，只要在离开之前，不让付家人看见便是。

不过这事还是得提前告诉浮花和玉蕊，毕竟馍馍大部分时间是和她俩在一起的。

浮花一听馍馍可能和付家关系不好，立马把小家伙搂入了怀里，心疼地抱着，说："馍馍这么小，能对付家做点什么呀，付家庄整个庄子都奇奇怪怪的，若是可以，真想早点离开。"

林如翡和她想的倒是差不多，打算一把请帖送出去，就马上走。

可惜这付鱼还有十几天才能回来，只有再等等了。

因为第一次和付家人的见面不太愉快，接下来的日子，林如翡也没有主动和付家人接触，倒是他们三天两头来找林如翡吃饭。特别是第一次见到的那个身穿紫衣的付家公子，看上去对林如翡有兴趣得很，在这里碰了好几次钉子，还没皮没脸地凑过来，要么邀林如翡喝酒，要么邀林如翡品茶。林如翡几乎每次都毫不客气地拒绝，没给他留一点面子。

林如翡闲着没事儿，也不喜欢待在付家院中，反而更乐意去外头走走。庄子外头虽然到处都是衣衫褴褛的农户，但好歹绿树成荫，大片大片的庄稼透着股丰收的味道，至少看上去处处都充满了生机。

然而这只是林如翡最开始的印象，当他深入了解了庄子外头种着庄稼的地方时，他忽地有了一个可怕的发现。

外面庄稼地里的泥土，竟是和庄子里的一样，上面附着一层明显的白色结晶颗粒。林如翡用手拈起一些，仔细看了看，确定那正是盐。

“盐碱地？”林如翡不可思议道，“外头怎么会也是盐碱地？”

顾玄都也略微有些惊奇，“咦”了一声。

同样都是盐碱地，庄子里头的泥土上寸草不生，可是庄子外面的庄稼居然长势这么好，看不出一点泥土对植物的影响。

顾玄都思量道：“看来这付家庄，不像我想象中的那么简单啊。”

林如翡奇道：“怎么说？”

顾玄都说：“我初来此地时，的确感觉到了聚灵阵的存在，不过这东西十分常见，所以也未放在心上。现在看来，这恐怕不是一般的聚灵阵。”

聚灵阵是一种比较常用的阵法，通常都是用在农户的庄稼地里，可以将周围的灵气聚集过来，让庄稼的长势更好。不过一般情况下，聚灵阵这种阵法的效果非常温和，只是略微有些影响，庄稼大部分靠的还是农户们的养护。

能在盐碱地里生出庄稼的聚灵阵，那自然是不一般了。

林如翡蹙起眉头，道：“莫非是付家在用这聚灵阵敛财？”

顾玄都道：“自然有这种可能。”

他一边说一边指点林如翡四处看，果然在不远处找到了几个比较小的阵眼。顾玄都说这些阵眼都是聚灵阵的一部分，看来布阵的这个人的确是大手笔，用无数个小阵最后构成了一个大阵。但是大阵的阵眼就比较难找了，这方圆几十里都有可能存在。

林如翡在付家庄待了几天，明显地感觉出周围的人都未曾修习仙法，大多都是些凡人。这么大的阵法，想来定然是和外出的付鱼有什么关系。

林如翡在玉米地里逛了一圈，这天气十分炎热，连他的额头上都浮起了一层薄薄的汗水。林如翡低低地咳嗽几声，道：“看来这个付鱼，是个厉害的角色啊。”能搞出这么大个聚灵阵，想来实力不凡。

“若是他能布下这么个阵法，自然十分厉害。不过还是很奇怪……”顾玄都分析道，“就算是有了聚灵阵，也没有那么多的灵气来源啊，想要抽取盐碱地可以种庄稼的灵气，恐怕不是件容易的事。”万事万物皆有均衡，灵气这东西也不是无穷无尽的，小型的聚灵阵吸取的是周遭微薄的灵力，可眼下这个无比巨大的聚灵阵，吸取的到底是什么，就说不好了。

“会不会是灵石？”林如翡问。

顾玄都摇摇头：“灵石那么昂贵，不是凡人能用得起的东西，就算是柳家那样的大户，也不一定有这么多灵石来支撑此处。”

那这事儿就越发奇怪了，林如翡蹙着眉头不说话。

顾玄都却来了兴趣似的，道：“反正这几日我们也没事做，不如多花点时间寻到那阵眼，看看这大阵的阵眼有什么与众不同的地方。”

林如翡说：“也行。”

于是每天都闲得实在无聊的两人，便开始天天往外跑。浮花和玉蕊则在家里带着馍馍玩。馍馍顿顿都能吃上饱饭，按理说应该会很高兴，但他却有些闷闷不乐，似乎是想起了什么。然而当浮花她们问起他来，他却又说不清楚到底因为什么不开心，嘴里说的全是些听不明白的话语。

林如翡到底是第一次接触阵法，虽然有顾玄都教导，还是有些生疏。顾玄都倒是很有耐性，一点点地指导林如翡该如何寻觅灵气的根源，再顺藤摸瓜地朝着阵眼摸过去。

“真厉害呀。”林如翡一边跟着顾玄都的指引，一边感叹道，“前辈似乎什么都知道。”

顾玄都道：“他教得好罢了。”

林如翡说：“他？”

顾玄都抬眸看了他一眼，说：“我的……旧友。”他说完“旧友”这个词，自己先笑了，“亦师亦友吧。”

林如翡明显能感觉到顾玄都在提到这个人的时候，神情有些异样，他迟疑片刻，试探性地问：“前辈和那人关系很好吧？”

“这是自然。”好在顾玄都也并不介意多说几句，他微笑道，“没有人比我和他的关系更好了。”

接着，顾玄都又漫不经心地说起了自己过去的事，说他早早地没了爹娘，被那位旧友捡了回去；那位旧友是个厉害的角色，他从识字到练剑，都是旧友一笔一画、一招一式地亲自教出来的。

“他脾气好得很，很少会生气，无论我有多顽劣……”寥寥几语，一个出尘仙师的模样便跃然眼前，顾玄都自己或许都没有意识到，在他说起这些事的时候，眼眸唇边皆是掩饰不住的浅淡笑意，“我那时候虽然天赋不错，但性子执拗得很，有一回为了练剑还伤了他。他门下的弟子众多，出了这样的事，我本该被逐出门去，但他却硬是把我保了下来。”

“那他定然是个好师父。”林如翡应声道。

“是啊，好师父。”顾玄都情绪略微有些波动，他闭了闭眼，待再次睁开后，眼中只余下了一片平静，又哑着嗓子重复了一遍，“好师父……”他说完，将眼神投到了林如翡身上。

不知为何，林如翡莫名地从顾玄都的这种眼神里，察觉到了一种危险的意味。他故作镇定地移开了目光，生硬地换了个话题：“前辈，我们离阵眼还有多远？”

顾玄都似笑非笑：“你不想问问我们之后发生的事了？”

林如翡道：“这都是前辈的私事……若是前辈不愿意说，我也不好多问。”他被顾玄都的眼神盯得发慌，甚至脚下都不由自主地往后退了一步，低低咳嗽两声，“不必勉强。”

顾玄都倏然大笑，一边笑，一边凑到了林如翡面前，几乎快要和林如翡鼻尖相触，道：“你倒是机灵。”

林如翡：“……”他不晓得为什么顾玄都要夸他机灵，但想来他感觉自己应该是躲过了一件不太妙的事。

顾玄都背过身摆摆手，身上那种危险的气息随之消失，顷刻间又恢复成了平日里那个性子跳脱的前辈。他说：“罢了罢了，看把你吓成什么样了。”

他便没有再提起关于那个前辈的事，而是说了些自己幼年的经历。原来他的遭遇和馍馍有几分相似，也是很小的时候就失去了父母，一个人吃百家饭长大。这样的孩子，经受的苦难实在难以想象，夏天倒还好，一到了冬季，就真是要了人的命。

吃不饱，穿不暖，在桥下躲雪，连取暖的炭火都没有，只能自己天天去砍柴。柴火还不敢砍多了，不然就会被别的大人抢走。顾玄都说起这些经历的时候，神情已然平静无波，仿若在说着他人的故事，但林如翡听了却觉得十分心疼，乃至于想到了此时在付家庄里那个可怜的馍馍。

顾玄都却好似知道他在想什么，懒懒道：“不过我可不是馍馍那样的小蠢货，我脑子清醒得很，晓得什么人惹得什么人惹不得，也晓得什么人能救我的命……”

林如翡也不好插话，只是在旁轻轻地“嗯”了声。

“好在上天没有把事情做绝，我虽然身世凄惨，但却生了一副极好的根骨，又因为巧合拜入了他的门下。”顾玄都说着自顾自地点了点头，“比那蠢乎乎的馍馍强了不少，你说对吧？”

林如翡闻言，心下腹诽前辈怎么如此幼稚，都几百岁的人了，和一个什么都不懂的小娃娃比得如此起劲。当然，这话他肯定是不敢说出口的，于是在旁边很没原则地附和两句，说那馍馍怎么和聪慧的前辈比。

顾玄都道："之后的事，就好多了，至少能吃饱穿暖，不用再担心自己冻死在桥底下。"

林如翡本来还想再问几句，但又觉得自己的问题有些冒犯，便没有问出口。顾玄都说得差不多了，便又说起了阵法和练剑的事，说让林如翡赶快把他那一面黑色木盾给扔了，这要是让人看见林家四公子揍人都是用木盾揍的，林家剑仙的名号还要不要了。

林如翡却死活不肯，虽然他现在勉强可以操纵谷雨，但连御剑都是歪歪扭扭的，远不如木盾来得稳重。木盾虽然很普通，可剑气附着上去后，也是厉害的武器，就是卖相差了点罢了，没什么太大的问题。

顾玄都被林如翡的固执气得直瞪眼，道："林公子、林少爷——你一个正经练剑的，天天拿个盾到处跑像什么样子。"这木盾实在是丑得厉害，黑漆漆的，圆不圆，方不方，林如翡本来就生得俊美，看着这么一个弱不禁风的病美人背着一块巨大的木盾跑来跑去，着实辣眼睛。说到木盾，还得怪莫招财那家伙，要不是他骗了林如翡，林如翡哪会打开这扇新世界的大门。

但顾玄都的劝说目前看来是没什么用了，林如翡毅然决然地决定在没有完全掌握谷雨之前，不能粗暴地使用它，毕竟剑如美人，他可不能像顾玄都这样不解风情，拿着美人当烧火棍用。

付家的大阵果然规模很大，寻了好些日子，也只是离阵眼近了一些，却没能找到。好在顾玄都说也就是这几日的工夫，应该就能找出来。但是就在林如翡觉得自己快要找到阵眼的时候，却出现了一个小小的意外——付鱼提前回来了。

付鱼回来的那天，正好下着大雨。

夏季的雨全然不似冬春时的那般温和，伴随着电闪雷鸣，如同瓢泼一般。大量的雨水冲淡了炎热的暑气，给躁郁的付家院子带来了一丝清新的空气。林如翡坐在窗户面前瞅着大雨，鼻间嗅着雨水和泥土混合的芬芳。馍馍在他的身后与浮花和玉蕊玩耍，小孩子这几日吃得不错又休息得好，比刚见面时精神了不少，那瘦小的脸上也好似多了点肉。林如翡背着浮花悄咪咪地掐了几下，为这手感赞叹地点了点头。也不知道为啥，这小孩的脸手感就是特别好，滑滑嫩嫩很是讨人喜欢。最重要的是馍馍被掐了也不哭，只是茫然地看着林如翡，像是不明白林如翡为什么要这么做似的。

林如翡掐馍馍脸的时候，顾玄都就在旁边瞅着，神情不阴不阳。为了避免顾玄都也伸手，林如翡并不敢多掐，勉强过了下手瘾便作罢。

付家的大公子付鱼是顶着大雨回来的，虽然因为雨势太大，林如翡看不清楚他的模样，但依稀可见一群人打着伞态度恭敬地将他迎回了付家院子。他身旁围绕着十几个举着伞的姬妾和仆从，那调情和嬉笑的声音，甚至穿透了刺耳的雨幕传到了林如翡的耳边。

这就是付鱼了，付家的主心骨，林如翡看着他，却觉得他和自己想象中的人大相径庭。

既无风骨，也无气势，一看便知不是个合格的剑客。

大约请帖送给的都是厉害的角色，看惯了柳如弓那样的人物，再看眼前平淡无奇的付鱼，到底是会觉得有些失望。

林如翡抬手关了窗，将那些笑声隔绝在了外面。

馍馍却抬头呆呆地看着窗外，仿佛感觉到了什么，嘴里不住地嘀咕，甚至想要从浮花的怀中跳下，跑到外头去。

浮花不明所以，害怕馍馍被人看到，只好死死地抱住他，甚至还拿出了糖块想要安抚馍馍的情绪。然而平时向来好用的糖块这会儿却没了用处，馍馍委屈地呜咽起来，大颗大颗的泪水顺着眼眶滑落，他抽泣着挣扎着，好似窗外的人才是自己的救赎。

浮花到底是没敢放手，直到付鱼离开，馍馍才再次平静下来。他又变成了往日里那个乖巧的笨孩子，小口小口地吃着糖块，不再说话。

“付鱼回来了。”林如翡说。

浮花道：“付鱼回来了？馍馍怎么对这个付鱼的反应这样大？”

林如翡摇摇头示意自己不知。

“难道馍馍父母的死和付鱼有什么关系？”玉蕊猜测，“所以馍馍才会一个劲地想要出去……”

众人将目光落在馍馍身上，他依旧懵懂无知，显然从他口中问不出什么。

“明日付鱼大概会宴请我。”林如翡说，“我尽量小心打听一下吧。”

也只能如此了。

林如翡倒是更希望馍馍是付家遗失的孩子，而不是付家的仇人，这样他就能放心地把馍馍留在付家。这付家虽然像个暴发户，但看起来至少对孩子不错。而若馍馍是付家仇敌的后人，他就只能将馍馍悄悄从付家带走，至于怎么安顿，就是之后的事了，总归有法子的。

这天晚上虽然下了暴雨，但是付家依旧热闹非凡，几乎是整晚灯火未熄。付家人也来邀请了林如翡过去，林如翡以身体不适为由拒绝了。付家人晓得林如翡从头到尾都态度冷淡，所以也并未强求。

哗啦啦的雨声也盖不住那声色犬马的嘈杂，林如翡被吵得心烦，几乎难以入眠。

顾玄都见他翻来覆去睡不着，露出不豫之色，说不如他干脆出去把付家人全给杀了，一了百了反倒是比较清静。

林如翡急忙拒绝。

顾玄都见他神情如此严肃，笑道："我只是开个玩笑而已。"

林如翡道："嗯……最好是玩笑。"顾玄都这态度，着实让他拿捏不准，说是玩笑，如果他真的随口应下，第二天看见付家百具尸体摆在地上，恐怕哭都没地方哭去。

顾玄都道："那你睡不着怎么办？"

林如翡摇摇头道："没事，早就习惯了。"他在昆仑山上病着的时候，要么就是一睡三四天，要么就是难以入眠，这点小麻烦，早就无所谓了。

顾玄都闻言轻叹，不再言语，只是看向窗外时，眼中又多了几分冰凉的冷意。

这一夜林如翡几乎都没怎么睡，直到凌晨才迷迷糊糊地小憩了片刻。天亮以后，雨也停了，林如翡从床上起来时感觉身体不适，断断续续地有些咳嗽。浮花担忧地看了看，才发现林如翡又在发热。

这些病症对于林如翡来说已是常态了，他不太在乎，喝了一剂药便让浮花去告知付鱼一声，说自己待会儿便上门求见。

浮花却有些担心，道："少爷，咱们还是先请郎中看看吧，你身体弱，拖不得，见付鱼什么的，过两日也不迟呀。"

林如翡摇摇头，说："我们到底是客人，把主人晾在一边不太像话。"他虽然既不喜欢付家，也不喜欢付鱼，但基本的礼仪还是要有的。

浮花见林如翡态度坚决，也不好再劝，只能应声出去了。

玉蕊则带着馍馍去小厨房打算做些清淡的吃食给林如翡食用。

林如翡头晕脑涨，昏昏欲睡，靠在床头闭目养神，隐隐听见了外头传来的脚步声，睁眼一看，瞧见浮花气喘吁吁地站在门口，满脸为难，她叫道："少爷。"

林如翡"嗯"了一声。

浮花压低了声音："付鱼付公子听闻你病了，不想麻烦你再过去一趟……便……想亲自过来。"她说完指了指门口，示意付鱼就在外头。

林如翡蹙眉，他还躺在床上并未梳洗，就这么见客，未免太过唐突。

但人已经在门口了，总不能将他赶走。林如翡思量片刻，便让浮花出去告诉付鱼在外稍等，自己则从床上起来，换了身衣裳，简单地整理了一下仪容，随后才叫浮花将人请了进来。

付鱼跟着浮花进门后笑着对林如翡行了一礼，颇为客气地叫了声“林公子”。

林如翡靠坐在椅子上，低低咳嗽两声，道：“付公子。”他总算是见到了付鱼的模样，昨日只闻其声不见其貌，倒不如今日一见印象来得深刻。

这付鱼看起来年纪也不大，剑眉星目，模样倒是生得不错，只是眉宇间流动着一股子轻浮的味道，此时正盯着林如翡打量，倒是可惜了那端正的眉眼。

“早闻林公子大名，今日一见，果然不同凡响。”付鱼微笑道，“我前几日在外办事，麻烦林公子久等了。”他说着，又流露出担忧之色，道，“林公子怎么咳得这么厉害，可是身体不舒服吗？”

林如翡道：“只是不小心染了风寒，并无大碍。”

付鱼道：“哦，这天气炎热，贪凉的确容易染上伤寒，林公子可千万要小心些。”

林如翡见客套得差不多了，便取出了怀中的请帖想递给付鱼。谁知这时在外面做粥的玉蕊却正巧进来。她刚进门，瞧见付鱼后笑容便僵在了脸上，付鱼也朝着她看了过去，只是这目光，却落在了被玉蕊抱在怀中的馍馍身上。

付鱼瞬间神情大变，怒喝道：“你怎么在这儿！”

馍馍被付鱼一吼，张口便哇哇大哭起来。

浮花被这情况吓了一跳，过去接过馍馍，后退了几步，警惕地看着朝着她走来的付鱼。

付鱼却没有理会浮花，死死地盯着馍馍，嘴角扯出一个十分勉强的笑容：“你们在哪儿找到他的？”他也察觉出了自己的态度不合适，想要装成和蔼可亲的模样，但奈何他一开始的表现已经暴露了他最原始的想法。见他走过来，浮花直接绕过了他，几步迈到了林如翡的身边。

林如翡伸手，直接从浮花手中接过了馍馍。馍馍被付鱼的那一声怒吼吓得不轻，浑身颤抖地缩在林如翡的怀中，不住地哽咽抽泣。然而让人觉得无法理解的是，即便如此，他看向付鱼的眼神里也是渴望，甚至连这个时候都不住地扭头看向付鱼。

“林公子，你是在哪里发现的他？”付鱼咬牙道，“他……是我们付家的孩子。”

林如翡说：“付家的孩子怎么会在外头？”

付鱼道：“这就说来话长了。”他收敛了狰狞的怒容，状似轻松地走到旁边的椅子上坐下，道，“他是我的孩子，后来被歹人拐走了，一直没有寻到，没想到却正巧遇上了林公子。”

这番话说得冠冕堂皇，可是看见了付鱼的第一反应，林如翡却是一个字都不信的。如果馍馍真的是付鱼不小心失踪的孩子，那他看到馍馍的第一反应怎么会是暴怒。况且馍馍丢失的地方离付家也不算远，如果付家真的有心，要找肯定是能找到的。

不过这么一来，馍馍的身份倒也可以确定了，他肯定和付家有关系，而且不是什么好关系。

付鱼道：“如此说来，我还要多谢林公子将馍馍带了回来，馍馍，来……”他对着馍馍伸出手，露出一个和善笑容，“来爹爹这儿。”

馍馍瞧见了付鱼的笑容，脸上露出些许犹豫之色，看样子竟是真的在思考要不要朝付鱼伸出手。

“来啊。”付鱼又再次唤道，“馍馍？快过来，待在客人的怀里，像什么样子。”

馍馍抬头看了看林如翡，又看了看付鱼，林如翡忽地心灵福至，暗中从袖口里掏出了一块馍馍最爱的麦芽糖，悄悄地塞到了馍馍的手里。拿到了糖果的馍馍马上叛变了，冲着付鱼摇摇头，又把脸埋到了林如翡的怀里。

付鱼脸色大变，恨恨地叫了声：“馍馍——”

馍馍压根儿不理他。

付鱼见馍馍不理会自己，眉宇间浮起阴郁之气，他道：“馍馍，你真的不过来吗？”

馍馍害怕得微微一颤，眼见又要被吓哭了。

林如翡淡淡道：“既然付公子是馍馍的父亲，用不着这样吓唬孩子吧。”

付鱼凝重道：“林公子，这是我付家的事，你虽然是贵客，但这么贸然插手似乎不太合适吧。”

林如翡说：“是不太合适。”

付鱼见林如翡如此说，神情微松：“林公子果然是个明白事理的人。”他以为林如翡妥协了，便微笑着再次伸手，示意林如翡将馍馍递到自己的手上。

可谁知林如翡的下一句便是：“不过我偶尔也不是个那么讲道理的人。”他伸手抱紧了怀中的小家伙，对着付鱼道，“抱歉，付公子。”

付鱼脸色大变，他似乎想要发作，但碍于林如翡的身份，硬是忍住了，最后只能咬着牙道：“林公子是不打算给我付家这个面子了？”

林如翡道：“付公子言重，看馍馍这样子，在外面也不是一天两天了，既然如此，付公子又何必急着把他讨要回去呢。”

付鱼顿时无话可说，语气里压着火气道：“那林公子想要如何？”

林如翡道：“也不用如何，付公子子嗣繁茂，想来也不缺馍馍这一个吧。”

付鱼闻言脸色铁青，他似乎想要拔剑，但最后还是忍住了，勉勉强强扯出一个无比僵硬的笑容：“林公子，你这又是何必。”

林如翡压根儿不理，从怀中取出了请帖示意浮花拿给付鱼。付鱼却根本不接，他冷冷道：“林公子如此不给我付家面子，这昆仑剑会，我不去也罢。”

林如翡无所谓道：“我只是负责送，至于付公子想要如何对待这请帖，这是你的事。”

付鱼闻言，拿过请帖，抬手便撕，不过眨眼的工夫便将请帖撕了个粉碎。他撕的时候，在林如翡怀中乖乖待着的馍馍却忽地哭闹起来，嘴里含糊地念叨着什么，大颗大颗的泪珠溢出了眼眶。

浮花见付鱼这般行事，直接拔出了腰侧的佩剑，呵斥道：“付公子，你未免太过了——”

付鱼冷笑一声摊手道：“是你们林家先不给我们付家面子的。”他瞪了林如翡一眼，以为林如翡会因为请帖被撕勃然大怒，谁知林如翡却用一种平静到近乎冷漠的眼神看着他，这眼神却让付鱼更不舒服——那是一种仿若看着蝼蚁般的目光。

“林公子……”付鱼被林如翡这眼神看得浑身一颤，不知为何忽地有些后悔自己这过激的举动。他正欲说些什么挽回局面，却见林如翡手一挥，示意他可以走了。“付公子是否参与剑会，是付公子的自由。”林如翡冷漠道，“既然请帖已经送到了，我们明日便会离开。”

付鱼道：“那馍馍……”

林如翡道：“自然是带着馍馍一起走。”

付鱼“噌”的一下站了起来。

“若是付公子不同意，我也不会用林家来压制你，我们就用剑客的方式解决吧。”林如翡道，“比一场，输了就闭嘴。”

付鱼喉头滚动，神情变幻莫测，似乎有无数的话想要说，但最后却都化作了一声幽幽的叹息，他道：“林公子何必多管闲事呢？”

林如翡道：“我乐意。”

付鱼语塞，他还以为林如翡会说出什么大道理，谁知林如翡却微扬下巴，嘴里吐出了这样让人无法反驳的三个字。

千金难买我乐意——他林如翡乐意，谁都拦不住。

林如翡道：“请吧，付公子。”他不想再和付鱼多说，示意浮花送客。

付鱼十分不甘，但面对林如翡态度强硬的送客，他最终还是什么都没说，起身走了，走时握着腰侧剑柄的手几乎快要暴起青筋，但始终没有拔出那柄剑来。

“这个付鱼真不是个什么好东西。”送走了付鱼，一心向着馍馍的侍女们忍不住嘀咕起来，“还说馍馍走丢了，走丢了不知道找嘛，这地方又不大，看馍馍这样子，也不像是在外头待了一天两天……”

馍馍缩在林如翡的怀里，懵懂地吃着手心里的麦芽糖，神情茫然，不知道大人们到底在说些什么。

林如翡摸了摸他软软的发丝，道：“是很奇怪。”

奇怪的不是为什么付鱼不找馍馍，而是付鱼会为了这么一个看起来不重要的小孩故意得罪林家。如果说馍馍只是个不受宠的孩子，付鱼的反应不该如此强烈，可若是他受宠，付鱼又怎么会任由他在外头流浪？！

这本来就是十分矛盾的事。

“那少爷，我们真的要把馍馍带走吗？”玉蕊问，“馍馍毕竟是付家的孩子，就这么带走，会不会不太好？”

林如翡摇摇头没说话：“再看看吧。”他并不介意把馍馍带走，就凭付家的本事，还留不下他。如果馍馍留在这里的结果就是由着他继续乞讨，那他还不如将馍馍带走。

付家晚上本来安排了丰盛的晚宴，可因为林如翡和付鱼不欢而散的关系，便直接取消了。好在林如翡对这晚宴本来就兴趣缺缺，不去正好。

馍馍的情绪倒是恢复得很快，付鱼走后没多久，又和浮花她们在院子里玩了起来。林如翡觉得屋子里有些闷，打算和顾玄都出去走走。

两人顺着小道打算离开付家祖宅的时候，正巧看见付家二公子在和几个女人调笑。他还是穿着那一身紫衣，瞧见林如翡后，笑着打了声招呼。林如翡回了礼便打算离开，却听见他在身后问：“是你把馍馍带回来的？”

林如翡脚步微顿：“怎么？”

“那林公子可得小心些。”付家二公子道，“那馍馍可是我大哥最喜欢的孩子。”他加重了“最喜欢”三个字。

林如翡扭头看向他。

“你若是想要就这么将他带走，我大哥断然是不可能同意的。”他揉捏着靠在他怀中的妾侍的柔软的腰肢，引起她们一阵娇笑，嘴里不咸不淡地说着。

林如翡道："馍馍的母亲呢？"

"死了。"付二公子说，"大家都说她死了，虽然我也没见过……"他眯起眼睛笑得格外轻浮，"想来也是个美人吧。"

林如翡深深地看了他一眼："我知道了，谢付二公子好意。"

"林公子客气。"付二公子懒懒道，"这日子越过越无聊，一无聊，就想找事做……"他说着又看了眼天空，"什么时候才能再来一场雨啊。"

辞别了付二公子，林如翡和顾玄都又漫步到了付家庄外面。

经过前几日的努力，今晚再费些功夫应该就能摸到大阵的阵眼了。

"真是奇怪，那付鱼真的能布下这样的大阵？"前几日，林如翡觉得这大阵是付鱼布下的，但今日和他一见，却推翻了自己的想法。这付鱼身上虽然有剑气，但十分淡薄，完全不像传言中是那样厉害的剑客，这样一个人怎么会有本事布下这样的阵法。

顾玄都道："这大阵的确不像他布的，想要知道是谁布下的，阵眼应当是关键。"

林如翡沉思片刻，道："阵眼就在这附近了吧？"

顾玄都道："应该是。"

这附近是一片茂密的庄稼田，有稻谷有苞米还有别的植物，乍看上去和其他地方没什么区别。但若是仔细感受，便会发现这里的灵气比周遭的浓郁了许多，乃至于种下的庄稼也比其他地界繁茂。

"阵眼那块地方，肯定会和其他地方有所不同。"顾玄都道，"仔细找找，肯定能发现异样。"

林如翡按照顾玄都所说，认真地观察着周围，很快，便真的有了发现。

在密密麻麻的庄稼里头，出现了几块十分突兀的大石头。这些大石头乍看平淡无奇，但若是仔细观察，会发现大石头上刻着一串串密密麻麻的经文。林如翡看不明白，顾玄都却看懂了。他神情变得有些严肃："阵眼肯定就在附近。"

林如翡道："经文上面写的什么？"

顾玄都说："往生咒。"

林如翡："往生咒？"

顾玄都道："一般情况下是用来超度亡灵的，但是……用在这里。"他伸手在那巨石上摸了一下，原本白皙的手指竟然瞬间变得焦黑，"显然没安什么好心。"

林如翡被顾玄都的动作吓了一跳，道："前辈你的手……"见顾玄都还想把手往上贴，他急忙伸手抓住顾玄都的手腕，“别碰了。”

顾玄都的手被林如翡抓住，眼神一转，嘴里吃痛似的“咝”了一声。

林如翡没有注意到顾玄都表情的变化，见顾玄都手上的伤口如此严重，急道：“这伤的是不是前辈的神魂？会不会落下什么后遗症？是不是很疼？”

顾玄都道：“是有些疼。”

林如翡说：“那可怎么办？！”神魂受伤都是很严重的，不像肉身自己就能长好，即便是很小的一个伤口也会有非常严重的后果。

顾玄都认真道：“人的唾液应该可以缓解灼烧，不然……小韭给帮忙含含？”

林如翡愣了：“啊？”

顾玄都也不强求，状似失落地叹了口气：“你不愿意便算了吧。”

顾玄都的手指白皙修长，十分漂亮，此时上面平白多了一片血肉模糊的焦痕，看起来分外狰狞，实在让人心疼。林如翡怔了片刻，语气里带了些狐疑：“含了真的有用？”

顾玄都点头。

见顾玄都神情肯定，林如翡便直接将顾玄都的手指含进了嘴里，舌尖毫不意外地尝到了腥甜的味道，应该是顾玄都手指流出的血液。

林如翡浑然不觉，确定那股子腥甜味没有了，才拿出来，仔细瞧了瞧，惊奇道：“真的好了！”那焦黑的痕迹已经不见，顾玄都的手指再次白如葱根，没想到唾液还有这样的功效，顾玄都居然不是在开玩笑。

顾玄都眸色沉沉，盯着林如翡没有说话。

林如翡被他盯得毛骨悚然，叫了声：“前辈？”

这一声前辈却好像提醒了顾玄都什么，他看着自己完好无损的手指叹了口气，道：“算了，没什么。”

林如翡很快便将这事抛到了脑后，又研究起了面前的大石头：“这阵眼刻这么多往生咒是做什么？”他思量片刻，“是想镇压什么东西吗？”

顾玄都道：“你再找找，这附近定然还有别的线索。”

布置阵法是需要一个比较大的空间的，这周围都是庄稼，并不适合布阵，若是要布，定然是需要清理一番周围的植物。在顾玄都的提醒下，林如翡很快便在一块大石头的旁边发现了端倪，那石头旁边的地上是空着的，只盖着一层泥土，看起来十分可疑。

林如翡在顾玄都无奈的目光下，高高兴兴地取出了自己的木盾，把泥土刨开，果然看见了泥土下面盖着的一块铁板。铁板上头镶嵌着一个小巧的圆环，林如翡抓住圆环，猛地用力，便将那铁板硬生生地拉了起来，露出了一个黑森森的洞口。

“有地道！”林如翡惊喜道。

“想来阵法应该是布在地道里面了。”顾玄都说，“要不要进去看看？”

既然已经走到了这个地步，再不进去看看就太说不过去了，林如翡如此想着，便顺着地道壁上的梯子慢慢地爬了下去。

地道里头没有一丝光线，林如翡从戒指里取了火折子点燃，才勉强看清楚周围的情况。这地道应当有些年份了，周围的泥土已经不新鲜，且从地上的脚印看来，并不常有人进来。地道很是狭窄低矮，只能勉强供一人低头通行，好在林如翡个头不算太高，但是顾玄都得低着头才能通过。

林如翡顺着地道一路往前，其间遇到了一些比较简陋的陷阱都轻松躲开了。当拐过一个弯后，原本窄小的隧道豁然开朗，林如翡似乎来到了一间非常宽阔的屋子里，由于这屋子很大，他手里的火折子不能照亮全部。好在旁边的墙壁上挂着火把，林如翡将火把一一点燃，终于看清楚了整个屋子的全貌。

这是个很简陋的泥屋，地面上画着一个圆形巨大聚灵阵，此时聚灵阵依旧在运转，站在旁边的林如翡能清晰地感到有大量的灵气灌入了这个阵法里。

林如翡低着头仔细地看了好一会儿聚灵阵，感觉这阵法虽然大，但是好像也没有别的特别之处。正这么想着，他的头顶上却忽地传来了一声轻微的响动，像是铁链碰撞后发出的冰冷响声。

林如翡条件反射地抬头，看到了自己头顶上挂着的东西。

那是一个巨大的黑色铁笼，悬停在漆黑的半空中，铁笼之中似乎有什么东西，将铁笼撞得摇晃起来，随着铁笼的摇晃，悬挂笼子的铁链便发出了细微的声响。

“那是……”林如翡瞪大了眼睛，想要看清楚铁笼里的东西，然而火光太暗，他怎么都看不清楚。

顾玄都拧起了眉头，他显然是看清楚了铁笼里到底有什么，却并未告诉林如翡，而是朝着墙壁四处观望，很快便找到了他想找的东西——一个镶嵌在墙壁上的机关。

林如翡在顾玄都的提醒下，走到了机关面前，伸手按下。机关一开，铁笼就发出轰隆隆的响声，伴随着飞扬的尘土，落到了地面上。

铁笼里的东西，也在昏暗灯光的映照下，进入了林如翡的视野。当他彻底看清楚里面的东西后，不由得露出了愕然之色。

那竟然是一个人，躺在巨大的铁笼里，他似乎已经没有了意识，胸膛看不出一点起伏的痕迹，如同一具没有了生息的尸体。而最让林如翡震惊的，是这个人的面容——和付鱼一模一样。

“付鱼？！”林如翡叫出了声，“他怎么会在这儿——”

顾玄都走到了铁笼旁边，拔出霜降便砍断了铁笼上夸张的铁索，随后伸手将铁笼拉开，走进去仔细地观察了一下这个躺在里头和付鱼长相别无二致的男人，然后摇摇头：“已经不行了。”

林如翡神情一凛，他也上前去探了探付鱼的鼻息：“不是还有气息吗？”

顾玄都道：“他的身体虽然还在这里，但灵魂已经出窍，若是早些发现或许还有救……可惜……”

林如翡明白了顾玄都的意思，他看向脚下这个巨大的聚灵阵，哑声道：“这个阵法的核心，就是付鱼？”

顾玄都点头。

一个厉害的剑修，身体里面自然蕴藏万千灵气，若是将这些灵气以聚灵阵抽出，足以滋养万物。付家庄周围的那些庄稼之所以能在盐碱地上生长得那么好，都是因为有灵气的补养，而现在，灵气的源头，便在他们的眼前。

“那付家庄那个付鱼又是个什么东西。”林如翡道，“他身上的确是有剑意的。”

顾玄都盯着眼前这奄奄一息的付鱼，微微叹息着摇头，几次欲言又止。

林如翡摸了付鱼的脉搏，确定他还活着，可是按照顾玄都的说法，他此时就算是活着，恐怕也只是一具行尸走肉罢了。

“把他带走？”林如翡问道。

顾玄都沉吟片刻：“不行。”

林如翡疑道：“为何？”

顾玄都长叹一声，终究是把那句话说了出来，他说：“付鱼身体非常健康，没有一点外伤，也看不见任何禁制。”

林如翡说：“所以？”

顾玄都看了他一眼：“所以，他大概是自愿待在这里的。”

林如翡失声道：“怎么可能？怎么会有人自愿待在这里？”

顾玄都道：“你又如何知道不可能？”

林如翡哑然。

顾玄都沉声道：“虽然不多，但这世上，总有那么一两个让人难以理解的傻瓜。”

只是不知道，付鱼是不是这些傻瓜中的一个。

能收到昆仑的请帖，付鱼自然应当也是个厉害的剑客，可见到付家庄那个付鱼时，林如翡却没有从他身上感觉到任何属于剑气的气势。若不是他的腰侧还挂着佩剑，恐怕林如翡都会觉得是不是林家的请帖送错了人。

然而当他看到了眼前这个被困在阵眼之中的付鱼，脑海中的疑惑倏地解开了。

付家庄里的那个付鱼并非付鱼，眼前这个奄奄一息的人，才应当是江湖传闻中那个另有机缘的厉害剑客。

“现在该怎么办？”林如翡叹道，“先回付家庄，搞明白到底怎么回事？”

顾玄都点点头赞同道：“也只能如此了。”

如果此时将身为阵眼的付鱼搬离聚灵阵，这阵法会遭到不可逆转的破坏，到时候若是想再次启动，就不是什么容易的事了。如今一切都如同雾里看花，虽然林如翡隐隐猜出了什么，但还是没能完整地知晓真相。

林如翡和顾玄都将此地还原后，便离开了阵眼，打算先回庄子里再说。只是回去之前，林如翡找到了几个周围无所事事的农户，给了他们一些干粮，接着问起了付家庄以前的事。

“以前啊？以前这里也是穷地方。”那农户一边狼吞虎咽一边同林如翡说着他想知道的事，“到处都是盐碱地，庄稼种下去就死了，我们也没什么法子，勉强做些别的活计求生，虽然日子苦，但也勉强过得去……”他说到这里苦笑一声，“倒是比现在强了些。”

这倒是和林如翡猜测的差不多，他问道：“可是我看这周围庄稼长得很好啊。”

“嗐，这也就是近年来才有的事儿。”农户说，“付家说他们想出了法子，将盐碱地变成能种庄稼的好地，我们开始只当他们是在说笑，可谁知后来竟是真的成了……”他飞快地吃饱了，又四处张望，确认周围没人瞧见后，把剩下的干粮小心翼翼地塞进了衣服里。

“那你们现在怎么还是这个模样？”林如翡奇道，“日子不该变得好起来吗？”

农户闻言嗤笑一声：“客人，你这就太天真了……不过也怪不得你，我们当时也是这么想的，只可惜啊……人心不足蛇吞象。”他语气愤愤地讲了接下来的故事。

原来付家在想出这个法子之前，私下里便开始从农户的手上买地。这盐碱地几乎寸草不生，留在手里也没有用处，农户们便都将手里的地卖了出去。谁知过了一段时日，那付家不知使用了什么方法，地里种下的庄稼竟然没有枯萎，而是开始繁茂地生长。

这一茬让农户们都没有想到，本来想去付家闹事，但想到付家里有个厉害的剑修付鱼，只好作罢。

“后来付家就越来越富了。”农户说，“那付鱼，本来也算是个好人，可是他们家里富起来后，就变得越来越过分，他剑法厉害啊，方圆百里内没人敢惹他，见了他都恨不得躲开……”

付鱼当初修炼的剑道颇有些剑走偏锋的味道，回到家中，先将方圆百里懂剑的人都挑战了个遍，因此众人对他多有畏惧。

林如翡听得直皱眉头，他忽地想起了什么，问道：“付家付鱼这一代，一共有几个人？”

农户说：“几个人？一共三个。”

林如翡道：“付鱼是第几个？”

农户道：“第一个啊，他是付家大公子。”

这倒是没什么问题，然而农户的下一句话却让林如翡猛地瞪大了眼睛，那个农户说：“他还有个双胞胎的弟弟，叫付水，不过和付鱼不同，付水虽然也练剑，可却没什么出息。”

林如翡立马来了精神，他道：“付水？是喜欢穿紫衣服的那个？”

“那个是他们家三少爷。”农户显然也晓得那个喜欢穿紫衣服的轻浮男人，“性子也不太好……唉，不过付家人都是如此，沉迷女色，恨不得把周遭漂亮的女人全都娶进家里。”他说着摇摇头，满脸不屑。

林如翡连忙问起了付水的事，让农户给他详细说说。

农户不明白为何林如翡对这个付水如此感兴趣，但还是把他知道的事全都说了出来。原来付鱼和付水是一对双胞胎，哥哥叫付鱼，弟弟叫付水。虽然都习剑，但因为条件所限，没什么大的出息。毕竟这年头能出头的年轻人要么是天资卓越，要么就是出身豪门，像付鱼和付水这样天资平平的小家子弟，自然是没有出头的机会。

但好在上天垂怜，在一次意外中，付鱼有了奇遇，突然修为暴涨，剑术也厉害了许多。

“这两个小子都是我看着长大的，付鱼性子沉稳些，脾气也好。”农户说，“我们都挺为他高兴，可惜……后来他家发迹，他也变了。”

林如翡道：“那付水呢？我怎么没有看见他？”

农户道：“听闻他和付家闹了矛盾，自己走了，说也要去寻找付鱼那样的奇遇。”他嘲笑两声，“这奇遇哪有那么好找的，以为人人都有付鱼那样的福报吗。”说着还满脸不屑地摇摇头，看来他的确对这个付水的印象很差。

“那你知不知道，付鱼有一个叫馍馍的孩子？”林如翡问。

“馍馍？不晓得。”农户摆手说道，“这付家富裕了后，付鱼娶了十几个老婆，生了一堆孩子，夭折的都有五六个，谁晓得哪个孩子叫什么名字。”

林如翡想起了付家大院里面见到的那一群孩子，觉得外人不晓得哪个是哪个也是正常的。

“客人还有什么要问的吗？”农户搓着手，“若是没有要问的了，我先去旁边讨点水喝。”

“你去吧。”林如翡想知道的都知道了。

农户便起身走了，林如翡看着他的背影，陷入沉思，片刻后，他道：“既然付水不是付鱼，那想要证明这件事，其实很简单吧。”

顾玄都道：“的确很简单——”他停顿了一下，瞅见林如翡那跃跃欲试的模样，带了点无奈，“你能不能不用盾了？”

林如翡道：“可是盾很方便啊。”

顾玄都：“但是很丑。”

林如翡：“还很坚固。”

顾玄都：“但是很丑。”

林如翡道：“我用得很开心……”

面对执着的林如翡，顾玄都那怨念几乎要化为实质了，也不知道在心里骂了那莫招财多少遍，最后才化为了一声幽幽的叹息：“算了，你用吧。”

林如翡高高兴兴地点头。

下午的天气，实在是热得厉害，林如翡顶着烈日回到了付家时，已经满身是汗。好在他体寒，夏日也不算难熬，在房檐下坐了一会儿，暑意便已经去了大半。

馍馍上午哭了一场，吃过午饭后又睡了个午觉，这会儿迷迷糊糊地起来了，乖乖地坐在桌边喝着浮花熬的银耳汤。林如翡摸了摸他的脑袋，他便扬起小脸，对着林如翡露出一个小心翼翼的笑容。

林如翡见外面的太阳快要落山，觉得时间差不多了，便起身打算往外走。

浮花见他还要出去，问他去做什么。

“去找那付家大公子聊聊天。”林如翡道，“你晚饭和馍馍一起吃吧，不用等我了。”

玉蕊噘嘴道：“那付鱼那般讨厌，公子还找他作甚呢？”

林如翡笑了笑没说话，示意玉蕊进屋去陪着浮花。

离开了院子，林如翡找付家下人问清楚了付鱼住的地方，便慢慢悠悠地往那里走了过去。半路上，又瞧见付家最小的那位紫衣公子坐在凉亭里和侍女嬉戏，说来也好笑，两人见了几次面，林如翡却还是不晓得他的名字。

带路的仆人倒是十分有眼力见儿，听林如翡问起来，便说那是他家小公子，名叫付喜。

付喜……是个挺喜庆的名字，林如翡似笑非笑，只不过这名字和这人故作倜傥的形象大相径庭啊。

“林公子这是要去哪儿啊？”付喜瞧见林如翡，停下了手上的动作，和之前一样热情地凑了过来。

林如翡说：“去找你哥哥。”

付喜道：“我哥哥……？找我哥哥做什么？”

林如翡说：“找他比剑啊。”

付喜表情僵住了，似乎没想到林如翡会说出这么一句话来，他小声道：“林公子找我哥哥比剑做什么？”

林如翡瞅了他一眼，认真道：“剑客比剑，需要理由？”

的确不需要，江湖规矩便是如此，特别是林如翡还是他们付家的贵客，付鱼更没有拒绝的理由。

林如翡说完这话，便看见付喜脸上神情瞬间变化，害怕、担忧、恐惧、疑惑，最后却化作了裹挟着叹息的坦然，他说：“看来这雨是快落下来了。”说完笑着拱手对林如翡行了一礼，“那便先祝林公子旗开得胜吧。”

林如翡道：“承你吉言。”

付鱼住的地方，在付家祖宅的最中间，就是那一栋看起来最夸张的房子。从外面看来，这房子足足有十三层，每一层都雕梁画栋，华丽非凡，还未进去，便嗅到了里面传来的浓郁脂粉香气，有些呛鼻。

仆人让林如翡在外面稍等片刻，自己先进去给付鱼报信。趁着这个工夫，林如翡仔细地观察了一下眼前的建筑，不由得皱起眉头，只觉得怎么看怎么碍眼。

顾玄都瞧着林如翡这一脸严肃的表情，忍不住笑道：“小韭怎么这个模样？”

林如翡说：“你不觉得这房子很丑吗？”

顾玄都道：“丑吗？好歹比你那个木盾好些吧。”

林如翡：“……木盾还凑合吧？”

顾玄都严肃道："这肯定凑合不得。"

林如翡便不说话了，他晓得前辈实在是对木盾嫌弃得厉害，不过没关系，反正是他在用。

仆人很快便出来了，说大公子已经在屋里等待。

林如翡迈步走入其中，刚进大厅，便看到付鱼坐在正中间，怀里抱着一个柔美的姬妾。那姬妾瞧见林如翡也没有不好意思，反而投来了一抹妖娆的笑，柔柔地唤了声"林公子"。

"不知林公子有何事？"付鱼看着林如翡。

林如翡道："我明日就走了。"

付鱼眼睛一亮，以为林如翡是来说馍馍的事："林公子明日便要走？那想来带着馍馍定然不太方便，我子嗣众多，对孩子的确不太上心，不过有了林公子提醒，我以后定然会好生对待馍馍的。"

林如翡摇摇头："我不是来说馍馍的事的。"

付鱼本来激动得已经站了起来，听见林如翡的话便又重新坐回了椅子上，冷声道："那不知林公子前来所为何事？"

林如翡瞅着他，一字一顿："我是来找你比剑的。"

付鱼表情瞬间呆住了，他道："林公子……你说什么？"

林如翡说："我说，我来找你比剑。"

这还是林如翡第一次主动找人比剑，之前无论是王朦抑或是柳如弓，都带了点被迫的味道，但是此时此刻，提出比剑的人却变成了林如翡。

付鱼脸上浮起了笑容，只是这笑容看起来无比僵硬，他道："林公子何出此言？是我们付家招待不周吗？"

林如翡说："对，是你们付家招待不周。"既然已经到了这个地步，他完全不打算再给付鱼面子了，况且眼前这个人到底是不是付鱼还有待考证，他微微扬起下巴，话语冷得丝毫不近人情，"我是来给付鱼付公子送请帖的，既然付公子不给我林家面子直接撕了请帖，想必也是有些本事，既然如此，我林如翡便代替林家见识一番吧。"

撕请帖只是林如翡随意找的借口，但这个借口却十分合适，让付鱼根本没有拒绝的理由。

付鱼脸色铁青，浑身微微颤抖，他道："林公子何必如此？难道就仗着林家是豪门大家，所以要仗势欺人？"

仗势欺人？林如翡品着这个词，倏地笑了起来，他性子温和，对事对人均是如此，活了二十几年，倒是第一次从别人口中听到这个词，不但不觉得恼怒，反而觉得很是新鲜。他笑过之后，挑着眼角瞅着付鱼，缓声慢语："我林如翡今日就是要仗势欺人，你奈我何？"他虽然脾气好，但也不是任人揉捏的面团子。在林家被当成宝贝宠了二十几年，就算他在外头借着林家的名声仗势欺人，恐怕家里的哥哥姐姐们也不会生气，反而会十分欣喜。

况且眼前这人这副色厉内荏的模样，实在是让林如翡担忧不起来，他对着付鱼招招手，道："付家大公子，还有什么想说的吗？一起说了吧，免得待会儿没机会了。"

付鱼喉头微动，强作镇定，他道："既然林公子如此坚持，那我也不好再拒绝，只是我近来身体抱恙，可否缓些日子？"

林如翡说："身体抱恙？"

付鱼道："是的。"

林如翡眸光一转，似笑非笑："若是如此，我当然可以理解。"

付鱼闻言心中总算是微微一松，然而气还没落下去，便听到了一句将他打入深渊的话。

林如翡说："就是不知道，这抱恙的是付鱼还是付水？"

付鱼脸色大变，仿佛被林如翡口中说出的"付水"两字击中了要害，但他反应也是很快，下一刻脸上就挂上了牵强的笑，掩盖住了自己的失态。他道："林公子这话什么意思？那付水是个不孝子，我们付家早就将他除名了……"

林如翡懒得再和他废话，抬手便将谷雨拔出，指向面前这个冒牌货："你若是还想叫付鱼这个名字——拔剑！"

付鱼面无人色，他知道林如翡是定然不会给他拖延的机会，颤抖的手艰难地抚上了腰间的长剑，紧紧握住了剑柄，却始终没有将剑从剑鞘里拔出。

此时付鱼的所有反应，都已经给出了林如翡想知道的问题的答案，他看着眼前这个连剑都拔不出来的所谓剑客，冷笑一声将谷雨归了鞘："付水，你还配不上我的剑。"

付鱼……不，付水神情瞬间狰狞到了极点，他怨毒地看着林如翡，说："林公子，你不要胡说八道，付水是谁？我是付鱼！"

林如翡道："你也配？"

这三个字彻底激怒了付水，他发出一声凄厉的嘶吼，竟然朝着林如翡直接扑了过来，林如翡不躲不闪，毫不犹豫地从自己的戒指里摸出了木盾，稳准快地对着付水就来了一下。付水完全没有料到林如翡的动作，顿时像是一只断线的风筝直接被拍了出去，重重地砸在了身后的木椅上，发出一声巨响。

林如翡满意地摸了摸自己的木盾，身旁的顾玄都却头疼地捏捏眼角——他真得想个法子把这木盾给没收了，不然林如翡恐怕会走上一条奇怪的不归路。

林如翡害怕把付水直接砸死了，所以也没用多少剑气，可付水却还是晕了过去。旁边的姬妾早就被吓得缩在角落里，此时见到这一幕，发出惊恐的尖叫，转身便跑了出去。林如翡瞅了她一眼，没有理会她，朝着付水走了过去。

付水躺在地上生死不知，林如翡探了探他的鼻息，确定他还活着后才松了口气，随便在旁边寻了个椅子坐下，叹着气道："怎么这么不经打……"他已经收了力了。

顾玄都说："都叫你用剑了。"

林如翡才不信顾玄都的鬼话，他道："我用木盾他都昏了这么久，我若是用剑，他岂不是命都没了。"

顾玄都想了想："死了就死了，也没什么大不了的。"

林如翡："……"所以你就只是不想我用木盾是吧。

他们两人的动静太大，屋外已经围了不少付家人。然而这些人从门外看到付水的惨状，都在门口探头探脑，一副想进又不敢进的样子。

林如翡没有理会他们，见付水丝毫没有要醒的样子，干脆起身蹲下来，揪住了付水的衣领对着他脸上啪啪啪直接来了几巴掌。顾玄都被林如翡这干脆利落又略显粗暴的动作给吓到了，瞪着眼睛问林如翡这是跟谁学的。

林如翡道："我三姐。"

顾玄都道："这样不好，以后别学了。"

林如翡道："那他不醒怎么办？"

顾玄都想了想，撸起袖子："没事，以后你看着，我来。"这种粗活还是他做了吧。

林如翡忍不住露出笑容，低低地咳嗽了几声。

被他狠狠扇了几巴掌的付水迷迷糊糊地睁开了眼，瞅见林如翡近在咫尺的脸庞时愣了片刻才反应过来，接着便条件反射地转身欲逃，却被林如翡抓住衣领硬生生给揪了回来。

"去哪儿？"林如翡不疾不徐地问。

付水却是没骨气地开始求饶起来，也不提付鱼的事，只是求林如翡给付家一个面子，饶他一命。

“付鱼人呢？”林如翡道，“你为什么要冒充他？”

“付鱼……付鱼……已经死了。”付水缩着脖子，已经完全没有了刚见面时的嚣张气焰，倒是像个没了壳的乌龟。面对林如翡的质问，他的声音细若蚊蚋，“我也不想的，可是付家就出了这么一个剑客，他若是没了，付家也会遭难的……”

林如翡道：“遭难？你们若是没有得罪人，会怕遭难？”

付水语塞。

“你们庄子外头的那个阵法是谁布下的？”林如翡问到了关键问题。

“是我哥，是我哥。”付水战战兢兢地答道，“布下阵法后，他人就不见了，所以我才冒充的他。”

林如翡抬手就给了他一巴掌，“啪”的一声，付水的脸被扇得偏了过去，嘴角也流出血迹，再次回头时，脸上是掩饰不住的惊恐，甚至泪水也从眼眶里落了下来，他哭道：“你、你打我做什么？”

林如翡阴沉着脸道：“打你？你再不说实话，我不光打你，我还取了你的狗命。老老实实告诉我，付鱼和那阵法到底是怎么回事，我还能留你一条性命，如若不然——”他眯起眼睛，冷冷道，“你该知道，你的命不值钱吧。”

付水听着林如翡的话，缓缓地垂下脑袋，大声地抽泣起来，他说：“我……我真的……”

他说到这里，便听见林如翡轻轻地“啧”了一声，浑身霎时抖如筛糠，哭嚷道：“我说，我都说，别杀我，别杀我……”

林如翡这才露出满意之色，悄悄冲着顾玄都投去一个眼神，仿佛在说，看，我厉害吧，这都能把人给吓哭了。顾玄都瞧着他家小少爷得意的神情，手握成拳抵在唇边，掩去了嘴角的一抹笑意。

# 第二十章 真相现

林如翡见付水情绪已经接近崩溃，便放开了他，起身在他对面寻了张木椅坐下，跷起腿寻了个舒服的姿势："说吧。"

付水趴在地上，声音有些低："付鱼，付鱼是我的哥哥……"

林如翡道："大声点。"

付水面带苦涩，却不敢反驳林如翡，只好点点头，提高了声音，他说："付鱼是我的哥哥，我的名字……叫付水。"

付鱼是付水的哥哥，性子比付水好，天赋也比付水好。他们生在付家庄这一片寸草不生的盐碱地里，为了生存，跟着一个武馆的剑师学着粗陋的剑术。那剑师已五十多岁，修为也才三境，放在江湖中，不过是个塞牙缝都不够的虾米。但在付家庄这样的地方，却已是足够了。

付鱼天生就是练剑的料子，虽然和付水修习的是同一种剑法，可修为一日千里，很快便赶上了自己的师父。剑师没有了可教给付鱼的东西，付鱼就生出了出去闯荡的想法。

"我们付家庄世世代代都这么穷，总该要想些法子的。"付鱼磨着自己的剑，同弟弟说道。

"能想出什么法子。"付水对此不以为然，"这到处都是盐碱地，种子种下去，连苗都发不出来……"

"总会有办法的。"付鱼固执地说。

付水把这些话只当作了自己哥哥的妄想，如果有办法早就该有了，付家庄哪至于穷上百年。他们也不是没有想过从这里迁移走，可是附近根本没有合适的村落和土地接纳他们，于是就这么一代又一代地凑合了过来。

付鱼离开付家庄时不过十四岁，前几年还和家里互通音信，过了几年，便彻底没了消息。江湖险恶，就在大家都以为付鱼已经死了的时候，他却突然带着六境修为风风光光地回来了。

付水说到这里，抬手重重地揉了揉有些发红的眼睛，他说：“我真是不明白，像我哥哥那样的人，怎么会有这般运气，遇到这么好的事！”

林如翡道：“你嫉妒？”

“谁不嫉妒！”付水恨恨道，“若是换了你，看着和自己一起长大的兄弟变得那么厉害，就自己什么都做不了，你难道不嫉妒？！”

林如翡认真想了想，发现自己和付水的境遇其实的确有几分相似，可是二十多年来，他从未对自己的哥哥抑或姐姐产生一丝嫉妒之心。提不起剑也就罢了，不是什么大不了的事，虽有些遗憾，但也不至于生出歹意。这可能就是人与人之间的差别吧，他理解不了付水，付水也无法理解他。

既然说不清楚，便也懒得开口，林如翡露出无趣的神情，摆摆手示意付水继续说。付水深深地吸了一口气，咬牙道：“他回来之后，我本以为他会带着我们离开这付家庄，可谁知道，他却不肯……”

一个修为六境的剑修，无论在哪儿都足以让他的家人过上富足的生活，只要他们离开这块寸草不生的死地……

然而付鱼竟然拒绝了付水的提议，他居然不想离开这里。

“小水，我不想走。”面对自己弟弟的诘责，付鱼显得十分平静，他说，“付家庄里的人太苦了，我之前一直在想法子改变这里，如今总算有了办法。”

“什么办法？”付水问。

“我跟那位前辈学了不少阵法，其中一种阵法叫作聚灵阵，有了这种阵法，就能让盐碱地长出庄稼来。”付鱼笑了起来，温柔地摸了摸弟弟的头，就如同幼时那样，他说，“你不期待吗？”

付水愣住，他怀疑道：“真的可以？”

付鱼点点头：“自然可以。”

付水听到此话，也露出高兴的神情，谁不愿意看到家乡变得富足呢，他和付鱼都是在这里长大的。小时候家里穷得厉害，父亲外出务工，母亲就带着兄弟二人去路边乞讨，吃够了各种苦头。后来他们兄弟二人年纪稍微大了些，能在武馆打工后，家中的日子才总算是好了些。可即便如此，也是饥一顿饱一顿，付水在自己十岁那年，才第一次尝到了麦芽糖的味道。

那麦芽糖是付鱼给他买的，买了拇指大小的一块，付鱼没有吃，而是将糖仔仔细细地一分为二，一块给了他，一块给了付喜。

时至今日，付水都记得那甜美的滋味。

付鱼向来是个说到做到的人，之后他们家里来了个奇怪的陌生人，开始着手帮付鱼布阵。

付水也很高兴，直到某一天，付鱼突然找到了他，说他可能要离开一段时间。

“离开？去哪里？”付水茫然地看着自己这位双胞胎哥哥，“你不是说要布阵种庄稼吗？阵法布好了吗？庄稼可以种了吗？”

付鱼说：“已经差不多了，只剩下一个重要的阵眼。”

付水道：“阵眼？”

付鱼微笑道：“对，阵眼。”

若是旁人，或许就被付鱼骗过去了，但他们生为双子，自然是世间最了解对方的人，付水哑声道：“你在骗我对不对？哥，你要去哪儿？”

付鱼微微蹙眉。

付水道：“是不是那个阵法有什么问题？”

付鱼却不答反问：“你难道不想看见我们家的田里生出庄稼吗？”

付水怎么会不想，有了庄稼，他们家就再也不用挨饿了，这是属于他们自己的地，他们可以种下好多好多粮食，可以世世代代以此为生，再也不用乞讨，看别人的脸色过活。这是付水和付鱼自幼最大的梦想。可此时付鱼信誓旦旦地保证这个梦想即将实现，付水却有种不真实的错觉。

“可是哥哥，你已经是六境剑修了。”付水道，“明明可以离开这里……明明可以不管他们……”

付鱼没说话，只是又摸了摸付水的脑袋，动作很温柔，却特别地坚定，他说：“小水，你不明白。”

付水满目茫然地看着付鱼，他的确不明白，不明白付鱼为什么做出这样的决定，固执的付鱼在他眼里，就像一个傻子。可一个傻子，怎么会学会那样厉害的剑法？

付鱼没有再开口解释。

两人虽为双生，生于同卵，梦却两异。

之后的事顺理成章地继续了下去，阵法成功布下，付鱼却需要独自离开，在他离开之前，找到了付水，将手中的剑交与他，麻烦他替自己保管一段时间。

“这么重要的东西你为什么要交到我的手上？”付水道，“你难道不打算回来了？”

付鱼说：“我会回来的，等到来年庄稼丰收的时候，我就回来。”

付水呆呆地看着付鱼：“真的？”

“自然是真的。”那双手又落到了他的脑袋上，眼前的人笑得温柔，语调也带着安抚的味道，仿佛还是那个童年时安慰因饥饿哭泣的自己的兄长，“小水，等我回来哦。”

“哥，我等你。”付水说，“你千万要记得……回来。”他抱着付鱼的剑，有些茫然地想，一个要远行的剑客连剑都不带上……他真的会回来吗？

付鱼走了，走得干干脆脆，临走前叮嘱付家人记得多买些种子，在来年春天的时候种下，到时候便能收获一地丰茂的庄稼。

如果只是到此为止，那这大概是个让人感动的故事，只可惜，故事发展到这里，却掺和进了别的东西。

那个和付鱼一起布阵的人，找到了付家长辈，同长辈们私下商议了一番后，突然借给了付家一大笔钱。

“你们哪里来的那么多钱？”付水问自己的父亲，不明白他要做什么，“这么多钱，你拿来干吗？”

父亲说：“那人让我们把周围的地都给买了。”

付水道：“买了？”

父亲道：“我想想也是这样，付鱼不是说他要布什么阵法吗？等到阵法布好了，地里头也能生出庄稼，地不就变得值钱了吗？”他搓着手，和自己的二儿子商量，“你看是不是这个道理？”

付水看着父亲脸上的渴望，一时间竟然觉得自己无法回答这个问题，他没有付鱼那么高尚，脑子里想得最多的事，就是要怎么让自己吃饱。

“而且那人还借了我们这么大一笔钱。”父亲说，“用这笔钱买下周遭的土地应该够了……”

付水听见了自己的声音，带着些迟疑，但的的确确是这么说的，他说：“那就买吧。”

买吧，把周围的地全都买下来，反正也是他哥哥布下的阵法，该他们家得的，付水如此告诉自己。

接下来的事便顺理成章，虽然农户们有些奇怪付家为什么要花大价钱买这么多地，但盐碱地于他们而言只是鸡肋一般存在，根本卖不出去，现在有人愿意要，自然是好事。

那个冬天，地契一张接一张地落入了付家的手里。

“后来春天到了，我亲自去落的种子。”付水看着林如翡的神情渐渐地有些迷茫，好似陷入了一场无法自拔的回忆，“我没种过地，连种子也不知道怎么下好，不过好像也没什么关系，因为才过了几日，地里头就冒出了翠绿的新芽……盐碱地……长出庄稼了。”

“真美啊，我从来都没有见过这么美的景色，不过几十日的光景，地里面便是一片望不到头的翠色，风一吹，麦田便一层层地荡开……还有那比人头还高的玉米地，躺在里头晒一整天的太阳也不会厌倦。”付水说到这里，声音却渐渐冷了下来，“可惜这样的景色虽然美，却很容易让人厌倦。”

林如翡道：“你厌了？”

“厌了也是理所当然的事吧。”付水嗤笑一声，“见过了有钱人的日子，谁还会对庄稼田里的景色感兴趣。”他抬手指向门外那些站在门口不敢进来的瑟瑟发抖的仆人和姬妾，“你看看，他们都是付家人，都是我的奴才，我想让他们活他们就能活，想让他们死，他们立马就会去死——”他说着，情绪跟着激动起来，“还有这庄子、这庭院，不美吗？！那庄稼田和这些比起来，什么都算不上！”

林如翡奇怪地看着付水，缓声道：“我也没反驳你，你那么激动做什么？”

付水重重喘息。

林如翡说：“还是你自己也觉得，是不是哪里不太对劲？”

付水偏过头，不愿再和林如翡对视。

“继续说，”林如翡道，“馍馍是谁？和你有什么关系？”

“馍馍是那人带来的孩子，说是我大哥的种。”付水冷冷道，“只是他那呆呆傻傻的模样，看着实在是让人厌烦……况且，况且……”

林如翡：“况且什么？”

付水嘶声道：“况且我大哥也是个骗子，他说来年秋冬天便会回来，可他回来了吗？！没有！我知道他一定会看不上付家做的事，可说到底，他也是付家人——凭什么看不起我们！凭什么不愿意回来！”

林如翡撑着下巴，像看怪物那样看着付水：“你真是奇怪。”

付水喘着粗气，双眸赤红。

“你到底是想他回来，还是不想他回来？”林如翡道，“是喜欢他，还是恨不得他去死？是享受着他带来的一切，还是心怀憎恶乃至于畏惧……”

付水哪里答得上来。

人本来就是复杂的动物，哪有那么单纯的喜好善恶。付鱼倒是与众不同，是个纯粹的人，大约也只有这样的人才能当上无双的剑客。可是这样的人太少太少，放眼整个江湖，也是屈指可数。

而江湖里，更多的是像付水这样的俗人。

付水说：“虽然我不喜欢馍馍，但我也没有要虐待他的意思，只是家里的仆从对他不上心，他便不小心被弄丢了……”

林如翡道：“弄丢了？”

付水说：“丢了。”

林如翡道：“这可是你哥哥的独苗，就这么丢了，你竟然也不找？”

付水沉默，他似乎无法回答林如翡的问题。

“就这样，你还盼着你哥回来？”林如翡道，“拿着他的剑，狐假虎威、狗仗人势，你其实，也不想他回来吧。”

“闭嘴！”这话简直像是戳中了付水的心事，他咆哮起来，几乎想要再次朝着林如翡扑过来，让他住口，“他是我哥，我为何不想他回来——”

“我来猜猜看。”林如翡看着付水，竟然觉得他有几分可怜，“或许是他回来了，你们拥有的一切都会消失不见？鱼肉百姓、横行乡里……你和你哥，倒是两种完全不同的人。”

付水反驳不了，嘴唇不住地嚅动。

“你嫉妒得要命吧，”林如翡道，“像付鱼那样的人，就算他不练剑，你也一辈子都比不上他……”

付水道：“别说了。”

林如翡淡淡道：“你根本不配碰他的剑。”

付水道：“别说了！你什么都不知道——你什么都不知道，付水是个废物，可是只要他不回来，我就是付鱼，我才是付鱼！”他说着说着痛哭起来，趴在地上，如一条没骨头的长蛇。

林如翡也听累了，他的手轻轻地点着侧脸，等着付水哭了好一会儿，情绪勉强缓和过来，才若有所思道：“你见过那个和付鱼一起布阵的人吗？”

付水道：“见、见过几次。”

林如翡道："什么模样？"

付水说："看不见他的样子。"他擦干了脸上的泪水，露出疲惫之态，"他脸上缠着白色的布，只露出一双眼睛，不过……"

林如翡道："不过？"

"不过他的手里捏了一条黑色的蛇。"付水说，"那条蛇很吓人，就盘在他的身上。"

林如翡立马来了兴趣，又细细地问了几句，可惜付水对那人并不了解，只是说他和那人没见过几次，还是那人将馍馍送回来的。那时候馍馍就很瘦小，而且混混沌沌的像个傻子。付水不喜欢馍馍，也是因为看了他便觉得心虚，他总觉得在这个孩子身上，能看到自己哥哥的影子。这种感觉非常糟糕，以至于不由自主地开始刻意冷落这个小孩，直到馍馍走失，他反而松了口气。

是馍馍自己走丢的，这怪不得他，付水如此告诉自己。

林如翡想起了馍馍在路边讨饭的模样，听得直皱眉头，觉得人性中的恶意果然不能细想，不然越想越觉得恶心。

付水说累了，不住地在舔嘴唇，他见林如翡陷入深思，勉强笑道："林公子，我想……喝杯茶。"

林如翡斜睥瞅着他："喝茶？"

"是……说得有点累了。"付水讪讪道。

林如翡道："这就累了？"他似笑非笑，"我看你刚才想扑过来揍我的模样，没觉得你哪里累呀。"

付水知道林如翡不会给他面子，想说什么，又咽了回去，继续坐在地上发呆。

该知道的都知道了，这付水也没有了价值，他虽然在馍馍的事上很让林如翡恶心，但也不至于到了要取他性命的地步。况且现在看来，付家人也没有那么大的能耐算计付鱼，最多就是敛些钱财，压榨一下周遭的百姓罢了。

林如翡挥挥手，示意他下去，付水见状大喜，连滚带爬地就想往外跑，跑到一半却被林如翡一声"站住"吓得立在了原地。

"林、林公子？"付水僵硬地问道。

"为什么付家庄里一朵花草都没有？"林如翡问。

"这、这我也不知道啊。"付水摇着头，"可能是没有草木的种子落下？"

林如翡见他不知道，示意他可以走了。付家庄里一株草木都没有，肯定是有别的原因，不然不至于连杂草都瞧不见。林如翡陷入沉思，没有注意到身侧站着的顾玄都神情不豫，似乎被什么事惹怒了情绪。

因为刚才的打斗，屋内一片狼藉，但是却无人敢进来收拾。

最后林如翡离开的时候，付家所有人都松了一口气，有仆人硬着头皮过来问：“林、林公子，您是不是明天要走啊？我们马车已经给您备好了，您看……”

林如翡斜眸瞅了他一眼，他便赶紧噤了声，讪讪地小声道了句：“得罪了，得罪了，主人派我来问的。”

若是之前付家人只是把林如翡当作了一个不能招惹的贵客，那么此时此刻的林如翡，在他们的眼里就成了一个能要人命的阎王。毕竟付家知道付水这事的人并不多，在他们看来，林如翡连剑都没有拔，一巴掌就把六境修为的付鱼揍了个半死，简直太可怕了。

林如翡也不解释，瞧着这些人战战兢兢的模样，只觉得好笑，他慢条斯理道：“马车备好了？”

“备好了备好了。”下人忙答。

“哦，那你们可算是白准备了。”林如翡微笑道，“我不走啦。”

下人：“……”

“这付家大少爷才回来，庄子里的景色还没看完，就这么走了，岂不是可惜。”林如翡义正词严地让下人去告诉付水，“你告诉你家大少爷，就说林公子被景色迷住了，恨不得在这里住个一年半载再走。”

下人闻言苦了脸，却不敢表现出来，转身走了。

林如翡见他这愁眉苦脸的样子，忍不住笑了起来，对着身侧的顾玄都道：“还是第一次做这么不受欢迎的客人呢。”

顾玄都：“看你把人给吓的。”他话虽如此，却也在跟着林如翡笑。

笑完之后，林如翡正色道：“既然已经确定了付鱼现在的情况，那能不能先把他从那里带出来？另外……可有什么法子将他的神魂召回？”

顾玄都道：“法子倒是有，只是还要看具体的情况才好下手。”

林如翡就晓得顾玄都一定有办法的，他想了想，问道：“举个例子？”

顾玄都说：“比如，若是他的神魂不想回来呢？”

林如翡奇道：“还能不想回来？”

顾玄都摇摇头，不说话了。

林如翡感觉他看出了点什么，他道：“你是不是看出了什么端倪？”

顾玄都眨眨眼：“没有。”

林如翡："前辈……"

顾玄都："真没有。"

林如翡正色道："你要是说出来，我下一次就不用木盾了。"

顾玄都神色一振，立马道："你确定？"

林如翡点头。

顾玄都说："好吧……其实，那馍馍我可能看走了眼。"

"何出此言？"林如翡蹙眉。

"他肯定和付鱼有关系。"顾玄都说。

林如翡道："他不是付鱼的儿子吗？"

顾玄都摇头："不止于此。"

林如翡闻言，细思片刻，忽然露出恍然之色，随即又觉得自己的猜测太过荒谬："这也……太……"

顾玄都道："是吧。"

这所谓的真相，还不如不知道呢。

林如翡眉头拧得死紧，直到回到自己的住所，都不发一语。

院子里，浮花还在和馍馍玩耍，馍馍靠在浮花的怀里，目不转睛地盯着地上滚来滚去的小球。

林如翡瞧见了，随口问了句球是从哪里来的。

浮花道："是付家小少爷特意送过来的，我看馍馍很喜欢，便留下来了。"

林如翡道："他怎么想起送玩具来了？"

浮花也不明白道："说是怕馍馍无聊……"

馍馍倒是真的挺喜欢那藤蔓编织而成的球球，只是看见林如翡对他伸出了手，依旧露出了怯生生的神情。

"来，乖馍馍，来抱抱。"林如翡对着他道。

馍馍犹豫片刻，第一个反应是看向浮花，见浮花对他做出一个鼓励的眼神，才小心地将手交到了林如翡的手上。不知不觉中，一直带着馍馍的浮花倒是俘获了这个小家伙的心，也只有待在她的怀中，馍馍才不会显得害怕。

林如翡握住了馍馍的手，将他抱进了自己的怀里。馍馍轻得很，像只可怜的猫崽儿，让人忍不住心生怜意。

就是这么一个可怜兮兮的小家伙，当真和付鱼有着扯不开的关系吗？

林如翡不知道，也说不好。

抱了一会儿馍馍，林如翡便把他还给了浮花，独自一人回到屋内，神情恹恹地撑着下巴，低低地咳嗽着。

顾玄都见他不舒服，顺手帮他倒了一杯热茶。

林如翡端起茶杯抿了几口，将喉咙里的痒意压了下去，才低声道："你觉得付鱼当初做出那样的决定，知道付家的事后，他会后悔吗？"

顾玄都摇头示意自己不知道。

"不过我觉得不管他后不后悔，都得给他一次后悔的机会。"林如翡说，"付家这群坏东西里，就出了这么一个好人，咱们总不能让好人的下场太惨。"他轻轻吸气，抖着肩膀边咳边说，"前辈，你说对吧？"

顾玄都温声道："小韭说得都对。"

"现在最大的问题，就是担心付鱼的神魂不愿意回到他的身体。"林如翡说，"可是看了馍馍的样子，我觉得我们至少得试一试。"

"那便试试吧。"顾玄都同意了林如翡的想法，"你想做的，我都陪着你。"

林如翡勾唇一笑："好。"

于是事情就这么定下了。

外面的太阳还火辣辣的，林如翡便打算等着凉快些了再出去一趟，玉蕊趁着林如翡在屋子里，赶紧端来了刚熬好的药，服侍林如翡喝下。

林如翡本来想偷偷把药倒掉，但玉蕊早有准备，林如翡不喝药，她便不肯走，于是林如翡只能捏着鼻子愁眉苦脸地喝了下去，喝完还直抱怨，说自己都病习惯了，喝药不喝药反正都是那么几天才能好。

玉蕊收拾药碗时嘲笑林如翡，说少爷都这么大的人了，还怕药苦呢。

林如翡无精打采地靠在椅子上，说自己可能到了六十岁也吃不惯这东西。

玉蕊听了直乐，又给林如翡拿了一碟酸甜的梅子进来润口。

林如翡没动那梅子，缩在椅子上，迷迷糊糊地睡了过去。顾玄都站在旁边静静地看着他，眼前的林如翡和刚才在付水面前的林如翡简直判若两人。他穿着一身月白色的长衫，乌黑的长发并未束，只是用木簪简单地绾起，露出一截若隐若现的白皙修长的颈项，当真是乌发雪肤，摄人眼球。林如翡的肤色很白，于是所有的颜色在他身上都变得醒目了起来，无论是浓郁如鸦羽般的长睫，抑或是淡色的唇，连带着气质也好像淡若似水，如浸在冰中的软玉。有些凉，但却不冷，甚至于握上去，才会发现他竟是温热的。

谁会不喜欢这样一个可爱的小少爷呢，顾玄都想，就算自己也是不能免俗吧。

他收回了看林如翡的目光，抬眸看向窗外，微不可闻地叹了口气。

林如翡睡到了傍晚才被浮花叫醒。

他迷迷糊糊地从梦中醒来，迷迷糊糊地坐到桌上等着吃饭，直到喝下了第一口汤，才倏地清醒过来，道：“几时了？”

“戌时啦，少爷。”浮花回答。

林如翡抬眸看向窗外，太阳已经落山了，刺目的阳光化作温暖的橙色，笼罩在大地之上。天空里一片艳丽的火烧云，漫无边际，如挥洒丹砂时无意中甩下的一笔，美得惊人。

林如翡简单吃过晚饭便打算出门。

一直待在浮花怀里乖乖的馍馍，却突然哭闹起来，嘴里念叨着听不懂的话。浮花只好将他搂入怀里，小心地往他嘴里塞了一块麦芽糖，这哭闹声才就此止住。

“怎么突然哭了？”玉蕊疑惑道，“平日里不是挺乖的吗？”

“不晓得，可能是哪里不舒服吧。”浮花摇摇头，示意自己也不明白。

林如翡回头看了看馍馍那泪眼婆娑的双眸，心下轻叹，道：“别担心，我很快就回来。”

馍馍不说话，只是盯着他。

“或许，会给你带一些小礼物。”林如翡道，“希望你喜欢。”

馍馍呆呆傻傻，仿佛根本听不懂林如翡在说什么。

林如翡出了付家，径直去了之前找到的阵眼，再次走进那条漆黑的地道，拨动了机关。

铁笼轰隆隆地落下，林如翡再次看见了付鱼沉睡的身体，他抬手打开了铁笼，然后将付鱼的身体从铁笼里面拖了出来。

“然后呢？”林如翡擦着额头上的汗水问顾玄都，“要怎么招魂？”

顾玄都道：“需要先布阵。”

林如翡环顾四周道：“就在这里布，行吗？”

顾玄都道：“可以。”

顾玄都便开始指导林如翡布阵。他说想布阵很简单，其中最重要的就是阵眼。而支持阵眼的要么是灵气，要么是剑意，这两者之间可互相转化。林如翡布阵应该会比常人简单一些，因为他基本上就是个可以行走的人形剑意，只要稍微注意点细节，阵法于他而言应该是很简单的事。

不过到底是第一次做，林如翡的动作有些生疏。好在他到底是有丹青基础的人，画阵的时候，不至于太过困难，只是进度有些慢罢了。

他画着，顾玄都就在旁边看，有了错误便指出来。

两人通力合作还花了大半个时辰才勉强将阵法画完整。林如翡累得满头大汗，不住地喘气，道："可以了吗，前辈？"

顾玄都认真检查了一遍，点点头："差不多了，你休息一会儿，就能启动了。"

林如翡这才松了口气，汗水顺着他的额头一路往下，由下巴滑落，在泥土上落下一个浅淡的痕迹。他喘了会儿气，这才缓过来，问道："要如何启动阵法？"

"你先把付鱼放到阵法中央。"顾玄都说。

林如翡道了声"好"。

当付鱼的身体放置到阵法中间，顾玄都低声念了一段咒语后，地上的阵法便起了一层淡淡的光，这光持续了片刻，接着一阵邪风顺着地道口吹了进来。他们是在隧道里，按理说根本不可能有风，可这风却来得突兀，强势的风里带起了地面上的尘土，吹得林如翡衣袖猎猎作响。林如翡怕风沙迷了眼，不由得闭上了眼睛，他听到簌簌的风声中夹杂着一两声凄厉的哭号，仔细一听，又好似错觉。

顾玄都站在林如翡的身后，用手盖在了林如翡的双眸上，他的嘴里一直在念着什么，直到声音停下，邪风才跟着消散。

林如翡的眼睛被顾玄都蒙着，什么都看不见，听风声停了，迟疑地叫了声"前辈"。

顾玄都的声音很近，似乎就在他的耳边，他说："吓到小韭了？"

林如翡摇摇头，示意还好。

顾玄都说："成功了。"他说完这话，缓缓松开了手。林如翡努力地眨了眨眼，祛除了眼睛里的不适感，待看清了眼前景象后，倒吸一口凉气。

原本躺在阵法中央的付鱼睁开了眼睛。他的黑眸中带着些许茫然，仿佛不明白为什么自己会在这里。

林如翡露出惊喜之色，叫道："付鱼。"

听到唤自己的名字，付鱼缓缓地扭头，将眼神投在林如翡的身上。只是这眼神和林如翡想象中的不太一样，只有惊讶并无欣喜，甚至还带着几分冷漠。他薄唇轻启，开口说了话："你是谁？"

林如翡道："我是昆仑林家的林如翡，来你们付家送剑会的请帖。"

“林如翡？”他咀嚼着这个陌生的名字，艰难地适应着这具已经休眠了许久的身体，“我……醒了？”

林如翡道：“是，你醒了。”

“付家现在如何？”他又问。

林如翡简单说了一下付家的情况，说这四处都生出了茂盛的庄稼，只可惜付家将周围的地契全都收入囊中。付家庄没有富起来，但他们付家却成了富贵人家。

付鱼眼眸半垂，面无表情地听着，听完后，什么话也没有说，只是问：“我的剑还在付水那里？”

林如翡道：“是。”

“哦。”付鱼说，“那我还得去找他一趟，将那剑取回来。”

林如翡微微蹙眉，觉得眼前这个付鱼有些奇怪，按照付水的说法，付鱼性子稳重温和，待人彬彬有礼，再加上他愿意为付家庄牺牲那么多，想来应该是个温暖的人。可林如翡从眼前这位剑客的身上却只感觉出冷漠和疏离，他似乎对付家到底如何了丝毫不关心，开口问的第一句，就是自己的剑。

“多谢公子将我唤醒。”付鱼环顾四周，看到阵法和铁笼后，想起了之前的事，他道，“原来我已经睡了这么久了，是该醒了。”

林如翡说：“你就没什么别的想知道的？”

付鱼平静地摇摇头。

林如翡重重地抿唇，他道：“好吧。”

两人一时无言，沉默着从地道里出来。付鱼一走，这个巨大的聚灵阵便算是没了效果，来年付家庄又会变成寸草不生的荒地，至于付水他们最后会如何，林如翡就管不着了。

然而此时此刻，林如翡和付鱼两人之间的气氛实在是怪异得可怕，付鱼面无表情地朝着付家庄走，林如翡蹙着眉头跟在他后头。

“他到底怎么了？”林如翡小声问顾玄都，“这招魂是不是出了什么差错？看他的状态……不太正常啊。”

顾玄都道：“我之前不是说过嘛，付鱼能不能招魂，还得看他愿不愿意。”

林如翡道：“他不是醒了吗？”

“醒是醒了，只是看他的样子，似乎三魂七魄并不齐全。”顾玄都也有点苦恼，“三魂为阳主神志，七魄为阴主七欲。如果招得不齐全，重则人无法苏醒，轻则……”

林如翡道："轻则什么？"

顾玄都道："轻则无悲无喜，无欲无求。"

林如翡总算是明白了，瞪着眼睛："那岂不是个木头人？"

顾玄都道："往好里想，可能只是少了一两魄呢。"

林如翡："……"

七魄分别为喜、怒、哀、惧、爱、恶、欲，少了一个人都会变得不正常。看付鱼这从头到尾连个笑脸都不露的模样，喜是肯定没有了，只是不知道其他的情绪还差了多少。

林如翡无话可说，只觉得情况不妙："为什么会这样？是不是我的阵法出了什么问题？我……"

"和你没关系，是付鱼自己选的。"顾玄都安抚着林如翡。

两人一路走到了付家庄，看门的付家仆人瞧见了付鱼和林如翡两人一起回来，都有些惊讶，试探性地叫了声："二公子……"

付鱼冷冷地瞪过去："我是付鱼，付水在哪儿？"

仆人有些蒙，这在府内的明明是付鱼，怎么就变成付水了。但是被付鱼这眼神盯得毛骨悚然，竟然没有生出反驳的勇气，只能小声回答："在主厅里呢。"付鱼"哦"了一声，继续往前走。

按理说，这付家庄变化如此之大，他又好些年没有回来了，应该会感觉惊讶的，但是付鱼却完全无动于衷。当他走过那一片片茂盛的麦浪，踏过高大的玉米地时，林如翡清楚地看到，他那双黑色的眼睛里，是深湖一般平静无波。

仿若周围的一切与他丝毫无关，他只是个恰巧路过的旅人，走在异乡的道路上。

林如翡嘴里有些发苦，他想到过很多种场景，却没有料到这一幕的发生。

顾玄都大约是察觉了他的失落，轻轻按住了林如翡的肩膀，轻声道："不要难过，这或许对付鱼来说……是件好事呢。"

林如翡苦笑："哪儿有这样的好事？"

虽然他不认识付鱼，但从付水的描述中也能晓得付鱼绝不是眼前这般模样。

就在林如翡如此想着的时候，付鱼却已经朝着下人说的地方去了。

付水挨了林如翡一通狠揍，这几日都过得惶惶不可终日，不敢出门也不敢露面，简直恨不得自己原地消失。

此时的他正冲着几个姬妾发脾气，却听到有人咚咚咚地敲响了房门。

"谁啊！没看我正在忙着嘛！"付水不耐烦地吼道，"有什么事明天再说！"

门外的人安静了片刻，再次敲响了房门，只是这次下手有些重，敲得朱红色的大门不住颤动。

“谁……？林、林公子吗？”见到此景，付水也晓得外头的人肯定不是自己人了，连忙收敛了那咄咄逼人的气势，讪笑道，“您直接进来就行，何必那么客气。”

下一刻，门便被推开了，付水露出的讪笑愣在了脸上，他愕然看着推门而入的人，眼里是满满的难以置信。

“哥？哥，你怎么回来了？”付水的心头涌上狂喜，可这些狂喜很快就被别的感情冲淡了，担忧、害怕、畏惧……无数滋味混杂在一起，最终让他脸上的笑容逐渐淡去，“你怎么不提前说一声？”

付鱼平静地看着这个和自己从小一起长大的胞弟，神情无悲无喜，冷漠如冰，他没有说话，只是对着付水伸出了手。

付水见状满目茫然，不明白付鱼的举动所为何意。

“剑。”付鱼的口中吐出一个字。

付水这才醒悟，慌忙将自己腰侧的佩剑解下，递给了面前的哥哥。

“哥，你终于回来了，我等了你好久，你怎么现在才回来？是觉得我们家做错了吗？若是你觉得错了，我们便改……你……”付水嘴里碎碎念着，“你别走了，咱们家富裕了，不用再受以前的那些苦了，我们什么都有了，什么都有了。”

谁知付鱼接过剑后，看也没看他一眼，转身便要离开。付水见状大惊，直接伸手抓住了付鱼的衣袖，嘶声道：“哥，你还在生我的气吗？我错了……我错了……你原谅我一次好不好？”

付鱼道：“我没有生你的气。”

付水呆呆地看着付鱼。

“我为何要生你的气？”付鱼的声音很平静，通常情况下，他这样的语气本该是温和的，可付水却硬生生从里面听出了冷漠的味道。

他不明白为什么眼前的人那么陌生，他们本该是最心灵相通的双生子，可他此时竟然有些认不出付鱼了。

“哥……”付水软了声音，“我真的知道错了，你说什么我都听，只要你不走……”

付鱼道：“放手。”

付水呆愣地看着付鱼。

付鱼说：“我叫你放手。”他斜斜地看了过来，黑眸中竟然浮起了浓烈的杀意。付水忽地意识到，付鱼是认真的，他如果再拉住付鱼，或许眼前这个剑客就真的要拔剑了。

手绝望地松开了，付水看着付鱼的背影，身体慢慢地软倒在了地上。

林如翡没有进去而是在外头等着。他看着付鱼很快进去，又很快出来，唯一的不同之处，便是出来时腰侧多了一柄剑。

林如翡认得，那是属于付鱼的剑。

当初由付鱼亲手交到了付水的手里，此时又再次回到了他的手中。

林如翡舔了舔唇，忽地觉得有点渴，他道："付鱼，你要去哪儿？"

付鱼看了他一眼，似乎在思考是否要回答林如翡的问题，但大约是想起了自己是被林如翡从阵法中唤醒的，所以还是从嘴里吐出了一句："不知道。"

林如翡奇道："不知道？"

"不知道。"付鱼说，"只要不在这儿就行了，我不喜欢这里。"

林如翡叹气："你这就要走？"

付鱼点头。

"那昆仑山上的剑会你还去不去？"林如翡道，"请帖被你弟弟撕掉了……不过没关系，你报你的名字就行。"

付鱼思量片刻点点头，示意自己会去。

两人又再次相顾无言。

付鱼见没有话说了，转身便要离开，林如翡忙道："等等！"

付鱼回头。

"你再和我去见一个人吧。"林如翡说，"据付水说……那是你的儿子。"虽然他觉得馍馍的身世可能没有那么简单。

"我儿子？"付鱼道，"可是我没有儿子。"

林如翡说："你去看看吧，万一认识呢？"

付鱼却显得有些迟疑。

"只是看一眼，又浪费不了多少时间。"林如翡赶忙劝道，"况且你离开这里了，应该不会再回来了吧？"

付鱼被林如翡说服了，他点点头，同意了林如翡的提议："好。"

林如翡松了口气，带着付鱼往自己住的院子去了。

这会儿天色暗下来，馍馍已经睡了，浮花刚哄完馍馍，便看到林如翡带着付鱼到了院中。

林如翡问她馍馍在哪儿，她伸手指了指身后的寝室。

“少爷找馍馍做什么？”浮花问道。

林如翡摇摇头，没有说话，示意她先出去。

付鱼却已经走进了屋子，看到了睡在床上的馍馍。馍馍本已经熟睡，付鱼的脚步也十分轻柔，可他在付鱼进屋的那一刻，却好似心有所感般醒了，双眸之中看不见丝毫睡意，两人目光相聚，一时无言。

下一刻，馍馍的口中便爆发出了刺耳的哭泣声，他号啕着从床上扑了下来，嘴里嘟囔着听不懂的话，像是个受尽了委屈终于找到了倾诉之人的孩子，大颗大颗的泪珠从他的眼眶里溢出，润湿了小小的脸颊。

付鱼在馍馍做出动作之前，便上前一步接住了这个小家伙。两人相触的刹那，他漠然的脸上瞬间充斥着复杂的神情，甚至眼眶里也开始缓缓积蓄泪水。付鱼哽咽着，用颤抖的手轻轻地擦拭着小孩脸上的泪珠，唤出了他的名字：“馍馍。”

“付鱼……付鱼……”馍馍含糊地应着，“你回来了……”

“我回来了。”付鱼轻声道。

# 番外 癔症

近来浮花和玉蕊因为一件事犯了愁。

她们家的小公子身子弱，平日里各种汤药就没断过，虽然近来身体状况略微见好，却又多了个喜欢自言自语的毛病。

起初浮花和玉蕊只当是林如翡活泼了些，但两人却渐渐发现，她们家的小公子，似乎活泼得过了头。独自一人时也就罢了，连偶尔在街上闲逛，也会偏过头对着身侧浅笑轻语，仿佛在同一个看不到的人说话。

“前辈，这小玩意儿可好看？”虽然声音很小，但林如翡的的确确是在说话。

那看不见人似乎回了一句什么。

“那我便买了。”林如翡笑着掏出了银钱，买下了那精巧的小东西，全然没有注意跟在自己身后的两个侍女脸上都是苦意。

浮花和玉蕊站在旁边眼巴巴地瞅着，又不好意思上前询问小公子到底在同谁说话。

实在无法，浮花和玉蕊只好给昆仑山去了信，问了问医师万爻这到底是怎么回事。

万爻很快回了信，信中写了两个字：癔症。顺便配上了几副药方，让浮花和玉蕊煎给林如翡喝。浮花和玉蕊赶紧照做，可这病症丝毫没有要好转的意思，反而愈演愈烈。

“前辈，你可要喝茶？”林如翡的声音又隐隐约约地从屋子里传来。

浮花与玉蕊面面相觑。

“定然是少爷长期在昆仑山上没见人，才生出的癔症。”玉蕊哭哭啼啼，眼泪润湿了一条丝巾，“我们真是不称职，少爷的病都这么严重了，才发现……”

浮花忧愁地叹了口气，又给万爻去了封信，说上一服药不怎么管用，林如翡的癔症越来越严重……

几天后，万爻回了信，又配上了新的药，浮花和玉蕊赶紧去药铺抓了药，熬好之后，给林如翡递到了嘴边。在侍女虎视眈眈的目光下，林如翡只好苦着脸将药喝了大半。

浮花和玉蕊看着林如翡睡下，这才松了口气，然而刚转过身出了屋子，还没往前走两步呢，就听到身后的屋内传来了林如翡委屈的抱怨声："前辈，这药太苦了。"他稍微顿了顿，声音里又带上了些笑意，"罢了，她们也是一片好心。"

浮花和玉蕊闻言，顿时相拥而泣，心想少爷还是那个善良的少爷，就算发了瘾症，也不忘在那看不见的人面前替她们开脱。

信来来去去了好几封，药配了一服又一服，结果万爻先不耐烦了，来了封信，上书几个大字：心病乃需心药医。浮花和玉蕊见状哑然。

"定然是少爷年少的时候没交几个朋友，才变成了现在这个样子。"浮花幽幽道，"都怪我们当时没发现，这才一出昆仑山，就犯了病。"

"药也喝了那么多，怎么就不见好呢？"玉蕊抹泪。

"罢了罢了，既然少爷喜欢就随他去吧。"浮花悲伤道，"只是不知道少年身边那个前辈到底生得什么模样。"

玉蕊说："希望生得好看些。"

浮花摇头："生那么好看干什么，少爷有了好看的人陪着，岂不是更挑了。"

在世间行走了那么些日子，就没见过少爷对其他人有什么浓厚的兴趣，好似整个人的心神都被身边那看不见的前辈夺去了。

玉蕊与浮花对视一眼，都是深深一叹，想着罢了罢了，只要少爷开心便好。

自从这天后，林如翡莫名地发现，两个侍女看向自己的眼神里，多了几分复杂之色，就好像是一个慈祥的母亲，放弃了管教自己顽劣的儿子，慈爱之中带着几分痛心，痛心里又带着几分宠溺。

林如翡还全然不知发生了什么，同顾玄都莫名道："最近两个侍女好像不对劲啊。"

顾玄都问他哪里不对劲。

"不再继续逼我喝药了。"林如翡道。

顾玄都："那不是好事吗？"

林如翡："也对哦。"

于是林如翡放弃了探知，直到许多年后，顾玄都现出真身，林如翡才恍然大悟，明白了浮花和玉蕊那慈爱中带着痛心的眼神到底是什么意思……